Matthew Pearl

Matthew Pearl 1997'de Harvard Üniversitesi İngiliz ve Amerikan Edebiyatı Bölümü'nden en yüksek dereceyle mezun oldu. 2000 yılında Yale Hukuk Fakültesi'ni bitirdi. 1998'de Amerikan Dante Derneği'nden, yaptığı çalışmalar için prestijli Dante Ödülü'nü kazandı. Fort Lauderdale'de doğdu ve şimdi Cambridge'de yaşamaktadır. Kendisine web sitesinden, <u>www.thedanteclub.com</u>'dan ulaşılabilir.

Matthew Pearl
Dante Kulübü
Özgün Adı: *The Dante Club*
Çeviren: Dost Körpe
Yayına Hazırlayan: Özgür Kalyoncu

İthaki Yayınları - 268
Edebiyat - 218
(Polisiye-Gerilim)
ISBN 975-273-023-X

8. Baskı Mart, 2007, İstanbul

Yayın Koordinatörü: Füsun Taş
Sanat Yönetmeni: Murat Özgül
İthaki™ Penguen Kitap-Kaset Bas. Yay. Paz. Tic. Ltd. Şti.'nin yan kuruluşudur.

Kapak, İç Baskı: İdil Matbaacılık
Emintaş Kazım Dinçol Sanayi Sitesi No: 81 / 19
Topkapı-İstanbul Tel: (0212) 674 66 78
(Penguen Kitap-Kaset Bas. Yay. Paz. Tic. Ltd. Şti.)

İthaki Yayınları:
Mühürdar Cad. İlter Ertüzün Sok. 4/6 34710 Kadıköy İstanbul
Tel: (0216) 330 93 08 – 348 36 97 Faks: (0216) 449 98 34
ithaki@ithaki.com.tr – www.ithaki.com.tr – www.ilknokta.com

Matthew Pearl

DANTE KULÜBÜ

Çeviren
Dost Körpe

ithaki

Cehennemin Topoğrafyası
Bartolomeo di Frusino, 1420
Paris Halk Kütüphanesi'nin İzniyle

DANTE
KULÜBÜ

*

Matthew Pearl

Profesörüm Lino'ya ve öğretmenim Ian'a

OKUYUCUYA İKAZ
C. LEWIS WATKINS'İN ÖNSÖZÜ
BAKER-VALERİO İTALYAN UYGARLIĞI VE
EDEBİYATI İLE RETORİK PROFESÖRÜ

——— ✳ ———

Pittsfield Gazetesi, "Halk Defteri", 15 Eylül 1989
LEXİNGTONLU ÇOCUĞUN BÖCEK KORKUSU
SAYESİNDE YAPILAN KEŞİF

Arama ekipleri Lexingtonlu Kenneth Stanton'u salı günü öğleden sonra Catamount Dağları'nın ıssız bir bölgesinde sağ salim buldu. Kurtarılan beşinci sınıf öğrencisi, cinsi ilk başta tespit edilemeyen böceklerin yaralarına bıraktığı larvaların yol açtığı kızartı ve şişmeler yüzünden Berkshire Tıp Merkezi'nde tedavi altına alındı.

Boston'daki Harve-Bay Enstitüsü Müzesi'nde çalışan entomolog Doktor K. L. Landsman, çocuğun bulunduğu bölgeden alınan et sineği numunelerine Massachusetts'de ilk kez rastlandığını açıkladı. Landsman ayrıca daha da önemli bir keşif yaptıklarını, söz konusu böceklerle larvalarının entomologlar tarafından neredeyse elli yıldır soyu tükenmiş kabul edilen *Cocliomyia hominivorax* cinsine ait olduğunu belirtti. Yeni Dünya'nın en yaygın vidalı kurdu olarak bilinen bu cins, 1859'da Fransız bir doktor tarafından Güney Amerika'da bir adada keşfedilmişti. 19. yüzyılın sonlarına gelindiğindeyse, bu tehlikeli cinsin sayısı salgınlara yol açacak boyutlara vararak, Batı Amerika'da yüz binlerce sığının ve az sayıda insanın ölümüne sebep olmuştu.

9

1950'lerde yürütülen geniş çaplı bir Amerikan projesi sayesinde, cinsin popülasyonuna gamma ışınlarıyla kısırlaştırılmış erkek sinekler katılmak suretiyle, dişi sineklerin üreme yeteneği ortadan kaldırılmış ve cinsin soyu tüketilmişti.

Kenneth Stanton vakası, bu böceklerin laboratuvarda bilimsel araştırma amacıyla yeniden üretilmesinde pay sahibi olabilir. "Her ne kadar soylarının tüketilmesi halk sağlığı açısından gerekli idiyse de," diyor Landsman, "bu böceklerin kontrol altındaki ortamlarda ve yeni gözlem teknolojileriyle incelenmesi sayesinde çok şey öğrenilebilir." Stanton'a bu önemli keşif hakkındaki hisleri sorulduğunda, "Biyoloji hocam bana bayılıyor!" cevabını verdi.

Bu kitabın adını bildiğinize göre, yukarıdaki haberin Dante'yle ne ilgisi olduğunu merak edebilirsiniz. Ama arada korkutucu bir bağlantı olduğunu birazdan göreceksiniz. Amerikalıların Dante'nin *İlahi Komedya*'sına yaklaşımları konusunda tanınmış bir uzman olarak, geçen yaz Random House yayıneviyle, ufak bir meblağ karşılığında (hep az para verirler) bu kitaba önsöz yazmak üzere anlaştım.

Bay Pearl'ün çalışması Dante'nin kültürümüzdeki yerinin gerçek kökenlerine dayanıyor. 1867'de, şair H. W. Longfellow *İlahi Komedya*'nın ilk Amerikan çevirisini tamamlamıştı. Günümüzde Dante'nin şiirlerinin en çok çevrildiği dil İngilizce'dir. En çok Dante çevirisi de Birleşik Devletler'de yapılmıştır. Cambridge, Massachusetts'teki Amerikan Dante Derneği, Dante'nin eserlerinin yaygınlaşmasını hedefleyen en eski dernek olmakla övünür. T. S. Eliot'ın dediği gibi, Dante ile Shakespeare çağdaş dünyayı aralarında paylaşmışlardır ve Dante'nin payı her geçen yıl büyümektedir. Oysa Longfellow'un çevirisinden önce Dante'yi burada kimse tanımıyordu. İtalyanca yaygın bir dil değildi. Yurt dışına yolculuk yapanların sayısı azdı. Birleşik Devletler'de de çok az İtalyan yaşıyordu.

Bu esere eleştirel gözle ve yukarıdaki gerçeklerin ışığında baktığımda, *Dante Kulübü*'nde anlatılan sıradışı olayların tarihsel gerçeklerden çok karmaşık bir kurguya dayandırıldığı kanısına vardım. Ancak bu kanıyı doğrulamak için Lexis-Nexis'in veri bankalarında araştırma yaparken, *Pittsfield Gazetesi*'nde yayımlanmış yukarıdaki şaşırtıcı habere rastladım. Hemen Harve-Bay Enstitüsü'nden Doktor Landsman'le temasa geçerek, neredeyse on dört yıl önce gerçekleşmiş o olay hakkında daha detaylı bilgiler aldım.

Kenneth Stanton ailesiyle birlikte balık avlamaya geldiği Berkshires'da gezintiye çıkınca kaybolmuş ve yoluna çıkan otarla kaplı bir patikada sıra sıra hayvan leşlerine rastlamış. Önce karnı yarılmış bir rakun, sonra bir tilki, ardından da bir kara ayı görmüş. Çocuk daha sonra ebeveynlerine olayı anlatırken, leşleri görünce sanki hipnoza girdiğini söylemiş. Dengesini kaybedip sivri kayaların üstüne düşmüş. Bayılmış ve ayak bileği kırılmış. Yaralarına vidalı kurt sinekleri akın etmiş. On yaşındaki Kenneth Stanton beş gün sonra yatağında dinlenirken birden spazm geçirmeye başlayarak ölmüş. Otopside vücudunda on iki *Cochliomyia hominivorax* kurdu bulunmuş. Dünyanın en tehlikeli böceklerinden biri olan bu cinsin soyunun elli yıl kadar önce tükendiği sanılıyor.

Yeniden ortaya çıkan bu sinek türü, daha önce görülmemiş bir şekilde farklı iklim koşullarında yaşayabiliyor. Bu yüzden muhtemelen yük gemileri aracılığıyla Orta Doğu'ya yayılmış. Şimdiyse Kuzey İran'ın sığırlarını ve ekonomisini katletmekteler. Geçen seneki *Soyut Entomoloji* dergisinde yayınlanan bilimsel keşiflerden yola çıkılarak, son zamanlarda bu sineklerde yeni görülen evrimsel değişikliklerin kuzeydoğu Birleşik Devletler'de, 1865'ler civarında başladığı teorisi ortaya atılmış.

Bu evrimin nasıl başladığı konusunda ise henüz bir yanıt yok. *Dante Kulübü* bu konuda bir teori sunuyor. Son beş hafta içinde, bu dönem aynı okulda çalıştığım on dört öğretmenden sekizine Pearl'ün elyazmasını okuttum. Kitaptaki filolojik ve tarihsel savları inceleyip sınıflandırarak, sadece yazarın egosunun kusuru olan ufak tefek hatalar buldular. Her geçen gün Longfellow ile hamilerinin Dante'nin altı yüzüncü yaşına bastığı sene yaşadıkları derin karamsarlığın ve gururun yeni kanıtlarını buluyoruz. Alacağım para artık umurumda değil, çünkü artık bir önsöz değil, bir ikaz yazıyorum. Kenneth Stanton'un ölümü Dante'nin dünyamıza gelişinin sırlarının, çağımızda bile hâlâ çözülememiş sırların perdesini açıyor. Tek gayem siz okuyucuları uyarmak. Kitaba devam edecekseniz, lütfen unutmayın, kelimeler acıtabilir!

Profesör C. Lewis Watkins
Cambridge, Massachusetts

I.

KANTO

*

I
---*---

İki oda hizmetçisinin arasına sıkışmış duran Boston polis şefi John Kurtz derin bir nefes alarak kendine yer açmaya çalıştı. Cesedi bulan kişi olan sağındaki İrlandalı kadının hüngür hüngür ağlaması ve şefin bilmediği (çünkü Katolikti) ve anlayamadığı (çünkü kadın ağlıyordu) dualar okuması, Kurtz'ün ense tüylerini diken diken etmişti. Diğer tarafında ise müteveffanın yeğeni sessizce ve kederle beklemekteydi. Aslında içinde bulundukları oda genişti. Sandalyeleri ve kanapeleri vardı. Ama kadınlar nedense beklerken konuklarının yanına sıkışmayı yeğlemişti. Siyah örtüyle kaplı divanı öyle sarsıyorlardı ki, Kurtz tüm dikkatini çayını dökmemeye vermek zorunda kalıyordu.

Kurtz polis şefliği sırasında başka cinayet vakalarıyla da karşılaşmıştı. Ama sık sık değil. Genellikle yılda bir iki tane çıkardı. Boston'da dikkate değer bir cinayet olmazdı pek. Öldürülenler de alt tabakadan olduğundan, Kurtz yakınlarını teselli etmek zorunda kalmamıştı hiç. Zaten bu işi kıvıracak kadar sabırlı değildi. Yardımcısı Edward Savage bir şairdi, bu yüzden bu işi daha iyi becerirdi herhalde.

Bu –Şef Kurtz şehirdeki hayatı değiştirecek olan korkunç duruma ancak "Bu" diyebiliyordu– basit bir cinayet değildi. Bostonlu entelektüel bir aristokrat öldürülmüştü... New England'ın gözde simalarından, Harvard mezunu bir Üniteryan. Üstelik dahası da vardı. Kurban Massachusetts mahkemelerinin en üst düzey yetkilisiydi. Adamın ölümü korkunç olmuştu.

Wide Oaks'un en güzel oturma odasında bekledikleri kadın, telgrafı aldıktan sonra Providence'tan kalkan ilk trene binmişti. Ağır ağır giden trenin birinci mevkiinde otururken, bu yolculuk da daha önceki her şey gibi yabancı ve boş geliyordu ona. Kendisiyle ve Tanrı'yla bir anlaşma yapmıştı. Evine gittiğinde aile papazlarını orada bulamazsa, aldığı telgrafın bir yanlışlık sonucu gönderildiğine hükmedecekti. Mantıklı bir düşünce tarzı olmasa da, bayılmamak için bir şeylere tutunmak, inanmak zorundaydı. Dehşetin ve kederin eşiğinde duran Ednah Healey hiçliğe bakıyordu. Oturma odasına girdiğinde papazı göremeyince mantıksız bir zafer hissine kapıldı.

Pos bıyıklı, hardal rengi suratlı iri yarı bir adam olan Kurtz, kendisinin de titrediğini fark etti. Wide Oaks'a at arabasıyla gelirken bu görüşmenin provasını yapmıştı. "Sizi geri çağırmak zorunda kaldığımız için çok üzgünüm bayan. Lütfen Başyargıç Healey'nin..." Hayır, bunu daha sonra söylemeliydi. "Bu talihsiz durumu size evinizde açıklamanın en iyisi olacağını düşündük. Burada kendinizi daha rahat hissedersiniz diye." Bunu akıl etmekle çok incelik ettiğini düşündü.

"Şef Kurtz, bulduğunuz ceset Yargıç Healey'ye ait olamaz," dedi kadın. Sonra ona oturmasını söyledi. "Zamanınızı harcadığınız için üzgünüm, ama basit bir hata olmalı. Başyargıç çalışmak için birkaç günlüğüne Beverly'e gitti. Ben de iki oğlumla birlikte Providence'a gittim. Kendisi yarın dönecek."

Kurtz ona karşı çıkar gibi görünmek istemediğinden uzun boylu hizmetçiyi göstererek "Cesedini hizmetçiniz bulmuş bayan," dedi. "Dışarıda, nehrin yanında."

Hizmetçi Nell Ranney cesedi bulduğu için kendini suçlu hissetti. Önlüğünde hâlâ birkaç kanlı kurdun asılı durduğunun farkında değildi.

"Öleli birkaç gün olmuş galiba. Korkarım kocanız köye hiç gitmemiş," dedi Kurtz. Düşüncesizlik ettiğinden kaygılandı.

Ednah Healey usulca ağlamaya başladı... bir ev hayvanını yitirmiş bir kadın gibi. Öfkeli değildi. Kendine hakimdi. Şapkasındaki zeytuni-kahverengi telek vakarla sallanıyordu.

Nell Bayan Healey'ye şefkatle baktıktan sonra "İsterseniz bugün daha sonra uğrayın Şef Kurtz," dedi.

John Kurtz Wild Oaks'tan kurtulma fırsatına balıklama atladı. Atlı polis arabasının merdivenini indirmekte olan yeni şoförüne, o genç ve yakışıklı devriye polisine doğru vakarla yürüdü. Acele etmesine gerek yoktu. Belediye meclisi üyeleriyle belediye reisi Lincoln şimdiden karakolda kıyameti koparıyor olmalıydı. Lincoln zaten ona kumar "cehennemlerine" ve kerhanelere yeterince baskın yapıp gazetelere çıkmadığı için kızgındı.

Kurtz fazla uzaklaşmadan korkunç bir çığlık duydu. Çığlık evin bir düzine bacasından hafifçe yankılandı. Kurtz şaşkınca dönüp arkasına bakınca, Ednah Healey'nin evin basamaklarını koşarak indiğini, telekli şapkasının başından uçtuğunu, saçının savrulduğunu, elindeki beyaz bir şeyi kafasına doğru savurduğunu gördü.

Kurtz o anda göz kırptığını sonradan hatırlayacaktı. O sırada felaketi önlemek için yapabileceği tek şeydi bu: Gözlerini kırpmak. Aczinin farkındaydı. Artemus Prescott Healey'nin öldürülmesi onun felaketi olmuştu zaten. Sorun adamın ölmüş olması değildi. 1865 yılının Boston'unda ölüm her zamanki kadar sıradan bir olaydı: Bebek hastalıkları, verem, bilinmeyen ateşli hastalıklar, yangınlar, ayaklanmalar, doğumlar öyle çok insanı öldürüyordu ki; sanki hiç doğmamaları gerekirmiş gibiydiler. Da-

ha altı ay öncesine kadar, binlerce Bostonlu delikanlı savaşta öl-
müş, vefat haberleri ailelerine kenarları siyah mesajlarla bildiril-
mişti. Ama kimliği belirsiz birinin bir insanı saçma, ama titiz
–karmaşık ve anlamsız– bir şekilde öldürmesi...

Kurtz ceketinden çekilip yumuşak çimlere düşürüldü. Bayan
Healey'nin fırlattığı vazo malikaneye adını verdiği söylenen me-
şelerden birine çarpıp, binlerce mavi ve fildişi parçaya bölündü.
Kurtz "Belki de yardımcım Savage'ı göndersem daha iyi olurdu,"
diye düşündü.

Kurtz'ün şoförü devriye polisi Nicholas Rey onu kolundan
tutup ayağa kaldırdı. Arabanın atları kişniyor ve şahlanıyordu.

"O çalışkan biriydi! Hepimiz çalışkandık! Size ne derlerse de-
sinler, biz bunu hak etmedik şef! Bunların hiçbirini hak etme-
dik! Artık yapayalnızım!" Ednah Healey yumruklarını kaldırdı.
Sonra Kurtz'ü çok şaşırtan bir şey söyledi. "Kimin yaptığını bili-
yorum Şef Kurtz! Kimin yaptığını biliyorum! Biliyorum!"

Nell Ranney kalın kollarını çığlıklar atan kadına doladı ve
onu sakinleştirmeye çalıştı. Onu yıllar önce Healeylerin çocuk-
larına yaptığı gibi sevip okşuyordu. Ednay Healey kadını tırmık-
lamaya ve ona tükürmeye başlayınca yakışıklı devriye polisi Rey
duruma müdahale etmek zorunda kaldı.

Ama taze dulun öfkesi geçmişti. Yüzünü hizmetçinin kara
bluzuna gömdü. Orada iri göğüslerden başka bir şey yoktu.

Eski malikane hiç bu kadar sessiz olmamıştı.

Ednah Healey Providence'taydı. Ailesine, çalışkan insanlar
olan Sullivanlara sık sık yaptığı ziyaretlerden birindeydi. Kocası
ise Boston'un en büyük iki bankası arasındaki bir mülk ihtilafı
üstünde çalışmak için malikanede kalmıştı. Yargıç her zamanki
gibi ailesini sevgiyle ve sessiz sedasız uğurladıktan sonra, Bayan

Healey gözden kaybolur kaybolmaz hizmetçileri serbest bırakmıştı. Karısı hizmetçisiz yapamasa da, Bay Healey ufak tefek işlerle bizzat ilgilenmeyi severdi. Hem böylece gizli gizli şarap da içebiliyordu. Hizmetçiler bunu görseler hemen hanımlarına yetiştirirlerdi, çünkü yargıcı sevseler de karısından ödleri kopardı. Ertesi gün sessiz bir ortamda çalışmak için hafta sonunu geçirmek üzere Beverly'ye doğru yola çıkacaktı. Çıkacağı ilk duruşma çarşamba günüydü. O zamana dek trenle dönmeyi planlıyordu.

Yargıç Healey, İrlanda'daki çocukluğu sefalet ve hastalıklarla geçmiş olan yirmi yıllık hizmetçisi Nell Ranney'nin, başyargıç gibi önemli bir şahsiyetin derli toplu bir ortamda yaşamasının ne kadar önemli olduğunu bildiğinin farkında değildi. Bu yüzden Nell pazartesi günü malikaneye geldi. Erzak dolabının yanında ve merdivenlerin dibinde kurumuş kan lekeleri görünce, yaralı bir hayvanın bir şekilde eve girip sonra da aynı yerden çıktığını düşündü.

Sonra oturma odasının perdesinde bir sinek gördü. Sineği dilini şaklatıp tiz sesler çıkararak ve elindeki toz fırçasını sallayarak açık pencereden dışarı kovaladı. Ama uzun maun yemek masasını silerken sinek geri geldi. Nell mutfaktaki yeni zenci hizmetçi kızların dikkatsizlik edip ortalıkta yemek kırıntıları bıraktığını düşündü. Kaçaklar —artık özgür olan zencileri hâlâ bu gözle görüyordu ve hep görecekti— temizliğe önem verirmiş gibi görünseler de aslında hiç vermezlerdi.

Böcek bir tren kadar ses çıkarıyordu sanki. Sineği kıvırdığı bir *North American Review* dergisiyle öldürdü. Dümdüz olan sinek, normal bir sineğin iki misliydi. Mavi-yeşil gövdesinde üç siyah şerit vardı. *Kafasına bak!* diye düşündü Nell Ranney. Yargıç Healey o yaratığın kafasını görse etkilenirdi herhalde. Sonra da sineği götürüp çöpe atardı. Turuncu, patlak gözleri gövdesinin neredeyse yarısı kadardı. O turuncu yer yer parlak kırmızıya dönüşüyordu. Bazen de sarımtırak oluyordu. *Bakır gibi. Ateş girdapları gibi.*

Nell ertesi sabah üst katı temizlemek için geri döndü. Kapıdan girerken, bir başka sinek vızıldayarak burnunun dibinden geçti. Bunun üzerine yargıcın kalın dergilerinden birini hışımla kaptığı gibi sineğin peşinden koşarak üst kata çıktı. Nell evde yalnızken bile her zaman hizmetçi merdivenini kullanırdı. Ama bu kez özel bir durum söz konusuydu. Ayakkabılarını çıkardıktan sonra koca ayaklarıyla merdivenin halılı basamaklarından sekerek sineğin peşinden koşup, Healeylerin yatak odasına daldı.

Sineğin kızıl gözleri parlıyordu. Vücudu dört nala gitmeye hazırlanan bir atınki gibi geriye çekilmişti. Böceğin yüzü bir an için bir insan yüzüne benzemişti. Nell Ranney sineğin monoton vızıltısını dinlerken o an yaşadığı sükuneti bir daha yıllarca hissedemeyecekti.

Elindeki *Review*'ı kaldırarak pencereye doğru atıldı. Dergiyle cama, sineğe vurdu. Ama saldırırken ayağı bir şeye takılmıştı. Bu yüzden yere bakınca, çıplak ayağının üstünde bir şeyin durduğunu fark etti. Eğilip eline alınca, o tuhaf şeyin bir insan damağıyla dişleri olduğunu gördü.

Onu hemen elinden bıraktı, ama yerinden kımıldamadı. Sanki kıpırdarsa o şeye saygısızlık etmiş olacaktı.

O şey, Yargıç Healey'nin kürsüde daha etkileyici görünmek için ünlü bir New Yorklu dişçiye yaptırdığı, neredeyse bir sanat eseri kadar güzel takma dişlerdi. Yargıç takma dişleriyle gurur duyardı. Onları kimin yaptığını söylemeye bayılırdı. Görgüsüzlük yaptığının farkında olmazdı hiç. Takma dişleri hâlâ parlak ve gıcır gıcırdı.

Nell göz ucuyla halının üstünde büyük bir kurumuş kan havuzcuğu olduğunu fark etti. Yanında da düzgünce katlanıp üst üste konmuş giysiler vardı. Nell bu giysileri kendi önlüğü, siyah bluzu ve kabarık siyah eteği kadar iyi tanırdı. Yargıcın ceplerini ve yenlerini defalarca onarmıştı. Yargıç mecbur kalmadıkça okul sokağındaki terzi Bay Randridge'e yeni giysiler ısmarlamazdı.

Hizmetçi ayakkabılarını giymek üzere aşağı inerken tırabzandaki ve merdivenin kırmızı halısındaki kan lekelerini fark etti. Oturma odasının büyük oval penceresinden bakınca, malikanenin muhteşem bahçesinin ardında, merayla ormanın (ve onların da arkasında Charles Nehri'nin) bulunduğu tarafta bir et sineği sürüsü gördü. Gidip bakmak üzere dışarı çıktı.

Sinekler bir şeyin üstünde toplanmıştı. O şey öyle pis kokuyordu ki, Nell yaklaşırken gözleri yaşardı. Tek tekerlekli bir el arabasıyla oraya giderken, Healeylerin seyis yamağının beslemesine izin verdiği buzağıyı hatırladı. O yamak da, buzağı da büyümüş ve hiç değişmeyen Wide Oaks'tan ayrılmışlardı.

Sinekler ortalarda yeni beliren kızıl gözlü türdendi. Aralarına sarı eşekarıları karışmıştı. Ama kurtçukların sayısı daha da fazlaydı. O şeyin üstünde kaynaşıyor, kıvranıyor, birbirlerini yiyorlardı. Ama o şey neydi? Bir ucu kahverengili beyazlı bir dikenli çalı gibiydi...

Yığının tepesinde kısa tahta direkli, iki tarafı da beyaz yırtık bir bayrak vardı. Esintide dalgalanıyordu.

Nell o yığının ne olduğunu bilmesine karşın seyis yine de yamağının buzağı olduğunu umuyor, bunun için korkuyla dua ediyordu. Çıplak, geniş, hafif kambur bir sırtla dev kalçalar, daha da aşağıda kısa ve ayrık bacaklar görüyordu. Bütün bunların üstü fasulye şeklinde beyaz kurtçuklarla kaplıydı. Tepelerinden geçen yüzlerce sinek onları koruyordu. Özellikle kafanın arka kısmı yüzlerce değil, binlerce beyaz kurtçukla tamamen kaplanmıştı.

Nell sinekleri kovalayarak yargıcı el arabasına yükledi. O çıplak cesedi bin bir güçlükle meradan, bahçeden ve evin koridorlarından geçirip yargıcın çalışma odasına götürdü. Cesedi bir resmi evrak yığınının üstüne yatırdıktan sonra, Yargıç Healey'nin başını kucağına aldı. Adamın burnundan, kulaklarından ve aralık ağzından kurtçuklar çıkıyordu. Nell yargıcın kafasının arkasındaki parlak kurtçukları ayıklamaya başladı. Sıcak ve ıslaktılar. Peşinden eve girmiş olan kızıl gözlü sinekleri de teker teker yakalayıp kanatlarını kopararak öfkeyle fırlatıp attı, beyhude bir intikam hırsıyla. Sonra birden öyle bir şey gördü ve duydu ki, New England'dan bile duyulabilecek bir çığlık attı.

Yandaki ahırdan koşarak gelen iki seyis Nell'in ağlayarak ve emekleyerek çalışma odasından kaçmaya çalıştığını gördüler.

"Ne var Nellie? Ne oldu? İyi misin?"

Daha sonra Ednah Healey, Nell Ranney'den Yargıç Healey'nin kollarında inleyerek can verdiğini öğrenince dışarı koşup polis şefinin kafasına bir vazo fırlatacaktı. Kocasının o dört gün boyunca sağ olduğunu düşünmeye dayanamamıştı.

Bayan Healey kocasının katilini bildiğini söylese de, bunun pek işe yarar bir bilgi olmadığı anlaşılacaktı. O gün daha sonra sakinleştiğinde "Onu Boston öldürdü," dedi şef, Healey'ye. "Bu iğrenç şehir onu yiyip bitirdi."

Cesedi görmekte ısrar etti. Adli tıp doktorunun adamlarının cesetteki kurtçukları ayıklamaları üç saat sürmüştü. Kurtçuklar temizlendiğinde, cesedin her tarafının yenmiş olduğu ortaya çıkmıştı. Kafasının arka tarafı hâlâ korkunç bir şekilde kabarıp iniyordu sanki. Burun deliklerinin arası ve koltuk altları yenmişti. Takma dişleri de olmayınca adamın yüzü delik bir akordeon gibi sarkmıştı. Ama cesedin harap ve kurtlu halinden bile utandırıcı ve acıklı olanı, çıplaklığıydı. Bazı cesetlerin tepesine baş oturtulmuş çatallı turplara benzediği söylenir. Yargıç Healey'nin cesedi de karısı dışında kimsenin görmemesi gereken cesetlerden biriydi.

Ednay Healey soğuk otopsi odasında cesede bakarken dul olmanın ne demek olduğunu kavrayınca hiddete kapıldı. Bir raftan adli tıp doktorunun jilet gibi keskin makasını kaptı. Vazoyu hatırlayan Kurtz telaşla gerilerken adli tıp doktoruna çarpıp adamdan küfür işitti.

Ednah eğilip yargıcın dağınık saçından bir tutam kesti. Eteği küçük otopsi odasını tamamen kaplamıştı sanki. O minik kadın, o soğuk ve mor cesedin başında durmuş, eldivenli ellerinden biriyle makası sımsıkı tutarken, diğeriyle de cesedin at kılı gibi sertleşmiş saçını okşuyordu.

* * *

"Hiç bu kadar kurtlanmış bir ceset görmemiştim," dedi Kurtz morgda titrek bir sesle, Ednah Healey'yi iki adamı eşliğinde evine gönderdikten sonra.

Adli tıp doktoru Barnicoat'un biçimsiz ve ufak bir kafası, patlak gözleri vardı. Burun delikleri çok genişti.

"Kurçuklar," diye sırıttı Barnicoat. Yerdeki beyaz, kımıl kımıl kurçuklardan birini alıp yakma fırınına atınca, yaratık cızırdayarak kararıp duman oldu. "Cesetler genellikle tarlalara bırakılmaz. Ama şu da bir gerçek ki, Yargıç Healey'ye saldıran kanatlı sürü daha çok açık havadaki koyun ve keçi leşlerine gelir." Aslında Healey'nin içinde dört günde üreyen kurçukların sayısı şaşırtıcıydı, ama Barnicoat bu konuda kesin bir şey söyleyecek kadar bilgili değildi. Torpille atanmış biriydi. Zaten bir adli tıp memuru olarak, ceset görmeye dayanabilmesi yeterliydi. Bir tıp ya da bilim dalında uzman olmasına gerek yoktu.

"Cesedi eve taşıyan hizmetçi kadın," dedi Kurtz, "cesedi kurtçuklardan temizlemeye çalışırken bir şey görmüş... şey... nasıl desem..."

Barnicoat öksürerek Kurtz'ü devam etmeye teşvik etti.

"Yargıç Healey'nin ölmeden önce inlediğini duymuş," dedi Kurtz. "Hizmetçi öyle diyor Barnicoat."

"Hiç sanmam!" diye güldü Barnicoat. "Et sineği kurtçukları ancak ölü dokularda yaşayabilir şef." Dişi sineklerin yumurtalarını sığır yaralarına ya da çürük etlere bırakmalarının sebebinin bu olduğunu açıkladı. Kurtçuklar kendilerini onlardan kurtulamayacak durumda veya baygın olan bir canlının yarasında bulsalar bile, sadece ölü dokuları yediklerinden o canlıya zarar vermezlerdi. "Cesedin kafasındaki yara iki üç misline çıkmış. Yani oradaki dokular ölüymüş. Yani böcekler ziyafete başladığında başyargıç ölüymüş."

"Yani başına aldığı darbe yüzünden mi ölmüş?" diye sordu Kurtz.

"Büyük ihtimalle evet şef," dedi Barnicoat. "Öyle şiddetli bir darbeymiş ki, adamın takma dişleri ağzından fırlamış. Ceset malikanenin arazisinde mi bulunmuş demiştin?"

Kurtz başıyla onayladı. Barnicoat cinayetin planlı işlenmediğini düşündüğünü söyledi. Yoksa katil işini garantiye almak için tabanca ya da balta gibi bir silah kullanırdı. "Veya bıçak. Bence bir hırsızın işi bu. Başyargıcı bayılttıktan sonra dışarı çıkarmıştır, evi rahatça soymak için. Healey'nin öleceğini aklına bile getirmemiştir." O farazi hırsıza sempati besler gibiydi.

Kurtz Barnicoat'a dik dik baktı. "Ama evden bir şey çalınmamış. Dahası da var. Başyargıç donuna kadar soyulmuş ve giysileri özenle katlanıp bırakılmış." Sesi çatladı. "Cüzdanı da, altın zinciri de, saati de alınmamış!"

Barnicoat patlak gözlerinden birini faltaşı gibi açarak Kurtz'e baktı. "Yani giysileri çıkarılmış, ama hiçbir şeyi çalınmamış ha?"

"Çılgınlık bu," dedi Kurtz. Bunu üçüncü ya da dördüncü kezdir fark ediyordu.

"Ne acayip!" dedi Barnicoat etrafa bakınarak. Sanki şimdiden bunu anlatacak birilerini arıyordu.

"Sen ve adamların bunlardan kimseye bahsetmeyin. Belediye reisinin emri. Bu binanın dışına tek kelime sızmayacak, tamam mı Barnicoat?"

"Tabii tabii şef." Barnicoat sorumsuz bir çocuk gibi kıkırdadı. "Bak aklıma ne geldi. Yaşlı Healey çok şişkoydu. Yani dul karısı onu taşımış olamaz. En azından bir ihtimal eksiliyor."

Kurtz Wide Oaks'ta yargıcın öldüğünü ilan etmeden önce araştırma yapmak amacıyla biraz zamana ihtiyacı olduğunu açıklamak için gerek duygusal, gerekse mantıksal her yola başvurdu. Ama Ednay Healey'yi ikna edemiyordu. Bu arada hizmetçilerinden biri yataktaki kadının üstündeki battaniyeyi düzeltmekle meşguldü.

"Bakın, eğer basın çalışma yöntemlerimizi herkese ilan ederse elimizden ne gelir?"

Ednah Healey'nin genelde dik ve sert olan bakışları şimdi donuk ve kederliydi. Ondan ödleri kopan hizmetçileri bile kadının bu haline en az Yargıç Healey'nin ölümü kadar üzülüyordu.

Kurtz sırtına yaslandı. Pes etmek üzereydi. Nell Ranney çay getirince Bayan Healey'nin gözlerini sımsıkı yumduğunu fark etti. "Hizmetçiniz başyargıcı sağ bulduğunu söylüyor. Ama adli tıp memurumuz Bay Barnicoat'a göre bu bilimsel açıdan olanaksız. Yani bir halisünasyon. Barnicoat başyargıcın bulunduğunda çoktan ölmüş olduğunu kurtçukların çokluğundan anlamış."

Ednah Healey Kurtz'e şaşkınca baktı.

Bundan cesaretlenen Kurtz "O sinek kurtçukları sadece *ölü dokuyla* beslenir Bayan Healey," dedi.

"Yani kocam acı çekmedi, öyle mi?" diye sordu Bayan Healey yalvarırcasına.

Kurtz hayır anlamında başını salladı. Ednah, Nell Helly'yi çağırarak, anlattığı öykünün o en korkunç kısmını bir daha ağzına almasını yasakladı.

"Ama Bayan Healey, kesinlikle eminim ki..." Nell cümlesini tamamlamayıp sustu.

"Nell Ranney! Sözümü dinle!"

Daha sonra dul kadın, kendini şefe affettirmek için kocasının ölümünün ayrıntılarını gizli tutmayı kabul etti.

"Ama siz de katilini bulacağınıza söz verin," dedi adamın ceketinin yenini tutarak.

Kurtz başıyla onayladı. "Bayan Healey, elimizden gelen her şeyi yapmaya başladık ve..."

"Hayır." Kadınının solgun eli şefin ceketini bırakmıyordu. Sanki adam odadan çıkıp gitse bile o el havada kalmayı sürdürecekti. "Hayır Şef Kurtz. Başlamayın. Bitirin. Bulun. Yemin edin."

Kurtz'ün seçme şansı kalmamıştı. "Yemin ederim bulacağız Bayan Healey." Susacaktı, ama içindeki şüpheyi ele verdi: "Bir şekilde."

*

Şiir kitapları yayıncısı J. T. Fields New Corner'daki ofisinin penceresinin yanına oturmuş, Longfellow'un o akşam için seçtiği şiirleri inceliyordu ki, genç bir katip yanında bir ziyaretçiyle içeri girdi. Zayıf, redingotlu Augustus Manning koridordan ofise girerken, sanki geçtiğimiz günlerde Ticknor, Fields ve ortakları tarafından restorasyonu yapılarak kullanılmaya başlanan Tremont Sokağı'ndaki bu malikanenin ikinci katında ne aradığını bilmez gibiydi.

"Burası muhteşem görünüyor Bay Fields... muhteşem. Ama siz benim için her zaman Old Corner'da yeşil perdenizin arkasında sıkış tıkış oturarak sağa sola emirler yağdıran küçük bir hissedar olarak kalacaksınız."

Artık yayınevinin en büyük hissedarı ve Amerika'nın en başarılı yayıncısı olan Fields gülümseyerek masasına yürüdü. Koltuğunun altındaki, üzerinde A, B, C ve D yazan dört pedaldan üçüncüsüne bastı. Binanın uzak bir odasında, üstünde C yazan bir çan hafifçe çalarak bir sekreteri irkiltti. C Çanı yayıncının yirmi beş dakika rahatsız edilmek istemediği anlamına gelirdi. B Çanı on, A Çanı ise beş dakikalık süreyi belirtirdi. Ticknor & Fields, Harvard Üniversitesi'nin metinlerini, kitapçıklarını, hatıratlarını ve tarihçelerini basan tek yayıneviydi. Bu yüzden enstitünün tüm mali iplerini elinde bulunduran Doktor Augustus Manning'e C Çanı'yla iltimas geçilmişti.

Manning şapkasını çıkarıp, elini kıvırcık saçlarının arasındaki kelinde gezdirdi. "Harvard Şirketi'nin hazinedarı olarak," dedi, "size son günlerde dikkatimizi çeken potansiyel bir tehlikeden bahsetmek istiyorum Bay Fields. Harvard Üniversitesi'yle çalışan bir yayınevinin saygınlığına leke sürülmemesi gerekir. Bunu anlıyorsunuzdur."

"Doktor Manning, en saygın yayınevi biziz."

Manning avuçlarını birleştirip uzun uzun öksürdü, belki de iç geçirdi. Fields hangisi olduğuna karar veremedi. "Duyduğumuza göre Bay Longfellow'un yeni bir edebi çevirisini yayınlamayı düşünüyormuşsunuz. Bay Longfellow'un üniversitemizde çalıştığı yıllarda kendisinden çok memnunduk elbette. Şiirleri de birinci sınıftır. Ama bu kez saçma sapan bir kitabı çevirdiğini öğrendik ve buna itirazımız var..."

Fields'ın bakışları soğuklaşınca Manning avuçlarını birbirinden ayırdı. Yayıncı topuğuyla en acil durumlarda kullanılan dördüncü pedala bastı. "Şairlerimin eserlerinin halk tarafından ne kadar sevildiğini bilirsiniz Doktor Manning. Longfellow. Lowell. Holmes." Bu üç ismi söylemekten güç alıyordu.

"Bay Fields, biz de *halk* adına konuşuyoruz zaten. Yazarlarınızın patronu sizsiniz. Onları doğru yönlendirin. Bu görüşmeden kimseye bahsetmezseniz ben de bahsetmem. Yayınevinizin saygınlığını korumak istediğinizi biliyorum. Bu yüzden o çevirinin doğuracağı tüm kötü sonuçları önceden düşüneceğinize inanıyorum."

"İnancınız için teşekkür ederim Doktor Manning." Fields derin bir nefes verince gür sakalı titreşti. Meşhur diplomasi yeteneğini kullanmakta zorlanıyordu. "Bahsettiğiniz kötü sonuçların hepsini düşündüm ve onlarla yüzleşmeye hazırım. Üniversitenizin yeni kitaplarını yayınlamamızı istemiyorsanız, sözleşmeleri tazminatsız iptal edebiliriz. Bu arada, yazarlarımı sağda solda karalarsanız çok alınacağımın farkındasınızdır umarım. Ah, Bay Osgood."

Fields'ın baş katibi J. R. Osgood usulca içeri girdi. Fields Doktor Manning'e yeni ofislerini gezdirmesini emretti.

Manning "Gerek yok," diyerek ayağa kalktı. Sert aristokrat sakalı yüzyıllık gibiydi. "Size bol şans dilerim Bay Fields," dedi, ofisin parlak siyah ceviz panellerine soğuk gözlerle bakarak. "Unutmayın ki bazen siz bile yazarlarınızı kendi hırslarından koruyamayabilirsiniz." Son derece nazik bir şekilde eğilerek selam verip ofisten çıkarak merdivene doğru yürüdü.

"Osgood," dedi Fields kapıyı kaparken. "*New York Tribune* gazetesinde çeviriyle ilgili bir haber çıkmasını istiyorum."

"Bay Longfellow çeviriyi bitirdi mi?" diye sordu Osgood sevinçle.

Fields dolgun dudaklarını büzdü. "Napolyon'un bir keresinde seyyar bir kitap satıcısını fazla ısrar etti diye vurduğunu biliyor muydun?"

Osgood durup düşündü. "Hayır, bilmiyordum Bay Fields."

"Demokrasinin avantajı, istediğimiz kitapları basabilmemizdir. Kitap matbaaya gittiğinde saygın çevrelerce merakla bekleniyor olmalı." Bunun olacağına inandığı gür sesinden belliydi. "New York'taki Bay Greeley Boston Edebiyatı köşesinde bu konuda bir yazı yazsın." Fields parmaklarıyla havada piyano çalıyordu sanki. Yazı yazarken bileği tutulurdu, bu yüzden yazdıklarının çoğunu, şiirleri de dahil olmak üzere, Osgood kaleme alırdı.

Fields çıkacak yazıyı kafasında kurmuştu bile: "'BOSTON EDEBİYATÇILARI NELER YAPIYOR: Söylentilere göre Ticknor & Fields epey ses getirecek yeni bir çeviriyi yayınlamaya hazırlanıyor. Çevirmenin şiirleri yıllardır Atlantiğin her iki yakasında ses getiren bir hemşerimiz olduğu söyleniyor. Ayrıca bu kişi Boston'un en büyük edebiyatçılarından yardım alıyormuş...' Dur Osgood. Boston'u New England yap. Greene çok güler yoksa."

Osgood hızla not alırken "Peki efendim," demeyi başardı.

"'New England'ın en büyük edebiyatçılarından yardım alıyormuş, yeni ve uzun bir şiir çevirisini tamamlamak için. Yaptı-

29

ğı çevirinin ne olduğu henüz bilinmese de, ülkemizde ilk kez yayınlanacak ve edebiyat dünyamızı değiştirecek bir eser olduğu söyleniyor.' Vesaire. Greeley kaynak belirtmesin. Hepsini yazdın mı?"

"Yarın ilk iş postayla göndereceğim," dedi Osgord.

"New York'a telgrafla gönder."

"Ama gelecek hafta yayınlanmayacak mı?" Osgood yanlış duyduğunu sanmıştı.

"Evet! Evet!" Fields kollarını kaldırdı. Böyle sinirlendiği enderdi. "Sonraki hafta da bir haber daha çıksın!"

Osgood usulca dönüp kapıya yürüdü. "Doktor Manning niye geldi sorabilir miyim?" dedi.

"Önemli değil." Fields derin derin iç geçirmekle kendini yalanladı. Masasındaki elyazması yığınlarına geri döndü. Pencereden bakınca, sokaktaki Boston Mağazası'ndan yazlık giysiler ve hasır şapkalar alan müşteriler gördü. Osgood tam odadan çıkacakken, ona bir açıklama yapma ihtiyacı duydu. "Longfellow'un Dante çevirisini basarsak Augustus Manning Harvard ile Ticknor & Fields arasındaki tüm sözleşmeleri iptal ettirecek."

"Ama binlerce, hattâ on binlerce dolar kaybederiz!" dedi Osgood kaygıyla.

Fields başıyla onayladı. "Hımm. Whitman'ın *Çimen Yaprakları*'nı niye basmamıştık biliyor musun Osgood?" Yanıt beklemeden devam etti. "Çünkü Bill Ticknor kitaptaki müstehcen pasajlar yüzünde başımızın belaya girmesinden çekinmişti."

"Şimdi pişman mısınız Bay Osgood?"

Fields bu sorudan hoşlanmıştı. Ses tonunu değiştirip, işverenden çok akıl hocası gibi konuşmaya başladı. "Hayır Osgood. Pişman değilim. Whitman New York'a ait. Tıpkı Poe gibi." Poe'nun ismini öfkeyle söylemişti. "Zaten edebiyatçıları çok az, onları da ellerinden almak istemem. Ama Bostonlu gerçek edebiyatçıların eserlerinden korkmamalıyız. Bir daha asla."

"Ticknor öldüğüne göre" demek istemişti. Sorun müteveffa William Ticknor'ın edebiyattan anlamaması değildi. Aslında Ticknorlar doğuştan edebiyatçı olurdu. William Ticknor'ın kuzeni George Ticknor bir ara Boston'un en büyük edebiyat otoritesi olmuş, Harvard'da Longfellow ve Lowell'dan önce profesörlük yapmıştı. Ama William D. Ticknor kendini mali işlere adamıştı. O zamanlar yayınevlerinin kitap satmaktan başka pek kaygısı yoktu. Ticknor bu dünyaya bir banker olarak girmişti. Tamamlanmamış elyazmalarındaki ve monografilerdeki dehaları keşfeden hep Fields olmuştu. Diğer yayıncıların kitapları satmıyor diye veya perakendecilikten vakit bulamadıkları için kapılarını kapadıkları büyük New England yazarlarıyla Fields dostluk kurmuştu.

Fields henüz genç bir katipken doğaüstü (diğer katiplerin deyişiyle "çok tuhaf") yeteneklere sahip olduğu söylenirdi. Bir müşterinin tavırlarından ve görünüşünden hangi kitabı istediğini şıp diye anlardı. İlk başta bu yeteneğini gizlemişti, ama diğer muhasebeciler tarafından keşfedilince, Fields üstüne bahisler oynanmaya başlanmıştı. Fields aleyhine bahse girenler hep kaybederdi. Fields daha sonra William Ticknor'ı yazarları dolandırmak yerine ödüllendirmeye ve reklamla şairleri ünlendirmeye ikna ederek, sektörün çehresini değiştirmişti. Yayınevine ortak olunca The Atlantic Monthly ve North American Review'da parayla yazarlarıyla ilgili yazılar yayınlatmaya başlamıştı.

Osgood edebiyattan Fields kadar anlamazdı. Bu yüzden neyin gerçek edebiyat olduğu konusunda tereddüte düşerdi. "Augustus Manning bizi niye tehdit ediyor ki? Düpedüz baskı yapıyor," dedi öfkeyle.

Fields gülümsedi. Osgood'un öğreneceği çok şey vardı. "Biz de herkese baskı yaparız Osgood," dedi. "Yoksa hiçbir işimiz görülmez. Dante'nin şiirleri ülkemizde tanınmıyor. Harvard Şirketi üniversitede okutulan her kitabı gözden geçirerek, okulun saygınlığını koruyor. Bilmedikleri ve anlamadıkları şeylerden ödleri kopar." Fields Dante'nin *İlahi Komedya*'sının Roma'da bulduğu cep basımını aldı. "Şu iki kapak arasında bir isyan gizli. Ülkemiz bir telgraf hızıyla ilerliyor Osgood. Büyük kurumlarımızsa bu hıza ayak uyduramayıp geride kalıyor."

"Ama onlara ne zararı olur ki? Longfellow'un çevirilerine daha önce hiç itirazları olmamıştı."

Yayıncı şakadan kızmış gibi yaptı. "Doğru, ama bu kez çok büyük, kalıcı bir eser söz konusu."

Fields'ın Harvard'la tek bağı, üniversitenin yayıncısı olmasıydı. Edebiyatçılarınsa daha güçlü bağları vardı: Longfellow on yıl önce kendini şiire adamak için emekliye ayrılmadan önce üniversitenin en ünlü profesörüydü; Oliver Wendell Holmes, James Russell Lowell ve George Washington Greene Harvard mezunlarıydılar; ayrıca Holmes ile Lowell ünlü profesörlerdiler... Holmes tıp fakültesinde Parkman anatomi kürsüsü başkanıydı, Lowell ise çağdaş diller ve edebiyat bölümü başkanıydı (bir ara Longfellow'un da bulunduğu makamdı bu).

"Bu kitap Boston'un kalbinden ve Harvard'ın ruhundan fışkıran bir başyapıt gibi görülecek Osgood. Augustus Manning bile bunun farkında."

Tıp profesörü ve şair Doktor Oliver Wendell Holmes Boston Mağazası'nın önünden geçip yayıncısının ofisine doğru yürürken, sanki kovalanıyormuş gibi koşar adım ilerliyordu (ama iki kez imza vermek için durdu). Doktor Holmes'un yanından geçseniz veya imza istemek için ona yaklaşsanız, ne kadar kararlı bir edası olduğunu fark ederdiniz. Hareli ipek yeleğinin cebinde duran katlanmış bir kağıt, o kısa boylu doktorun korkuyla yayıncısının ofisine koşturmasına yol açmıştı.

Yolda hayranlarıyla karşılaşınca, onlara en çok hangi eserlerini sevdiklerini soruyordu. "Ha, *o* mu? Başkan Lincoln o şiirimi ezbere biliyormuş. Cidden. Bana kendi söyledi..." Holmes çenesinin gevşekliği yüzünden çocuksu yüzündeki küçük ağzını kapalı tutmakta zorlanır gibiydi.

Hayranlarının zorlaması dışında sadece bir kez durdu. Dutton Kitabevi'ne uğrayıp yeni çıkan kitaplara baktı. Yeni (ve muhtemelen genç) New Yorklu edebiyatçılardan üç roman ve dört şiir kitabı yayınlandığı dikkatini çekti. Gazetelerdeki ve edebiyat dergilerindeki reklamlarda her hafta asrın en ilginç kitabının yayınlandığı söyleniyordu. "Orijinallik" öyle sıradan bir hal almıştı ki. Oysa savaştan daha birkaç yıl öncesinde, dünyadaki tek kitap Holmes'un *Kahvaltı Sofrası Otoktratı*'ydı sanki. Holmes o deneme kitabıyla edebiyata kişisel gözleme dayalı yepyeni bir yaklaşım getirmişti.

Ticknor & Fields'ın girişindeki geniş sergi salonuna daldı. İkinci Tapınağa girince görkemli geçmişi hatırlayan Yahudiler gibi, Doktor Holmes da bu temiz ve cilalı yere girince Washington ve School sokaklarının köşesindeki köhne binayı hatırladı. Yayınevi ile yazarları yıllarca oraya sıkışmak zorunda kalmıştı. Fields'ın yazarları yayınevinin Tremont ile Hamilton sokaklarının köşesindeki yeni binasına Köşebaşı ya da Yeni Köşebaşı demeye başlamışlardı. Alışkanlıktan olduğu kadar nostaljiden de kaynaklanıyordu bu.

"İyi akşamlar Doktor Holmes. Bay Fields'la görüşmeye mi geldiniz?"

Giriş masasındaki mavi boneli güzel kız, yani Cecilia Emory, Doktor Holmes'u yoğun bir parfüm kokusu ve sıcak bir gülümsemeyle karşıladı. Fields Köşebaşı'nı bir ay önce açtığında pek çok kadın sekreteri işe almıştı, erkeklerle kadınların aynı binada çalışmasının doğru olmadığını söyleyenlere kulaklarını tıkayarak. Aslında bu fikir Fields'ın dikkafalı ve güzel (ki genellikle birlikte görülen niteliklerdir) karısı Annie'den çıkmıştı.

"Evet güzelim. Yukarıda mı?"

"Hey, ulu Kahvaltı Sofrası Aristokratı ayağımıza kadar mı gelmiş?"

Katiplerden biri olan ve eldivenlerini giyerken Cecilia Emory ile uzun uzun vedalaşan Samuel Ticknor söylemişti bunu. Ticknor bir katibe göre epey zengindi. Back Koyu'nun en iyi semtlerinden birindeki evine gittiğinde, onu karısıyla hizmetçileri karşılayacaktı.

Holmes adamla el sıkıştı. "Bu Yeni Köşebaşı çok güzel, ama biraz küçük değil mi Bay Ticknor?" Güldü. "Bay Fields nasıl burada kaybolmuyor hayret."

"Kaybolmuyor mu?" diye mırıldandı Samuel Ticknor ciddi bir sesle. Sonra bir ses çıkardı, ama kıkırdıyor muydu homurdanıyor muydu belli değildi.

J. R. Osgood koşarak gelip Holmes'u yukarı çıkarırken "Ona aldırmayın Doktor Holmes," dedi, Tremon Sokağı'na çıkan adamın köşedeki fıstıkçıya dilenciye para verir gibi bir bozukluk fırlatmasına bakarak. "Genç Ticknor yayınevinin babasının sağlığındaki gibi yönetilmesini istiyor. Bunu da hiç gizlemiyor."

Doktor Holmes'un dedikodu yapacak vakti yoktu... en azından bugün.

Osgood Fields'ın toplantıda olduğunu söyleyince Holmes yayınevinin yazarlarına ayrılmış konforlu bir yer olan Yazarlar

Odası'nda bekledi. Holmes normalde duvarlardaki edebiyatçılara ait yazı ve imzaları incelerdi. Aralarında onun yazdıkları da vardı. Ama bugün cebinden ürkekçe çıkardığı çeke bakmayı yeğledi. Çekin üstüne çiziktirilmiş rakam öyle düşüktü ki. Mürekkep lekeleri onun şairlik hayatının simgesiydi sanki. Son yılları çok kötü geçmişti. Eski başarılarını tekrarlayamamıştı. Sessizce oturup baş ve işaret parmaklarıyla çeki ovuşturdu, Alaattin'in lambasını ovarcasına. Fields'ın gönlünü çeldiği, ikna ettiği, yönlendirdiği yeni ve korkusuz yazarları hayal etmeye başladı.

Yazarlar Odası'ndan iki kez çıktı. İkisinde de Fields'ın ofisinin kapısı kapalıydı. İkinci seferde içeriden şair ve editör James Russell Lowell'ın sesinin geldiğini duydu. Lowell her zamanki gibi hararetle konuşuyordu. Doktor Holmes kapıyı çalmak veya dönüp gitmek yerine, konuşulanları anlamaya çalıştı, çünkü kendisinden bahsettiklerine emindi.

Holmes görme yeteneğini kulaklarına aktarmak istercesine gözlerini kıstı. Tam ilginç bir şeyler duyar gibi olurken biri kendisine çarpıp yere düşürdü.

Karşısında dikilen delikanlı ahmakça ve telaşla el kol hareketleri yapıyor, özür dilemeye çalışıyordu.

"Benim suçum evladım," dedi şair gülerek. "Ben Doktor Holmes."

"Ben de Teal efendim," dedi delikanlı titreyerek. Bir dükkan yamağına benziyordu. Benzi atmıştı. Dönüp kaçtı.

"Bakıyorum Daniel Teal'la tanışmışsınız," dedi başkatip Osgood, koridordan çıkıp gelerek. "Sakar, ama çalışkandır." Gülüştüler. Zavallı çocuk, yayınevinde daha yeni çalışmaya başlamışken Oliver Wendell Holmes'la çarpışmıştı! Şairin özgüveni yerine gelmişti.

"Bay Fields'ın durumuna bakayım mı?" diye sordu Osgood.

O sırada ofisin kapısı açıldı. Eşikte James Russell Lowell belirdi. Bakımsız, ama heybetli görünüyordu. Gri ve sert gözleri, insanın dikkatini beyaz saçlarından ve şimdi iki parmağıyla oynamakta olduğu sakalından alıyordu. Fields'ın ofisinde yalnızdı. Elinde bugünün gazetesi vardı.

Holmes kaygılarını paylaşmaya kalksa Lowell'ın ne diyeceğini hayal etti: *Böyle basit şeylere kafa yormanın sırası mı şimdi Holmes? Kendimizi Longfellow'a, Dante'ye vermeliyiz...* "Gelsene Wendell!" Lowell ona bir içki hazırlamaya başladı.

Holmes "Demin sanki içeriden sesler duydum Lowell," dedi. "Yoksa binayı hayaletler mi bastı?"

"Coleridge'e hayaletlere inanıp inanmadığını sormuşlar. Hayır, çünkü çok fazla gördüm demiş." Kahkahayı bastıktan sonra purosunu salladı. "Bu gece Dante Kulübü'nde kutlama var da. Şunu yüksek sesle okuyordum, kulağa nasıl geliyor diye." Lowell yan masadaki gazeteyi gösterdi. Fields'ın kafeye indiğini söyledi.

"Söylesene Lowell, *Atlantic* ödeme koşullarını mı değiştirdi? Son sayıya şiir vermemişsin. Gerçi *Review* seni yeterince meşgul ediyordur herhalde." Holmes parmaklarıyla cebindeki çeke dokundu.

Lowell ise onu dinlemiyordu. "Holmes, bak sana ne göstereceğim!" dedi. "Fields kendini aşmış. Şuna bir baksana." Suç ortağıymışlar gibi başını sallayıp onu dikkatle izledi. Gazetenin edebiyat sayfası açıktı. Üstüne Lowell'un purosunun kokusu sinmişti.

"Ama Lowell, sana sormak istediğim şey..." dedi Holmes ısrarla, gazeteyi bir kenara iterek, "...son zamanlarda... ha, çok sağol." Lowell'ın verdiği konyakla suyu aldı.

Fields sırıtarak ve gür sakalıyla oynayarak odaya girdi. Nedense o da Lowell kadar neşeli ve kaygısızdı. "Holmes! Ne güzel bir sürpriz. Bugün gelmeni beklemiyordum. Tam tıp fakültesine haber gönderip, Bay Clark'la görüşmeni söyleyecektim. *Atlantic*'in son sayısının bazı çekleri yanlış kesilmiş. Şiirin için yüz yerine yetmiş beş dolar almış olabilirsin." Savaş yüzünden enflasyon yükseldiğinden, ünlü şairler şiir başına 100 dolar alırdı. Sadece Longfellow 150 dolar alıyordu. Daha ünsüzler ise 25 ila 50 dolar arasında ücret almaktaydı.

"Sahi mi?" diye sordu Holmes sevinçle. Sonra kendini böyle ele verdiği için utandı. "Fazla para göz çıkarmaz."

"Şu yeni katiplerden neler çektiğimi bir ben bilirim," dedi Fields başını sallayarak. "Dev bir geminin dümenindeyim dostlar. Bir dakika gözümü ayırsam kayalara bindireceğiz."

Holmes memnun halde oturup nihayet elindeki *New York Tribune*'e gözattı. Şaşkın bir halde, sessizce deri koltuğa gömüldü.

James Russell Lowell Cambridge'den Köşebaşı'na *The North American Review*'daki uzun süredir ertelediği işlerini bitirmeye gelmişti. Lowell eserlerinin çoğunu Fields'ın en büyük iki dergisinden biri olan *The North American Review*'da yayınlatırdı. Yazdıklarını bir yardımcı editörler ekibine teslim eder, onların işi bitince de son okumaları yapardı. Fields Lowell'ın reklamın önemini herkesten, Longfellow'dan bile çok bildiğinin farkındaydı.

"Harika! Sende sahiden Yahudi kanı var Fields!" dedi Lowell, gazeteyi Holmes'un elinden kaparak. Lowell kendisi de dahil olmak üzere herkesin Yahudi kanı taşıdığına inanırdı.

"Kitapçılar buna bayılacak," dedi Fields. "Sırf Boston'dan gelecek paralar bile bizi ihya edecek!"

"Sevgili dostum," diye güldü Lowell, gazeteye sanki gizli bir hazinenin anahtarıymış gibi hafif hafif vurarak, "Dante'nin yayıncısı sen olsaydın, eminim Floransa'ya geri çağrılır ve şenliklerle karşılanırdın!"

Oliver Wendell Holmes kahkahayı bastı. Ama "Dante'nin yayıncısı Fields olsaydı, onu zaten hiç sürgün etmezlerdi," derken sesi biraz buruktu.

Doktor Holmes Longfellow'un evine gitmeden önce muhasebeci Bay Clark'la görüşeceğini söyleyerek ayrılınca, Fields Lowell'ın kaygılı olduğunu fark etti. Zaten o şair moralinin bozuk olduğunu hiç gizlemezdi.

"Holmes biraz ilgisiz değil mi sence?" diye sordu Lowell sert bir sesle. "Sanki ölüm ilanı okuyor." Fields'ın tanıtım yazıları hakkındaki hassasiyetini bilirdi. "Kendisininkini."

Ama Fields sadece güldü. "Aklı romanında o kadar. Eleştirmenlerin ona bu kez adil davranıp davranmayacağını merak ediyor. Zaten kafası hep meşguldür onun, bilirsin."

"Sorun da bu ya! Harvard bize daha fazla baskı yapmaya kalkarsa..." Lowell ayağa kalktı. "Kimsenin bu yola baş koyduğumuzdan şüphe duymasını istemiyorum Fields. Wendell kulübümüzü biraz hafife alıyor olmasın?"

Lowell'la Holmes birbirleriyle tartışmayı severlerdi. Fields arabulucu olmaya çalışırdı. Genellikle ilgi odağı olmak için dalaşırlardı. Mesela geçenlerde düzenlenen bir yemekte, Bayan Fields Lowell'ın Harriet Beecher Stowe'a *Tom Jones*'un tüm zamanların en iyi romanı olduğunu söylediğini işitmişti. Holmes ise Stowe'un ilahiyat profesörü kocasına dünyadaki tüm küfürlerin kaynağının din olduğunu söylemişti. Fields'ın tek kaygısı en iyi şairlerinden ikisinin arasının açılması değildi. Lowell'ın Holmes'a dair kaygılarını ısrarla kanıtlamaya uğraşmasından endişeleniyordu. Fields ne bunu istiyordu, ne de Holmes'un ürküp kaçmasını.

Fields Holmes'la çalışmaktan gurur duyuyordu. O kısa boylu doktorla çektirdiği bir fotoğrafı çerçeveletip duvarına asmıştı. Lowell'ın geniş omzuna elini koyup "Onsuz Dante Kulübü'müz ruhunu yitirir Lowell," dedi içtenlikle. "Doğru, biraz dalgın bir adam, ama sonuçta bir dâhi. Doktor Johnson onu görse 'İşte tam bir kulüpçü,' derdi. Hem zaten bizi hiç hayal kırıklığına uğratmadı, değil mi? Longfellow'u da."

Harvard Şirketi'nin hazinedarı Doktor Augustus Manning o akşam mesai bitiminde üniversitede kaldı. Masasında otururken, sık sık lambasının donuk ışığını yansıtan pencereden dışarıya, kararan göğe bakarak her gün üniversiteyi tehdit eden yeni tehlikelerin başgöstermesi üstüne düşündü. Daha o günün ikindisinde, on dakikalık teftiş gezisinde kuralları çiğneyen birkaç öğrencinin ismini almıştı. Üç tanesi Grays Salonu'nun yanında konuşuyordu. Yaklaştığını fark ettiklerinde artık çok geçti. Doktor Manning kuru yaprakların üstünden bile sessizce, hayalet gibi geçebilirdi. Öğrenciler "toplanmak", yani avluda iki ya da daha fazla kişilik gruplar halinde konuşmak suçundan ihtar alacaktı.

O sabah da, okulun kilisesindeki altı duasında, Manning asistan Bradlee'ye İncilinin içine başka bir kitap koymuş gizlice okuyan bir öğrenciyi göstermişti. O ikinci sınıf öğrencisi dua sırasında kitap okumak —hem de ahlaksız bir Fransız felsefecinin kitabını— suçunu işlediği için gizlice azarlanacaktı. Disiplin kurulunun bir sonraki toplantısında ona verilecek ceza saptanacaktı. Hem para cezası alacak, hem de notları düşürülecekti.

Manning Dante sorununu nasıl halledeceğini düşünmeye başladı. Klasik döneme ve dillerine körü körüne bağlı olan Manning'in bir keresinde tam bir yıl boyunca sadece Latince konuştuğu söylenirdi. Bazıları buna inanmıyor, karısının Latince bilmediğini söylüyordu. Bazılarıysa bunun öyküyü destekleyen bir şey olduğunu söylemekteydi. Harvardlıların deyimiyle yaşayan diller, ucuz ve kalitesiz taklitlerden başka bir şey değildi. Özellikle İtalyanca, İspanyolca ve Almanca, yozlaşmış Avrupa'nın açgözlülüğünü ve ahlaksızlığını yansıtıyorlardı. Doktor Manning yabancı zehirlerin edebiyat kisvesi altında yayılmasını istemiyordu.

Manning antreden tuhaf tıkırtılar geldiğini duydu. Bu saatte ses gelmesi tuhaftı, çünkü sekreteri eve gitmişti. Manning kapıya gidip kolunu çevirdi. Ama kapı açılmıyordu. Başını kaldırınca, kapının üst kenarında bir çivi ucunun çıktığını gördü. Birkaç santim sağında bir tane daha vardı. Kapıya var gücüyle asıldı, kolları sızlayana dek. Sonunda kapı çatırdayarak aralandı. Diğer tarafta bir taburenin üstünde duran bir öğrenci, elinde bir tahta parçası ve vidalarla Manning'in kapısını gülerek çivilemeye çalışıyordu.

Öğrencinin arkadaşı Manning'i görünce kaçtı.

Manning taburedeki çocuğu yakaladı. "Asistan! Asistan!"

"Sadece bir şakaydı! Bırakın beni!" On altı yaşındaki çocuk birden beş yaş küçülmüştü sanki. Manning'in boncuk gözlerini görünce paniklemişti.

Manning'e birkaç yumruk vurduktan sonra adamın elini ısırarak kurtuldu. Ama bir asistan gelip çocuğu yakasından kavradı.

Manning ağır adımlarla ve soğuk bakışlarla çocuğa yaklaştı. Çocuğa öyle uzun baktı ki (baktıkça küçülüyor, cılızlaşıyordu sanki) asistan bile rahatsız olup şimdi ne yapacağını sordu. Manning eline baktı. Kemiklerinin arasındaki iki diş izinde kan vardı.

Manning'ın boğuk sesi ağzından değil sakalından çıktı sanki.

"Asistan Pearce, bu çocuktan suç ortaklarının isimlerini öğren. İçkiyi nereden bulduğunu da öğren. Sonra da polise teslim et."

Pearce duraksadı. "Polise mi?"

Öğrenci itiraz etti. "Okul meselesine polis karıştırılmaz!"

"Hemen Asistan Pearce!"

Augustus Manning odasına girip kapısını kilitledi. Öfkeden nefes nefeseydi. Masasına oturup vakarla dikeldi. *New York Tribune*'ü tekrar eline aldı. Acilen ilgilenmesi gereken meseleler vardı. "Boston Edebiyatı" sayfasındaki J. T. Fields'ın tanıtım yazısını okurken ve elindeki diş izleri sızlarken, hazinedarın aklından aşağı yukarı şunlar geçti: Fields yeni kalesinde kendini yenilmez sanıyor... Lowell gibi o da küstahlaşmış... Longfellow ulaşılmaz; Bay Greene ise bunağın teki... *Ama Doktor Holmes...* o otokrat ilkeleri yüzünden değil, korktuğu için tartışıyor... Yıllar önce Profesör Webster'ın başına gelenleri izlerken yüzünde beliren ifade... dehşete düşmüştü, ama adamın cinayetten hüküm giymesinden ya da asılmasından değil... bir ömür boyu çalışarak kazandığı saygınlığını ve Harvard'daki kariyerini yitirdiği için... *Evet, Holmes: En büyük müttefikimiz Doktor Holmes olacak.*

II

✳

Şef'in emriyle polis bütün gece boyunca Boston'un her yerinden "şüpheli şahıslar" topladı. Merkez karakolda, yakaladıkları şüphelileri kaydettirmeye getiren polisler arasında gizli bir rekabet başlamıştı. Her biri kendi yakaladığı adamların diğerlerinden daha suçlu olmasını istiyordu. Mezarlık'la –alt kattaki nezaret hücreleri– giriş katı arasında mekik dokuyan sivil kıyafetli dedektifler, birbirleriyle gizlice fısıldaşıyorlardı.

Bir Avrupa modelinden esinlenilen bu dedektiflik bürosunun Boston'da kurulmasının amacı, suçluların yerleri hakkında bilgi toplanmasıydı. Bu yüzden seçilen dedektiflerin çoğu eski suçlulardı. Ama gelişmiş soruşturma yöntemlerinden habersiz olduklarından, suçluların yakalanmasına katkıda bulunup maaşlarını hak etmek için eski yöntemlere başvuruyorlardı (en sevdikleri yöntemler tehdit, şantaj ve yalandı). Şef Kurtz yeni cinayet kurbanının katilinin John Smith adlı biri olduğuna basını ve dedektifleri inandırmak için elinden geleni yapmıştı. Dedektiflerin yastaki zengin Healeyler'den para koparmaya çalışmasını hiç istemiyordu.

Yakalanan şüpheli şahıslardan bazıları müstehcen şarkılar söylüyor ya da elleriyle yüzlerini gizliyorlardı. Bazılarıysa onları buraya getiren görevlilere küfür ve tehditler savuruyordu. Birkaçı odanın bir duvarının dibindeki sıraya tünemişti. Burada her çeşit suçlu vardı: Sosyete dolandırıcıları, cam kırıcılar, yankesiciler, yoldan geçenleri ara sokaklara çekip suç ortaklarına soyduran güzel kızlar. Kamu balkonunda diz çökmüş İrlandalı çocuklar ellerindeki yağlı kağıt poşetlerden çıkardıkları sıcak fıstıkları parmaklıkların arasından aşağı fırlatıyordu. Bazen çürük yumurta attıkları da oluyordu.

"Cinayet işlediğinden bahseden biri var mı buralarda? Beni dinliyor musun?"

"Bu altın zincirli saati nereden buldun çocuk? Ya bu ipek mendili?"

"Bu sopayla ne yapmayı planlıyorsun?"

"Hiç birini öldürdün mü ahbap? Nasıl bir şey olduğunu görmek için?"

Pancar suratlı memurlar bu soruları haykırıyordu. Sonra Şef Kurtz, Healey'nin ölümünün ayrıntılarını vermeye başladı, kurbanın kimliğini ağzından kaçırmadan. Ama kısa süre sonra sözü yarıda kesildi.

"Hey şef." İri yarı bir zenci öksürmeye başladı. Gözlerini odanın bir köşesine dikmişti. "Bu yeni zenci köpek ne iş? Üniforması nerede? Zenci dedektifler çalıştırmaya başlamıyorsun herhalde? Yoksa ben de başvurabilir miyim?"

Kahkahalar kopunca Nicholas Rey dikeldi. Birden sivil kıyafetinden ve sorgulamaya katılmamasından rahatsız olmuştu.

"O zenci değil," dedi zayıf bir adam önden çıkıp devriye polisi Rey'i uzman gözüyle süzerek. "Meleze benziyor. İyi cins hem de. Anası köle, babası ırgatmış. Değil mi dostum?"

Rey adama yaklaştı. "Şef'in sorularını yanıtlasak bayım? Birbirimize elimizden geldiğince yardım edelim."

"İyi dedin Beyaz Zambak." Zayıf adam parmağını ince bıyığına götürerek, ağzının etrafında döndürdü. Sonra çenesinin hemen üstünde durdurdu.

Şef Kurtz copuyla Langdon Peaslee'nin elmas yaka düğmesini dürttü. "Tepemi attırmayın!"

"Yavaş ol." Boston'un en usta kasa hırsızı olan Peaslee yeleğini sildi. "O minik düğme tam sekiz yüz dolar şef. Hem de para verip aldım!"

Kahkahalar yükseldi. Gülenler arasında bazı dedektifler de vardı. Kurtz Langdon Peaslee'nin onu sinirlendirmesine izin vermemeliydi, en azından bugün. "İçimden bir ses geçen pazar Commercial Sokağı'nda patlatılan kasalarda senin parmağın olduğunu söylüyor," dedi. "Dini tatil gününün kurallarını çiğnediğin için seni tutuklayacağım. Mezarlık'ta senin gibi adi yankesicilerle uyursun artık!"

Birkaç adım ötede duran Willard Burndy kıkırdadı.

"Bak sana ne diyeceğim şef," dedi Peaslee, herkesin duyması için sesini yükselterek. Balkondaki çocuklar bile pür dikkat kesildi. "Commercial Sokağı soygununu dostumuz Burndy'nin yapmadığına eminim. Yoksa o kasalar bir yaşlı kadınlar derneğine mi aitti?"

Burndy parlak, pembe gözlerini faltaşı gibi açıp, önündekileri ite kaka ve neredeyse bir kavgaya sebebiyet vererek Langdon Peaslee'nin üstüne yürüdü. Yukarıdaki çocuklar tezahürat yapmaya başladı. Bu gösteri neredeyse North End'deki gizli fare yarışları kadar eğlenceliydi. Üstelik o yarışlarda kişi başına yirmi beş sent alıyorlardı.

Polisler Burndy'yi zaptederken, şaşkın bir adam tökezledi. Yere düşecekken Nicholas Rey onu tuttu.

Adam zayıftı. Kara gözleri güzel ama bezgindi. Dişlerinin bazıları yoktu. Kalanları da çürüktü. Solurken tıslıyordu. Nefesi Medford romu kokuyordu. Üstünün başının çürük yumurtayla kaplı olduğunun ya farkında değildi, ya da buna aldırmıyordu.

Kurtz sakinleştirilen serserilerin arasında yürüyerek durumu tekrar açıkladı. Nehir kıyısında bulunan çıplak erkek cesedinden; cesedin sinekler, arılar, kurtçuklar tarafından yendiğinden ve kan içinde olduğundan bahsetti. Bu odadakilerden birinin onu başına vurarak öldüren ve ardından nehir kıyısına taşıyan kişi olduğunu söyledi. İlginç bir ayrıntıdan daha bahsetti: Cesedin yanına beyaz ve yırtık bir bayrak saplanmıştı.

Rey hâlâ tuttuğu adamın yere yığılmasını engellemeye çalışıyordu. Adamın ağzıyla burnu kırmızı ve çarpık çurpuktu. Bıyığıyla sakalı kısaydı. Bir bacağı sakattı. Çok eskiden bir kazada ya da kavgada sakatlanmış olmalıydı. İri elleri zangır zangır titriyordu. Polis şefi konuşmayı sürdürdükçe, adamın titremeleri şiddetleniyordu.

Şef Yardımcısı Savage "Bu adamı kim getirdi Rey? Biliyor musun?" diye sordu. "Fotoğraf çekimi sırasında adını söylemedi. Bir Mısır sfenksi gibi suskundu!"

Sfenksin boynunda eski bir siyah kaşkol vardı. Donuk gözlerle etrafa bakarak iri ellerini havada çeviriyordu.

"Bir şey çizmeye çalışıyor!" diye şaka yaptı Savage.

Adam sahiden de bir şey çiziyordu... bir harita. Polisler neyi aramaları gerektiğini bilseler, bu harita ileriki haftalarda çok işlerine yarardı. Bu yabancı uzun süredir Healey'nin öldürüldüğü bölgede yaşamaktaydı, ama lüks Beacon Tepesi'nde değil. Havaya çizmeye çalıştığı şey de dünyevi bir yerin değil, başka bir dünyadaki karanlık bir antrenin resmiydi. Çünkü Artemus Healey'nin cesedi zihninde en ufak ayrıntılarıyla belirirken, cezanın *orada*, o antrede verildiğini düşünmeye başlamıştı.

"Sağır galiba," diye fısıldadı Şef Yardımcısı Savage Rey'e. "Kokusundan anladığım kadarıyla da beş parasız. Ona ekmekle peynir vereyim. Gözünü Burndy'den ayırma oldu mu Rey?" Savage o fitneciye bakarak başını salladı. Burndy kelepçeli elleriyle pembe gözlerini ovuştururken, Kurtz'ün anlattığı tuhaf şeyleri dinliyordu.

Şef Yardımcısı titreyen adamı devriye polisi Rey'in elinden usulca alıp onunla yürümeye başladı. Adam zangır zangır titriyor ve ağlıyordu. Birden şef yardımcısını bir sıranın üstüne itti. Sonra Rey'in arkasına sıçrayıp sol kolunu boğazına doladı. Parmaklarını Rey'in sağ koltukaltına batırdı. Diğer eliyle de şapkasını düşürüp başını yana çevirerek, kulağına öyle alçak, umutsuz, samimi ve boğuk bir sesle konuştu ki, onu sadece Rey duyabildi.

İçerideki serseriler gülüştü.

Yabancı Rey'i bırakıp yivli bir sütuna tutundu. Sütunun etrafında dönmeye başladı. Rey adamın söylediklerinden bir şey anlamamıştı. *Dinanzi.* Ne dediğini hatırlamaya çalışırken (*etterne etterno, etterne etterno*) adamı yakalamaya çalıştı. Ama yabancı sütuna tutunarak öyle hızlı dönüyordu ki, hayatının bu son anında istese de duramazdı.

Körfeze bakan bir pencereden dışarı fırladı. Tırpan ucu şeklinde bir cam parçası neredeyse zarif bir şekilde kaşkolunu yarıp nefes borusunu kesti. Adam cam parçalarıyla birlikte avluya düştü.

Ortalığa sessizlik çöktü. Rey kar tanelerine benzeyen cam kırıntılarını yuvarlak burunlu ayakkabılarıyla ezerek pencereye gidip aşağı baktı. Adam sonbahar yapraklarıyla kaplı avluda yatıyordu. Üstündeki cam parçaları sarı ve kızıl renklerle ışıldıyordu. Avluya herkesten önce inen çocuklar cesedin etrafında dans etmeye başladı. Rey aşağı inerken adamın son sözlerini düşündü: *Voi Ch'intrate. Voi Ch'intrate.* Sen, içeri giren. Sen, içeri giren.

*

James Russell Lowell Harvard'ın bahçesinin demir kapılarından geçerken kendini en popüler şiirinin kahramanına, kutsal kasenin peşindeki Sör Launfal'a benzetti. Sahiden de bugün o yiğit şövalyeye benzeyebilirdi. Ne de olsa beyaz bir atın üstündeydi. Ama tuhaf sakal traşı buna engel oluyordu. Top sakalı kısa kesilmişti, ama bıyığı sakalından çok daha gürdü. Düşmanları da dostları da bu tarzın ona gitmediğini söylüyorlardı kendi aralarında. Lowell erkeklerin sakal bırakması gerektiğine inanırdı... madem ki Tanrı onlara sakal vermişti. Ama kendi tarzının teolojik bir gereklilik olup olmadığını belirtmezdi.

Bugünlerde kendini giderek daha çok bir şövalyeye benzetiyordu, çünkü bu okul giderek bir düşman kalesini andırır olmuştu. Birkaç hafta önce Şirket Profesör Lowell'ı departmanındaki pek çok sorunu (örneğin çağdaş yabancı dil derslerinin kredilerinin, klasik dil derslerinin kredilerinin yarısı olmasını) çözecek bir dizi reform karşılığında, Lowell'ın tüm dersleri konusunda tam yetki almalarını kabule ikna etmeye çalışmıştı. Lowell bu teklifi bağıra çağıra reddetmişti. Bunu ille yapmak istiyorlarsa sıkıcı formalitelerle uğraşmak, Harvard Yönetim Kurulu'na (o yirmi kafalı canavara) teklif sunmak zorundaydılar.

Derken bir ikindi vakti, başkandan bazı öğütler duyunca, kendisine yapılan teklifin ciddi olmadığını anlamıştı.

"Lowell, en azından Dante seminerini iptal et. O zaman Manning sana yardımcı olur."

Lowell gözlerini kısmıştı. "Niyetleri buymuş demek! Bana boyun eğdiremezler!" diye bağırmıştı. "Ticknor'ı kaçırdılar. Longfellow'u kendilerinden tiksindirdiler. Adam gibi adam olan herkes onlara karşı çıkmalı. Hattâ çirkeflik mastırı yapmamış herkes."

"Profesör Lowell, beni terbiyesiz sanıyorsunuz ama siz de biliyorsunuz ki Şirket'i ben yönetmiyorum. Onlara laf anlatmak deveye hendek atlatmaktan zor. Ben sadece şirketin başkanıyım." Başkan böyle diyerek kıkırdamıştı. Thomas Hill sahiden de sadece Harvard'ın başkanıydı, hem de yeni bir başkan. Son on sene içinde göreve gelen üçüncü başkandı. Bu sık görev değişimi, Şirket üyelerinin çok güçlenmesine yol açmıştı. "Ama departmanınızın Dante'yle işi olmaması gerektiğini düşünüyorlar. Başkalarına gözdağı vermek için sizi harcayacaklar Lowell. Özellikle Manning'den sakının!" Lowell'ın kolunu sımsıkı tutmuştu, sanki onu bir tehlikeden korumak istercesine.

Lowell haklarında hiçbir şey bilmedikleri edebiyat eserlerini yargılayanları ciddiye almayacağını söylemişti. Hill bu konuyu tartışmaya bile değer görmemişti. Harvard üyelerinin yaşayan diller hakkında hiçbir şey bilmemesi âdettendi.

Lowell'ın Hill'i bir sonraki görüşünde başkanın elinde bir silah vardı: Geçenlerde ölmüş ünlü bir İngiliz şairin Dante'nin şiiri hakkında yazdıklarının elyazması bir alıntısını içeren mavi bir sayfa. "Tüm insanlığa karşı nasıl bir nefrettir bu! Sonsuz ve mutlak acılardan nasıl da keyifle bahsediyor! Yazdıklarını okurken burnumu tıkıyorum. Kulaklarımı tıkıyorum. Bir kitapta pis kokulardan, dışkılardan, kandan, parçalanmış bedenlerden, ızdırap çığlıklarından, zebanilerden bu kadar bahsedildiği görülmüş müdür? Şimdiye kadar böylesine ahlaksızca ve kafirce bir kitap yazılmamıştır." Hill sanki bu yazıyı kendisi yazmış gibi keyifle sırıtmıştı.

Lowell gülmüştü. "İngilizlerin keyfine göre mi kitap okuyacağız? Öyleyse Lexington'u kırmızı ceketlilere verseydik bari... General Washington da hiç boşu boşuna savaşmasaydı?" Hill'in gözlerinde bir ifade belirmişti... Lowell'ın bazen öğrencilerinde gördüğü bir ifade. Bu yüzden başkanı ikna edebileceğine inanmıştı. "Sevgili başkanım, Amerika edebiyatı sadece bir eğlence aracı ve okullarda zoraki okutulan saçmalıklar olarak görmekten kurtulmadığı, insanileştirici ve soylulaştırıcı etkisini anlamadığı sürece ulusal kimliğini kazanamaz. Canlı, büyük bir güç olamaz."

Hill hedefinden sapmamaya çalışmıştı. "Şu ölümden sonrası, cehennemdeki cezalar gibi şeyler hakkında yazdıkları çok saçma Lowell. Bir de adına komedya demiş! Ortaçağdan kalma, skolastik ve..."

"Katolik." Hill bunu duyunca susmuştu. "Demek istediğiniz bu, sayın başkanım. Harvard Üniversitesi'nde okutulamayacak kadar İtalyan ve Katolik, değil mi?"

Hill beyaz kaşlarından birini kurnazca kaldırmıştı. "Biz Protestanlar Tanrı'yı bu kadar korkutucu görmek istemeyiz. Bunu sen de kabul edersin."

Aslında İrlandalı Katoliklerin Boston'un liman bölgesinde ve banliyölerinde giderek çoğalmaları Harvard üyeleri kadar Lowell'ı da rahatsız ediyordu. Ama Dante'nin şiirlerini Vatikan'ın sesi olarak görmek... "Evet, biz insanları onlara haber vermeden ölümsüzlüğe mahkum etmeyi severiz. Dante şiirine komedya diyor, çünkü Latince değil taşra İtalyanca'sıyla yazdı ve sonu da mutlu bitiyor. Şair cennete çıkıyor. Bu yüzden trajedi değil. Yabancı ve yapay kaynaklardan yola çıkarak büyük bir şiir yazmaya çalışmak yerine, şiirine kendini vermiş."

Lowell başkanın soğukkanlılığını yitirmeye başladığını görmekten memnunluk duymuştu. "Yapmayın profesör. Bazı listelenmiş günahları işleyenlere acımasızca işkence edilmesi zalimce değil mi sizce de? Mesela günümüzde biri çıkıp düşmanlarının cehennemin neresine gideceğini anlatsa bunu nasıl karşılarsınız?"

"Sayın başkanım, bir yanlış anlaşılma olmasın. Dante dostlarını da cehenneme göndermişti. *Bunu* Augustus Manning'e söyleyin lütfen. Merhametin aşırısı korkaklık ve bencilliktir, duygusallıktır."

Harvard Şirketi'nin yönetim kurulu üyeleri, yani başkan ile üniversitenin dışından seçilmiş altı sofu üye, uzun süredir işe yaramış olan müfredata —Yunanca, Latince, İbranice, tarih, matematik ve bilim— bağlı kalmaya kararlıydılar. Zayıf çağdaş dillerin sadece göz boyamaya yarayacağında hemfikirdiler. Profesör Ticknor'ın gidişinden sonra Longfellow biraz ilerleme kaydetmeyi başarmıştı. Mesela bir Dante semineri düzenlemiş ve Pietro Bachi adlı dâhi bir mülteciyi İtalyanca öğretmeni olarak işe almıştı. Dante seminerleri, konuya ve İtalyanca'ya ilgi az olduğundan, seminerlerin en az popüler olanıydı. Yine de şair o seminerlere katılanlardan birkaçının ilgisinden hoşlanırdı. Bunlardan biri de James Russell Lowell'dı.

Lowell on yıl boyunca yönetimle boğuştuktan sonra, uzun süredir beklediği bir olayın artık vakti gelmişti: Amerika Dante'yi keşfedecekti. Ama Dante Kulübü'nün önündeki tek engel Harvard değildi. Holmes da ayak bağıydı.

Lowell bazen Holmes'un en büyük oğlu Oliver Wendell Holmes'la Cambridge'de gezintiye çıkardı. O hukuk öğrencisi haftada iki kez Lowell'ın dersi biter bitmez hukuk fakültesi binasından çıkardı. Holmes öyle bir evlada sahip olmanın ne büyük bir şans olduğunun farkında değildi. Oğlunu kendinden nefret ettirmişti. Holmes oğlunu biraz dinleseydi. Lowell bir keresinde o delikanlıya Doktor Holmes'un evde Dante Kulübü'nden bahsedip bahsetmediğini sormuştu. "Bahsetmez olur mu Bay Lowell," demişti o yakışıklı ve boylu poslu delikanlı alaycı bir gülümsemeyle. "Tıpkı Atlantik Kulübü'nden, Federaller Kulübü'nden, Cumartesi Kulübü'nden, Bilim Kulübü'nden, Tarih Derneği'nden ve Tıp Derneği'nden bahsettiği gibi..."

Lowell'ın aklına şüphe ilk kez Cumartesi Kulübü'nün yakın zamanda Parker Oteli'nde düzenlediği bir akşam yemeği sırasında Boston'un en zengin yeni iş adamlarından biri olan Phineas Jennison'ın yanında otururken düşmüştü. "Harvard yine canını sıkıyor," demişti Jennison. Lowell hislerinin yüzünden böyle kolayca okunabilmesine afallamıştı. "Bu kadar gerilme dostum," demişti Jennison. Gülerken derin gamzeli çenesi titreşmişti. Jennison'ın yakın akrabaları, onun başarılı olacağının sarı saçından ve soylu çene gamzesinden belli olduğunu söylerdi. Ama o çene gamzesini 1. Charles'ın kellesini uçuran bir atasından, yani bir hükümdar katilinden aldığı da söylenirdi. "Geçenlerde bazı yönetim kurulu üyeleriyle konuştum da. Boston'da ve Cambridge'de olup biten her şeyi duyarım bilirsin."

"Bize yeni bir kütüphane yapacakmışsın?" demişti Lowell.

"Kendi aralarında senin departmanınla ilgili hararetle konuşuyorlardı. Çok kararlı görünüyorlardı. İşlerine burnumu sokmak istemem tabii ama..."

"Dostum, aramızda kalsın ama Dante derslerimi iptal ettirmeye çalışıyorlar," diye sözünü kesmişti Lowell. "Korkarım ben Dante'yi ne kadar seviyorsam, onlar da o kadar nefret ediyorlar. Seminer konularımı seçmelerine izin verirsem derslerime daha çok öğrenci vermeyi bile teklif ettiler." Jennison'ın bunu duyunca kaygılandığı yüzünden belliydi.

"Reddettim tabii," demişti Lowell.

Jennison sırıtmıştı. "Sahi mi?"

Birkaç kez peşpeşe kadeh kaldırılınca sohbetleri yarıda kesilmişti. Doktor Holmes'dan doğaçlama bir şiir okuması istenmişti. Her zamanki gibi yaratıcı olan Holmes, dizelerinin yalınlığına bile dikkat çekmeyi başarmıştı.

"Fazla süslü mısralar akılda kalmaz.
Bilardo topuyla sırt kaşınmaz."

"Yemekten sonra böyle şiirler okumayı Holmes'dan başkası beceremez," demişti Lowell takdirle sırıtarak. Bakışları dalgındı. "Bazen profesörlüğün bana göre olmadığını düşünüyorum Jennison. Bazı açılardan ortalamanın üstündeyim, ama bazı açılardansa altındayım. Fazla hassasım. Ayrıca yeterince kibirli değilim. Hem fiziksel olarak da beni yoruyor." Duraksamıştı. "Bunca yıldır profesörlük yapmak beni dünyadan kopardı. Senin gibi bir endüstri prensi böyle sinik bir hayat hakkında ne düşünür acaba?"

"Çocuk gibi konuşuyorsun dostum!" Jennison bu konudan sıkılmış gibiydi. Ama bir an durup düşününce fikrini değiştirmişti. "Sen basit bir gözlemci değilsin! Dünyaya ve kendine karşı sorumluluğun var! Böyle kaygılar taşıma! Dante'yi hiç bilmem. Ama senin gibi dâhiler dünyadan sürgün edilmiş herkes için savaşmakla yükümlüdür dostum."

Lowell kendini kötüleyen bir şeyler mırıldanmıştı.

"Yapma Lowell," demişti Jennison. "Cumartesi Kulübü'ndekileri sıradan bir tacirin senin arkadaşların gibi ölümsüz insanlarla aynı masada yemek yiyebileceğine ikna eden sen değil miydin?"

"Parker Oteli'ni satın almayı teklif etmiştin. Seni nasıl reddebilirlerdi ki?" Lowell gülmüştü.

"Büyük adam olma savaşımdan vazgeçsem pekala reddedebilirlerdi. En sevdiğim şairden bir alıntı yapmak istiyorum: 'Düş kurmaya cesaret edenler, onları gerçekleştirmeye de cesaret eder.' Ne güzel bir söz!"

Lowell kendi dizelerini duyunca gülmüştü. Bu dizeler ona cesaret vermişti çünkü. Ama neden vermesinlerdi ki? Lowell'a göre şiir herkesin aklındaki belirsiz felsefi düşüncelerin özünü tek bir dizede vererek onları kolay aktarılır ve faydalı hale getirirdi.

Oysa şimdi, yeni bir derse giderken, bir konu hakkındaki her şeyi öğrenmenin mümkün olduğunu sanan öğrencilerle dolu o sınıfı düşündükçe esneyesi geliyordu.

Lowell atını Hollis Salonu'nun girişindeki eski su pompasına bağladı. "Yanına yaklaşan olursa tekmeyi bas dostum," dedi, bir puro yakarken. Harvard avlusunda atlar ve puro yasaktı.

Bir adam bir kara ağaca yaslanmış duruyordu. Sırtında parlak sarı bir yelek vardı. Avurtları çöküktü. Başını yana eğmiş şaire bakan bu adam bir öğrenci olamayacak kadar yaşlı ve öğretim üyesi olamayacak kadar yıpranmış görünüyordu. Lowell'a hayran hayran bakmaktaydı.

Lowell şöhrete pek önem vermezdi. Dostlarının yazdıklarını beğenmesi hoşuna giderdi. Ayrıca ölümünden sonra Mabel Lowell'ın onun kızı olmaktan gurur duyacağını düşünmek de hoştu. Bunlar dışındaysa kendini *teres atque rotundus,* yani kendi içinde bir mikrokozmos, kendinin yazarı, okuyucusu ve eleştirmeni olarak görüyordu. Yine de sokaklarda erkek ve kadınlardan övgüler almak hoşuna gidiyordu. Bazen Cambridge'de yürürken kendini öyle yalnız hissederdi ki, bir yabancının ilgisiz bir bakışı bile gözlerini yaşartırdı. Ama şöhretin sevimsiz bir yanı da vardı. Kendini şeffaf ve diğer insanlara yabancı hissediyordu.

Ağaca yaslanmış kendisine bakan sarı yelekli adam, Lowell yanından geçerken elini siyah şapkasının kenarına dokundurarak selam verdi. Şair selama başıyla karşılık verirken şaşkındı. Yanakları karıncalanıyordu. Günlük işlerini yapmak üzere hızlı adımlarla kampüse girerken, o adamın hâlâ kendisine tuhaf bir dikkatle bakmakta olduğunu fark etmedi.

Doktor Holmes dik amfiteatra girdi. Öğrenciler ellerinde kalem ve defterler olduğu için onu ayaklarını vurarak karşıladılar. Sonra sınıfın Dağ denilen (sanki Fransız devrimcileri toplanmıştı buraya) üst kısmındaki şamatacılar (Holmes onlara genç barbarlar derdi) tezahürata başladı. Holmes burada her dönem insan vücudunu anlatırdı. Kendisine tapan elli delikanlı haftada dört kez onu can kulağıyla dinlerdi. Amfiteatrın ortasında, öğrencilerin karşısında dururken, kendini dört metre boyunda hissederdi. Oysa asıl boyu bir altmış beşti (o da Boston'un en iyi ayakkabıcısına yaptırdığı kalın tabanlı çizmeleri sayesinde).

Oliver Wendell Holmes saat birde öğrencilere ders dinletebilen tek fakülte hocasıydı. O saatte öğrenciler aç ve yorgun olurdu. Bazı kıskanç meslektaşları, öğrencilerinin bu ilgisini şöhretine borçlu olduğunu söylerlerdi. Oysa öğrencilerinin çoğu hukuk ya da ilahiyat yerine tıp okumayı seçmiş köylülerdi. Boston'a gelmeden önce edebiyatla ilgili olmuşlarsa bile, Holmes'un değil Longfellow'un kitaplarını okumuşlardı muhtemelen. Yine de öğrencilerden birinin *Kahvaltı Sofrası Otoktratı*'nı bulup elden ele dolaştırmasından sonra Holmes'un ünü hızla yayılmış, öğrenciler birbirlerine "*Otokrat*'ı daha okumadın mı?" diye sorar olmuştu. Buna karşın öğrenciler sadece ünlü biri olduğunu biliyorlardı o kadar.

"Bugün," dedi Holmes, "hiçbirinizin bilgi sahibi olmadığını

düşündüğüm bir konuyla başlayacağız." Bir kadın kadavrasının üstündeki beyaz, temiz örtüyü çekip aldı. Öğrenciler ayaklarını vurup bağrışmaya başlayınca onları susturmak için ellerini kaldırdı.

"İnsanoğlunun ve Tanrı'nın en yüce eserine biraz saygı gösterin beyler!"

Doktor Holmes kendini ilgi odağı olmaya kaptırdığından, sınıftaki yabancıyı fark etmemişti.

"Evet, bugünkü derse kadın vücuduyla başlıyoruz," diye devam etti Holmes.

En ön sıradaki utangaç bir delikanlı olan Alvah Smith kızarıp bozarınca arkadaşları onunla dalga geçmeye başladı. Smith profesörün dersi doğrudan anlattığı yarım düzine zeki öğrenciden biriydi.

Holmes bunu fark edince "Smith'e bakınca da atardamarların vazomotor sinirler tarafından aniden gevşetilmesi sonucunda yüzeysel kılcal damarların kanla dolmasının bir örneğini görüyoruz," dedi. "Bu hoş fenomeni eminim bazılarınız bu akşam ziyaret edeceğiniz genç bayanların yanaklarında da göreceksiniz."

Smith de diğerleri gibi güldü. Ama Holmes kahkahalar arasında yaşlı birinin çatlak sesini fark etmişti. Gözlerini kısıp bakınca, Harvard Şirketi'nin çok güçlü olmayan üyelerinden birini, Rahip Doktor Putnam'ı gördü. Şirket üyeleri her ne kadar teftişe çok önem verseler de kendi üniversitelerindeki derslere asla katılmazlardı. Çünkü hastanelere yakın olsun diye Boston nehrinin diğer yakasına kurulmuş tıp binasıyla Cambridge arasındaki mesafe onlara çok uzak gelirdi.

"Şimdi," dedi Holmes, aletlerini eline alıp kadavraya eğilerek. "Artık konumuzun derinliklerine dalalım." İki yardımcısı yanına geldi.

Ders bitiminde barbar öğrenciler birbirlerini ite kaka koridora koşarken, Holmes, Rahip Doktor Putnam'ı ofisine götürdü.

"Siz en büyük Amerikan edebiyatçılarından birisiniz Doktor Holmes. Kimse çeşitli alanlarda yükselmek için sizin kadar çalışmamıştır. Adınız alimliğin ve yazarlığın simgesi haline gelmiştir. Daha dün konuştuğum bir İngiliz, sizin ülkesinde ne kadar beğenildiğinizi söylüyordu."

Holmes gülümsedi. Bu laflardan etkilenmemişti. "Sahi mi? Ne dedi Rahip Putnam? Çok merak ettim."

Putnam sözünün kesilmesi üzerine kaşlarını çattı. "Ama buna karşın, Augustus Manning bazı edebi faaliyetlerinizden hoşlanmıyor Doktor Holmes."

Holmes şaşırmıştı. "Bay Longfellow'un Dante çevirisini mi kastediyorsunuz? Kitabı o çeviriyor çünkü. Ben sadece ona yardım ediyorum. Bekleyip çeviriyi okumanızı öneririm. Eminim seveceksiniz."

"James Russell Lowell. J. T. Fields. George Greene. Doktor Oliver Wendell Holmes. Bay Longfellow'un epey yardımcısı var değil mi?"

Holmes sinirlenmişti. Kulüplerini özel bir mesele olarak görüyor ve bir yabancıyla konuşmak istemiyordu. Dante Kulübü kamuyla ilgisi olmayan pek az faaliyetinden biriydi. "Cambridge'de edebiyat âşığından bol ne var Putnam?" dedi.

Putnam kollarını kavuşturup bekledi.

Holmes elini salladı. "Böyle işlerle Bay Fields ilgilenir," dedi.

"Lütfen bu tehlikeli meseleyle ilginizi kesin," dedi Putnam büyük bir ciddiyetle. "Arkadaşlarınızla da konuşun. Akıllarını başlarına alsınlar. Örneğin Profesör Lowell'la..."

"Lowell'ın ciddiye alacağı birini arıyorsan," diye sözünü kesti Holmes gülerek, "Tıp Fakültesi'ne gelmekle yanlış seçim yaptın."

"Holmes," dedi Putnam müşfik bir sesle, "*seni* uyarmaya geldim, çünkü arkadaşım olduğunu düşünüyorum. Doktor Manning seninle böyle konuştuğumu bilse..." Putnam duraksadı. Sonra sesini alçaltarak devam etti: "Dante yüzünden geleceğin kararacak Holmes. Manning'in sana, şiirine yapabileceklerinden korkuyorum."

"Manning küçük kulübümüzün yaptıklarını beğenmese bile bana kafayı takmaya hakkı yok."

Putnam "Augustus Manning'den bahsediyoruz," dedi. "Lütfen iyi düşün."

Doktor Holmes ona sırtını dönüp yutkunurken, sanki bir küre yutuyor gibiydi. Putnam neden tüm erkeklerin sakal bırakmadığını sık sık merak ederdi. Taşlı yollardan Cambridge'e dönerken sevinçliydi, çünkü Doktor Manning'in duyacaklarına çok memnun olacağını biliyordu.

Artemus Prescott Healey (1804-1865) yıllar önce Mount Auburn'da satın alınan büyük bir aile mezarlığına gömüldü.

Bazı entelektüel elitler Healey'ye savaştan önce verdiği bazı korkakça kararlardan dolayı kızgındı. Ama başyargıcın cenazesine gitmemenin ayıp olacağında herkes hemfikirdi.

Doktor Holmes karısına eğildi. "Sadece dört yaş Melia," dedi. Karısı ne demek istediğini sordu.

"Yargıç Healey altmış yaşındaydı," diye fısıldadı Holmes. "Benden sadece dört yaş büyüktü." Gerçekten de aralarında dört yaş fark vardı. Doktor Holmes ölenlerin yaşıyla kendininkini kıyaslamaktan hoşlanırdı. Amelia Holmes ona yan yan bakarak, methiyeler sırasında sessiz olması mesajını verdi. Holmes susup etrafındaki sessiz kalabalığa baktı.

Holmes müteveffanın yakın arkadaşı olduğunu söyleyemezdi. Zaten bunu söyleyebilecek kişi çok azdı, entelektüel elitler arasında bile. Başyargıç Healey Harvard Yönetim Kurulu'nda görev yapmıştı, bu yüzden Doktor Holmes yargıçla rutin görüşmelerde bulunmuştu. Holmes Healey'i Phi Beta Kappa'dan da tanıyordu, çünkü Healey bir ara o seçkin derneğin başkanlığını yapmıştı. Doktor Holmes dernek anahtarını saat zincirinde taşırdı. Şimdi Healey'nin yeni yatağına yatırılışını izlerken parmakları o anahtarla oynuyordu. Zavallı Healey'nin en azından acı çekmediğini düşünmek onu bir nebze teselli ediyordu.

Doktor Holmes'un yargıçla yaptığı en uzun konuşma adliye sarayında olmuştu. Holmes o sıralar zor bir dönemden geçiyor, şiir dünyasına sığınmak istiyordu. Tüm ağır suç davalarında olduğu gibi Webster'ın duruşmasında da üç kişilik bir yargıç heyeti yer almıştı. Heyetin başkanı olan Healey, John W. Webster'ı tanıyan biri olarak Doktor Holmes'dan mahkemede tanıklık yapmasını istemişti. Wendell Holmes yıllar önceki o duruşmada Artemus Healey'nin adli konularda ne kadar tumturaklı konuştuğuna şahit olmuştu.

"Harvard profesörleri cinayet işlemez." Doktor Holmes'dan kısa süre önce tanık kürsüsüne çıkan Harvard'ın o zamanki başkanı böyle diyerek Webster'ı savunmuştu.

Doktor Parkman, Holmes'un bir dersi sırasında, sınıfının altındaki laboratuvarda öldürülmüştü. Holmes'un hem katili, hem de kurbanı tanıyor olması sıkıntı verici bir durumdu. Kime daha çok üzülsün bilememişti. En azından Holmes'un öğrencilerinin her zamanki gibi attığı kahkahalar Profesör Webster'ın kurbanının attığı çığlıkları bastırmıştı.

"Tanrı'dan tüm kalbiyle korkan imanlı bir adam..."

Rahibin tiz sesiyle haykırdığı cennet vaatleri ve yüzündeki yas ifadesi Holmes'un hoşuna gitmiyordu. Aslında Doktor Holmes genelde dini törenlerden hoşlanmazdı. Babası Üniteryanların isyanına inatla direnen Kalvinist papazlardan biriydi. Oliver Wendell Holmes ile kardeşi John, doktorun kulaklarında hâlâ çınlayan korkunç bir saçmalığı duyarak büyümüşlerdi: "Adem'in günahı, hepimizin günahıydı." Neyse ki hazırcevap anneleri onları korurdu. Rahip Holmes ile misafir rahipler lanetlenmekten ve günahkar doğmaktan bahsederken, kadıncağız çocuklarının kulaklarına o adamlarla dalga geçen kelimeler fısıldardı. Onlara yeni fikirlerin doğacağını vaat ederdi... özellikle de şeytanın ruhlarını ele geçireceğine dair öyküler dinlemekten korkan Wendell'a. Yeni fikirler sahiden de doğmuştu, hem Boston'da hem de Oliver Wendell Holmes'da.

Holmes oyalanmak için cenazeye gelenlere bakarken, pek çok kişi de ona bakmaktaydı... çünkü Doktor Holmes New England Azizleri ve Ocak Başı Şairleri gibi adlarla tanınan bir ünlüler grubunun üyesiydi. Adları ne olursa olsun, ülkenin en ünlü edebiyatçılar topluluğuydu onlar. Holmesların yanında şair, profesör ve editör James Russell Lowell duruyordu. Uzun sakalıyla oynuyordu, ta ki Fanny Lowell yeninden çekip onu durdurana dek. Holmesların diğer yanındaysa New England'ın en büyük şairlerinin yayıncısı J. T. Fields vardı. Fields sakallı başını eğmişti. Düşünceli edası pembe yanaklı melek yüzüyle ve yanında duran genç ve güzel karısıyla tezat oluşturuyordu. Lowell'la Fields da tıpkı Holmes gibi Başyargıç Healey ile sağlığında pek samimi değillerdi ve cenazeye sırf Healey'nin konumuna ve ailesine besledikleri saygıdan gelmişlerdi (ayrıca Lowell onun kuzeniydi).

Bu üç edebiyatçıya bakanların gözleri gruplarındaki en ünlü kişiyi, yani Henry Wadsworth Longfellow'u boşuna arıyordu. Longfellow'un evi Mount Auburn Mezarlığı'na çok yakındı. Aslında cenazeye katılmaya niyetlenmiş, ama her zamanki gibi şöminesinin başında kalmayı yeğlemişti. Craigie Konağı'nın dışındaki dünya pek ilgisini çekmiyordu. Hele yıllarını verdiği projesinin basılmasına çok az kalmışken, başka hiçbir şeyle ilgilenmek istemiyordu. Ayrıca Mount Auburn'daki cenazeye katılırsa, herkesin Healey ailesiyle ilgilenmeyi bırakıp kendisiyle meşgul olacağını düşünmüştü (haklı olarak). Longfellow ne zaman Cambridge sokaklarında yürüse insanlar ona bakıp fısıldaşır, çocuklar kollarına atılırdı. Herkes şapka çıkardığından, Middlesex ilçesindeki herkes aynı anda bir kiliseye girmiş gibi olurdu.

Holmes, savaştan önce bir gün Lowell'la bir at arabasında gittiğini hatırlıyordu, uzun yıllar önce. Craigie Konağı'nın önünden geçerken pencereden Fanny ile Henry Longfellow'un şöminenin yanında, piyanonun başında oturduğunu görmüşlerdi. Etrafları beş güzel çocuklarıyla çevriliydi. Longfellow o zamanlar yüzünü dünyaya gösteriyordu.

"Longfellowların evine bakınca ürperiyorum," demişti Holmes.

Redaktörlüğünü yaptığı bir Thoreau makalesindeki hatalardan şikayet etmekte olan Lowell hafif, şen bir kahkaha atmıştı.

"Öyle mutlular ki," diye devam etmişti Holmes, "herhangi bir değişim bu mutluluklarını bozar."

Rahip Young'ın konuşması biterken ve insanlar aralarında fısıldaşmaya başlarken, Holmes kadife yakasındaki küçük sarı yaprakları silkelerken ve insanların üzgün yüzlerine bakarken, Cambridge'in en nüfuzlu rahibi Elisha Talbot'un insanların Young'ın konuşmasını beğenmelerinden hiç hoşlanmadığını gizlemediğini fark etti. Onun yerine konuşsa neler diyeceğini aklından geçiriyor olmalıydı. Holmes dul Healey'nin sakinliğini takdir ediyordu. Kocalarının cenazesinde kendilerini paralayan kadınlar hep çabucak yeni koca bulurlardı. Holmes ayrıca Bay Kurtz'e de dikkat etti, çünkü polis şefi dul Healey'nin yanına gidip onu bir kenara çekmişti. Kadını bir şeylere ikna etmeye çalışıyordu besbelli. Ama çok kısa konuşuyorlardı. Demek ki önceden konuştukları bir meseleden bahsetmekteydiler. Şef Kurtz kadına nazik bir dille bir hatırlatma yapıyordu. Dul ise uysalca, ama gergince başını sallayınca, Şef Kurtz, Aelous'u bile kıskandırabilecek kadar rahatlayarak iç geçirdi.

O gece Charles Sokağı 21 numaralı evdeki akşam yemeği her zamankinden sessiz geçti. Ama *tamamen* sessiz değildi. Holmesların evine gelenler hep şaşkın ayrılırdı. O aile üyelerinin birbirlerini hiç dinleyip dinlemediğini merak ederlerdi. Doktorun gecenin en iyi konuşmacısını ekstra bir marmelat tabağıyla ödüllendirmesiyle başlamış bir gelenekti bu. Bugün Doktor Holmes'un kızı, yani "küçük" Amelia, her zamankinden fazla konuşuyor, Bayan M.'nin Albay F. ile nişanlanmasından ve arkadaşlarıyla birlikte onlara ördüğü düğün armağanlarından bahsediyordu.

"Bence bu gece marmelatsız kalacaksın baba," dedi küçük Oliver Wendell Holmes sırıtarak. Holmesların masasında hep aykırı dururdu, çünkü hem o küçük ve enerjik insanlarla dolu evde bir seksen boyunda biriydi, hem de hareketleri ve konuşması ağırdı.

Holmes düşünceli bir edayla gülümsedi. "Bu gece ağzını bıçak açmıyor Wendy."

Oğlu babasının kendisine Wendy demesinden nefret ederdi. "Marmelatı kazanmam imkansız. Ama sen de kazanamayacaksın baba." Artık üniversitede yatılı kaldığı için ancak arada sırada eve gelen kardeşi Edward'a döndü. "Hukuk fakültesinde kürsülerden birine zavallı Healey'nin adını vermek için imza topluyorlarmış. İnanabiliyor musun Neddie? Adam yıllarca Kaçak Köle Kanunu'nu çiğnemiş biriydi. Demek ki Boston'da kabahatları affettirmenin tek yolu ölmekmiş."

Doktor Holmes yemekten sonra yürüyüşe çıktı. Sokakta misket oynayan çocuklara yaklaşıp, seçtiği bir kelimeyi bir avuç peniyle kaldırıma yazmalarını söyledi. Seçtiği sözcük *peni* idi. Çocuklar bakır bozukluklarla kelimeyi doğru yazınca, parayı onlarda bıraktı. Boston yazının sonunun yaklaştığına memnundu, çünkü sıcak astımını azdırıyordu.

Holmes evinin arkasındaki uzun ağaçların dibine oturup Fields'ın *New York Tribune*'e yazdırdığı tanıtım yazısındaki "New England'ın en büyük edebiyatçıları" sözünü düşündü. Dante Kulübü: Lowell'ın Dante'nin şiirlerini Amerika'ya tanıtma misyonu ve Fields'ın onları yayınlama planları için önemliydi. Evet, akademik ve mali riskler vardı. Ama Holmes kulübün başarısının ortak ilgi alanlarında yattığını düşünüyordu. O arkadaş grubunda olduğu için kendini çok şanslı sayıyordu. Özellikle Dante'nin şiirleri üstüne yaptıkları zekice sohbetlere bayılıyordu. Dante Kulübü şifa verici bir birlikti (buna ihtiyaçları vardı, çünkü son yıllarda hepsi de hızla yaşlanmıştı). Savaş konusunda tartışan Holmes ile Lowell'ın barışmasını, Fields'ın ortağı William Ticknor'ın hamiliğinden yoksun geçirdiği ilk yılında en iyi yazarlarını yayınevine bağlamasını, Longfellow'un insan içine çıkmasını veya en azından diğer edebiyatçılarla konuşmasını sağlamıştı.

Holmes çok iyi bir çevirmen değildi. Yeterli hayal gücüne sahipse de, Longfellow kadar iyi bir şair olmadığından, şiir çevirmekte onun kadar başarılı olamıyordu. Yine de yabancı ülkelerle pek fikir alışverişi yapılmayan bir ülkede, Oliver Wendell Holmes Dante'yi iyi bilen biri olduğunu düşünmekten memnundu. Bir Dante uzmanı olmaktan çok hayranıydı. Holmes'un üniversite yılları, aristokrat edebiyat âşığı Profesör George Ticknor'ın Harvard Şirketi'nin kendisine sürekli zorluk çıkarmasından bıkmaya başladığı döneme denk gelmişti. Daha on iki yaşında Yunanca ile Latince'yi su gibi konuşan Wendell Holmes ise, Euripides'in anlamını yitireli asırlar olmuş *Hecuba*'sındaki dizeleri saatlerce ezberleyip tekrarlamaktan iyice sıkılmıştı.

Holmes'un salonunda buluştuklarında Profesör Ticknor, ağırlığını bir ayağından diğerine kaydırıp duran öğrenciye kara gözlerini dikip bakmıştı. Oliver Wendell Holmes'un babası Rahip Holmes "Hiç yerinde duramaz," diye iç geçirmişti. Ticknor İtalyanca'nın ona disiplin kazandırabileceğini söylemişti. O sıralar departmanın bütçesi İtalyanca dersleri koymaya yeterli değildi. Ama Ticknor kısa süre sonra Holmes'a yazılı gramer bilgileri, bir sözlük ve Dante'nin *İlahi Komedya* adlı, *Cennet, Araf* ve *Cehennem* olmak üzere üç bölüme ayrılmış kitabını vermişti.

Holmes şimdi Harvard'ın ileri gelenleri Dante'ye kafayı taktığı için korkuyordu. Oysa hakkında hiçbir şey bilmiyorlardı. Oliver Wendell Holmes tıp okulunda okurken, doğaya önyargısızca ve korkusuzca bakılınca işleyiş tarzının çözülebildiğini öğrenmişti. Nasıl astronomi astrolojinin yerini almışsa, günün birinde teonominin de zayıf ikizinin yerini alacağına inanıyordu. Holmes bu inancı sayesinde şair ve profesör olarak başarı kazanmıştı.

Savaş da tıpkı Dante Alighieri gibi Holmes'u gafil avlamıştı.

1861 kışında bir akşamüstü başlamıştı. Holmes Lowell'ın konağı Elmwood'da oturmuş, Küçük Wendell'in 25. Massachusetts Alayı'na katılarak gidişine sıkılıyordu. Lowell onu yatıştırmak için biçilmiş kaftandı. Sert ve kendinden emindi. Dünyanın kendi düşündüğü gibi olduğuna inancı tamdı. İhtiyaçlarının yanında diğer her şey önemsiz kalırdı.

Kulüp o yazdan beri Henry Wadsworth Longfellow'un sakinleştirici varlığını özlemişti. Longfellow dostlarına mesajlar yazarak, Craigie Konağı'ndaki evinden çıkamayacak kadar meşgul olduğunu, bu yüzden davetlerini geri çevirmek zorunda olduğunu söylemişti. Dante'yi çevirmeye başlamıştı ve bu işi bitirmekte kararlıydı: *Bu işle uğraşırken başka hiçbir şey yapamam.* Longfellow ketum biriydi. Sakin görünse de, aslında içinin kan ağladığı bu mesajlardan belliydi.

Bu yüzden Lowell Longfellow'un kapısına dayanarak ona yardım etmekte ısrar etmişti. Lowell çağdaş diller konusunda cahil olan Amerikalıların İngilizce'ye yapılmış birkaç çeviriden bile habersiz olmalarına hep içerlemişti.

Lowell Amerika'nın Dante'den habersiz oluşundan ne zaman yakınsa, Fields "Odun halkımıza Dante sattırmak için ünlü bir şaire ihtiyacım var!" derdi. Fields ne zaman yazarlarını riskli projelerden vazgeçirmek istese, halkın cahilliğini vurgulardı zaten.

Lowell Longfellow'u o üç bölümlük şiiri çevirmeye ikna etmek için yıllarca uğraşmıştı. Hattâ bizzat çevirmekle tehdit etmişti, kendinde bunu yapacak gücü bulamasa da. Şimdiyse ona yardım edemiyordu. Oysa Lowell Dante hakkında biraz olsun bilgili birkaç Amerikan edebiyatçısından biriydi. Hattâ Dante hakkında bilmediği yok gibiydi.

Longfellow'un gösterdiği çeviri örneklerini okuyan Lowell, Holmes'a onun bu işi ne kadar iyi becerdiğini anlatmıştı. "Sanki bu iş için doğmuş Wendell." Longfellow *Cennet* ile başlamıştı. Sonra sırasıyla *Araf* ve *Cehennem*'i çevirecekti.

"Tersten mi gidiyor?" diye sormuştu Holmes şaşırarak.

Lowell sırıtarak başıyla onaylamıştı. "Longfellow cehennemden önce cenneti görmek istiyor."

"Ben Lucifer'e kadar gidemem," demişti Holmes, *Cehennem*'i

kastederek. "*Araf* ve *Cennet* müzik ve umut dolu. İnsan Tanrı'ya doğru süzüldüğünü hissediyor. Ama *Cehennem* iğrenç, vahşi bir ortaçağ kabusu! Tam Büyük İskender'in yatakta okuyacağı türden bir kitap."

"Dante'nin *Cehennem*'i yeraltının olduğu kadar bizim dünyamızın da bir parçası, bu yüzden okunmalı, yüzleşilmeli," demişti Lowell. "Bu dünya da bazen cehennem olabiliyor."

Dante'nin şiiri Katolik olmayanları daha çok etkilerdi, çünkü Katolikler bazı dinsel konularda Dante'nin fikirlerini kabul etmezdi. Ama özellikle ateistlere Dante'nin imanı kusursuzmuş gibi gelirdi. Şiirde anlatılanlar öyle inandırıcı resmedilirdi ki. Holmes Dante Kulübü'nden bu yüzden korkuyordu. Bütün o dâhi edebiyatçıların yeni bir cehennem yaratmasından korkuyordu. Daha da kötüsü, hayatını babasının anlatıp durduğu şeytandan kaçmakla geçirmiş kendisi de buna katkıda bulunabilirdi.

Şairler 1861 yılının o gecesinde Elmwood'daki çalışma odasında oturmuş çay içerken bir ulak gelmişti. Holmes ailesinin bir telgraf göndererek zavallı Küçük Wendell'in karlı bir savaş meydanında muhtemelen yorgunluktan öldüğünü bildirdiğini düşünmüştü. Holmes yorgunluktan ölmek kadar korkunç bir ölüm şekli düşünemiyordu. Ama gelen kişi Henry Longfellow'un gönderdiği bir hizmetçiydi. Craigie Konağı sokağın hemen köşesindeydi. Hizmetçinin getirdiği kısa mesajda Longfellow yeni çeviriler yaptığını ve Lowell'ın yardımına ihtiyacı olduğunu söylüyordu. Lowell Holmes'u birlikte gitmeye ikna etmişti. Holmes önce "Baştan çıkmaktan korkuyorum," diyerek işi şakaya vurmuştu. "Ya şu Dante hastalığınız bana da bulaşırsa?"

Lowell Fields'ı da Dante'yle ilgilenmeye ikna etmişti. Yayıncı İtalyan hayranı olmasa da, iş yolculukları (aslında Roma'ya çoğunlukla Annie'yle birlikte tatile giderdi) sayesinde İtalyanca öğrenmişti. Karısı, Fields'ın başkalarının nelerle ilgilendiğiyle ilgilendiğini söyleyip dururdu. Longfellow'u otuz yıl önce İtalya'yı birlikte gezerlerken Dante'yle tanıştırmış olan yaşlı George Washington Greene de Rhode Adası'ndan ne zaman gelse çeviri konusunda yardım teklif etmeye başlamıştı. Aralarındaki en yoğun kişi olan Fields, her çarşamba akşamı Craigie Konağı'nın çalışma odasında Dante hakkında konuşmak üzere toplanmalarını önermişti. Yaftalar koymaya bayılan Doktor Holmes, Dante Kulübü adını bulmuştu. Buluşmalarına genellikle "seanslar" diyen de oydu. Longfellow'un şöminesine uzun süre bakıldığında Dante'nin yüzünün görüldüğünü iddia ederdi.

Holmes'un yeni romanı tekrar doğmasını sağlayacaktı. Okuyucuların bütün kitapçılarda ve kütüphanelerde hevesle beklediği büyük Amerikan öyküsünü yazacaktı... Hawthorne'un sağlığında bir türlü yazamadığı; Herman Melville gibi gelecek vaat eden yazarların ıskaladığı öyküyü. Dante kendini neredeyse kutsal bir kahramana dönüştürmeye cesaret etmişti. Kusurlu kişiliğini şiirle yaldızlamıştı. Ama o Floransalı bunun uğruna yerinden yurdundan, karısından ve çocuklarından olmuştu. Yalnız ve beş parasız kalmıştı. Sadece hayal gücünde huzur bulabilmişti. Doktor Holmes ise her zamanki gibi her şeye bir anda kavuşmak istiyordu.

Romanıyla ünlü olduktan sonra Doktor Manning gibi akbabalar onunla uğraşmayı denesindi bakalım! Oliver Wendell Holmes tekrar şöhreti yakalayınca Dante'yi tek başına savunup, Longfellow'un başarılı olmasını sağlayabilirdi. Ama Dante çevirisi çok erken bir savaşın patlak vermesine yol açarsa, durumu zaten kötü olan Holmes'un romanı dikkat çekmeyebilir veya daha da kötüsü olabilirdi.

Holmes ne yapması gerektiğini açıkça görüyordu. Çevirinin

romanından önce bitmesini engellemeliydi. Bu iş sadece Dante'yle ilgili değildi. Oliver Wendell Holmes'un edebi hayatıyla ilgiliydi. Hem Dante Yeni Dünya'ya gelmek için asırlarca beklemişti. Birkaç hafta daha beklese ne çıkardı?

Court Meydanı'ndaki karakolun lobisinde oturmuş not defterine bakan Nicholas Rey başını kaldırdı. Gaz lambası ışığı yüzüne vurunca gözlerini kıstı. Masanın diğer tarafında iri yarı, çivit mavisi üniformalı bir adam duruyordu. Küçük bir paketi sanki bir bebekmiş gibi taşımaktaydı.

"Devriye polisi Rey sensin değil mi? Ben Komiser Muavini Stoneweather. Rahatsız ettiğim için kusura bakma." Adam yaklaşıp iri elini uzattı. "Kim ne derse desin, ilk zenci polis olmak yürek ister. Ne yazıyordun Rey?"

"Sana nasıl yardımcı olabilirim?" diye sordu Rey.

"Karakolları gezip, kendini camdan atan o kaçık dilenci hakkında sorular soran sensin, değil mi? Onu karakola getiren bendim."

Rey Kurtz'ün ofisinin kapısının hâlâ kapalı olup olmadığına baktı. Stoneweather taşıdığı paketten bir mersinli kek çıkarıp konuşurken yemeye başladı.

"Onu nerede bulduğunu hatırlıyor musun?" diye sordu Rey.

"Evet. Kimliğini söylemeyen herkesi tutup getirmeye çıkmıştım. Meyhaneleri, barları geziyordum. Onu South Boston seyahat şirketinin ofisinde görmüştüm. Bir bankta yatıyordu. Uyuyor gibiydi. Titriyordu."

"Kimdi peki? Biliyor musun?" diye sordu Rey.

Stoneweather ağzında lokmayla konuştu. "Oralar aylak ve ayyaş mekanıdır. Ama adamın yüzü tanıdık gelmemişti. Aslında onu karakola götürmeye niyetim yoktu. Zararsız görünüyordu çünkü."

Rey şaşırmıştı. "Niye fikrini değiştirdin?"

"O kahrolası dilenci yüzünden!" diye bağırdı Stoneweather. Ağzından fırlayan bir kek parçası sakalına takıldı. "Serserileri topladığımı görünce yanıma koşup bileklerini birleştirerek bana uzattı. Sanki onu oracıkta cinayetten tutuklayıp kelepçe takmamı istiyordu! Bu yüzden 'Tutuklanmak istediğine göre demek ki bir kabahati var. Onu bana Tanrı gönderdi,' diye düşündüm. Her şey Tanrı'nın isteğiyle olur. Buna inanırım. Sen de inanır mısın devriye?"

Rey intihar eden adamı zihninde ancak kaçarken canlandırabiliyordu. "Yolda sana bir şey dedi mi? Bir şey yaptı mı? Başkalarıyla konuştu mu? Gazete ya da kitap filan okudu mu?"

Stoneweather omuz silkti. "Bilmem. Dikkat etmedim." Ellerini silmek için ceplerinde mendil ararken, Rey adamın deri kemerindeki altıpatlara dikkat etti. Rey'in Vali Andrew tarafından polisliğe atandığı gün, belediye meclisi toplanıp ona bazı kısıtlamalar koymuştu. Rey'in üniforma giymesi, coptan başka silah taşıması, tek başına beyaz bir adamı tutuklaması yasaktı.

Mesleğinin ilk ayını ikinci bölgede devriye gezerek geçirmişti. Karakolun komiseri Rey'in ancak Zenci Tepesi'nde çalışabileceğine karar vermişti. Ama orada yaşayan zenciler bu melez polise güvenmemiş ve onu kıskanmıştı. Bu yüzden diğer devriye polisleri isyan çıkmasından korkmaya başlamıştı. Karakoldaki durum da pek içi açıcı değildi. Polislerden sadece iki üç tanesi Rey'le konuşuyordu. Geri kalanlar Şef Kurtz'e imzalı bir mektup göndererek, bu zenci polis deneyinin sona erdirilmesini tavsiye etmişlerdi.

"Bence niye intihar etti biliyor musun devriye?" diye sordu Stoneweather. "İnsan bazen hayatı kaldıramaz. Yaşadıkları ağır gelir."

"Karakolda öldü," dedi Rey. "Ama kendini başka bir yerde sanıyordu sanki. Bizden çok uzakta, tehlikeli bir yerde."

Stoneweather'ın kafası böyle şeylere basmazdı. "Keşke o zavallı adamı biraz tanısaydım," dedi.

O akşam Şef Kurtz ile yardımcısı Savage Beacon Tepesi'ne gittiler. Sürücü koltuğunda oturan Rey her zamankinden de suskundu. Arabadan indiklerinde Kurtz "Hâlâ o kahrolası dilenciyi mi düşünüyorsun devriye?" dedi.

"Kim olduğunu öğrenebilirim şef," dedi Rey.

Kurtz kaşlarını çattı. Ama yüz ifadesi ve sesi yumuşadı. "Hakkında ne biliyorsun ki?"

"Komiser Muavini Stoneweather onu bir seyahat şirketinin ofisinden alıp getirmiş. O civarda yaşayan biri olabilir."

"Seyahat şirketi mi? Herhangi bir yerden gelmiş de olabilir." Rey itiraz etmedi. Onları dinleyen Savage "Elimizde fotoğrafı da var şef," dedi.

"İkiniz de beni iyi dinleyin," dedi Kurtz. "Healey denen cadalozu memnun edemezsem beni kulaklarımdan tavana asar. Onu memnun etmenin tek yolu da, bir günlüğüne cellat yapmak. Rey, o intihar eden adam hakkında sağa sola sorular sormanı istemiyorum tamam mı? Başımızda yeterince bela var zaten. Karakolda birinin öldüğünü ilan etmenin manası yok."

Wide Oaks konağının pencereleri kalın siyah perdelerle örtülüydü. Kenarlarından biraz gün ışığı sızıyordu o kadar. Dul Healey lotus şeklindeki yastıklardan başını kaldırdı. "Katili buldunuz değil mi Şef Kurtz?" dedi.

"Sevgili bayan," dedi Şef Kurtz, şapkasını çıkarıp yatağın ayak ucundaki bir masaya koyarak. "Adamlarımız tüm ipuçlarını araştırıyor. Soruşturma henüz başlangıç aşamasında..." Kurtz olasılıkları açıkladı: Healey'ye borçlu olan iki adam vardı. Ayrıca başyargıç beş yıl önce ünlü bir suçluyu mahkum etmişti.

Dul kadın başını fazla kaldırmıyordu, alnındaki sıcak bez düşmesin diye. Ednah Healey cenazeden sonra odasına kapanmış, yakın akrabaları dışında kimseyle görüşmüyordu. Boynunda yargıcın saçından kesilmiş tutamın dolandığı kristal bir broş asılıydı. Dul kadın Nell Ranney'e bu broştan bir kolye yaptırmıştı.

Başyargıç Healey kadar geniş omuzlu ve kafalı, ama ondan daha çelimsiz olan iki oğlu oda kapısının iki yanındaki koltuklarda, iki granit buldog gibi oturuyordu.

Roland Healey Kurtz'ün sözünü kesti: "Soruşturma niye bu kadar yavaş ilerliyor anlamıyorum Şef Kurtz."

"Keşke ödül koysaydık!" dedi ağabeyi Richard. "Halk paraya düşkündür. Suçlu kimse şıp diye bulunurdu!"

Şef Yardımcısı bütün bunlara profesyonelce bir sabırla katlandı. "Bay Healey, babanızın nasıl öldüğünü ayrıntılarıyla açıklarsak, sırf para kazanmak için yalan söyleyen bir sürü insanla uğraşmak zorunda kalırız. Lütfen kamuya bu konuda bilgi vermeyin. Bırakın işimizi yapalım.

"Ayrıca bu konunun ayrıntılarının yayılmaması sizin için daha hayırlı olur," diye ekledi.

Dul kadın konuştu: "Şu gözaltında ölen adam. Kim olduğunu öğrenebildiniz mi?"

Kurtz ellerini kaldırdı. "Ne yazık ki sevgili vatandaşlarımızın çoğu akraba galiba," diye gülümsedi. "Kimi yakalasak adı ya Smith çıkıyor, ya da Jones."

"O adamın adı neymiş peki?" diye sordu Bayan Healey.

"Adını söylemedi bayan," dedi Kurtz, gülümsemesini gizlemek için başını eğerek. "Ama Yargıç Healey'nin ölümü hakkında herhangi bir bilgiye sahip olduğunu gösteren bir kanıt yok. Biraz kafadan çatlaktı zaten."

"Üstelik sağırdı," diye ekledi Savage.

"Niye kaçmaya çalıştı acaba Şef Kurtz?" diye sordu Richard Healey.

Çok zekice bir soruydu bu. Ama Kurtz bozuntuya vermedi. "Sokaklardan topladığımız bir sürü insan iblisler tarafından kovalandıklarını iddia eder. Hatta bize onları tasvir ederler. Böyle boynuzları filan varmış."

Bayan Healey doğrulup gözlerini kıstı.

"Uşağınız mı Şef Kurtz?"

Kurtz koridorda bekleyen Rey'e içeri gelmesini işaret etti. "Sizi devriye polisi Nicholas Rey'le tanıştırayım bayan. Kendisiyle karakolda ölen adam hakkında konuşmak istediğinizi söylemiştiniz."

"Zenci bir polis ha?" dedi Bayan Healey. Rahatsız olduğu belliydi.

"Aslında melezdir bayan," dedi Savage gururla. "Devriye polisi Rey cumhuriyetimizin ilk melez polisidir." Rey'in elini sıktı.

Bayan Healey melezi tepeden tırnağa süzdükten sonra "Karakolda ölen adam sizin sorumluluğunuzda mıydı?" diye sordu.

Rey başıyla onayladı.

"Öyleyse söyleyin memur bey. Sizce neden öyle davrandı?"

Şef Kurtz öksürüp kaygıyla Rey'e baktı.

"Bilmiyorum bayan," dedi Rey dürüstçe. "O anda kendi fiziksel güvenliğini hiç düşünmüyordu diyebilirim."

"Sizinle konuştu mu?" diye sordu Roland.

"Evet Bayan Healey. En azından konuşmaya çalıştı. Kulağıma bir şeyler fısıldadı ama ne dediğini anlamadım," dedi Rey.

"Pöh! Kendi karakolunuzda ölen bir adamın kimliğini bile

tespit edemiyorsunuz! Herhalde kocamın ölmeyi hak ettiğini de düşünüyorsunuzdur Şef Kurtz!"

"Ben mi?" Kurtz panikle yardımcısına baktı. "Neler diyorsunuz bayan!"

"Hasta olabilirim, ama salak değilim! Bizim aptal ve kötü insanlar olduğumuzu düşünüyorsunuz! Topunun canı cehenneme diyorsunuz!"

"Neler diyorsunuz bayan!" dedi Savage, şefi gibi.

"Cesedimi görme zevkini tattırmayacağım size Şef Kurtz! Ne size, ne de şu nankör zenci polisinize! Kocam elinden gelenin en iyisini yapmaya çalışırdı hep! Utanacak hiçbir şeyimiz yok!" Kendi boğazını tırmalamaya başladı. Alnındaki nemli bez düştü. Yine sinir krizi geçiriyordu. Kıpkırmızı olmuştu. Boğazını çiziyor, tırnaklarıyla etini yarıyor, beyninin kıvrımlarında bekleyen görünmez böcekleri kovmaya çalışıyordu.

Oğulları ayağa fırladılar, ama kapıya doğru gerilemeye başladılar. Kurtz'le Savage çoktan oraya kaçmıştı. Dul kadın her an patlayıp ortalığı aleve boğabilirdi sanki.

Rey bir saniye daha bekledikten sonra dul kadına doğru sakin bir adım attı.

"Bayan Healey." Kadının saçı başı dağılmıştı. Rey eğilip lambanın alevini kıstı. "Bayan, şunu bilmenizi istiyorum: Kocanız bir keresinde bana yardım etmişti."

Kadın birden donup kaldı.

Kapıdaki Kurtz'le Savage şaşkınca bakıştılar. Rey'in ne dediğini duyamamışlardı, ama odanın kararması ve kadının birden hareketsiz kalması onları afallatmıştı. Hırıltılı soluklarını duyuyorlardı. Tekrar çıldırmasından korktuklarından içeri giremiyorlardı.

"Lütfen anlatın," dedi kadın.

"Boston'a çocukken, buraya tatile gelen Virginialı bir kadınla birlikte gelmiştim. Kölelik yanlısı adamlar beni ondan ayırıp başyargıcın karşısına çıkardı. Başyargıç bir kölenin hür bir eyalete girdiği anda serbest kaldığını söyledi. Beni Rey adlı bir zenci nalbantın yanına verdi."

"O zamanlar o kahrolası Kaçak Köle Kanunu başımıza bela olmamıştı tabii." Bayan Healey gözlerini kapadı, iç geçirdi. Ağzının kenarları tuhaf bir şekilde kıvrıldı. "Hakkımızda neler düşündüğünüzü biliyorum. O Sims denen çocuk sayesinde. Başyargıç duruşmalara gitmemi sevmezdi, ama o çocuğun duruşmasına gitmiştim, çünkü herkes onu konuşuyordu. Sims de senin gibi yakışıklı bir zenciydi. Ama siyahlık bazı insanlara kötülük gibi gelir. Başyargıç onu geri göndermek zorunda kalmıştı. Başka seçeneği yoktu, anlarsın ya. Ama sana bir aile vermiş. Onların yanında mutlu oldun mu?"

Rey başıyla onayladı.

"Niye hatalarımızı ancak sonradan telafi edebiliyoruz? Önceden telafi etsek olmaz mı? Çok yorucu. Çok."

Bayan Healey kendini biraz toplamıştı. Polisler gidince ne yapması gerektiğini biliyordu artık. Ama Rey'e bir soru daha sormalıydı. "Söylesene, çocukken seninle konuştuğu olur muydu? Yargıç Healey en çok çocuklarla konuşmayı severdi." Healey'nin kendi çocuklarıyla konuşmalarını hatırlamıştı.

"Hükmünü yazmadan önce burada kalmak isteyip istemediğimi sordu Bayan Healey. Boston'da hep güvende olacağımızı, ama Bostonlu olmayı hür irademle seçmem gerektiğini söyledi. Kendimi bir Bostonlu olarak görmezsem hep bir yabancı olarak kalacağımı söyledi. Şöyle dedi: 'Bir Bostonlu ölüp de cennetin kapısına girince, yanına bir melek gelir ve onu uyarır: 'Burayı sevmezsin. Boston gibi değil.'"

Rey uyuyan Bayan Healey'nin soluklarını dinlerken bir fısıltı duymuştu. Aynı sesi kendi soğuk ve çıplak odasındayken de duymaya başladı. Her sabah kalktığında dilinin ucuna sözcükler geliyordu. Onları tadabiliyor, koklayabiliyor, söyleyen kişinin kirli favorisine dokunabiliyordu. Bazen araba sürerken, bazen aynaya bakarken duymaya başlıyordu o fısıltıyı. Ama hiçbir şey anlamıyordu. Elinde kalem saatlerce oturup yazı yazıyordu. Ama yaşadıklarını yeterince aktaramıyordu. Fısıldayan kişiyi görüyordu. Cam kırıklarıyla kaplı, pis kokulu cesedi götürülürken, faltaşı gibi açık gözleriyle ona baktığını görüyordu. O isimsiz adam çok uzak bir diyardan gelmiş, gökyüzünden Rey'in kollarına bırakılıvermişti sanki. Rey de onu yere atmıştı. Bunları düşünmemeye çalıştı. Ama adamın avluya düşüşünü, yaprakların arasında kan revan içinde yatışını unutamıyordu bir türlü. Bir slayt gösterisindeki resimler gibi, peş peşe geçip duruyorlardı gözlerinin önünden. Düşüşü durdurmak zorundaydı. Şef Kurtz'ün canı cehennemeydi. O sözlerin anlamını mutlaka bulmalıydı.

*

"Başkası olsa gitmesine asla müsaade etmezdim," dedi Amelia Holmes, kocasının ceketinin yakasını kaldırırken. "Aslında bu gece çıkmaması gerek Bay Fields. Korkuyorum. Astımı azdı. Bakın nasıl hırıldıyor. Wendell, *ne zaman* geleceksin?"

J. T. Fields'ın at arabası tam vaktinde Charles Sokağı 21 numaranın önünde durmuştu. Evleri arasında sadece iki sokak olmasına karşın, Fields Holmes'u asla yürütmezdi. Doktor ön basamakta durmuş titriyordu. Zor soluk alıyordu. Havanın soğukluğundan şikayet ediyordu. Sıcaktan şikayet ettiği de sık olurdu.

"Bilmiyorum," dedi Doktor Holmes biraz sinirle. "Kendimi Bay Fields'ın ellerine bırakıyorum."

"Tamam," dedi karısı. "Bay Fields, onu ne zaman getireceksiniz?"

Fields bunu düşündü. Yazarlarını memnun etmek kadar, eşlerini memnun etmek de önemliydi. Amelia Holmes son zamanlarda biraz kaygılıydı.

"Keşke Wendell artık kitap filan yazmasa Bay Fields," demişti Amelia birkaç hafta önce Fieldsların evinde, nehir manzaralı güzel odalarında kahvaltı yaparken. "Gazeteler yine onu eleştirecek. Bunun ne faydası var?"

Fields kadının içini rahatlatmak istemişti, ama daha ağzını açamadan Holmes araya girmişti. Huzursuz ya da panik içinde olduğunda kimse onun kadar hızlı konuşamazdı, özellikle de kendisi hakkında. "Ne demek istiyorsun 'Melia? Eleştirmenlerin beğeneceği, yepyeni bir şey yazdım. Bay Fields'ın ne zamandır yazmamı istediği 'Büyük Amerikan Öyküsü'nü yazdım. Göreceksin tatlım. Bu kitapla en büyük başarımı kazanacağım."

"Hep öyle dersin zaten Wendell." Karısı kederle başını sallamıştı. "Keşke artık vazgeçsen."

Holmes *Otokrat'*ın devamını –*Kahvaltı Sofrasındaki Profesör*– yazdığında, eleştirmenler kitabı hiç beğenmemiş, öncekinin tekrarı olduğunu yazmışlardı. Oysa Fields Holmes'a başarı vaat etmişti. Holmes'un hayal kırıklığının cefasınıysa Amelia çekmişti. Holmes yine de dizinin üçüncü kitabını –*Kahvaltı Masasındaki Şair*– yazmayı planlıyordu. Çok kısa bir sürede yazıp savaştan hemen önce yayınlattığı ilk romanı *Elsie Veneer* biraz satmıştı. Ama Holmes daha sonraki kitaplarının hepsinde eleştirmenlerin hışmına uğramıştı.

New York'ta yeni türemiş elit eleştirmenler Bostonlulara saldırmayı seviyordu. Holmes ise bu gururlu şehrin en büyük temsilcisiydi. Boston'a Evrenin Merkezi demiş, ders verdiği sınıfa da Boston Entelektüelleri adını vermişti. Şimdiyse kendilerine Genç Amerikalılar diyen ve Broadway'deki yeraltı meyhanelerinde yaşayan birtakım zıpçıktılar, Fields'ın Ocak Başı Şairlerinin modasının geçtiğini söylüyorlardı. "Longfellow'la arkadaşlarının beylik mısralarıyla köy şiirleri iç savaşı engelledi mi?" diye soruyorlardı. Holmes savaştan yıllar öncesinde uzlaşma taraftarıydı. Hattâ Artemus Healey ile birlikte Kaçak Köle Kanunu'nun desteklenmesine imza atmıştı. Bu kanuna göre kaçak köleler sahiplerine iade edilecekti. Böylece savaşın önleneceği umuluyordu.

"Ama anlamıyor musun Amelia?" demişti Holmes kahvaltı masasında. "Para kazanacağım. Güzel olacak." Fields'a dönmüştü. "Başıma bir şey gelirse Amelia'yı dolandırmak yok, tamam mı?" Hep birlikte gülmüşlerdi.

Şimdi Fields arabasının yanında durmuş bulutlu gökyüzüne bakarken, Amelia'nın sorusunun yanıtını orada bulabilmeyi istedi. "On ikide," dedi. "On iki nasıl Bayan Holmes?" Müşfik, kahverengi gözleriyle ona baktı. Oysa Holmes'un sabah ikiden önce dönmeyeceğini biliyordu.

Şair yayıncısının koluna girdi. "Bir Dante gecesi için fena sayılmaz. 'Melia. Bay Fields bana göz kulak olur. Bu gece Longfellow'a hakikaten büyük bir kıyak yapıyorum. Onca işimin arasında, derslerim, romanım filan varken, sıcacık evim dururken ona gidiyorum. Aslında gelmesem daha iyi olurdu."

Fields bu son sözü duymamış gibi yapmayı tercih etti. Şakadan söylenmiş olsa bile.

Bir Cambridge efsanesine göre, Henry Wadsworth Longfellow evine birinin geleceğini hep sezer ve tam kapı çalınacakken dışarı çıkardı. Aslında efsanelerin çoğu uydurmadır tabii. Adını eski sahiplerinden alan Craigie Konağı'nın dev kapısını genellikle şairin hizmetçilerinden biri açardı. Henry Longfellow son yıllarda sık sık kimseyle görüşmek istemez olmuştu.

Ama Longfellow bu akşam hakkındaki efsaneyi doğrularcasına, Fields'ın arabası Craigie Konağı'na çıkan yolda belirince kapıya çıktı. Arabanın penceresinden sarkan Holmes, sokağın yukarısındaki konağın önünde duran adamı tozlu çitlerin ardından gördü. Longfellow'un karda, fener ışığında sakince durmuş beklemesi, o gür sakallı ve kusursuz redingotlu hali, şairin halk arasındaki imajına uyuyordu. Bu imaj Fanny Longfellow'un karısının ani ölümüyle yaygınlaşmıştı. Herkes şairi insanoğluna doğru yolu göstermek için gönderilmiş ilahi bir varlık gibi görmeye başlamıştı. Sanki karısı değil de o ölmüştü. Hayranları onu acı çeken bir dâhi olarak görür olmuştu.

Longfellow'un karda oynayan üç kızı koşarak geldiler. Ayaklarını paspasa sildikten sonra basamakları koşarak çıkıp eve daldılar.

Çalışma odamdaki fener ışığında
Geniş hol merdiveninden inen
Asık suratlı Alice'i ve gülen Allegra'yı,
Ve altın saçlı Edith'i görüyorum.

Holmes şimdi o geniş merdiveni az önce çıkmış, Longfellow'la birlikte o çalışma odasında duruyordu. Fenerin şairin yazı masasını aydınlattığını görüyordu. Bu arada üç kız ortadan kaybolmuştu. *O hâlâ bir şiirde yaşıyor.* Holmes gülümsedi. Longfellow'un havlayan küçük köpeğinin patisini tuttu. Köpek dişlerini gösteriyor, bir domuzunkine benzeyen gövdesini sallıyordu.

Holmes daha sonra şöminenin yanında bir koltukta oturmuş, büyük boy bir kitaba dalmış zayıf, keçi sakallı âlimi selamladı. "Longfellow'un koleksiyonundaki en enerjik George Washington bugün nasıl bakalım?"

"İyiyim Doktor Holmes. Daha iyiyim. Sağol. Ama ne yazık ki Yargıç Healey'nin cenazesine gidemedim. Çok kötüydüm de." George Washington Greene'e diğerleri "ihtiyar" derdi. Oysa henüz altmışındaydı. Holmes'dan sadece dört, Longfellow'dan da iki yaş büyüktü. O emekli Üniteryan papaz ve tarihçi, kronik hastalığı yüzünden on yıl yaşlanmıştı. Ama her hafta çarşamba gecelerini Craigie Konağı'nda geçirmek için Rhode Adası'ndaki Doğu Greenwich'ten trenle seve seve gelirdi. Bu görüşmelere katılmayı en az vaaz vermek ya da Devrim Savaşı'ndan bahsetmek kadar severdi. "Sen gittin mi Longfellow?"

"Korkarım hayır," dedi Longfellow. Mount Auburn Mezarlığı'na yıllardır gitmiyordu. Fanny Longfellow'un cenazesine bile hasta olduğu için gidememişti. "Ama epey kalabalıktı herhalde?"

"Evet Longfellow." Holmes düşünceli bir edayla ellerini göğsünün üstünde kavuşturdu. "Ona yakışan, güzel bir cenaze töreniydi."

"Biraz fazla kalabalıktı," dedi kütüphaneden gelen Lowell, Holmes'un soruya verdiği cevabı duymazdan gelerek. Elinde birkaç kitap vardı.

"Yaşlı Healey kendini bilirdi," dedi Holmes. "Yerinin siyaset arenası değil, adliye sarayı olduğunun farkındaydı."

"Wendell! Ciddi olamazsın!" dedi Lowell sert bir sesle.

"Lowell." Fields ona dik dik baktı.

"Biz köle avcısı değiliz," dedi Lowell, Holmes'dan bir adım uzaklaşarak. Lowell Healeylerin altıncı ya da yedinci göbekten kuzeniydi. Zaten bütün önde gelen elit entelektüellerin aileleriyle uzaktan akrabalığı vardı. Bu yüzden kendinde eleştirme hakkı buluyordu. "Sen Healey gibi korkak bir yargıç mı olurdun Wendell? Seçme şansın olsa, Sims'i zincire vurdurup çiftliğine geri yollar mıydın? Bana bunu söyle. Bana bunu söyle Holmes."

"Adam öldü. Arkasından konuşmayalım," diye fısıldadı Holmes yarı sağır Bay Greene'e bakarak. Bay Greene nazikçe kafa salladı.

Üst kattan çan sesi gelince Longfellow izin isteyip ayrıldı. İster profesörlerin yanında olsun, ister rahiplerin, senatörlerin ve hattâ kralların; o çan sesini duyar duymaz hemen yukarıya, Alice, Edith ve Annie Allegra'nın uyumadan önce ettikleri duaları dinlemeye koşardı.

Geri döndüğünde, Fields sohbeti ustaca daha hafif konulara çekmişti. Bu yüzden içeri girdiğinde herkes Holmes'la Lowell'ın tekrar anlattıkları bir anektoda gülüyordu. Ev sahibi maun Aaron Willard saatine baktı. Bu antika saate bayılırdı. Görünüşünü ya da işleyişini sevdiğinden değil. Tıkırtısı ona huzur veriyordu.

"Ders başlıyor," dedi usulca.

Odaya sessizlik çöktü. Longfellow pencerelerin yeşil kepenklerini kapadı. Holmes lambaları söndürürken, diğerleri mumları dizdi. Odayı şimdi sadece mumlar ve şömine aydınlatıyordu. Beş edebiyatçı ile Trap –Longfellow'un tombul İskoç teriyeri– o küçük odada önceden belirlenmiş yerlerine geçtiler.

Longfellow çekmecesinden bir tomar kağıt çıkarıp konuklarından her birine Dante'nin İtalyanca dizelerini ve kendisinin çevirilerini içeren birkaç sayfa verdi. Longfellow'un elyazısıyla yazılmış dizeleri Dante'nin ruhunu canlandırmıştı sanki. Dante şiirini *terza rima* formuyla yazmıştı. Bu formda her dizenin orta hecesiyle bir alttakinin ilk ve son heceleri kafiyeli olurdu.

Holmes Longfellow'un her Dante toplantısını *Komedya*'nın ilk dizelerini kusursuz bir İtalyanca'yla okuyarak başlamasına bayılırdı.

"Hayat yolculuğumuzun ortasında, kendimi karanlık bir ormanda buldum, çünkü yolumu kaybetmiştim."

III

Ev sahibi, Dante Kulübü'nün bu toplantısına bir önceki se-
ansta alınan notları gözden geçirmekle başladı.

"İyi çevirmişsin Longfellow," dedi Doktor Holmes. Önerileri-
nin kabul görmesinden hep hoşlanırdı. Geçen çarşamba yaptığı
iki öneri, Longfellow tarafından dikkate alınmıştı. Holmes dik-
katini bu akşamki bölüme verdi.

"Yedinci çemberde," dedi Longfellow, "Dante Virgil ile birlik-
te kara bir ormana gidişlerini anlatır." Dante kitapta hayran ol-
duğu Romalı şair Virgil'in peşinde cehennemi geziyordu. Yolda
her günahkar grubunun kaderini öğreniyor ve içindekilerden
bir iki tanesini dünyadakilere ibret olsunlar diye seçiyordu.

"Dante'nin okuyucularının rüyasına giren kayıp orman," de-
di Lowell. "Dante Rembrant gibi yazıyor. Fırçasını karanlığa ba-
tırıyor. Işığı da cehennem ateşi."

Lowell Dante'nin eserlerini ezbere bilirdi. Dante'nin şiirini
bedeniyle ve zihniyle yaşıyordu. Holmes ise Dante'yi kıskanıyor-
du. Bir başka insanın yeteneğini kıskandığı ender durumlardan
biriydi bu.

Longfellow çevirisini okudu. Sesi gürdü, ama sert değildi.
Taze·karın altından akan suyun şırıltısı gibiydi. Şairin sesi ve şö-
mineden yayılan sıcaklık, köşedeki geniş yeşil koltukta oturan
George Washington Greene'in uyuklamasına yol açtı. Greene'in

koltuğunun altına uzanmış olan Trap da uyudu. Horultuları birbirini uyumla takip ediyordu, bir Beethoven senfonisinin boğuk bası gibi.

Longfellow'un okuduğu kısımda Dante kendini İntihar Ormanı'nda buluyordu. Orada günahkarların "gölgeleri" dallarından kan damlayan ağaçlara dönüştürülmüştü. Başka cezalılar da vardı: Kadın yüzü ve boynuyla kuş vücuduna, şiş göbeklerle kuş pençelerine sahip korkunç harpiler ağaçlardan besleniyordu. Ama ağaçlar çok acı çekseler de, ancak gövdelerindeki yarıklar sayesinde Dante'ye acılarını ifade edebiliyor, öykülerini anlatabiliyorlardı.

"Kan ve söz birlikte çıkmalı," dedi Longfellow.

Okuma bittikten sonra kitap sayfaları işaretlendi, sayfalar karıştırıldı ve karşılıklı iltifatlar edildi. Longfellow "Ders bitti beyler," dedi. "Saat daha dokuz buçuk. Bir şeyler atıştırmayı hak ettik."

"Biliyor musun," dedi Holmes. "Geçen gün Dante çalışmamıza bambaşka bir açıdan baktım."

Longfellow'un hizmetçisi Peter kapıyı çalıp içeri girerek, Lowell'a bir mesaj fısıldadı.

"Beni görmek isteyen biri mi var?" diye bağırdı Lowell, Holmes'un sözünü keserek. "Burada olduğumu nereden biliyormuş?" Peter yine bir şeyler fısıldayınca, Lowell evi sarsan bir gürlemeyle "Kimmiş bu beni kulüp toplantısında rahatsız eden?" dedi.

Peter Lowell'a iyice eğildi. "Polismiş Bay Lowell."

Devriye polisi Nicholas Rey giriş holünde durup çizmelerindeki karı silkelerken, Longfellow'un çok sayıda George Washington heykeline ve tablosuna sahip olduğunu görünce şaşırmıştı. Washington Amerikan Devrimi'nin başlarında bu konakta kalmıştı.

Zenci hizmetçi Peter, Rey'in rozetini görünce şüpheyle başını eğmişti. Polis olsa da olmasa da, Bay Longfellow'un çarşamba gecesi toplantısında olduğunu ve rahatsız edilemeyeceğini söylemişti. Onu beklemesi için küçük salona almıştı. Buranın çiçekli duvar kağıtları vardı. Şöminenin üstündeki kemerin altında, krem rengi bir kadın büstü durmaktaydı. Kıvırcık saçı yumuşak hatlı yüzüne düşüyordu.

İçeri iki adam girince Rey ayağa kalktı. Adamlardan biri gür sakallı ve mağrur edalı olduğu için, olduğundan uzun görünüyordu. Yanındakiyse kendinden emin görünüşlü, sağlam yapılı, iri dişli bir adamdı. James Russell Lowell'dı bu. Bir an hayretten donakaldıktan sonra Rey'e doğru koştu.

Bir kahkaha attı. "Biliyor musun Longfellow, bu adam hakkında çıkan bütün haberleri okudum! Elli dördüncü zenci alayındayken bir kahramandı. Andrew onu Başkan Lincoln'ün öldüğü hafta polis yaptı. Seninle tanışmak büyük bir onur dostum!"

"Aslında elli beşinci alaydaydım Profesör Lowell. Teşekkür ederim," dedi Rey. "Profesör Longfellow, sizi rahatsız ettiğim için özür dilerim."

"Önemli konuları bitirmiştik zaten memur bey," dedi Longfellow gülümseyerek. "Hem bana bayım demeniz yeter." Kır saçı ve gür sakalı ona elli sekizinde değil de daha yaşlı birinin babacan edasını veriyordu. Mavi gözleri ise genç görünüyordu. Longfellow'un üstünde düğmeleri yaldızlı mükemmel bir redingotla sırtına tam oturan meşin bir yelek vardı. "Profesörlük yapmayalı yıllar oluyor. Artık Lowell profesör."

"Şu kahrolası ünvana alışamadım gitti," diye mırıldandı Lowell.

Rey ona döndü. "Evinizdeki genç ve nazik bir bayan buraya

gelmemi söyledi. Çarşamba akşamları buradan başka yere gitmediğinizi söyledi."

"Mabel'le konuşmuşsun!" Lowell güldü. "Seni dışarı atmadı değil mi?"

Rey gülümsedi. "O son derece hoş ve kibar bir hanımefendi. Profesör, beni üniversiteden gönderdiler."

Lowell afallamıştı. "Ne?" diye fısıldadı. Sonra birden patladı. Yanakları ve kulakları pancar gibi kızardı. Gırtlağını paralarcasına bağırdı: "*Polis* gönderdiler ha! Ne hakla? Kendileri gelip konuşsalar ya? İlla araya birilerini mi koyacaklar? Evet bayım, söyleyin ne işiniz var burada?"

Rey şöminenin yanındaki, Longfellow'un karısının heykeli gibi kaskatı duruyordu.

Longfellow arkadaşını yeninden tuttu. "Memur bey, Profesör Lowell ve birkaç meslektaşım bana edebi bir çalışmamda yardım ediyor. Yaptığım çalışma üniversite yönetimi tarafından pek hoş karşılanmıyor. Ama bu yüzden mi..."

"Özür dilerim," dedi Rey, Lowell'a bakarak. Lowell'ın yüzü şimdi bembeyazdı. "Aslında onlar beni göndermedi, önce ben oraya gittim. Bir dil uzmanı arıyorum. Bazı öğrenciler adınızı verdiler."

"Öyleyse *ben* özür dilerim memur bey," dedi Lowell. "Biliyor musunuz, beni bulabildiğiniz için şanslısınız. Tam altı dili konuşabilirim... bir Cambridge'li gibi." Şair güldü. Rey'in kendisine uzattığı sayfayı alıp Longfellow'un kakmalı gülağacı masasına koydu. Parmağını o kargacık burgacık yazıların üstünde gezdirdi.

Rey, Lowell'ın alnını kırıştırdığını gördü. "Bunu bir adam kulağıma fısıldamıştı. Ne anlatmaya çalışıyordu bilmiyorum. Bir anda olup bitti. Tuhaf bir yabancı dilde konuştuğunu düşündüm."

"Ne zaman oldu bu?" diye sordu Lowell.

"Birkaç hafta önce. Tuhaf bir görüşmeydi." Rey gözlerini kapadı. Kafasının içinde yine o fısıltıyı duydu. Sözleri çok net duyuyor, ama tekrarlayamıyordu. "Duyduğum kadarını yazdım, ama pek olmadı galiba Profesör."

"Korkarım ben de bu hiyerogliften pek bir şey anlamadım," dedi Lowell, sayfayı Longfellow'a vererek. "Size söyleyen adama sorsanıza ne demek istemiş? Veya en azından hangi dilde konuşmuş?"

Rey cevap verip vermemekte tereddüt etti.

Longfellow "Yukarıda bir oda dolusu aç edebiyatçı var memur bey," dedi. "Onların dehalarını istiridye ve makarnayla satın almayı planlıyoruz. Bu sayfa bizde kalabilir mi?"

"Elbette Bay Longfellow," dedi Rey. Şairleri süzdükten sonra ekledi: "Lütfen buraya geldiğimi kimseye söylemeyin. Önemli bir vaka üstünde çalışıyorum."

Lowell tek kaşını kaldırdı.

"Söylemeyiz," dedi Longfellow. Sonra hafifçe başını salladı, Craigie Konağı'nda verilen sözlerin tutulduğunu söylercesine.

* * *

"Azizim Longfellow, aman bu gece Cerserus'un vaftiz oğlunu masamızdan uzak tut!" dedi Fields boynuna bir peçete asarken. Yemek masasının etrafındaki yerlerini almışlardı. Trap sızlanmaya başladı.

"Ama o şair dostudur Fields," dedi Longfellow.

"Ya! Onu geçen hafta görmeliydin Greene," dedi Fields. "Sen yatarken ve biz onbirinci kanto üstüne çalışırken, sevimli dostumuz yemek masasından bir keklik aşırdı!"

85

"*İlahi Komedya*'yı kendi çapında yorumlamış işte," dedi Longfellow gülümseyerek.

"Tuhaf bir görüşme ha?" dedi Holmes. "Polis öyle mi dedi?" Polisin yazdığı notu şamdan ışığında evirip çevirerek inceledikten sonra Greene'e verdi.

Lowell başıyla onayladı. "Polis Rey'in duydukları ta Nimrod'un çağından kalma bir dilde söylenmiş galiba."

"Sanki İtalyanca'ya benziyor." George Washington Greene omuz silkip iç geçirerek notu Fields'a uzattı.

Tarihçi dikkatini yemeğe verdi, Dante Kulübü'nün çalışması bitip de sofra muhabbeti başladığında, Longfellow'un ağzı iyi laf yapan arkadaşlarının yanında kendini ezik hissederdi. Greene'in hayatı zorluklarla geçmişti. Profesör olabilecek kadar iyi bir öğretmen değildi. Papazlığı da kendi dini bölgesine sahip olmasına yetmiyordu. (Derslerde rahip, vaazlarda tarihçi gibi konuştuğu söyleniyordu.) Longfellow eski dostuna sevgiyle bakarak, tabağına seveceğini düşündüğü leziz yemeklerden koydu.

"Devriye polisi Rey," dedi Lowell takdirle. "Ne adam ama, değil mi Longfellow? En büyük savaşımızda askerdi. Şimdi de ilk zenci polis memurumuz. Ne yazık ki biz profesörler kenarda durup, ilkleri başaran insanları seyretmekle yetiniyoruz."

"Ama entelektüel uğraşlarımız sayesinde çok daha kalıcı olacağız," dedi Holmes. "En azından *Atlantic*'in son sayısında öyle diyordu. Bu arada yine mükemmel bir sayı çıkarmışsınız Fields."

"Evet, o yazıyı ben de okudum! Mükemmeldi. O genç yazarda iş var Fields," dedi Lowell.

"Hımm." Fields ona gülümsedi. "Öyle görünüyor. Aslında kitap basmadan önce sizlere okutmalıyım. *Review*'da *Percival'ın Hayatı* kitabımız epey ağır eleştirildi. Beni hiç kollamıyorsunuz!"

"Fields, değersiz kitapları övemem," dedi Lowell. "Hem kötü olan, hem de sonradan yazılabilecek daha iyi kitapların önünü tıkayacak kitaplar basma bence."

"Hepinize soruyorum. Lowell'ın *The North American Review*'da, yani *benim* dergimde, *benim* yayınevimin kitaplarından birini eleştirmesi olacak iş mi sizce!"

"Peki ben de şunu soruyorum," dedi Lowell. "O kitabı okuyup da eleştirilerime katılmayanınız var mı?"

"Korkarım herkes hayır diyecek," dedi Fields. "Çünkü kimse okumamıştır. Lowell'ın yazısı çıktığından beri kitaptan bir tane bile satılmadı!"

Holmes çatalını bardağına vurdu. "Lowell'ı cinayetten suçlu buluyorum. *Percival'ın Hayatı*'nı öldürdü."

Herkes güldü.

"Ama Yargıç Holmes, daha doğarken ölmüştü," dedi Lowell. "Ben sadece tabutunun çivilerini çaktım!"

"Baksanıza," dedi Greene, çaktırmadan lafı en sevdiği konuya döndürmeye çalışarak. "Bu senenin Dante'yle ilişkisini fark edeniniz var mı?"

"1300 yılında Paskalya öncesi 25 Mart Cuma'ya denk geliyordu," dedi Longfellow.

"Evet!" dedi Lowell. "Tam beş yüz altmış beş yıl önce Dante *Città Dolente*'ye, yani Elem Şehri'ne gitmişti. Bu yıl Dante'nin yılı olacak!" Lowell çocuksu bir sesle devam etti: "Çevirimiz için hayra alamet mi değil mi sizce?" Ama bunu söylerken Harvard Şirketi'nin ısrarlı baskısını hatırlayınca gülümsemesi soldu.

Longfellow "Yarın, *Cehennem*'in en yeni kantoları hazır olunca Riverside matbaasının iblislerine, yani *Malebranchelarına* gideceğim," dedi. "Böylece bir adım daha atmış olacağız. *Cehennem*'in özel bir baskısını yıl sonuna kadar Floransa Komitesi'ne göndermeye söz verdim. Dante'nin altı yüzüncü doğumgününün kutlamasında kullanacaklar."

"Biliyor musunuz dostlar," dedi Lowell kaşlarını çatarak. "Harvard'daki kahrolası sersemler hâlâ Dante dersimi iptal ettirmeye çalışıyor."

"Augustus Manning de çeviriyi basarsam kötü olacağını söyleyip beni tehdit etti," dedi Fields, masaya öfkeyle parmaklarını vurarak.

"Dertleri neymiş ki?" diye sordu Greene kaygıyla. "Dante'den olabildiğince uzak durmak istiyorlar," dedi Longfellow. "Etkisinden, yabancı oluşundan... Katolik oluşundan korkuyorlar Greene."

"Dante'nin bazı yazıları konusunda haksız değiller," dedi Holmes beklenmedik bir sempatiyle. "Geçen haziran kaç baba oğullarının mezuniyet töreni yerine Mount Auburn Mezarlığı'na gitti? Bence zaten cehennemde yaşıyoruz. Cehennemi anlatan kitaplara ihtiyacımız yok."

Lowell kendine üçüncü ya da dördüncü kırmızı Falernian bardağını dolduruyordu. Karşısında oturan Fields, onu gözleriyle yatıştırmaya çalıştı, ama başaramadı. "Kitapları yakmaya başlarlarsa, gün gelir bizi de yakar bunlar Holmes!" dedi Lowell.

"Amerikan halkına öbür dünyayla ilgili fikirlerde sansür getirmeye çalıştığımı sanma azizim Lowell. Ama belki de..." Holmes duraksadı. İşte beklediği fırsatı bu. Longfellow'a döndü. "Belki de biraz ağırdan almalıyız azizim Longfellow. Önce kitaptan birkaç düzine bastıralım, yakın çevremiz için. İyisi kötüsü neymiş anlayalım, sonra daha fazla basarız."

Lowell neredeyse ayağa fırlayacaktı. "Doktor Manning'le mi konuştun? Manning seni korkutmak için birini mi gönderdi Holmes?"

"Lowell, lütfen." Fields bir diplomat gibi gülümsedi. "Manning Holmes'u niye korkutmaya kalksın ki?"

"Ne?" Doktor Holmes anlamazdan gelmeye karar verdi. "Tabii Lowell. Manning köklü üniversitelerde hep biten mantarlardan biri işte. Ama boş yere başımıza bela açmaya gerek yok. Yoksa olay Dante'nin şiiriyle ilgili olmaktan çıkar, bir kavgaya dönüşür. Dikkatler dağılır. Hastalarına durmadan ilaç dayayan doktorlar gibi olmayalım. İhtiyatlı olalım."

"Ne kadar çok yandaş toplarsak o kadar iyidir," dedi Fields, masaya bakarak.

"Tiranlara boyun eğemeyiz!" dedi Lowell.

"Ama dünyaya meydan da okuyamayız," dedi Holmes. "Topu topu beş kişiyiz." Fields'ın erteleme fikrine şimdiden sıcak bakmasına çok sevinmişti. Kitabı Dante'ninkinden önce çıkacaktı.

"Yayın tarihini ertelemektense diri diri yakılmayı, hattâ daha da kötüsü, Harvard Yönetim Kurulu'yla aynı odada bir saat kilitli kalmayı yeğlerim," diye bağırdı Lowell.

Fields "Yayın planını değiştirmeyeceğiz tabii," deyince Holmes'un suratı asıldı. "Ama Holmes yapayalnız olduğumuz konusunda haklı," diye devam etti Fields. "Yandaş toplamaya çalışabiliriz. Profesör Ticknor bize yardım edebilir, hâlâ nüfuzu kaldıysa tabii. Belki Bay Emerson da. Yıllar önce Dante okurdu. Bir kitabın beş bin satıp satmayacağını kimse kestiremez. Ama satarsa, yirmi beş bin satması işten değildir."

"Seni öğretmenlikten atabilirler mi Lowell?" diye söze karıştı Holmes. Aklı Harvard Şirketi'nde kalmıştı.

"Yapamazlar," dedi Fields. "Jamey ünlü bir şair."

"Bana ne yapacakları umurumda değil! O barbarlara pabuç bırakmam!"

"Hiçbirimiz bırakmayız!" dedi Holmes hemen. Tuhaf bir şekilde, kendini yenik hissetmiyordu. Tersine, daha da azimliydi şimdi. Arkadaşlarını Dante'den, Dante'yi de arkadaşlarının aceleciliğinden kurtarabileceğine inanıyordu. Arkadaşları "Evet! Bırakmayız tabii!" diye bağırmaya başladı. En fazla Lowell'ın sesi çıkıyordu.

Çatalının ucunda bir parça domates dolması gören Greene, köpeğe yedirmek üzere eğildi. Masanın altındayken Longfellow'un ayağa kalktığını gördü.

Craigie Konağı'nın mahremiyetinde, Longfellow'un yemek salonunda toplanmış beş arkadaş olmalarına karşın; Longfellow'un bir şeye kadeh kaldırmak için ayağa kalkması öyle ender bir şeydi ki, herkes sustu.

"Hepimizin sağlığına."

Tek söylediği buydu. Ama masadakiler sanki vatanın bağımsızlığı ilan edilmiş gibi sevinçle bağrıştı. Sonra dondurmalı kirazlı turtalar, yanık şekerli konyaklar ve masanın ortasındaki mumlardan yakılan purolar geldi.

Fields Longfellow'u bu puroların nereden geldiğini anlatmaya ikna etti. Longfellow'a kendinden bahsettirmek için, başka bir konuyu, mesela puroları, açmak şarttı.

Longfellow "Bir iş için Köşebaşı'na gitmiştim," diye söze başlayınca, Fields hemen kahkahayı bastı. "Fields beni yakındaki bir tütüncüye gitmeye ikna etti. Birilerine armağan alacakmış. Tütüncü bir kutu puro getirdi. Hiç bilmediğim bir markaydı. Adam saf saf 'Longfellow da bunlardan içiyor,' dedi."

"Sen ne dedin?" diye sordu Greene gülerek.

"Önce adama, sonra kutuya baktım. 'Öyleyse ben de deneyeyim,' dedim ve kutuyu satın aldım."

"Eee, beğendin mi bari?" diye sordu Lowell. Gülerken boğazına lokma kaçtı.

Longfellow purosunun dumanını üfleyerek "Adamın hakkı varmış," dedi. "Cidden güzelmiş."

✳

"Bu yüzden ileriyi görebilmeliyim, ki bu en sevdiğim yerden sürgün edilirsem..." Öğrenci duraksayıp, sıkıntıyla parmaklarını oynatmaya başladı.

Lowell, Elmwood'un çalışma odasını yıllardır Dante dersleri verdiği sınıf olarak kullanıyordu. Profesörlüğünün ilk yılında oda isteyince ona üniversitenin bodrum katında ufak bir yer vermişlerdi. Kendisinden önce burayı kullanan profesör Puritan olmalıydı. Çünkü sınıfta sıra yerine ahşap banklar ve bir vaaz kürsüsü vardı. Lowell'a katılım az olduğu için ona ancak bu sınıfı verebileceklerini söylemişlerdi. Ama iyi de olmuştu. Lowell evinde rahat edebiliyor, derste şöminenin başında oturup piposunu tüttürebiliyordu. Hem evden çıkmasına da gerek kalmıyordu.

Dersler haftada iki kez, Lowell'ın seçtiği günlerde yapılıyordu. Lowell özellikle pazarları ders vermekten hoşlanırdı, çünkü asırlar önce Boccaccio da ilk Dante derslerini,Floransa'da pazar günleri vermişti. Mabel Lowell genellikle yan odada oturup dersleri dinlerdi.

"Unutma Mead," dedi Profesör Lowell. "Beşinci cennet boyutunda, Şehitler boyutunda Cacciaguida'nın Dante'ye bir kehanette bulunduğunu, canlıların dünyasına döndükten kısa süre sonra Floransa'dan sürgün edileceğini ve geri dönerse idam edileceğini söylediğini unutma. Şimdi bir sonraki dizeyi, yani –'io non pertessi li altri per i miei carmi'yi– bu gözle çevir bakalım."

Lowell'ın İtalyanca'sı akıcıydı. Grameri kusursuzdu. Ama

91

Mead, Lowell'ın sonuçta bir Amerikalı olduğunu, bu yüzden İtalyanca'yı Amerikan aksanıyla konuştuğunu düşünüyordu.

"Şiirlerim yüzünden başka yerleri yitiremem."

"Uydurma Mead! *Carmi* şarkılar demek. Sadece şiirlerini değil, onları okuyuşunu kastediyor. O zamanlar saz şairliği geleneği vardı. Para verenlerin arzusuna göre, öykülerini ya şiir ya da vaaz şeklinde anlatırlardı. Müzikal bir vaaz ve vaazlı bir şarkı. Dante'nin komedyası budur işte! Yani '*Şarkılarım* yüzünden başka yerleri yitiremem,' olacak. Yine de fena değildin Mead." Lowell elini hafifçe kaldırdı. Az çok tatmin olduğu anlamına geliyordu bu.

"Dante kendini çok tekrarlıyor," dedi Pliny Mead huysuz bir sesle. Yanındaki öğrenci Edward Sheldon bunu duyunca irkildi. "Dediğiniz gibi," diye devam etti Mead. "Bir kahin Dante'nin Can Grande'nin himayesine gireceğini biliyordu. Öyleyse Dante niye 'başka yerlere' ihtiyaç duyuyordu ki? Saçma."

"Dante 1302'deki –yani sürgüne gönderildiği tarihteki– yaşamından, bu dünyadaki yaşamından değil; *ikinci* yaşamından, yani asırlarla okunacak olan şiirindeki yaşamından bahsediyor," dedi Lowell.

Mead pes etmedi. "İyi ama 'en sevdiği yer' ondan alınmadı ki. *Kendisi* reddetti. Floransa'ya, karısının ve ailesinin yanına dönmesi teklif edildiğinde kabul etmedi!"

Pliny Mead huysuz bir öğrenciydi. Üstüne üstlük o sabah geçen dönemin sınavından aldığı notu öğrenince Lowell'a bozulmuştu. Notunun düşüklüğü yüzünden 1867 yılının en başarılı öğrencileri listesinde on ikinci sıradan on beşinci sıraya düşmüştü. Mead bunu Lowell'la Fransız edebiyatı konusunda sık sık yaptığı tartışmalara bağlıyordu. Profesörün hatalarının yüzüne vurulmasından hiç hoşlanmayan biri olduğunu düşünüyordu.

Mead aslında yaşayan dil derslerinden çıkmak istiyordu, ama okulun kurallarına göre bir öğrenci dil dersi almaya başlamışsa, en az üç dönem daha o derse devam etmek zorundaydı. Çocukların daha baştan gözünü korkutmak için alınmış bir karardı bu. Bu yüzden Mead, James Russell Lowell denen kendini beğenmişe katlanmak zorunda kalıyordu. Ve Dante Alighieri'ye.

"Ne teklifti ama!" diye güldü Lowell. "Evet, geri dönmesine izin verilecekti ama neyin karşılığında? Günahlarının kilise tarafından bağışlanmasını istemek ve yüklü bir meblağ ödemek zorunda kalacaktı! Biz bile Johnny Reb'in peşinden Birliğe dönerken bu kadar aşağılanmamıştık. Hele kendini haklı gören ve adalet istiyorum diye haykıran bir adama ne kötü gelmiştir kimbilir."

"Ama ne dersek diyelim, Dante bir Floransalı!" dedi Mead, Sheldon'dan destek alma umuduyla ona yan yan bakarak. "Anlamıyor musun Sheldon? Dante yazılarında sürekli Floransa'dan ve öbür dünyada tanışıp konuştuğu Floransalılardan bahsediyor. Hem de sürgündeyken! Bence tek istediği geri dönmekti. Sürgünde ve beş parasız ölmesiyse en büyük ve en son başarısızlığıydı."

Edward Sheldon, Mead'in sırıttığını fark etti. Çocuk Lowell'ı susturduğu için sevinçliydi. Lowell ayağa kalkıp ellerini pis kokulu ceketinin ceplerine sokmuştu. Ama Sheldon, Lowell'ın piposunu içişinden, adamın başka bir boyutta olduğunu anlıyordu. Çizmeli ayaklarıyla halının üstünde dolanırken, bambaşka bir yerdeydi sanki. Lowell normalde birinci sınıf öğrencilerini ileri düzey bir edebiyat sınıfına kabul etmezdi. Ama genç Sheldon çok ısrar edince, Lowell onu bir denemeye karar vermişti. Sheldon kendisine bu fırsatın verilmesine hâlâ minnettardı. Lowell'la Dante'yi Mead'e karşı savunmak istiyordu. Mead küçükken raylara bozuk para koyan çocuklardandı herhalde. Sheldon ağzını açtı, ama Mead öyle sert baktı ki konuşamadı.

Lowell'ın yüzünde bir an hayal kırıklığı belirdi. Sonra Mead'e döndü. "İçindeki Yahudi nerede evlat?"

"Ne?" diye haykırdı Mead öfkeyle.

"Neyse, boşver. Biliyordum zaten. Mead, Dante'nin işlediği tema insanlıktır, *tek bir* insan değildir." Lowell sadece öğrencilerine bu kadar sabırlı davranırdı. "İtalyanlar Dante'nin kendi bakış açılarını yansıttığını söyler dururlar. Oysa ilgisi yoktur! Dante'nin yazdıklarını Floransa ve İtalya'yla sınırlamak, tüm insanlığı yazdığını inkar etmektir. *'Yitik Cennet'*i bir şiir olarak okuruz, oysa Dante'nin komedyası iç dünyamızın tarihçesidir. İsaiah 38:10'u bilir misiniz çocuklar?"

Sheldon düşündü. Mead ise somurtarak, sorunun cevabını inatla düşünmedi.

"Ego dixi: In dimidio dierum meorum vadam ad portas inferi!" dedi Lowell. Sonra kitap dolu kütüphane raflarına koşarak eline bir Latince İncil alıp her nasılsa aradığı sayfayı bir açışta buldu. "Görüyor musunuz?" dedi, kitabı o sayfası açık halde yerdeki halının üstüne, öğrencilerinin ayaklarının dibine koyarak. Alıntıyı harfiyen hatırladığını göstermek istiyordu sevinçle.

"Çevireyim mi?" diye sordu Lowell. "'Hayatımın ortasında cehennemin kapılarına gideceğim.' İncil yazarlarının aklına gelmeyen hiç mi bir şey yokmuş? Sahiden de hepimiz hayatımızın ortasında kendi cehennemimizle yüzleşmeye gideriz. Dante'nin şiirinin ilk dizesi nedir?"

"Hayat yolculuğumuzun ortasında," dedi Edward Sheldon hevesle. Stoughton Hall'deki odasında *Cehennem*'in girişini defalarca okumuştu. Hiçbir şiirden bu kadar etkilendiğini hatırlamıyordu. "Kendimi karanlık bir ormanda buldum, çünkü yolumu kaybetmiştim."

"Nel mezzo del cammin di nostra vita. Hayat yolculuğumuzun

ortasında." Lowell bunu söylerken şöminenin bulunduğu tarafa faltaşı gibi açık gözlerle bakınca, Sheldon da dönüp o tarafa baktı. Güzel bir kız olan Mabel Lowell'ın odaya girdiğini sanmıştı. "Hayat yolculuğu*muzun*," dedi Lowell. "*Bizim* hayatımız. Dante en başından beri yolculuğuna bizi de katar. Onun gibi biz de hac yoluna düşeriz. Biz de kendi cehennemimizle yüzleşmek zorunda kalırız. Dante'nin şiirini yüce ve kalıcı yapan nitelik, bir insan ruhunun otobiyografisi olmasıdır. Kiminki olduğu fark etmez. Sizinki, benimki de olabilir."

Sheldon bir sonraki on beş İtalyanca dizeyi okurken, Lowell gerçek bir şeyler öğretmenin ne güzel olduğunu düşündü. Socrates şairlerin Atina'dan kovulmasını istemekle ne büyük aptallık etmişti! Longfellow'un çevirisi anında başarı kazanınca Augustus Manning'in yenilgisini izlemek ne zevkli olacaktı.

Ertesi gün Lowell bir Goethe dersinden yeni çıkmış, üniversite binasını terketmeye hazırlanıyordu ki, karşısına kısa boylu bir İtalyan dikilince şaşırdı. Adamın üstünde eski, ama özenle ütülenmiş bir ceket vardı.

"Bachi?" dedi Lowell.

Pietro Bachi yıllar önce Longfellow tarafından İtalyanca öğretmeni olarak okula alınmıştı. Şirket yabancıları, hele Katolik İtalyanları çalıştırmayı sevmezdi. Bachi'nin Vatikan tarafından aforoz edilmiş olması fark etmezdi onlar için. Lowell departmanın kontrolünü ele geçirdiğinde, Şirket Pietro Bachi'yi kovmak için çok makul sebepler bulmuştu bile: Sinirli ve küstahtı. Kovulduğu gün Profesör Lowell'a "Artık ölsem buraya adımımı atmam," demişti. Lowell adama inanmıştı.

"Sevgili profesör." Bachi elini eski departman başkanına uzattı. Lowell adamın elini her zamanki canayakınlığıyla sıktı.

"Şey," dedi Lowell. Bachi'ye burada, Harvard'ın bahçesinde,

hem de sapasağlam ne işi olduğunu soracaktı, ama nasıl diyeceğini bilemiyordu.

"Geziniyorum profesör," dedi Bachi. Ama Lowell'ın arkasındaki bir şeylere kaygıyla bakıp duruyordu. Bu yüzden profesör sohbeti kısa kesti. Ama arkasını dönerken (Bachi'yi görmekten duyduğu hayret giderek artıyordu) Bachi'nin tanıdık birine doğru yürüdüğünü fark etti. Lowell'ın birkaç hafta önce bir Amerikan kara ağacına yaslandığını gördüğü, siyah melon şapkalı ve parlak yelekli şiir tutkunuydu bu. Bachi'yle ne işi olabilirdi ki? Lowell Bachi'nin ona selam verip vermeyeceğini görmek için durdu. Melon şapkalı adam *birini* bekler gibiydi. Ama sonra Yunanca dersinden çıkan öğrenciler bir anda koridora doluşunca, Lowell o iki adamı gözden kaybetti.

Az önce gördüklerini tamamen unutup hukuk fakültesine doğru yola çıktı. Orada küçük Oliver Wendell sınıf arkadaşlarının arasında durmuş, onlara bir hukuk meselesi hakkındaki yanılgılarını anlatıyordu. Doktor Holmes oğlunun babasına benzediğini düşündü. Ama sanki biri çıkıp o ufak tefek doktoru çekiştirerek, boyunu iki misline uzatmıştı.

Doktor Holmes evinin hizmetçi merdiveninin dibinde durdu. Bir aynaya bakarak tarakla kahverengi sık saçını yana taradı. Yüzünü pek beğenmezdi. Teni biraz daha koyu, burnu biraz daha düz, boynu daha kalın olsa küçük Wendell'in tıpa tıp aynısı olacaktı. Holmes'un en küçük oğlu Neddie de ne yazık ki yüz itibariyle Doktor Holmes'a çekmekle kalmamış, onun solunum problemlerini de almıştı. Rahip Holmes olsa, Doktor Holmes ile Neddie'nin tam Wendell olduklarını söylerdi. Küçük Wendell de Holmes'a çekmişti. Damarlarında bu kan varken, babasından daha başarılı olacağı kesindi. Majesteleri ya da Başkan Holmes olacaktı. Doktor Holmes çizme sesleri duyunca hemen yandaki odaya daldı. Sonra çok sakinmiş gibi yaparak tekrar merdivene doğru yürümeye, elindeki eski kitabı karıştırmaya başladı. Küçük Oliver Wendell Holmes eve dalıp merdiveni koşarak çıktı.

"Hey Wendy," diye seslendi Holmes gülümseyerek. "Sen misin?"

Küçük Wendell merdivenin ortasında yavaşladı. "Selam baba."

"Annen seni soruyordu. Bugün seni görmediğimi fark ettim. Niye bu kadar geç kaldın evlat?"

"Yürüyüşe çıktım."

"Sahi mi? Tek başına mı?"

Küçük Wendell'in kara kaşlarının altındaki gözleri babasına öfkeyle baktı. "Aslında hayır. James Lowell'la."

Holmes şaşırmış gibi yaptı. "Lowell mı? Profesör Lowell'la mı görüşüyorsun?"

Küçük Wendell geniş omuzlarından birini silkti.

"Peki, sevgili ortak dostumuzla ne konuşuyorsun öğrenebilir miyim?" diye devam etti Doktor Holmes canayakın bir gülümsemeyle.

"Politika, askerlik anılarım, hukuk derslerim. İyi anlaşıyoruz."

"Bugünlerde aylaklığa fena alıştın. Bay Lowell'la gezmeni yasaklıyorum, tamam mı!" Cevap gelmedi. "Derslerine çalışman gerek."

Küçük Wendell güldü. "Her sabah 'Boşuna okuyorsun Wendy. Avukatlardan büyük adam çıkmaz,' diyen sen değil misin?" dedi boğuk bir sesle. "Şimdi hukuk derslerime daha çok çalışmamı mı söylüyorsun?"

"Evet Wendy. Herhangi bir şeyi başarmak için çalışıp çabalamak gerekir. Bir sonraki Dante Kulübü toplantısında Bay Lowell'la konuşacağım. Eminim bana hak verecektir. Eskiden avukattı. Avukatlığın ne zor olduğunu bilir." Holmes kendinden memnun bir halde koridora doğru yürümeye başladı.

Küçük Wendell homurdandı.

Doktor Holmes döndü. "Bir şey mi dedin evlat?"

"Şu sizin Dante Kulübü'nü merak ediyorum baba."

Küçük Wendell şimdiye kadar babasının edebi ya da iş hayatıyla hiç ilgilenmemişti. Doktorun ne şiirlerini okumuştu, ne de ilk romanını. Tıp ve şiir tarihi derslerine de hiç katılmamıştı. Özellikle Holmes'un *The Atlantic Monthly* dergisinde, Küçük Wendell'in öldüğünü bildiren bir telgrafın kendisine yanlışlıkla gönderilmesinden sonra Güney'de yaptığı yolculuğu tekrar anlattığı "Yüzbaşının Peşinde" adlı yazısı yayımlanınca, oğlu böyle şeylerden iyice uzak durmaya başlamıştı.

Aslında babasının yazdığı taslağa göz atmıştı. Okurken yaralarının sızladığını hissetmişti. Babasının savaşı sadece birkaç bin kelimeyle özetleyebileceğini sandığına inanamıyordu. Zaten yazdıklarının çoğu da hastane yataklarında ölen asilerle ve kasabalarda kendisine *Kahvaltı Masası Otokratı*'nın yazarı olup olmadığını soran otel çalışanlarıyla ilgiliydi.

"Yani," diye devam etti Küçük Wendell gergince sırıtarak, "kendini cidden üye sayıyor musun?"

"Nasıl yani Wendy? Ne demek istiyorsun? Kulüp hakkında ne biliyorsun ki?"

"Bay Lowell çalışma odasından çok yemek masasında konuştuğunu söylüyor. Bay Longfellow Dante'ye hayatını adamış. Lowell içinse bir iş. O düşündüklerini *uygulayan* biri, sadece konuşan değil. Mesela avukat olarak köleleri savunmuştu. Sense kulübü sadece kadeh tokuşturacak bir yer olarak görüyorsun."

"Bunu Lowell mı..." Doktor Holmes sustu. "Bana bak Wendy!"

Küçük Wendell üst kata çıkıp odasına kapandı.

"Dante Kulübü'müz hakkında ne biliyorsun ki!" diye bağırdı Doktor Holmes.

Holmes evde bir süre dolandıktan sonra çalışma odasına çekildi. Demek en çok yemek masasında konuşuyordu ha? Bu suçlamayı düşündükçe öfkesi artıyordu. Lowell, Longfellow'un sağ kolu olarak kalmayı sürdürmek istiyordu tabii. Bu yüzden Holmes'a düşman olmuştu.

Küçük Wendell'in söylediği o sözü Lowell'ın gür sesinden duyuyordu sanki. Sonraki haftalarda bol bol yazdı, kendi sınırlarını zorlayarak. Holmes aklına yeni fikirler gelmesinden hoşlanırdı, ama oturup yazmaya başlayınca başına ağrı girerdi. Ancak bazen kendiliğinden, ilhamla yazmaya başladığında kesilirdi bu ağrı.

Her halükarda, çok çalışınca fiziksel dengesi bozulurdu. Ayakları soğur, ateşi çıkar, kasları karıncalanırdı. Kalkıp gitmek *zorunda* olduğunu hissederdi. Geceleri on birden önce çalışmayı keser ve kafasını boşaltmak için hafif kitaplar okurdu. Beynini fazla çalıştırınca midesi bulanırdı. Bunu kısmen yörenin iklimine alışamamış olmasına bağlıyordu. Parisli bir meslektaşı olan Brown-Séquard, Amerika'daki hayvanların yaralarının, Avrupa'dakilere göre daha az kanadığını söylemişti. Bu çok ilginç değil miydi? Ama Holmes tüm fiziksel rahatsızlıklarına karşın artık deli gibi yazıyordu.

"Profesör Ticknor'dan Dante projemiz için yardım isteyecek kişi ben olmalıyım," dedi Holmes Fields'a. Fields'ın Köşebaşı'ndaki ofisine uğramıştı.

"Eee?" Fields aynı anda üç şey birden okuyordu: Bir müsvedde, bir sözleşme ve bir mektup. "Telif sözleşmeleri nerede?"

J. R. Osgood ona bir kağıt yığını uzattı.

"Senin başını kaşıyacak vaktin yok Fields. Hem *Atlantic*'in yeni sayısını düşünmen gerek. Boş vakit bulsan bile dinlenmeye ayırmalısın," dedi Holmes. "Hem Profesör Ticknor öğretmenimdi. Beni tanıyor."

Holmes bir zamanlar edebiyat dünyasında Boston'a Ticknorville dendiğini hâlâ hatırlıyordu. Ticknor'ın edebiyat salonuna davet edilmemişsen, bir hiçtin. O salona bir zamanlar Ticknor'ın Taht Odası denirdi. Bugünlerdeyse Ticknor'ın Buzdağı deniyordu. O eski profesörün kibri ve kölelik yanlılığı yüzünden pek çok edebiyatçıyla arası bozulmuştu. Ama şehrin ilk büyük edebiyatçılarından biri olmanın verdiği saygınlığı asla yitirmeyecekti. Onlara yardım edebilecek kadar nüfuzu vardı hâlâ.

Fields iç geçirerek "Hayatımda çok fazla insan var Holmes," dedi. "İnan artık elyazmaları bana kılıçbalığı gibi görünüyor. Beni ikiye bölüyorlar." Holmes'a uzun uzun baktıktan sonra, Park Sokağı'na kendisinin yerine onu göndermeyi kabul etti. "Hakkımda iki çift güzel söz söylemeyi ihmal etme olur mu Wendell?"

Holmes, Fields'ın George Ticknor'la konuşma zahmetine girmekten kurtulduğuna sevindiğini biliyordu. Profesör Ticknor –gerçi otuz yıl önce emekli olmuştu, ama ona hâlâ profesör denirdi– küçük kuzeni William D. Ticknor'ı hiç sevmediğinden, ortağı J. T. Fields'a önyargılıydı. Holmes Ticknor'ın civardaki, Park Sokağı'ndaki 9 numaralı evinin dönen merdiveninden çıkarılırken, bunu kendisinden bizzat işitti.

"Kuzenim William hastaydı," dedi Profesör Ticknor ağzını tiksintiyle büzerek. "Kitapları mal olarak görürdü. Aklı fikri paradaydı. Korkarım bu hastalığı yeğenlerime de bulaştırdı. Edebiyat dünyasını tüccarlar yönetmemeli, değil mi Holmes?"

"Ama Bay Fields bu işten anlıyor değil mi? Mesela yazdığınız tarihçenin satacağını biliyordu Profesör. Longfellow'un Dante çevirisinin de satacağını düşünüyor." Aslında Ticknor'ın *İspanyol Edebiyatı Tarihi* adlı kitabını dergi yazarları dışında pek alan olmamıştı, ama profesör bunu büyük bir başarı sayıyordu.

Ticknor Holmes'un sadakatini kaale almadan, ellerini yazı makinesinin üstünden zarifçe çekti. Bir tür minyatür matbaa dediği bu makineyi, elleri artık yazamayacak kadar titremeye başladığında yaptırmıştı. Yıllardır elyazısı yazmıyordu. Holmes geldiğinde bir mektup yazmaktaydı.

Başında mor bir takke, ayaklarında da terliklerle oturan Ticknor; Holmes'un kıyafetini, pahalı kravatını ve mendilini bir kez daha süzdü.

"Bay Fields insanların *ne* okuduğunu bilse de, *niye* okuduğunu korkarım asla anlayamayacak Doktor. Yakın arkadaşlarının heveslerini hemen kapıveriyor. Tehlikeli bir özellik bu."

"Entelektüel kesimin yabancı eserler okumasının önemini hep vurgulardınız," diye hatırlattı Holmes. Kütüphanenin perdeleri kapalıydı. Şöminenin cılız alevleri yaşlı profesörü hafifçe aydınlatıyor, ama karga pençesine benzer ayaklarını karanlıkta bırakıyordu. Holmes alnını sildi. Ticknor'ın Buzdağı aslında fırın gibiydi. Çünkü şöminesi hiç sönmezdi.

"Aramızdaki yabancıları anlamaya çalışmalıyız Doktor Holmes. Göçmenlere ulusal karakterimizi aşılamayı, onları kendimize benzetmeyi başaramazsak, gün gelir biz onlara benzemeye başlarız."

Holmes pes etmedi. "Şurada biz bizeyiz. Bay Longfellow'un çevirisi nasıl karşılanacak sizce?" Holmes öyle dikkatli bakıyordu ki, Ticknor durup cidden düşündü. Yaşlandıkça sağlığı ve dünyanın hali konusundaki sorulara standart yanıtlar verir olmuştu. Üzülmek istemiyordu çünkü.

"Bay Lonfellow'un çevirisi mükemmel olacak. Ona şüphe yok. Harvard'daki yerimi ona bırakmam boşuna değildi. Ama unutma ki bir zamanlar ben de Dante'yi burada tanıtmayı düşlemiştim. Ama Şirket çok üstüme geldi..." Ticknor'ın kara gözleri yaşardı. "Sağlığımda başka bir Amerikalının Dante çevirmeye kalkacağını göreceğimi sanmıyordum. Bu işi nasıl başaracak bilmiyorum. Halkın beğenip beğenmemesi ayrı bir mesele. Ben halk adına konuşamam," dedi Ticknor gizlemeye çalışmadığı bir gururla. "Ama Dante'nin geniş kitlelerce okunmasını beklemenin salaklık olduğuna inanmaya başladım. Beni yanlış anlamayın Doktor Holmes. Dante'ye ben de yıllarımı verdim, Longfellow gibi. Dante'yi insanlığa neyin getirdiğini sormayın. İnsanlığa Dante'nin ne getirdiğini sorun... o sert ve acımasız!

IV

---*---

İkinci Cambridge Üniteryan Kilisesi'nin rahibi Elisha Tablot
o pazar günü elinde feneriyle ölülerin, mezarların, kemik yığın-
larının arasından geçen yolda yürüyordu. Artık gözleri yeraltı
geçidinin karanlığına alışmış olduğundan, elindeki gaz lambası-
na pek ihtiyacı kalmamıştı. Ama havadaki çürük kokusuna alı-
şamamıştı. Bir gün bu yolu lambasız, sadece iman gücüyle geç-
mek istiyordu.

Bir hışırtı duyar gibi oldu. Dönüp etrafa bakındı. Mezarlıklar
ve sütunlar kımıltısızdı.

"Bu gece aranızda sağ biri var mı?" Melankolikliğiyle ünlü se-
si karanlıkta yankılandı. Belki de bir rahibin etmemesi gereken
bir laftı bu, ama işin gerçeği ansızın korkmaya başlamıştı. Haya-
tının çoğunu yalnız geçiren herkes gibi Talbot'un da pek çok
gizli korkuları vardı. Ölümden çok korkardı. En büyük utancıy-
dı bu. Kilisesinin yeraltı mezarlığında yürümesinin bir sebebi bu
olabilirdi: Bir din adamına hiç yakışmayan ölüm korkusunu
yenmek. Belki biri biyografisini yazmaya kalksa, Talbot'un Üni-
teryanların mantığını Kalvinistlerin iblislerine karşı savunmak
için gösterdiği çabaların sebebinin de bu olduğunu söyleyebilir-
di. Talbot ıslık çalarak yürümeyi sürdürüp, kısa süre sonra me-
zarlığın diğer ucundaki merdivene ulaştı. O merdiven parlak gaz
lambalarını ve evine giden kestirme bir yolu vaat ediyordu.

"Kim var orada?" diye sordu fenerini savurarak. Bu kez bir ses duyduğuna emindi. Ama yine her şey hareketsizdi. O sesi çıkaran yaratık fare olamayacak kadar iri, yaramaz sokak çocuklarından biri olamayacak kadar da sessizdi. Musa adına, neler oluyor? diye düşündü, feneri göz hizasında tutarken. Son zamanlarda savaş ve kentleşme yüzünden haydut gruplarının terkedilmiş mezarlıklara yerleştiğini duymuştu. Talbot ertesi sabah mezarlığa polis göndermeye karar verdi. Gerçi geçen gün polis çağırmıştı da ne olmuştu? Evinin kasasından çalınan bin dolar bulunamamıştı. Cambridge polisinin bu konuda hiçbir şey yapmadığına emindi. Neyse ki Cambridge'li hırsızlar da polisler kadar beceriksiz olduğundan, kasadaki diğer değerli şeyleri almamışlardı.

Rahip Talbot erdemli biri olarak tanınırdı. Ama bazen fazla girişken oluyordu. Otuz yıl önce, İkinci Kilise'deki ilk yıllarında Almanya ve Hollanda'dan insanları Boston'a taşınmaya ikna etmişti. Onları cemaatine almayı ve iyi işler bulmayı teklif etmişti. İrlanda'dan Katolikler akın akın gelebiliyorsa, neden Protestanlar da gelmesindi ki? Ama bahsettiği iş demiryolu işçiliğiydi. Düzinelerce göçmen aşırı çalışmaktan ve hastalıktan ölmüştü, geride yetimler ve dullar bırakarak. Talbot bu işten usulca sıyrılıp tüm izlerini yok etmek için yıllarca uğraşmıştı. Ama demiryolu şirketinden aldığı "danışmanlık" ücretini geri vermeyi düşünse de bunu yapmamıştı. Sonunda o parayı tamamen aklından çıkarmış ve kendini başkalarının kusurlarını saptamaya vermişti.

Rahip Talbot geri geri yürürken sert bir şeye çarptı. Bir an yönünü şaşırdığını ve bir duvara çarptığını düşündü. Elisha Talbot yıllardır insanlara dokunmuyordu (el sıkışmak dışında). Ama şimdi göğsüne dolanan kolların ve elindeki feneri alan ellerin bir insana ait olduğuna emindi... hem de kötü niyetli bir insana.

Talbot ayıldığında, sonsuzluk kadar uzun gelen bir an sonra, zifiri karanlıkta olduğunu fark etti. Mezarlığın pis kokusunu hâlâ alıyordu, ama şimdi yanakları soğuk ve ıslaktı. Kendi tuzlu teri ağzına giriyordu. Göz kenarlarından akan yaşlar şakaklarına süzülüyordu. Burası soğuktu. Buz gibiydi. Çıplak vücudu titriyordu. Ama uyuşmuş vücudunu yakan bir ateş de vardı. Hayatında ilk kez bu kadar şiddetli bir acı duyuyordu. Korkunç bir kabus muydu bu? Evet, öyleydi tabii! Son zamanlarda yatakta okumayı âdet edindiği, iblislerden filan bahseden saçma sapan kitaplardan yüzünden kabus görüyordu. Ama mezarlıktan çıktığını hatırlamıyordu. Şeftali rengi, mütevazı ahşap evine gittiğini ve lavaboya su taşıdığını hatırlamıyordu. Yeraltı dünyasından Cambridge kaldırımlarına hiç çıkmamıştı. Kalbi yukarı kaymıştı sanki. Küt küt atıyor, kanını kafasına gönderiyordu. Talbot kesik soluklar alıyordu.

Rahip çırpınmaya başladı. Hissettiği sıcaklık rüya filan değildi. Ölmek üzereydi. Ne tuhaftı. Şu anda hiç korkmuyordu. Belki de hayatı boyunca yeterince korktuğu için. Şimdi sadece hiddet duyuyordu, başına bunlar geldiği, herkes yaşamaya devam ederken Tanrı'nın bir çocuğu ölebildiği için.

Hayatının son anında ağlamaklı bir sesle dua etmeye çalıştı: "Tanrım, günahlarımı affet." Ama ağzından tiz bir çığlık çıktı sadece... ve kalbinin gürlemelerinde boğuldu.

V

*

22 Ekim 1865 Pazar günü *Boston Transcript* gazetesinin ön sayfasında on bin dolar ödül vaat eden bir ilan çıktı. Sumter Kalesi'nin saldırıya uğradığı zamandan beri gazete bayilerine böylesine akın edildiği görülmemişti. O zamanlar Güney'in isyanının bir buçuk ayda bastırılabileceği sanılıyordu.

Dul Healey, Şef Kurtz'e planını bildirmek için kısa bir telgraf çekmişti. Telgraf göndermesinin sebebi, onu şeften önce karakolda bir sürü kişinin okuyacağını bilmesiydi. Telgrafta beş Boston gazetesine kocasının nasıl öldüğünü yazarak, katilini bulana ödül vereceğini bildireceği yazılıydı. Dedektiflik bürosundaki bazı yolsuzluklar yüzünden, polislerin ödül alması yasaklanmıştı. Ama halktan herhangi biri zengin olabilirdi. Dul Healey Kurtz'ün bu karardan hoşlanmayacağını bildiğini, ama verdiği sözü tutmadığını da yazmıştı. Haberi ilk yayınlayan gazete *Transcript* oldu.

Ednah Healey katile verilecek cezayı düşünmeye başladı. En güzeli darağacına götürülmesi, ama sonra asılmak yerine çırılçıplak soyulup diri diri yakılmasıydı. Adamın ateşi söndürmeye çalışmasına izin verilmeliydi (başaramayacaktı tabii). Bu düşünceler onu ürkütüyor, ama haz da veriyordu. Ayrıca kocasına onu terkettiği için duyduğu nefreti unutmasını da sağlıyordu.

Kendine daha fazla zarar vermesin diye bilekleri parmaksız

eldivenlerle bağlanmıştı. Artık öyle çığrından çıkmıştı ki, vücudunda açtığı yaraları giysiler bile gizleyemiyordu. Bir gece bir kabustan uyanınca yatak odasından fırlayıp kocasının saçının dolandığı broşu saklamıştı. Sabahleyin hizmetçileri ve oğulları Wide Oaks'u karış karış aramış (döşeme tahtalarının altından çatı kirişlerine dek), ama broşu bulamamışlardı. İyi ki de bulamamışlardı. Çünkü Dul Healey boynunda o broş asılıyken böyle şeyler düşünmekten hiç uyuyamayabilirdi.

En azından Yargıç Healey'nin o sıcak güz günlerinde can çekişirken, yüzlerce aç kurtçuk beynini kemirirken ve sineklerin yumurtalarından çıkan larvalar etinden beslenirken, "Sayın jüri üyeleri..." deyip durduğunu bilmiyordu. Başyargıç Artemus Prescott Healey ilk başta kolunu kıpırdatamamıştı. Sonra bacağını kımıldatmaya çalışırken, el parmakları oynamıştı. Bir süre sonra "Jüri üyeleri..." demeye başlamıştı. Saçmaladığının farkındaydı, ama kendini durduramıyordu. Beyninin sentaksı düzenleyen kısmı tat almayan, ama zorunluluktan beslenen yaratıklar tarafından kemiriliyordu. O dört gün boyunca bilincini kazandığı kısa sürelerde, öyle acı çekmişti ki öldüğünü sanmıştı ve tekrar ölmek için dua etmişti. "Kelebekler ve ölüm döşeği..." Tepesinde yükselen bayrağa hayretle bakmıştı, aklını giderek kaybederken.

İkinci Cambridge Üniteryan Kilisesi'nin zangocu, Rahip Talbot gittikten sonra akşamüstü kilise günlüğüne o haftanın olaylarını yazmaya başlamıştı. Talbot o sabah mükemmel bir vaaz vermişti. Daha sonra kilisede zaman geçirerek, diyakonların hayran bakışlarının tadını çıkarmıştı. Ama Zangoç Gregg, Talbot kendisinden kilisedeki odalarının bulunduğu kanadın ucundaki ağır taş kapının kilidini açmasını istediğinde kaşlarını çatmıştı.

Zangoç sanki sadece birkaç dakika sonra bir çığlık duydu.

Sesin nereden geldiği belli değildi, ama kilisede bir yerlerden geldiği kesindi. Zangoç Gregg ölüleri düşünerek kulağını kilisenin yeraltı mezarlığına açılan taş kapıya dayadı. Sesin yankıları kapının ardından geliyordu sanki! Zangoç belindeki anahtarlığı alıp kapıyı açtı, az önce Talbot için yaptığı gibi. Derin bir nefes alıp aşağı indi.

Zangoç Gregg o kilisede on iki yıldır çalışmaktaydı. Rahip Talbot'un adını ilk kez Rahip Fenwick'le Katolik Kilisesi'nin Boston'daki yükselişinin tehlikeleri üstüne yaptığı tartışmalar sayesinde duymuştu.

Talbot bu tartışmalarda üç ana noktayı savunmuştu:

1. Katolik inancındaki batıl ayinlerin ve süslü püslü katedrallerin kafirlik ve putperestlik olduğunu;

2. İrlandalıların katedrallerinin ve manastırlarının etrafında mahalleler kurmalarının, Amerika aleyhine kumpaslar kurmalarına ve Amerikanlaşmaya direnmelerine yol açtığını;

3. Katoliklerin tüm faaliyetlerini kontrol eden papalığın büyük bir yabancı tehlike olduğunu, ülkeyi ele geçirmek ve Amerikalıları dininden döndürmek amacı taşıdığını.

Protestan kızların kaçırılıp bir Katolik manastırının zindanlarında hapsedilerek rahibe yapılmaya çalışıldığı söylentileri üzerine o kiliseyi yakan Bostonlu işçiler güruhunun yaptıklarını hiçbir Katoliklik karşıtı Üniteryan papaz onaylamıyordu elbette. Güruhtakiler kilisenin kalıntılarına tebeşirle PAPANIN CANI CEHENNEME! yazmışlardı. Aslında Vatikan'dan çok, işsiz kalmalarına yol açan İrlandalılara bir gözdağıydı bu.

Rahip Talbot'un Katoliklik karşıtı vaazlar verip yazılar yazması ve ağzının iyi laf yapması, bazılarının onun Harvard İlahiyat Fakültesi'nde Profesör Norton'dan boşalan yeri doldurmasını istemesine yol açmıştı. Talbot bu teklifi geri çevirmişti. Pazar sabahları Cambridge'in sessiz sokaklarından geçerek kalabalık kilisesine girmekten ve sade okul cüppesiyle kürsüde haşmetli bir şekilde dururken orgun muhteşem sesini duymaktan hoşlanıyordu. Talbot hem şaşıydı, hem de sesi kasvetli ve ürkekti. Ama kürsüdeyken kendinden emin bir hale bürünüyor, halka kendini sevdiriyordu. Önemli olan da buydu zaten. Karısı 1825'te çocuk doğururken öldüğünden beri, Talbot'un bir ailesi olmamıştı. Olmasını da istememişti, çünkü cemaati ona yetiyordu.

Zangoç Gregg cesaretini yitirirken, gaz lambasının ışığı da solmaya başladı. Soluklarından çıkan buhar yüzüne yayılıp favorilerini karıncalandırıyordu. Cambridge'e henüz kış gelmemişti, ama İkinci Kilise'nin yeraltı mezarlığında kış soğuğu vardı.

"Orada biri mi var? Buraya girmek ya..." Sustu. Zifiri karanlık sesini yutuyordu. Göz ucuyla beyaz benekler fark etti. Sayıları artınca, onlara bakmak üzere eğildi. Tam o sırada tepesinde bir çatırtı koptu. Havaya bir mezarlık için bile fazla pis olan bir koku yayıldı.

Zangoç şapkasının önünü indirerek, toprak zeminde tabutların arasındaki kemerli yolda yürümeye başladı. Duvar diplerinde dev sıçanlar koşturuyordu. İleride, çatırtıların geldiği yerde titreşen bir ışık vardı.

Zangoç eliyle kirli duvarı tutup köşeyi dönerken "Orada biri mi var?" diye sordu kaygıyla.

Sonra "Tanrım!" diye haykırdı.

Yerdeki bir çukurdan çıkmış insan bacakları gördü. Bacaklar baldırlarına kadar görünüyordu. Vücudun geri kalanıysa çukurun içindeydi. İki topuk da yanıyordu. Eklemleri öyle şiddetli titriyordu ki, adam acıyla bacaklarını sallıyordu sanki. Ayakları erirken, alevler bileklerine yayıldı.

Zangoç Gregg sırt üstü yere düştü. Soğuk zeminde, yanında bir giysi yığını vardı. En üstteki giysiyi alıp yanan ayakların üstüne atarak onları söndürdü.

"Kimsin sen?" diye haykırdı. Ama zangoçun sadece ayaklarını gördüğü adam ölmüştü.

Zangoç birden, ateşi söndürmekte kullandığı giysinin bir rahip cüppesi olduğunu fark etti. İnsan kemikleri fırlamış zeminde giysi yığınına geri dönerek karıştırmaya başladı: İç çamaşırları, tanıdık bir pelerin ve beyaz kravat, atkı ve sevgili Rahip Elisha Talbot'un siyah, cilalı ayakkabıları.

Oliver Wendell Holmes tıp fakültesinin ikinci katındaki odasının kapısını kaparken, koridorda az kalsın bir polisle çarpışıyordu. Holmes'un ertesi günkü işini bitirmesi tahmininden uzun sürmüştü. Aslında erken çıkıp Küçük Wendell'le, arkadaşları gelmeden önce konuşmak istemişti. Devriye polisi yetkili birini arıyordu. Holmes'a polis şefinin okulun laboratuvarını kullanmak istediğini, bulunan bir cesede otopsi yapılması için Profesör Haywood'u gönderdiğini söyledi. Adli tıp doktoru Bay Barnicoat bulanamamıştı. Holmes Barnicoat'un hafta sonları barlara gittiğini ve herhalde şu anda otopsi yapamayacak kadar sarhoş olduğunu söylemedi. Dekanın odasına bakıp da boş olduğunu görünce, eski dekan olarak (Evet, gemiye beş yıl kaptanlık yaptım. Artık elli altı yaşındayım. Böyle bir işi kaldıramam, diye düşündü,) devriye polisinin isteğini yerine getirmeye hakkı olduğuna karar verdi.

Şef Kurtz ile yardımcısı Savage'ı taşıyan bir polis arabası geldi. Arabadan üstü örtülü bir sedye çıkarılarak, Profesör Haywood ile asistan öğrencisi eşliğinde koşar adım içeri taşındı. Haywood cerrahi dersleri verirdi. Otopsiler çok ilgisini çekerdi. Polis, Barnicoat'un tüm itirazlarına karşın bazen profesörü akıl danışmak için morga çağırırdı... bir mahzende üstüne duvar örülmüş bir çocuk veya giysi dolabında asılı bir adam bulduklarında yaptıkları gibi.

Holmes, Şef Kurtz'ün kapıya iki polis dikmesini ilginç buldu. Bu saatte tıp fakültesinde kim olurdu ki? Kurtz cesedin üstündeki battaniyeyi dizlerine kadar çekti. Bu kadarı yeterliydi. Holmes o çıplak ayakları görünce az kalsın bir hayret nidası atacaktı. Gerçi ayağa benzer tarafları kalmamıştı ya.

Cesedin ayakları, sadece ayakları kokuya bakılırsa gaz dökülerek yakılmıştı. Yanıp kömür olmuşlar, diye düşündü Holmes dehşetle. Geriye bileklerin ucundaki iki tuhaf çıkıntı kalmıştı o kadar. Adamın derisi kararmış ve şişmiş, yarılmıştı. Alttan pembe etler görünüyordu. Profesör Haywood cesedi daha iyi inceleyebilmek için üstüne eğildi.

Doktor Holmes yüzlerce kadavrayı kesip biçmişti, ama çoğu meslektaşının aksine, hâlâ bu işe alışamamıştı. Otopsi masasından uzaklaştı. Dersleri sırasında da canlı tavşanlar kloroformla bayıltılırken sınıftan kaçar, çıkarken tavşanı kesip biçecek öğrenciye hayvanı bağırtmamasını söylerdi.

Holmes'un başı dönmeye başlamıştı. Oda birden havasız geldi. Ayrıca eter ve kloroform kokuyordu. Otopsinin ne kadar süreceğini bilmiyordu, ama burada biraz daha kalırsa düşüp bayılacaktı. Haywood cesedin üstünü tamamen açarak, ölü adamın kırmızı yüzünü odadakilere sergiledi. Gözlerindeki ve yanaklarındaki toprak parçalarını temizledi. Holmes o çıplak cesedi tepeden tırnağa süzdü.

Tam tanıdık biri olduğunu düşünürken, Haywood cesedin üstüne eğildi ve Şef Kurtz ona peş peşe sorular sormaya başladı.

Kimse Holmes'a susmasını söylememişti.. Ayrıca Harvard'da Anatomi ve Fizyoloji Profesörü olarak, değerli bilgiler verebilirdi. Ama tek yapabildiği ipek kravatını gevşetmek oldu. Gözlerini kırpıştırıp duruyordu. Nefesini tutup içindeki oksijeni mi kullansın, yoksa zaten çok az kalmış olan havadaki oksijeni diğerlerinden önce mi solusun bilemiyordu. İçerisinin havasızlığının farkında değil gibiydiler. Holmes her an bayılıp kalmalarını bekliyordu.

İçeridekilerden biri Doktor Holmes'a kendini kötü mü hissettiğini sordu. Hoş, dikkat çekici bir yüzü ve parlak gözleri vardı. Meleze benziyordu. Samimi bir havayla konuşmuştu. Holmes birden hatırladı: Dante Kulübü toplantısında Lowell'ı görmeye gelen polisti bu.

"Profesör Holmes? Profesör Haywood'un görüşlerine katılıyor musunuz?" diye sordu Şef Kurtz. Belki de onu nazikçe yapılan işle ilgilenmeye davet etmişti. Çünkü Holmes cesede herhangi bir tıbbi teşhis koyabilecek kadar yaklaşmamıştı bile. Holmes Haywood'la Şef Kurtz'ün neler konuştuğunu hatırlamaya çalıştı. Haywood adamın ayakları yanarken canlı olduğunu, ona işkence edildiğini, yüzündeki ifadeye ve vücudunda başka yara izi olmamasına bakılırsa, muhtemelen kalp krizinden öldüğünü söylemişti galiba.

"Tabii ki," dedi Holmes. "Evet, elbette katılıyorum memur bey." Holmes korkunç bir tehlikeden kaçarcasına kapıya doğru geriledi. "İzninizle biraz çıkmak istiyorum."

Şef Kurtz, Profesör Haywood'a soru sormayı sürdürürken, Holmes kapıdan çıktı, koridoru koşarak geçti ve kısa sürede avluya ulaştı. Orada durup hızlı hızlı solumaya başladı. Olabildiğince çok hava solumak istiyordu.

* * *

Boston'da gece olurken doktor sıra sıra dizilmiş el arabalarının arasından, keraviye keki tezgahlarının, zencefil şurubu fıçılarının, beyaz çizgili istiridyelerini sallayan satıcıların yanından geçerek amaçsızca yürüyordu. Rahip Talbot'un cesedini görünce yaptıklarını düşünmek istemiyordu. Utancından Talbot'un öldürüldüğünü henüz kimseye söylememişti, Fields'a ya da Lowell'a bile. Doktor Oliver Wendell Holmes, ünlü tıp doktoru ve profesörü, meşhur öğretmen ve bilim adamı, nasıl olur da bir cesedin karşısında sanki ucuz bir romandaki hayalet görmüş karakter gibi davranırdı? Küçük Wendell babasının bu korkaklığını duyunca nasıl gülecekti kimbilir. Küçük Holmes babasından daha iyi bir doktor, profesör, koca ve baba olacağına inandığını hiç gizlemiyordu.

Henüz yirmi beşinde bile değilken savaşa gitmiş, güllelerin parçaladığı insanlar görmüştü. Ameliyat masası olarak kullanılan kapıların üstüne yatırılmış ve üstü başı kan içindeki gönüllü hemşireler tarafından zaptedilen insanların uzuvlarının amatör cerrahlar tarafından baltayla kesildiğini görmüştü. Kuzeni bir keresinde Küçük Wendell'e niye sakalının kendisininkinden gür olduğunu sorunca, şu cevabı almıştı: "Benimki kanla beslendi."

Dr. Holmes bildiği ekmek pişirme sırlarını hatırlamaya çalıştı. Boston pazarındaki en kaliteli giysi tezgahlarını hatırlamaya çalıştı. Satıcıların mallarını eline alıp dalgın dalgın inceliyordu. Hareketleri sert ve kendinden emindi. Alnını silince mendili sırılsıklam oldu. Biraz ileride iğrenç görünüşlü yaşlı kadınlar parmaklarıyla tuzlu et parçalarını dürtüklüyordu. Ama hiçbir şey Holmes'u yeterince meşgul edemiyordu.

İrlandalı bir kadının tezgahının yanından geçerken, tıp fakültesindeyken geçirdiği titreme nöbetinin sandığından da şiddetli olduğunu fark etti. Sadece o korkunç cesedi gördüğü için titrememişti. Sorun Cambridge'in tıpkı Washington Ağacı gibi bildik bir parçası olan Elisha Talbot'un vahşice katledilmesi de değildi. Hayır... o cinayette *tanıdık* bir şeyler vardı, çok tanıdık.

Holmes sıcak bir kepek ekmeği alıp evine doğru yola koyulurken, Talbot'un ölümünü önceden rüyasında görüp görmediğini düşündü. Ama Holmes böyle saçmalıklara inanmazdı. Bu cinayetin benzerini bir yerlerde okumuş olmalıydı. Talbot'un cesedini görünce okudukları aklına gelmişti herhalde. Ama böyle korkunç bir şey nerede yazardı ki? Bir tıp dergisinde olamazdı. *Boston Transcript*'te de olamazdı, çünkü cinayet daha yeni işlenmişti. Holmes sokağın ortasında durup vaizin yanan ayaklarını havada sallayışını hayal etti...

"*Dai calcagni a le punte*," diye fısıldadı: Tepeden tırnağa. Günahkar rahipler, yani Simoniaclar, cehennem çukurlarında tepeden tırnağa yanardı. "Dante!" diye düşündü. "Dante!"

Amelia Holmes soğuk etli turtayı yemek masasının ortasına yerleştirdi. Hizmetçilere talimatlar verdi, giysisini düzeltti ve kocasını aramak üzere kapının önüne çıktı. Beş dakika önce üst kat penceresinden bakarken Wendell'in Charles Sokağı'na girdiğini gördüğüne emindi. Elinde de akşam yemeği için almasını tembihlediği ekmek vardı. Yemeğe Annie Fields da dahil olmak üzere bir sürü misafir gelecekti. (Annie Fields gelecekse her şey kusursuz olmalıydı.) Ama Charles Sokağı boştu. Üstünde sadece ağaçların gölgeleri vardı. Belki de pencereden gördüğü kısa boylu, uzun fraklı adam başka biriydi.

Henry Wadsworth Longfellow, devriye polisi Rey'in bıraktığı notla uzun süre uğraştı. Kelimelerin ve harflerin yerlerini değiştirerek oyalandı. Böylece geçmişi düşünmek zorunda kalmıyordu. Kızları Portland'daki halalarını ziyarete gitmişti. İki oğluysa ayrı ayrı tatile çıkmışlardı. Bu yüzden günlerce yalnız kalacaktı. Bu fikir hoşuna gitmişti, ama yaşaması o kadar da hoş değildi.

O sabah, Rahip Talbot'un öldürüldüğü gün, şair şafaktan hemen önce yatağında doğrulmuştu. Gece boyunca gözüne uyku girmemişti. Genellikle girmezdi zaten. Longfellow'un uyumamasının sebebi kabuslar ya da kaygılar değildi. Tam tersine, geceleri oldukça sakin geçiyordu. Hattâ uykuya benzer bir hale giriyordu. Geceleri uyanık kalmasına rağmen sabahları kendini dinlenmiş hissetmesi hoştu. Ama bazen gecenin geç bir vaktinde yatak odasının bir köşesinde müteveffa karısının yüzünü görür gibi oluyordu. Karısı bu odada ölmüştü. Longfellow o zaman irkilerek doğruluyordu. Daha sonra hissettiği keder, gördüğü ya da kurgulayabileceği herhangi bir kabustan daha korkunçtu. Çünkü geceleyin ne görmüş olursa olsun, sabahları yataktan hep yalnız kalkıyordu. Yün sabahlığını giyerken, kır sakalı ağırlaşmış gibi geliyordu ona.

Longfellow arka merdivenden inerken üstünde bir ceket vardı. Ceketinin yaka iliğine bir gül takmıştı. Evindeyken bile görünüşüne dikkat ederdi. Alt katta, merdivenin karşısındaki duvarda Giotto'nun Dante'nin gençliğinde çizdiği bir portresinin taklidi duruyordu. Dante'nin gözlerinden biri oyuktu. Giotto'nun Floransa'daki Bargello'da yaptığı bu resim asırlar geçtikçe yıpranıp unutulmuştu. Şimdiyse geriye sadece o hasarlı resmin taşbaskısı kalmıştı. Dante, Giotto'nun karşısına sürgün acısı çekmeden, kaderiyle savaşmadan önce oturmuştu. O zamanlar hâlâ Beatrice'e gizlice kur yapan, orta boylu, esmer, melankolik yüzlü bir delikanlıydı. İri gözlü, kanca burunlu, alt dudağı çıkık, neredeyse kadınsı biriydi.

Efsaneye göre genç Dante soru sorulmadıkça pek konuşmazdı. Hele bir konu üstünde düşünceye dalmışsa, başka hiçbir şeyle ilgilenmezdi. Dante bir keresinde Siena'da bir eczanede nadide bir kitap bulunca dışarıdaki banka oturup bütün gün kitabı okumuş, sokaktaki şenliği, müzisyenleri ve dans eden kadınları fark etmemişti bile.

Longfellow çalışma odasında bir kase yulaf lapasıyla bir bardak sütten ibaret akşam yemeğini yerken, devriye polisi Rey'in verdiği notu düşündü yine. Milyonlarca farklı olasılığı ve bir düzine dili düşündükten sonra pes ederek o hiyeroglifi (Lowell'ın deyimiyle) çekmeceye geri koymuştu. Aynı çekmeceden *Cehennem*'in onaltı ve onyedinci kantolarının müsveddelerini çıkardı. Sayfaların kenarlarında son Dante seansında aldığı notlar vardı. Longfellow şiir yazmayalı epey olmuştu. Fields Longfellow'un en ünlü şiirlerini bir kitapta toplayarak yayınlamış ve şairden yeni şiirler alma umuduyla onu *Yol Kenarındaki Bir Handan Öyküler*'i tamamlamaya teşvik etmişti. Ama Longfellow artık yazabileceğine inanmıyordu. Umurunda da değildi. Dante'yi çevirmeye yirmi beş yıl önce, kendi şiirlerini tanıtmak için başlamıştı... Minnehahalarını, Priscillalarını, Evangelinelerini. Son dört yıldır ise Dante hayatının tek uğraşı haline gelmişti.

İkinci ve son kahvesini koyarken, Francis Child'ın İngiltere'deki arkadaşlarına söylediği iddia edilen bir söz geldi aklına: "Longfellow'la arkadaşları Toskana'nın hastası olmuşlar. Dante'nin Milton'dan üstün olduğunu söylemeye cüret ediyorlar." İngiliz ve Amerikalı âlimlere göre Milton dinsel şairlerin en büyüğüydü. Ama Milton cehennemi tepeden, cennetiyse aşağıdan bakarak yazmış, içlerine girmemişti. Arthur Hugh Clogh Köşebaşı'ndaki Yazarlar Odası'nda Child'ın o sözünden bahsedince, kimseye zarar gelmediği sürece diplomatik olmayı yeğleyen Fields kahkahayı basmıştı. Ama Longfellow sinirlenmişti.

Longfellow tüy kalemini mürekkep hokkasına batırdı. Üç tane çok güzel hokkası vardı, ama en çok bunu severdi. Bu hokka bir zamanlar Samuel Taylor Coleridge'e, daha sonra da Lord Tennyson'a ait olmuştu. Tennyson hokkayı Longfellow'a armağan etmişti, Dante çevirisinin iyi gitmesi dileğiyle. Münzevi Tennyson ülkede Dante'yi cidden anlayıp takdir eden, *Komedya*'yı tamamen okumuş olan az sayıda kişiden biriydi. İspanyollar eskiden Dante'yi severdi. Ama sonra resmi dogmalar bu sevgiyi boğmuş, Engizisyon da katletmişti. Fransızlar ise Voltaire yüzünden Dante'yi hâlâ "barbar" olarak görüyordu. Dante'nin en çok tanındığı yer olan İtalya'da bile çeşitli muhalif gruplar onu kendi emelleri için sahiplenmeye çalışıyordu. Longfellow Dante'nin tutkun olduğu Floransa'dan sürgün edildikten sonra *İlahi Komedya*'yı yazarken en çok iki şeyi özlediğine inanırdı: Memleketini ve sevgilisini. Ama ikisini de bir daha asla görememişti.

Dante *İlahi Komedya*'yı yazarken yersiz yurtsuz gezinmiş, bazen kullandığı mürekkebi bile başkalarından istemek zorunda kalmıştı. Yeni bir şehre her girişinde Floransa'ya bir daha asla giremeyeceğini hatırlamış olmalıydı. Uzak tepelerin üstünde yükselen feodal şatoların kulelerine baktığında; güçlülerin ne kadar küstah, zayıfların ne kadar aciz olduğunu hissetmişti. Gördüğü her dere ve nehir ona Arno'yu hatırlatıyordu. Duyduğu her insan sesinde, ona bir yabancı olduğunu hatırlatan tuhaf bir aksan vardı. Dante o şiiri yazarken, yurdunu aramıştı aslında.

Longfellow zamanını değerlendirmek konusunda oldukça titizdi. Sabahın erken saatlerini yazmaya ayırır, öğlene doğru özel işleriyle ilgilenir, saat on ikiye kadar kimseyle görüşmezdi... çocukları dışında tabii.

Şair yanıtlanmamış mektup yığınlarını karıştırdı. İçinde küçük kağıtlara atılmış imzalarının bulunduğu kutuyu yanına çekti. Yıllar önce *Evangeline*'in yayınlanmasından beri şöhreti epey artmıştı. Artık yabancılardan sürekli mektuplar alıyordu. Çoğu imza istiyordu. Virginialı bir kadın, üstünde portresi bulunan kartvizitini göndermişti. Arkasına "Bunda ne kusur olabilir?" yazmış, altına da adresini eklemişti. Longfellow tek kaşını kaldırarak, kadına kutudaki imzalı kağıtlardan birini yorumsuz gönderdi. Aslında "Gençlik kusuru," demeyi düşünmüştü. İki düzine kadar mektubu kapatıp yapıştırdıktan sonra, bir başka bayana kibarca bir ret yazdı. Kaba olmayı sevmezdi, ama bu kişi elli imza istemişti. Onları bir akşam yemeğinde konuklarına dağıtmak istediğini yazmıştı. Öte yandan, bir başka kadının öyküsü onu gülümsetti. Kadın kızının yastığında bir tipula sineği bulunca salona koşup "Bay Longfellow odamda!" demesini anlatmıştı.

Longfellow yeni mektuplar arasında Mary Frere adlı, Auburn, New Yorklu genç bir kadının mektubunu görünce sevindi. Onunla geçenlerde, Nahant'ta yaz tatili yaparken tanışmıştı. Akşamları kızlar uyuduktan sonra birlikte kayalık kumsalda sık sık yürümüşler, yeni şiirlerden ve şarkılardan konuşmuşlardı. Longfellow kadına uzun bir mektup yazarak; üç kızının onu sık sık sorduğunu, ayrıca gelecek yaz tatilini nerede geçireceğini merak ettiklerini söyledi.

Mektuplarla ilgilenmeye sık sık ara veriyor, gözü yazı masasının önündeki pencereye takılıyordu. Şair her sonbaharla birlikte yaratıcı gücünün artmasını beklerdi. Sönük şöminesindeki sonbahar yaprakları alevlere benziyordu. Kahverengi duvarlı çalışma odasında vaktin nasıl geçtiğini anlamadığını fark etti. Pencere Longfellow'un geçenlerde birkaç dönümünü satın aldığı, ışıldayan Charles Nehri'ne dek uzanan açık meralara bakıyordu. İnsanlar bu araziyi ileride değerlenir diye aldığını sanıyordu.

Oysa tek istediği o manzarayı korumaktı.

Ağaçlarda artık sadece yapraklar değil kahverengi meyveler, çalılarda sadece çiçekler değil böğürtlenler vardı. Rüzgarın sesi sert ve erkeksiydi... bir sevgilinin değil, kocanın sesi. Longfellow günlük programını harfiyen uyguladı. Akşam yemeği bitince hizmetçileri gönderip, gazete okumaya karar verdi. Ama çalışma odasının lambasını yaktıktan sonra, gazetesiyle sadece birkaç dakika ilgilendi. *Transcript*'in son sayısında Ednah Healey'nin tuhaf ilanı vardı. İlanda Artemus Healey'nin ölümünün ayrıntılarını veriyor, bu bilgileri şimdiye kadar "Polis Şefi'nin ve diğer yetkililerin tavsiyesiyle" gizli tuttuğunu belirtiyordu. Longfellow gerisini okuyamadı. Oysa sonraki olaylı saatlerde, yazıdaki bazı ayrıntıların davetsizce zihnine kazınmış olduğunu fark edecekti. Polis şefinin düştüğü durumdan çok, dul kadının haline acıdığı için kesmişti okumayı.

1861 temmuzu. Longfellowlar Nahant'ta olmalıydı. Nahant'ta denizden serin bir rüzgar esiyordu. Ama kimsenin hatırlayamadığı sebeplerden dolayı, Longfellowlar sıcak ve güneşli Cambridge'den henüz yola çıkmamıştı.

Yandaki kütüphaneden korkunç bir çığlık yükselmişti. İki küçük kız dehşetle haykırmaya başlamıştı. Fanny Longfellow o sıralar sekizinde olan Edith'le ve on birinde olan Alice'le oturmuş, kızların yeni kesilmiş saçlarını hatıra olarak saklamak için paketliyordu. Minik Annie Allegra üst katta mışıl mışıl uyuyordu. Fanny belki biraz esinti olur diye bir pencereyi açmıştı. Sonraki günlerde yapılan en mantıklı tahmin –çünkü kimse olanları net görememişti; her şey öyle hızlı gelişmişti ki–, Fanny'nin yazlık giysisine sıcak bir mühür mumu damlasının sıçradığıydı. Bir anda alev almıştı.

Longfellow o sırada çalışma odasındaki masasında oturmuş,

yeni temize çektiği bir şiirinin sayfasındaki mürekkep lekesini siyah kum sürerek çıkarmaya çalışıyordu. Fanny yan odadan çığlıklar atarak gelmişti. Alevler içindeki elbisesi Doğu ipeğinden yapılma ısmarlama bir giysi gibi üstüne yapışmıştı. Longfellow onu bir kilimle sararak yere yatırmıştı.

Ateşi söndürünce, titreyen karısını üst kattaki yatak odasına çıkarmıştı. Daha sonra doktorlar tarafından eterle uyutulan karısı, pek acı hissetmediğini fısıldadıktan sonra biraz kahve içmiş, ardından da komaya girmişti. Craigie Konağı'nın kütüphanesinde düzenlenen cenaze töreni, on sekizinci evlilik yıldönümlerine denk geliyordu. Fanny'nin vücudunda sadece başı yanmamıştı. Güzel saçlarının üstüne turuncu çiçeklerden yapılma bir çelenk geçirilmişti.

Şair o günü kendi yanıklarından dolayı yatakta geçirmek zorunda kalmıştı, ama salondan gelen hıçkırıkları duyabiliyordu. Dostları, kadınlar ve erkekler, sadece Fanny için değil onun için de ağlıyorlardı. Çıldıracak gibi olmasına karşın hâlâ dikkatliydi. İnsanları hıçkırıklarından tanımaya çalışmıştı. Yüzündeki yaralar yüzünden gür bir sakal bırakmıştı... sadece onları gizlemek için değil, artık traş olamadığı için. Gevşek ellerindeki turuncu lekelerin geçmesi uzun zaman alacaktı. Ona başarısızlığını uzun süre hatırlatacaklardı.

Yatak odasında dinlenmekte olan Longfellow sargılı ellerini havaya kaldırmıştı. Neredeyse bir hafta boyunca, koridordan geçen çocuklar onun sayıklamalarını duymuşlardı. Neyse ki Annie o zamanlar olanları anlayamayacak kadar küçüktü.

"Onu neden kurtaramadım? Onu neden kurtaramadım!"

Fanny'nin ölümünün gerçekliğini kabullendikten, artık kızlarına bakarken ağlamamayı başardıktan sonra, bir zamanlar içine Dante'den bölüm bölüm yaptığı çevirileri koyduğu çekmeceyi açmıştı. Dersler için yaptığı çeviriler değersizdi. Ancak şömineyi beslemeye yararlardı. Çünkü onlarda Dante Alighieri yoktu. Henry Longfellow vardı. Hayatından memnun birinin dili, tarzı, ritmiyle yazılmışlardı. Longfellow çeviriye tekrar, *Cennet* ile başlarken, bu kez Dante'ye uygun bir stil bulmaya çalışmamış, Dante'nin peşine düşmüştü. Longfellow günlerini masasında geçirirken; üç genç kızı, kızların dadısı, sabırlı oğulları –artık sabırsız adamlar olmuşlardı–, hizmetçileri ve Dante tarafından izlenmişti. Artık şiir yazamasa da, Dante'yi çevirmekten vazgeçemiyordu. Kalemi elinde bir balyoz gibi duruyordu. Kullanılması zordu, ama çok güçlüydü.

Longfellow kısa süre sonra masasının etrafında dostlarını görmeye başlamıştı: Önce Lowell, sonra Holmes, Fields ve Greene'i. Longfellow Dante Kulübü'nü o sıkıcı New England kışlarında oyalanmak için kurduklarını söylerdi sık sık. Böylece kulübe ne kadar önem verdiğini kendi çekingen tarzıyla ifade ederdi. Eleştirilerden ve ayrıntıcılıktan bazen hoşlanmasa da, eleştirmenleri fazla sert davrandıklarında bunu yemek masasında telafi ederlerdi mutlaka.

Longfellow *Cehennem*'in en yeni kantosu üstünde çalışmaya devam ederken, dışarıdan tok bir ses geldiğini işitti. Trap havladı.

"Trap? Ne oldu dostum?"

Ama Trap gürültünün kaynağını bulamayınca esneyip başını eğerek Longfellow'un içi kumaş kaplı sıcak şampanya kovasında uzanmayı sürdürdü. Longfellow karanlık yemek salonundan dışarı baktı ama bir şey göremedi. Sonra karanlıkta bir çift göz belirince ve bir ışık parlayınca yerinden sıçradı. İrkilmesinin sebebi sadece karşısında ansızın bir yüz belirmesi değil, o yüzün görünüşüydü... yüz denilebilirse tabii. Longfellow'la bir an göz göze geldikten sonra ortadan kalboldu. Longfellow hafif bir hayret nidası atınca cam buğulandı. Longfellow gerilerken bir dolaba çarptı. Dolaptaki aile yadigarı Appleton yemek takımı (Fanny'nin babasının düğün hediyesiydi, tıpkı Craigie Konağı gibi) şangır şungur kırılınca, Longfellow haykırdı. Trap var gücüyle havlayarak ortalıkta koşuşturmaya başladı. Longfellow yemek salonundan oturma odasına, oradan da şöminesi yanan kütüphaneye kaçtı. Orada pencerelerden dışarı bakıp o gözleri aradı. Jamey Lowell veya Wendell Holmes'un kapıyı çalmasını ve onu bu saatte rahatsız ettiği ve korkuttuğu için özür dilemesini bekliyordu. Ama elleri titrerken, pencerenin ardında görebildiği tek şey karanlıktı.

Longfellow'un çığlığı Brattle Sokağı'nı çınlatırken, James Russell Lowell'ın kulakları yarıya kadar banyo küvetindeki suya gömülüydü. Gözlerini kapamış şıpırtıları dinliyor, gençliğinin nereye gittiğini merak ediyordu. Tepesindeki küçük pencere açıktı. Gece serindi. Fanny içeri girse, onu hemen sıcak yatağına gönderirdi şüphesiz.

Lowell şöhreti pek çok şairden daha genç yaşta yakalamıştı. Örneğin Longfellow ile Holmes ondan on yaş kadar büyüktü. Genç şair denmeye öyle alışmıştı ki, şimdi kırk sekizindeyken kendisine öyle denmemesini tuhaf buluyor, herhalde bir kusur işlediğini düşünüyordu.

Günün dördüncü purosunu dalgınca tüttürmeye başladı. Küllerin suya dökülmesine aldırmıyordu. Daha birkaç yıl önce bu küvet ona çok daha geniş geliyordu. Yıllarca önce yukarıdaki rafa sakladığı yedek usturaların nereye gittiğini merak etti. Yoksa Fanny ya da Mab sandığından daha mı olgundu? Yıkanırken sık sık aklından karanlık düşünceler geçtiğini tahmin etmiş olabilirler miydi? Lowell gençliğinde, karısıyla tanışmadan evvel, yelek cebinde striknin taşırdı. O bir damla kara kanın zavallı annesinden miras kaldığını söylerdi. O zamanlar bir keresinde şakağına namlu dayamış, ama tetiği çekmeye korkmuştu. Bundan hâlâ utanıyordu. Böylesine geri dönülmez bir eylemi yapabileceğini sanmakla kendini fazla büyük görmüştü.

Maria White Lowell ölünce, dokuz yıllık kocası kendini ilk kez yaşlı hissetmişti. Sanki ansızın bir geçmişi, şu anki hayatına yabancı bir şeyi olmuştu. Lowell hissettiği karanlık duyguları Doktor Holmes'a açar, ondan tavsiye alırdı. Holmes geceleri on buçukta yatmasını ve sabahları kahve yerine soğuk su içmesini söylemişti. Wendell'ın doktorluğu bırakıp profesörlük yapması daha iyi olmuştu. İnsanların acılarına fazla tahammül edebilen biri değildi.

Maria'nın ölümünden sonra Mabel ile Fanny Dunlap ilgilenmişti. Böylece Lowell'ın gözünde Maria'nın yerini dolduran biri olmuştu elbette. Lowell'ın yeni ve daha sade bir yaşama geçmesi sandığı kadar zor olmamıştı. Bu yüzden pek çok arkadaşı onu suçlamıştı. Ama sonsuza kadar yas tutamazdı. Lowell duygusallıktan tüm benliğiyle tiksinirdi. Hem işin gerçeği artık Maria'yı gerçek gibi görmüyordu. O bir hayal, bir fikir, şafaktan önce gökyüzünde solan yıldızlar gibi hafif bir parıltıydı. "Beatrice'im," diye yazmıştı Lowell günlüğüne. Ama buna inanmak bile enerji istiyordu. Bu yüzden kısa süre sonra Maria'yı pek düşünmez olmuştu.

Lowell'ın Maria'dan Mabel dışında üç çocuğu daha olmuştu. Bunlardan en uzun ömürlüsü iki sene yaşamıştı. Son çocuğu Walter, Maria'dan bir yıl sonra ölmüştü. Fanny ise evlenmelerinden kısa süre sonra düşük yapmış ve kısır kalmıştı. Yani Lowell'ın kısır ikinci karısı tarafından yetiştirilen tek bir çocuğu, bir kızı vardı.

Mabel küçükken, Lowell onun karakterli, güçlü, kaba, çamurdan pastalar yapan, ağaçlara tırmanan bir afacan olmasını istemişti. Ona yüzmeyi, kızak kaymayı ve günde otuz kilometre yürümeyi öğretmişti. Ama Lowellların şimdiye kadar hep erkek çocukları olmuştu. Jamey Lowell'ın Kuzey ordusunda savaşıp ölen üç yeğeni vardı. Kaderdi bu. Lowell'ın dedesi, Massachusetts'deki ilk kölelik karşıtı yasayı kaleme alan kişiydi. Ama J. R. Russell'ın hiç oğlu olmamıştı. Çağın en büyük davasına katkıda bulunacak küçük James Lowelllar yoktu. Walt birkaç ay çok sağlıklı görünmüştü. Yaşasa Doktor Holmes'un oğlu Yüzbaşı Wendell kadar uzun boylu ve yiğit olacaktı mutlaka.

Lowell bıyığının kenarlarını çekiştirmeye başladı. Islak dudakları bir sultanınkiler gibi kıvrıldı. *The North American Review* dergisinin vaktini ne kadar çok aldığını düşündü. Elyazmalarını ve yazıları okumak, onun gibi yetenekli birine layık bir iş değildi. Aslında ilk başta bu işleri daha titiz olan diğer editor Charles Eliot Norton'a bırakmıştı. Ama Norton daha sonra karısının sağlığına kavuşması için bir Avrupa gezisine çıkmıştı. Lowell başkalarının yazılarındaki stil, gramer ve noktalama işaretleriyle –ve yazılarını yayınlatmak isteyen yetenekli ve yeteneksiz arkadaşlarıyla– uğraşmaktan yazmaya vakit ayıramaz olmuştu. Öğretmenlik rutini de şair ruhunu köreltiyordu. Harvard Şirketi'nin baskısını her zamankinden çok hissediyordu hayatında. Sanki beynine bir sürü Californialı göçmen girmiş şamata yapıyor, onu kazmalarla, küreklerle, tırmıklarla kazıyor ve çiziyorlardı (aynı zamanda lanetliyorlardı da galiba). Holmes'un hayal gücünü geri kazanmak için tek yapması gereken, bir yıl boyunca bir ağacın altında uzanıp sadece manzara seyretmekti. Hawthorne'u Concord'da son ziyaret edişinde dostunu kıskanmıştı. Çünkü evinin tepesine yapürdığı kuleye ancak bir tavan kapağından girilebiliyordu. Romancı kuledeyken kapağın üstüne ağır bir koltuk çekiyordu.

Lowell merdivenden yaklaşan hafif ayak seslerini ve banyo kapısının biraz daha açıldığını fark etmedi. Fanny içeri girip kapıyı kapadı.

Lowell suçluluk hissiyle doğrulup "Burası esmiyor güzelim," dedi.

Fanny'nin Doğululanınki gibi çekik ve ayrık gözlerinde kaygı vardı. "Bahçıvanın oğlu Jamey geldi. Sana bir şey diyecekmiş. Ne olduğunu söylemedi. Müzik odasında bekliyor. Zavallıcık nefes nefese kalmış."

Lowell bornozunu giyip basamakları ikişer ikişer indi. Müzik odasındaki delikanlı konsere hazırlanan kaygılı bir müzisyen gibi piyanonun başında duruyordu. Uzun boylu ve hantaldı. Tavşan dişliydi.

"Rahatsız ettiğim için özür dilerim... Brattle'dan dönerken Craigie Konağı'ndan bir ses duydum... Gidip Profesör Longfellow'a her şey yolunda mı diye soracaktım (herkes çok iyi bir insan olduğunu söylüyor)... ama onunla tanışıklığımız olmadığından..."

Lowell paniğe kapıldı. Kalbi küt küt atmaya başladı. Çocuğu omuzlarından tutup "Nasıl bir sesti evlat?" dedi.

"Büyük bir gürültü. Sanki bir şey devrilmiş gibi." Delikanlı sesi el kol hareketleriyle tarif etmeye çalıştı, ama başaramadı. "O küçük köpek (adı Trap'tı değil mi?) havlayıp duruyordu. Bir de bir çığlık duydum galiba efendim. İnanın yalan söylemiyorum."

Lowell çocuğa beklemesini söyledikten sonra gardrobuna koşup terliklerini ve normalde Fanny'nin giymesine estetik sebeplerden ötürü izin vermeyeceği bir pantolonunu kaptı.

"Jamey, bu saatte çıkma," dedi Fanny Lowell. "Son günlerde insanlar boğazlanıyor!"

"Longfellow'un başına bir şey gelmiş galiba," dedi Lowell.

Fanny sustu.

Lowell, Fanny'ye yanına av tüfeğini alacağına söz verdi. Tüfeği omzuna astıktan sonra, bahçıvanın oğluyla birlikte Brattle Sokağı'na gitti.

Longfellow kapıyı açtığında hâlâ epey sarsılmış haldeydi. Lowell'ın tüfeğini görünce daha da sarsıldı. Sorun çıkardığı için özür dileyerek, olayı hiç süsleyip püslemeden anlattı.

"Karl," dedi Lowell, bahçıvanın oğlunu tekrar omuzlarından tutarak. "Hemen karakola koş. Bir devriye polisi göndersinler."

"Gerek yok," dedi Longfellow.

"Son günlerde hırsızlık olayları epey arttı Longfellow. Polis mahalleyi bir kontrol etsin bakalım. Bencillik yapma."

Lowell Longfellow'un biraz daha direnmesini bekliyordu, ama böyle bir şey olmayınca Karl'a bakıp başını salladı. Karl koşarak Cambridge karakoluna gitti. Craigie Konağı'nın çalışma odasında Lowell, Longfellow'un yanındaki bir koltuğa çökerek bornozunun önünü kapadı. Longfellow böyle önemsiz bir olay yüzünden Lowell'ı buraya kadar getirdiği için özür diledi ve Elmwood'a dönmesinde ısrar etti. Ama aynı zamanda çay yapmakta da ısrar etti.

James Russell Lowell, Longfellow'un boş yere korkmadığını sezmişti.

"Fanny sana minnettardır herhalde," dedi gülerek. "Yıkanırken banyo penceresini açmama sinir oluyor. 'Sağlıklı ölüm banyosu' yapıyormuşum."

Lowell hâlâ Longfellow'a Fanny'nin adını söylemekten rahatsız oluyordu. Longfellow hâlâ acı çekiyordu. Kendi Fannysinden hiç bahsetmezdi. Onun hakkında hiçbir şey yazmazdı... bir şiir bile. Günlüğünde Fanny Longfellow'un ölümüne dair tek kelime yoktu. Longfellow Fanny'nin ölümünden sonra günlüğüne yazdığı ilk yazıda bir Tennyson şiirinden alıntı yapmıştı: "Huzur içinde yat, müşfik yürek." Lowell, Longfellow'un son yıllarda neden çok az şiir yazıp kendini Dante'ye verdiğini anladığını düşünüyordu. Longfellow şiir yazarsa, ister istemez Fanny'den bahsedecekti. O zaman da onu sözcüklere indirgemiş olacaktı.

"Belki de Washington'ın evini görmeye gelmiş bir turistti o kadar," dedi Longfellow gülerek. "Anlatmış mıydım? Geçen hafta bir tanesi gelip 'General Washington'ın karargahı mı?' diye sordu. Çıkarken de, Shakespeare'in evinin buralarda olup olmadığını sordu."

Gülüştüler. "Havva'nın kızı adına! Ne dedin peki?"

"Shakespeare bu semte taşındıysa bile kendisiyle tanışmadığımı söyledim."

Lowell rahat koltuğa gömüldü. "İyi demişsin. Cambridge'in ayı hiç batmıyor bence. Delilerle dolu olmasının sebebi de bu. Bu saatte çeviriyle mi uğraşıyorsun?" Yeşil masadaki müsveddeleri görmüştü. "Kalemin hiç durmuyor dostum. Kendini çok yoruyorsun."

"Ama hiç sıkılmıyorum. Bazen yorulduğum oluyor tabii. Kendimi kuma saplanmış bir tekerlek gibi hissediyorum o zaman. Ama bu çeviriyi bitirmeden rahat etmeyeceğim Lowell."

Lowell müsveddeleri inceledi.

"Onaltıncı kanto," dedi Longfellow. "Yayınevine göndermem gerek, ama gönülsüzüm. Dante üç Floransalıyla tanışınca şöyle diyor: *'S'i' fossi stato dal foco coperto...'*"

"Ateşten korunabilseydim" (Longfellow İtalyanca metni söylerken Lowell arkadaşının çevirisini okumaya başladı) "'kendimi onların arasına atardım. Ama önderim acı çekerdi sanırım.' Evet, Dante'nin cehennemde sadece bir gözlemci olduğunu unutmamalıyız. O da yol boyunca fiziksel ve metafiziksel tehlikeler içinde."

"İngilizce'de tam karşılığını bulamıyorum. Şiir çevirisinde akıcılık uğruna anlamdan feragat etmek gerektiğini söyleyenler var. Ama ben tam tersine, mahkemeye çıkmış bir tanık gibi, sağ elimi kaldırarak gerçeği, sadece gerçeği söyleyeceğime yemin etmek istiyorum."

Trap, Longfellow'a havlamaya ve bacağına sürtünmeye başladı. Longfellow gülümsedi. "Trap yayınevine öyle çok gidip geldi ki, çeviriyi kendisinin yaptığını sanıyor."

Ama Trap, Longfellow'un çeviri felsefesine havlamıyordu. Birden koşarak ön hole daldı. Longfellow'un ön kapısı yumruklandı.

"Hah, polis," dedi Lowell. Bu kadar çabuk gelmelerini beklememişti. Bıyığını burdu.

Longfellow gidip kapıyı açtı. "Bu ne sürpriz," dedi Longfellow, o anda elinden geldiğince dostane bir sesle.

"Niye ki?" Geniş kapı eşiğinde duran J. T. Fields, kaşlarını çatıp şapkasını çıkardı. "Vist oynarken bir mesaj aldım. Hem de tam Bartlett'i yenerken!" Şapkasını asarken gülümsedi. "Hemen buraya gelmem söyleniyordu. Her şey yolunda mı azizim Longfellow?"

"Ben öyle bir mesaj göndermedim Fields," dedi Longfellow özür dilercesine. "Holmes sizinle değil miydi?"

"Hayır. Oyuna başlamadan önce yarım saat onu bekledik."

Kuru yaprak hışırtıları duydular. Sonra birden Oliver Wendell Holmes'u gördüler. O ufak tefek adam, yüksek tabanlı çizmeleriyle yaprakları ezerek koşar adım geliyordu. Fields yana çekildi. Holmes, Fields'ın yanından geçip hole daldı. Soluk soluğaydı.

"Holmes?" dedi Longfellow.

Sinirleri çok gergin olan doktor, Longfellow'un elinde Dante'nin kantolarının çevirilerini tuttuğunu dehşetle fark etti.

"Tanrı aşkına çek şunları gözümün önünden Longfellow!" diye haykırdı Doktor Holmes.

VI

—— * ——

Holmes kapıyı kapadıktan sonra, pazardan eve giderken aklına gelen fikri ve sonra koşarak tıp fakültesine döndüğünü, orada polisin Cambridge karakoluna döndüğünü –Tanrı'ya şükür!– öğrendiğini bir çırpıda anlattı. Daha sonra vist oynayan Fields'a hemen Craigie Konağı'na gitmesi mesajını göndermişti.

Doktor, Lowell'ın elini tutup hararetle sıktı. Onu gördüğüne öylesine çok sevinmişti ki. "Ben de Elmwood'a haber gönderip seni çağırtacaktım dostum," dedi.

"Holmes, polisten bahsetmiştin değil mi?" diye sordu Longfellow.

"Longfellow... hepiniz... çalışma odasına gidelim lütfen. Size söyleyeceklerimi kimseye anlatmayacağınıza yemin etmelisiniz."

Kimse itiraz etmedi. O kısa boylu doktoru böyle ciddi gördükleri enderdi. Şakacı aristokrat rolünü oynamasına çok alışmışlardı. Boston'daki herkesi güldürse de Amelia Holmes'un canını sıkan bir roldü bu. "Bugün öldürülmüş birinin cesedi bulundu," diye fısıldadı Holmes. Sanki evde anlatacağı korkunç öyküyü gizlice dinlemek isteyen birilerinin olduğundan korkuyordu. Şömineye sırtını döndü. Sesinin bacadan duyulacağından cidden kaygılanmıştı. "Tıp fakültesindeydim," diye anlatmaya başladı nihayet. "Tam çıkacakken polis gelip odalarımızdan birini kullanmak istediklerini söyledi. Getirdikleri ceset toz

130

toprak kaplıydı. Anlıyor musunuz?"

Holmes duraksadı. Ama dramatik bir etki uyandırmak istediğinden değil, nefesini toplamak için. Astımının belirtilerini göz ardı etmişti.

"Holmes, bunların bizle ne ilgisi var? Niye beni John'ın oyun masasından kaldırıp apar topar buraya getirdin?" diye sordu Fields.

"Acele etme," dedi Holmes elini sallayarak. Amelia'ya aldığı ekmeği bir kenara bırakıp ceplerinde mendil aradı. "O cesedin... ayakları... Tanrım bizi koru!"

Longfellow'un mavi gözleri parladı. Pek konuşmasa da, Holmes'u dikkatle dinlemiş ve izlemişti. "Bir içki alır mısın Holmes?" diye sordu usulca.

"Evet. Sağol," dedi Holmes, ter içindeki alnını silerek. "Kusura bakmayın. Buraya ok gibi uçarak geldim. Arabaya binemeyecek kadar sabırsızdım. Hem birilerini görmekten de korkuyordum!"

Longfellow sakince mutfağa gitti. Holmes içkisini bekledi. Diğer iki adam da Holmes'u beklediler. Lowell başını salladı. Arkadaşının haline çok üzülmüştü. Ev sahibi bir kadeh buzlu konyakla geri döndü. Holmes konyağı buzlu severdi. Bardağı kaptığı gibi dikti. Konyak genzini yaktı.

"Adem elmayı Havva yüzünden yemişti," dedi Holmes Longfellow'a, "ama içkiye kendi kendine başladı."

"Hadi anlat artık Wendell," dedi Lowell.

"Tamam. Onu gördüm. Anlıyor musunuz? Cesedi yakından gördüm. Aramızda Jamey'le aramdaki kadar mesafe vardı." Dr. Holmes, Lowell'ın koltuğuna yaklaştı. "O adam diri diri, tepetaklak gömülmüş... bacakları dışarıda kalacak şekilde. Ve iki ayağının da topukları yakılmış beyler. Öyle feci yanmışlar ki gözümün önünden asla... ölene kadar gitmeyecekler!"

"Azizim Holmes," dedi Longfellow. Ama Holmes susmak istemiyordu, Longfellow için bile.

"Çıplaktı. Giysilerini polis mi çıkarmıştı bilmiyorum... hayır, söylediklerinden anladığım kadarıyla bulunduğunda çıplaktı." Holmes içkisinden bir yudum daha almak istedi, ama kadehi neredeyse boş olduğundan, dişlerine bir buz parçası çarptı.

"Bir rahipti," dedi Longfellow.

Holmes hayretle dönüp ağzındaki buzu kırarak "Evet. Öyleydi," dedi.

"Bunu nereden bildin Longfellow?" diye sordu Fields. Birden kafası karışmıştı. Ama bu öykünün kendisiyle ilgisi olmadığına hâlâ emindi. "Gazetede okumuş olamazsın, çünkü Holmes daha biraz önce..." Birden Longfellow'un nereden bildiğini anladı. Lowell da anlamıştı.

Lowell, vuracakmış gibi üstüne üstüne yürüdü Holmes'un. "Cesedin tepetaklak gömüldüğünü nereden biliyordun Holmes? Polis mi söyledi?"

"Hayır."

"Harvard'da başına iş açılmasın diye çeviriyi durdurmak istiyorsun. Bu yüzden saçma sapan şeyler uyduruyorsun."

"Ben ne gördüğümü biliyorum," dedi Doktor Holmes öfkeyle. "Hiçbiriniz tıp eğitimi almadınız. Ben hayatımı bu işe adadım. Avrupa'da ve Amerika'da okudum. Mesela sen veya Longfellow Cervantes'ten konuşsanız kendimi cahil hissederim, çünkü uzmanlık alanım değil. Gerçi iyi bilirim, ama sizi de dinlerim, çünkü Cervantes'i incelemeye ayırdığınız zamana saygı duyarım."

Fields, Holmes'un sinirlerinin cidden bozuk olduğunu anlamıştı. "Anlıyoruz Wendell," dedi. "Lütfen devam et."

Holmes durup soluklanmasa bayılacaktı. "O ceset gerçekten tepetaklak gömülmüştü Lowell. Şakaklarına akmış ter ve gözyaşlarının izlerini gördüm. Duydun mu? Şakaklarına akmışlardı. Yüzünde kan toplanmıştı. O korku dolu ifadeyi görünce, Rahip Elisha Talbot'u tanıdım."

Bu ismi duyunca hepsi şaşırdı. Cambridge'in o eski tiranı ölmüştü demek. Tepetaklak toprağa gömülmüş, topukları yakılmıştı. Tıpkı Dante'nin Simoniaclarının, yani rüşvet alan rahiplerin başına gelenler gibi...

"Dahası da var." Holmes şimdi ağzındaki buz parçasını çatır çutur yemeye başlamıştı. "Polislerden biri cesedin İkinci Üniteryan Kilisesi'nin mezarlığında bulunduğunu söyledi... Talbot'un kilisesinde! Cesedin belinden yukarısı toz toprak içindeydi. *Ama belinden aşağısı tertemizdi.* Anadan doğma gömülmüş, tepetaklak... ama bacakları açıkta bırakılmış!"

"Onu ne zaman bulmuşlar? Orada kim varmış?" diye sordu Lowell.

"Tanrı aşkına, nereden bileyim!" diye bağırdı Holmes.

Longfellow saatine bakınca on bir olduğunu gördü. "Dul Healey akşam gazetesine bir ödül ilanı vermiş. Yargıç Healey'nin öldürüldüğüne inanıyor."

"Ama Talbot'unki sıradan bir cinayet değil Longfellow! Her şeyi söylemem mi gerekiyor? Dante'den kopyalanmış! Birileri Dante'den esinlenip Talbot'u öldürmüş!" diye haykırdı Holmes. Yanakları kıpkırmızı kesilmişti.

"Bugünkü gazeteyi okudun mu Holmes?" diye sordu Longfellow sakince.

"Okudum tabii! Yani, okudum galiba." Aslında pazartesi günkü derslerinin anatomi çizimlerini hazırlamaya giderken tıp fakültesinin koridorunda üstünkörü göz atmıştı o kadar.

Longfellow gazeteyi buldu. Fields elinden alıp yüksek sesle okumaya başladı. "Başyargıç Artemus S. Healey'nin tuhaf ölümü hakkındaki yeni bilgiler," dedi Fields, yelek cebinden gözlüğünü çıkarıp taktıktan sonra. "Yanlış yazmışlar. Healey'nin göbek adı Prescott'tu."

"İlk paragrafı atla Fields. Cesedin bulunuşuna gel. Nehrin yanında, Healeylerin merasında bulunmuş."

"Kan içinde.... çıplak... ve..."

"Devam et Fields."

"Böceklerle kaplı?"

Sinekler, arılar, kurtçuklar... gazetede böyle yazıyordu. Ayrıca Wide Oaks'un bahçesinde bir bayrak bulunmuştu. Lowell gazetede yazılanlar üstüne yapılan konuşmalara itiraz etmek istedi. Ama oturup koltuğuna yaslanmakla yetindi. Alt dudağı titriyordu, söyleyecek laf bulamadığında hep olduğu gibi.

Birbirlerine soran gözlerle baktılar. Aralarından birinin diğerlerinden daha zeki çıkıp, bütün bunların rastlantı olduğunu açıklamasını umuyorlardı. Rahip Talbot'un Simoniaclar gibi yakıldığına, Başyargıç Healey'nin de Tarafsızlar gibi cezalandırıldığına inanmak istemiyorlardı. Ama öğrendikleri her yeni ayrıntı inkarı daha da zorlaştırıyordu.

"Her şey birbirine uyuyor," dedi Holmes. "Healey'ye bakalım: Tarafsızlık günahını işledi ve cezasını çekti. Kaçak Köle Kanunu'nu uygulamayı uzun süre reddetmişti. Peki ya Talbot? Rahipliği suistimal ettiğini hiç duymadım. Phoebus adına!" Holmes duvara dayalı tüfeği görünce irkildi. "Longfellow, şu tüfeğin burada ne işi var?"

Lowell Craigie Konağı'na aslında neden geldiğini anımsayıp sarsıldı. "Longfellow dışarıda hırsıza benzer birini görmüş Wen-

134

dell. Bahçıvanın oğlunu polis çağırmaya gönderdik."

"Hırsız mı?" dedi Holmes.

"Hayal gördüm galiba." Longfellow başını salladı.

Fields ayağa kalktı. "Kusursuz bir zamanlama!" Holmes'a döndü. "İyi iş becerdin Wendell. Polis gelince bu cinayetler hakkında ipuçlarına sahip olduğumuzu söyleyip, polis şefini çağırmalarını isteriz." Fields en otoriter tavrını takınmıştı, ama destek almak için yan gözle Longfellow'a baktı.

Longfellow kımıldamıyordu. Mavi gözlerini kitaplarının çatlak sırtlarına dikmişti. Konuşulanları dinleyip dinlemediği belli değildi. Nadiren kapıldığı bu dalgınlık hali, elini sessizce sakalında gezdirişi, tüm arkadaşlarını huzursuz etti.

"Evet," dedi Lowell. "Polise varsayımlarımızı söyleriz tabii. Çok işlerine yarayacağına eminim."

"Hayır!" diye bağırdı Holmes. "Hayır, *kimseye* söylememeliyiz Longfellow! Gizli tutmalıyız! Bu odadaki herkes verdiği sözü tutmalı. Kıyamet kopsa bile kimseye söylememelisiniz!"

"Yapma Wendell!" Lowell doktorun üstüne eğildi. "Ketumluğun sırası mı şimdi? İki kişi öldürüldü! Hem de tanıdığımız insanlar!"

"Evet ama bu korkunç meseleye bulaşmamıza ne gerek var?" dedi Holmes yalvarırcasına. "Polis soruşturma yapıyor. Katil kimse, bizden yardım almadan da bulabilirler!"

"Ne gerek var ha!" dedi Lowell alayla. "*Böyle* bir şeyi polisin akıl etmesi mümkün değil Wendell! Onlara söylemeliyiz. İpuçlarına ihtiyaçları var!"

"İpucu mu, çılgınca varsayımlar mı Lowell? Bu cinayetler konusunda ne biliyoruz ki?"

"Öyleyse niye zahmet edip buraya kadar geldin Wendell?"

"Çünkü kendimizi korumalıyız! Hepimize iyilik yaptım," dedi Holmes. "Tehlikede olabiliriz!"

"Jamey, Wendell, lütfen..." Fields aralarına girdi.

"Polise gidecekseniz ben yokum," dedi Holmes, koltuğuna otururken titrek bir sesle. "Sizin de gitmenize karşıyım."

"Bakın beyler," dedi Lowell, Holmes'u göstererek. "Bakın Dr. Holmes kendisine ihtiyaç duyulduğunda ne yapıyor... her zamanki gibi kıçının üstünde oturuyor."

Holmes etrafına bakındı. Birilerinin ona destek olmasını umuyordu. Sonra koltuğuna iyice gömülüp altın zincirli saatini çıkardı. Phi Beta Kappa Cemiyeti anahtarıyla oynadı. Longfellow'un maun saatine bakarak kendi saatiyle kıyasladı. Cambridge'deki tüm saatlerin her an durmasını bekler gibiydi.

Lowell, Longfellow'a dönüp fısıltıyla (en etkileyici konuşmalarını alçak sesle yapardı) "Polis şefine bir not yazalım," dedi. "Polis gelince veririz. Bu gece keşfettiğimize inandığımız şeyi yazalım. Sonra da bu işle ilgilenmeyi keselim, Dr. Holmes'un istediği gibi."

"Ben hemen yazayım." Fields Longfellow'un çekmecesine uzandı. Holmes ile Lowell tekrar tartışmaya başladılar.

Longfellow hafifçe iç geçirdi.

Fields elini çekmeceye sokarken birden durdu. Holmes ile Lowell sustular.

"Lütfen acele etmeyin," dedi Longfellow. "Boston'da ve Cambridge'de bu cinayetleri kimler biliyor?"

"Ne saçma bir soru." Lowell öyle korkmuştu ki, müteveffa babasından sonra en saydığı adama bile kabalık edebiliyordu. "Şehirdeki herkes biliyor Longfellow! İlkinin haberini bütün gazeteler manşetten verdi" (Healey'nin ölümünün manşet olduğu gazeteyi kaptı). "Talbot'unkini de yarın herkes öğrenmiş olacak. Bir yargıç ve bir rahip! Bunların ölümünü halktan gizlemek imkansız!"

"Tamam. Peki şehirde Dante'yi kimler biliyor? *Le piante era-no a tutti accese intrambe*'yi bizden başka kim biliyor? Washington ve School sokaklarında gezinen, dükkanlara bakan ya da son model şapkalar için Jordan'a, Marsh'a uğrayan insanlardan kaçı *rigavan lor di sangue il volto, che, mischiato di lagrime*'i düşünüyor ve aklına o *fastidiosi vermi*'ler, yani iğrenç kurtçuklar geliyor?

"Söylesenize, günümüzde şehrimizde –hayır, *tüm Amerika*'da– Dante'nin tüm yapıtlarını, tüm kantolarını bilen kaç kişi var? Dante'nin *Cehennem*'indeki cezaları gerçek hayatta uygulamayı akıl edecek kadar onu bilen kaç kişi var?"

Longfellow'un çalışma odasına tuhaf bir sessizlik çöktü. Oysa içindekiler New England'ın en popüler konuşmacılarıydı. Odadaki kimse yanıt vermedi, çünkü hepsi yanıtı biliyordu: Henry Wadsworth Longfellow, Profesör James Russell Lowell, Profesör Doktor Oliver Wendell Holmes, James Thomas Fields ile birkaç arkadaşları ve meslektaşları.

"Bırakın Dante okumayı, İtalyanca bilenlerin sayısı bile çok az," dedi Fields. "Bilenlerin de çoğu ancak sözlük ve gramer kitapları yardımıyla kitap okuyabilir. Çoğu hayatında Dante'nin kitaplarını bile görmemiştir!" Fields bu konuda konuşabilecek biriydi. Çünkü bir yayıncı olarak, New England'daki tüm okurlar ve akademisyenlerle başka yerlerdeki önemli şahsiyetlerin okuma alışkanlıklarını bilirdi. "Dante'nin bir çevirisi yayınlanıp Amerika'nın her köşesine dağıtılmadıkça da görmeyecekler..."

"Mesela bunun gibi mi?" Longfellow onaltıncı kantonun müsveddesini kaldırdı. "Polise bu cinayetlerin Dante'den esinlenildiğini söylersek, kimlerden şüphelenebilirler?"

"Tabii ki bizden. En çok bizden şüphelenirler."

"Yapma Longfellow," dedi Fields keyifsiz bir kahkaha atarak.

"Biraz ciddi olalım beyler. Etrafınıza baksanıza: Profesörler, önemli şahsiyetler, şairler, senatörlerin arkadaşları, yayıncılar... *Cinayet* işlediğimize kim inanır? Boston'un ileri gelenlerinden olduğumuzu söylerken kesinlikle abartmıyorum!"

"Profesör Webster da öyleydi. Ama bir Harvardlıyı bile astılar," dedi Longfellow.

Doktor Holmes'un benzi attı. Longfellow'un desteğinden memnun olsa da, bu son sözü onu ürkütmüştü.

"O zamanlar tıp fakültesinde çalışmaya başlayalı henüz birkaç yıl olmuştu," dedi donuk gözlerle önüne bakarak. "Önce okuldaki herkesten şüphelendiler... benim gibi bir şairden bile." Holmes gülmeye çalıştı ama başaramadı. "Muhtemel suçlular listesinde ben de vardım. Beni sorgulamaya evime geldiler. Küçük Wendell'le Amelia daha çocuktu. Neddie bebekti. Hayatımda hiç o kadar korktuğumu hatırlamıyorum."

Longfellow sakin bir sesle "Dostlarım, en azından şu konuda bana hak vermeye çalışın," dedi. "Polis bize güvenmek istese bile, hattâ güvense ve inansa bile, yine de katil yakalanana kadar zanlılar olacağız. Katil yakalansa bile Amerikalılar Dante'yi yazılarından önce o cinayetlerle tanıyacak. Hem de artık insanların ölümün adını bile duymak istemediği bir zamanda. Doktor Manning'le Şirket zaten Dante'nin okunmasını istemiyor. Böyle bir olay onların ekmeğine yağ sürer. Dante tıpkı Floransa'dan olduğu gibi Amerika'dan da kovulur. En az bin yıl da dönemez. Holmes haklı: Kimseye söylemeyelim."

Fields dönüp Longfellow'a hayretle baktı.

"Dante'yi korumaya yemin ettik, bu çatı altında," diye fısıldadı Lowell, yayıncının gergin yüzünü görünce.

"Önce kendimizi ve şehrimizi koruyalım, yoksa Dante'yi destekleyen kimse kalmayacak!" dedi Fields.

"Şu anda kendimizi korumakla Dante'yi korumak aynı şey Fields," dedi Holmes. Bir belanın geleceğini başından beri sezdiğini düşünüyordu. "Aynı şey. Bu durum ortaya çıkarsa tek suçlanan biz olmayız ki. Katolikler, göçmenler..."

Fields şairin haklı olduğunu biliyordu. Şimdi polise giderlerse, tutuklanmasalar bile en azından şüpheli olacaklardı. "Tanrım bize yardım et. Mahvoluruz." İç geçirdi. Fields'ın korktuğu kanunlar değildi. Boston'da dedikodular cellattan daha tehlikeli olabilirdi. Bostonlular şairlerini çok sevseler de, ünlülerine karşı hastalıklı bir kıskançlık beslerlerdi. Böylesine korkunç cinayetlere adları en ufak şekilde karışırsa, söylentiler telgraftan bile hızlı yayılırdı. Fields adları tertemiz insanların ne yazık ki sırf dedikodu yüzünden gözden düştüklerine tanık olmuştu.

"Şimdiden bizden şüphelenmeye başlamış olabilirler," dedi Longfellow. "Şunu hatırlıyor musunuz?" Çekmecesinden bir kağıt parçası çıkardı. "Şimdi bir daha bakalım mı? Bence bu sefer onu çözeceğiz."

Longfellow, devriye polisi Rey'in verdiği kağıdı avcuyla düzeltti. Diğerleri o kağıtta yazılanları okumak için eğildiler. Alevlerin ışığı şaşkın yüzlerini kızıla boyuyordu.

Rey'in yazdığı *Deenan see amno atessennone turnay eeotur nodur lasheeato nay* yazısına Longfellow'un gür sakalının gölgesi düşüyordu. "Bir şiirden alıntı," diye fısıldadı Lowell. "Tabii ya! Nasıl oldu da hatırlayamadık?"

Fields kağıdı kaptı. Yayıncı henüz hatırlayamadığını belli etmek istemiyordu. Bütün olanlar kafasını öyle karıştırmıştı ki, İtalyanca okuyabilecek durumda değildi. Elinde tuttuğu kağıt titriyordu. Kağıdı usulca masaya geri bıraktıktan sonra elini çekti.

"Dinanzi a me non fuor cose create se non etterne, e io etterno duro, lasciate ogne," diye okudu Lowell, Fields'a. "Cehennem kapı-

larının üstündeki yazıdan alıntı. Şöyle devam eder: ...*speranza, voi ch'intrate.*"

Lowell gözlerini kapayıp tercüme etti:

"*Benden önce hiçbir şey yaratılmamıştı
Sonsuz olmayan... ve ben de sonsuz olacağım.
İçeri girenler, dışarıda bırakın her umudu.*"

İntihar eden adam Merkez Karakol'da bu yazının gözlerinin önünde belirdiğini görmüştü. Tarafsızları görmüştü: İgnavileri. Acizce havayı ve kendilerini dövüyorlardı. Beyaz, çıplak bedenlerinin etrafında arılar ve sinekler turluyordu. Dişlerindeki çürüklerden sürünerek çıkan iğrenç kurtçuklar kanlarını ve tuzlu gözyaşlarını emiyordu. Ruhları boş bir sancağın peşinden gidiyordu. Anlamsız hayatlarının bir simgesiydi bu. İntihar eden adam da üstünün sinek kaynadığını, etini kemirdiklerini hissetmişti. Kaçıp kurtulmak istemişti... en azından denemek.

Longfellow üçüncü kantonun çevirisini bulup karşılaştırmak için masaya koydu.

"Tanrım," diye inledi Holmes, Longfellow'un yenini kavrayarak. "O melez polis Rahip Talbot'un ölümünü soruşturanlardan biriydi. Hem de Yargıç Healey'nin ölümünden sonra bize *bunu* getirmişti! Şimdiden bir şeyler biliyor olmalı!"

Longfellow başını salladı. "Lowell'ın üniversitede profesör olduğunu unutma. Bu alıntıyı o bile tanıyamadıysa o polis nasıl tanısın? Sadece yabancı bir dilden çeviri yaptırmak istiyordu o kadar. Dante Kulübü seansını yaptığımız gece bazı öğrenciler onu Elmwood'a göndermiş. Mabel de buraya yollamış. Ne o cinayetlerin Dante'yle ilgisini, ne de çeviri projemizi bildiğini gösteren hiçbir kanıt yok."

"Nasıl hatırlayamadık?" diye sordu Holmes. "Greene İtalyanca olduğunu tahmin etmişti, ama onu dinlemedik."

"İyi ki de dinlememişiz!" diye bağırdı Fields. "Yoksa polis oracıkta yakamıza yapışırdı!"

Holmes yine paniğe kapıldı. "O intihar eden adam kimdi acaba? Bu zamanlama rastlantı olamaz. Bu cinayetlerle mutlaka bir ilgisi vardı!"

"Bence de," dedi Longfellow sakin bir sesle.

"Kimdi?" diye tekrarladı Holmes, kağıdı elinde defalarca çevirerek. "Bu yazı," diye devam etti. "Cehennem kapılarındaki yazı... *Üçüncü* kantoda var. Dante'yle Virgil'in Tarafsızların arasında yürüdüğü kantoda! Başyargıç Healey'nin cinayetine esin kaynağı olan kantoda!"

Evin önünden ayak sesleri gelmeye başladı. Longfellow gidip kapıyı açınca bahçıvanın oğlu içeri daldı. Dişleri takırdıyordu. Longfellow karşısında devriye polisi Rey'i buldu.

Karl Longfellow'un şaşırdığını görünce "Gelmekte ısrar etti Bay Longfellow," dedi soluk soluğa. Sonra dönüp Rey'e yüzünü ekşiterek baktı.

"Başka bir iş için Cambridge karakolundaydım," dedi Rey. "Bu çocuk gelip bir sorun yaşadığınızı haber verdi. Dışarıda bir polis etrafa bakıyor."

Rey içerisinin sessiz olduğunu fark etti.

"Girmez misiniz memur bey?" Longfellow başka ne diyeceğini bilememişti. Başına gelenleri anlattı.

Nicholas Rey holdeki George Washington heykellerine ve tablolarına bir kez daha bakıyordu. Pantolon cebindeki eliyle, yeraltı mezarlığında bulunan kağıt parçalarını okşamaya başladı. Hâlâ nemliydiler. Bazılarının üstünde bir iki harf vardı. Bazıları da okunmayacak kadar kirlenmişti.

Rey çalışma odasına girip içerideki üç adamı süzdü: Kabarık favorili Lowell'ın üstünde bir palto, bornoz ve pantolon vardı. Diğer ikisininse yakaları açık, kravatları buruşuktu. Duvara çift namlulu bir tüfek dayalıydı. Masanın üstünde bir somun ekmek duruyordu.

Rey karşısındaki çocuk yüzlü, kaygılı adama baktı. Diğerlerinin aksine sakalsızdı. "Doktor Holmes bugün tıp fakültesinde yaptığımız bir incelemede bize yardımcı oldu," diye açıkladı Rey Longfellow'a. "Aslında Cambridge'e de o mesele yüzünden geldim. Yardımınız için tekrar teşekkürler doktor."

Doktor ayağa fırlayıp yere kadar eğildi. "Aman efendim, lafı mı olur? Tekrar yardıma ihtiyacınız olursa beni çağırmaktan çekinmeyin." Rey'e kartvizitini uzattı. Aslında hiç yardımcı olmadığını bir an unutmuştu. Ne dediğini pek bilmiyordu. "Katilin yakalanmasına biraz olsun katkım olabilirse ne mutlu bana."

Rey onaylarcasına başını salladı.

Bahçıvanın oğlu Longfellow'u kolundan tutup bir kenara çekti. "Kusura bakmayın Bay Longfellow," dedi. "Polis olduğuna inanmamıştım da. Üniforması filan da yok. Ama başka bir polisten duyduğuma göre, amirleri ona sivil giyinmesini emretmiş, insanlar zenci bir polis görünce sinirlenip onu dövmesinler diye!"

Longfellow Karl'ı yarın şeker vereceği vaadiyle başından savdı.

Çalışma odasında, Holmes, Rey görmesin diye ortadaki masanın önünde, korlar üstündeymişcesine ağırlığını bir ayağından diğerine aktarıp duruyordu. Masanın üstünde manşetinde Healey'nin ölümü olan bir gazete vardı; yanında ise Longfellow'un yaptığı, o cinayete esin kaynağı olan üçüncü kantonun İngilizce çevirisi duruyordu; aralarında ise Nicholas Rey'in verdiği, üstünde *deenan see amno atessennone turnay eeotur nodur lasheeato nay* yazılı kağıt durmaktaydı.

Longfellow çalışma odasının eşiğine geldi. Rey arkasındaki adamın hızlı soluduğunu duyabiliyordu. Lowell'la Fields'ın Holmes'un arkasındaki masaya tuhaf tuhaf baktıklarını fark etti.

Doktor Holmes inanılmaz bir hızla masanın üstündeki, polisin verdiği kağıdı kaptı. "Ha, memur bey," dedi. "Notunuzu iade edebilir miyiz?"

Rey birden umutlandı. "Çevirebildiniz mi..."

"Evet, evet," dedi. "Yani kısmen. Bütün dilleri araştırdık memur bey. Galiba sokak İngilizce'siyle söylenmiş bir söz. Bir kısmı şöyle..." (Holmes derin bir soluk alıp okumaya başladı.) "'Kimse gezmesin. Bugün kimse dışarı çıkmasın.' Shakespeare tarzı gibi. Ama biraz saçma değil mi?"

Rey, Longfellow'a baktı. Şair de kendisi kadar şaşırmış görünüyordu. "Uğraştığınız için teşekkürler Doktor Holmes," dedi Rey. "Hepinize iyi geceler."

Rey evden çıkıp giderken, hepsi ön kapının eşiğine üşüştü.

"Kimse dışarı çıkmasın tamam mı?" dedi Lowell.

"Ama bizden şüphelenebilir Lowell!" diye bağırdı Holmes. "Keşke biraz daha rahat görünseydin. Biraz rol yapsaydın!"

"İyi iş becerdin Wendell." Fields, Holmes'un omzuna hafif hafif vurdu.

Longfellow konuşmak istedi, ama yapamadı. Çalışma odasına girip kapıyı kapattı. Arkadaşları holde şaşkın kalakaldılar.

Fields usulca kapıyı çaldı. "Longfellow? Dostum?"

Lowell yayıncının kolunu tutup başını salladı. Holmes elinde bir şey tuttuğunu fark edince yere attı. Rey'in not defteriydi bu. "Bakın. Polis Rey bunu unutmuş."

Gördükleri şey Rey'in not defteri değildi. Cehennemin açık

kapılarının üstündeki, renksiz demirden yapılma soğuk, yazılı tabelaydı. Dante o kapıların önünde duraksamış, ama Virgil tarafından itilince cehenneme girmişti.

Lowell üstünde Dante'nin sözleri yazılı olan kağıt parçasını öfkeyle kapıp hol lambasının alevine attı.

VII

——— * ———

Oliver Wendell Holmes bir sonraki Dante Kulübü toplantısına geç kaldı. Bunun katılacağı son kulüp toplantısı olduğunu biliyordu. Fields'ın arabasıyla gitmeyi kabul etmedi, oysa gökyüzü bulutlardan kararmıştı. Şair doktor, Longfellow'un evinin önüne vardığında şemsiyesinin sapı sağanak yüzünden çatırdıyordu. Sonbahar yapraklarıyla kaplı yer kaygandı. Ama Holmes böyle ufak tefek fiziksel rahatsızlıklara aldırmayacak kadar kaygılıydı. Karşıdan bakan Longfellow'un ağırlayıcı, sevecen gözleri onu rahatlatmıyor, sakinleştirmiyor, midesine ağrılar saplayan şu soruyu yanıtlamıyordu: *Şu anla* nasıl başa çıkabiliriz?

Onlara akşam yemeğinde artık Dante çevirisiyle uğraşmayacağını söyleyecekti. Lowell son günlerde olanlar yüzünden ona hak verebilirdi. Holmes bir amatör gibi görünmekten korkuyordu. Ama Rahip Talbot'un yanmış ayaklarının kokusunu hâlâ hatırlarken, Dante'ye bakışı değişmemiş gibi yapması mümkün değildi. Cinayetlerden bir şekilde kendilerinin sorumlu olduğunu, fazla ileri gittiklerini, her hafta yaptıkları Dante toplantılarının *Cehennem*'deki cezaların Boston'da uygulanmasına bir şekilde (belki de şiire duydukları inanç yüzünden) yol açtığını hissediyordu.

Yarım saat önce eve bir kişi daha gelmişti, bin kişilik gürültü çıkararak.

James Russell Lowell. Sırılsıklamdı. Oysa sadece bir sokak yürümüştü. Şemsiyelerin faydasız olduğuna inanır, onları kullananlarla alay ederdi. Geniş şöminede kömür ve ceviz parçaları usul usul yanıyordu. Ateşin ışığı Lowell'ın ıslak sakalını parlatıyordu. Sanki sakalın içinde bir ışık yanıyordu.

Lowell o hafta Köşebaşı'nda Fields'ı bir kenara çekip böyle yaşayamayacağını anlatmıştı. Tamam, polisten bilgi saklamaları gerekliydi. İsimlerine leke sürülmemesi için bunu yapmak zorundaydılar. Dante'yi de korumak zorundaydılar. Bunu da kabul ediyordu. Ama bütün bu makul sebeplerin silemediği bir gerçek vardı: İnsan yaşamları söz konusuydu.

Fields makul bir çözüm bulmaya çalışacağını söylemişti. Longfellow, Lowell'ın ne önereceğini bilmek istediğini söylemişti. Holmes arkadaşından uzak durmaya çalışmış ve bunu başarmıştı. Lowell dördünün bir araya gelmesi için çok uğraşmış, ama ancak bugün başarabilmişti. Birbirlerini mıknatıs gibi itiyorlardı sanki.

Şimdi çember halinde oturuyorlardı, son iki buçuk yıldır yaptıkları gibi. Lowell'ın hepsine teker teker sarılmamasının bir tek sebebi vardı. En sevdiği yeşil, rahat koltuğunda, kucağında Dante kitaplarıyla oturmasıydı bunun nedeni. Keşiflerini George Washington Greene'la paylaşmamaya karar vermişlerdi.

Greene zayıf parmaklarını şömineye uzatmış, ısınmaya çalışıyordu. Diğerleri Greene'in sağlığının bozuk olduğunu biliyorlardı. Bütün bu olanları öğrenmek onu kötü etkileyebilirdi. Bu yüzden, Longfellow'un paylaştırdığı kantoları son anda değiştirmesi nedeniyle yeterince hazırlanamadığından tatlı tatlı şikayet eden o yaşlı tarihçi ve emekli rahip, bu çarşamba akşamı kulübün tek neşeli üyesiydi.

Longfellow o hafta içinde diğerlerine haber gönderip, yirmi-

altıncı kantoyu çalışacaklarını söylemişti. Dante'nin Truva Sava-
şı'nın kahramanı Ulysses'in yanan ruhuyla tanıştığı kantoydu
bu. Grubun en sevdiği kanto olduğundan, Longfellow diğerleri-
nin heveslerini tazeleyebileceğini düşünmüştü.

"Geldiğiniz için hepinize teşekkür ederim," dedi Longfellow.
Herhalde bir bakıma Dante çevirisinin başlamasına sebep
olan cenazeyi düşündü. Bazı Bostonlu elit entelektüeller
Fanny'nin ölümünü duyunca sevinmişlerdi. Gerçi bunu asla iti-
raf etmezlerdi, kendilerine bile. Longfellow gibi Tanrı'nın bir
sevgili kulunun başına bir felaket gelmesi hoşlarına gitmişti.
Longfellow şöhrete de, paraya da hiç uğraşmadan sahip olmuş
gibiydi. Doktor Holmes, Fanny'nin yanarak korkunç şekilde can
vermesine çok üzüldüyse de, Henry Wadsworth Longfellow'a
destek olma fırsatını yakaladığı için bencilce bir heyecana da ka-
pılmış olabilirdi.

Dante Kulübü, bir dostu hayata geri döndürmüştü. Şimdiy-
se... Dante'nin bahsettiği yöntemlerle iki cinayet işlenmişti. Üs-
telik gerisi de gelebilirdi... onlar ellerinde müsveddelerle şömi-
nenin başında otururken.

"Görmezden gelemeyeceğimiz..." James Russell Lowell olan-
lardan habersiz bir müsveddeye not düşmekte olan Greene'e ba-
kıp sustu.

Longfellow hiç istifini bozmadan Ulysses kantosunu okuyup,
sonra üstünde konuşmaya başladı. Yüzünden hiç eksik olmayan
gülümseyişi yapaydı. Sanki bir önceki toplantıdan kalmaydı.

Ulysses kendini cehennemde, Habis Danışmanların arasında,
bedensiz bir alev olarak bulmuştu. Tepesi bir dil gibi kıvrılıp du-
ruyordu. Cehennemde, bazıları Dante'ye öykülerini anlatmak
ketumken, bazılarıysa fazla hevesliydi. Ulysses her iki gruptan
da olamayacak kadar kibirsizdi.

Ulysses, Dante'ye Truva Savaşı'ndan sonra, yaşlı bir asker olarak Ithaca'ya, karısıyla ailesinin yanına dönmek istemediğini söylüyordu. Elinde kalan bir avuç tayfaya, yazgısının ve bilginin peşine düşmek için şimdiye kadar hiçbir ölümlünün gitmediği yerlere açılmak istediğini anlatıp, onları ikna etmişti. Sonra denizde kopan bir fırtına, gemilerini batırmıştı.

Bu konu hakkında uzun uzadıya konuşan tek kişi Greene oldu. Ulysses'in bu macerası hakkında Tennyson'ın yazdığı şiirden bahsetti. Hüzünle gülümseyerek "Tennyson, Dante'nin yorumundan epey etkilenmiş bence," dedi.

"Durmak, bitirmek ne sıkıcıdır," diye Tennyson'ın şiirini ezbere okudu. "'İşleyip ışıldamak yerine paslanmak! Sanki sırf soluk almakmış gibi yaşamak! Böyle hayatlar birbirine benzer. Hepsi de boştur.' (Duraksadı. Gözleri yaşarmıştı.) 'Geride kalan boşluktur.' Tennyson rehberimiz olsun dostlar. Çünkü onun çektiği acılar Ulysses'inkiler gibiydi biraz ve o da hayatının son yolculuğunda muzaffer olmak istiyordu."

Longfellow ile Fields'ın olumlu karşılıklarından sonra, yaşlı Greene'in yorumları yerini gürültülü horlamalara bıraktı. Katkısını yapmış, artık tükenmişti. Lowell elindeki müsveddeleri sımsıkı tutuyordu. Dudaklarını itaatsiz bir öğrenci gibi sımsıkı bastırmıştı. Bu oyundan sıkılmaya başlamıştı. Sinirleniyordu.

Herkes susunca Longfellow "Lowell, bu bölüm hakkında yorum yapmak ister misin?" dedi.

Çalışma odasındaki aynalardan birinin üstünde Dante Alighieri'nin beyaz bir mermer heykeli duruyordu. Heykelin donuk gözleri içlerini karartıyordu. "Dante hiçbir şiir çevrilemez dememiş miydi?" dedi Lowell. "Oysa biz her hafta toplanıp onun şiirlerini güle oynaya katlediyoruz."

"Sus Lowell!" dedi Fields. Sonra gözleriyle Longfellow'dan

özür diledi. "Yapmamız gerekenleri yapıyoruz," diye fısıldadı Lowell'ı azarlayacak kadar yüksek, ama Greene'i uyandırmayacak kadar alçak bir sesle.

Lowell öne eğildi. "Bir şeyler yapmalıyız... bir karar ver..." Holmes gözlerini faltaşı gibi açıp Greene'i, daha ayrıntılı söylemek gerekirse Greene'in kıllı kulak deliğini gösterdi. O ihtiyar her an uyanabilirdi. Daha sonra parmağını geri çekip öne uzattığı boynunun üstünden geçirerek, bu konuyu kapamalarını işaret etti.

"Hem ne yapabiliriz ki?" diye sordu. Aslında yanıt beklemediği bir soruydu bu. Ama hepsi durup bunu düşündüler. "Ne yazık ki yapabileceğimiz hiçbir şey yok," diye mırıldandı Holmes, kravatını çekiştirerek. Sorusunu geri almak istiyordu, ama başaramadı.

Holmes'un ortaya attığı soru bir meydan okumaydı. Bir kere sorulmuştu artık.

Lowell'ın yüzü kıpkırmızı kesilmişti. Yakıcı bir ihtiyaç duyuyordu. George Washington Greene'in ritmik soluklarını izlerken, bu toplantıda duyduğu sesleri hatırlıyordu: Longfellow'un geldikleri için minnetle teşekkür edişini, Greene'in çatlak sesiyle Tennyson okuyuşunu, Holmes'un iç geçirmelerini, Ulysess'in önce batmakta olan gemisinde ve daha sonra da cehennemde söylediği etkileyici sözleri. Bütün bunlar beyninde kaynaşıyor, ortaya yeni bir şey çıkarıyordu.

Doktor Holmes, Lowell'ın güçlü parmaklarıyla alnını tutmasını izliyordu. Holmes, Lowell'ın neden o soruyu sorduğunu bilmiyordu. Şaşırmıştı. Belki de Lowell'ın onları harekete geçirmek için bağırıp çağırmasını beklemiş, hattâ ummuştu. En azından tanıdık bir tepki olurdu. Ama Lowell kriz anlarında yüce bir şairin duyarlılığıyla hareket ederdi. Düşünceli bir fısıltıyla konuşmaya başladı. Kırmızı yüzü yavaşça gevşedi. "Denizcilerim, benimle birlikte çalışmış, çabalamış ve düşünmüş ruhlar..." Tennyson'ın şiirinden bir dizeydi bu. Ulysses tayfasını ölüme karşı koymaya ikna etmeye çalışıyordu.

Lowell öne eğilip gülümseyerek, kararlı ve içten bir sesle devam etti.

"...hepimiz yaşlıyız;
Yaşlılık da asil ve zordur.
Ölüm her şeyin sonudur. Ama ondan önce
Soylu işler yapmak mümkündür."

Holmes sarsılmıştı. Şiirden değil, çünkü bu dizeleri uzun süredir ezbere biliyordu. Ama şu anda kendi durumlarını çok iyi ifade ediyordu. Ürperdi. Lowell o dizeleri sadece tekrarlamamış, onlara söylemişti. Longfellow ile Fields da heyecanlı ve ürkek görünüyordu. Onlar da anlamıştı besbelli. Lowell şiiri gülümseyerek okurken onlara o iki cinayetin ardındaki gerçeği bulmalarını önermiş, meydan okumuştu.

Dışarıda fırtına vardı. Pencerelere yağmur vuruyordu. Rüzgarın yönü sık sık değişiyordu. Bir şimşek çaktı. Gök gürledi. Pencereler titredi. Lowell'ın sesi bir an boğuldu. Sonra sustu.

Longfellow aynı fısıltıyla, Lowell'ın bıraktığı yerden devam etti:

"...derinlerde
İnsanlar inliyor. Gelin dostlarım
Yeni bir dünya aramak için geç değil..."

Longfellow yayıncısına dönüp baktı: Sıra sende Fields.

150

Fields bu davet üzerine başını eğdi. Sakalı yelek cebindeki saatinin zincirine sürtündü. Holmes bir an paniğe kapıldı. Lowell ile Longfellow'un fazla acele ettiğini düşündü. Ama hâlâ umut vardı. Fields şairlerinin koruyucu meleğiydi. Onları yalnız bırakmazdı. Özel hayatında travmalardan uzak durmaya dikkat etmişti. Çocuk sahibi olmamıştı, bebekleri bir iki yaşında ölürse veya anneleri doğum döşeğinde can verirse üzülmemek için. Ailesi olmadığından, koruyucu içgüdüleri yazarlarına yönelmişti. Fields bir keresinde tüm bir ikindiyi Longfellow'la "Karaya Vuran Hesperus" şiiri üstüne tartışmakla geçirmişti. Longfellow bu tartışma yüzünden Cornelius Vanderbilt'in yatıyla yapacağı geziyi kaçırmıştı. Yat birkaç saat sonra yanıp batmıştı. Holmes, Fields'ın bu kez de onları tehlike geçene dek oyalaması için dua ediyordu.

Yayıncı bu odadaki insanların eylem değil edebiyat adamı olduklarının farkındaydı. Üstelik yaşlıydılar da. Kendilerini Tennyson'ın şiirine kaptırmaları çılgınlıktı. Savaşçıların kazanamayacakları savaşlara girmeleri şiirlere göreydi ancak.

Fields konuşacakken duraksadı. Bir kabus sırasında konuşmaya çalışan, ama başaramayan biri gibiydi. Birden onu deniz tutmuştu sanki. Holmes usulca iç geçirerek, itirazını desteklediğinin sinyalini verdi. Ama Fields önce Longfellow'a, sonra da Lowell'a bakarak kaşlarını çattıktan sonra ayağa fırlayarak Tennyson'ın şiirini fısıldamaya başladı:

"...ve eskisi kadar
Güçlü olmasak da
Yeri göğü sarsmasak da, biz hâlâ biziz..."

Bir cinayetin sırrını çözebilecek kadar güçlü müyüz? diye

merak etti Doktor Holmes. Saçmalıktı bu! İki korkunç cinayet işlenmişti, ama devamı gelmeyebilirdi. Bu işe bulaşmaları durumu iyice karıştırabilir, daha da kötüsü tehlikeli olabilirdi. Tıp fakültesindeki otopsiyi izlediğine de, keşfini dostlarına anlattığına da pişmandı şimdi. Yine de "Küçük Wendell olsa ne yapardı?" diye düşünmekten alamıyordu kendini. Yüzbaşı Holmes. Doktor hayata öyle farklı açılardan bakabiliyordu ki, herhangi bir durumdan kendini ustaca sıyırabilirdi. Oysa Küçük Wendell sabit fikirlilik ve kararlılık yeteneğine sahipti. Sadece sabit fikirliler yiğit olabilirdi. Holmes gözlerini sımsıkı kapadı.

Küçük Wendell olsa ne yapardı? Bölüğüyle birlikte eğitim kampından ayrılırken onu uğurlayışını hatırladı. "İyi şanslar. Keşke ben de savaşabilecek kadar genç olsaydım." Falan filan. Oysa bunu gerçekten istememişti. Aksine, savaşabilecek kadar genç olmadığı için Tanrı'ya şükretmişti.

Lowell, Holmes'a eğilerek Fields'ın sözünü sabırla, usulca, nadir ve yürek paralayıcı bir duygusallıkla tekrarladı: "Biz hâlâ biziz."

Biz hâlâ biziz. Olmayı istediğimiz şeyiz. Bunu düşünmek Holmes'u biraz sakinleştirdi. Onu bekleyen üç arkadaşı hemfikirdi. Yine de kalkıp gidebilirdi. Derin, hırıltılı bir soluk aldı; aynı sesle verilen türden. Ama soluğunu vermeden önce kararını verdi. Konuşurken kendi sesini tanıyamadı. Soylu bir sesti ağzından çıkan. Tennyson'ın dizelerini söyleyerek bildirdiği kararının sebeplerinden emin değildi: "...biz hâlâ biziz./ Kahraman yüreklerin cesur birliğiyiz. / Zaman ve kader zayıflatsa da, irademiz güçlüdür / Çabalamak, aramak, bulmak isteriz." Duraksadı. "...ve pes etmemek."

"Çabalamak," diye fısıldadi Lowell. Arkadaşlarının yüzlerini sırayla inceledikten sonra Holmes'a baktı. "Aramak. Bulmak..."

Duvar saati çalınca Greene kımıldandı, ama zaten daha fazla konuşmaya gerek yoktu. Dante Kulübü yeniden doğmuştu.

"Kusura bakma Longfellow," dedi Greene, esneyerek uyanırken. "Çok şey kaçırdım mı?"

II.

KANTO

VIII

---*---

Rahip Talbot'un cesedinin bulunduğu hafta Boston'un kenar mahalleleri her zamanki gibiydi. Gecekondularla, meyhanelerle, genelevlerle dolu sokaklar; bacalarından dumanlar çıkan evler; zeminine portakal kabukları saçılı demir-çelik fabrikalarıyla buralarda gecenin geç saatlerinde şarkılar söyleyip dans eden işçiler hep aynıydı. Atlı kamu taşıtlarında çok sayıda zenci vardı: Genç kızlar, çamaşırcılar, saçlarına renkli mendiller bağlamış ve parlak takılar takınmış hizmetçiler; hâlâ dikkat çeken zenci subaylar ve denizciler. Sokaklarda vakarla yürüyen tanıdık bir melez de dikkat çekiyordu. Kimi onu görmezden gelirken, kimileri alay ediyordu. Diğer zencilerse ona öfkeyle bakıyordu. Rey hem polis, hem de melez olduğu için onlardan farklıydı. Zenciler Boston'da güvenlikteydi. Beyazlarla birlikte okula gitmelerine ve kamu taşıtlarında yanlarına oturmalarına bile izin veriliyordu. Bu yüzden pek sorun çıkarmıyorlardı. Ama Rey yanlış bir şey yaparsa veya yanlış insanla bozuşursa, insanları kışkırtabilirdi. Zenciler bu sebeplerden dolayı onu dışlıyorlardı. Sebeplerinde haklı oldukları için de ona ne bir açıklama yapma ihtiyacı duyuyor, ne de utanç hissediyorlardı.

Başlarında sepet taşıyan genç kızlar onu yan yan süzüyorlardı. Yürürken güzel bronz teni tüm sokak lambalarının ışıklarını emiyordu sanki. Rey sokağın karşı tarafında, köşede duran iri yarı bir adamı tanıdı. Bazen sorgulanmak üzere Merkez Karakol'a getirilen tanınmış bir hırsız, İspanyol bir Yahudi'ydi. Nicholas Rey kaldığı pansiyonun dar merdivenini çıktı. Kapısı ikinci katın sahanlığına bakıyordu. Lamba kırık olsa da, Rey gölgelerin içinde bekleyen birini seçebildi. Odasına giden yol kesilmişti.

Yorucu bir hafta geçirmişti. Şef Kurtz'ü Rahip Talbot'un cesedini görmeye ilk götürüşünde, zangoç Kurtz'le adamlarını yeraltı mezarlığına inen merdivene götürmüştü. Kurtz dönüp Rey'e bakarak "Devriye polisi," demiş, Rey'i şaşırtmıştı. Ona peşinden gelmesini işaret etmişti. Devriye polisi Rey yeraltı mezarlığına inince, gördüklerine inanmakta bir an zorluk çekmişti: Yere tepetaklak gömülmüş ve havadaki ayakları yanıp kavrulmuş olan o cesede. Zangoç onlara olanları anlatmıştı.

Pembe, derisiz, biçimsiz ayaklarının parmakları dokunsan düşecek haldeydi. Bu yüzden hangi uçta parmaklar, hangi uçta topuk olduğunu anlamak zordu. Birkaç blok ötedeki Dante tutkunlarına çok şey anlatan o yanmış ayaklar, polislere hiçbir şey ifade etmemişti.

"Sadece ayakları mı yakılmış?" diye sormuştu devriye polisi Rey, gözlerini kısıp bir parmağıyla o yanık ete hafifçe dokunarak. Cesedin hâlâ sıcak olduğunu anlayınca parmağını hemen geri çekmişti. İnsan vücudunun fiziksel şeklini tamamen yitirmeden ateşe ne kadar dayanabileceğini merak etmişti. İki polis cesedi götürürken, gözleri yaşlı Zangoç Peter bir şey hatırlamıştı.

"Kağıtlar," demişti, aşağıda kalan tek polis olan Rey'e. "Mezarların arasında kağıt parçaları var. Burada olmamaları gerek. Rahibin de burada olmaması gerekirdi! Buraya gelmesine izin vermemeliydim!" Hüngür hüngür ağlamaya başlamıştı. Rey fenerini indirince, yerdeki kağıt parçacıklarını görmüştü. Dillendirilmemiş bir pişmanlık gibiydiler.

Gazeteler iki korkunç cinayetten de –Healey'nin ve Talbot'un ölümlerinden– öyle sık bahsediyordu ki, halk onları birlikte düşünmeye başlamıştı. Sokak köşelerinde yapılan konuşmalarda, ölümlerinden "Healey-Talbot cinayetleri" diye bahsediliyordu. Talbot'un cesedinin bulunduğu gece Doktor Oliver Wendell Holmes'un Longfellow'un evinde söylediği tuhaf söz, bu halk sendromunun ürünü müydü? Holmes bir tıp öğrencisi gibi heyecanlı konuşmuştu: "Katilin yakalanmasına biraz olsun katkım olabilirse ne mutlu bana." Bu söz Rey'in dikkatini çekmişti: *Katil.* Doktor Holmes cinayetleri aynı kişinin işlediğini düşünüyordu. Oysa aralarında ortak bir yön yoktu, korkunçlukları dışında. Gerçi iki ceset de çıplaktı ve giysileri özenle katlanıp yanlarına konmuştu; ama Holmes, Rey'le konuşurken bu henüz gazetelerde yazılmış bir bilgi değildi. Belki de o ufak tefek doktorun dili sürçmüştü. Belki.

Gazetelerde, manşetten verdikleri o cinayet haberlerinin dışında, diğer anlamsız şiddet eylemlerine dair bol bol haber vardı: Boğulan insanlar, soyulanlar, patlatılan kasalar, bir karakolun birkaç adım kenarında bulunan dövülmüş bir fahişe, Fort Hill'de bir otelde bulunan, dövülerek öldürülmüş bir çocuk cesedi. Ayrıca tuhaf bir olay olmuştu. Sorgulanmak üzere Merkez Karakol'a götürülen bir sokak serserisi Şef Kurtz'ün gözü önünde pencereden atlayarak intihar etmişti. Gazeteler "Polis halkın güvenliğini hiç düşünmüyor mu?" diye bas bas bağırıyordu.

Rey kaldığı pansiyonun karanlığında, merdivenin ortasında durup arkasına baktı. Orada kimse yoktu. Bir elini ceketinin altındaki cobuna götürerek, yukarı çıkmaya devam etti. "Sadece zavallı bir dilenciyim efendim." Rey bu sözü söyleyen adamı, demir ökçeli ayakkabılarını ve sıska bacaklarını görür görmez tanıdı. Kasa hırsızı Langdon Peaslee, elmas yaka iğnesini gömleğinin geniş yeniyle siliyordu.

"Selam kardanadam," diye sırıttı Peaslee, sivri ve biçimli dişlerini sergileyerek. "Hadi el sıkışalım." Rey'in elini tuttu. "Karakoldaki o şenlikten beri seni görmüyordum. Baksana, şu yukarıdaki senin odan mı?" Masum bir edayla yukarıyı gösterdi.

"Merhaba Bay Peaslee. Duyduğuma göre iki gece önce Lexington bankasını soymuşsunuz." Rey böylece hırsıza kendisinin de onun hakkında bilgi sahibi olduğunu göstermiş oluyordu.

Peaslee ardında onu mahkum etmeye yetecek kanıt bırakmamıştı. Ayrıca çaldıkları da sadece izi bulunamaz şeylerdi. "Yapma. Kim tek başına banka soymaya kalkmak gibi bir çılgınlık yapar?"

"Sen yaparsın. Teslim olmaya mı geldin?" diye sordu Rey ciddiyetle.

Peaslee kıkır kıkır güldü. "Hayır, hayır evladım. Biliyor musun, sana koydukları bu kısıtlamalar hiç adilce değil. Neydi? Üniforma giyemiyorsun, beyazları tutuklayamıyorsun... Evet, haksızlık bu. Ama telafi edici faktörler de var. Mesela Şef Kurtz'le öyle samimisin ki, istediğin adamı tutuklattırabilirsin. Mesela Yargıç Healey ile Rahip Talbot'un katillerini. Huzur içinde yatsınlar. Talbot'un cemaatinin diyakonları, aralarında ödül parası denkleştirmeye başlamışlar bile."

Rey ilgisizce başını sallayıp odasına doğru yürüdü. "Yorgunum," dedi usulca. "Önemli bir şey söyleyeceksen söyle. Yoksa gidiyorum."

Peaslee dönüp Rey'i atkısından tuttu. "Polisler ödül alamaz, ama benim gibi namuslu bir vatandaş alabilir. Ben de ödülün bir kısmını onu hak eden bir polisle paylaşabilirim..." Melez hiç tepki vermeyince Peaslee'nin suratı asıldı. Atkıyı çekip sıkıştırdı. "O salak dilenci karakolda nasıl ölmüştü, hatırlıyor musun? Dinle beni. Şehrimizde çok aptal biri var. Talbot'un cinayetinin suçu ona yıkılabilir, seni ukala uykucu. Onu kolayca enseletebili-

160

rim. Bana yardım et, ödülün yarısı senin olsun," dedi açıkça.
"Sonra da herkes kendi yoluna. Boston'da artık her şey değişe-
cek. Savaş sayesinde burası paraya boğuldu. Artık yalnız çalış-
manın devri geçti."

"İzninizle Bay Peaslee," dedi Rey aynı kayıtsızlıkla.

Peaslee bir an duraksadıktan sonra kahkahayı bastı. Kaybet-
tiğini anlamıştı. Rey'in tüvit ceketindeki var olmayan bir tiftiği
eliyle silkeledi. "Pekala kardanadam. Fazla namuslu olduğunu
tahmin etmeliydim. Ama senin için çok üzülüyorum. Zenciler
senden beyazsın diye nefret ediyor. Diğer herkes de zencisin di-
ye nefret ediyor. Bense insanları zekalarına göre yargılarım." Ba-
şını gösterdi. "Bir keresinde Louisiana'da bir köye gitmiştim kar-
danadam. Oradaki zencilerin yarısında beyaz kanı vardı. Sokak-
lar melez doluydu. Öyle bir yerde yaşamak istemez misin?"

Rey ona aldırmadan cebinden anahtarını çıkardı. Peaslee bu
şerefe nail olmak istediğini söyleyerek Rey'in kapısını örümcek
bacağına benzeyen parmaklarından birinin ucuyla ittirerek açtı.

Rey başını kaldırdı. Bu görüşmede ilk kez yüzünde kaygı be-
lirmişti.

"Kilitlerden anlarım, bilirsin," dedi Peaslee, övünür bir eday-
la şapkasının önünü yukarı kaldırarak. Sonra bileklerini birleş-
tirip kollarını öne uzatarak teslim olur gibi yaptı. "Beni haneye
tecavüzden tutuklayabilirsin devriye polisi. Ama yapamazsın,
değil mi?" Sırıtarak gitti.

Odada her şey yerli yerindeydi. O usta kasa hırsızı giderken
Nicholas Rey'e neler yapabileceğini göstermek istemişti o kadar,
aklına kötü fikirler gelmesin diye.

*   *   *

Longfellow'la birlikte dışarıda olmak Oliver Wendell Holmes'a tuhaf geliyordu. Sıradan insanların ve seslerin ortasında, güzel ve pis kokulu sokaklarda yürümesini izlemek, sanki sokakları temizleyen at arabalı adamla aynı dünyada yaşıyormuş gibi... Gerçi şair son birkaç yıldır Craigie Konağı'ndan hiç çıkmamış değildi, ama ancak mecbur kaldığında yapmıştı bunu... mesela Riverside matbaasına müsvedde bırakmak veya Fields'la geç bir saatte Revere'de ya da Parker Konağı'nda yemek yemek için. Holmes, Longfellow'un huzurlu münzevi hayatını bozacak bir şeyi ilk keşfeden kişi olduğu için utanıyordu. Bu keşfi Lowell yapsaydı keşke. En azından Lowell, Longfellow'u dünyaya, o karmaşık ve bunaltıcı Babil'e çıkmaya zorlamaktan suçluluk duymazdı. Holmes, Longfellow'un bu yüzden kendisine öfke duyup duymadığını merak ediyordu. Gerçi öfke duyabilecek biri miydi, yoksa pek çok nahoş his gibi bu duyguya da bağışıklı mıydı, onu bile bilmiyordu.

Holmes, Edgar Allan Poe'yu düşündü. Poe "Longfellow ve Diğer Taklitçiler" adlı makalesinde, Longfellow'u ve tüm Bostonlu şairleri kendisi de dahil olmak üzere yaşayan ve ölü tüm yazarlardan fikir aşırmakla suçlamıştı. Oysa o sıralar Longfellow Poe'ya borç vererek, hayatta kalmasını sağlıyordu. Fields öfkeden küplere binmiş, Ticknor & Fields yayınevinin kapılarını Poe'ya kapamıştı. Lowell ise gazetelere o yeteneksiz New York yazarının yazılarındaki büyük hataları sergileyen yazılar göndermişti. Holmes ise yazdığı her kelimenin sahiden de kendisinden önce yaşamış daha iyi bir şairden aşırma olduğunu düşünmeye başlamıştı. Rüyalarında ölü ustaların gelip şiirlerini geri istediklerini görüyordu. Longfellow ise bu konuda kamuya bir açıklama yapmasa da, dostlarına Poe'nun hassas bir yapıya sahip olduğu ve kendisine bir şekilde haksızlık edildiğini düşündüğü için böyle şeyler yaptığını söylemişti. Üstelik Poe'nun ölümüne cidden üzülmüştü.

Cambridge'in köye benzer bir semtine gitmekte olan o iki adam da koltuk altlarında çiçek buketleri taşıyordu. Elisha Talbot'un kilisesinin etrafından dolandılar. Talbot'un korkunç ölümüne dair ipucu arıyorlardı. Mezarların arasında, ağaçların altında durup yeri elleriyle yokluyorlardı. Civardan geçenler mendillerine ya da şapkalarının astarlarına imza atmalarını istiyorlardı. Holmes'tan istemeyenler çıksa da, hepsi de Longfellow'dan istiyordu mutlaka. Gece vakti gelseler bu rahatsız edici durumla karşılaşmazlardı, ama Longfellow mezar hırsızları gibi görünmek yerine ölülerini ziyarete gelmiş gibi görünmelerinin daha iyi olacağına karar vermişti.

Holmes bir karara vardıkları günden beri Longfellow'un liderlik rolünü üstlenmiş olmasından memnundu. Gerçi verdikleri karar neydi ki? Ulysses'in ateşli sözlerini tekrarlamışlardı. Lowell bir soruşturma yapmaktan bahsetmişti (göğsünü gere gere). Holmes ise "araştırma yapmayı" yeğliyordu, Lowell'a açıkça söylediği gibi.

Kendilerinin dışında Dante'yle ilgilenen bir avuç kişiyi göz önünde bulundurmaları gerekiyordu tabii. Bunların çoğu yerleşmek ya da gezmek için Avrupa'ya gitmişti. Avrupa'ya gidenler arasında Longfellow'un eski bir öğrencisi olan komşusu Charles Eliot Norton ve Fields'ın genç bir çömezi olan, Venedik konsolosluğuna atanmış William Dean Howells vardı. Yetmiş dört yaşındaki Profesör Ticknor ise otuz yıldır kütüphanesine kapanmıştı. Sonra hem Longfellow'un, hem de Lowell'ın dönemlerinde Harvard'da İtalyanca öğretmenliği yaptıktan sonra kovulmuş olan Pietro Bachi vardı. Ayrıca Longfellow'la Lowell'ın Dante seminerlerine katılan öğrencileri (ve Ticknor'ın zamanından kalma birkaç öğrenciyi) de unutmamak gerekirdi. Listeler çıkarmaları, özel toplantılar yapmaları gerekiyordu. Ama Holmes saygı duydukları ve karşılığında şimdiye dek saygı gördükleri insanların gözünde maskara olmadan önce makul bir açıklama bulacaklarını umuyordu.

İkinci Cambridge Üniteryan Kilisesi'nin bahçesinde bir cinayet işlenmişse bile, bir iz bulamadılar. Ama varsayımları doğruysa ve Talbot kilisenin bahçesine gömülmüşse bile, kilise diyakonları o çukurun üstünü hemen dal ve yapraklarla örtmüşlerdi muhtemelen. Cemaatin rahiplerini tepetaklak gömülmüş halde görmeleri iyi olmazdı.

"Bir de içeri bakalım,"dedi Longfellow. Şimdiye kadar hiçbir ilerleme kaydedememelerine canı sıkılmışa benzemiyordu.

Holmes, Longfellow'un peşinden gitti.

Kilisenin arka tarafındaki, ofislerle soyunma odalarının bulunduğu kısmın bir duvarında büyük bir taş kapı vardı. Ama bu kapı başka bir odaya açılmıyordu. Zaten arkasında başka oda yoktu.

Longfellow eldivenlerini çıkarıp bir elini o soğuk taşın üstünde gezdirdi. Kapının aralığından soğuk bir esinti geliyordu.

"Evet!" diye fısıldadı Holmes. Konuşurken soğuğu ağzında hissetti. "Yeraltı mezarlığı Longfellow! Aşağıdaki mezarlık..."

Üç yıl öncesine kadar, bu bölgedeki kiliselerin çoğunun yeraltı mezarlıkları kullanılıyordu. Bazıları zenginler tarafından satın alınabilen özel mezarlıklardı. Bazılarıysa tüm cemaat üyelerine açık ucuz mezarlıklardı. Bu yeraltı mezarlıkları yıllarca kullanılmıştı, çünkü bu kalabalık şehirde yer tasarrufu yapılmasını sağlıyorlardı. Ama yüzlerce Bostonlu sarı hummadan ölünce, Kamu Sağlığı Teşkilatı hastalığın sebebinin çürüyen cesetler olduğunu açıklamıştı. Böylece kiliselerin altındaki mezarlıkların kullanımı yasaklanmıştı. Zengin aileler sevdiklerinin naaşlarını Mount Auburn gibi yeni ve pahalı mezarlıklara naklettirmişti. Ama daha fakirlerin isimsiz mezarları hâlâ yeraltındaydı.

"Dante Simoniacları *pietra livida*'yla, yani mor taşla bulur," dedi Longfellow.

Titrek bir ses "Yardım edebilir miyim?" dedi. Konuşan kilisenin zangocuydu. Talbot'un cesedini bulan kişi olan bu uzun boylu, zayıf adamın üstünde uzun bir siyah cüppe vardı. Beyaz saçı fırça gibiydi. Gözleri sürekli faltaşı gibi açıktı, sanki her yerde hayaletler görüyormuşçasına.

"Günaydın." Holmes şapkasını evirip çevirerek yaklaştı. Lowell'ın ya da Fields'ın şu anda yanlarında olmasını istiyordu. İkisi de otoriterdi. "Aşağıya inmek istiyoruz da."

Zangoç hiç tepki vermedi.

Holmes dönüp arkasına baktı. Longfellow ellerini bastonuna dayamış kımıldamadan duruyordu. Sanki bir yabancıydı.

"Dediğim gibi, mutlaka aşağı inmemiz... Bu arada ben Doktor Oliver Wendell Holmes. Tıp Fakültesi'nde Anatomi ve Fizyoloji profesörüyüm. Ayrıca bazı şiirlerimi de okumuşsunuzdur..."

"Bayım!" diye bağırdı zangoç tiz bir sesle. Sanki acı çekiyordu. "Rahibimizin burada öldüğünü biliyor..." Dehşetle kekelemeye başlayarak geriledi. "O sırada buradaydım. Kimsenin gelip gittiğini görmedim! Bir iblisin işi olmalı, insanın değil!" Sustu. "Ayakları..." dedi dalgın bir ifadeyle. Devam edemeyecek gibi görünüyordu.

"Ayakları mı?" dedi Doktor Holmes. Talbot'un ayaklarına ne olduğunu bilse de, adamı konuşturmak istiyordu. "Ne olmuş ayaklarına?"

Dante Kulübü'nün Greene dışındaki dört üyesi, gazetelerde Talbot'un ölümü hakkında çıkan tüm haberleri toplamışlardı.

Healey'nin ölümünün ayrıntıları haftalarca gizlense de, Elisha Talbot'unkiler en ufak ayrıntısına dek anlatılmıştı. Öyle ki Dante bile yazılanları okusa irkilirdi. Zangoç Gregg ise Dante'yi bilmese de bir tanıktı. Bu yüzden de bir kahinin gücüne ve sadeliğine sahipti.

"Ayakları," diye devam etti zangoç uzun bir sessizlikten sonra, "yanıyordu. Yeraltının karanlığında cayır cayır yanıyorlardı. Lütfen beyler." Başını eğerek, gitmelerini işaret etti.

"Bayım," dedi Longfellow usulca. "Biz buraya Rahip Talbot'un ölümünü araştırmaya geldik."

Zangoç birden rahatladı. Karşısındaki şairi mi tanımıştı, yoksa Longfellow'un sesi mi onu yatıştırmıştı? Holmes bilemiyordu. Ama Dante Kulübü'nün ancak Longfellow sayesinde başarılı olabileceğini anlamıştı. Çünkü o kalemi gibi diliyle de insanları rahatlatabiliyordu.

Longfellow devam etti: "Size sözlerimizden başka bir kanıt sunamasak da, yardımınızı istiyoruz. Lütfen bize inanın. Çünkü korkarım olanları gerçekten anlayabilecek tek insanlar bizleriz. Daha fazlasını söyleyemeyiz."

Yeraltı mezarlığı sisliydi. O dar mezarlığın merdivenini ihtiyatla inerlerken, Doktor Holmes gözlerini ve kulaklarını yakan pis havayı eliyle dağıtmaya çalışıyordu. Longfellow biraz daha rahattı, çünkü burnu o kadar hassas değildi. Bahar çiçeklerinin kokularını ve diğer güzel kokuları alabilirdi, ama pis kokulara duyarsızdı.

Zangoç Gregg yeraltı mezarlığının iki yönde sokaklar boyu uzandığını açıkladı.

Longfellow fenerini kaldırıp taş sütunları aydınlattıktan sonra, indirip sade taş mezarlara baktı.

Zangoç bir an duraksadıktan sonra konuştu: "Şimdi söyleyeceğim şey için rahibi küçük görmeyin. Bu mezarlıkta yürümekten hoşlanırdı, ama kişisel bir sebep yüzünden."

"Buraya niye geliyordu?" diye sordu Holmes.

"Evine kestirmeden gitmek için. Bense burayı pek sevmezdim."

Rey'in gözden kaçırdığı, *a* ve *h* harflerini taşıyan bir kağıt parçası Holmes'un çizmesi altında ezilip toprağa gömüldü.

Longfellow mezarlığa sokaktan, rahibin çıktığı yerden girilip girilemeyeceğini sordu.

"Hayır," dedi zangoç kendinden emin bir sesle. "O kapı ancak içeriden açılır. Yine de polis kapıyı inceledi. Ama bir şey bulamadılar. Ayrıca rahibin o akşam o kapıya ulaştığına dair bir iz de yokmuş."

Holmes, Longfellow'u bir kenara çekti. "Talbot'un burayı kestirme yol olarak kullanması ilginç değil mi?" diye fısıldadı. "Zangoçu biraz daha sorgulayalım. Talbot'un suçu neydi hâlâ bilmiyoruz. Bu zangoçtan bir şeyler öğrenebiliriz belki!" Talbot'un, cemaatine karşı bir kabahat işlediğine dair bir ipucu bulamamışlardı henüz.

"Bir yeraltı mezarlığından geçmenin suç olmadığı kesin," dedi Longfellow. "Biraz tuhaf o kadar. Hem zangoç da tıpkı cemaat gibi rahibi çok seviyor. Onun hakkında çok soru sorarsak iyice ketumlaşır. Unutma, Boston'daki herkes gibi Zangoç Gregg de Talbot'un masum olduğuna inanıyor."

"Lucifer'imiz buraya nasıl girdi peki? Sokağa açılan kapı sadece içeriden açılıyorsa... zangoç da o sırada kilisede olduğunu ve kimsenin girmediğini söylediğine göre..."

"Belki de katil sokak kapısının yanında bekliyordu. Talbot çıkarken onu içeri itti," dedi Longfellow.

"Ama o kadar kısa zamanda bir insanı gömecek kadar büyük

bir çukur nasıl açsın? Bence önce çukuru kazdı, sonra Talbot'u pusuya düşürüp çukura itti ve ayaklarına gaz döküp yaktı..."

Önlerinde yürüyen zangoç ansızın durdu. Kaslarının yarısı kasıldı, diğer yarısıysa titremeye başladı. Konuşmaya çalıştı, ama ağzından sadece bir hırıltı çıktı. Çenesiyle mezarlığın toprağında duran kalın bir mezar taşını gösterdikten sonra yukarıya, kiliseye kaçtı.

Sonunda aradıkları yeri bulmuşlardı. Bunu hem seziyor, hem de kokusundan anlıyorlardı.

Longfellow'la Holmes var güçleriyle asılarak taşı kaldırdılar. Altından orta boylu bir insanın sığacağı büyüklükte bir çukur çıktı. Çukurda hapsedilmiş yanık et kokusu genizlerine doldu. Çürük etle kızarmış soğan kokularının karışımı gibiydi. Holmes atkısını yüzüne bastırdı.

Longfellow eğilip çukurun yanındaki toprağı avuçladı. "Haklısın Holmes. Bu çukur derin ve özenli kazılmış. Önceden açılmış olmalı. Talbot buraya indiğinde, katil onu bekliyordu. Dostumuz zangoca görünmeden bir şekilde içeri girdikten sonra Talbot'u bayıltmış. Sonra da onu baş aşağı bu çukura sokup ardından o korkunç şeyi yapmış."

"Talbot ne acılar çekmiştir kimbilir! Ayakları yanarken bilinci yerindeydi herhalde. İnsanın diri diri yanması ne korkunç..." Holmes birden sustu. "Öyle demek istemedim Longfellow..." Gevezeliğinden dolayı kendi kendine küfretti. Hadi bir çam devirmişti. Üstüne gitmenin manası var mıydı? "Ne demek istediğimi biliyorsun..."

Longfellow onu duymuyor gibiydi. Toprak parçaları parmaklarının arasından süzülüyordu. Parlak çiçek buketini çukurun yanına koydu. "Burada kal, çünkü cezanı hak ettin," dedi, ondokuzuncu kantodan alıntı yaparak. "Dante cehennemde gördüğü

Simoniac Üçüncü Nicholas'a böyle der azizim Holmes."

Doktor Holmes artık gitmek istiyordu. Mezarlığın havası boğucuydu. Ayrıca az önce kırdığı pot yüzünden çok pişmandı. Ama Longfellow gaz fenerini çukurun üstüne uzattı. Daha işi bitmemişti. "Daha derin kazmalıyız. Polisin aklına gelmemiştir bu."

Holmes ona hayretle baktı. "Benim de gelmemişti! Hem zaten Talbot çukurun *içine* gömüldü Longfellow, *altına* değil!"

"Dante'nin bir çukurda cezasını çeken günahkar Nicholas'a ne dediğini hatırla," dedi Longfellow.

Holmes bazı dizeleri kendi kendine mırıldandı. "Burada kal, çünkü cezanı hak ettin... Haksız kazancın sende kalsın..." Birden sustu. "Haksız kazancın sende kalsın. Ama Dante o zavallı günahkarla sağlığında para düşkünü olduğu için alay etmiyor mu?"

"Evet, bence de öyle," dedi Longfellow. "Ama başka türlü de yorumlanabilir. Yani Simoniacların baş aşağı gömüldüğü çukurun altında, kafalarının altında, sağlıklarında kazandıkları haram paranın bulunduğu söylenebilir. Dante Peter Magus'un *Eylemler* kitabında söylediklerini düşünmüş olabilir: 'Paran da seninle birlikte yok olsun.' Böyle bir yorumda, Dante'nin günahkarının içinde bulunduğu çukur, onun ebedi para kesesine dönüşür."

Holmes bu yorumu duyunca homurdandı.

"Eğer kazarsak," dedi Longfellow hafifçe gülümseyerek, "haklı olduğumu görebilirsin." Bastonunu çukurun dibine uzattı, ama çukur fazla derindi. "Ben buraya sığmam." Longfellow çukura baktıktan sonra ufak tefek doktora döndü. Doktor öksürüp duruyordu.

Holmes donup kaldı. "Yo hayır Longfellow..." Çukura baktı. "Niye doğa beni yaratırken fikrimi sormadı ki?" Tartışmak faydasızdı. Longfellow tartışarak yenilmeyecek kadar sakin biriydi.

Lowell burada olsa, çukuru tavşan gibi kazmaya başlardı.

"Tırnaklarımı kıracağıma bire on bahse girerim."

Longfellow başını salladı. Doktor gözlerini kapatıp çukura önce ayaklarını sokarak içine girdi. "Çok dar. Eğilemiyorum. Böyle nasıl kazayım?"

Longfellow Holmes'un çukurdan çıkmasına yardım etti. Doktor çukura tekrar, bu kez başaşağı girdi. Longfellow onu ayak bileklerinden, gri pantolonunun paçalarından tutuyordu. Şair sanki bir kuklayı tutar gibi rahattı.

"Dikkat et Longfellow! Dikkat et!"

"Bir şey görebiliyor musun?" diye sordu Longfellow.

Holmes onu duymadı. Elleriyle nemli toprağı kazıyordu. Toprak hem soğuk, hem de iğrenç bir şekilde sıcaktı. Buz gibi de sertti. En kötüsüyse hâlâ çukurun içinde olan o yanık et kokusuydu. Holmes nefesini tutmaya çalıştı, ama astımı yüzünden başı dönmeye başladı. Bir balon gibi uçup gidecekti sanki.

İşte Rahip Talbot da burada böyle baş aşağı durmuştu. Ama Holmes'un ayaklarında cezalandırıcı alevler değil, Longfellow'un elleri vardı.

Longfellow'un boğuk sesini işitti. Bir şey soruyordu. Bayılacak gibi olan doktor, Longfellow'un ne dediğini anlayamadı. Longfellow o an bayılsa ve ayaklarını bıraksa, dünyanın merkezine kadar düşer miydi acaba? Birden bir kitapla savaşmaya çalışırken kendilerini ne büyük bir tehlikeye attıklarını fark etti. Aklından peş peşe düşünceler geçerken, elleri sert bir şeye çarptı.

O sert nesneyi hissedince zihni açıldı. Bez gibiydi. Hayır, bir torba. Sırlı, bez bir torba.

Holmes ürperdi. Konuşmaya çalıştı, ama pis koku ve toz toprak yüzünden başaramadı. Bir an panikle donup kaldı. Sonra bilinci yerine gelince ayaklarını çılgınca sallamaya başladı.

Mesajı alan Longfellow dostunu yukarı çekti. Holmes soluk soluğaydı. Longfellow onun yanına eğildi.

Holmes dizlerinin üstünde doğruldu. "Tanrı aşkına bak bakalım neymiş Longfellow!" dedi. Keşfettiği tozlu torbanın ipini çözdü.

Torbanın içinden bin dolar çıktı.

Haksız kazancın sende kalsın...

Healey ailesinin üç kuşaktır sahip olduğu büyük Wide Oaks konağında, Nell Ranney iki misafiri uzun giriş holünden geçirdi. Ziyaretçiler tuhaf bir şekilde içlerine kapanıktı, ama gözleri fıldır fıldırdı. Kıyafetleri hizmetçinin daha da çok dikkatini çekmişti, çünkü birbirlerine taban tabana zıttılar.

Kısa sakallı James Russell Lowell'ın üstünde oldukça kirli çift yakalı bir ceket, ona hiç uymayan kirli bir ipek şapka, denizci düğümü atılmış bir kravat ve kravatına geçirilmiş eski moda bir iğne vardı. Gür sakallı diğer adamsa menekşe rengi eldivenlerini çıkarıp mükemmel İskoç redingotunun ceplerine koymuştu. Yeşil yeleğinde ise parlak bir altın saat zinciri, bir Noel süsü gibi durmaktaydı.

Başyargıcın en büyük oğlu iki edebiyatçı misafirini selamlarken Nell odada oyalandı.

Healey, Nell'i gönderdikten sonra "Hizmetçimin kusuruna bakmayın," dedi. "Babamın cesedini bulup eve taşıyan oydu. O zamandan beri de korkarım herkesten şüpheleniyor. Bugünlerde annem gibi onun da tuhaf hayaller gördüğünden endişeleniyoruz."

"Bu sabah izninle Bayan Healey'le görüşmek istiyoruz Richard," dedi Lowell kibarca. "Bay Fields yayınevinden başyargı-

cın anısına yazılanların toplandığı bir kitap çıkarmak istiyor."
Yeni ölmüşlerin ailelerini ziyaret etmek uzak akrabalar için bile
normaldi, ama Fields'ın bir bahaneye ihtiyacı vardı.

Richard Healey dolgun dudaklarını kıvırarak gülümsedi.
"Korkarım onunla görüşmeniz imkansız kuzen. Bugün kötü
günlerinden biri. Yataktan çıkamaz."

"Yoksa hasta mı?" diye sordu Lowell, tuhaf bir ilgiyle öne eği-
lerek.

Richard Healey gözlerini kırpıştırarak duraksadı. "Doktorla-
ra göre fiziksel olarak bir şeyi yok. Ama korkarım akıl sağlığını
kaybetmeye başladı. Üstünde sürekli bir şeylerin yürüdüğünü
söylüyor. Kabalığımı bağışlayın beyler, ama kendini tırmalayıp
duruyor. Oysa doktorlar bunun hayal gücünün ürünü olduğu-
nu söylüyor."

"Yapabileceğimiz bir şey var mı Healey?" diye sordu Fields.

"Babamın katilini bulun." Healey acı acı güldü. Ama iki ada-
mın kendisine büyük bir ciddiyetle baktıklarını görünce biraz
huzursuz oldu.

Lowell, Artemus Healey'nin cesedinin bulunduğu yeri gör-
mek istediğini söyledi. Richard Healey bu tuhaf isteğe şaşırdıysa
da, sonuçta onun bir şair olduğunu düşünerek, iki misafirini dı-
şarı çıkardı. Konağın arka kapısından çıkıp çiçek bahçelerinden
geçerek nehir kıyısına inen meralarda yürüdüler. Healey, James
Russell Lowell'ın bir şaire göre oldukça hızlı ve atletik adımlar
attığını fark etti.

Şiddetli bir rüzgar Lowell'ın sakalına ve ağzına kum taneleri
savurdu. Lowell ağzında o kötü tatla Healey'nin ölümünü düşü-
nürken, aklına birden parlak bir fikir geldi.

Dante'nin üçüncü kantosundaki Tarafsızlar ne iyiyi, ne de
kötüyü seçtiklerinden, cennete de cehenneme de alınmazlardı.

Bu yüzden bir antreye konurlardı. Orası cehennem sayılmazdı. O korkak ruhlar burada boş bir sancağın ardından giderdi, çünkü sağlıklarında bir seçim yapmayı reddetmişlerdi. Sürekli sinekler tarafından ısırılır, arılar tarafından sokulurlardı. Tuzlu gözyaşlarına karışan kanlarını, ayaklarının dibindeki iğrenç kurtçuklar içerdi. İrinli etlerinden yeni sinekler ve kurtçuklar çıkardı. Artemus Healey'nin cesedinde de sinekler, arılar ve kurtçuklar bulunmuştu.

Lowell bunu düşününce aradıkları katil hakkındaki bir şeyi fark etmişti.

"Lucifer'imiz bu böcekleri nasıl taşıyacağını biliyordu," demişti Lowell.

Soruşturmalarının ilk sabahında Craigie Konağı'nda toplantıdaydılar. Küçük çalışma odası gazetelerle doluydu. Sayfaları çevirmekten parmakları kanamış ve mürekkep lekesi olmuştu. Longfellow'un aldığı notları okuyan Fields, Lucifer'in (Lowell'ın hasımlarına verdiği isimdi bu) neden Healey'nin Tarafsız olduğuna inandığını sormuştu.

Lowell sakalını düşünceli bir edayla çekiştirmişti. Arkadaşları onu dinlerken bir pedagog havasına bürünürdü. "Dante'nin Ilımlılar, yani 'Tarafsızlar' grubundan seçtiği tek kişi, büyük bir reddediciydi Fields. Bu kişi Pontius Pilate olmalı, çünkü en büyük retçi oydu. İsa'nın çarmıha gerilmesini ne onayladı, ne de karşı çıktı. Böylece Hıristiyanlık tarihindeki en korkunç tarafsızlık eyleminde bulunmuş oldu. Yargıç Healey'ye de Kaçak Köle Kanunu'na karşı çıkması söylenmişti. Ama o hiçbir şey yapmadı. Kaçak köle çocuk Thomas Sims'i Savannah'a geri yolladı. Orada onu kırbaçladıktan sonra kasabada gezdirip yaralarını herkese gösterdiler. Ayrıca yaşlı Healey Meclis'ten çıkan bir kanuna karşı çıkamayacağını söyleyip duruyordu. Oysa çıkabilirdi! Hepimiz karşı çıkabilirdik. Buna hakkımız vardı."

"Bu *gran rifuto,* yani büyük ret bir sır," demişti Longfellow, Lowell'ın kalın purosundan yayılan dumanı eliyle dağıtarak. "Dante bir isim vermiyor."

"Dante o günahkârın ismini veremez ki," demişti Lowell ısrarla. "Hayattan kaçan o ruhlar, Virgil'in dediği gibi 'hiç yaşamamış olan' o kişiler öldükten sonra görmezden gelinmeli ve en iğrenç ve önemsiz yaratıklar tarafından rahatsız edilmeliydi. Onların *contrapassosu,* yani sonsuz cezası buydu."

"Bir Hollandalı âlime göreyse Dante'nin bahsettiği o kişi Pontius Pilate değil, Matthew 19:22'deki, sonsuz yaşamı reddeden delikanlıydı," demişti Longfellow. "Bay Greene'le ben ise Dante'nin Papa Beşinci Celestine'i kastettiğini düşünüyoruz. O da papalık tahtını reddederek tarafsız kalıp, ahlaksız Papa Boniface'in ekmeğine yağ sürmüştü. Boniface daha sonra Dante'nin sürgün edilmesine yol açmıştı."

"Ama Dante'nin şiirini İtalya'yla sınırlamış oluyorsunuz!" diye itiraz etmişti Lowell. "Dostumuz Greene'den de bu beklenir zaten. Hayır, bence Dante Pilate'yi kastediyor. Onun kaşlarını çattığını hayal edebiliyorum. Dante de aynı şeyi görmüştü herhalde."

Fields'la Holmes bu tartışma sırasında sessiz kalmışlardı. Fields, Lowell'ın bu son sözünden sonra, yumuşak ama paylayıcı bir sesle, soruşturmalarını kulüp seansına dönüştürmemeleri gerektiğini söylemişti. Bu cinayetleri çözmek istiyorlarsa, onlara esin kaynaklığı eden kantoları sadece okumakla kalmayıp, *içlerine* girmeliydiler.

O anda Lowell ilk kez olabileceklerden korkmuştu. "Ne öneriyorsun peki?" demişti.

"Dante'nin hayallerinin gerçeğe dönüştürüldüğü yerleri görmeliyiz," demişti Fields.

Şimdi Healeylerin arazisinde yürürlerken, Lowell yayıncıyı kolundan çekti. *"Come la rena quando turbo spira,"* diye fısıldadı. Fields anlamadı. "Efendim?" dedi.

Lowell hızlanıp öne geçerek, toprakla kumun birleştiği yerde durup eğildi. "Burası!" dedi muzaffer bir edayla.

Biraz arkalarından gelen Richard Healey "Evet," dedi. Şaşırmıştı. "Nereden biliyorsun kuzen? Babamın cesedinin burada bulunduğunu nereden biliyorsun?"

"Şey," dedi Lowell. "Aslında soru sormuştum. Yavaşladığını görünce 'Burası mı?' dedim." Yardım istercesine Fields'a baktı.

"Evet Bay Healey," dedi Fields başını sallayarak. Soluk soluğaydı.

Richard Healey ise yavaşladığını düşünmüyordu. Yine de "Öyleyse sorunun yanıtı evet," dedi. Ama Lowell'ın tahminine şaşırdığını ve biraz da huzursuz olduğunu gizlemedi. "Tam burada bulundu kuzen. Arazimizin en çirkin yerinde," dedi acı acı. Tüm merada hiçbir şeyin bitmediği tek kısımdı burası.

Lowell parmağını kumda gezdirdi. "Buradaydı," dedi transa geçmiş gibi. Lowell ilk kez Healey'ye sempati duymaya başlamıştı. Adamcağız burada çırılçıplak yatarak, diri diri yenmişti. Üstelik sebebini bile bilmeden. Karısı ve oğulları da bilmiyordu.

Richard Healey, Lowell'ın ağlamak üzere olduğunu sandı. "Seni çok severdi kuzen," dedi, Lowell'ın yanına diz çökerek.

"Ne?" diye sordu Lowell. Hissettiği sempati bir anda geçmişti.

Healey irkildi. "Başyargıç. En sevdiği akrabalarından biriydin. Şiirlerine de bayılırdı. *The North American Review*'in yeni bir sayısı gelince, hemen piposunu yakıp dergiyi baştan sona okurdu. Senin gerçekleri anlamaya meyilli olduğunu söylerdi."

"Sahi mi?" diye sordu Lowell hayretle.

Lowell yayıncısının gülümseyen gözlerine bakmamaya çalışarak, yargıcı öven birkaç kelime mırıldandı.

Eve döndüklerinde, bir ulak postaneden bir paket getirdi. Richard Healey izin isteyerek yanlarından ayrıldı.

Fields hemen Lowell'ı bir kenara çekti. "Healey'nin öldürüldüğü yeri nereden bildin Lowell? Bunu toplantılarımızda konuşmamıştık."

"Charles Nehri Healeylerin arazisine çok yakın. Hatırlasana, Tarafsızlar da cehennemin ilk nehri Acheron'un sadece on beş yirmi metre ilerisindedir."

"Evet. Ama gazetelerde cesedin tam olarak nerede bulunduğu yazmıyor."

"Gazeteleri boşver," dedi Lowell. Fields'ı bilerek bekletiyor, adamın heyecanından haz alıyordu. "Orayı bulmamı sağlayan kumlar oldu."

"Kumlar mı?"

"Evet, evet. 'Come la rena quando turbo spira.' Hatırlasana," diye payladı Fields'ı. "Tarafsızlar çemberine girdiğini hayal et. O günahkarlara bakınca ne görürsün?"

Fields dikkatli bir okuyucuydu. Alıntıların sayfa numaralarını, kağıdın kalınlığını, yazı karakterini, cildin kokusunu bile hatırlayabilirdi. Şimdi de kendisindeki Dante edisyonunun cilalı kenarlarını parmak uçlarında hissedebiliyordu. Şiiri yüksek sesle tercüme etmeye başladı: "Öfkeli sesler, acı dolu sözler, tiz ve boğuk çığlıklar..." Gerisini hatırlamıyordu. Oysa hatırlamak için neler vermezdi. Lowell'ın anladığı şeyin işlerine yarayıp yaramayacağını öğrenmek istiyordu. Yanında Dante'nin İtalyanca bir cep baskısı vardı. Kitabı açıp karıştırmaya başladı.

Lowell kitabı elinden çekip aldı. "Devam edelim Fields! *'Faacevano un tumulto, il qual s'aggira sempre in quell' aura sanza tempo tinta, come la rena quando turbo spira'.* Yani: 'Bir uğultu yaratıyordu, sonsuzca dönüp duran / Zamanın ötesindeki o karanlık havada / Kasırgadaki kum taneleri gibi.'"

"Yani?"

Lowell sabırsızca iç geçirdi. "Evin ardındaki meraların çoğu çimenlik, toprak ya da kayalıktır. Ama yüzümüze çok farklı bir şey, kum taneleri vurmuştu. Bu yüzden o tarafa gittim. Dante'nin *Cehennem*'inde Tarafsızlara verilen ceza sırasında, *kasırgadaki kum taneleri gibi* bir uğultu duyulur. Bu sadece bir metafor değil Fields! Seçme şansları varken hiçbir şey yapmayan, bu yüzden cehennemde o şanslarını kaybeden günahkarların değişken ve kararsız zihinlerinin bir simgesi!"

"Boşver bunları Jamey!" diye bağırdı Fields. Hizmetçinin biraz ötede bir tüy fırçayla duvarın tozunu aldığını fark etmemişti. "Çok saçma! Kasırgadaki kum taneleriymiş! Üç tip böcek, bayrak, nehir kıyısı... bütün bunlar tamam. Ama kumlar ne oluyor? Eğer katil Dante'nin en küçük metaforlarını bile dikkate alıyorsa..."

"O gerçek bir Dante okuyucusu," dedi Lowell hayranlıkla.

"Baylar?" Nell Ranney birden yanlarında bitince iki şair de irkilerek geriye sıçradı.

Lowell sert bir sesle, konuştuklarını dinleyip dinlemediğini sordu.

Hizmetçi başını iki yana salladı. "Hayır dinlemedim. Yemin ederim. Ama acaba..." Önce bir omzunun, sonra diğerinin arkasına kaygıyla baktı. "Sizler başsağlığı dilemeye gelen diğerlerinden farklı görünüyorsunuz. Evi inceleyişiniz... sonra oraya... Tekrar gelecek misiniz? Sizinle mutlaka..."

O sırada Richard Healey dönünce, hizmetçi geniş giriş holünün diğer tarafına koştu. Ortadan kaybolmakta ustaydı.

Richard Healey derin derin iç geçirirken geniş göğsü kabardı. "Ödül koyduğumuzdan beri her sabah saçma bir şekilde umutlanıyorum. Gelen mektuplara saldırıyorum, birilerinin cidden yardım edeceğini umarak." Şömineye gidip elindeki mektupları ateşe attı. "İnsanlar zalim mi, kaçık mı karar veremiyorum."

"Polis yardım etmiyor mu kuzen?" diye sordu Lowell.

"Saygın Boston polisi. Biliyor musun kuzen Lowell? Bulabildikleri tüm canileri karakola götürdüler. Sonuç ne oldu dersin?" Richard cidden yanıt bekliyordu. Lowell boğuk bir sesle bilemediğini söyledi.

"Öyleyse ben söyleyeyim. Biri pencereden atlayıp intihar etti. Düşünebiliyor musun? Hem de onu durdurması gereken melez polisin kulağına anlaşılmaz bir şeyler fısıldamış."

Lowell birden öne fırlayıp Healey'nin yakasına yapıştı. Fields, Lowell'ı ceketinden çekti. "Melez polis mi dedin?" diye sordu Lowell heyecanla.

"Saygın bir Boston polisi," diye tekrarladı Richard acı acı. Kaşlarını çattı. "Özel dedektif tutacaktık, ama onlar da ahlaksız."

Yukarıdan iniltiler geldi. Roland Healey merdivenin yarısını koşarak indi. Richard'a annelerinin yine kriz geçirdiğini söyledi.

Richard yukarı fırladı. Nell Ranney Lowell'la Fields'ın yanına gelecek oldu. Ama Richard Healey yukarı koşarken bunu fark edince, merdivenin tırabzanına yaslanarak "Nell, bodrumdaki işini bitirsene," dedi. Durup Nell'in bodruma inmesini bekledikten sonra yukarı çıktı.

"Demek devriye polisi Rey o sözleri duyduğunda Healey'nin cinayetini araştırıyormuş," dedi Fields, Lowell'la yalnız kalınca.

"Şimdi o sözleri kimin söylediğini de biliyoruz. O gün karakolda ölen kişi." Lowell bir an düşündü. "Hizmetçinin neden korktuğunu öğrenmeliyiz."

"Dikkatli ol Lowell. Healey'nin oğlu onunla konuştuğunu görürse kadıncağızın başı derde girer." Lowell bunu duyunca durdu. "Hem zaten kadının hayaller görüp durduğunu söyledi."

Tam o sırada yakındaki mutfakta bir gürültü koptu. Lowell etrafa bakındıktan sonra mutfak kapısına yürüdü. Kapıya hafifçe vurdu. Karşılık gelmeyince kapıyı itip açtı. Fırının yanındaki bulaşık kutusu titriyordu. İpli bir mekanizmayla, bodrumdan yukarı gönderilmişti. Lowell kutunun ahşap kapağını açtı. İçinde sadece bir kağıt parçası vardı.

Koşarak Fields'ın yanından geçti.

"Ne oldu?" diye sordu Fields.

"Çalışma odasını bulmalıyım. Sen burada kal. Healey'nin oğlunu kolla."

"Ama Lowell!" dedi Fields. "Gelirse ne yapacağım?"

Lowell yanıt vermedi. Yayıncının eline bulduğu notu tutuşturdu.

Şair koridorlarda koşarak, açık kapılardan içeri baktı. Sonunda önü bir kanapeyle kapatılmış olan bir kapı gördü. Kanepeyi yana çekip, o odaya girdi. İçerisi temizlenmişti, ama sadece kısmen. Sanki Nell Ranney ya da daha genç hizmetçilerden biri odayı temizlerken, orada kalmaya daha fazla dayanamamıştı. Orası sadece Yargıç Healey'nin öldüğü oda değildi. Aynı zamanda anılarının yaşadığı yerdi. Havadaki cilt kokusu onu hatırlatıyordu.

Lowell, Ednah Healey'nin inlemelerinin çığlıklara dönüştüğünü duydu. Morg gibi bir evde olduklarını unutmaya çalıştı.

Holde tek başına kalan Fields, Nell Ranney'nin yazdığı notu

okudu: *Bunu kimseye söyleme dediler, ama susamam. Kime söyleyeceğimi bilmiyorum. Yargıç Healey'yi çalışma odasına götürdüğümde, ölmeden önce kollarımda inledi. N'olur biri yardım etsin.* "Tanrım!" Fields elinde olmadan kağıdı buruşturdu. "Hâlâ canlıymış!"

Çalışma odasındaki Lowell eğilip başını yere uzattı. "Hâlâ canlıymışsın," diye fısıldadı. "Büyük retçi. Seni bu yüzden hakladılar. Lucifer sana ne dedi? Hizmetçine bir şeyler söylemeye çalışmışsın. Yoksa bir şey mi sormaya çalışıyordun?" Yerde hâlâ kan lekeleri olduğunu gördü. Ayrıca halının kenarlarında da ezik kurtçuklar ve hiç görmediği tuhaf böcek parçaları vardı... Nel Ranney'nin Yargıç Healey'nin cesedinin üstünde parçaladığı o tuhaf ateş gözlü böceklerin kanatları ve gövdeleri. Lowell, Healey'nin kalabalık masasını karıştırarak bir cep büyüteci bulup, böcekleri incelemeye başladı. Onlara da Healey'nin kanı bulaşmıştı.

Birden masanın arkasındaki kağıt yığınlarından havalanan dört beş ateş gözlü böcek tek sıra halinde Lowell'a doğru uçtu.

Paniğe kapılan Lowell aptalca inleyerek bir koltuğu devirdi, bacağını demir bir şemsiyeliğe sertçe çarptı ve yere düştü.

Kalın bir hukuk kitabını kaparak, dikkatle ve intikam hırsıyla böcekleri birer birer öldürdü. "Beni korkutamazsınız. Ben bir Lowellım." Ayak bileğinde bir kıpırtı hissetti. Böceklerden biri içeri girmişti. Lowell o ayağını kaldırınca şaşıran böcek dışarı çıkıp kaçmaya çalıştı. Lowell böceği topuğuyla ezmekten çocukça bir haz aldı. O sırada ayak bileğinin hemen üstünde, şemsiyeliğe çarptığı yerde kırmızı bir sıyrık olduğunu fark etti.

"Kahrolasıcalar," dedi sinek ölülerine bakarak. Birden donup kaldı. Böceklerin kafalarının ölü insan yüzlerine benzediğini fark etmişti.

Fields dışarıdan çabuk olmasını mırıldandı. Soluk soluğa kalmış olan Lowell ise arkadaşının uyarılarına kulak asmadı, ta ki yukarıdan ayak ve insan sesleri gelene dek.

Lowell üstüne Fanny Lowell tarafından JRL harfleri işlenmiş mendilini çıkararak az önce öldürdüğü böcekleri ve bulabildiği tüm böcek parçalarını içine koydu. Sonra mendilini cebine sokup çalışma odasından koşarak çıktı. Fields'la birlikte kanepeyi eski yerine çekerken, kuzenlerinin sesleri giderek yaklaşıyordu.

Yayıncı merakını yenemiyordu. "Eee? Bir şey buldun mu Lowell? Söylesene?"

Lowell mendilli cebine pat pat vurdu. "Tanıklar buldum azizim Fields."

IX

Elisha Talbot'un cenazesinden sonraki hafta, New England'daki tüm rahipler onu yarım ağızla metheden konuşmalar yapmışlardı. Ertesi pazar ise, vaizler cinayet günahında odaklandılar. Ne Talbot'un, ne de Healey'nin cinayetlerinde ilerleme kaydedilince, Boston'un rahipleri savaş öncesinden beri işlenen tüm günahları sayıp dökerek, vaazlarını polisin acizliğinden yakınarak tamamladılar. Öyle etkileyici konuşuyorlardı ki, Cambridge kürsüsünün eski tiranı Talbot onları görse gözleri yaşarırdı.

Gazeteciler şehrin ileri gelenlerinden ikisinin ölümlerinin nasıl olup da cezasız kalabildiğini soruyordu. Meclis polis daha iyi çalışsın diye ödeneklerini artırmıştı. Bütün o paralar nereye gidiyordu peki? Polis üniformalarındaki parlak, gümüş yaka numaralarına gidiyor, deniyordu bir gazetede alayla. Kurtz polislerin ateşli silahlar taşımalarına izin verilmesini istemiş, meclis de bu isteği kabul etmişti. Ama suçluları bulamadıktan sonra silaha ne gerek vardı ki?

Nicholas Rey böyle eleştirileri Merkez Karakolu'ndaki masasından ilgiyle takip ediyordu. Aslında polis departmanında çok olumlu gelişmeler olmaya başlamıştı. Yangın çanları şehrin herhangi bir bölümüne tüm polisleri çağıracak şekilde düzenlenmişti. Şef ayrıca bekçilerle devriye polislerinin Merkez Karakolu'na sürekli rapor vermelerini istemişti. En ufak bir sorun belirtisinde bütün polisler harekete geçmeye hazır olmalıydı.

Kurtz, devriye polisi Rey'i bir kenara çekerek, bu cinayetler hakkındaki fikrini sormuştu. Rey durup düşünmüştü. Konuşmadan önce susup düşünerek, tam istediği şeyleri söylemek gibi nadir bir özelliğe sahipti. "Ordudayken, bir asker firar etmeye kalkışıp yakalandığında bütün tugay bir meydana çağrılırdı. Meydanda açık bir mezar ve yanında duran bir tabut olurdu. Firari yanında bir rahiple birlikte önümüzden geçirilirdi. Tabuta oturması emredilirdi. Sonra gözleri, elleri ve ayakları bağlanırdı. Kendi adamlarından oluşma bir idam mangası karşısına dizilip emir beklerdi. Dikkat, nişan al... *Ateş* denince firari tabutun içine cansız düşerdi. Hemen oracıkta gömülür, mezarına yerini belirten bir şey konulmazdı. Sonra tüfeklerimiz omuzlarımızda kampa dönerdik."

"Healey ile Talbot birilerine ders olsun diye mi öldürüldüler sence?" diye sormuştu Kurtz alayla.

"Firari, tugayın çadırında veya ormanda da öldürülebilirdi pekala. Veya askeri mahkemeye çıkarılabilirdi. Gözümüzün önünde idam etmelerinin sebebi, o bizi nasıl terkettiyse, onun da terkedileceğini göstermekti. Köle sahipleri de kaçmaya çalışan kölelerini diğerlerine ders olsun diye benzer şekilde cezalandırırdı. Healey ile Talbot'un öldürülmeleri çok önemli olmayabilir. En önemlisi şu: Onlar cezalandırıldılar. Ölümlerinden ders alıp hizaya girmemiz için."

Kurtz bunu ilginç bulmuş, ama ikna olmamıştı. "Ama kim cezalandırdı devriye polisi? Ve neden? Birileri bize ders vermek istiyorsa, anlayabileceğimiz şekilde vermeleri gerekmez miydi? Çıplak cesedin üstündeki bayrak. Yakılmış ayaklar. Bunların hiçbir anlamı yok!"

183

Ama birilerine göre vardır mutlaka, diye düşünmüştü Rey. Hitap edilen kişiler onlar olmayabilirdi.

"Oliver Wendell Holmes hakkında ne biliyorsunuz?" diye sormuştu Rey, Kurtz'e bir başka konuşma sırasında. O sırada belediye binasının merdivenlerinin önünde bekleyen at arabasına doğru iniyorlardı.

"Holmes mu?" Kurtz ilgisizce omuz silkmişti. "Şair ve doktordur. Çevresi geniştir. Şu asılan Profesör Webster'ın arkadaşıydı. Webster'ın masum olduğunu sonuna kadar savunanlardan biriydi. Ama Talbot vakasında pek yardımı dokunmadı."

"Evet, dokunmadı," demişti Rey, Holmes'un Talbot'un ayaklarını görünce nasıl fenalaştığını düşünerek. "Astımı var galiba."

"Evet. Zihinsel astımı var," demişti Kurtz.

Talbot'un cesedi bulunduktan sonra, Rey, Şef Kurtz'e Talbot'un dikey mezarının yanında bulduğu iki düzine kadar kağıt parçasını göstermişti. Küçük ve kare şeklindeydiler. Her birinin üstünde en az bir daktilo harfi vardı. Bazıları mezarlığın nemi yüzünden okunmaz hale gelmişti. Kurtz, Rey'in çer çöple ilgilenmesine çok şaşırmıştı. O zenci devriye polisine beslediği inanç biraz sarsılmıştı.

Ama Rey kağıt parçalarını bir masanın üstüne özenle dizmişti. Nasıl da parlıyorlardı. Çünkü önemliydiler. Rey nasıl intihar eden adamın kulağına bir şeyler fısıldadığına eminse, bundan da emindi. Parçalardan on ikisinin üstünü okuyabiliyordu: *e, di, ca, t, I, vic, B, as, im, n, y* ve bir *e* daha. Silinmiş parçalardan birindeyse *g* mi *q* mu olduğu seçilemeyen bir harf vardı.

Rey, Şef Kurtz'e müteveffanın yakınlarıyla ve komiserlerle yaptığı görüşmelerde eşlik etmekten fırsat buldukça o kağıt parçalarını cebinden çıkarıp bir masanın üstüne yayıyordu. Onlardan çıkardığı sözcükleri not alıyordu. Gözlerini sımsıkı kapadıktan sonra birden faltaşı gibi açıyor, böylece o harflerin kendiliğinden bir araya gelerek olanları anlatacaklarını umuyordu... tıpkı yetenekli bir medyum tarafından kullanıldığında ölülerin sözlerini yazdığı iddia edilen alfabeli tahtalar gibi. Rey bir ikindi vakti, intihar eden adamın son sözleriyle o kağıt parçalarındaki harfleri yan yana koymayı denemişti, böylece o iki kayıp sesin bir şekilde iletişime geçeceğini umarak.

Harfleri en çok şu şekilde dizmeyi seviyordu: *I cant die as im...* Yani, "Ölemiyorum çünkü..." Ama gerisini getiremiyordu. Bir başka kombinasyon şöyleydi: *Be vice as i...* Yani: "Kötü olsam da..." Peki o *g* ya da *q* harfini nereye koyacaktı?

Merkez Karakolu'na her gün öyle çok ihbar mektubu geliyordu ki. Ama hiçbiri sağlam temellere dayanmıyordu. Şef Kurtz, Rey'i bu mektupları okumakla görevlendirmişti, böylece "çer çöpten" uzak duracağını umarak.

Başyargıç Healey'nin cesedinin bulunmasından bir hafta sonra onu Konferans Salonu'nda gördüğünü söyleyen beş kişi çıkmıştı. Rey kastedilen kişiyi sezonluk biletinin numarasından bulmuştu. Roxbury'li bir araba boyacısı olan adam, olanları öğrenince çok şaşırmıştı. Uzun ve kıvırcık saçı yargıcınkine benziyordu biraz. Polise gelen imzasız bir mektupta ise, Rahip Talbot'un katilinin mektubu yazan kişinin uzaktan akrabası olduğu, sırtında çalıntı bir pardösüyle Liverpool'a giden bir gemiye bindiği ve orada öldürüldüğü yazılıydı (pardösünün gerçek sahibi de giysisine bir daha asla kavuşamayacaktı herhalde). Bir başka mektupta, bir terzide kıskançlık krizine kapılan bir kadının tartışırken Yargıç Healey'i öldürdüğünü itiraf ettiği ve ardından trenle New York'a kaçtığı, oradaki dört büyük otelden birinde kaldığı iddia ediliyordu.

Ama Rey iki cümleden oluşan imzasız bir mektubu okuyunca

heyecanlandı. Yazarın kendini ele vermemek için kargacık burgacık yazdığı, ama birinci sınıf kağıda yazılmış bir mesajdı bu:

Rahibin çukurunu kazın. Başının altında bir şey gizliydi.

Mesajın altında "Saygılarımla, şehrimizin bir vatandaşı" yazılmıştı.

"Bir şey mi gizliymiş?" dedi Kurtz alayla.

"Ama burada kanıtlanmaya çalışılan bir şey, uydurulmuş bir hikaye yok ki," dedi Rey beklenmedik bir hevesle. "Yazarın söyleyecek bir şeyi var o kadar. Gazetelerde Talbot'un başına gelenler hakkında türlü türlü haberler çıktı. Şimdi bunu lehimize kullanmalıyız. Mektubu yazan kişi Talbot'un nasıl öldüğünü, en azından baş aşağı gömüldüğünü biliyor. Baksanıza şef." Rey parmağıyla gösterip yüksek sesle okudu: "Başının altında."

"Rey, başımda bir sürü sorun var zaten! *Transcript* gazetesi belediyeden birine Talbot'un cesedinin yanında da giysilerinin katlanmış halde bulunduğunu söyletmeyi başarmış. Bu haberi yarın basacaklar. O zaman da tüm kahrolası şehir karşımızda tek bir katil olduğunu öğrenecek. O zaman millet bir isim isteyecek." Kurtz tekrar mektuba baktı. "Talbot'un çukurunda ne bulacağımızı niye yazmamış peki? Hem bu vatandaş neden karakolumuza gelip bildiklerini bana bizzat anlatmıyor?"

Rey yanıt vermedi. "Mezarlığa bakmama izin verin şef," dedi.

Kurtz başını salladı. "Olmaz Rey. Rahiplerin bir analarımıza sövmedikleri kaldı zaten. Durup dururken gidip İkinci Kilise'nin mezarlığını kazamayız!"

"Ama çukuru açık bıraktık, daha sonra gelip inceleyebiliriz diye."

"Olsun. Bu konu kapanmıştır devriye polisi. Bir daha da aç-

186

manı istemiyorum."

Rey başıyla onayladı. Ama hâlâ kendinden emin görünüyordu. Fikrini değiştirmemişti. Birkaç saat sonra Kurtz paltosunu alıp Rey'in masasının yanından geçerken "Devriye polisi. Cambridge'deki İkinci Üniteryan Kilisesi'ne gidiyoruz," dedi.

Onları içeri yeni zangoç aldı. Kızıl favorili bir adamdı. Selefi Zangoç Gregg'in Talbot'un cesedini bulduktan sonra giderek depresyona girdiğini ve sağlığıyla ilgilenmek için istifa ettiğini söyledi. Yeraltı mezarlığının anahtarını bulması epey sürdü.

Mezarlığın pis kokusunu aldıklarında Kurtz Rey'e dönüp "Dua et de boşuna gelmiş olmayalım," diye uyardı.

Ama boşuna gelmemişlerdi.

Rey birkaç kürek darbesinden sonra, Longfellow ile Holmes'un gömdüğü para kesesini buldu.

"Bin dolar. Tam bin dolar Şef Kurtz." Rey parayı bir gaz lambasının ışığında saymıştı. "Şef," dedi Rey bir şeyi fark ederek. "Şef Kurtz. Cambridge karakolunda... Talbot'un cesedini bulduğumuz gece. Ne demişlerdi hatırlıyor musunuz? Cinayetten bir gün önce rahibin kasasının soyulduğunu bildirdiğini söylemişlerdi."

"Kasasından ne kadar alınmıştı?"

Rey başıyla parayı gösterdi.

"Bin dolar." Kurtz hayretle iç geçirdi. "Bu işimize mi yaradı, yoksa olayı daha da mı karıştırdı bilemiyorum. Ama Langdon W. Peaslee'nin de, Willard Burndy'nin de bir rahibin kasasını soyduktan sonra ertesi gün onu öldüreceklerini, hele çaldıkları parayı Talbot'un mezarına bırakacaklarını hiç sanmıyorum!"

O sırada Rey'in ayağı Longfellow'un bıraktığı çelenge takıldı. Çelengi alıp Kurtz'e gösterdi.

Yukarı çıktıklarında yeni zangoç "Hayır, hayır. Kimseyi aşağıya sokmadım," dedi. "O.. olaydan beri kapalı."

"Belki senden önceki zangoç birilerini sokmuştur. Bay Gregg'i nerede bulabiliriz biliyor musun?" diye sordu Şef Kurtz.

"Her pazar buraya gelir," diye karşılık verdi zangoç.

"Peki. Bir dahaki gelişinde hemen ikimizden biriyle temasa geçmesini söylemeni istiyorum. İşte kartım. Aşağıya birilerini aldı mı almadı mı öğrenmemiz lazım."

Karakola döndüklerinde yapacak çok iş vardı. Rahip Talbot'un soyulduğunu bildirdiği Cambridge devriye polisiyle tekrar konuşmaları; banknotların Talbot'un kasasından çıkıp çıkmadığını öğrenmek için numaralarını ve banka kayıtlarını araştırmaları; Talbot'un Cambridge'teki mahallesine gidip kasasının soyulduğu gece hakkında bilgi toplamaları ve gönderilen nottaki elyazısını bir uzmana incelettirmeleri gerekiyordu.

Rey, Kurtz'ün Healey'nin ölüm haberini aldığından beri belki de ilk kez iyimserleştiğini görüyordu. Hattâ neşeli gibiydi. "İşte, iyi bir polisin sezgileri güçlü olmalıdır Rey. Çünkü bazen elimizde sezgilerimizden başka bir şey yoktur. Hayatımızda ve kariyerimizde hayal kırıklıkları yaşadıkça, sezgilerimiz ne yazık ki zayıflar. Bana kalsa o mektubu diğerleriyle birlikte çöpe atacaktım, ama sen bunu yapmadın. Söylesene, şimdi ne yapmalıyız sence?"

Rey minnetle gülümsedi.

"Hadi ama. Bir fikrin vardır mutlaka."

"Var ama hoşunuza gitmeyecek şef," dedi Rey.

Kurtz omuz silkti. "Yine o kahrolası kağıt parçalarından bahsetmeyeceksen sorun yok."

Rey genellikle kendisine kıyak geçilmesini istemezdi. Ama çok istediği bir şey vardı. Karakolun önündeki ağaçları gören pencereye gidip dışarı baktı. "Dışarıda göremediğimiz bir tehlike var şef. Karakolumuza getirilen biri, bu tehlikeyi ölümden bile daha korkunç buldu. Avlumuzda ölen o kişinin kimliğini öğrenmek istiyorum."

*

Oliver Wendell Holmes kendisine göre bir görev üstlenmekten memnundu. O ne bir entomologdu, ne de doğabilimciydi. Hayvanlarla ancak insan vücudunu, özellikle de kendisininkini daha iyi anlamak için ilgilenirdi. Ama Lowell'ın iki gün önce mendilinin içindeki ezik böcek ve kurtçukları göstermesinden beri, Doktor Holmes Boston'un en iyi bilimsel kütüphanelerinden böcekler hakkında bulabildiği tüm kitapları alıp geniş kapsamlı bir araştırma yapmaya başlamıştı.

Bu arada Lowell, Healeylerin hizmetçisiyle bir görüşme ayarlamıştı. Nell, Cambridge'in bir banliyösünde, kız kardeşinin evinde kalıyordu. Lowell'a Başyargıç Healey'yi nasıl bulduğunu, adamın ölürken bir şeyler söylemek istediğini ama başaramadığını anlatmıştı. Healey'nin sesini duyunca sanki ilahi bir güç dizlerinin bağını çözmüştü. Oradan sürünerek uzaklaşmıştı.

Talbot'un kilisesinde yaptıkları keşfe gelince... Dante Kulübü polisin mezarlıkta gömülü parayı bizzat bulmaları gerektiğine karar vermişti. Holmes'la Lowell buna karşı çıkmıştı: Holmes korkudan, Lowell ise sahiplenme duygusu yüzünden. Longfellow arkadaşlarına polisi rakip olarak görmemelerini söylemişti, her ne kadar faaliyetlerini onlardan gizlemek zorunda olsalar da. Hepsinin de hedefi aynıydı: Cinayetleri durdurmak. Aradaki fark, Dante Kulübü'nün edebi, polisinse fiziksel ipuçlarıyla çalışmasıydı. Bu yüzden içinde bin dolar bulunan keseyi tekrar gömdükten sonra, Longfellow polis şefine basit bir mesaj göndermişti: *Rahibin çukurunu kazın...* Karakoldaki dikkatli birinin bu mesajı anlayabileceğini, hattâ cinayetle ilgili yeni bilgiler bulunacağını umuyorlardı.

Holmes böcekleri incelemeyi bitirince; Longfellow, Fields ve Lowell onun evinde buluştular. Holmes çalışma odasının penceresinden bakarken, konuklarının Charles Sokağı 21 numaraya gelişini görmüştü, ama yine de formalite icabı İrlandalı hizmetçi kadına konuklarını küçük kabul salonuna almasını, sonra da kendisine geldiklerini haber vermesini söylemişti. Haberi alınca da koşarak aşağı inmişti.

"Longfellow? Fields? Lowell? Geldiniz mi? Hadi yukarı gelin! Size üstünde çalıştığım şeyi göstereyim."

Holmes'un mükemmel çalışma odası çoğu yazarın odasından daha derli topluydu. Yerden tavana kadar uzanan kitap dolu rafların bazılarına Holmes ancak yaptığı kayan merdivenle erişebiliyordu. Holmes onlara son icadını gösterdi: Çekince masasının köşesine kadar gelen bir raf. Böylece oradaki kitapları almak için ayağa kalkmasına gerek kalmıyordu.

"Bravo Holmes," dedi Lowell, mikroskoplara bakarak.

Holmes bir mikroskop camını hazırladı. "Doğa şimdiye dek tüm atölyelerini bizden gizli tuttu. Onun salgı bezlerinin, kanallarının ve sıvılarının sırlarını çözmek isteyenleri sislerle ve parlak halelerle şaşırttı, tıpkı eski zaman tanrıları gibi."

Numunelerin kurtçuk üreten et sinekleri olduğunu açıkladı... şehrin adli tıp doktoru Barnicoat'un cesedin bulunduğu gün söylediği gibi. Bu cins sinekler yumurtalarını ölü dokulara bırakır. Yumurtalar çürük et yiyen kurtçuklara dönüşür. Bu kurtçuklar da sineğe dönüşür ve çember sürer gider.

Holmes'un koltuklarından birinde öne arkaya sallanan Fields "Ama o hizmetçinin söylediğine göre Healey ölmeden önce ona seslenmiş," dedi. "Yani hâlâ canlıymış! Gerçi pek kendinde değildi herhalde. Saldırıya uğrayalı dört gün olmuştu... vücudu da kurtçuklarla dolmuştu."

Bu son derece sıradışı bir şey olmasa, Holmes tiksinirdi. Başını salladı. "Neyse ki bu imkansız. Ya başındaki yarada sadece bir avuç kurtçuk vardı, çünkü oradaki ölü doku çok azdı; ya da sağ değildi. Ama içinde söylendiği kadar çok kurtçuk var idiyse, bunun bir tek anlamı olabilir: Bütün dokuları ölmüştü. Yargıç ölmüştü."

"Belki de hizmetçi kadın hayal görmüştür," dedi Longfellow, Lowell'ın hayal kırıklığına uğradığını fark edince.

"Ama onu görseydin Longfellow," dedi Lowell. "Kadının gözlerindeki parıltıyı görseydin. Fields, sen oradaydın!"

Fields başıyla onayladı. Ama artık pek emin değildi. "Korkunç bir şey görmüş, ya da gördüğünü sanmış."

Lowell hoşnutsuzca kollarını kavuşturdu. "Tanrı aşkına, gerçeği sadece o kadın biliyor. Ona inanıyorum. Hepimiz inanmalıyız."

Holmes kendinden emin bir sesle konuştu. Ne de olsa bulguları en azından mantığa dayalıydı. "Üzgünüm Lowell. Hizmetçi kadının korkunç bir şey gördüğü kesin. Healey'nin o halini gördü. Ama biz... bilimsel konuşuyoruz."

Daha sonra Lowell at arabalarını Cambridge'e geri götürdü. Kızıl akça ağaçların altında yürürken ve hizmetçi kadının öyküsünü savunamadığı için kendine kızarken, Boston'un tacirler prensi Phineas Jennison'ın pelüş kaplı ve üstü kapalı at arabası yanına geldi. Lowell kaşlarını çattı. Kimseyle konuşacak halde değildi, her ne kadar aklını dağıtmak istese de.

"Selam! Ver elini!" Jennison arabanın penceresinden elini uzattı. Kıyafeti şıktı.

"Selam Jennison," dedi Lowell.

"Ah! Eski bir dostun elini sıkmak ne güzel," dedi Jennison içtenlikle. Lowell gibi karşısındakinin elini var gücüyle sıkmasa da, diğer Bostonlu işadamları gibi o da şişe çalkalarmışçasına sallardı. Gümüşi, atlı gezinti arabasından inip sürücüsünün yeşil kapısına vurarak, adama içeride kalmasını söyledi.

Jennison'ın beyaz ve parlak paltosunun birkaç düğmesi açık olduğundan, altındaki koyu kızıl redingotu ve yeşil kadife yeleği görünüyordu. Lowell'ın koluna girdi. "Elmwood'a mı gidiyorsun?"

"Ne yazık ki evet," dedi Lowell.

"Söylesene, o kahrolası Şirket Dante derslerini kesmen için baskı yapıyor mu hâlâ?" diye sordu Jennison kaşlarını çatarak.

"Neyse ki eskisi kadar değil," dedi Lowell iç geçirerek. "Gerçi Dante derslerine bir süreliğine ara verdim, ama umarım pes ettiğimi sanmıyorlardır."

Jennison sokağın ortasında durdu. Yüzü bembeyaz kesilmişti. Avcunu gamzeli çenesine dayayarak "Lowell?" diye fısıldadı. "Harvard'dayken itaatsizlikten Concord'a gönderilen Jemmy Lowell değil misin sen? Niye Manning'e ve Şirket'e karşı gelmiyorsun, Amerika'nın gelecek nesillerdeki dâhileri adına? Bunu yapmalısın, yoksa onlar..."

"O kahrolasılarla ilgisi yok," dedi Lowell. "Şu anda tüm dikkatimle odaklanmam gereken başka bir şey var. Seminerlerle uğraşacak halde değilim. Bu yüzden sadece derslere giriyorum."

"Ev kedileri Bengal kaplanlarının yerini tutamaz!" dedi Jennison yumruğunu sıkarak. Bu imgeyi oldukça şiirsel bulmuştu.

"Ben senin gibi değilim Jennison. Tembellerle ve ahmaklarla uğraşamam. Sen nasıl beceriyorsun bilmiyorum."

"İş hayatında başka insan tipi var mı ki?" Jennison sırıttı.

"İşin püf noktası şu Lowell. İstediğin şeyi elde edene kadar peşini bırakma. Olay bu. Neyin önemli olduğunu, ne yapılması gerektiğini biliyorsan, herkesin canı cehenneme! Şimdi söyle bakalım, sana yardımım dokunabilir mi..."

Lowell bir an Jennison'a her şeyi anlatıp yardım istemek arzusu duydu. Gerçi nasıl bir yardım isteyeceğini de bilmiyordu ya. Lowell mali konulardan hiç anlamazdı. Yaptığı yatırımlardan hep zararlı çıkardı. Bu yüzden iş adamları ona doğaüstü güçlere sahip varlıklar gibi gelirdi.

"Hayır, hayır. Gereğinden fazla kişiden yardım aldım zaten. Yine de sağol." Lowell milyonerin Londra malı pahalı paltosunun vatkasına hafif hafif vurdu. "Hem Mead de Dante'den bıkmıştır. Biraz tatil onu da sevindirir."

"Büyük savaşlarda güçlü müttefiklere ihtiyaç vardır," dedi Jennison. Hayal kırıklığına uğramıştı. Sonra sanki bir sır vermek istiyormuş, ama kendini tutuyormuş gibi göründü. "Doktor Manning'i inceledim. Davasından asla vazgeçmeyecek. Bu yüzden sen de vazgeçmemelisin. Onlara sakın inanma, tamam mı?"

Lowell uğrunda yıllarca savaştığı sınıfından bahsettikten sonra içinin karardığını hissetti. Aynı hissi o gün bir kez daha, Longfellow'un evine gitmek üzere Elmwood'un beyaz ahşap kapılarından geçerken yaşadı.

"Profesör!"

Lowell dönüp bakınca, üniversite öğrencilerinin standart siyah redingotunu giymiş genç bir adamın koşarak yaklaştığını gördü. Adam yumruklarını kaldırmış, dudaklarını sımsıkı bastırmıştı. "Sheldon? Burada ne işin var?"

"Sizinle hemen konuşmalıyım." Soluk soluğaydı.

Longfellow'la Lowell geçen haftayı tüm eski Dante öğrencilerinin listesini çıkarmakla geçirmişlerdi. Resmi Harvard kayıtlarını kullanamazlardı, çünkü dikkat çekmek istemiyorlardı. Bu özellikle Lowell için çok zor olmuştu, çünkü hem düzenli kayıt tutmayan, hem de hafızası zayıf biriydi. Daha birkaç yıl önce ders verdiği bir öğrenciyle yolda karşılaşsa bile, onu samimiyetle "N'aber evlat?" diye selamladıktan sonra "Adın neydi?" diye ekleyebilirdi.

Neyse ki şimdiki iki öğrencisi Edward Sheldon'la Pliny Mead hemen temize çıkmıştı, çünkü Rahip Talbot öldürüldüğü sırada (yaptıkları hesaba göre) onlar Lowell'ın Elmwood'daki Dante seminerindeydiler.

"Profesör Lowell. Şöyle bir mektup aldım!" Sheldon Lowell'ın eline bir kağıt parçası tutuşturdu. "Bir yanlışlık mı oldu?"

Lowell mektuba ilgisizce baktı. "Hayır. İlgilenmem gereken meseleler var. Umarım sadece bir hafta yeter. Senin de Dante'den başka ilgilenecek şeylerin vardır eminim."

Sheldon sıkıntıyla başını salladı. "Ama bize hep nihayet Dante'yi insanlara sevdirmeye başladığınızı söylemez miydiniz? Şirket'e boyun eğmediniz değil mi? Dante'yi incelemekten sıkılmadınız değil mi profesör?"

Lowell bu soruyu duyunca ürperdi. "Kafası çalışan hiç kimsenin Dante'den sıkılabileceğini sanmıyorum Sheldon! Öylesine derin birinin hayatını ve eserini kavrayabilecek çok az insan var dünyada. Dante'ye bir insan, şair ve öğretmen olarak her gün biraz daha hayranlık duyuyorum. O bize en karanlık anımızda bile bir umut, ikinci bir şans veriyor. Dante'yle arafın ilk çemberinde tanışana kadar da Şirket'teki kahrolası tiranlara boyun eğmeye hiç niyetim yok!"

Sheldon yutkundu. "*Komedya*'ya devam etmek istediğimi unutmazsınız değil mi?"

Lowell kolunu Sheldon'un omzuna atıp onunla yürümeye

194

başladı. "Boccaccio'nun anlattığı bir öykü vardır evlat. Dante sürgün hayatı yaşadığı Verona'da yürürken sokağın karşısındaki bir kadın onu görüp başka bir kadına göstererek 'Bak bu Alighieri. İstediği zaman cehenneme gidip oradan haber getiren adam,' der. Diğer kadınsa 'Hiç şaşmam,' diye karşılık verir. 'Baksana sakalı nasıl kıvır kıvır. Yüzü de kapkara. Cehennemin sıcağından ve isinden bu hale gelmiş belli ki!'"

Öğrenci kahkahayı bastı.

"Dante bunları duyunca gülümsemiş," diye devam etti Lowell. "Bu öyküye niye inanmıyorum biliyor musun evlat?"

Sheldon, Dante dersindeymiş gibi ciddi bir yüzle bu sorunun yanıtını düşündü. "Belki de o Veronalı kadın Dante'nin şiirini okumamıştı," dedi. "Çünkü sağlığında o şiirin elyazmasını ancak birkaç kişi, mesela hamileri görmüştü. Onlar bile tamamını okumamışlardı."

"Dante'nin gülümsediğine inanmıyorum," dedi Lowell.

Sheldon karşılık verecek oldu, ama Lowell şapkasını kaldırıp çocuğa veda ettikten sonra Craigie Konağı'na doğru yürümeyi sürdürdü.

"Devam etmek istediğimi unutmayın!" diye seslendi Sheldon arkasından.

Longfellow'un kütüphanesinde oturan Doktor Holmes, gazetede Nicholas Rey'in yayınlattığı tuhaf bir resim görmüştü. Merkez Karakolu'nun avlusunda ölmüş adamın illüstrasyonuydu bu. Gazetedeki ilanda, o olaydan hiç bahsedilmiyordu. Sadece o adamın intihar etmeden hemen önceki hali, çökmüş yüzü gösteriliyor ve adamın ailesi hakkında herhangi bir bilgi sahibi olanların polis şefiyle temas kurması söyleniyordu.

"Ne zaman bir insanın kendisi değil de ailesi aranır?" diye

sordu Holmes diğerlerine. "Tabii ki o insan ölmüşse," diyerek kendi sorusunu yanıtladı.

Lowell resmi inceledi. "Hayatımda bu kadar üzgün suratlı birini görmedim. Bu iş polis şefini ilgilendirecek kadar ciddi demek. Sanırım haklısın Wendell. Healey'nin oğlu devriye polisi Rey'in kulağına bir şeyler fısıldadıktan sonra kendini pencereden atan adamın kimliğinin henüz bulunamadığını söylemişti zaten. Bu durumda gazetelere ilan vermeleri normal."

Gazetenin editörünün Fields'a bir iyilik borcu vardı. Bu yüzden Fields adamın ofisine gitti. O ilanı melez bir polisin verdiğini öğrendi.

"Nicholas Rey." Fields şaşırmıştı. "Healey ile Talbot'un başına gelenlerden sonra, polisin ölü bir sokak serserisiyle ilgilenmesi tuhaf." Longfellow'un evinde akşam yemeği yiyorlardı. "O cinayetlerin bağlantılı olduğunu biliyor olabilirler mi? Yoksa o devriye polisi, intihar eden adamın kulağına fısıldadığı şeyin ne olduğunu buldu mu?"

"Sanmam," dedi Lowell. "Ama bulunca bizden şüphelenebilir."

"Öyleyse o adamın kimliğini devriye polisi Rey'den önce bulmalıyız!" dedi Holmes kaygıyla.

"Richard Healey'ye kadeh kaldıralım," dedi Fields. "Artık Rey'in bize neden o hiyeroglifleri getirdiğini biliyoruz. İntihar eden adam karakola bir sürü dilenci ve hırsızla birlikte, Healey'nin ölümüyle ilgili olarak sorgulanmak üzere getirilmiş. Bence o zavallı adam cinayette Dante'den esinlenildiğini anlayıp korktu. Rey'in kulağına cinayete esin kaynağı olan kantodan birkaç İtalyanca dize fısıldadıktan sonra kaçmaya başladı ve pencereden düşüp öldü."

"Onu bu kadar korkutan ne olabilir?" diye merak etti Holmes.

"Katilin o olmadığı kesin. Çünkü ölümünden iki hafta sonra Rahip Talbot öldürüldü," dedi Fields.

Lowell düşünceli bir edayla sakalını çekiştirdi. "Evet ama katili tanıyor ve ondan korkuyor olabilirdi. Belki de çok yakından tanıyordu."

"Bildiklerinden korkuyordu, tıpkı bizler gibi. Peki kimliğini polisten önce nasıl öğreneceğiz?" diye sordu Holmes.

Bu konuşma sırasında susmuş olan Longfellow "O adamın kimliğini öğrenmek için polise kıyasla iki doğal avantajımız var dostlarım," dedi. "Adamın cinayetin Dante'den esinlenildiğinin farkında olduğunu biliyoruz. Ayrıca kriz anında Dante'nin dizelerini kolayca hatırladığını da biliyoruz. Bu yüzden İtalyan bir dilenci olduğu sonucuna varabiliriz. Ayrıca kültürlüydü ve Katolikti."

Boston'un en eski Katolik kiliselerinden biri olan Holy Cross'un önünde, üç günlük sakalı, gözlerine ve kulaklarına kadar indirdiği şapkasıyla bir adam yatıyordu. Kaldırıma olabildiğince rahat uzanmış, toprak bir kaseden akşam yemeğini yiyordu. Yoldan geçenlerden biri ona bir soru sordu. Adam cevap vermek bir yana, dönüp bakmadı bile.

"Bayım." Nicholas Rey adamın yanına diz çöküp gazetede çıkan, intihar etmiş adamın resmini gösterdi. "Bu adamı tanıyor musunuz?"

Serseri gözlerini çevirerek baktı.

Rey ceketinin iç cebinden rozetini çıkardı. "Adım Nicholas Rey. Polisim. Bu adamın adını mutlaka öğrenmeliyim. Adam ölü. Başı dertte filan değil yani. Lütfen söyleyin, onu tanıyor musunuz veya tanıyabilecek birini biliyor musunuz?"

Adam parmaklarını kaseye daldırdı. Baş ve işaret parmaklarıyla aldığı bir lokmayı ağzına attı. Daha sonra başını ilgisizce hayır anlamında salladı.

Devriye polisi Rey sokakta yürümeye başladı, gürültülü manav ve kasap tezgahlarına doğru.

On dakika sonra bir at arabası yerde yatan serserinin yanına yanaştı. Arabadan iki adam indi. Birinin elinde aynı resim vardı. "Bu adamı tanıyor musun dostum?" diye sordu Oliver Wendell Holmes canayakın bir edayla.

Serseri biraz şaşırdıysa da istifini bozmadı.

Lowell eğildi: "Bayım?"

Holmes resmi tekrar gösterdi. "Lütfen bu adamı tanıyıp tanımadığını söyle de yolumuza gidelim dostum."

Sessizlik.

"Kulağına borazan mı dayayalım?" diye bağırdı Lowell.

Bu işe yaramadı. Adam ne olduğu belirsiz yiyeceğinden bir lokma alıp çiğnemeden yuttu.

"Üç gündür uğraşıyoruz. Hiçbir şey öğrenemedik," dedi Lowell, Holmes'a. "Adamın pek dostu yokmuş belli ki."

"Hemen pes etmeyelim." Holmes resmi gösterdiklerinde serserinin gözlerinde bir ifadenin belirdiğini fark etmişti. Ayrıca boynunda asılı duran madalyonu da fark etmişti: Lucca, Toskana'nın koruyucu azizi San Paolino. Lowell, Holmes'un baktığı yere baktı.

"Nerelisiniz senyor?" diye sordu Lowell İtalyanca.

Adam hâlâ onlara bakmıyordu, ama ağzı açıldı. "*Da Lucca. signore.*"

Lowell oranın güzelliklerini övdü. İtalyanca bilmesi adamı şaşırtmamıştı. O da tüm gururlu İtalyanlar gibi, herkesin ana dilini bilmesi gerektiğini düşünüyordu. Bilmeyenlerle konuşmaya değmezdi. Lowell daha sonra gazetedeki resim hakkındaki sorularını yineledi. Adamın doğru dürüst gömülmesini istediklerini, bu yüzden ailesini aradıklarını söyledi. "Bu zavallı adamın da Luccalı olduğunu sanıyoruz," dedi İtalyanca, kederli bir sesle. "Bir Katolik kilisesinin mezarlığına, hemşerilerinin arasına gömülmeyi hak ediyor."

Luccalı bir süre durup düşündükten sonra, yavaşça dönüp yemek yemekte kullandığı işaret parmağını uzatarak, arkasındaki kiliseyi gösterdi.

Sorularını dinleyen Katolik rahip iri yarı, heybetli bir adamdı.

"Lonza," dedi gazeteyi geri vererek. "Evet, buraya gelmişti. Adı Lonza'ydı sanırım. Evet... Grifone Lonza."

"Onu tanır mıydınız?" diye sordu Lowell umutla.

"Kiliseye gelirdi Bay Lowell," dedi rahip. "Vatikan'ın bize göçmenler için verdiği bir ödenek var. Vatanlarına dönmek isteyenlere borç ve yol parası veririz. Ama herkese yardım edemiyoruz tabii." Daha çok şey söyleyecekken sustu. "Onu niye arıyorsunuz baylar? Niye gazetede resmi çıktı?"

"Korkarım o öldü Peder," dedi Doktor Holmes. "Polisin kimliğini öğrenmeye çalıştığını sanıyoruz."

"Anlıyorum. Ama bu civarda yaşayanlar polisle konuşmaktan pek hoşlanmaz. Ursuline manastırı yakıldığında, polis suçluların peşine düşmemişti. Zaten bütün haksızlıklar İrlandalı Katoliklerin başına gelir," dedi öfkeyle. "İrlandalılar zenciler uğruna ölsünler diye savaşa gönderildi. Zencilerse para vererek askerlikten kurtuldu. Şimdiyse aynı zenciler İrlandalıların işlerini çalıyor."

Holmes "Ama Küçük Wendell'im savaşa gitti Peder," demek istedi. Oysa kendisi onu vazgeçirmeye çalışmıştı.

"Bay Lonza İtalya'ya mı dönmek istiyordu?" diye sordu Lowell.

"Ne istiyordu bilmiyorum. Ona sürekli yiyecek veriyorduk. Bazen para verdiğimiz de oluyordu. Ben İtalyan olsam, halkımın arasına geri dönmek isterdim herhalde. Cemaatimizin çoğu İrlandalıdır. Korkarım İtalyanları pek sevmezler. Boston ve civarındaki İtalyanların sayısı üç yüz bile değildir herhalde. Çok horlanıyorlar, bu yüzden yardımımıza ihtiyaçları var. Ama ne kadar çok göçmen gelirse, buradakilerin bulabileceği işler o kadar azalıyor. Ciddi bir sorun bu."

"Bay Lonza'nın ailesi var mıydı? Biliyor musunuz?" diye sordu Holmes.

Rahip düşünceli bir edayla başını salladı. "Bazen yanında gördüğüm bir adam vardı. Lonza alkolikti. Kollanmaya ihtiyacı vardı. Evet, neydi adamın adı? Tuhaf bir İtalyan ismiydi." Masasına gitti. "O da bizden para alırdı. Bu yüzden ismi bir yerlerde yazılı olmalı. Hah, buldum. Bir yabancı dil öğretmeni. Son bir buçuk yılda bizden elli dolar almış. Bir keresinde Harvard Üniversitesi'nde çalıştığını söylemişti. Ama inanmadım tabii. İşte." Yazılı ismi okudu: "Pietro Bak-ee."

Nicholas Rey bir at yalağında oynayan birkaç sokak çocuğunu sorgularken, Holy Cross Katedrali'nden melon şapkalı iki adamın çıkıp köşeyi dönerek gözden kaybolduklarını gördü. O kalabalık fakir mahallesinde uzaktan bakınca bile dikkat çekiyorlardı. Rey kiliseye gidip rahibi çağırttı. Rahip, Rey'in kimliği belirsiz bir adamı arayan bir polis olduğunu duyunca, gazete illüstrasyonunu inceledikten sonra altın sarısı çerçeveli gözlüğünün ardından bakarak özür diledi.

"Bu zavallıyı ömrümde hiç görmedim memur bey."

İki melon şapkalı adamı hatırlayan Rey, resimdeki kişi hakkında soru soran başkalarının olup olmadığını sordu. Rahip Bachi'nin dosyasını çekmecesine koyarken gülümseyerek hayır dedi.

Devriye polisi Rey daha sonra Cambridge'e gitti. Merkez Karakolu'na gelen bir telgrafta, geceyarısı Artemus Healey'nin naaşının çalınması girişiminde bulunulduğu söyleniyordu.

"Halka her şeyi söylemeyelim demiştim," dedi Şef Kurtz, Healey ailesine sinirlenerek. Mount Auburn Mezarlığı'ndaki naaş bu kez çelik bir tabuta konmuş ve gece bekçisi değiştirilmişti. Bu seferki av tüfeği taşıyordu. Healey'nin mezarının biraz ötesindeki Rahip Talbot'un mezarına, cemaati para toplayıp onun bir heykelini diktirmişti. O heykelin yüzü rahibin gerçek yüzünden daha etkileyiciydi. Mermer vaizin bir elinde İncil, diğerindeyse bir gözlük vardı. Sağlığında İncil'den okurken gözlüğünü çıkarmak, serbest vaaz verirkense takmak gibi tuhaf bir huyu vardı çünkü. Böylece insanın Tanrı'nın ruhunu okumak için keskin gözlere sahip olması gerektiğini gösterirdi.

Rey, Şef Kurtz'ün emriyle Mount Auburn'de inceleme yapmak üzere oraya giderken, yolda küçük bir kalabalık dikkatini çekti. Bir olay vardı. Civardaki bir binanın ikinci katında kalan yaşlı bir adamın bir haftadır ortadan kaybolduğunu öğrendi. Bu tuhaf bir şey değildi, çünkü adam bazen yolculuğa çıkardı. Ama komşular adamın odasından gelen pis kokudan şikayetçiydiler. Rey sürgülü kapıyı çaldı. Açan olmayınca, kırmayı düşündü. Sonra bir merdiven bulup odanın penceresine çıktı. Pencereyi kaldırınca genzine öyle pis bir koku doldu ki, az kalsın düşecekti.

Odadaki pis koku biraz hafifleyince, Rey bir adamın asılı cesedini gördü. Yapılacak bir şey kalmadığını kabullenmesi birkaç saniyesini aldı. Adamın yüzü kaskatıydı ve aşırı çürümüştü.

Ama Rey onu kıyafetinden ve hâlâ faltaşı gibi açık, pörtlek gözlerinden tanıdı. Civardaki bir Üniteryan Kilisesi'nin eski zangocuydu. Daha sonra sandalyede bir kartvizit bulundu. Şef Kurtz'ün Gregg'e verilmek üzere kiliseye bıraktığı kartvizitti bu. Zangoç kartvizitin arkasına, polise bir mesaj yazmıştı. Rahip Talbot'un öldürüldüğü gün yeraltı mezarlığına biri girmiş olsa mutlaka göreceğini söylüyordu. Boston'a bir iblis gelmişti ve zangoç kendisinin de peşine düşmesinden korkmuştu.

Padua Üniversitesi mezunu bir İtalyan olan Pietro Bachi, Boston'da eline nadiren geçen özel ders fırsatlarını hiç kaçırmazdı, kazancı düşük olsa da. Harvard'dan kovulduktan sonra başka bir üniversitede iş bulmaya çalışmıştı. Philadelphia'da yeni açılan bir üniversitenin dekanı "Fransızca ya da Almanca öğretmeni olsan neyse," diyerek gülmüştü. "Ama İtalyanca'yı kim ne yapsın! Öğrencilerimizi opera şarkıcısı yapmayı düşünmüyoruz dostum." Atlantik yakasındaki bütün üniversitelerde durum aynıydı. Akademilerin yönetim kurulları Yunanca ve Latince'nin yeterli olduğunu düşünüyordu. Gereksiz, yakışıksız, papacıların kullandığı, kaba saba bir yaşayan dille ilgilenmiyorlardı (yine de teşekkürler Bay Bakey).

Neyse ki savaş bitince Boston'un bazı semtlerinde ona göre iş alanları çıkmıştı. Bazı Amerikalı tacirler yeni limanlar açmak istiyor ve buralarda çalışacak yabancı dil bilen insanlar arıyorlardı. Ayrıca savaş zenginleri de kızlarının kültürlü olmasını çok arzuluyordu. Bazıları genç kızların Fransızca'nın yanı sıra biraz İtalyanca bilmelerinin de iyi olacağını düşünüyordu, çünkü yolculuk yapma ·yaşları geldiğinde Roma'ya gidebilirlerdi (Boston'un genç kızları arasında yeni modaydı bu). Böylece, Harvard'dan kovulmuş olan Pietro Bachi, girişimci tacirlerle şımarık kızların peşinde koşar olmuştu. Özellikle kızların ilgisini sürekli tazelemesi gerekiyordu, çünkü zaten şan, resim ve dans dersleri aldıklarından, Bachi'nin onların bir buçuk saatine el koyması çok zor oluyordu.

Pietro Bachi bu hayattan nefret ediyordu.

Canını sıkan şey dersler değil, para istemekti. Boston'daki *americaniler* kendilerine bir Kartaca kurmuşlardı; para dolu ama kültür yoksunu, hiç iz bırakmadan yok olmaya mahkum bir şehir. Plato'nun Argigentumlular hakkında dediği gibi, bu insanlar hiç ölmeyecekmiş gibi çalışıp, ölmek üzereymiş gibi tıkınıyorlardı.

Pietro Batalo yirmi beş yıl kadar önce, Sicilya'nın güzel bir köyünde tehlikeli bir kadına âşık olmuştu, tıpkı kendisinden önce yaşamış pek çok İtalyan gibi. Kadının ailesi Bataloların tersine papa yanlısıydı. Kadın Pietro'ya kızınca, ailesi Pietro'yu aforoz ve sürgün ettirmişti. Pietro ve tacir ağabeyi (ülkesindeki siyasi ve dini çatışmalardan kaçmak için onunla gelmişti) birlikte çeşitli ordularda maceralar yaşadıktan sonra, soyadlarını Bachi olarak değiştirip Amerika'ya kaçmışlardı. Pietro 1843'te Boston'a geldiğinde, burayı tuhaf ama hoş, dost yüzlerle dolu bir şehir olarak tanımıştı. Oysa 1865'te, şehrin yerlileri yabancıların hızla çoğalmasından korkmaya başladığında ve camekanlara YABANCILAR BAŞVURMASIN yazıları asıldığında bu durum değişecekti. Bachi Harvard Üniversitesi'nde işe başlamış, hattâ bir ara genç Profesör Henry Longfellow gibi Brattle Sokağı'nda güzel bir evde kalmıştı. Pietro Bachi daha sonra İrlandalı bir kıza sırılsıklam âşık olmuştu. Kızla evlenmişti. Ama paylaştıkları hayatı yeterli bulmayan kız, kısa süre sonra öğretmeni terketmişti. Bachi'nin öğrencileri durumu bilseler kızın onu soyup soğana çevirdikten ve alkolik yaptıktan sonra gittiğini söylerlerdi. Pietro Bachi için o noktadan sonra çöküş başlamıştı...

"Anladığım kadarıyla biraz..." Bachi'nin peşinden koşan kişi uygun sözcüğü aradı. "...*sorun* çıkarmış."

"Sorun mu?" dedi Bachi merdiveni inmeyi sürdürerek. "Pöh! İtalyan olduğuma bile inanmıyor. İtalyana benzemiyormuşum!"

Genç kız merdivenin başında belirerek, giderek uzaklaşan öğretmenin ardından koşturan babasına hırçın bir ifadeyle baktı.

"Öyle demek istememiştir," dedi babası.

"Öyle demek istedim!" diye bağırdı küçük kız tiz bir sesle. Ceviz tırabzandan öyle sarkıyordu ki, Pietro Bachi'nin şapkalı başının üstüne düşecek gibiydi. "İtalyana benzemiyor baba! Boyu çok kısa!"

"Arabella!" diye bağırdı adam. Sonra öğretmene dönerek sırıttı. Holdeki mumların titreşen ışığında dişleri sapsarı görünüyordu. Sanki ağzını altın tozuyla yıkamıştı. "Lütfen bir saniye bekleyin! Ücretinizi tekrar konuşalım mı Senyor Bachi?" dedi, tek kaşını gerilen bir yay gibi kaldırarak.

Bachi dönüp adama baktı. Yüzü kıpkırmızıydı. Hiddetini bastırmaya çalışırken, omuz çantasının askısını var gücüyle sıkıyordu. Yüzündeki kırışıklar son birkaç yıldır artmıştı. Onların arttığını gördükçe, kendini daha değersiz hissediyordu. *Amari Cani!* dedi Bachi. Arabella aşağıya şaşkınca baktı. Bachi'nin yaptığı kelime oyununu fark edememişti. *Americani* Amerikalılar, *amari cani* ise "kuduz köpekler" demekti.

Şehrin içine giden at arabası tıkış tıkıştı. İnsanlar içine mezbahaya götürülen sığırlar gibi doluşmuşlardı. Boston ile banliyölerine hizmet veren bu arabaların iki tonluk kompartmanları on beş yolcu kapasiteliydi. Raylar üstünde demir tekerleklerle gidiyor ve iki at tarafından çekiliyorlardı. Yer kapabilenler ayakta kalmış diğer on iki kişiye kayıtsızca bakıyordu. Bachi de ayakta kalmışlardan biriydi. Sığışmaya uğraşıyor, tavandan sarkan deri tutamaçlara ulaşmaya çalışırken birbirlerine çarpıyorlardı. Kondüktör aralarından geçip bilet toplamayı bitirdiğinde, dışarısı bir sonraki arabayı bekleyen insanlarla dolmuştu bile. Sıcak ve havasız kompartmanın ortasındaki iki ayyaş, bir çöp yığını gibi kokuyorlardı. Sözlerini bilmedikleri bir şarkıyı birlikte söylemeye çalışıyorlardı. Bachi elini kıvırıp ağzına götürdü ve kimsenin kendisine bakmadığını görünce, avcuna nefes verip burnundan aldı.

Bachi oturduğu sokağa varınca kaldırıma atladı. Half Moon Pansiyonu'ndaki odasına ulaşmaya, yalnız kalmaya can atıyordu. Ama binanın giriş kapısının en üst basamağında, James Russel Lowell ile Doktor Oliver Wendell Holmes oturmaktaydı. Orada biraz tuhaf görünüyorlardı.

"Aklınızdan geçenleri bilmek için bir peni verirdim senyor," dedi Lowell, Bachi'nin elini sıkarken gülümseyerek.

"Paranızı ziyan etmiş olurdunuz *Professore*," dedi Bachi. Lowell'ın avcundaki eli ıslak bir bez parçası gibi yumuşaktı. "Cambridge'e giderken yolunuzu mu kaybettiniz?"

Holmes'a şüpheyle baktı. Ama aslında onları gördüğüne o kadar da şaşırmamıştı.

"Hayır," dedi Lowell. Şapkasını çıkarınca beyaz, uzun alnı ortaya çıktı. "Doktor Holmes'la tanışıyor musunuz? Müsaitseniz sizinle biraz konuşmak istiyoruz."

Bachi odasının kapısını açarken kaşları çatıktı. Kapı açılınca, arkasındaki ipe asılı tencereler tangırdadı. Burası bodrum katındaydı. İçeriye sadece kaldırıma bakan yarım bir pencereden gün ışığı giriyordu. Odanın dört bir köşesinde asılı duran ıslak ve buruşuk çamaşırlar (asla tamamen kurumazlardı) kokuyordu. Lowell şapkasını asmak için tencereleri aralarken, Bachi masasının üstündeki bazı sayfaları çaktırmadan çantasının içine koydu.

Holmes odayı övmek için elinden geleni yaptı.

Bachi ocağa bir çaydanlık dolusu su koyup ısıtmaya başladı. Sonra "Neden geldiniz beyler?" dedi kısaca.

"Yardımınızı istemeye geldik Senyor Bachi," dedi Lowell kısaca.

Çayları koymakta olan Bachi, bunu duyunca biraz neşelendi. "Yanında ne alırsınız?" Yandaki rafı gösterdi. Orada yarım düzine kirli bardakla üç sürahi vardı. Sürahilerde sırayla ROM, CIN ve VISKI yazılıydı.

"Sadece çay alayım. Teşekkürler," dedi Holmes. Lowell da hemfikirdi.

"Yapmayın!" diye ısrar etti Bachi, kavanozlardan birini Holmes'a uzatarak. Holmes ev sahibini kırmamak için, fincanına sadece birkaç damla viski koymak istedi, ama Bachi doktorun dirseğini kaldırdı. "Arada sırada içimizi ısıtacak bir şeyler içmezsek New England'ın sert iklimi bizi mahveder Doktor," dedi.

Bachi çay alıp almamayı düşünürmüş gibi yaptı. Sonra kendine sadece rom koydu. Misafirler sandalyelerini çekerken, bunlarda daha önce oturmuş olduklarını fark ettiler.

"Üniversiteden!" dedi Lowell.

"Üniversiteden en azından bunları almaya hakkım vardı değil mi?" dedi Bachi. Rahat görünmeye çalışıyordu ama gergindi. "Hem bu kadar rahatsız sandalyeleri başka nerede bulabilirdim? Harvardlılar istedikleri kadar Üniteryan görünsünler, hep Kalvinist olarak kalacaklar. Kendilerine ve başkalarına acı çektirmeyi seviyorlar. Söylesenize beyler, burada kaldığımı nereden bildiniz? Bu semtte Dublin'li olmayan tek kişi benim galiba."

Lowell *Daily Courier*'in bir nüshasını çıkarıp ilan sayfasını açtı. İlanlardan biri çembere alınmıştı.

Padua Üniversitesi Mezunu, çeşitli alanlarda son derece kalifiye ve yıllardır İspanyolca ve İtalyanca dersleri veren bir İtalyan beyefendi, erkek okullarında, kız akademilerinde vs. öğretmenlik yapabilir, ayrıca özel ders verebilir. Referanslar: Vali John Andrew, Henry Wadsworth Longfellow, James Russell Lowell. Adress: Broad Sokağı, Half Moon Pansiyonu, No. 2.

Bachi güldü. "Biz İtalyanlar kendimizi övmeyi sevmeyiz aslında. Bir atasözümüz vardır: 'İyi mal için reklama hacet yoktur.' Ama Amerika'da 'In bocca chiusa non entran moche,' demeliyiz galiba. Yani kapalı ağza sinek girmez. İnsanlara malımı pazarlamazsam, satın almalarını nasıl beklerim? Bu yüzden ağzımı açıp kendimi övüyorum."

Holmes sert çaydan bir yudum alınca yüzünü buruşturdu. "Referanslarınızdan biri de John Andrew ha?" dedi.

"Ama Doktor Holmes, kim valiyi arayıp sorar ki? Profesör Lowell'a da kimsenin sorduğunu sanmıyorum."

Lowell başıyla onayladı. Masaya eğilip, üstünde yığınlar halinde duran Dante metinlerine ve tefsirlerine baktı. Masanın biraz üstünde Bachi'nin onu terketmiş karısının ufak bir portesi asılıydı. Ressam kadının gözlerindeki sert ifadeyi epey yumuşatmıştı.

"Şimdi söyleyin lütfen, size nasıl yardımcı olabilirim? Bir zamanlar ben de sizin yardımınıza ihtiyaç duymuştum, Professore," dedi Bachi.

Lowell ceketinin iç cebinden bir başka gazete çıkardı. Bu seferkinde Lonza'nın resmi vardı. "Bu adamı tanıyor musunuz Senyor Bachi? Daha doğrusu tanıyor muydunuz?"

Bachi siyaz beyaz sayfadaki o soluk yüzü görünce kederlendi. Ama başını kaldırdığında öfkeli görünüyordu. "Dilenciye benziyor. Nereden tanıyayım?"

"Holy Cross Katedrali papazı tanıdığınızı söyledi," dedi Lowell.

Bachi bunu duyunca irkildi ve sanki etrafı sarılmış gibi Holmes'a baktı.

"Oradan epey para almışsınız sanırım senyor," dedi Lowell.

Bachi utandı. Başını eğerek yüzünü ekşitip "Bu Amerikan papazları İtalyanlar gibi değil," dedi. "Papadan bile zenginler. Benim durumumda olsanız, rahiplerden bile para almak size koymazdı." Romunu fondipledikten sonra başını geriye atıp ıslık çaldı. Gazeteye tekrar baktı. "Grifone Lonza hakkında bir şeyler öğrenmek istiyorsunuz demek."

Duraksadıktan sonra başparmağıyla masadaki Dante metinlerini gösterdi. "Sizler gibi ben de edebiyat düşkünüyüm. Canlılardan çok ölülerin arkadaşlığını yeğlerim. Bir yazar canımı sıkarsa, kitabı kaparım olur biter."

Ayağa kalkıp bardağına cin koydu. Cininden bir yudum aldıktan sonra, yutarken konuşmaya başladı. "İnsan Amerika'da kendini çok yalnız hissediyor. Buraya gelen hemşerilerimin çoğu bırakın Dante'yi, gazete bile okuyamaz. Oysa *La Commedia di Dante* insan ruhunun hem karanlık, hem de aydınlık yönlerini aynı derinlikle sergiler. Yıllar önce Boston'da bir grubumuz vardı. Edebiyatçılar, entelektüeller... Antonio Gallenga, Grifone Lonza, Pietro D'Alessandro." Sanki karşısındakiler bu insanlarmış gibi gülümsedi. "Evlerde toplanıp yüksek sesle Dante okurduk. Bütün sırları barındıran o şiiri okurduk. Sonra o gruptakiler ya taşındı, ya da öldü. Geride sadece Lonza'yla ben kalmıştık. Şimdi sadece ben kaldım."

"Yapmayın. Boston'dan bu kadar nefret etmeyin," dedi Holmes.

"Aksine, Boston'da bütün hayatlarını geçirmeye layık çok az

kişi var," dedi Bachi alaycı bir içtenlikle.

"Lonza'nın bir karakolda öldüğünü biliyor musunuz Senyor Bachi?" diye sordu Holmes usulca.

Bachi başıyla onayladı. "Duymuştum."

Lowell masadaki Dante kitaplarına bakarak konuştu: "Senyor Bachi, Lonza'nın intihar etmeden önce bir polisin kulağına *Cehennem*'in üçüncü kantosundan bir dize fısıldadığını söylesem ne dersiniz?"

Bachi şaşırmış görünmek bir yana, gülmeye başladı. İtalyan siyasi sürgünlerin çoğu kendilerini erdem timsali, papayıysa bir köpek olarak görürdü. Ama Grifone Lonza, kendisini bir şekilde dinden çıktığına ve Tanrı'ya affettirmesi gerektiğine inandırmıştı. Boston'a yerleşince, Ursuline manastırıyla bağlantılı Katolik misyonerlerine yardım etmişti. Yardımlarının papanın kulağına gideceğine ve böylece affedileceğine emindi. Ama sonra o manastır yakılmıştı.

"Lonza sürgün edildiğine kızmak yerine, yıkılmıştı. Tanrı kendisini cezalandırdığına göre bir şekilde günah işlediğini düşünmeye başlamıştı. Burada İngilizce konuşmayı kesti ve sanırım bir süre sonra unuttu."

"Peki niye ölmeden önce Dante'den bir dize okudu sizce senyor?" diye sordu Holmes.

"İtalya'da bir arkadaşım vardı Doktor Holmes. Güleryüzlü bir adamdı. Restoranı vardı. Yemekle ilgili tüm soruları Dante'den alıntılarla cevaplardı. İlginç bir adamdı. Lonza delirdi. Dante onun işlediğini sandığı günahların cezasını çekmesinin bir yoluydu. Dante'nin şiirinde bahsettiği tüm günahları işlediğine inanıyordu. Son birkaç yıldır Dante okumaz olmuştu. Buna ihtiyacı yoktu çünkü. Yazdıklarının her satırını, her kelimesini biliyordu. İsteyerek ezberlememişti. Ama aklına gelip duruyorlardı, Tanrı'nın peygamberlerine yaptığı uyarılar gibi. En ufak bir şey, bir görüntü, bir sözcük hemen Dante'nin şiirini çağrıştırıyordu... Sonra da günlerce başka bir şeyden bahsetmiyordu."

"İntihar etmesi sizi şaşırtmamış," dedi Lowell.

"İntihar mı etti bilmiyorum *Professore*," dedi Bachi öfkeyle. "Önemli de değil. Onun hayatı intihardı zaten. Ruhunu azar azar korku kapladı. Sonunda bütün hayatı cehenneme döndü. Sonsuz acılar çekeceğine inanıyordu. Ama intihar etmişse şaşırmam." Duraksadı. "Arkadaşınız Longfellow'un durumundan çok farklı değil galiba?"

Lowell ayağa fırladı. Holmes onu sakinleştirmeye çalıştı.

"Anladığım kadarıyla Profesör Longfellow çektiği acılar yüzünden kendini son üç dört yıldır Dante'ye adamış?" dedi Bachi ısrarla.

"Henry Longfellow hakkında ne biliyorsunuz ki?" diye sordu Lowell öfkeyle. "Masanızın halinden anladığım kadarıyla, son zamanlarda siz de Dante'ye merak salmışsınız senyor. Onda *ne* arıyorsunuz? Dante yazarak huzur bulmaya çalışıyordu. Ama sizin o kadar soylu bir gayeniz yok sanırım!" Kitaplardan birini hışımla karıştırdı.

Bachi kitabı Lowell'ın elinden kaptı.

"Dante'me dokunmayın! Fakir olabilirim, ama okuduğum kitaplar için kimseye hesap vermek zorunda değilim *Professore*!"

Lowell'ın yüzü utançtan kızardı. "Bunu... bakın, eğer paraya ihtiyacınız varsa... Senyor Bachi... borç..."

Bachi kıkırdadı. "Ah, siz *amari caniler*! Senden sadaka alır mıyım sanıyorsun? Harvard beni kurtların önüne atarken sen sadece durup seyretmiştin!"

Lowell dehşete kapıldı. "Saçmalama Bachi! Senin için elimden geleni yapmıştım!"

"Harvard'a mektup yazıp bana tazminat vermelerini istedin o kadar. Kapısını çalabileceğim kimse yokken neredeydin? O yüce Longfellow'un neredeydi? Sen hayatında hiçbir şey için mücadele etmedin. Kölelik ve Kızılderililerin katledilmesi hakkında şiirler ve yazılar yazarak bir şeyleri değiştirmeye çalışıyorsun. Hep uzaktan savaşıyorsun *Professore*." Sonra yüzü kıpkırmızı olan Doktor Holmes'a döndü. Sanki ona da saldırmazsa kabalık etmiş olacaktı. "Sizlere her şey miras kaldı! İnsanın ekmeği için savaşması ne demektir bilmezsiniz. Ama zaten bu ülkeye gelirken ne bekliyordum ki? Niye şikayet ediyorum ki? Şairlerin en yücesi bile sürgüne gönderilmişti. Belki bir gün, ölmeden önce vatanımın sahillerini ve dostlarımı tekrar görürüm."

Bachi otuz saniyede iki bardak viski içtikten sonra sandalyesine oturdu. Zangır zangır titriyordu.

"Dante bir yabancı yüzünden, Valoisli Charles yüzünden sürgüne gönderilmişti. O bize ait olan son şey, İtalya'nın ruhunun son külleri. Sizin ve o taptığınız Bay Longfellow'un Dante'yi bizden çalıp Amerikanlaştırmanızı alkışlamamı beklemeyin benden! Unutmayın ki o her zaman *bize* geri döner! Dante'nin ruhu hiç kimseye boyun eğmeyecek kadar güçlüdür!"

Holmes, Bachi'nin verdiği özel derslerin nasıl gittiğini sormaya çalıştı. Lowell ise Bachi'nin Harvard'ın bahçesinde kaygıyla yanına gittiğini gördüğü melon şapkalı, parlak yelekli adamı sordu. Ama Pietro Bachi şimdilik söyleyeceğini söylemişti. O bodrum dairesinden çıktıklarında, havanın epey soğuduğunu fark ettiler. Dışarıda, biraz daha kaliteli bir yer olan Humphrey'nin Pansiyonu'na çıkan ve bu yüzden pansiyonerlerin Yakubun Merdiveni dediği çürük merdivenin altından geçtiler.

Bachi başını bodrum katı penceresinden dışarı çıkardı. Yüzü kıpkırmızıydı. Sanki yerden bitmiş gibiydi. Başını boynuna kadar dışarı çıkarıp, sarhoş bir sesle bağırdı:

"Dante'den mi konuşmak istiyorsunuz *Professore*? Öyleyse Dante sınıfınızla ilgilenin!"

Lowell ne demek istediğini sordu.

Ama Bachi sözünü bitirir bitirmez penceresini titreyen ellerle kapamıştı.

X

---*---

Kuveykır tarzı kısa sakallı, uzun boylu ve sofu bir adam olan Bay Henry Oscar Houghton çalışma odasının masasında oturmuş, kısık bir lambanın ışığında mali hesaplarını gözden geçiriyordu. Titizliği sayesinde, Charles Nehri'nin Cambridge yakasında bulunan Riverside Matbaası pek çok büyük yayıneviyle, özellikle de en büyükleri olan Ticknor & Fields'la çalışan bir yer haline gelmişti. Houghton'un işçilerinden biri açık kapıyı çaldı.

Houghton muhasebe defterine bir rakam yazana kadar başını kaldırmadı. Puritan atalarını gururlandıracak kadar çalışkandı.

"Gir evlat," dedi sonunda, başını kaldırarak.

Çocuk Oscar Houghton'a bir kart uzattı. Matbaacı kartta yazılanları okumadan önce bile, kalın ve sert kağıdın kalitesinden etkilendi. Karttaki elyazısıyla yazılmış notu lamba ışığında okurken yüzü gerildi. Korumak için var gücüyle uğraştığı huzuru tamamen kaçmıştı.

Şef Yardımcısı Savage'ın arabası kaldırıma yanaşıp durdu ve içinden Şef Kurtz çıktı. Rey onu Merkez Karakolu'nun girişindeki basamaklarda karşıladı.

"Eee?" dedi Kurtz.

"İntihar eden adamın adı Grifone'muş. Onu bazen demiryolunda gördüğünü iddia eden bir sokak serserisi öyle dedi."

"En azından bir ilerleme kaydettik," dedi Kurtz. "Biliyor musun, söylediğin şeyi düşündüm Rey. Hani şu cinayetlerin bir tür *ceza* olduğunu söylemiştin ya." Rey, Kurtz'ün aşağılayıcı bir şey söylemesini bekledi, ama Kurtz derin derin iç geçirdi. "Başyargıç Healey'i düşünüyorum."

Rey başıyla onayladı.

"Hepimiz pişman olacağımız şeyler yaparız Rey. Sims duruşması sırasında polislerimiz mahkemenin önünde toplanan güruhları coplarla dağıttı. Tom Sims'i köpek gibi avlayıp efendisine geri postalayan *bizdik*. Anlıyor musun? Yaptığımız en kötü şeylerden biriydi bu. Hem de Yargıç Healey'nin kararı, daha doğrusu kararsızlığı yüzünden. Meclis kararını geçersiz saymamıştı."

"Evet Şef Kurtz."

Kurtz hüzünlenmiş gibiydi. "Boston'daki en saygın adamlar bile yanlış işler yapmıştır devriye polisi. Azizler çağında yaşamıyoruz. Onlar da kararsız kaldılar, savaşta yanlış tarafı seçtiler, ihtiyat uğruna yiğitliği elden bıraktılar. Daha kötüsünü de yaptılar."

Kurtz ofisinin kapısını açtı. Söyleyecekleri bitmemişti, ama masasının etrafında siyah paltolu üç adamın durduğunu gördü.

"Neler oluyor burada?" dedi adamlara. Sonra etrafa bakınıp sekreterini aradı.

Adamlar yana çekilince, Kurtz'ün masasında oturan Frederick Walker Lincoln ortaya çıktı.

Kurtz şapkasını çıkarıp hafifçe eğilerek "Hoşgeldiniz reis bey," dedi.

Belediye reisi Lincoln, John Kurtz'ün geniş maun masasının arkasında kendisine bir puro hazırlamakla meşguldü. "Odanda beklememizde bir sakınca yoktu umarım şef." Lincoln cümlesinin sonuna doğru öksürmeye başladı. Yanında kıdemli belediye meclisi üyesi Jonas Fitch oturuyordu. Fitch'in yüzünde, en az birkaç saattir devam eder gibi görünen sofuca, sahte bir gülümseme vardı. Dedektiflik bürosu elemanları olan üç siyah paltolu adamdan ikisini bir el hareketiyle gönderdi. Biri kaldı.

"Devriye polisi Rey, sen dışarıda bekle," dedi Kurtz.

Masasına doğru çekingen bir adım attı. Kapının kapanmasını bekledi. "O serserilerin burada ne işi var?"

Geride kalan tek serseri olan Dedektif Henshaw hiç istifini bozmadı.

Belediye reisi Lincoln "Son günlerde şu cinayet vakaları sizi fazlasıyla meşgul etmiştir Şef Kurtz," dedi. "Eminim ihmal ettiğiniz başka işleriniz vardır. O cinayet vakalarıyla artık dedektiflerinizin ilgilenmesine karar verdik."

"Buna izin vermem!" dedi Kurtz.

"Bırakın dedektifler işlerini yapsınlar şef. Onlar böyle vakaları çok çabuk çözebilen insanlar," dedi Lincoln.

"Hele ortada büyük bir ödül varken," dedi Fitch.

Lincoln meclis üyesine bakıp kaşlarını çattı.

Kurtz yüzünü ekşitti. "Dedektiflerin ödül alması yasak. Sizin kanununuz. Hem ne ödülüymüş bu?"

Belediye reisi purosunu söndürürken, Kurtz'ün sorusunu düşünüyormuş gibi yaptı. "Boston belediye meclisi şu anda Fitch'in sunduğu bir yasa tasarısını onaylıyor. Bu yasa sayesinde dedektiflik bürosu çalışanlarının ödül kabul etme yasağı kaldırılacak. Ayrıca söz konusu ödül biraz arttı."

"Ne kadar?" diye sordu Kurtz.

"Şef Kurtz..." diyecek oldu belediye reisi.

"Ne kadar?"

Fitch gülümseyerek *"Otuz beş* bin dolar," dedi.

"Tanrım!" diye bağırdı Kurtz. "Bu para için adam öldürecek insanlar var! Mesela kahrolası dedektiflerimiz!"

"Kimsenin yapamadığı, ama birilerinin yapması gereken işleri biz yaparız Şef Kurtz," dedi Dedektif Henshaw.

Lincoln öyle derin bir nefes verdi ki, yüzü söndü sanki. Her ne kadar müteveffa kuzeni Başkan Lincoln'a benzemese de, onun gibi ince kemikliydi. "Bir dönem daha çalıştıktan sonra emekliye ayrılmayı düşünüyorum John," dedi belediye reisi usulca. "Şehrimin beni gururla hatırlamasını istiyorum. O katili hemen bulamazsak kıyamet kopacak, anlamıyor musun? Basın dört yıldır kanlı olaylardan geçiniyor... savaştan, suikasttten. Onları hiç bu kadar kana susamış görmemiştim. Healey'yle sınıf arkadaşıydım şef. Sanki onun katilini bulamazsam, millet benim asılmamı isteyecekmiş gibi geliyor! Sana yalvarıyorum, bırak bu işi dedektifler halletsin. O zenciyi de hiç bulaştırma. Bir kez daha rezil olmayı göze alamayız."

"Affedersiniz ama," dedi Kurtz koltuğunda dikelerek, "Devriye polisi Rey'in bu konuyla ne ilgisi var?"

"Yargıç Healey'nin katilini ararken sokak serserilerini toplattığınızda," dedi Fitch zevkle. "Kendini karakol penceresinden atan bir dilenci vardı... Devam edeyim mi şef?"

"Rey'in o olayla hiçbir ilgisi yoktu," dedi Kurtz suratını asarak.

Lincoln sempatik bir edayla başını salladı. "Belediye Meclisi devriye polisi Rey'in o olaydaki rolünü incelemek üzere bir soruşturma başlattı. Polislerinizden bir sürü şikayet aldık. Karakoldaki olayları onun başlattığını söylüyorlar. O dilenciyi getiren de sizin melez polisinizmiş. Hattâ, şey, adamı pencereden onun attığını düşünenler de var. Herhalde kazayla..."

"Yalan!" Kurtz'ün yüzü kıpkırmızı kesildi. "Rey ortalığı yatış-

216

tırmaya çalışıyordu, tıpkı hepimiz gibi! O intihar eden adam manyağın tekiydi! Dedektifler ödüle konmak için soruşturmamızı engellemeye çalışıyor! Henshaw, bu konuda ne biliyorsun?"

"Bu vakayı çözecek, Boston'u kurtaracak insanın o zenci olmadığını biliyorum şef."

"Belki de sayın vali atadığı polisin bütün polis departmanını karıştırdığını öğrenince doğrusunu yapıp kararını gözden geçirir," dedi Fitch.

"Devriye polisi Rey tanıdığım en iyi polislerden biridir."

"Sizden bahsetmişken. Duyduğumuza göre şehrin her tarafına onunla gidiyormuşsunuz şef." Belediye reisi kaşlarını çattı. "Talbot'un ölüm mahalline de onu götürmüşsünüz. Şoförünüz olarak değil, meslektaşınız olarak."

"O gündüz fenerinin her sokağa çıkışında linç güruhları tarafından kovalanmaması bir mucize!" dedi Fitch gülerek.

"Nick Rey'e belediye meclisi tarafından konulan tüm kısıtlamaları uyguluyoruz... hem konumuzla ne ilgisi var hâlâ anlayabilmiş değilim!"

"Halkı dehşete düşüren cinayetler işleniyor," dedi Lincoln, işaret parmağını Kurtz'e uzatarak. "Ayrıca polis departmanı dağılıyor. İşte *bununla* ilgisi var. Nicholas Rey'in bu vakayla herhangi bir şekilde ilgilenmeyi sürdürmesine izin vermeyeceğim. Tek bir hata daha yaparsa kovulur. Bugün bazı senatörler beni görmeye geldi Rey. Bu cinayetleri çözemezsek, tüm ülkedeki karakolları kaldırıp yerine devlet idaresindeki merkezi bir polis teşkilatı kurmak için yeni bir teklif sunmakta kararlılar. Böyle bir şeyin benim dönemimde olmasını istemiyorum. Bunu anla! Şehrimin polis departmanının dağılışını görmek istemiyorum."

Fitch, Kurtz'ün konuşamayacak kadar afalladığını gördü.

Eğilip ona bakarak "Koyduğumuz yasaları gerektiği gibi uygulasaydınız, belki de bütün canilerle hırsızlar New York Şehri'nden çoktan kaçmıştı şef!"

Sabahın erken saatlerinde Ticknor & Fields'ın ofisleri yamaklarla –kimi genç, kimi kır saçlı– ve alt düzey katiplerle dolu olurdu. Binaya gelen ilk Dante Kulübü üyesi Doktor Holmes oldu. Oyalanmak için biraz ortalıkta gezindikten sonra, J. T. Fields'ın ofisinde oturmaya karar verdi.

İçeride birini görünce "Affedersiniz," deyip kapıyı kapamaya davrandı.

Karanlıkta hatları seçilmeyen köşeli bir yüz pencereye bakıyordu. Holmes'un o yüzü tanıması bir an sürdü.

"Emerson!" dedi gülümseyerek.

Daldığı düşüncelerden sıyrılan Ralph Waldo Emerson, Holmes'u selamladı. Boyunu uzun gösteren uzun bir mavi peleriniyle siyah bir atkısı vardı. Şair ve öğretmen olan Emerson yaşadığı küçük Concord köyünden nadiren ayrılırdı. O köyde bir ara neredeyse Boston'daki kadar çok edebiyatçı yaşıyordu. Emerson bir din dersinde Üniteryan Kilisesi'nin öldüğünü söylediği için Harvard kampüsünde konuşması yasaklanınca o köye yerleşmişti. Emerson Amerika'da Longfellow'un şöhretine yaklaşabilen tek yazardı. Edebiyat dünyasının merkezinde yaşayan Holmes bile onu görünce heyecanlanırdı. "Çağdaş şairlerimizin, o Maecenasların düzenlediği bir panelden yeni döndüm." Emerson, Fields'ın masasını gösterdi. Rahiplik günlerinden kalma bir alışkanlıkla, masayı takdis etmişti sanki. "Hepimizin hamisi ve koruyucusu. Ona yazı bırakacağım."

"Boston'a dönmenin zamanı geldi artık. Cumartesi Kulübü'nde seni özlüyoruz. Seni çağırmak üzere toplantı yapmayı bile düşündük!" dedi Holmes.

Emerson gülümsedi. "Neyse ki asla o kadar sevilen biri olmayacağım. Bilirsin, ilahlarımıza ya da dostlarımıza yazmaya zaman bulamayız da, paramızı isteyen avukatlara, tamircilere filan hep yazarız." Sonra Holmes'un hatırını sordu.

Holmes uzun uzun kendinden bahsetti. "Bir de yeni bir roman yazmayı düşünüyorum." Emerson'ın keskin ve kıvrak zekasıyla baş edebilmek için hızlı hızlı konuşuyordu.

"Umarım yazarsın Holmes," dedi Emerson içtenlikle. "Senin yazdığın bir şey kötü olamaz. Gözüpek yüzbaşımızdan ne haber? Hâlâ avukat mı olmak istiyor?"

Holmes Küçük Wendell'den bahsedildiğini duyunca sinirli sinirli güldü. Sanki oğlu eğlenceli bir konuydu. Oysa Küçük Wendell'in mizah duygusu hiç gelişmemişti. "Bir ara ben de hukukla uğraşmayı denemiştim, ama hoşuma gitmedi. Küçük Wendell'in kalemi kuvvetli. Benim kadar olmasa da iyi şiirler yazıyor. Şimdi eve döndü ya, kütüphanedeki sallanan koltuğa Othello gibi kurulup genç Desdemonalara maceralarını anlatarak gözlerini kamaştırıyor. Biliyor musun, bazen beni horgördüğünü düşünüyorum. Sen de oğlundan böyle bir his alıyor musun Emerson?"

Emerson birkaç saniye duraksadı. "İnsanoğlu huzursuz bir varlıktır Holmes," dedi.

Emerson konuşurken onun yüzünü incelemek, taşlara basa basa dereyi geçmeye çalışan bir adamı izlemek gibiydi. Holmes o yüzdeki gizli bencilliği fark edince, bir an kaygılarını unuttu. Sohbeti sürdürmek istiyordu, ama Emerson'la yaptığı görüşmelerin bir anda bitebildiğini de biliyordu.

"Waldo, sana bir soru sorabilir miyim?" Holmes aslında tavsiye almak istiyordu, ama Emerson kimseye tavsiye vermezdi.

"Bizim (yani Fields, Lowell ve benim) Longfellow'a Dante çevirisinde yardım etmemiz konusunda ne düşünüyorsun?"

Emerson tek kaşını kaldırdı. "Socrates burada olsaydı onunla sokaklarda konuşabilirdik Holmes. Ama dostumuz Longfellow'la sokakta konuşamayız. İlla bir saray, hizmetçiler, çeşit çeşit şaraplar, kadehler, şık kıyafetler filan olması gerekir." Düşünceli bir edayla başını eğdi. "Bazen birlikte Profesör Ticknor'dan aldığımız Dante derslerini düşünüyorum. Dante bir dinozor gibi geliyor bana. Evlik değil, müzelik bir şey."

"Ama bir keresinde Dante'nin Amerika'ya tanıtılmasının yüzyılımızın en büyük başarılarından biri olacağını söylemiştin!" dedi Holmes.

"Evet." Emerson durup düşündü. Bir konuyu mümkün olduğunca farklı açılardan ele almaya çalışırdı. "Hâlâ da öyle diyorum. İnançlı bir insanın çevresini, birbirlerine kendilerini beğendirmeye can atan laf ebelerinin ortamına yeğlerim."

"Ama edebiyatçılar kendi ortamlarını yaratmazsa edebiyatın hali ne olur?" Holmes gülümsedi. Dante Kulübü'nü savunacaktı. "Shakespeare, Ben Johnson, Beaumont ve Fletcher'ın arkadaşlıklarına neler borçluyuz kimbilir? Veya şömine başında toplanan Johnson, Goldsmith, Burke, Reynolds, Beauclerc ve Boswell'i düşün. Buluşmalarını nasıl ciddiye aldıklarını düşün."

Emerson kalkmak üzere olduğunu göstermek için Fields'a getirdiği sayfaları toparlamaya başladı. "Unutma ki ilk gerçek Amerikan şairinin belirmesi için, geçmişin dehasının günümüzün gücüyle birleşmesi gerek. İlk gerçek okuyucu da edebiyat kulüplerinden değil sokaklardan çıkacak. Amerikan ruhu ürkek, taklitçi ve uysaldır. Entelektüelleri ağırbaşlı, tembel ve kibirlidir. Küçük hedefler peşinde koşarak kendilerini tüketiyorlar. Entelektüel eyleme geçmediği sürece insan olamaz. Fikirler pratiğe geçirilmezlerse hayalden ibaret kalırlar. Longfellow'un yazdıklarını okuyunca kendimi rahat ve güvencede hissediyorum. Ama geleceğimiz bu değil."

Emerson gidince, Holmes kendisini yanıtını sadece onun verebileceği bir sfenks sorusu duymuş gibi hissetti. Arkadaşları geldiğinde, onlara az önceki sohbetten bahsetmedi. O sohbeti sahipleniyordu.

Bachi hakkında konuşmaya başladılar. Fields "Bu mümkün mü?" dedi. "Lonza denen o dilenci Dante'nin şiirine kendini o kadar kaptırmış olabilir mi?"

"Edebiyatın zayıf iradeli insanları ele geçirdiği görülmemiş bir şey değildir," dedi Holmes. "John Wilkes Booth'u düşün. Lincoln'ü vururken Latince 'İşte tiranların sonu budur,' diye bağırdı. Brutus da Julius Caesar'ı öldürürken aynı şeyi söylemişti. Booth, Lincoln'ü o Roma imparatoru olarak görüyordu. Unutma ki Booth, bir Shakespeare uzmanıydı... tıpkı Lucifer'imizin Dante uzmanı olması gibi. Dante'yi okurken, anlarken, incelerken, tıpkı o adam gibi kendimizi kaptırmak istemiyor muyuz?"

Longfellow kaşlarını kaldırdı. "Ama Booth da Lonza da bunu bilinçli yapmamışlar sanki."

"Bachi, Lonza'yla ilgili bir şeyler gizliyor!" dedi Lowell öfkeyle. "Sen de oradaydın Holmes. Onun hakkında hiç konuşmak istemiyordu, değil mi?"

"Hakikaten, adamın ağzından laf kerpetenle alınıyordu," dedi Holmes. "Bir insan Boston'a saldırmaya, Kurbağalıdere'den ve belediyeden filan şikayet etmeye başlamışsa, iyice düşmüş demektir. Zavallı Edgar Poe böyle ileri geri konuşmaya başladıktan kısa süre sonra ölmüştü. Öyle insanlara borç vermemek gerekir... çünkü mahvolmak üzere olan kişilerdir onlar."

"Çancı," diye mırıldandı Lowell, Poe'nun adını duyunca.

"Bachi'nin hep karanlık bir yönü vardı," dedi Longfellow. "Zavallı Bachi. İşini kaybetmek onu iyice bitirdi. Bize kızıyor olmalı."

Lowell, Longfellow'un gözlerine bakmadı. Ona Bachi'nin tüm söylediklerini anlatmamıştı. "Bence çağımızda güzel şiirlerden daha ender bir şey varsa, minnettarlıktır Longfellow. Bachi çok hisli bir insan değil bence. Belki de Lonza'nın karakolda o kadar korkmasının sebebi, Healey'nin katilini bilmesiydi. Belki de katil Bachi'ydi. Hattâ Lonza ona yardım etmiş bile olabilir."

"Longfellow'un Dante çevirisinden bahsedince adam deliye döndü," dedi Holmes, ama katilin o olduğuna pek inanmadığı belliydi. "Yalnız katil Healey'i yatak odasından bahçeye taşıyabildiğine göre güçlü bir adam olmalı. Bachi ise o kadar çok içiyor ki, yürürken bile ayakları dolanıyor. Hem kurbanlarla bir bağlantısını da bulamadık henüz."

"Bulmamıza gerek yok ki!" dedi Lowell. "Unutma ki Dante cehenneme hiç tanımadığı bir sürü insanı koyar. Bachi'nin aleyhinde iki sağlam kanıt var: Birincisi, Dante'yi çok iyi biliyor. Yaşlı Ticknor'ı saymazsak, Dante'yi bizim kadar anlayabilen tek kişi o."

"Doğru," dedi Holmes.

"İkincisi, o cinayetleri işlemek için sebepleri var," diye devam etti Lowell. "Çok fakir. Şehrimizde yapayalnız kalıyor ve kendini içkiye veriyor. Arada sırada verdiği özel derslerle kıt kanaat geçiniyor. Bizden nefret ediyor, çünkü Longfellow'la benim onun kovulmasına göz yumduğumuzu düşünüyor. Ayrıca hain Amerikalıların Dante'yle ilgilenmelerini istemiyor. Bu yüzden ondan nefret etmelerini sağlamayı bile göze alabilir."

"Peki niye Healey'yle Talbot'u seçsin ki?" diye sordu Fields.

"Herhangi birini seçebilirdi, yeter ki cezalandırmak istediği günahları işlemiş olsunlar ve sonunda cinayetlerin Dante'nin şiirinden esinlenildiği ortaya çıksın. Böylece Amerikalıları Dante'den nefret ettirecekti."

"Bachi, Lucifer'imiz olabilir mi?" diye sordu Fields.

"Olmalı mı?" diye sordu Lowell, ayak bileğini tutup yüzünü buruşturarak.

Longfellow, Lowell'ın ayağına bakarak "Lowell?" dedi.

"İyiyim. Bir şeyim yok. Geçen gün Wide Oaks'ta ayağımı bir yere çarptım galiba."

Doktor Holmes eğilerek, Lowell'a paçasını sıyırmasını işaret etti. "Bu büyüdü mü Lowell?" dedi Lowell'ın bileğindeki kırmızı şişliğe bakarak.

"Bilmem?" Lowell yara bereleri pek ciddiye almazdı.

"Bachi'yle ilgileneceğine biraz kendinle ilgilen," diye azarladı Holmes. "Gördüğüm kadarıyla iyileşmemiş, tersine kötüleşmiş. Çarptım mı demiştin? İltihaplanmış gibi görünmüyor. Acıyor mu?"

Lowell birden bileğinin acıdığını hissetti. "Bazen." Birden aklına bir şey geldi. "Healeylerin evindeyken o sineklerden biri paçamdan içeri girmişti. O sokmuş olmasın?"

"Sanmam," dedi Holmes. "Et sinekleri *sokmaz* ki. Belki de başka bir böcekti?"

"Hayır, et sineğiydi. Onu dümdüz ettim." Lowell sırıttı. "Şu sana getirdiklerimden biriydi Holmes."

Holmes durup düşündü. "Longfellow, Profesör Agassiz Brezilya'dan döndü mü?"

"Bu hafta döndü galiba," dedi Longfellow.

"Getirdiğin böcek parçalarını Agassiz'in müzesine gönderelim," dedi Holmes, Lowell'a. "O adamın hayvanlar dünyası hakkında bilmediği şey yoktur."

Lowell sağlığından bahsedilmesinden sıkılmaya başlamıştı.

"İstiyorsan tamam. Şimdi, Bachi'yi birkaç gün takip etmemizi öneriyorum... hâlâ alkol komasından ölmediyse tabii. Bakalım bir şeyler öğrenebilecek miyiz. Apartmanının önünde iki kişi bir arabada beklesin. İtirazınız yoksa, gözcü ekibin lideri olmak istiyorum. Benimle kim gelecek?"

Kimse gönüllü olmadı. Fields ilgisiz bir ifadeyle cep saatini çıkarıp baktı.

"Hadi ama!" dedi Lowell. Yayıncısının omzuna vurdu. "Sen gel Fields."

"Kusura bakma Lowell. Öğleden sonra Longfellow'la birlikte Oscar Houghton'la yemek yiyeceğim. Oscar dün akşam Augustus Manning'den bir mektup almış. Longfellow'un çevirisini basarsa artık Harvard'la çalışamayacağı söylenmiş. Hemen bir şeyler yapmazsak Houghton baskılara boyun eğecek."

"Benim de homeopati ve allopati üstüne bir konuşmam var," diye atıldı Doktor Holmes. "İptal edersem organizatörler büyük zarara girer. Bu arada dinlemek isterseniz buyrun gelin!"

"Ama bu işin peşini bırakamayız!" dedi Lowell.

"Lowell," dedi Fields. "Bu işle uğraşıp da Doktor Manning'i ihmal edersek, bütün çevirilerimiz, bütün emeklerimiz heba olur. Houghton'u ikna etmek en fazla bir saat sürer. Ondan sonra istediğini yaparız."

Longfellow o ikindi vakti Revere Restoran'ın Yunan mimarisi stilli ön cephesinin karşısında dururken, biftek kokuları alıyor ve içerideki müşterilerin uğultusunu duyuyordu. Oscar Houghton'la konuşmak onu rahatlatacaktı. En azından bir saatliğine cinayetlerden ve böceklerden bahsedilmeyecekti. Fields arabanın içinde öne eğilmiş, sürücüye Charles Sokağı'na dönmesini söylüyordu. Annie Fields Cambridge'deki Leydiler Kulübü toplantısına yetiş-

224

meliydi. Fields, Longfellow'un arkadaş çevresinde arabası olan yegane kişiydi. Başkalarının arabasına binmekten nefret ederdi. Longfellow karalar giyinmiş peçeli bir kadının Bowdoin Meydanı'ndan geçtiğini fark etti. Kadının elinde bir kitap vardı. Başını eğmiş, ağır ve kararlı adımlarla yürüyordu. Longfellow, Beacon Sokağı'nda Fanny Appleton'la karşılaştığı günleri düşündü. Fanny ona kibarca başıyla selam verir, ama asla durup konuşmazdı. Onunla Avrupa'da, profesörlüğe hazırlık olarak dil çalışmaları yaparken tanışmıştı. Fanny kardeşinin iş arkadaşına iyi davranmıştı. Ama Boston'da tavırları değişmişti. Sanki Virgil onun kulağına Tarafsızları görünce hacıya verdiği tavsiyeyi fısıldamıştı: "Konuşmayalım. Bakıp geçelim." Longfellow o genç ve güzel kadınla konuşamayınca, *Hyperion* kitabında ondan esinlendiği bir karakter yaratmıştı.

Ama aradan aylar geçtiği halde, o genç kadın profesör diye hitap ettiği adamın yaptığı bu jestten hiç bahsetmemişti. Oysa kitabı okuduysa kendisini tanımış olmalıydı. Nihayet bir gün tekrar karşılaştıklarında, Fanny, Longfellow'a kitabında böyle uluorta sergilenmekten çok rahatsız olduğunu söylemişti. Longfellow özür dilememişti, ama sonraki aylarda Fanny'ye kalbini kimseye, hattâ evlenmelerinden sadece birkaç yıl sonra düşük yaparken ölen genç karısı Mary Potter'a bile açmadığı kadar açmıştı. Bayan Appleton'la Profesör Longfellow düzenli olarak görüşmeye başlamışlardı. 1854 yazında Longfellow bir notla evlenme teklif etmiş, aynı gün içinde de teklifi kabul edilmişti. *Ah, bu Vita Nuova'yı, bu yeni mutluluk hayatını getiren gün sonsuza dek kutsansın!* Bu cümleyi durmadan tekrarlamıştı; ta ki sözcükleri cismanileşene, ağırlık kazanana, çocuklar gibi kucaklanıp korunabilene dek.

"Houghton nerede acaba?" diye sordu Fields at arabası uzaklaşırken. "Birlikte akşam yemeği yiyeceğimizi unutmamıştır umarım."

"Belki Riverside'da işi çıkmıştır. Madam." Longfellow kaldırımda yanlarından geçen şişman bir kadına şapkasını çıkardı. Kadın ona gülümsedi. Longfellow kadınlara hafifçe gülümsese bile, sanki bir çiçek buketi sunmuş gibi karşılık verirlerdi.

"Kimdi o?" diye sordu Fields, kaşlarını çatarak.

"İki yıl önce Copeland'da yediğimiz akşam yemeğinde bize servis yapan kadındı," dedi Longfellow.

"Ha, evet. Neyse, Houghton hâlâ Riverside'daysa, *Cehennem* çevirisinin baskısıyla uğraşıyordur umarım. Floransa'ya göndermemiz gerek biliyorsun."

"Fields," dedi Longfellow gergin bir sesle.

"Özür dilerim Longfellow," dedi Fields. "O kadına bir daha mutlaka selam vereceğim. Söz veriyorum."

Longfellow başını salladı. "Onu demiyorum. Şuraya baksana." Fields, Longfellow'un baktığı yere bakınca, karşı kaldırımda koşar adım yürüyen bir adam gördü. Adam tuhaf bir şekilde iki büklümdü. Omzunda parlak bir gamsele çanta asılıydı.

"Baçhi bu."

"Eskiden cidden Harvard'da okutman mıydı?" diye karşılık verdi yayıncı. "Yüzüne baksana.... bir güz günbatımı gibi kıpkırmızı." İtalyan okutmanın giderek hızlanıp, köşedeki bir dükkana dalmasını izlediler. Dükkanın alçak, şendereli bir çatısı vardı. Camekanında WADE, OĞLU VE ORTAKLARI yazılıydı.

"O dükkanı biliyor musun?" diye sordu Longfellow.

Fields bilmiyordu. "Epey telaşlı görünüyordu, değil mi?"

"Bay Houghton bizi birkaç dakika beklesin." Longfellow, Fields'ın koluna girdi. "Gel, onu gafil avlarsak ağzından laf alabiliriz."

Karşıya geçmeye hazırlanırken, George Washington Greene'in Metcalf Eczanesi'nden usulca çıktığını gördüler. Bir kucak dolusu ilaç taşıyordu. Bir sürü hastalığı olan bu adam, yeni çıkan ilaçları dondurma gibi yerdi. Longfellow'un arkadaşları, Metcalf'ın nevralji, dizanteri vs. ilaçları yüzünden (eczanesinin tabelasında iri burunlu ve bilge görünüşlü bir adamın resmi vardı) Greene'in çeviri seanslarında Rip Van Winkle'a dönüşmesinden esef duyuyorlardı.

"Tanrım, Greene bu," dedi Longfellow yayıncıya. "Bachi'yle konuşmasına mutlaka engel olmalıyız Fields."

"Neden?" diye sordu Fields.

Ama Greene yaklaşınca susmak zorunda kaldılar. "Azizim Fields! Ve Longfellow! Burada ne işiniz var?"

"Sevgili dostum," dedi Longfellow, köşedeki dükkanın tenteli kapısına kaygıyla bakarak. "Revere'de yemek yemeye geldik. Senin Doğu Greenwich'te olman gerekmiyor mu?"

Greene başıyla onaylarken iç geçirdi. "Shelly sağlığım düzelene dek bana bakmak istiyor. Ama doktoru ne derse desin, bütün gün yatakta yatamam! Acı insanı öldürmez, ama iyi bir yatak arkadaşı değildir." Yeni semptomlarını ayrıntılarıyla anlatmaya başladı. Greene konuşup dururken Longfellow'la Fields sokağın karşı tarafına bakıp duruyorlardı. "Ama hastalıklarımdan bahsederek canınızı sıkmayayım. Yeni bir Dante seansı her şeye değer. Ama haftalardır sizden haber alamıyorum! Projenin iptal edildiğinden kaygılanmaya başladım artık. Lütfen bunun doğru olmadığını söyle Longfellow."

"Kısa bir ara verdik o kadar," dedi Longfellow, başını kaldırıp sokağın karşı tarafına bakarak. Dükkan camekanının ardında Bachi'yi görmüştü. Hararetle el kol hareketleri yapıyordu.

"Yakında tekrar başlarız," diye ekledi Fields. Sokağın karşı tarafının köşesinde bir at arabası durunca, dükkanı ve Bachi'yi göremez oldular. "Korkarım artık gitmeliyiz Greene," dedi Fields telaşla. Longfellow'un dirseğinden tutup öne itti.

"Ama Revere Lokantası o tarafta değil ki beyler!" dedi Greene gülerek.

"Şey, evet..." Kavşağın yoğun trafiğindeki at arabalarının geçmelerini beklerlerken, Fields bir bahane aradı.

"Greene," dedi Longfellow. "Önce bir yere uğramamız gerekiyor. Sen restorana gitsene. Birlikte yemek yeriz. Bay Houghton da gelecek."

"Eve dönmezsem kızım çok kızar," dedi Greene kaygıyla. "Hey, bakın kim geliyor?" Greene bir adım gerileyip dar kaldırımdan indi. "Bay Houghton!"

"Çok özür dilerim baylar!" Cenazeci gibi karalar giyinmiş iri yarı bir adam yanlarında bitip uzun kolunu George Washington Greene'e uzatarak elini sıktı. "Tam Revere'ye girecekken, göz ucuyla üçünüzü fark ettim. Umarım fazla bekletmemişimdir. Bizimle mi yiyeceksin Greene? Nasılsın dostum?"

"Açlıktan ölüyorum," dedi Greene acıklı bir sesle. "Çarşamba akşamları yaptığımız Dante toplantıları tek gıdamdı."

Longfellow ile Fields sokağın karşı tarafına sırayla, on beşer saniye boyunca bakıyorlardı. Köşedeki dükkânın önünde hâlâ o araba vardı. Sürücüsü sanki Longfellow'la Fields'ın sinirini bozmak için para almışçasına, sakin sakin oturmaktaydı.

"Artık değil mi yani?" diye sordu Houghton Greene'e şaşkınlıkla. "Fields, bunun Dr. Manning'le bir ilgisi var mı? Peki Floransa'da ilk cildin özel baskısının kutlaması yapılacaktı, o ne oldu? Yayın tarihleri ertelendiyse bilmeliyim. Benden gizlemeyin!"

"Gizler miyiz hiç Houghton?" dedi Fields. "Biraz ağırdan alıyoruz o kadar."

"Ben o haftalık toplantılara çok alışmıştım. Şimdi ne yapacağım?" diye sordu Greene hüzünlü bir sesle.

"Bilmem," dedi Houghton. "Ama merak etme. Böylesine yüksek maliyetli bir kitabı basmak.... Baksana, Manning'le Harvard Dante'den daha iyisini bulabilirler mi sence?"

Greene ellerini havaya kaldırıp salladı. "Dante'yi tek bir sözcükle açıklamak mümkün olsa, bu sözcük *erk* olurdu Houghton. Onun öyküsü insanın hafızasına kazınır. Yazdıklarını okurken, tasvir ettiği sesleri bile duyarsın. Denizin, rüzgarın, kuşların seslerini dinlerken aklına gelirler."

Bachi dükkandan çıktı. Çantasını heyecanla karıştırdığını gördüler.

Greene duraksadı. "Fields? Ne oldu? Karşı tarafta bir şeyler olacakmış gibi bakıyorsunuz."

Longfellow, Fields'a Greene'i oyalamasını işaret etti. Partnerler kriz anlarında en karmaşık startejileri bile basit mimiklerle birbirlerine anlatmayı başarırlar. Fields eski dostlarının omzuna kolunu atarak, onu oyalamaya başladı. "Bak Greene, savaş bittiğinden beri yayıncılık dünyasında bir sürü gelişme oldu..."

Longfellow, Houghton'u kenara çekip fısıldadı: "Korkarım yemeği ertelemek zorundayız. On dakika sonra Back Koyu'na bir at arabası kalkacak. Lütfen Bay Greene'i ona bindir. Araba kalkana kadar başından ayrılma. Sakın inmesin." Longfellow kaş mimikleriyle durumun ciddiyetini belirtti.

Houghton daha fazla açıklamaya gerek duymadan, başıyla onayladı. Henry Longfellow'un kendisinden ya da başka birinden bir kıyak istediğine hiç şahit olmamıştı daha önce. Riverside matbaasının sahibi, Greene'in koluna girdi. "Sana araba durağına kadar eşlik edeyim mi Greene? Birazdan bir araba kalkacak. Bu kasım ayazında dışarıda fazla kalmasan iyi olur."

Longfellow'la Fields aceleyle vedalaştıktan sonra, iki dev omnibüsün uyarı çanlarını çalarak sokaktan geçmesini beklediler. Sonra tam sokağa atılacakken, İtalyan okutmanın ortadan kaybolduğunu fark ettiler. Yan sokaklara bakındılar, ama görünürde yoktu.

"Nereye gitti bu kahrolası?" diye sordu Fields.

Longfellow işaret edince, gösterdiği yere bakan Fields, Bachi'nin az önce dükkanın önünü kapayan at arabasının arka koltuğuna kurulmuş olduğunu gördü. Arabanın atları yolcunun sabırsızlığını paylaşmıyor gibi, tırıs gidiyorlardı.

"Etrafta taksi de yok ki!" dedi Longfellow.

"Onu yakalayabiliriz," dedi Fields. "Birkaç sokak ötede arabacı Pike'ın yeri var. Haydut herif bir araba için bazen bir çeyreklik, bazen de yarım dolar alır. Onu Holmes'dan başka kimse sevmez. O da doktordan başka kimseyi sevmez."

Fields'la Longfellow hemen yola koyuldular. Pike'ı dükkanında değil, Charles Sokağı'ndaki 21 numaralı tuğla konağın önünde buldular. Pike'a dil dökmeye başladılar. Fields avuç dolusu para önerdi.

"Önüme devlet hazinesini serseniz yine de size yardım edemem," diye homurdandı Pike. "Dr. Holmes'a sözüm var. Onu götüreceğim."

"Bizi iyi dinle Pike," dedi Fields, zaten buyurgan olan sesini iyice sertleştirerek. "Dr. Holmes'un çok yakın arkadaşlarıyız biz. Durumu bilse bizi götürmeni kendisi söylerdi."

"Doktorun arkadaşı mısınız?" diye sordu Pike.

"Evet!" diye bağırdı Fields rahatlayarak.

"Madem arkadaşısınız, taksisini çalmak istemezsiniz herhalde. Dr. Holmes'a sözüm var." Pike sırtına yaslanıp fildişi bir kürdan kalıntısıyla dişlerini temizlemeye koyuldu.

"Vay!" diye haykırdı Oliver Wendell Holmes sırıtarak. Evinin ön merdivenini iniyordu. Elinde bir çanta vardı. Siyah yün bir takım giymiş, beyaz bir ipek kravat takmıştı. Ceketinin yakasına beyaz, güzel bir gül geçirilmişti. "Fields. Longfellow. Sonunda alopatiyi öğrenmeye geldiniz demek!"

Pike'ın atları Charles Sokağı'ndan fırlayarak şehrin iş bölgesinin dar sokaklarına daldı. Lamba direklerini sıyırıyor, diğer sürücüleri geride bırakarak adamları sinirlendiriyorlardı. Pike'ın arabası içinde dört kişinin rahatça oturabileceği kadar genişti. Dr. Holmes sürücüye tam bire çeyrek kala gelmesini ve kendisini konferans salonuna götürmesini söylemişti, ama artık hedefleri değişmişti. Sürücü doktorun buna gönülsüzce razı olduğuna inanıyordu. Hem yolcu sayısı üç misline çıkıvermişti. Pike onları her halükarda konferans salonuna götürmekte kararlıydı.

"Yapacağım konuşma ne olacak?" diye sordu Holmes Fields'a. "Bütün biletler satıldı biliyorsun!"

"Bachi'yi bulup ona bir iki soru soralım hele... ondan sonra Pike seni hemen oraya götürür," dedi Fields. "Hem gazeteler geç kaldığını yazmaz, merak etme. Orasını ben ayarlarım. Keşke kendi arabamı Annie'ye göndermeseydim. Bu kadar gecikmezdik!"

"İyi ama onu *bulursak* ne öğrenmeyi umuyorsunuz ki?" diye sordu Holmes.

Longfellow açıkladı. "Bachi bugün kaygılı görünüyordu. Onunla evinden (ve içkisinden) uzakta konuşursak, direnci kırılabilir. Greene'le karşılaşmasak böyle acele etmemize gerek kalmayacaktı. Keşke zavallı Greene'e her şeyi anlatabilseydik. Ama zayıf bünyesi bu heyecanı kaldıramayabilir. Her türlü hastalıktan muzdarip ve herkesi kendine düşman sanıyor. Bir de tepesine yıldırım düşse tam olacak."

"İşte orada!" diye haykırdı Fields. Elli metre kadar ötedeki bir at arabasını gösterdi. "O değil mi Longfellow?"

Longfellow başını yan pencereden çıkarıp baktı. Rüzgarın sakalını titreştirdiğini hissetti. Başıyla onayladı.

"Sürücü, hızlan!" diye seslendi Fields.

Pike kırbacını şaklatarak arabayı hız limitinin (Boston Güvenlik Kurulu tarafından "tırıs" olarak belirlenmişti) çok üstüne çıkardı. "Fazla doğuya gidiyoruz!" diye seslendi Pike. "Konferans salonundan çok uzaklaşıyoruz Dr. Holmes!"

Fields, Longfellow'a döndü. "Bachi'yi neden Greene'den sakladık ki? Tanıştıklarını bilmiyordum."

"Çok eskiden tanışmışlardı," dedi Longfellow. "Roma'da. Greene o zamanlar şimdiki kadar hasta değildi. Bachi'nin yanına birlikte gitsek, Greene, Dante projemizden fazla bahsedebilirdi. (Bu konuda çenesi hiç durmaz zaten!) Bu da Bachi'nin kendini kötü hissedip iyice içine kapanmasına yol açabilirdi."

Pike hedeflerini defalarca gözden kaybetmesine karşın; hızlı sapışlarla, zamanlaması kusursuz deparlarla ve sabırlı yavaşlamalarla ona tekrar yaklaşmayı başardı. Diğer sürücü de telaşlı gibiydi, ama takip edildiğinden habersizdi. Rıhtım bölgesinin dar sokaklarında avlarını tekrar gözden kaybettiler. Sonra bir kez daha ortaya çıkınca, Pike önce bir küfür savurup ardından özür dileyerek birden arabayı durdurdu. Holmes arabanın içinde Longfellow'un kucağına savruldu.

"İşte orada! Gidiyor!" diye seslendi Pike. Diğer araba rıhtımdan uzaklaşmaktaydı. Ama içi boştu.

"Limana gitmiş olmalı!" dedi Fields.

Pike tekrar arabasını sürdü. Sonra yolcuları arabadan inip, mendil sallayarak siste kaybolan gemileri uğurlayan kalabalığın arasına daldılar.

"Günün bu vaktinde kalkan gemilerin çoğu Long Wharf'a gider," dedi Longfellow. Eskiden sık sık limana gelirdi, Almanya ve İspanya'dan gelen büyük gemileri görmek ve erkeklerle kadınların ana dillerinde konuşmalarını dinlemek için. Boston'da ten renklerinin ve konuşulan dillerin en fazla çeşitlilik gösterdiği yer limandı.

Fields onlara ayak uydurmakta zorlanıyordu. "Wendell?"

"Buradayım Fields!" diye seslendi Holmes kalabalığın içinden.

Holmes, Longfellow'un fıçı taşıyan zenci bir istifçiye Bachi'yi tarif ettiğini gördü.

Fields diğer taraftaki yolcuları sorgulamaya karar verdi. Ama kısa süre sonra yorulup iskeleye oturdu.

"Sen, züppe kılıklı." Yağlı sakallı, iri kıyım bir liman şefi Fields'ı kolundan tutup sertçe itti. "Biletin yoksa yolu tıkama."

"Bayım," dedi Fields. "Acilen yardıma ihtiyacım var. Mavi, buruşuk bir redingot giymiş, gözleri kanlı, kısa boylu bir adam gördünüz mü?"

Liman şefi ona kulak asmayıp yolcuları sınıf ve kompartmanlarına göre sıraya dizmeye başladı. Fields adamın kepini çıkarıp (koca kafasına göre fazla küçüktü) eliyle dağınık saçlarını düzeltmesini izledi.

Fields adamın bağırarak verdiği emirleri dinlerken transa geçmişçesine gözlerini kapadı. Zihninde loş bir odadaki bir şömine rafında yanan bir fitilli lamba belirdi. "Hawthorne." Fields inledi.

Liman şefi dönüp ona baktı. "Ne?"

"Hawthorne." Fields gülümsedi. Hedefi on ikiden vurduğunu biliyordu. "Sen Bay Hawthorne'un romanlarına hayransın."

"Şey..." Liman şefi bir şeyler mırıldandı. Ya dua, ya da küfür ediyordu. "Nereden bildin? Çabuk söyle!"

Sıraya dizdiği yolcular da susup kulak kabarttılar.

"Boşver." Yıllar önce, bir kitapçının genç katibiyken sahip olduğu insan sarraflığı yeteneğini hâlâ koruduğunu bilmek hoşuna gitmişti. "Şu kağıt parçasına adresini yaz. Sana Hawthorne'un dul eşi tarafından onaylanmış yeni mavi-sarı kapaklı tüm eserleri baskısını göndereyim." Fields kağıdı uzatırken birden geri çekti. "Bana yardım edersen tabii."

Fields'a batıl bir huşuyla bakmaya başlamış olan adam yelkenleri suya indirdi.

Fields parmak uçlarında yükselip etrafa bakınınca, Longfellow'la Holmes'un kendisine yaklaştığını gördü. Onlara seslendi: "Şu iskeleye bakın!"

Holmes'la Longfellow bir başka liman şefinin yanına giderek Bachi'yi tarif ettiler.

"Siz kimsiniz peki?"

"Yakın arkadaşıyız," diye bağırdı Holmes. "Lütfen söyle, nereye gitti?" Fields yanlarına geldi.

"Şey, limana geldiğini gördüm," dedi adam çıldırtıcı bir sakinlikle. "Sanırım koşarak şuna atladı." Denizdeki küçük bir tekneyi gösterdi. İçinde en fazla beş yolcu vardı.

"Güzel, o tekne fazla uzağa gidiyor olamaz. Nereye gidiyor?" diye sordu Fields.

"O mu? O sadece bir nakil aracı. Anomino gemisi bu limana sığmayacak kadar büyük. Bu yüzden açıkta bekliyor. Gördünüz mü?"

Gemi sisin içinde bir belirip bir kayboluyordu, ama hayatlarında gördükleri en büyük buharlı gemi olduğu kesindi.

"Arkadaşınız o gemiye binmeyi çok istiyordu galiba. Onu götüren küçük tekne gecikmiş son yolcuları taşıyor. Onlar da binince gemi yola çıkacak."

"Nereye gidecek?" dedi Fields. Morali bozulmuştu.

"Atlantiği geçecek." Liman şefi elindeki tarifeye baktı. "Marsilya'ya uğrayacak, sonra da.... hah, işte! *İtalya*'ya gidecek!"

Doktor Holmes konferans salonunda konuşmasını sorun çıkmadan yaptı. Dinleyiciler gecikmesini önemli bir şahsiyet olmasına bağlamışlardı. Longfellow'la Fields ikinci sırada, Dr. Holmes'un küçük oğlu Neddie'nin, iki Amelia'nın ve Holmes'un kardeşi John'un yanında oturup konuşmayı dikkatle dinlediler. Fields'ın organize ettiği üç safhalık bu konuşma dizisinin ikincisinde Holmes savaşta kullanılan tıp yöntemlerinden bahsetti.

Dinleyicilerine iyileşmenin zihinsel koşullarla yakından ilişkili olduğunu anlattı. Mesela aynı yarayı alan iki askerden biri savaşta galip gelmiş, diğeriyse yenilmişse; galip gelenin yarasının iyileştiğini, yenileninse öldüğünü söyledi. "Sözümona sağduyulu adamların irdelemekten kaçındıkları, bilimle şiir arasındaki ara bölge budur işte."

Holmes ailesiyle arkadaşlarının oturduğu sıraya ve küçük Wendell'e ayrılmış boş koltuğa baktı.

"En büyük oğlum bu yaralardan birkaç tane aldı. Yeleğinde birkaç yeni ilik açılınca Sam Amca onu evine yolladı." Kahkahalar duyuldu. "Bu savaşta pek çok iyi yürek delindi, kurşunlar tarafından olmasa da."

Konuşmadan ve Dr. Holmes'a yapılan övgülerden sonra, Longfellow'la Holmes yayıncılarıyla birlikte Köşebaşı'ndaki Yazarlar Odası'na dönüp Lowell'ı beklemeye başladılar. Ertesi çarşamba Longfellow'un evinde bir çeviri kulübü toplantısı düzenlemeye karar verdiler.

Bu toplantının iki amacı olacaktı. Birincisi Greene'in çeviriye ve Houghton'la birlikte şahit olduğu tuhaf davranışlara ilişkin kaygıları giderilecek, böylece Bachi'den alabilecekleri bilgilerden mahrum kalmalarına sebep olan ayakbağlığı riski en alt düzeye indirilecekti. İkincisi ve belki daha da önemlisi, Longfellow'un çevirisinde biraz daha ilerlemesi sağlanacaktı. Longfellow 1265'te doğmuş olan şairin Floransa'daki Dante Festivali'nde kutlanacak olan altı yüzüncü doğumgününe kadar, *Cehennem*'i söz verdiği şekilde bitirmekte kararlıydı.

Longfellow çeviriyi 1865'in bitiminden önce tamamlamasının neredeyse mucize olacağını itiraf etmeye yanaşmamıştı. Ama geceleri tek başına çeviri yapmayı sürdürüyordu. Healey'nin ve Talbot'un ölümlerinin ipuçlarını Dante'nin yazılarında arıyordu.

"Bay Lowell burada mı?" diye sordu ince bir ses, Yazarlar Odası kapısının çalınmasının hemen ardından.

Şairler bitkindi. "Korkarım hayır," diye seslendi Fields, sinirlendiğini o görünmeyen sorgucudan gizlemeye gerek görmeden.

"Harika!"

Boston'un tacirler prensi Phineas Jennison usulca içeri girip kapıyı kapadı. Üstünde her zamanki gibi beyaz bir takım ve şapka vardı. "Katiplerden biri burada olabileceğinizi söyledi Bay Fields. Lowell hakkında rahatça konuşmak istediğimden, kendisinin burada olmaması isabet oldu." Uzun ipek şapkasını Fields'ın demir askılığına fırlattı. Parlak saçını yana yatırdı. "Bay Lowell'ın başı dertte."

Ziyaretçi iki şairi fark edince hafif bir hayret nidası attı. Holmes'la Longfellow'un ellerini sıkarken, neredeyse bir dizinin üstüne çökecekti. Ellerini en nadide şarap şişelerini tutar gibi özenle sıktı.

Jennison büyük servetini sanatçıların hamiliğini yapmakta kullanmaktan hoşlanırdı. Sırf serveti sayesinde tanışma imkanı bulabildiği dâhiler onu çok etkilerdi. "Bay Fields. Bay Longfellow. Dr. Holmes," dedi abartılı bir edayla. "Hepiniz Lowell'ın dostusunuz. Ben ne yazık ki sizin kadar şanslı değilim, çünkü dâhiler ancak dâhilerle gerçekten dost olabilir."

Holmes kaygıyla sözünü kesti. "Bay Jennison, Jamey'e bir şey mi oldu?"

"*Biliyorum* Doktor." Jennison derin derin iç geçirdi. "O kahrolası Dante meselesini biliyorum. Buraya geldim, çünkü size yardım etmek istiyorum."

"Dante meselesi mi?" diye fısıldadı Fields.

Jennison başını onaylarcasına ağır ağır salladı.

"Kahrolası Şirket Lowell'ın Dante derslerinden kurtulmaya çalışıyor. Sizin çevirinizi de durdurmak istiyorlar! Lowell bana her şeyi anlattı. Ama yardım isteyemeyecek kadar gururlu."

Jennison'ın yaptığı açıklama diğerlerini rahatlatmıştı. Derin nefesler aldılar.

"Lowell'ın Dante derslerini geçici olarak iptal ettiğini biliyorsunuzdur," dedi Jennison. Karşısındakilerin ilgisizliğine sinirlendiği belliydi. "Bence bu olmamalıydı. James Russell Lowell gibi bir dâhi savaşmadan pes etmemeli. Lowell taviz vermeye başlarsa perişan olacak! Duyduğuma göre üniversitede Manning zevkten dört köşe olmuş." Yüzü kaygılıydı.

"Peki ne yapmamızı istiyorsunuz azizim Jennison?" diye sordu Fields, saygılı görünmeye çalışarak.

"Onu şevklendirmenizi," dedi Jennison yumruğunu sıkarak. "Onu korkaklıktan kurtarın, yoksa şehrimiz en cesur yüreklerinden birini yitirecek. Bir fikrim daha var. Bir Dante araştırmaları vakfı kurun. Size elimden gelen yardımı yaparım. İtalyanca bile öğrenirim!" Jennison sırıtarak şişkin deri cüzdanını çıkarıp içindeki banknotları saymaya başladı. "Çok sevdiğinizi bildiğim

Dante'ye adanmış bir araştırma vakfı. Ne dersiniz beyler? Bu işe karıştığımı kimsenin bilmesine gerek yok. İdaresi sizde olur."

Yanıt vermeye fırsat kalmadan, birden Yazarlar Odası'nın kapısı ardına dek açıldı. Lowell belirdi. Yüzünde donuk bir ifade vardı.

"Ne oldu Lowell?" diye sordu Fields.

Lowell tam konuşmaya başlayacakken Jennison'ı gördü. "Philly? Burada ne işin var?"

Jennison yardım istercesine Fields'a baktı. "Bay Jennison'la bir işim vardı da," dedi Fields, para cüzdanını iş adamının eline tutuşturup onu kapı dışarı ederken. "Kendisi tam gidiyordu."

"Umarım bir terslik yoktur Lowell. Seni yakında ararım dostum!"

Lowell bardan kendine bir içki aldı. "Ne kadar şanssız olduğuma inanamayacaksınız dostlar. Bachi'yi aramak için Half Moon Pansiyonu'na gittim. Ama ortalıkta yoktu. Kimse de nerede olduğunu bilmiyordu. Zaten oradaki Dublinliler bir İtalyanla hayatta konuşmazlar... batan bir kayıkta yan yana dursalar ve İtalyan'da bir tıkaç olsa bile. Yani bütün günüm boşa geçti, sizinki gibi."

Fields, Holmes ve Longfellow susuyorlardı.

"Ne? Ne oldu?" diye sordu Lowell.

Longfellow Craigie Konağı'nda akşam yemeği yemelerini önerdi. Yolda Lowell'a o gün Bachi'yle yaşadıklarını anlattılar. Yemekte de Fields ona liman şefine geri döndüğünü ve rüşvet vererek onu Bachi'nin gemisinin sefer kaydına bakmaya ikna ettiğini söyledi. Kayıtlara göre Bachi indirimli bir gidiş-dönüş bileti almıştı. Dönüş tarihi 1867 Ocağıydı.

Longfellow'un oturma odasına döndüklerinde Lowell bir koltuğa çöktü. Afallamıştı. "Onu bulduğumuzu biliyordu. Tabii ya! Lonza'yı bildiğimizi keşfetmesine göz yumduk! Lucifer'imiz parmaklarımızın arasından kum misali kayıp gitti!"

"Öyleyse bunu kutlayalım!" dedi Holmes gülerek. "Bunun ne demek olduğunu anlamıyor musun? Yani, haklıysan tabii. Umut verici her şeye bir opera dürbününün ters ucundan bakıyorsun."

Fields öne eğildi. "Jamey, eğer katil Bachi'yse..."

Holmes sırıtarak cümleyi tamamladı: "Güvendeyiz demektir. Şehir de güvende. Ve Dante! Bilgimizle onu kovmayı başardıysak, onu *yendik* demektir Lowell."

Fields gülümseyerek ayağa kalktı. "Beyler, Cumartesi Kulübü'ndekileri utandıracak bir Dante yemeği düzenleyeceğim. Pirzolaları Longfellow'un dizeleri gibi muhteşem olacak! Moët şişeleri Holmes'un zekası gibi parıldayacak! Bıçaklarıysa Lowell'ın hicivleri gibi keskin olacak!"

Herkes Fields'ı alkışladı.

Bütün bunlar Lowell'ı biraz olsun rahatlattı. Yeni bir Dante çevirisi seansının yapılacağını öğrenince de iyice sevindi. Hayatları normale dönüyordu. Akademisyenliğin saf hazlarına geri dönüyorlardı. Dante hakkındaki bilgilerini sevimsiz konularda kullanmakla, bu hazlardan vazgeçmek zorunda kalmayacaklarını umuyordu.

Longfellow, Lowell'ın kaygılarını anlamış gibiydi. "Azizim Lowell," dedi, "Washington'ın zamanında kilise orglarının borularını eritip kurşun yaparlardı. Çünkü başka seçenekleri yoktu. Şimdi... Lowell, Holmes, benimle şarap mahzenine iner misiniz? Fields da mutfağa gidip yemekler oluyor mu diye bakar." Masadan bir mum aldı.

"Ahh, bir evin gerçek temeli!" dedi Lowell ayağa fırlayarak. "Kaliteli şarapların var mı Longfellow?"

"Bu konudaki prensibimi bilirsin Lowell:

239

'Bir dostunu yemeğe davet edersen
Ona en iyi şarabını ver.
Iki dostunu yemeğe davet edersen,
Biraz kötüsünü versen de olur.'"

Hep beraber kahkahayı bastılar. Artık iyice rahatlamışlardı. "Ama biz dört kişiyiz!" dedi Holmes. "Yani beklentilerimizi düşük tutalım doktor," diye tavsiyede bulundu Longfellow. Holmes'la Lowell onu takip ederek, mumun gümüşi ışığında mahzene indiler. Lowell gülüp sohbet ederek, kızarmış ayak bileğinden yayılan acıyı unutmaya çalışıyordu.

Beyaz bir ceket, sarı bir yelek ve geniş kenarlı bir şapka giymiş olan Phineas Jennison Back Koyu'ndaki konağının merdiveninden indi. Yürürken ıslık çalıyordu. Altın kaplama bastonunu çeviriyordu. Sanki komik bir fıkra hatırlamış gibi kahkahalar atıyordu. Phineas Jennison fethettiği şehir Boston'u her akşam gezmeye çıkarken böyle kendi kendine gülerdi. Fethemediği tek bir dünya kalmıştı... paranın pek işe yaramadığı, insanın statüsünün kan tarafından belirlendiği bir dünya. Ama orayı da fethetmek üzereydi, son zamanlarda çıkan tersliklere karşın.

Konağından ayrıldığından beri, sokağın karşı tarafından adım adım izlenmekteydi. Cezalandırılma sırası ondaydı. Şuna bakın, nasıl da gülerek, ıslık çalarak yürüyor. Sanki kimseyi incitmemiş ve kimse tarafından incitilmemişçesine. Adım adım. Artık geleceği belirleyemeyen bir şehrin utancıydı o. Ruhunu yitirmiş bir şehrin. O herkesi tekrar birleştirebilecek kişiyi kurban etmişti. Takipçi seslendi.

Jennison durdu. Meşhur gamzeli çenesini ovuşturdu. Gözlerini kısarak karanlığa baktı. "Biri bana mı seslendi?"

Yanıt gelmedi.

Jennison sokağın karşı tarafına geçip, kilisenin yanında sessizce durmakta olan adama kaygısızca baktı. Onu tanır gibi olmuştu. "Ah, seni hatırladım. Ne istiyorsun?"

Jennison adamın birden arkasına geçtiğini hissetti. Sonra tacirler prensinin sırtına bir şey saplandı.

"Paramı al! Bütün param senin olsun! Lütfen! Paramı alıp git! Ne kadar istersin? Söyle! Ne istiyorsun?"

"Kayıp insanların arasındaki yol benden geçer. Benden."

Ertesi sabah J. T. Fields at arabasıyla yola çıktığında, görmeyi beklediği en son şey bir cesetti.

"Biraz ileride," dedi Fields sürücüsüne. Fields'la Lowell kaldırıma inerek Wade'in dükkânına yürüdüler. "Bachi limana gitmeden önce buraya girdi." Fields eliyle Lowell'a gösterdi.

Şehir rehberlerinde bu dükkânın adına rastlayamamışlardı.

"Kalıbımı basarım ki Bachi orada karanlık işler çeviriyordu," dedi Lowell.

Dükkânın kapısını çaldılar. Kimse gelmedi. Bir süre sonra kapı açıldı ve parlak düğmeli uzun ve mavi ceketli bir adam aralarından geçerek dışarı çıktı. Kucağında içi ıvır zıvırla dolu bir kutu vardı.

"Pardon," dedi Fields. Şimdi iki polis daha yaklaşıyordu. Dükkânın kapısını daha da açarak Lowell'la Fields'ı içeri ittiler. İçeride geniş çeneli, yaşlıca bir adam tezgâhın üstünde yatıyordu. Elinde bir kalem vardı. Sanki bir şey söylerken lafı yarıda kesilmişti. Duvarlar ve raflar boştu. Lowell birkaç adım ilerledi. Cesedin boynuna bir telgraf teli dolanmıştı. Şair cesede bakakaldı. Hâlâ canlı gibi görünüyordu.

241

Fields yanına koşup onu kolundan tutarak kapıya doğru çekti. "Adam ölmüş Lowell!"

"Holmes'un tıp okulundaki kadavraları kadar ölü," dedi Lowell. "Böylesine adi bir cinayeti o Dante hayranı işlemiş olamaz."

"Hadi gel Lowell!" dedi Fields. İçeriyi inceleyen polislerin sayılarının giderek artmasından kaygılanmıştı. Şimdilik o iki yabancıyla ilgilenmiyorlardı.

"Yanında bir bavul var Fields. Belli ki Bachi gibi kaçmaya hazırlanıyormuş." Ölünün elindeki kaleme tekrar baktı. "Yarım kalmış bir işi halletmeye çalışıyordu galiba."

"Lütfen Lowell!" diye bağırdı Fields.

"Tamam Fields." Ama Lowell cesedin etrafından dolaşıp masanın üstündeki mektup kutusunda duran en üstteki mektubu usulca alarak ceket cebine soktu. "Hadi gidelim." Lowell kapıya doğru yürümeye başladı. Fields önden koşturmaya başladı, ama Lowell'ın onu takip etmediğini hissedince dönüp geriye baktı. Lowell dükkanın ortasında durmuştu. Yüzünde acı ve korku vardı.

"Ne oldu Lowell?"

"Kahrolası ayak bileğim."

Fields tekrar kapıya dönünce, bir polisin meraklı bir ifadeyle kendisine baktığını gördü. "Bir arkadaşımıza bakıyorduk memur bey. Dün buraya girdiğini görmüştük de."

Polis anlattıklarını dinledikten sonra, bunları not almaya karar verdi. "Arkadaşınızın adı neydi bayım? İtalyanın?"

"Bachi. B-a-c-h-i."

Lowell'la Fields'ın gitmesine izin verildiğinde; adli tıp doktoru Barnicoat, Dedektif Henshaw ve dedektiflik bürosundan iki adam daha gelmiş ve polislerden çoğunu göndermişlerdi. Henshaw cesedi görünce "Şunu dilenci mezarlığına, diğer pisliklerin yanına gömün," dedi. "Ichabod Ross. Ne büyük bir zaman kaybı. Kahvaltımı bunun için mi bıraktım?" Fields içeride biraz daha oyalandı, ta ki Henshaw dikkatle ona bakana dek.

Akşam gazetesinde küçük tacir Ichabod Ross'un bir soygun sırasında öldürüldüğüne dair kısa bir haber çıktı.

Lowell'ın çaldığı zarfın üstünde VANE'IN SAATLERI yazılıydı. Doğu Boston'un kenar mahallelerinden birindeki bir rehinci dükkanıydı bu.

Lowell'la Fields ertesi gün o camekansız dükkanın önüne geldiklerinde, kapıyı en az yüz elli kiloluk dev gibi bir adam açtı. Yüzü domates gibi kıpkırmızı, sakalıysa yeşilimtıraktı. Boynuna asılı çok sayıda anahtar, her hareketinde şıngırdıyordu. "Bay Vane?"

"Ta kendisi," dedi adam. Sonra başını kaldırıp karşısındakilerin kıyafetlerini görünce gülümsemesi dondu. "O sahte paralarla ilgim olmadığını New Yorklu dedektiflere söylemiştim!"

"Biz dedektif değiliz," dedi Lowell. "Bu sizin galiba." Zarfı tezgahın üstüne koydu. "Ichabod Ross'tan."

Adam sırıttı. "İşte bu harika! O moruk nalları dikmeden önce borcunu ödemeye karar vermiş demek!"

"Arkadaşınızın ölümüne çok üzüldük Bay Vane. Bay Ross niye öldürülmüş olabilir acaba? Bir fikriniz var mı?" diye sordu Fields.

"Meraklısınız ha? Tam da yerine geldiniz. Ne kadar verebilirsiniz?"

"Bay Ross'un size olan borcunu getirdik ya," diye anımsattı Fields.

"Bu para zaten benim!" dedi Vane. "Yoksa inkar mı ediyorsunuz?"

"Hayatta her şey para mıdır?" diye sordu Lowell sinirlenerek.

243

"Lütfen Lowell," diye fısıldadı Fields.

Vane'in gülümsemesi ve bakışları dondu. Gözleri faltaşı gibi açıldı. "Lowell mı? Şair Lowell!"

"Şey, evet..." dedi Lowell şaşırarak.

"Bir haziran günü kadar nadide ne vardır?" dedi adam kahkahayı basarak. Sonra devam etti.

> *"Bir haziran günü kadar nadide ne vardır?*
> *Kusursuz gün varsa onlardır.*
> *Tanrı dünya akortlu mu diye merak eder*
> *Ve ılık kulağını yavaşça dayayıp dinler.*
> *Neye baksak, neye kulak kabartsak o zaman,*
> *Hayattır mırıldanan ve parlayan."*

"Dördüncü dizedeki *yavaşça* değil *usulca*," dedi Lowell sinirlenerek. "...kulağını *usulca* dayayıp dinler..."

"Kimse iyi Amerikan şairleri olmadığını söylemesin! Tanrı ve Şeytan adına, bende evinin resmi bile var!" diye haykırdı Vane. Sonra tezgahının altında *Şairlerimizin Evleri*'nin deri bir cildini çıkardı. Kitabı karıştırarak, Elmwood bölümünü buldu. "Kataloğumda imzan bile var. Lowell, Emerson ve Whittier'den sonra, bana en çok para kazandıran şair sensin. Oliver Holmes denen serserinin imzası da var elimde, ama her yere imza atıp durduğundan fazla para etmiyor."

Yüzü heyecandan kızarmış olan adam boynundaki anahtarlardan biriyle bir çekmeceyi açıp bir kağıt parçası çıkardı. Kağıtta James Russel Lowell'ın ismi yazılıydı.

"Ama bu benim imzam değil ki!" dedi Lowell. "Bu ne biçim yazı böyle... kargacık burgacık! Elindeki bütün sahte imzaları hemen bana ver, yoksa hemen avukatım Hillard'ı arıyorum!"

"*Lowell!*" Fields onu iterek tezgahtan uzaklaştırdı.

"Böyle iyi bir vatandaşın evimin yerini bilmesi ne hoş! Geceleri mışıl mışıl uyurum artık!" diye bağırdı Lowell.

"Bu adamın yardımına ihtiyacımız var!"

"Evet." Lowell ceketini düzeltti. "Kilisede azizlerle, meyhanede günahkarlarla konuşacaksın."

"Bay Vane," dedi Fields dükkan sahibine geri dönüp cüzdanını çıkararak. "Bay Ross hakkında birkaç soru sormak istiyoruz. Sonra sizi rahat bırakacağız. Bize bilgi vermek için ne kadar para istersiniz?"

"Bir sent bile istemem!" Vane kahkahayı basınca, gözleri kafatasının içine kaçtı sanki. "Hayatta her şey para mıdır?"

Vane bedel olarak Lowell'ın kırk adet imzasını istedi. Fields Lowell'a bakıp tek kaşını kaldırarak onu ikna etti. Lowell adını bir not defterinin sayfasına iki sütun halinde yazarken ("Elyazın güzelmiş," dedi Vane), Vane, Fields'a Ross'un eskiden gazete matbaacısı olduğunu, ama sonra sahte para basmaya başladığını anlattı. Ross bu paraları kumarbazlara verme hatasını işlemişti. Kumarbazlar da o paralarla yerel kumarhaneleri ve hattâ rehine dükkanlarını dolandırmışlardı. Eninde sonunda birinin Ross'a cezasını vereceği belliydi.

Köşebaşı'na döndüklerinde, Fields'la Lowell öğrendiklerini Longfellow'la Holmes'a anlattılar. "Bachi, Ross'un dükkanından çıkarken çantasında ne vardı tahmin edebiliriz sanırım," dedi Fields. "Sahte paralar. Ama niye?"

"Para kazanamıyorsan *basacaksın*," dedi Holmes.

"Bachi oraya neden gitti bilmiyorum," dedi Longfellow, "ama tam zamanında çıktığı kesin."

Longfellow çarşamba akşamı misafirlerini her zamanki gibi

Craigie Konağı'nın basamaklarında karşıladı. İçeri girerlerken Trap da havlayarak onları selamladı. George Washington Greene toplantının haberini aldığından beri sağlığının iyiye gittiğini, artık düzenli olarak buluşacaklarını umduğunu söyledi. Her zamanki gibi, ele alınacak kantolara sıkı hazırlanmıştı.

Longfellow toplantıyı başlattı. Herkes yerlerine oturdu. Ev sahibi Dante'nin bir kantosunun İtalyanca'sını ve kendi İngilizce çevirisini dağıttı. Trap olanları ilgiyle izliyordu. Herkesin her zamanki yerine oturması ve efendisinin rahat olduğunu görmek hoşuna gitmişti. Greene'in dev koltuğunun altına girip uzandı. Trap yaşlı adamın kendisini sevdiğini biliyordu, çünkü ona akşam yemeğinden parçalar verirdi. Ayrıca Greene'in kadife kaplı koltuğu, odadaki sıcak şömineye en yakın duran koltuktu.

"Buranın ardında bir iblis var, bizi ikiye bölen."

* * *

Nicholas Rey Merkez Karakol'dan çıktıktan sonra, at arabasında uyumamak için kendini güç tuttu. Valinin emri yüzünden bütün gün masasında boş boş oturmasına karşın, geceleri ne kadar az uyuduğunu yeni fark etmişti. Kurtz yeni bir şoför bulmuştu... Watertownlı çömez bir devriye polisi. Rey sallanan arabada uyuklarken kısa bir rüya gördü. Rüyada korkunç görünüşlü bir adam yanına yaklaşıp "Ölemiyorum çünkü buradayım," diye fısıldadı. Ama Rey rüyadayken bile, *buradayım* kelimesinin Elisha Talbot'un ölümünün sırrıyla ilgili ipucunun bir parçası olmadığının farkındaydı. *Ölemiyorum çünkü.* Arabanın kenarlarına asılıp kadınlara oy hakkı verilmesi gerektiğini savunan iki adam tarafından uyandırıldı. O uykulu haliyle bir karar verdi... ve bir şeyi fark etti. Rüyasındaki o korkunç adam, intihar eden adamdı... yüzü üç dört misli büyümüş olsa da. Az sonra arabanın çanı çaldı ve şoför "Mount Auburn! Mount Auburn!" diye haykırdı.

On sekizine yeni basmış olan Mabel Lowell babasının Dante Kulübü toplantısına gitmek üzere evden çıkmasını bekledikten sonra onun Fransız malı maun yazı masasının başına gitti. Babası bu masayı sadece kağıtlarını koymakta kullanıyordu. Çünkü köşedeki koltuğunda, eski bir yazı altlığı kullanarak yazmayı severdi.

Mabel babasını özlüyordu. Harvardlı oğlanların peşinde koşmak ya da Amelia Holmes'un arkadaşlarıyla örgü örerek sanki herkes nakış kulüplerine girmeye can atıyormuş gibi aralarına kimi alıp almayacaklarını tartışmak (yabancı kızlar tartışmaya bile değmezdi) ona göre değildi. Mabel okumak ve babası gibi yazarların kitaplarında okuduklarını dünyayı gezerek bizzat görmek istiyordu.

Babasının masası her zamanki gibi dağınıktı. Böylece kağıtlarının karıştırıldığını fark etme riski azalıyor, ama o kağıt yığınlarının devrilme riski artıyordu. Mabel küçücük kalmış tüy kalemler ve yarım bırakılmış çok sayıda şiir buldu. Sonlarının olması gereken yerlerde sadece sinir bozucu mürekkep lekeleri vardı. Babası onu asla kafiyesiz şiir yazmaması konusunda sık sık uyarırdı. Çoğunun kötü şiirler olacağını, güzellerininse sonunu getiremeyeceğini söylerdi... tıpkı güzel bir insan gibi, eksiksiz görünürlerdi çünkü.

Tuhaf bir çizim gördü... çizgili kağıda kurşun kalemle yapılmıştı. Ormanda kaybolmuş ya da hiyeroglif çözmeye çalışan birinin özeniyle çizilmişti sanki. Bir anlam ya da yol bulma çabası gibiydi. Çocukken, babası yolculuğa gittiğinde eve gönderdiği

247

mektupların kenarlarına tanıştığı lise organizatörlerinin ve önemli yabancı şahsiyetlerin resimlerini çiziktirirdi hep. O illüstrasyonlara ne kadar güldüğünü hatırlayınca, önündeki resme daha dikkatli baktı. Önce bunun patenli erkek bacakları olduğunu düşündü ve bel kısmında düz, tahta benzeri bir şey olduğuna karar verdi. Ama resmi yan ve ters çevirip bakınca, ayaklardaki paten gibi görünen girintili çıkıntılı çizgilerin aslında alevleri de temsil edebileceğini fark etti.

Longfellow son toplantıda kaldıkları yerden devam ederek, yirmisekizinci kantonun çevirisini okudu. Bu kantonun son okuması yapılmış halini Houghton'a teslim edince ve Riverside matbaasındaki listede üstünü çizince rahat bir nefes alacaktı. *Cehennem*'in en mide kaldırıcı bölümüydü çünkü. Bu bölümde Virgil Dante'yi cehennemin Şeytan Kesesi, Malebolge, adıyla bilinen geniş bir bölgesinin dokuzuncu çukuruna indiriyordu. Sağlıklarında ülkeleri, dinleri ve aileleri parçalamış olan Bölücüler burada fiziksel olarak parçalanıyordu.

"Birini gördüm," diye okudu Longfellow. "Vücudu çenesinden yellenme organına dek yarılmıştı."

Longfellow derin bir nefes aldıktan sonra devam etti.

"Bacaklarının arasından bağırsakları sarkıyordu;
Kalbi görünüyordu, yiyecekleri
Dışkıya dönüştüren torbası da."

Dante şimdiye dek kendini tutmuştu. Bu kanto ise onun Tanrı'ya olan imanını sergiliyordu. Fiziksel bedene yapılabilecek böylesine korkunç işkenceleri ancak ruhun ölümsüzlüğüne körü körüne inanan biri hayal edebilirdi.

"Bu pasajlarda öyle pis şeyler var ki," dedi Fields, "sarhoş at satıcıları bile söylemekten utanır."

"Bir başkasınınsa boğazı delinmişti
Burnu kaşının hemen altından kesilmişti
Artık sadece tek kulağı vardı
Çevresindekilere merakla bakıyordu,
Onlar boğazını yarmadan önce,
Kıpkırmızı boğazını."

Üstelik bunlar Dante'nin tanıdığı insanlardı! Burnu ve kulağı kesilmiş olan bu gölge, yani Bolognalı Pier da Medicina, Dante'ye doğrudan zarar vermemiş olsa da Floransalıları onun aleyhine kışkırtmıştı. Dante öbür dünyaya olan yolculuğunu yazarken Floransa'yı aklından hiç çıkaramamıştı. Kahramanlarının arafta günahlarından arındığını ve cennette ödüllendirildiğini görmeye ihtiyacı vardı. Kötü insanlarıysa aşağıdaki cehennem çemberlerinde görmeye can atıyordu. Şair cehennemi sadece bir olasılık olarak tahayyül etmekle kalmamış, gerçekliğini hissetmişti. Dante parçalananlar arasında bir akrabasını bile görmüştü. Ona eliyle işaret ediyor, ölümünün intikamının alınmasını istiyordu.

Annie Allegra uykulu gözlerini ovuşturarak Craigie Konağı'nın bodrumundaki mutfağa girdi.

Peter mutfak ocağına bir kova kömür döküyordu. "Bayan Annie, Bay Longfellow sizi yatırmamış mıydı?"

Annie gözlerini açık tutmaya çalıştı. "Canım bir bardak süt çekti Peter."

"Hemen getiririm Bayan Annie," diye şakıdı kadın aşçılardan

biri, pişen ekmeğe göz atarken. "Seve seve getiririm."

Ön kapı hafifçe çalınınca Annie heyecanla açmaya koştu. Evde işe yaramaya, özellikle de misafirlere kapıyı açmaya bayılırdı. Küçük kız ön holde koşturarak devasa kapıya gidip açtı.

"Şşşşt!" diye fısıldadı Annie Allegra Longfellow, daha gelen kişinin yakışıklı yüzünü görmeden. Adam eğildi. "Bugün *çarşamba*," dedi Annie, sır verircesine ellerini ağzına siper ederek. "Babamı göreceksen Bay Lowell ve diğerleriyle görüşmesinin bitmesini beklemelisin. Kurallar böyle. İstersen küçük salonda bekleyebilirsin," dedi.

"Rahatsız ettiğim için özür dilerim Bayan Longfellow," dedi Nicholas Rey.

Annie Allegra başını sallayarak sevimli sevimli onayladı. Sonra tekrar ağırlaşmaya başlayan gözkapaklarıyla mücadele ederek merdiveni yavaş yavaş çıktı. Aşağıya o uzun yolculuğu neden yaptığını unutmuştu bile.

Nicholas Rey, Craigie Konağı'nda, Washington'ın portreleri arasında durdu. Cebinden kağıt parçaları çıkardı. Bir kez daha onların yardımına ihtiyacı vardı. Bu kez Talbot'un öldüğü yerde bulduğu kağıt parçalarını gösterecekti, belki onun fark edemediği bir bağlantıyı kurarlar diye. Limanda, intihar eden adamı resminden tanıyan bir sürü yabancı çıkmıştı. Bu da Rey'in adamın yabancı olduğu, kulağına fısıldadığı sözcüklerin başka bir dilden olduğu kanısını güçlendirmişti. Rey, Dr. Holmes ile diğerlerinin kendisinden bir şeyler gizlediklerini seziyordu.

Küçük salona doğru yürümeye başladı, ama ön holden çıkmadan durdu. Hayretle döndü. Bir şey duymuştu. Neydi o? Geri dönerek, çalışma odasının kapısına yaklaştı.

"Che le ferrite son richiuse prima ch'altri dinanzi li rivada..."

Rey ürperdi. Çalışma odasının kapısına doğru üç sessiz adım

daha attı. "*Dinanzi li rivada.*" Not defterinden bir sayfa yırtıp bu sözcüğü buldu: *Deenanze.* O dilencinin kendini karakolun penceresinden atışından beri aklından çıkmamış, rüyalarına girmiş bir sözcüktü bu. Rey çalışma odasının serin, beyaz, ahşap kapısına kulağını dayadı.

"Burada bir babayla oğulun arasını açan Bertrand de Born kendi kesik kellesini fener gibi elinde taşır. Floransalı hacıyla kesik kafasıyla konuşur." Longfellow'un yumuşak sesiydi bu.

"Tıpkı Irving'in Kellesiz Atlısı gibi." Lowell'ın bariton kahkahasını tanımamak imkansızdı.

Rey kağıdın diğer tarafına duyduklarını yazdı.

Birleşmiş insanları ayırdığımdan
Şimdi benden ayrılmış beynimi taşıyorum (ne yazık!)
O ki bu bedende doğuşundan beri
Contrapassomu *izlemişti.*

Contrapasso mu? Horlama sesi duydu. Kendi soluklarını sessizleştirmeye çalıştı. Kalemlerin açıldığını işitti.

"Dante'nin cezalarının en mükemmeli," dedi Lowell.

"Bence Dante de aynı fikirdeydi," dedi bir başkası.

Rey konuşanların kim olduklarını çıkarmaya çalışırken, sözler birbirine karıştı.

"...Dante *contrapasso* kelimesine sadece burada dikkat çeker. Bu kelimenin İngilizce'de tam karşılığı yoktur, çünkü kendine özgü bir tanımı vardır... Azizim Longfellow, *karşı acı* diye çevrilebilir bence... Her günahkârın kendi günahlarının yol açtığı acıları çekmesi fikri... Mesela bu Bölücüler parçalanıyor..."

Rey ön kapıya kadar geriledi.

"Okul bitti baylar."

Kitaplar kapandı, kağıtlar hışırdadı. Trap'ın pencereye gidip dışarı havlamaya başladığını kimse fark etmedi.

"Sıkı çalıştık ve güzel bir yemeği hak ettik..."

*

"Bu ne tombul sülünmüş böyle!" dedi James Russell Lowell abartılı bir edayla, koca ve basık kafalı tuhaf bir iskeletin içine bakarken.

"Onun içini açıp sonra dikmediği hayvan yoktur." Dr. Holmes'un kahkahası Lowell'a biraz alaycı geldi.

Dante Kulübü toplantılarından sonraki sabahın erken saatleriydi. Lowell'la Holmes Harvard Karşılaştırmalı Zooloji Müzesi'nde, Profesör Louis Agassiz'in laboratuvarındaydılar. Agassiz onları selamlayıp Lowell'ın yarasına baktıktan sonra bir işini halletmek için ofisine dönmüştü.

"Agassiz en azından böcek örnekleriyle ilgilenmiş gibiydi." Lowell kaygısız görünmeye çalışıyordu. Artık Healey'nin çalışma odasındaki o böcek tarafından ısırıldığına emindi ve Agassiz'in söyleyeceklerinden korkuyordu: "Ah, zavallı Lowell. Korkarım işin bitik. Ne yazık." Holmes bu tür böceklerin sokmadığını söylese de, Lowell ona güvenmiyordu. Sokmayan böcek olur muydu hiç? Lowell prognozu bir an önce duymak istiyordu. Kötü haberi duymak onu bir açıdan rahatlatacaktı. Holmes'a son birkaç gündür yaranın ne kadar büyüdüğünü, bileğinin zonkladığını ve acının giderek sinirlerine yayıldığını söylememişti. Holmes'ın karşısında zayıf olmayacaktı.

"Hoşuna mı gitti Lowell?" Louis Agassiz tombul ellerinde böcek örneklerini taşıyarak geri döndü. Elleri hep yağ, balık ve alkol kokardı; iyice yıkasa bile. Lowell hiperbolik bir tavuğa benzeyen iskeletin yanında durduğunu unutmuştu.

"Yurt dışındayken Morityus konsolosu bana iki dodo iskeleti verdi! Ne büyük bir hazine, değil mi?" dedi Agassiz gururla.

"Tadı güzel midir sence Agassiz?" diye sordu Holmes.

"Hem de nasıl. Cumartesi Kulübü'müzde dodo yiyebilsek ne iyi olurdu! Leziz bir yemekten daha güzel bir şey olamaz. Ne yazık. Neyse, hazır mıyız?"

Lowell'la Holmes onun peşinden giderek bir masaya oturdular. Agassiz böcekleri özenle alkol solüsyonundan çıkardı. "Önce söyleyin bakalım, bu minik yaratıkları nereden buldunuz Dr. Holmes?"

"Aslında Lowell buldu," dedi Holmes ihtiyatla. "Beacon Tepesi civarında."

"Beacon Tepesi," diye tekrarladı Agassiz. O ağır İsviçreli-Alman aksanıyla bambaşka sözcüklere dönüşmüşlerdi sanki. "Bunlar hakkında *ne* düşünüyorsunuz Dr. Holmes?"

Holmes başkalarını yanlış cevaplar vermeye teşvik etmek için sorulan sorulardan hoşlanmazdı. "Uzmanlık alanım değil. Ama sineğe benziyorlar, değil mi Agassiz?"

"Ah, evet. Genus mu?" diye sordu Agassiz.

"*Cochliomyia,*" dedi Holmes.

"Cinsi?"

"*Macellaria.*"

"Ha ha!" diye güldü Agassiz. "Kitaplardaki tariflere uyuyorlar, değil mi azizim Holmes?"

"Ama... başka bir şeyler mi yani?" diye sordu Lowell. Yüzü bembeyaz kesilmişti. Holmes yanılmışsa, sinekler zararsız olmayabilirdi.

"Bu iki sinek birbirinin neredeyse tıpatıp aynısı," dedi Agassiz. "Neredeyse." Kalkıp kitap raflarına gitti. Geniş yüzü ve iri cüssesiyle, biyolog ve botanikçiden çok başarılı bir politikacıya benziyordu. Yeni açılmış olan Karşılaştırmalı Zooloji Müzesi, kariyerinin çok önemli bir dönüm noktasıydı. Çünkü artık nihayet dünyadaki çok sayıda isimsiz hayvan ve bitki türlerini sınıflandırma işini tamamlayacak imkanlara kavuşmuştu. "Size bir şey göstereyim. İsim verdiğimiz iki bin beş yüz kadar Kuzey Amerikan sineği cinsi var. Oysa hesaplarıma göre aramızda on bin kadar sinek türü yaşıyor."

Bazı çizimler gösterdi. Tuhaf insan yüzleriydi bunlar. Burunlarının yerinde garip, karanlık çukurlar vardı.

Agassiz açıkladı. "Birkaç yıl önce, Fransa İmparatorluk Donanmasında çalışan Dr. Coquerel adlı bir cerrah Brezilya'nın hemen hemen kuzeyindeki, Fransız Guyanası'ndaki Şeytan Adası'na göreve çağrıldı. Adadaki hastanede beş adam bilinmeyen bir hastalık yüzünden yatmaktaydı. Durumları ağırdı. Dr. Coquerel'in gelişinden kısa süre sonra adamlardan biri öldü. Doktor adamın cesedini yıkarken, sinüslerinde üç yüz sinek larvası buldu."

Holmes afallamıştı. "Kurtçuklar bir insanın.... *canlı* bir insanın içinde mi yaşıyorlardı?"

"Adamın sözünü kesmesene Holmes!" diye bağırdı Lowell.

Agassiz, Holmes'un sorusunu kasvetli bir sessizlikle yanıtladı.

"Ama *Cochliomyia macellarialar* sadece ölü dokuları hazmedebilir," diye itiraz etti Holmes. "Kurtçuklar parazitlik yapamaz."

"Az önce bahsettiğim sekiz bin keşfedilmemiş sinek türünü hatırla Holmes!" diye karşılık verdi Agassiz. "O sinekler *Cochliomyia macellaria* değildi. Bambaşka bir türdü dostlar. İlk kez gördüğümüz... ya da varlığına inanmak istemediğimiz bir türdü. Bu türden bir dişi sinek hastanın burun deliklerine yumurtlamıştı. Yumurtalardan çıkan larvalar kurtçuklara dönüşerek adamın kafasını kemirmişti. Şeytan Adası'nda iki adam daha aynı sebepten öldü. Doktor diğerlerini burun deliklerinden kurtçukları çıkararak kurtardı. *Macellaria* kurtçukları sadece ölü dokularla beslenebilir... en çok da cesetleri severler. Ama *bu* sinek türünün larvaları *sadece* canlı dokular yiyebiliyordu Holmes."

Agassiz yüzlerindeki ifadeleri görmek için duraksadıktan sonra devam etti.

"Dişi sinek sadece bir kez çiftleşiyor, ama üç günde bir çok sayıda yumurta yumurtluyor. Bir aylık hayat süresi içinde on-on bir kez yumurtlayabiliyor. Bir oturuşta *dört yüz* yumurta bıraktığı oluyor. Hayvanlardaki ya da insanlardaki yaralara yumurtluyorlar. Yumurtalardan çıkan kurtçuklar yarayı kemirerek vücuda giriyor. Kurtçuklar yetişkin sinekleri de çekiyor. Canlı dokuyla yeterince beslendikten sonra dışarı çıkıyor ve birkaç gün sonra sineğe dönüşüyorlar. Dostum Coquerel bu türe *Cochliomyia hominivorax* adını verdi."

"*Homini... vorax,*" diye tekrarladı Lowell. Holmes'a bakıp boğuk bir sesle tercüme etti: "İnsan yiyici."

"Kesinlikle," dedi Agassiz, korkunç bir keşfi açıklamak üzere olan bir bilim adamının gönülsüz şevkiyle. "Coquerel bunu bilimsel çevrelere bildirdi, ama ona inanan pek çıkmadı."

"Sen inandın mı peki?" diye sordu Holmes.

"Kesinlikle evet," dedi Agassiz. "Coquerel bana bu resimleri gönderince son otuz yılın tıp kitaplarını ve kayıtlarını inceleyerek, bu ayrıntıları bilmeyen ama benzer deneyimler yaşamış insanlar olup olmadığını araştırdım. İsidore Sainte-Hilarie bir bebeğin derisinin altında bulunmuş bir larvadan bahsediyor. Cobbold'un dediğine göre de Dr. Livingstone yaralı bir zencinin omzunda çok sayıda *diptera* larvası bulmuş. Brezilya'ya yaptığım yolculuklarda, bu sineklere *Warega* dendiğini öğrendim. Hem hayvanlara, hem insanlara dadanırlarmış. Meksika savaşında da, "et sineği" denen böcekler geceleri savaş meydanında bırakılan yaralıların yaralarına yumurtlarmış. Kurtçuklar bazen hiç zarar vermez, sadece ölü dokularla beslenirlermiş. Bunlar sizin çok iyi bildiğiniz türden, adi *macellaria* kurtçukları Dr. Holmes. Ama bazen de askerlerin vücudu şişermiş ve ölüp giderlermiş. İçleri kemirilirmiş. İşte bunu yapanlar *hominivoraxlar.* Bu sinekler aciz hayvanlarla insanlardan besleniyorlar. Soylarını sürdürmelerinin başka yolu yok çünkü. Canlı et yemek zorundalar. Araştırmalarım daha yeni başladı dostlar. Çok ilginç sonuçlar alıyorum. Brezilya'da birkaç *hominivorax* örneği buldum bile. Bu iki et sineği türü birbirlerine çok benziyorlar. Ama renkleri en hassas aletlerle ölçülünce, fark ortaya çıkıyor. Mesela dün getirdiğiniz örnekleri bu sayede tanımlayabildim."

Agassiz bir başka tabureye oturdu. "Şimdi Lowell, ayacığına bir daha bakalım mı?"

Lowell konuşmaya çalıştı, ama dudakları tir tir titriyordu.

"Korkma Lowell!" Agassiz kahkahayı bastı. "Şimdi... ayağında küçük bir böcek hissettin, sonra da onu elinle kovdun öyle mi?"

"Ve öldürdüm!" diye hatırlattı Lowell.

Agassiz bir çekmeceden bir neşter çıkardı. "Güzel. Dr. Holmes, şunu yaraya sokup çıkarmanı istiyorum."

"Emin misin Agassiz?" diye sordu Lowell kaygıyla.

Holmes yutkunarak eğildi. Neşteri Lowell'ın ayak bileğine yaklaştırdı. Sonra başını kaldırıp arkadaşının yüzüne baktı. Lowell ağzı açık halde ona bakıyordu. "Bunu hissetmeyeceksin bile Jamey," diye fısıldadı Holmes, onu rahatlatmak için. Hemen yanlarında duran Agassiz kibarlık ederek bunu duymamış gibi yaptı.

Lowell başıyla onayladıktan sonra taburesinin iki yanına sımsıkı tutundu. Holmes Agassiz'in söylediğini yaparak, neşterin ucunu Lowell'ın ayak bileğinde şişliğin ortasına soktu. Neşteri geri çektiğinde, ucunda en fazla dört milimetre boyunda, beyaz bir kurtçuk vardı. Kıvranıyordu. Canlıydı.

"İşte! Ne güzel bir *hominivorax*!" Agassiz muzaffer bir kahkaha attı. Lowell'ın yarasını inceleyip başka kurtçuk var mı diye baktıktan sonra, ayak bileğini sardı. Kurtçuğu sevgiyle eline aldı. "O zavallı minik sineğin sadece birkaç saniyesi vardı Lowell. Bu yüzden sadece bir tek yumurta bırakabilmiş," dedi. "Yaran derin değil. Tamamen iyileşecek. Bir şeyin kalmayacak. Ama tek bir kurtçuk bile ne kadar canını yaktı değil mi? Ya ayağında bunlardan yüzlercesi olsaydı? Veya yüz binlercesi. Nasıl canın acırdı düşünebiliyor musun?"

Lowell öyle bir sırıttı ki, bıyığı yüzüne enlemesine yayıldı. "Duydun mu Holmes? İyileşecekmişim!" Gülerek Agassiz'e, ardından da Holmes'a sarıldı. Sonra bütün bunların Artemus Healey ve Dante Kulübü açısından anlamını düşünmeye başladı.

Agassiz de ellerini havluyla silerken ciddileşti. "Bir şey daha var dostlarım. Aslında çok tuhaf bir şey. Bu minik yaratıklar... buraya ait değiller. New England'a da, civarına da ait değiller. Bu yarıkürede yaşadıkları kesin. Ama sadece sıcak ve nemli bataklık bölgelerde. Brezilya'da sürüyle gördüm, ama Boston'da hiç görmedim. Hattâ herhangi bir şekilde bahsedildiğine bile rastlamadım. Buraya nasıl gelmişler bilemiyorum. Belki de sığır taşıyan bir gemiyle..." Agassiz tekrar kaygısız ve neşeli haline büründü. "Neyse, önemli değil. Bu yaratıklar bizimki gibi kuzey iklimlerinde yaşamadıkları için şanslıyız. Bu *Waregalar* iyi komşu degiller. Neyse ki buraya gelenler soğuktan ölüp gitmiştir çoktan."

Lowell az önce öleceğini sandığını unutmuş, yaşadığı sıkıntılarsa hoş bir maceraya dönüşmüştü. Ama müzeden çıkıp Holmes'la birlikte yürürken aklında tek bir şey vardı.

Önce Holmes konuştu. "Barnicoat'un gazetelerde söylediklerine kanmamalıydım. Healey başına aldığı yara yüzünden ölmedi! O böcekler de sadece Dantevari bir *tableau vivant*, Dante'nin cezasını tanıyalım diye hazırlanmış dekoratif bir şov değillerdi. Kurbana acı çektirmek için kullanılmışlardı." Holmes hızlı hızlı konuşuyordu. "O böcekler süs değil, cinayet silahıydılar!"

"Lucifer'imiz kurbanlarının sadece ölmelerini değil, acı da çekmelerini istiyor. Tıpkı *Cehennem*'deki gölgeler gibi. Yaşamla ölüm arasında, her ikisini de içeren ama ikisi de olmayan bir durumda olmalarını istiyor." Lowell dönüp Holmes'un koluna girdi.

"İnsanın kendi çektiği acının tanığı olmasından bahsediyorum Wendell. O yaratığın içimi kemirdiğini *hissettim*. Beni yediğini hissettim. Beni çok az yedi, ama sanki kanımdan geçip ruhuma girmiş gibiydi. Oda hizmetçisi gerçeği söylüyordu."

"Evet," dedi Holmes dehşetle. "Yani Healey..." Healey'nin çektiğini bildikleri korkunç acılar karşısında sustular. Başyargıç bir cumartesi sabahı yazlığına doğru yola çıkacaktı. Cesediyse ancak salı günü bulunmuştu. Yani dört gün boyunca on binlerce *hominivorax* tarafından diri diri yenmişti... iç organları, beyni... milim milim, saatlerce.

Holmes Agassiz'den geri aldıkları böcek örneklerinin bulunduğu cam kavanoza baktı. "Lowell, söylemem gereken bir şey var. Ama tartışma çıksın istemiyorum."

"Pietro Bachi."

Holmes başıyla onayladı.

"Bütün bunlar onun hakkında bildiklerimize pek uymuyor, değil mi?" diye sordu Lowell. "Teorilerimizde yanıldık galiba!"

"Bir düşün: Bachi hınçlıydı, asabiydi, ayyaştı. Ama böylesine planlı, zalimce bir cinayeti işleyebileceğine cidden inanıyor musun? Bachi Amerika'ya getirilişinin acısını çıkarmak için bir şeyler planlamış olabilir. Ama Dante'nin cezalarını harfiyen uygulayabileceğini sanmıyorum. Tamamen yanılmışız galiba Lowell." Holmes ellerini sallamaya başladı.

"Ne yapıyorsun?" diye sordu Lowell. Longfellow'un evi çok yakındaydı. Hem oraya dönmeleri gerekiyordu.

"Şurada boş bir araba var. Bu örneklere mikroskobumla tekrar bakmak istiyorum. Keşke Agassiz o kurtçuğu öldürmesiydi. Böylece kendi kendine ölüp ölmeyeceğini görebilirdik. Bu sineklerin soğuktan öldüğüne inanmıyorum. Bu yaratıklar bize cinayetlerle ilgili yeni ipuçları verebilir. Agassiz Darwin teorisine inanmaz. Bu yüzden de bakış açısı sınırlı."

"Ama adam bu işin erbabı Wendell."

Holmes, Lowell'ın inançsızlığına aldırmadı. "Bazen büyük bilim adamları bilimin ilerleyişini engelleyebilir. Devrimler gözlüklü adamlar tarafından yapılmaz. Yeni gerçekler at gözlüğü takmış insanlar tarafından keşfedilmez. Geçen ay Sandviç Adaları hakkında bir kitap okudum. Kitapta yaşlı bir Fejee'liden bahsediliyordu. Adam yurdundan uzaklara götürülmüş. Ama vatanına dönmek için dua edip duruyormuş. Oğlunun beynini patlatarak onu öldürmesini istiyormuş. Âdetleri böyleymiş çünkü. Dante'nin ölümünden sonra, oğlu Pietro herkese Dante'nin cidden cennete ve cehenneme gittiğini kastetmediğini söylememiş miydi? Bizim de oğullarımız çoğu zaman beyinlerimizi patlatır."

Hele bazılarınınki, diye düşündü Lowell, Holmes'un at arabasına binmesini izlerken. Küçük Oliver Wendell Holmes'u anımsamıştı.

Lowell telaşla Craigie Konağı'na doğru ilerlemeye başladı. Atının yanında olmayışına hayıflanıyordu. Bir sokağı geçerken, gördüğü şey karşısında irkilip geriledi.

Yıpranmış yüzlü, melon şapkalı, ekose yelekli adam... Harvard'ın bahçesinde bir kara ağaca yaslanıp onu dikkatle izlemiş olan adam... kampüste Bachi'nin yanına yaklaştığını gördüğü adam... şimdi o kalabalık pazar yerinde duruyordu. Agassiz'den öğrendiklerinden sonra, bu tek başına Lowell'ın ilgisini çekmeye yetmeyebilirdi. Ama adam Lowell'ın öğrencisi Edward Sheldon'la konuşmaktaydı. Aslında Sheldon adama bağırıyordu, dikkafalı bir uşağını ihmalkarlığından dolayı paylarcasına.

Sonra birden Sheldon kara pelerinine sarınarak çabucak uzaklaştı. Lowell bir an kimi takip edeceğine karar veremedi. Sheldon'u mu? Onu nasılsa üniversitede bulabilirdi. Bu yüzden o tanımadığı adamı izlemeye karar verdi. Adam yayalarla at arabalarının arasında yürümekteydi.

Lowell pazar tezgahlarının yanından koşarak geçti. Bir satıcının burnunun dibinde salladığı ıstakozu eliyle itti. El ilanları dağıtan bir kız, Lowell'in ceket cebine bir tane sıkıştırdı. "Bir tane ister misiniz bayım?"

"Şimdi olmaz!" diye bağırdı Lowell. Sonra adamın yolun karşısına geçmiş olduğunu fark etti. Kalabalık bir at arabasına binmiş, biletçinin para üstü vermesini bekliyordu.

Biletçi çanını çalıp da araba köprüye doğru harekete geçince, Lowell peşinden koşmaya başladı. Arabaya kolayca yetişip arka kapısının demirine tutundu. Biletçi dönüp ona baktı.

"Leany Miller?"

"Adım Lowell bayım. Yolcularınızdan biriyle konuşmalıyım."

Lowell bir ayağını arka merdivene koyarken atlar hızlandı.

"Leany Miller? Yine beni kandırmaya mı çalışıyorsun?" Biletçi eline bir baston alıp Lowell'ın eldivenli eline vurmaya başladı. "Hayır! Adım Leany değil!" Ama biletçinin darbeleri yüzünden kapının demirini bırakıp arabadan atlamak zorunda kaldı.

Lowell toynak ve çan sesleri arasında kendini duyurabilmek için avazı çıktığı kadar bağırarak sinirli biletçiyi masumluğuna ikna etmeye çalıştı. Ama sonra çan sesinin arkadan geldiğini fark etti. Bir başka at arabası yaklaşıyordu. Dönüp bakınca adımları yavaşladığından, öndeki arabayla arası açıldı. Arkadan gelen araba tarafından ezilmemek için yoldan çıkmak zorunda kaldı.

O anda Craigie Konağı'nda Longfellow oturma odasına müteveffa başkan Lincoln'un oğlu ve Lowell'ın 1864 sömestrindeki üç Dante öğrencisinden biri olan Robert Tod Lincoln'u almaktaydı. Lowell, Agassiz'le görüştükten sonra onlarla evde buluşacağına söz vermişti, ama gecikmişti. Bu yüzden Longfellow, Lincoln'la konuşmaya tek başına başlamaya karar vermişti.

"Babacığım!" dedi Annie Allegra odaya dalarak. "Gizem dergisinin son sayısını neredeyse bitirdik! Görmek ister misin?"

"İsterim tatlım, ama şu anda meşgulüm."

"Lütfen Bay Longfellow," dedi genç adam. "Acelem yok."

Longfellow üç kızı tarafından elyazısıyla yazılmış "dergiyi" eline aldı. "Şimdiye kadarkilerin en güzeli bu olacak galiba. Çok hoş Panzie. Bu akşam baştan sona okurum. Şu çizim sana mı ait?"

"Evet!" dedi Annie Allegra. "Şu makaleyi de ben yazdım. Şunu da. Şu bilmece de benim. Yanıtını bulabilir misin?"

"Üç eyalet büyüklüğünde Amerikan gölü." Longfellow gülümseyip sayfanın geri kalanını inceledi. Bir resimli bulmaca ve A. A. Longfellow tarafından yazılmış, "Maceralı Dünüm (Kahvaltıdan Yatana Dek)" adlı bir makale vardı.

"Çok güzel tatlım." Longfellow makalenin sonuna göz gezdirirken duraksadı. "Panzie, dün gece uyumadan önce eve birini mi aldın? Burada öyle yazıyor."

"Ha, evet. Süt içmeye inmiştim değil mi? Misafirperverliğimden memnun mu kalmış baba?"

"Bu ne zaman oldu Panzie?"

"Kulüp toplantınız sırasında tabii. Kulüp toplantısındayken rahatsız edilmek istemediğini söylersin ya."

"Annie Allegra!" Edith merdivenin başından aşağıya seslendi. "Alice 'İçindekiler' listesini gözden geçirmek istiyor. Sendeki kopyayı hemen geri götüreymişsin!"

Annie Allegra, "Editör hep o oluyor," diye sızlandı, dergiyi Longfellow'dan geri alırken. Longfellow onun peşinden hole girdi ve Gizem ofisine (yani ağabeylerinden birinin yatak odasına) gitmek üzere merdiveni çıkan kıza seslendi. "Panzie, dün gece gelen o kişi kimdi tatlım?"

"Bilmiyorum baba. Daha önce hiç görmemiştim."

"Görünüşünü hatırlıyor musun? Belki Gizem'e *bunu* da eklemelisin. Belki onunla röportaj yapıp izlenimlerini alabilirsin."

"Bu harika olur! Uzun boylu bir zenciydi. Çok yakışıklıydı. Pelerinliydi. Ona seni beklemesini söyledim baba. Cidden söyledim. Yoksa beklemedi mi? Herhalde sıkılıp evine gitmiştir. Adını biliyor musun baba?"

Longfellow başıyla onayladı.

"N'olur söyle baba! Onunla röportaj yapmak istiyorum."

"Boston polis departmanından devriye polisi Nicholas Rey."

Ön kapıdan içeri Lowell daldı. "Longfellow, anlatacak bir sürü şeyim var..." Komşusunun yüzünün bembeyaz olduğunu görünce sustu. "Ne oldu Longfellow?"

*

Longfellow o gün daha önce bunaltıcı bir bekleme odasına sokulmuştu. Avludaki yıpranmış kara ağaçlara bakarak beklemişti. Sonra içeri ak saçlı adamlar dolmaya başlamıştı. Dizlerine kadar inen kara pardösüleri ve melon şapkaları birbirinin tıpatıp aynısıydı. Sanki bir manastırdaki keşişlerdiler.

Rey, adamların çıktığı Şirket Odası'na girdi. Kendini Başkan Rahip Thomas Hill'e tanıttığında, başkan odada kalmış olan üniversite yönetim kurulu üyelerinden biriyle sohbet etmekteydi. Rey polis kelimesini söyleyince bu diğer adam donup kaldı.

"Bu öğrencilerimizden biriyle ilgili bir mesele mi?" diye sordu Dr. Manning, Hill'le konuşmayı keserek. Dönüp bakınca, Rey adamın sakalının bembeyaz olduğunu gördü.

"Hayır. Başkan Hill'e Profesör James Russell Lowell hakkında birkaç soru sormak istiyorum."

Manning'in sarı gözleri faltaşı gibi açıldı. Odadan çıkmaya niyeti olmadığı belliydi. Kalkıp çift kanatlı kapıyı kapadıktan sonra yuvarlak maun masanın etrafından dolanıp Başkan Hill'in yanına, polis memurunun karşısına oturdu. Rey başkanın onun kalmasını gönülsüzce kabullendiğini fark etti.

"Bay Lowell'ın üstünde çalıştığı proje hakkında ne biliyorsunuz Başkan Hill?" diye sordu Rey.

"Bay Lowell mı? Kendisi New England'ın en iyi şairlerinden ve hicivcilerinden biridir tabii." Hill hafif bir kahkaha attı. "'Biglow Yazıları', 'Sör Launfal'ın Kehanet Hayali', 'Eleştirmenlere Bir Fabl'... itiraf edeyim ki bu sonuncusu en sevdiğimdir. *North American Review*'daki yazılarını saymazsam tabii. *Atlantic*'in ilk editörü olduğunu biliyor muydunuz? Ozanımız şimdi kaç işle birden uğraşıyordur kimbilir."

Nicholas Rey yelek cebinden bir kağıt parçası çıkarıp katladı. "Bir şiirin yabancı dilden tercüme edilmesine yardım ediyor sanırım."

Manning çarpık parmaklarının uçlarını birleştirip devriye polisinin elindeki katlanmış kağıda baktı. "Bir problem mi var memur bey?" dedi. Sanki yanıtın evet olmasını ister gibiydi.

Dinanzi. Rey, Manning'in yüzünü inceledi. Yaşlı akademisyenin ağzının kenarlarının hevesle titreştiğini gördü.

Manning bir elini kel kafasında gezdirdi. *Dinanzi a me.*

"Yani demek istediğim..." dedi Manning, farklı bir yaklaşım deneyerek (şimdi heyecanı biraz yatışmış gibiydi). "Bir sorun mu var? Şikayet filan mı oldu?"

Başkan Hill çenesiyle oynuyordu. Manning'in diğer yönetim kurulu üyeleriyle birlikte gitmiş olmasını istiyordu. "Belki de Profesor Lowell'ı çağırsak ve bu konuyu onunla konuşsanız daha iyi olur."

Dinanzi a me non fuor cose create
Se non etterne, e io etterno duro.

Bu ne demekti? Longfellow'la arkadaşları anlamını biliyorlarsa neden ondan gizlemek için bu kadar uğraşıyorlardı?

"Saçmalamayın Başkanım," dedi Manning öfkeyle. "Profesör Lowell'ı önemsiz meseleler için rahatsız etmeyelim. Memur bey, eğer bir sorun varsa bize *hemen* söylemenizi istiyorum, ki elimizden geldiğince çabuk halletmeye çalışalım. Bakın devriye polisi," dedi Manning samimi bir edayla öne eğilerek. "Profesör Lowell'la birkaç edebiyatçı arkadaşı, şehrimize uygun olmayan bazı metinleri getirmek istiyorlar. Bu metinler milyonlarca hassas insanın huzurunu kaçırabilir. Bir Şirket üyesi olarak, üniversitemizin adına leke sürecek böyle girişimleri engellemek benim görevim. Üniversitemizin düsturu şudur: 'Christo et ecclesiae.' Bu idealin Hıristiyan ruhuna bağlı kalmaya da kararlıyız."

"Düsturumuz eskiden 'veritas'tı," diye fısıldadı Başkan Hill usulca. "Yani 'gerçek'".

Manning ona ters ters baktı.

Devriye polisi Rey tekrar duraksadıktan sonra elindeki kağıdını cebine geri koydu. "Bay Lowell'ın çevirdiği şiir ilgimi çekti de. Kendisi sizlerin beni bu şiir hakkında araştırma yapabileceğim yerlere yönlendirebileceğinizi söyledi."

Dr. Manning'in yanakları kıpkırmızı kesildi. "Buraya sırf *edebi* bir mesele için mi geldiniz yani?" diye sordu tiksintiyle. Rey yanıt vermeyince Manning ona Lowell'ın kendisiyle (ve üniversiteyle) dalga geçmek istediğini söyledi. Rey şeytanın şiirlerini incelemek istiyorsa, bunu şeytanın dizinin dibinde yapabilirdi.

Rey, Harvard'ın bahçesinden geçerken, eski tuğla binaların etrafından sert rüzgarlar esiyordu. Kafası karışmıştı. Ne yapacağını bilemiyordu. Sonra bir yangın çanı çalmaya başladı. Sesi üniversitenin her tarafından geliyordu sanki. Rey koştu.

XI

*

Şair ve doktor Oliver Wendell Holmes mikroskoplarından birinin yanındaki mumu yakarak, tablanın üstündeki böcekleri aydınlattı.

Eğilip mercekten bir et sineğine baktı. Sineğin konumunu ayarladı. Sinek sanki kendisini izleyene kızmışçasına sıçrıyor, kıvrılıp duruyordu.

Hayır, böcekten değildi.

Mikroskop tablası da sarsılıyordu. Dışarıdan yaklaşan toynak sesleri, bir gürlemeye dönüşerek evin önünde kesildi. Holmes pencereye koşup perdeleri açtı. Amelia holden içeri girdi. Holmes'un ürkütücü bir ciddiyetle ona olduğu yerde kalmasını söylemesine kulak asmayarak, peşinden ön kapıya gitti. Holmes kapıyı açınca, bir arabanın gri kısraklarını dizginlemeye çalışan koyu mavi üniformalı iri yarı bir polis gördü.

"Dr. Holmes?" diye seslendi polis sürücü koltuğundan. "Hemen benimle geleceksiniz."

Amelia öne çıktı. "Wendell? Ne oluyor?"

Holmes hırıltılı solumaya başlamıştı bile. "Melia, Craigie Konağı'na haber gönder. Bir saat sonra Köşebaşı'nda benimle buluşmalarını söyle. Üzgünüm ama şimdi gitmek zorundayım... başka çarem yok."

Amelia'nın itiraz etmesine fırsat vermeden arabaya bindi. Atlar dört nala koşmaya başladılar, geride bir toz bulutu ve uçuşan ölü yapraklar bırakarak. Küçük Oliver Wendell Holmes üçüncü kattaki oturma odasının perdelerini aralayıp bakarak, babasının bu kez nasıl bir saçmalıkla uğraştığını merak etti.

Hava soğuktu. Gri gökyüzü açılıyordu. İkinci bir araba hızla yaklaşarak birincisinin az önce durduğu yerde durdu. Fields'ın tek atlı arabasıydı bu. James Russell Lowell arabanın kapısını açarak, Bayan Holmes'a telaşla Dr. Holmes'u çağırmasını söyledi. Amelia öne eğilerek dikkatli bakınca Henry Longfellow'la J. T. Fields'ın profillerini seçti. "Nereye gittiğini bilmiyorum Bay Lowell. *Polis* tarafından götürüldü. Sizinle bir saat sonra Köşebaşı'nda buluşmak istiyormuş, James Lowell. Neler oluyor?"

Lowell acizce arabanın içine baktı. Charles Sokağı'nın köşesinde iki çocuk el ilanları dağıtarak haykırıyorlardı, "Kayıp aranıyor! Kayıp aranıyor! Bir ilan alın bayım, madam," diye.

Lowell elini ceket cebine soktu. Kapıldığı dehşet yüzünden boğazı kurumuştu. Cebinden bir kağıt parçası çıkardı. Cambridge'deki pazar yerinde o hayaleti Edward Sheldon'ın yanında gördükten sonra cebine tıkıştırılan buruşuk el ilanıydı bu. İlanı elinin kenarıyla düzeltti. "Aman Tanrım." Lowell'ın dudakları titremeye başladı.

*

"Rahip Talbot'un öldürülmesinden sonra şehrin her yanına devriyeler ve gözcüler koyduk. Ama kimse bir şey görmedi!" diye seslendi Komiser Muavini Stoneweather sürücü koltuğundan. Pireli atlar Charles Sokağı'ndan dört nala uzaklaşırken, kasları durmadan hareket ediyordu. Stoneweather birkaç dakikada bir arabanın çanını çalıyordu.

Çakıllı yolu döven toynak sesleri eşliğinde, Holmes'un ürkmüş zihninden peş peşe düşünceler geçiyordu. Sürücüden öğrenebildiği tek şey, devriye polisi Rey'in kendisini çağırttığıydı. Araba limanda ansızın durdu. Bir polis kayığı Holmes'u ufak bir koy adasındaki farelerle dolu, granit, penceresiz, terkedilmiş bir kaleye götürdü. Surlarında kimseler yoktu. Yerlerde tabancalar ve bayraklar görülüyordu. Warren Kalesi'ne gelmişlerdi. Polis memurunu takip eden doktor, hayalet gibi bembeyaz görünen başka polislerin yanından geçti. Çeşitli odalardan geçip soğuk ve zifiri karanlık bir taş tünele indikten sonra, nihayet boş bir depoya vardılar.

Ufak tefek doktor tökezledi. Neredeyse yere düşüyordu. Zihni zamanda sıçrayış yaptı. Gençliğinde Paris'te École de Médecine'de okurken, *combats de animauxları* izlerdi. Bu barbarca gösterilerde buldoglar birbirleriyle dövüştükten sonra bir direğe bağlanmış kurtların, ayıların, yabandomuzlarının, boğaların ve eşeklerin üstüne salınırdı. Holmes o sıralar genç olmasına karşın, ne kadar çok şiir yazarsa yazsın ruhundaki Kalvinizmden asla kurtulamayacağını anlamıştı. Dünyanın sadece insanları günaha teşvik eden bir tuzak olduğu fikrine inanmaya hâlâ meyilliydi. Ama onun fikrince günah, kusursuz bir kanuna uymaya çalışan kusurlu bir yaratığın başarısızlığından başka bir şey değildi. Ataları için günah hayatın gizemiydi. Dr. Holmes içinse, acı çekmekti. Böylesine çok günaha tanık olacağını hiç beklememişti. Şimdi ileri bakarken, şaşkın zihninde o karanlık anı, insanların hayvansı tezahüratları ve kahkahaları belirdi.

Odanın ortasındaki, tuz gibi erzak çuvallarını asmakta kullanılan kancaya bir insan bedeni asılıydı. Burnu tamamen kesildiğinden, bıyıklı üst dudağı aşağı sarkmıştı. Kulaklarından biri de omzuna değiyordu neredeyse. İki yanağı da yarıldığından ağzı açık duruyordu, sanki her an konuşacakmışçasına. Ama ağzından sözcükler yerine siyah kan çıkıyordu. Adamın çenesiyle üreme organı arasına kandan bir çizgi çizilmişti. Üreme organıysa doktoru bile dehşete düşürecek bir şekilde ortadan yarılıp ikiye ayrılmıştı. Kasları, sinirleri ve damarları anatomik bir uyum ve karmaşa içinde sergileniyordu. Cesedin kolları iki yandan acizce sarkıyordu. Uçları kanlı sargılarla bağlanmıştı. Elleri yoktu.

Holmes o yüzü önce tanıyamadı. Sonra hatırlar gibi oldu. Bir an sonraysa o parçalanmış kurbanın kim olduğunu anladı. Çenesinde ısrarla kalan gamzesinden tanıdı. *Yo hayır.* O iki bilinçli an arasında çöktü.

Bir adım gerileyince, cesedi bulan kişinin (sığınacak bir yer arayan bir serserinin) kusmuğuna basıp kaydı. Kendini yakındaki bir sandalyeye attı. Sandalye sanki bu manzara rahatça izlenebilsin diye oraya konulmuştu. Hırıldayarak solurken, ayağının yanında düzgünce katlanmış parlak bir yelek, altında beyaz bir pantolon ve etrafında saçılı kağıt parçacıkları bulunduğunu fark etmedi.

Adının söylendiğini işitti. Devriye polisi Rey yanında duruyordu. Odanın havası bile titreşiyordu sanki.

Holmes güçlükle ayağa kalkıp bulanık gözlerle Rey'e baktı.

Uzun sakallı, geniş omuzlu ve sade giyimli bir dedektif Rey'in yanına gelip ona bağırmaya, burada işi olmadığını söylemeye başladı. Sonra Şef Kurtz araya girip dedektifi çekerek uzaklaştırdı.

Başı dönen doktor, cesede fazla yaklaşmış olduğunu fark etti. Ama geri çekilemeden önce, koluna ıslak bir şey dokundu. Bir el gibiydi, ama aslında o gövdenin kolunun kanlı ve sargılı ucuydu. Oysa Holmes bir santim bile kımıldamadığına emindi. Kımıldayamayacak kadar afallamıştı. Bir kabusta olduğunu hissetti.

Dedektif "Tanrım, yaşıyor!" diye haykırarak kaçarken, sesinin boğuklaşmasından kusmak üzere olduğu belliydi. Şef Kurtz de haykırarak ortadan kayboldu.

Holmes birden dönünce Phineas Jennison'ın parçalanmış, çıplak bedenindeki pörtlemiş gözlerini ve sallanan uzuvlarını gördü. Aslında o gövdenin kımıldaması sadece bir an sürdü... bir ânın binde biri kadar. Sonra sonsuza dek hareketsiz kaldı. Ama Holmes gördüğü şeyden asla şüpheye düşmedi. Kendisi de bir ceset gibiydi o an. Ufak ağzı kupkuruydu ve titriyordu. Yaşlı gözlerini kırpıp duruyordu. Parmakları acizce kımıldanıyordu. Dr. Oliver Wendell Holmes, Phineas Jennison'ın hareketlerinin bilinçli olmadığını biliyordu. Korkunç bir ölümün gecikmiş, bilinçsiz çırpınmalarıydılar o kadar. Ama bunu bilmek içini rahatlatmıyordu.

Cesedin dokunuşu kanını dondurmuştu. Limana geri dönüşünün, Kara Maria adlı polis arabasına bindirilişinin, Jennison'ın cesediyle birlikte tıp okuluna götürülüşünün pek farkına varmadı bile. Orada kendisine adli tıp doktoru Barnicoat'un maaşına zam mücadelesi verirken korkunç bir zatürreye tutularak yatağa düştüğü, Profesör Haywood'un da bulunamadığı söylendi. Holmes söylenenleri dinlermişçesine kafa salladı. Haywood'un öğrenci asistanı Dr. Holmes'a otopside yardım etmeyi önerdi. Holmes konuşulanları hayal meyal duyuyordu. Tıp okulunun üst katındaki karanlık bir odada, önündeki zaten parçalanmış olan cesedi kesen ellerini doğru dürüst hissetmiyordu.

"*Contrapassomu izle.*"

Holmes sanki bir çocuğun imdat çığlığını duymuşçasına birden başını kaldırdı. Öğrenci asistan Reynolds, Rey, Kurtz ve odaya girdikleri Holmes tarafından fark edilmeyen diğer iki polis de dönüp arkaya baktılar. Holmes tekrar Phineas Jennison'a baktı. Açık ağzını gördü.

"Dr. Holmes?" diye sordu öğrenci asistan. "İyi misiniz?"

Sadece bir hayaldi. Duyduğu o ses, o fısıltı, o emir. Ama Holmes'un elleri zangır zangır titremeye başlamıştı. Öyle ki, bir hindiyi bile kesemezdi. Operasyonun geri kalanını Haywood'un asistanına devrederek izin isteyip odadan çıktı. Grove Sokağı'ndan bir ara sokağa sapıp nefesini toplamaya çalıştı. Birinin yaklaştığını hissetti. Rey doktoru ara sokakta gerileti.

"Lütfen, şu anda konuşamam," dedi Holmes gözlerini kaldırmadan.

"Phineas Jennison'ı kim öldürdü?"

"Nereden bileyim!" diye haykırdı Holmes. Dengesini kaybeti. Zihnindeki hayaller yüzünden sersemlemişti.

"Şunu çevirin Dr. Holmes." Rey, Holmes'un elini zorla açıp bir kağıt parçası sıkıştırdı.

"Lütfen Devriye Rey. Bunu zaten..." Holmes titreyen ellerle kağıdı açtı.

"Çünkü birleşmiş insanları ayırdım." Rey dün gece duyduklarını tekrarlıyordu. "'Şimdi de beynim ayrıldı. *Contrapassomu* izle.' Gördüğümüz buydu, değil mi? *Contrapassoyu* nasıl çevirirsiniz Dr. Holmes? Karşı acı diye mi?"

"Tam çevirisi... bunu nereden..." Holmes ipek kravatını çıkarıp soluk almaya çalıştı. "Hiçbir şey bilmiyorum."

Rey, devam etti: "Bu cinayeti bir şiirden okumuştunuz. İşleneceğini önceden biliyordunuz, ama engellemek için kılınızı bile kıpırdatmadınız."

"Hayır! Elimizden geleni yaptık. Denedik. Lütfen Devriye Rey. Şimdi..."

"Bu adamı tanıyor musunuz?" Rey cebinden Grifone Lonza'nın gazetede yayınlanmış resmini çıkarıp doktora verdi. "Karakol penceresinden atlamıştı."

"Lütfen!" Holmes nefes alamıyordu. "Yeter! Gidin artık!"

"Hey! N'oluyor orda?" Holmes'un genç barbarlarım dediği türden üç köylü tıp öğrencisi ucuz purolar içerek sokaktan geçiyordu. "Profesör Holmes'u rahat bırak zenci!"

Holmes onları yatıştırmayı denedi, ama kasılmış boğazından ses çıkmadı.

Barbarların en hızlısı Rey'in karnına bir yumruk savurdu. Rey çocuğu diğer kolundan tutup olabildiğince hafifçe yere yuvarladı. Diğer ikisi Rey'in üstüne atlarken Holmes'un sesi geri döndü. "Hayır! Hayır çocuklar! Yapmayın! Buradan hemen gidin! O arkadaşım! Gidin!" Çocuklar itiraz etmeden gittiler.

Holmes, Rey'in ayağa kalkmasına yardım etti. Kendini bağışlatma ihtiyacı duyuyordu. Gazete sayfasını alıp resme baktı. "Grifone Lonza," dedi.

Rey'in gözleri parladı. Etkilendiği ve rahatladığı belliydi. "Şimdi lütfen o notu çevirin Dr. Holmes. Lonza'nın ölmeden önceki son sözlerini. Ne diyordu söyleyin."

"İtalyanca. Toskana lehçesi. Bazı sözcükler eksik, ama İtalyanca'yı hiç bilmeseniz de kulağınız iyiymiş. *Deenan se am... 'Dinanzi a me... Dinanzi a me non fuor cose create se non etterne, e io etterno duro'*: Benden önce sonsuz olmayan hiçbir şey yaratılmadı, ben de sonsuza dek kalacağım. *'Lasciate ogne speranza, voi ch'intrate'*: İçeri girenler, dışarıda bırakın her umudu."

"Umudu ardında bıraksın. Beni uyarıyordu," dedi Rey.

"Hayır... sanmıyorum. O anki ruh haline bakılırsa, bunu cehennemin kapılarından okuyordu herhalde."

"Bir şeyler bildiğinizi polise söylemeliydiniz," diye bağırdı Rey.

"Söylesek işler daha da karışırdı!" diye bağırdı Holmes. "Anlamıyorsunuz devriye... anlayamazsınız. Onu bulabilecek tek insanlar bizlerdik! Bulduğumuzu sandık... kaçtığını sandık. Polis hiçbir şey bilmiyor! Olanları ancak biz durdurabiliriz!" Holmes konuşurken ağzına kar tadı geldi. Ter içinde kalmış alnıyla boynunu sildi. Rey'e kapalı bir yere geçmelerini söyledi. Ona inanmakta zorlanabileceği bir öykü anlatacaktı.

Oliver Wendell Holmes'la Nicholas Rey boş bir sınıfta oturdular.

"Yıl 1300'dü. Dante adlı bir şair hayat yolculuğunun ortasında karanlık bir ormanda uyandı. Hayatında yanlış bir yola sapmış olduğunu anladı. James Russell Lowell hepimizin karanlık ormana iki kez girdiğimizi söyler devriye... bir kez orta yaşlarda, bir kez de dönüp o ilk sefere baktığımızda."

* * *

Yazarlar Odası'nın ağır ahşap kapısı aralanınca, içeride oturan üç adam irkildiler. Kapı aralığından siyah bir çizme usulca içeri girdi. Gelen Holmes'tu. Beti benzi atmıştı. Longfellow'un yanına, Lowell ile Fields'ın karşısındaki kanepeye oturdu. Başıyla verdiği tek bir selamın hepsine yeteceğini umdu.

"Buraya gelmeden önce eve uğradım. Melia halimi görünce evden çıkmamı istemedi. Onu zor ikna ettim." Holmes sinirli bir kahkaha atarken, bir gözünün kenarında bir gözyaşı damlası titreşti. "Gülmekte ve ağlamakta kullandığımız kasların yan yana durduğunu biliyor muydunuz? Genç barbarlarım bunu öğrenince şaşıp kalırlar hep."

Holmes'un olanları anlatmaya başlamasını beklediler. Lowell ona Phineas Jennison'ın kayıp olduğunu ve bulana binlerce dolar ödül verileceğini söyleyen el ilanını uzattı. "Demek biliyorsunuz," dedi Holmes. "Jennison öldü."

Charles Sokağı'ndaki 21 numaralı evine beklenmedik bir şekilde polis arabasının gelişiyle başlayan olayları anlattı.

Üçüncü porto şarabı kadehini dolduran Lowell, "Warren Kalesi," dedi.

"Lucifer'imiz için dâhice bir seçim," dedi Longfellow. "Tam da Bölücüler kantosu üstünde çalışıyorduk. Daha dün çevirdik. Malebolge engin bir taş sahadır... ve Dante tarafından *kale* olarak tanımlanır."

"Dante'nin yarattığı ortamları ayrıntılarıyla canlandırabilecek dâhi bir alimle karşı karşıya olduğumuzu bir kez daha gördük," dedi Lowell. "Lucifer'imiz Dante'nin şiirindeki düzenden hoşlanıyor. Milton'ın cehenneminde kaos hakimdir, oysa Dante'ninki özenle çizilmiş çemberlere ayrılmıştır. Bizim dünyamız kadar gerçektir."

"*Artık* öyle," dedi Holmes ürpererek.

Fields şu anda bir edebi tartışmayı kaldıracak halde değildi. "Wendell, cinayetin işlendiği sırada şehrin her yerinde polislerin kol gezdiğini söylemiştin. Lucifer görünmemeyi nasıl başardı sence?"

"Onu görmek için Argus'un yüz gözüne, ona dokunmak için Briareus'un dev ellerine sahip olmak gerekir," diye fısıldadı Longfellow.

Holmes daha fazlasını söyledi. "Jennison'ın cesedi kaleyi terkedilişinden beri arada sırada uyumak için kullanan bir ayyaş tarafından bulundu. Pazartesi günü oraya gittiğinde her şey normalmiş. Çarşamba günü döndüğündeyse o korkunç manzarayla karşılaşmış. Çok korktuğundan, polise ancak ertesi gün gidebilmiş... yani bugün. Jennison en son salı günü öğleden sonra görülmüş. O gece de yatağında yatılmamış. Polis onu tanıyan herkesi sorguya çekmiş. Limandaki bir fahişe salı akşamı sisin içinden limana gelen birini gördüğünü söylemiş. Onu takip etmeye çalışmış, herhalde mesleği yüzünden. Ama kilise civarında izini kaybetmiş ve nereye gittiğini görmemiş."

"Demek ki Jennison salı akşamı öldürülmüş. Ama polis cesedini ancak perşembe günü buldu," dedi Fields. "Ama Holmes, sen Jennison'ın hâlâ... o kadar uzun süre yaşamış olması *mümkün* mü?"

"Salı günü öldürülmesine karşın bu sabah geldiğimde sağ olması mı? Cesedinin Lethe'nin tüm sularını içsem de asla unutamayacağım şekilde spazm geçirmesi mi?" diye sordu Holmes acıyla. "Zavallı Jennison öyle korkunç bir şekilde parçalanmıştı ki, yaşama umudu olmadığı kesindi. Ama yavaş yavaş kan kaybedecek şekilde, can çekişecek şekilde kesilip bağlanmış. Hayati organları delinmemiş. Üstünde özenle çalışılmış, iç yaralardan anlayan biri, belki de bir doktor tarafından," dedi boğuk bir sesle. "Keskin ve iri bir bıçakla. Lucifer, Jennison'a yaptıklarıyla acı yoluyla lanetlenmeyi kusursuzlaştırdı. En mükemmel *contrapassosu* oldu o. Hareket ettiğini gördüm, ama o sırada artık yaşamıyordu aslında. Ölen vücudu spazm geçiriyordu o kadar. Dante'nin kurguladığı sahneler kadar tuhaf bir andı. Ölüm onun için bir lütuftu."

"Ama saldırıdan sonra iki gün yaşayabilmesi," dedi Fields ısrarla. "Yani demek istediğim... bu tıbben mümkün değil!"

"O sıradaki 'yaşamı' kısmı bir yaşamdan çok kusurlu bir ölümdü. Yaşamla ölüm arasında kısılı kalmaktı. Ne korkunç acılar çekmiştir kimbilir!"

"Niye Phineas'a bir Bölücünün cezasını verdi?" diye sordu Lowell, elinden geldiğince soğukkanlı ve bilimsel bir edayla. "Dante o cehennem çemberinde kimlerin ceza çektiğini görmüştü? Muhammed, Bertrand de Born (kralla prensi, babayla oğulu bir zamanlar Absalom'la David'e yapıldığı gibi ayıran habis danışman)... dinler ve aileler arasında ikilik yaratan kişiler. Peki niye *Phineas Jennison?*"

"O kadar uğraşmamıza karşın, Elisha Talbot'un niye öldürüldüğünü de hâlâ bilmiyoruz Lowell," dedi Longfellow. "O bin dolarla ne yapacaktı? İki *contrapasso,* iki görünmez günah. En azından Dante günahkarlara neden cehenneme atıldıklarını sorabiliyordu."

"Jennison arkadaşın değil miydi?" diye sordu Fields, Lowell'a. "Aklına hiçbir şey gelmiyor mu?"

"Arkadaşımdı, evet. Kötü yönlerini bulmaya çalışmazdım! Borsadaki kayıplarımdan, derslerimden, Dr. Manning'den ve o kahrolası Şirket'ten yakınabileceğim biriydi. Pantolon giyen bir buhar makinesiydi o. Ne yalan söyleyeyim, bazen fazla burnu büyük olurdu. Gelişmekte olan sektörlere yatırım yapmaktan hiç kaçınmazdı. Demiryolları, fabrikalar, çelik sektörü... ama ben böyle işlerden hiç anlamam Fields, bilirsin." Lowell başını eğdi.

Holmes derin derin iç geçirdi. "Devriye Rey cin gibi kurnaz. En başından beri bir şeyler bildiğimizden şüpheleniyordu herhalde. Dante Kulübü toplantımızda duyduklarıyla Jennison'ın ölümü arasında bağlantı kurmayı başardı. *Contrapassonun* mantığını, Bölücüleri Jennison'la ilişkilendirdi. Daha fazlasını açıkladığımda, Dante'nin Başyargıç Healey ile Rahip Talbot'un ölümleriyle olan ilişkisini de hemen kavradı."

"Tıpkı karakolda intihar eden Grifone Lonza gibi," dedi Lowell. "O zavallı her şeyde Dante'yi görüyordu. Ama bu kez haklıydı. Ben de onun gibi sık sık Dante'nin geçirdiği dönüşümü düşünmüşümdür. Düşmanları yüzünden bu dünyada yersiz yurtsuz kalan şair, o korkunç öbür dünyayı yurdu beller olmuştu. Bu dünyada sevdiği her şeyden koparılıp sürgüne gönderilince *öbür* dünyayı düşünmeye başlaması doğal değil mi? Onun yeteneğini öve öve bitiremiyoruz, ama Dante Alighieri'nin o şiiri yazmaktan, hem de kendi yüreğinin kanıyla yazmaktan başka şansı yoktu zaten. Şiirini bitirdikten kısa süre sonra ölmesine şaşmamalı."

"Polis Rey bu işe karıştığımızı artık biliyor. Bu konuda ne yapacak?" diye sordu Longfellow.

Holmes omuz silkti. "Polisten bilgi sakladık. Boston'da şimdiye kadar işlenmiş en korkunç iki cinayetin soruşturmasını engelledik. Üstelik şimdi üç oldu! Rey artık bize ve Dante'ye düşman olmuştur belki. Hem bir şiir kitabı neden umurunda olsun ki? Bizim ne kadar umurumuzda olmalı?"

Holmes ayağa kalktı ve bol pantolonunu belinden çekerek kaygıyla yürümeye başladı. Fields, Holmes'un şapkasıyla ceketini aldığını fark edince, avuçlarının arasında duran yüzünü kaldırdı.

"Öğrendiklerimi paylaşmak istemiştim o kadar," diye fısıldadı Holmes donuk bir sesle. "Benden paso."

"Biraz dinlen," diye söze başladı Fields.

Holmes başını salladı. "Hayır Fields. Sırf bu geceyi kastetmiyorum."

"Ne?" diye haykırdı Lowell.

"Holmes," dedi Longfellow. "Bunu açıklamak imkansız biliyorum, ama bize savaşmak yakışır."

"Hem zaten öylece çekip gidemezsin!" diye bağırdı Lowell. Kendini tekrar güçlü hissetmeye başlamıştı. "Artık hepimiz bu işin içindeyiz Holmes!"

"Fazla ileri gittik. En başından beri fazla ileri gittik. Üzgünüm

James," dedi Holmes sakin bir sesle. "Devriye Rey'in kararı ne olacak bilmiyorum, ama o ne isterse yapacağım. Sizden de aynı tavrı bekliyorum. Umarım soruşturmayı engellemek ya da (daha kötüsü) yardakçılıktan tutuklanmayız. Yaptığımız bu değil miydi? Hepimiz cinayetlerin devam etmesine göz yumduk."

"Madem öyle bizi Rey'e ihbar etmemeliydin!" Lowell ayağa fırladı.

"Yerimde olsan sen ne yapardın profesör?" diye sordu Holmes.

"Kaçıp gitmek gibi bir lüksümüz yok Wendell! Bu yola baş koyduk. Sen de bizim gibi Dante'yi korumaya yemin ettin. Burada, Longfellow'un çatısı altında!" Ama Holmes şapkasını takıp ceketini iliklemeye başladı. "*Qui a bu boira*," dedi Lowell. "Ayyaş adam iflah olmaz."

"Siz onu görmediniz!" Holmes bir duygu patlamasıyla Lowell'a döndü. "Niye siz cesur alimler değil de *ben* iki tane korkunç şekilde parçalanmış ceset görmek zorunda kaldım ha? Talbot'un yanmış cesedini gören, ondan yayılan ölüm kokusunu alan *bendim*! *Sizler* şöminenin başına kurulup olanları rahat rahat analiz ederken, edebiyatla filan uğraşırken her şeye katlanmak zorunda kalan *bendim*!"

"*Rahat rahat* mı? Ben insan yiyen böceklerin saldırısına uğradım be! Az daha ölüyordum, unutma!" diye bağırdı Lowell.

Holmes alaycı bir kahkaha attı. "On bin et sineğini o gördüğüm şeye yeğlerim!"

"Holmes," diye yakardı Longfellow. "Unutma: Virgil hacıya yolculuğundaki en büyük engelin korku olduğunu söyler."

"Boşversene! Artık umurumda değil Longfellow! Vazgeçiyorum! Dante'nin şiiri uğruna savaşan ilk insanlar biz değiliz! Belki de bizim gibiler kaybetmeye mahkum! Voltaire'in haklı olduğunu düşündüğün olmadı mı hiç? Belki de Dante sahiden çılgının tekiydi. Eseri de *korkunçtu*. Dante Floransa'daki yaşamını yitirince kendini kalemiyle Tanrı'nın yerine koyarak intikam almaya cüret etti. Bizse onu sevdiğimizi söylediğimiz bu şehrin başına musallat ettik ve bunun cezasını çekeceğiz!"

"Yeter artık Wendell! *Yeter!*" diye haykırdı Lowell, Longfellow'u bu sözlerden korumak istercesine önüne geçerek.

"Dante'nin oğlu bile onun cehenneme gittiği sanrısını yaşadığına inanıyordu. Bütün hayatını babasının yazılarını onaylamadığını söylemeye adadı!" diye devam etti Holmes. "*Biz* niye onu savunmak adına kendimizi feda edelim ki? *Komedya* aşk mektubu filan değildi. Dante Beatrice'i de, Floransa'yı da zerre kadar önemsemiyordu! O sürgün edilmenin kiniyle yanıp tutuşuyor, düşmanlarının acı içinde kıvrandıklarını ve af dilediklerini hayal ediyordu! Karısından bir kez olsun bahsettiğini okudunuz mu hiç? Hayal kırıklıklarının öcünü böyle alıyordu işte! Benim tek istediğim, sevdiğimiz her şeyi yitirmemizi önlemek! En başından beri istediğim tek şey bu!"

"Herhangi birinin suçlu olduğunu öğrenmek istemiyorsun," dedi Lowell. "Bachi'nin suçlu olduğunu da hiç aklına getirmedin. Profesör Webster'ı bir ipin ucunda sallanırken görünce bile onun suçsuz olduğunu hayal ettin!"

"Hayır!" diye haykırdı Holmes.

"Sağol Holmes, bize çok yardımcı oldun! Çok yardımcı oldun!" diye bağırdı Lowell. "Yardımların saçma sapan şiirlerin kadar değerliydi! Belki de kulübümüze senin yerine Küçük Wendell'ı almalıydık. En azından başarma şansımız olurdu!" Daha fazlasını da söyleyecekti, ama Longfellow kolunu tutarak onu susturdu. Dokunuşu hafif, ama eli demir bir zırh eldiveni gibi sertti.

"Sen olmasan buraya kadar gelemezdik sevgili dostum. Git biraz dinlen. Bayan Holmes'a da selamlarımızı ilet," dedi Longfellow usulca.

Holmes, Yazarlar Odası'ndan çıktı. Longfellow kolunu bırakınca, Lowell doktorun peşinden gitti. Holmes arkasına bakıp da arkadaşının soğuk bir ifadeyle kendisini takip ettiğini görünce adımlarını hızlandırdı. Köşeyi dönerken, Fields'a geceleri hizmet eden işçisi Teal'ın ittiği kağıt dolu bir el arabasına çarptı. Teal hep dişlerini gıcırdatan bir çocuktu. Holmes yere yuvarlanırken, el arabası da devrildi ve koridorla yerdeki doktorun üstüne kağıtlar saçıldı. Teal kağıtları tekmeleyerek yardımsever bir ifadeyle eğilip Oliver Wendell Holmes'u ayağa kaldırmaya çalıştı. Lowell da Holmes'un yanına koştu, ama kendini durdurdu. Bir an yumuşamanın utancı öfkesini tazelemişti.

"Mutlu musun Holmes? Longfellow'un bize ihtiyacı vardı! Sonunda ona ihanet ettin! Dante Kulübü'ne ihanet ettin!"

Lowell suçlamalarını tekrarlarken Teal ona korkuyla bakarak, Holmes'u çekip ayağa kaldırdı. "Çok özür dilerim," diye fısıldadı Holmes'un kulağına. Kaza tamamen doktorun suçuydu aslında, ama Holmes özür dileyemiyordu. Hırıldamasına yol açan türden değil, kramp geçirten türden bir astım krizine kapılmıştı. Birincisinde havaya ihtiyaç duyarken, bu ikincisinde hava ona zehir gibi gelirdi.

Lowell koşarak Yazarlar Odası'na geri döndü. Kapıyı arkasından sertçe kapadı. Longfellow'un yüzüne bakınca, anlaşılmaz bir ifadeyle karşılaştı. Longfellow havada bir fırtına belirtisi görür görmez hemen evinin tüm panjurlarını kapar, karmaşadan haz etmediğini söylerdi. Şimdi de yüzünde aynı ifade vardı. İçine kapanmıştı. Longfellow, Fields'a bir şeyler söylemiş olmalıydı, çünkü yayıncı ona doğru hevesle eğilmiş, devamını bekliyordu.

"Bunu bize nasıl yapar Longfellow?" diye sordu Lowell. *"Böy-le bir zamanda* Holmes bunu bize nasıl yapar?"

Fields başını salladı. "Lowell. Longfellow'un aklına bir fikir geldi," dedi Fields. "Dün gece Bölücüler kantosunu incelemiştik, hatırlıyor musun?"

"Evet. Aklına ne geldi Longfellow?" diye sordu Lowell.

Longfellow ceketini eline alıp pencereden dışarı baktı. "Fields, Bay Houghton hâlâ Riverside'da mıdır sence?"

"Houghton her zaman Riverside'dadır. Yani kiliseye gitmediği zamanlarda. Bize ne yardımı dokunabilir ki Longfellow?"

"Hemen oraya gitmeliyiz," dedi Longfellow.

"İşimize yarayacak bir şey mi geldi aklına Longfellow?" diye sordu Lowell umutla.

Longfellow'un bu sorunun yanıtını düşündüğü kanısına kapıldı. Ama nehri geçip Cambridge'e girerlerken, şair yanıt vermedi.

Riverside matbaasının devasa tuğla binasına girdiklerinde, Longfellow H. O. Houghton'dan Dante'nin *Cehennem*'inin çevirisinin tüm baskı kayıtlarını istedi. Dante ilk kez çevriliyor olsa da, ülke tarihindeki en sevilen şairin yıllar sonra sessizliğini bozacak olması, tüm edebiyat dünyasının merakla bu çeviriyi beklemesine yol açmıştı. Fields'ın planladığı sıkı reklam kampanyası sayesinde, beş bin nüshalık ilk baskısı bir ay içinde tükenecekti. Oscar Houghton buna hazırlıklı olmak için, Longfellow provaları getirdikçe onların klişelerini hazırlıyor ve ayrıntılı, mükemmel kayıtlarını tutuyordu.

Üç alim, matbaacının özel sayım odasına doluştular.

"Ne yapacağımı bilmiyorum," dedi Lowell. Bırakın başkalarının yayın projelerinin ayrıntılarıyla uğraşmayı, kendisininkilerle bile pek ilgilenemezdi.

Fields ona kayıt listesini gösterdi. "Longfellow provaları çeviri seanslarımızdan sonraki hafta, düzeltilmiş haliyle veriyor. Yani buradaki her teslimat kaydındaki tarihten bir önceki çarşamba Dante Kulübü toplantısı yapmış olmalıyız."

Üçüncü kanto olan Tarafsızların çevirisi Yargıç Healey'nin öldürülmesinden üç dört gün sonra yapılmıştı. Rahip Talbot ise onyedinci, onsekizinci ve ondokuzuncu kantoların (bu sonuncusunda Simoniacların çektiği cezalar yer alıyordu) çevrileceği çarşambadan üç gün önce öldürülmüştü.

"Ama sonra cinayeti öğrendik!" dedi Lowell.

"Evet. Bu yüzden kendimizi toplayalım diye son dakikada şiirin daha ileriki bir bölümünü, Ulysses kantosunu çevirmemize karar verdim. Aradaki kantolarla da tek başıma uğraştım. Şimdi, son cinayetin, yani Phineas Jennison'ın katlinin bu salı gerçekleştiği ortada... yani o korkunç cinayete ilham kaynaklığı eden dizeleri dün çevirmemizden *bir gün* önce."

Lowell önce bembeyaz, sonra kıpkırmızı kesildi.

"Anlıyorum Longfellow!" diye haykırdı Fields.

"Her cinayet, ona ilham kaynaklığı eden kantonun Dante Kulübü'müz tarafından çevrilmesinden hemen önce işlenmiş," dedi Longfellow.

"Bunu nasıl oldu da anlayamadık?" diye bağırdı Fields.

"Biri bizimle oyun oynuyor!" diye gürledi Lowell. Sonra hemen sesini alçalttı. "Birisi bizi en başından beri gözetliyor Longfellow! Dante Kulübü'müzü bilen biri olmalı! Her kimse, her cinayetin vaktini çevirimize göre ayarlamış!"

"Bir saniye. Bu sadece korkunç bir rastlantı da olabilir." Fields listeye tekrar baktı. "Şuraya bakın. Neredeyse iki düzine *Cehennem* kantosu çevirdik, ama sadece üç cinayet işlendi."

"Üç ölümcül rastlantı," dedi Longfellow.

"Rastlantı filan değil," diye diretti Lowell. "Lucifer'imiz bizimle yarışıyor... Dante'nin mürekkepten önce kanla çevrilmesini istiyor! Her seferinde yarışı kaybediyoruz!"

Fields itiraz etti. "Ama neyin üstünde çalışacağımızı kim bilebilir ki? Öyle karmaşık cinayetleri işleyebilmek için, programımızı epey önceden öğrenmiş olması gerekir. Yazılı bir çalışma programımız yok. Bazen bir haftayı atlıyoruz. Bazen de Longfellow iyi hazırlanmadığımızı düşündüğü bir iki kantoyu atlıyor."

"Hangi kantolar üstünde çalıştığımızı Fanny bile bilmiyor. Gerçi bilmek de istemiyor," diye itiraf etti Lowell.

"Böyle ayrıntıları kim öğrenebilir ki Longfellow?" diye sordu Fields.

"Bütün bunlar doğruysa," diye lafa karıştı Lowell, "hepimiz o cinayetlerin başlamasıyla *doğrudan* ilişkiliyiz demektir!"

Hepsi sustular. Fields Longfellow'a babacan bir edayla baktı. "Saçmalama!" dedi. "Saçmalama Lowell!" Verebileceği tek yanıt buydu.

"Bu tuhaf bağlantıyı anladığımı iddia etmiyorum," dedi Longfellow, Houghton'un masasından kalkarken. "Ama onu inkâr da edemeyiz. Devriye Rey ne yapmaya karar verirse versin, bizler artık bu işin içinde olduğumuzu kabullenmeliyiz. *Komedya*'yı çevirmek üzere ilk kez masama oturuşumdan beri tam otuz yıl geçti. O zamanlar daha mutlu bir insandım. *Komedya*'ya öyle büyük bir hayranlık duyuyorum ki, bazen çevirmek içimden gelmedi. Ama artık acele etmeliyiz. Bu çeviriyi bir an önce tamamlamazsak başkaları da ölebilir."

Fields arabasıyla Boston'a doğru yola çıkarken, Lowell ile Longfellow yağan karın altında evlerine doğru yürüdüler. Phineas Jennison'ın ölümü, kulüplerine ağır bir darbe indirmişti. Kara ağaçlı Cambridge sokağındaki sessizlik kulakları sağır ediciydi. Bacalardan yükselen kar beyazı dumanlar hayeletler gibi salınarak gökyüzünde yok oluyordu. Pencerelerin sadece panjurları kapatılmakla kalmamış, iç taraflarına da giysiler, gömlekler, bluzlar asılmıştı. Çünkü dışarısı giysileri kurutmayacak kadar soğuktu. Bütün kapıların mandalları takılmıştı. Yerel devriye polislerinin tavsiyesi üzerine demir kilitler ve metal zincirler alanlar bunları da kullanmışlardı. Bazı evlerin kapılarında Batılı dolandırıcı seyyar satıcılardan alınma ve rüzgarla çalışan bir tür alarm sistemi bile vardı. Kar tepeciklerinde oynayan çocuklar yoktu. Bu üç cinayetin aynı kişi tarafından işlendiği gerçeği artık inkar edilemezdi. Hele gazeteler her kurbanın yanına giysilerinin düzgünce katlanıp konulduğunu yazınca, şehir halkı kendilerini savunmasız hissetmeye başlamıştı. Artemus Healey'nin ölümüyle başlayan dehşet dalgası Beacon Tepesi'ne, Charles Sokağı'na, Back Koyu'na ve köprünün ardındaki Cambridge'e yayılmıştı. İnsanlar birdenbire bir tür cezanın, bir felaketin gerçekleştiğine inanmaya başlamışlardı, bu mantıksızca da olsa.

Longfellow, Craigie Konağı'na bir sokak kala durdu. "Cinayetlerin sorumlusu *biz* olabilir miyiz?" Sesi öyle cılız çıkmıştı ki ürktü.

"Sakın böyle düşünme. Bunu söylerken ne dediğimi bilmiyordum Longfellow."

"Bana karşı dürüst ol Lowell. Sence sahiden..."

Longfellow birden sustu. Brattle Sokağı'nda küçük bir kızın çığlığı yükselmişti.

Longfellow sesin kendi evinden geldiğini anlayınca dizlerinin bağının çözüldüğünü hissetti. Brattle Sokağı'nı kaplayan ayak izsiz kar tabakasında çılgınca koşarak evine gitmesi gerektiğini biliyordu. Ama düşünceleri onu bir anlığına olduğu yere çiviledi. Olasılıklar onu korkunç bir rüyadan uyanınca huzurlu odasına bakınarak kanlı cesetler arayan biri gibi ürpertti. Zihnine anılar üşüştü. *Seni neden kurtaramadım aşkım?*

"Gidip tüfeğimi alayım mı?" diye bağırdı Lowell panikle.

Longfellow koşmaya başladı.

İki adam Craigie Konağı'nın ön basamaklarına neredeyse aynı anda ulaştılar. Komşusu gibi spor yapmayan Longfellow için büyük bir başarıydı bu. Birlikte giriş holüne daldılar. Oturma odasına girdiklerinde, Charley Longfellow'un ağabeylerinin kendisine aldığı hediyeler karşısında sevinçle haykıran minik Annie Allegra'yı sakinleştirmeye çalıştığını gördüler. Trap da hazla hırıldıyor ve kısa kuyruğunu döndürüp duruyordu. Sanki sırıtır gibiydi. Alice Mary hole geldi.

"Babacığım," diye haykırdı. "Charley demin şükran gününü bizimle geçirmek için geldi! Bize kırmızı ve siyah şeritli Fransız ceketleri getirmiş!" Alice poz vererek ceketini Longfellow'la Lowell'a sergiledi.

"Çok yakıştı!" dedi Charley alkışlayarak. Babasına sarıldı. "Yüzün niye bembeyaz baba? Kendini iyi hissetmiyor musun? Sana küçük bir sürpriz yapayım dediydim! Ama biraz fazla yaşlanmışsın galiba." Güldü.

Longfellow, Lowell'ı bir köşeye çektiğinde benzine tekrar renk gelmişti. "Charley gelmiş," dedi, sanki Lowell bunu göremiyormuşçasına.

O akşam çocuklar üst kata çıkıp yattıktan ve Lowell gittikten sonra, Longfellow'un içine derin bir huzur yayıldı. Masasına eğilip elini üstünde çevirilerinin çoğunu yaptığı pürüzsüz tahtada gezdirdi. Dante'nin şiirini ilk okuyuşunda, o yüce şaire güvenememişti doğrusu. Böylesine muhteşem bir başlangıcın sonunun berbat olacağını sanmıştı. Ama kitabı okudukça, Dante'nin gücünün sadece yüceliğine değil, devamlılığına da şaşırmaya başlamıştı. Şiirin biçemi temasıyla birlikte karmaşıklaşmış, dalgalar gibi yükselmiş ve nihayetinde o inançsız ve ürkek okuyucuyu kapıp götürmüştü. Longfellow uzun süredir o Floransalıya hizmet etse de, bazı sözlerini anlayamıyordu. O zaman kendini bir heykeltraş gibi hissediyordu... modelinin gözünün canlı güzelliğini soğuk mermere yansıtamayınca, gözleri çukura kaçırmak ve kaşları kalınlaştırmak gibi numaralara başvuran bir heykeltraş gibi.

Ama Dante mekanik çözümlere direniyor, kendini gizliyor, sabır talep ediyordu. Çevirmenle şair bu kördüğüme ne zaman gelseler, Longfellow durup düşünürdü: Dante burada kalemini bıraktı... buradan sonrası hâlâ boşluk. Nasıl doldurulacak? Hangi yeni figürler getirilecek? Hangi yeni isimler yazılacak? Sonra şair kalemini tekrar eline alır ve sevinç ya da öfke dolu bir ifadeyle yazmayı sürdürür, Longfellow da onu çekinmeden izlerdi.

Longfellow'un ayaklarının dibine kıvrılmış olan Trap, tebeşir tahtasında gezinen parmakların sesine benzer hafif bir ses duyunca üçgen kulaklarını havaya dikti. Sanki rüzgarda bir buz parçası pencere camına sürtünüyordu.

Gecenin ikisinde Longfellow hâlâ çeviri yapıyordu. Şöminenin ateşi harıl harıl yanıyor, ama odayı fazla ısıtamıyordu. Bir pencerenin kenarına mum koyduktan sonra, başka bir pencereden dışarıya, karla kaplı ağaçların güzelliğine baktı. Yaprak kıpırdamıyordu. O dinginlikte ağaçlar dev ve uhrevi bir Noel ağacı gibi parlıyorlardı. Panjurları kaparken pencerelerden birinde tuhaf izler fark etti. Panjurları tekrar açtı. Az önceki ses buz sesi değildi... bir bıçakla çizilen camın sesiydi. Hasımları bir metre ötesine kadar gelmişti. Longfellow penceredeki sözcükleri önce anlayamadı: ƎИОIZUᗡAЯT AIM A⅃ Anladığındaysa yine de şapkasını, atkısını ve paltosunu giyip dışarı çıktı. Oradan bakınca, parmaklarının ucunu o sözcüğün harflerinin keskin kenarlarında gezdirirken, tehdidi açıkça okuyabildi.

ƎИOISUᗡAЯT AIM A⅃ : "BENİM ÇEVİRİM."

XII

——— * ———

Şef Kurtz, Merkez Karakol'da birkaç saat içinde bir lise turuyla New England'ı gezerek belediye meclisleriyle liselilere yeni polis metodlarını anlatmak üzere trenle yola çıkacağını bildirdi. Rey'e "Belediye meclisi üyeleri bunu şehrin şanını korumak için yapacağımı söylüyor," dedi. "Yalancılar."

"Sizi niye gönderiyorlar peki?"

"Beni buradan, dedektiflerden olabildiğince uzak tutmak için. Departmanımızda dedektif bürosu üstünde yetki sahibi olan tek polis benim. Ben gidince meydan o serserilere kalacak. Soruşturmayı tek başlarına yürütecekler. Burada onları engelleyebilecek kimse kalmayacak."

"Ama yanlış yerlere bakıyorlar Şef Kurtz. Sırf şov yapmak için birilerini tutuklamak istiyorlar."

Kurtz başını kaldırıp ona baktı. "Sen... emirlere uyup burada kalmalısın devriye. Bunu biliyorsun. Katil bulunana dek. Bu aylar sürebilir tabii."

Rey gözlerini kırpıştırdı. "Ama anlatacak bir sürü şeyim var şef..."

"Sana bildiğin ya da bildiğini sandığın her şeyi Dedektif Henshaw ve adamlarıyla paylaşman gerektiğini söylemek zorundayım biliyorsun."

"Şef Kurtz..."

"Her şeyi Rey! Seni kulağından tutup Henshaw'a götürmemi mi istiyorsun?"

Rey duraksadıktan sonra başını hayır anlamında salladı.

Kurtz Rey'in kolunu tuttu. "Bazen insan sadece artık elinden bir şey gelmediğini bilmekle de tatmin olabilir Rey."

Rey o akşam evine yürürken yanına pelerinli biri geldi. Kukuletasını indirdi. Hızlı hızlı soluyor, nefesinin buharı kara peçesinden geçiyordu. Mabel Lowell peçesini indirip Devriye Rey'e baktı.

"Profesör Lowell'ı görmeye geldiğinde tanışmıştık devriye. Hatırladın mı? Yanımda görmen gerektiğini düşündüğüm bir şey var." Pelerininin altından kalın bir paket çıkardı.

"Beni bulmayı nasıl becerdiniz Bayan Lowell?"

"Mabel. Boston'daki tek zenci polisi bulmak zor mu sanıyorsun?" Hafifçe gülümsedi.

Rey duraksayıp pakete baktı. Kağıdını biraz araladı. "Bunu almak istemiyorum. Babanızın mı?"

"Evet," dedi Mabel. Pakette Longfellow'un Dante çevirisinin provaları vardı. Sayfaların kenarları Lowell'ın notlarıyla doluydu. "Bence babam Dante'nin şiiriyle o garip cinayetler arasında bir bağ keşfetti. Sizin gibi ayrıntıları bilmiyorum tabii. Babama da soramam, çünkü kızar. Yani lütfen beni gördüğünüzü söylemeyin. Bunu babama sezdirmeden çalışma odasından çalmam çok zor oldu."

"Lütfen Bayan Lowell." Rey iç geçirdi.

"Mabel." Rey'in parlak, içten gözlerini görünce ona umutsuzluğunu belli etmek istememişti. "Lütfen. Babam Bayan Lowell'a çok az şey söylüyor. Banaysa hiçbir şeyi anlatmıyor. Ama şu kadarını biliyorum: Son günlerde Dante'yi elinden düşürmüyor. Arkadaşlarıyla Dante'den başka bir şey konuştukları yok. Sesleri de bir çeviri grubuna hiç uymayacak kadar sıkıntılı ve ızdıraplı. Babamın odasında ayakları yanan bir adamın resmiyle, Rahip Talbot hakkında bazı gazete küpürleri buldum. *Onun cesedi* de bulunduğunda ayakları yanıkmış. Babam daha birkaç ay önce Mead'le Sheldon'a kötü papazları anlatan kantodan bahsediyordu."

Rey onu yakındaki bir binanın avlusuna götürdü. Bir bank bulup oturdular. "Mabel, bunu bildiğini başka kimseye söylememelisin," dedi Mabel'e. "Ortalığı iyice karıştırmaktan başka işe yaramaz. Ayrıca babanla arkadaşlarını da zan altında bırakır... hattâ korkarım seni de. Bu bilgiden faydalanmak isteyecek insanlar var."

"Bunu zaten biliyordun değil mi? Bu çılgınlığı durdurmak için plan yapıyorsundur herhalde."

"Açıkçası ne yapacağımı bilmiyorum."

"Durup olanları izlemekle yetinemezsin. Hele babam... lütfen." Prova kağıtları paketini tekrar Rey'in eline tutuşturdu. Gözlerinin yaşarmasına engel olamadı. "Al bunları. Hepsini oku, o yokluklarını fark etmeden önce. O gün Craigie Konağı'na gelmenin bütün bunlarla bir ilgisi vardı mutlaka. Bize yardım edebileceğini de biliyorum."

Rey paketi inceledi. Savaşın başından beri kitap okumuyordu. Oysa bir zamanlar durmadan kitap okurdu, hele üvey ebeveynleriyle kız kardeşlerinin ölümünden sonra. Tarih kitapları, biyografiler ve hattâ aşk romanları okumuştu. Ama artık kitapları sahte ve yalan olarak görüyordu. Artık sadece gazete okuyordu. En azından gazeteler fikirlerini değiştiremezdi.

"Babam bazen sert bir adamdır... ne kadar sert görünebildiğini biliyorum," diye devam etti Mabel. "Ama çok sıkıntılar çekti. Yazma yeteneğini yitirmekten korkuyor. Oysa ben onu asla bir şair olarak görmedim. Sadece babam olarak gördüm."

"Bay Lowell için kaygılanmana gerek yok."

"Yani ona yardım edecek misin?" diye sordu Mabel, elini Rey'in koluna koyarak. "Yapabileceğim bir şey var mı? Babamın güvenliği için her şeyi yaparım."

Rey susuyordu. Sokaktan geçenlerin onlara baktığını görünce başını çevirdi.

Mabel acı acı gülümseyip bankın diğer ucuna çekildi. "Anlıyorum. Senin de babamdan farkın yok. Önemli meselelerde bana güvenilmez ha? Sen farklı düşünürsün sanmıştım nedense."

Rey bir an kendini ona karşılık veremeyecek kadar yakın hissetti. "Bayan Lowell, kimsenin mecbur kalmadıkça bulaşmaması gereken bir mesele bu."

"Ama seçme şansım yok," dedi Mabel. Sonra peçesini kaldırarak at arabası durağına doğru yürümeye başladı.

Sağlığı giderek bozulan bir ihtiyar olan Profesör George Ticknor, karısına eve gelen kişiyi yanına göndermesini söyledi. İri yüzünde acayip bir gülümseme belirmişti. Ticknor'ın ensesinden aşağı uzanan ve bir zamanlar siyah olan saçı epey seyrekti. Hawthorne bir zamanlar Ticknor'ın burnunu kanca burnun zıttı şeklinde tanımlamıştı. Basık ya da kalkık burunlu sayılmazdı.

Profesör asla hayal gücü geniş biri olmamıştı ve bundan hiç şikayetçi değildi. Bu sayede diğer Bostonlular, özellikle de yazarlar gibi kuruntulara kapılmıyor, reformların dünyayı cidden değiştireceğine inanmıyordu. Yine de şu anda koltuğundan kalkmasına yardım etmekte olan uşağın beş yaşında ölen oğlu George'un tıpatıp aynısı olduğunu hayal etmekten alamıyordu kendini. Aradan otuz yıl geçmiş olmasına karşın, Ticknor hâlâ George'un yasını tutmaktaydı. Çok üzülüyordu, çünkü artık onun ışıltılı gülümseyişini ve neşeli sesini hayalinde bile canlandıramıyordu. Çünkü bazen onun sesini duyar gibi oluyor, ama dönüp baktığında göremiyordu. Çünkü oğlunun hafif ayak seslerini duymak için kulak kabartıyor, ama duyamıyordu.

Longfellow kütüphaneye çekingen adımlarla girdi. Bir hediye getirmişti: Altın saçaklı, kopçalı bir torba. "Lütfen kalkmayın Profesör Ticknor," dedi.

Ticknor puro ikram etti. Yapraklarındaki çatlaklara bakılırsa, yıllardır buraya nadiren gelen misafirlere sunulmuş ve reddedilmişlerdi. "Azizim Longfellow, buraya neden geldin?"

Longfellow torbayı Ticknor'ın masasına koydu. "Bunu en çok sizin görmek isteyeceğinizi düşündüm."

Ticknor ona hevesle baktı. Siyah gözlerinde muğlak bir ifade vardı.

"Bu sabah İtalya'dan geldi. Yanında gelen mektubu okuyun." Longfellow mektubu Ticknor'a verdi. Floransa'daki Dante Şenliği Komitesi'nden George Marsh tarafından yazılmıştı. Marsh Longfellow'a *Cehennem* çevirisinin Floransa Komitesi tarafından kabul edileceğini, bu konuda hiç kaygılanmaması gerektiğini yazmıştı.

Ticknor okumaya başladı: "Caietani Dükü ve Komite o yüce şiirin ilk Amerikan çevirisini, kutlamaların ciddiyetine son derece yakışan bir katkı olarak kabul edecek ve aynı zamanda Yeni Dünya tarafından, kaşifi Kolomb'un vatanının başlıca gurur kaynaklarından birine yapılan değerli bir hürmet gösterisi olarak görecektir."

"Sorun ne?" diye sordu Ticknor şaşkınlıkla.

Longfellow gülümsedi. "Sanırım Bay Marsh elimi çabuk tutmamı ima ediyor. Ama Kolomb'un da hiç dakik olmadığı söylenmez mi?"

"Komitemizin yapacağınız katkıya verdiği önemin göstergesi

olarak gönderdiği," diye okumaya devam etti Ticknor, "geçtiğimiz günlerde Dante Alighieri'nin Ravenna'daki kabrinden alınan ve küllerini içeren yedi torbadan birini lütfen kabul edin."

Ticknor'ın yanakları hafifçe kızardı. Gözleri torbaya çevrildi. Yanakları artık gençliğinde siyah saçıyla birlikte İspanyol sanılmasına yol açan parlak allığa sahip değildi. Ticknor torbayı açtı ve içine baktı. Torbada kömür tozu vardı sanki. Ama o toza dokundu, nihayet kutsal suya ulaşan yorgun bir hacı gibi.

"Bu koca dünyada benim gibi Dante alimlerini kaç yıl aradım, ama çok az kişi bulabildim," dedi Ticknor. Yutkundu. *Kaç yıl?* diye düşündü. "Bir sürü akrabama Dante'nin beni daha iyi bir insana çevirdiğini anlatmaya çalıştım, ama beni anlamadılar. Geçen sene Boston'daki bütün kulüplerin ve derneklerin Shakespeare'in üç yüzüncü doğumgününü kutlaması dikkatini çekti mi? Peki bu yıl İtalya dışında hangi ülkede Dante'nin altı yüzüncü doğum günü kutlanıyor? Shakespeare bize kendimizi tanıtır. Dante ise başkalarını. Çevirin nasıl gidiyor?"

Longfellow derin bir nefes aldı. Sonra bir cinayet öyküsü anlattı: Yargıç Healey'nin bir Tarafsız, Elisha Talbot'un bir Simoniac, Phineas Jennison'ınsa bir Bölücü olarak cezalandırılmasından bahsetti. Dante Kulübü'nün şehirde Lucifer'in izini sürdüğünü, o katilin cinayetlerini çevirinin ilerleyişine göre ayarladığını keşfettiklerini açıkladı.

"Bize yardım edebilirsiniz," dedi Longfellow. "Bugün verdiğimiz mücadelede yeni bir safhaya giriyoruz."

"Yardım." Ticknor bu sözcüğü yeni bir şarabı tadar gibi tatmış ve tiksinmişti sanki. "Ne yardımı Longfellow?"

Longfellow geri çekildi. Şaşırmıştı.

"Böyle bir şeyi durdurmaya çalışmak aptallık," dedi Ticknor açıkça. "Kitaplarımı elden çıkarmaya başladığımı biliyor muydun

Longfellow?" Abanoz bastonuyla etrafındaki kitap raflarını gösterdi. "Yeni halk kütüphanesine *üç bin* kadar kitap bağışladım."

"Harika bir armağan bu Profesör," dedi Longfellow içtenlikle.

"Korkarım sonunda kitapsız kalacağım." Siyah, parlak asasını pelüş halıya dayadı. Acı, bitkin bir edayla gülümserken kaşlarını çattı. "Hayatımdaki ilk anım Washington'ın ölümüdür. Babam o gün eve geldiğinde öyle sarsılmıştı ki konuşamıyordu. Halini görünce ödüm koptu. Anneme doktor çağırması için yalvardım. Haftalarca herkes, en küçük çocuklar bile, kollarına siyah şeritler taktılar. Hiç düşündün mü, neden insan bir kişiyi öldürünce katil oluyor da, Washington gibi binlercesini öldürünce kahramana dönüşüyor? Bir zamanlar çok çalışarak, insanları eğiterek, geleneklere bağlı kalarak edebiyatımızı geliştirebileceğime inanırdım. Dante şiirlerinin başka ülkelerde okunmasını isterdi. Ben de kırk yıl onun için savaştım. Bay Emerson'ın edebiyatın kaderi üstüne yaptığı kehanet, anlattığın olaylarla gerçekleşiyor. Edebiyat insanları cezalandırabilen ve günahlarından arındırabilen, yaşam ve ölüm getiren bir şeye dönüşüyor."

"Olanları onaylamadığınızı biliyorum Profesör Ticknor," dedi Longfellow düşünceli bir edayla. "Dante bir cinayet ve kişisel intikam aracına dönüştürüldü."

Ticknor'ın elleri titriyordu. "Nihayet eski bir metin güncel bir güce, hüküm verebilen bir güce dönüşüyor Longfellow! Eğer keşifleriniz doğruysa, dünya Boston'da olanları öğrenince (on asır sonra bile olsa) Dante'ye zarar gelmeyecek, adına leke sürülmeyecek. Tersine, Amerikan dehasının ilk gerçek yaratısı, edebiyatın muazzam gücünü imansızlar üstüne salan ilk gerçek şair olarak saygı görecek!"

"Dante'nin yazdığı çağda ölüm anlaşılmaz bir şeydi. O bizlere yaşam umudu vermek için yazmıştı Profesör. Umudumuz tükendiğinde, Tanrı'nın hayatlarımızı ve dualarımızı önemsediğini bilelim diye yazmıştı."

Ticknor acizce iç geçirdi. Altın saçaklı torbayı öne itti. "Torbanızı unutmayın Bay Longfellow."

Longfellow gülümsedi. "Bütün bunların başarılabileceğine ilk inanan kişi sizdiniz." Kül dolu torbayı Ticknor'ın yaşlı ellerine koydu. Ticknor torbayı hırsla kavradı.

"Artık kimseye yardım edemeyecek kadar yaşlandım Longfellow," diye özür diledi Ticknor. "Ama bir tavsiye vermemi ister misin? Sen aslında bir Lucifer'in peşinde değilsin. Tarif ettiğin suçlu öyle biri değil. Dante Lucifer'le niyahet donmuş Cocytus'ta tanıştığında, onun hiç konuşmadan hıçkıran bir budala olduğunu görür. Dante bu açıdan Milton'dan üstündür. Lucifer'i yenmek isterken, onun hayran olunası, zeki bir yaratık olmasını arzularız. Ama Dante bunu zorlaştırır. Hayır. Sen aslında Dante'nin peşindesin. Kimin hangi cezayı çekeceğine, nereye gideceğine, hangi işkencelerden geçeceğine karar veren odur. Bütün bunları belirleyen odur, ama kendini yolcu gibi göstererek bize bunu unutturmaya çalışır. Onun da Tanrı'nın yaptıklarını gören masum bir tanık olduğunu sanırız."

Bu arada Cambridge'de James Russell Lowell hayaletler görüyordu.

Koltuğunda otururken, perdelerden süzülen kış güneşi ışığı altında ilk aşkı Maria'nın yüzünü açık seçik görmüştü. "Yakında," deyip duruyordu. "Yakında." Maria dizine Walter'ı oturtmuştu. Lowell'ı avutmak istercesine "Bak ne kadar yakışıklı ve güçlü bir çocuk olmuş," dedi.

Fanny Lowell ona büyülenmiş gibi durduğunu, artık yatma vaktinin geldiğini söyledi. İsterse bir doktor, mesela Dr. Holmes'u çağırabilirdi. Ama Lowell ona aldırmadı, çünkü kendini çok mutlu hissediyordu. Elmwood'un arka kapısından dışarı çıktı. Akıl hastanesindeki zavallı annesinin ona geçirdiği nöbetlerin arasında kendini çok huzurlu hissettiğini söyleyişini anımsadı. Dante en büyük acının geçmişte yaşanan mutlulukları anımsamak olduğunu söylemişti, ama yanılıyordu. *Çok yanılıyor,* diye düşündü Lowell. Mutlu anılar, hüzün ve pişmanlık verici anılarla boy ölçüşemezdi. Neşe ve keder kız kardeştiler ve birbirlerine çok benzerlerdi, Holmes'un dediği gibi. Yoksa ikisi de insanı ağlatmazdı. Sokaklarda sevgili Maria'sını unutmaya, başka herhangi bir şeyi düşünmeye çalışarak yürürken aklına zavallı küçük oğlu, Maria'nın ölen en son bebeği Walter geldi. Onu görebiliyordu sanki. Ama Walter'ın hayaleti bir görüntüden çok bir histi, içindeki bir gölgeydi. Onu hamile bir kadının karnındaki bebeği hissetmesi gibi hissediyordu. Pietro Bachi'nin de sokakta yanından geçtiğini görür gibi oldu. Sanki onunla alay ediyor, "Sana başarısızlıklarını anımsatmak için hep karşına çıkacağım," diyordu. *Sen hiçbir şey için savaşmadın Lowell.*

"Sen burada yoksun!" diye mırıldandı Lowell. Birden aklına bir fikir geldi. Suçlunun Bachi olduğuna körü körüne inanmasa, meseleye Holmes gibi ihtiyatlı yaklaşsa, belki de katili bulacaklar ve Phineas Jennison ölmeyecekti. Sokaktaki dükkanlardan birinden bir bardak su isteyecekken, az ileride parlak bir beyaz ceketle beyaz ve ipek bir melon şapka gördü. Onları giyen kişi altın işlemeli bir bastonla, neşeyle yürümekteydi.

Phineas Jennison.

Lowell gözlerini ovuşturdu. Kendi durumunun farkında olduğundan, gözlerine güvenemiyordu. Ama Jennison'ın diğer yayalara omuz çarptığını görüyordu. Bazılarıysa ona tuhaf tuhaf bakarak yana çekiliyorlardı. O gerçekti. Kanlı canlıydı.

Yaşıyordu...

Jennison! diye haykırmak istedi, ama boğazı kupkuruydu. Koşmak istedi, ama dizlerinin bağı çözülmüştü. "Ah, Jennison!" Sesi çıktığı anda gözlerinden yaşlar boşandı. "Phiny, Phinny. Buradayım, buradayım! Benim, Jemmy Lowell. Görüyor musun? Seni kaybetmedim daha!"

Lowell yayaların arasından koşarak geçip Jennison'ı omzundan tutarak kendine çevirdi. Ama karşısında bir başkasının zalim yüzü belirdi. Phineas Jennison'ın şapkasını ve ceketini giymiş, parlak bastonunu taşıyan kişi; hırpani, kirli suratlı, traşsız ve çirkin bir ihtiyardı. Tir tir titriyordu.

"Jennison," dedi Lowell.

"Lütfen beni ihbar etmeyin. Isınmam gerekiyordu..." Adam durumu açıkladı: Jennison'ın cesedini bulan serseri oydu. Civardaki, düşkünler evinin bulunduğu bir adadan yüzerek terkedilmiş kaleye gittiğinde bulmuştu. Jennison'ın cesedinin asılı durduğu deponun zemininde düzgünce katlanmış şık giysilerin durduğunu görünce, birkaçını kendine almıştı.

Lowell ayağından çıkarılmış olan kurtçuğu anımsadı. İçini kemirirken açtığı boşluğu hissediyordu şimdi.

Harvard'ın bahçesi karla kaplıydı. Lowell kampüste Edward Sheldon'u aradı, ama bulamadı. Perşembe akşamı onu hayaletle birlikte gördükten sonra Sheldon'a bir mektup göndererek hemen Elmwood'a gelmesini söylemişti. Ama Sheldon gelmemişti. Onu tanıyan öğrenciler, birkaç gündür görmediklerini söylüyorlardı. Yanından geçen birkaç öğrenci Lowell'a dersine geç kaldığını hatırlattı. Geniş sınıfa (eskiden üniversitenin kilisesiydi) girdikten sonra derse her zamanki gibi "Baylar, öğrenci kardeşlerim..." diye başladı. Öğrenciler de her zamanki gibi kahkayı bastılar. *Günahkar kardeşlerim...* Lowell'ın çocukluğundaki Cemaatçi rahipler vaazlarına böyle başlardı. Çocukken Tanrı gibi gördüğü babası ve Holmes'un babası da böyle derdi: *Günahkar kardeşlerim.* Lowell'ın babasının imanını, gücünü paylaşan bir Tanrı'ya olan inancını hiçbir şey sarsamazdı.

"Ben masum gençlere yol gösterecek türden biri miyim? Kesinlikle hayır!" Lowell, Don Kişot üstüne yaptığı konuşmanın yaklaşık üçte birlik kısmında bunu söylediğini işitti. "Öte yandan," diye devam etti, "profesör olmam benim için iyi bir şey değil. Barutumu ıslatıyor, bu yüzden de zihnimin tetiğini çektiğimde ateş almıyor."

Sendeleyip düşer gibi olunca iki öğrenci hemen yanına koşup onu kollarından tuttular. Lowell sarsak adımlarla pencereye giderek başını dışarı uzatıp gözlerini kapadı. Serin bir esinti yerine beklenmedik bir sıcaklık hissetti. Sanki burnu ve yanakları cehennemde yanıyordu. Bıyığına dokununca, kıllarının da sıcak ve nemli olduğunu fark etti. Gözlerini açınca, aşağıda alevler gördü. Koşarak sınıftan çıkıp taş merdivenleri inerek Harvard'ın bahçesine daldı. Orada harıl harıl yanan bir ateş vardı.

Etrafına yarım daire şeklinde dizilmiş olan heybetli adamlar, gözlerini alevlere dikmişlerdi. Büyük bir kitap yığınından aldıkları kitapları ateşe atıyorlardı. Aralarında yerel Üniteryan ve Cemaat kiliselerinin rahipleri, Harvard Şirketi'nin yönetim kurulu üyeleri ve Harvard Denetim Kurulu'ndan birkaç kişi vardı. Biri eline aldığı bir broşürü buruşturup top gibi fırlattı. Alevlerin arasına düştüğünde herkes tezahürat yaptı. Lowell koşup bir dizinin üstüne çökerek kitabı alevlerden aldı. Kabı okunamayacak kadar yanmış olduğundan, ilk sayfasına baktı: *Charles Darwin ile Evrim Teorisinin Savunusu.*

Lowell kitabı daha fazla elinde tutamadı. Ateşin diğer tarafında, tam karşısında Profesör Louis Agassiz duruyordu. Alevler yüzünü çarpıtıyordu. Bilim adamları elleriyle dumanları kovuyordu. "Bacağınız nasıl Bay Lowell? Bunu, şey... bunu yapmak zorundaydık Bay Lowell. Gerçi kağıt israfı ama..."

Üniversitenin kütüphanesi olan, Gotik tarzda yapılmış tuhaf granit Gore binasının buğulu bir penceresinin ardında duran şirket hazinedarı Dr. Manning aşağıdaki manzaraya bakıyordu. Lowell binanın devasa giriş kapısına doğru koşup içine girdi. Attığı her dev adımda biraz daha mantıklı ve sakin oluyordu neyse ki. Yangın tehlikesi yüzünden kütüphaneye mum sokulmasına izin verilmediğinden içerisi loştu.

"Manning!" diye haykırınca kütüphaneci ona ters ters baktı.

Manning okuma odasının üstündeki platformda durmuş, pek çok kitabı topluyordu. "Bu saatte dersiniz var Profesör Lowell. Öğrencilerinizi başıboş bırakıp gelmeniz Harvard Şirketi tarafından hoş karşılanmayacak bir davranış."

Lowell platforma çıkmadan önce yüzünü mendille silmek zorunda kaldı. "Bir eğitim kurumunda kitap yakmaya nasıl cüret edersin!" Gore Binası'nın havalandırma sisteminin bakır tüpleri hep buhar sızdırdığından; pencereler, kitaplar ve öğrenciler hep nemli olurdu.

"Maymunlardan geldiğimizi savunan korkunç bir öğretiyle yiğitçe mücadele ettiğimiz için din dünyası bize ve özellikle de dostunuz Profesör Agassiz'e minnet borçlu profesör. Babanız benimle hemfikir olurdu eminim."

"Agassiz tilki gibi kurnazdır," dedi Lowell platforma çıkıp buharların arasından yürürken. "Seni sırtından vuracak, emin ol! Düşünceyle savaşan hiç kimse düşünceden kurtulamaz!"

Manning gülümsedi. Yüzü yarılıyordu sanki. "Şirketin Agassiz'in müzesine yüz bin dolarlık bağış yapmasını sağladığımı biliyor muydunuz? Agassiz'in sözümü dinleyeceğine eminim."

"Sorun ne Manning? Neden başkalarının fikirlerinden nefret ediyorsun?"

Manning Lowell'a yan yan baktı. Yanıt verirken soğukkanlılığını yitirdi. "Biz eskiden soylu bir ülkeydik. Ahlak ve adalet anlayışımız sadeydi. Yüce Roma Cumhuriyeti'nin son yetim çocuğuyduk. Ama aramıza karışan yabancılar bizi boğuyor, mahvediyor. Amerika'nın tüm kuruluş ilkelerine ters düşen sapık fikirleri öğretiyorlar bize. Bunu siz de görüyorsunuz profesör. Yirmi yıl önce birbirimizle savaşacağımıza inanır mıydınız? Zehirlendik. Savaş, savaşımız daha yeni başlıyor. Soluduğumuz havaya bile iblisler karıştırdık. Devrimler, cinayetler, hırsızlıklar ruhumuzda başlayıp sokaklara, evlerimize yayılıyor." Lowell, Manning'i ilk kez bu kadar hisli görüyordu. "Başyargıç Healey sınıf arkadaşımdı Lowell. Ayrıca en iyi müfettişlerimizden biriydi. Ama öldürmekten başka bir şey bilmeyen bir canavar tarafından katledildi! Bostonluların zihinleri sürekli bombardıman altında. Harvard yüceliğimizin son kalesi. Bu kalenin komutanı da *benim*!"

Manning kendini toparladı. "Siz, profesör, isyan etme lüksüne ancak sorumluluklarınızdan kaçtığınızda sahipsiniz. Tam bir şairsiniz."

Lowell, Phineas Jennison'ın ölümünden beri ilk kez dimdik durduğunu fark etti. Bu ona taze güç verdi. "Yüz yıl önce farklı bir ırkın insanlarını köle yaptık. Savaşın sebebi *buydu*. Sen insanlara istediğin kadar at gözlüğü tak, Amerika büyümeye devam edecek Manning. Oscar Houghton'u tehdit etmişsin diye duydum. Longfellow'un Dante çevirisini basmamasını söylemişsin."

Manning pencereye geri dönüp turuncu ateşe baktı. "Basarsa sonuçlarına katlanır, Profesör Lowell. İtalya en günahkar ve ahlaksız ülkelerin başında gelir. İsterseniz kütüphanemize Dante'nin kitaplarını bağışlayın. Bazı salak bilim adamları Darwin'in kitaplarını bağışlamışlardı da. Bakın şimdi ne güzel cayır cayır yanıyorlar. Kurumumuzu şiddet dolu, iğrenç fikirler yuvası haline getirmeye çalışan herkese ders olsun bu."

"Bunu yapmana asla izin vermeyeceğim," diye karşılık verdi Lowell. "Dante ilk Hıristiyan şairdir. Tüm düşünce sistemi sadece Hıristiyan teolojisine dayanan ilk şairdir. Ama şiiri daha da özeldir. Günaha teşvik edilen, arındırılan ve sonunda galip gelen bir insan ruhunun, bir kardeşimizin öyküsüdür. Acının ne müşfik bir rahip olduğunu anlatır. Dante insan bilincinin sessiz okyanusuna açılıp yeni bir şiir dünyası aramış ilk teknedir. Yirmi yıl boyunca acılarını içine gömüp şiirini yazdı. Görevini tamamlayana kadar ölüme bile direndi. Longfellow'da direnecek. Ben de direneceğim."

Lowell dönüp aşağı inmeye başladı.

"Bravo profesör." Manning platformdan donuk gözlerle bakıyordu. "Ama herkes sizinle hemfikir olmayabilir. Bir polis, Devriye Rey diye biri, bana gelip sizin hakkınızda konuşmak istedi. Dante çalışmalarınızla ilgili sorular sordu. Sebebini söylemedi. Sonra birden çıkıp gitti. Söyler misiniz, çalışmalarınız neden saygıdeğer 'eğitim kurumumuza' polisleri çekiyor acaba?"

Lowell durup dönerek Manning'e baktı.

Manning uzun parmaklarını göğüs kemiğinin üstünde kavuşturdu. "Etrafındaki bazı sağduyulu insanlar sana ihanet edecek Lowell. Bunu temin ediyorum. Asiler uzun süre bir arada kalamazlar. Bay Houghton seni durdurmamıza yardım etmezse, eden biri mutlaka çıkar. Mesela Dr. Holmes."

Lowell gitmek istedi, ama durup bekledi.

"Onu aylar önce uyardım. Çeviri projenizden uzak durmazsa rezil olacağını söyledim. Ne yaptı biliyor musun?"

Lowell başını salladı.

"Evimi arayıp bana haklı olduğumu söyledi."

"Yalan söylüyorsun Manning!"

"Yani Dr. Holmes davanıza hâlâ sadık, öyle mi?" diye sordu Manning, Lowell'ın hayal edebileceğinden çok daha fazlasını biliyormuş edasıyla.

Lowell titreyen dudağını ısırdı.

Manning başını sallayıp gülümsedi. "O sefil cüce Benedict Arnold gibi bir hain, Profesör Lowell."

"Dostlarıma hep sadık kalırım. Dostum olmak da zor değildir. Düşmanım olmak isteyenlereyse, ancak gerektiği kadar düşman olurum. İyi günler." Lowell'ın taşı gediğine koyup gitmek gibi bir huyu vardı.

Manning, Lowell'ın peşinden koşup kolundan tuttu. "Kariyerinizi, uğruna hayatınız boyunca çalıştığınız her şeyi nasıl *böyle* bir şey için tehlikeye atabiliyorsunuz anlamıyorum profesör."

Lowell kolunu sertçe çekti. "Ama anlayabilmek isterdin, değil mi Manning?"

Sınıfa gidip öğrencilere serbest olduklarını söyledi.

Eğer katil bir şekilde Longfellow'un çevirisinin gidişatını takip ediyor ve onlarla yarışıyorsa, Dante Kulübü'nün geri kalan on üç *Cehennem* kantosunu bir an önce tamamlamaktan başka seçeneği yoktu. İki gruba ayrılacaklardı: Gruplardan biri soruşturma, diğeriyse çeviri yapacaktı.

Lowell'la Fields eldeki kanıtları gözden geçirmeye razı olurken, Longfellow'la George Washington Greene de çalışma odasında çeviriyle uğraşmaya başladılar. Greene çevirinin düzenli bir şekilde devam edeceğini ve bir an önce tamamlanacağını öğrenince sevinçten havalara uçmuştu. Ellerinde hiç bakmadıkları dokuz kanto, yarısı çevrilmiş bir kanto ve Longfellow'u tatmin etmeyen iki kanto vardı. Longfellow çevirileri bitirdikçe uşağı Peter provaları Riverside'a götürecekti. Bu arada Longfellow Trap'ı gezdirecekti.

"Bu çok saçma!"

"Öyleyse kafanı takma Lowell," dedi Fields, bir zamanlar Longfellow'un İç Savaş sırasında generallik yapmış dedesine ait olan kütüphane koltuğundan seslenerek. Lowell'ı dikkatle süzdü. "Otursana. Yüzün pancar gibi olmuş. Son zamanlarda uykunu alıyor musun?"

Lowell ona aldırmadı. "Jennison neden bir Bölücü olsun ki? Özellikle o cehennem çukurundaki gölgelerin günahları bulundukları yere tamamen uygundur."

"Lucifer'imizin neden Jennison'ı seçtiğini bulana dek, cinayetin ayrıntılarından ipuçları yakalamaya çalışmalıyız," dedi Fields.

"Bence o cinayet Lucifer'in gücünü açıkça sergiliyor. Jennison Dağcılık Kulübü'yle birlikte Adirondack Dağı'na çıkmış adamdı. İyi bir sporcu ve avcıydı. Oysa Lucifer'imiz onu kolayca yakalayıp doğrayıverdi."

"Silah kullanmıştır mutlaka," dedi Fields. "Dünyanın en güçlü adamı bile tabanca karşısında sinebilir Lowell. Ayrıca katilin sinsi olduğunu biliyoruz. Talbot'un öldürüldüğü geceden beri o semtin her sokağında yirmi dört saat devriyeler geziyor. Ayrıca Lucifer'in Dante'nin kantosundaki ayrıntılara çok dikkat ettiği belli."

"Şu anda biz konuşurken," dedi Lowell dalgınca, "yan odada Longfellow yeni bir dize çevirirken, yeni bir cinayet işleniyor olabilir. Elimiz kolumuz bağlı."

"Üç cinayet işlendi, tek bir tanık bile yok. Üstelik hepsinin de zamanlaması çevirimize göre yapıldı. Ne yapalım yani, sokaklarda dolanıp bekleyelim mi? Cahil biri olsam, başımıza bir kötü ruhun musallat olduğuna inanmaya başlayabilirdim."

"Cinayetlerin kulübümüzle olan ilişkisinde odaklanmalıyız," dedi Lowell. "Çeviri programımızı kimlerin bildiğini düşünelim." Lowell soruşturmanın notlarını tuttukları defteri karıştırırken, defterdeki bir resmi dalgın dalgın okşadı. Resimde İngilizlerin Boston'a, General Washington'ın askerlerine attığı bir top güllesi gösteriliyordu.

Ön kapının tekrar çalındığını işittiler, ama aldırmadılar.

"Houghton'a bir not gönderdim," dedi Fields Lowell'a. "Longfellow'un çevirisinin Riverside'daki provalarından kaybolan olmuş mu diye bakmasını istedim. Longfellow matbaaya prova göndermeyi sürdürmeli, sanki her şey normalmiş gibi. Bu arada, Sheldon'la konuştun mu?"

Lowell kaşlarını çattı. "Hâlâ ortalarda yok. Kampüste de onu gören olmamış. Bachi gittiğine göre, konuştuğu o hayaletin kim olduğunu ancak ondan öğrenebilirim."

Fields ayağa kalkıp Lowell'a doğru eğildi. "Bu 'hayaleti' dün gördüğüne eminsin değil mi Jamey?" diye sordu.

Lowell şaşırdı. "Ne demek istiyorsun Fields? Söyledim ya... önce Harvard'ın bahçesinde gördüm. Beni izliyordu. Sonra Bachi'yi beklerken gördüm. Son gördüğümdeyse Edward Sheldon'la tartışıyordu."

Fields elinde olmadan yüzünü ekşitti. "Sana güvenmediğimden değil Lowell. Ama son zamanlarda hepimiz aşırı stresliyiz biliyorsun. Mesela ben geceleri doğru dürüst uyuyamıyorum."

Lowell bakmakta olduğu not defterini kapattı. "Ne yani, hayal mi gördüğümü söylüyorsun?"

"Bugün de Jennison'ı gördüğünü sandığını söyleyen sensin. Sonra da Bachi'yi, ilk karını ve ölü oğlunu görmüşsün. Tanrı aşkına!" diye haykırdı Fields.

Lowell'ın dudakları titredi. "Bana bak Fields. Artık burama kadar geldi..."

"Lütfen sakin ol Lowell. Bağırmak istememiştim. Cidden."

"Ne yapmamız gerektiğini en iyi sen biliyorsundur herhalde. Sonuçta *biz* sadece şairiz! Herhalde sen birinin çeviri programımızı nasıl en ince ayrıntısına dek öğrenebildiğini biliyorsundur!"

"Ne demeye çalışıyorsun Lowell?"

"Çok açık: Dante Kulübü'müzün faaliyetlerini bizden başka bilen kim var? Matbaacının adamları, dizgiciler, ciltçiler... bunların hepsinin de Ticknor & Fields'la ilişkisi yok mu?"

"Bir saniye!" Fields afallamıştı. "Karşı saldırıya geçme!"

Çalışma odasıyla kütüphaneyi bağlayan kapı açıldı.

"Korkarım sohbetinizi bölmek zorundayım beyler," dedi Longfellow, Nicholas Rey'i içeri sokarken.

Lowell'la Fields'ın yüzlerinde dehşet belirdi. Lowell, Rey'in neden onları tutuklayamayacağına dair bir sürü sebep saydı.

Longfellow sadece gülümsüyordu.

"Profesör Lowell," dedi Rey. "Lütfen. Size yardım etmeme izin vermenizi istemeye geldim o kadar."

Lowell'la Fields tartışmalarını bir anda unutarak heyecanla Rey'i selamladılar.

"Bunu sadece cinayetleri durdurmak için yaptığımı çok iyi anlamanızı istiyorum," dedi Rey. "Başka hiçbir amacım yok."

"Bizimse tek amacımız bu değil," dedi Lowell uzun bir sessizlikten sonra. "Ama birbirimizin yardımına muhtacız. O alçak herif dokunduğu her yere Dante'nin izlerini bırakıyor. Peşinden gideceksen bir çevirmene ihtiyacın var."

Longfellow onları kütüphanede bırakarak çalışma odasına geri döndü. Greene'le o günkü üçüncü kanto üstünde çalışıyorlardı. Çalışmaya sabahın altısında başlamış, öğlen boyunca da sürdürmüşlerdi. Longfellow, Holmes'a bir not yazarak çeviriye yardıma gelmesini istemişti. Ama Charles Sokağı'ndaki 21 numaralı evden bir yanıt alamamıştı. Longfellow, Fields'a Lowell'ı Holmes'la barışmaya ikna edip edemeyeceğini sormuştu. Ama Fields ikisinin de sakinleşmek için zamana ihtiyaç duyduklarını söylemişti.

Longfellow gün boyunca her zamanki gibi kapısına gelen çok sayıda insanın tuhaf isteklerini reddetmek zorunda kalmıştı. Bir Batılı Longfellow'a kuşlarla ilgili bir şiir "sipariş etmiş", parasını peşin vereceğini söylemişti. Sürekli gelip duran bir kadın yine valizleriyle Longfellow'un kapısına dayanmış, onun karısı olduğunu ve yuvasına döndüğünü iddia etmişti. Sakat numarası yapan bir asker para dilenmeye gelmişti. Longfellow adama acıyıp cüzi bir meblağ vermişti.

"Ama Longfellow, adamın kolu kesik filan değildi ki! Gömleğinin içinde saklıyordu!" demişti Greene, Longfellow kapıyı kapadıktan sonra.

"Evet, biliyorum," demişti Longfellow sandalyesine geri dönerken. "Ama ona ben iyilik yapmazsam kim yapacak Greene?"

Longfellow *Cehennem*'in beşinci kantosunun metnini tekrar açtı. Bu kantoyu aylarca bilerek ertelemişti. Şehvet Düşkünleri çemberinden bahsediyordu. Orada hiç dinmeyen rüzgarlarla amaçsızca savrulurlardı, tıpkı sağlıklarında dizginsiz şehvetleriyle amaçsızca savrulmaları gibi. Hacı, kocası tarafından ağabeyiyle sevişirken basılıp öldürülen Francesca adlı genç ve güzel bir kadınla konuşmak istiyordu. Kadın yanında kanunsuz âşığının sessiz ruhuyla birlikte süzülürek Dante'nin yanına geliyordu.

"Francesca, Dante'ye öyküsünü ağlayarak anlatırken, Paola'yla birlikte kendilerini sadece anlık bir şehvete kaptırdıklarını söylemek istemiyor," dedi Greene.

"Haklısın," dedi Longfellow. "Dante'ye birlikte Guinevere'yi okurken, Lancelot'un öpüştüğü kısımda kitabın üstünden bakıştıklarını söylüyor. 'O gün daha fazla okumadık,' diyor cilveli bir edayla. Paola ona sarılıp öpüyor. Ama Francesca işledikleri kabahatten onu değil, onları birbirine yakınlaştıran kitabı sorumlu tutuyor. Onlara ihanet eden kişi, o romanın yazarı."

Greene gözlerini kapadı. Ama bu kez, toplantılarında sık sık yaptığının aksine uyumak için değil. Greene bir çevirmenin yazarla bütünleşip kendini unutması gerektiğine inanırdı. Longfellow'a yardım ederken bunu yapıyordu. "Mükemmel bir cezaya çarptırılıyorlar. Sonsuza dek birlikteler, ama bir daha asla öpüşemeyecek, sevişemeyecekler. Yan yana durup acı çekecekler o kadar."

Konuşurlarken Longfellow, Edith'in sarı lüleli başını çalışma odasının kapısından içeri uzattığını gördü. Yüzünde ciddi bir ifade vardı. Babasının baktığını görünce usulca hole geri çekildi.

Longfellow, Greene'e ara vermelerini önerdi. Kütüphanedekiler de konuşmayı kesmişlerdi. Rey, Longfellow'un araştırmaları sırasında aldığı notları tuttuğu defteri inceliyor olmalıydı. Greene bacaklarını uzattı.

Longfellow bazı kitapları raflara geri koyarken, aklına bu evde kendisinden önce yaşamış olan kişiler geldi. Bu çalışma odasında Greene'in dedesi General Nathanael Greene, General George Washington'la İngiliz ordusuna karşı izlenecek stratejiyi tartışmıştı. İngilizlerin geldiği haber alınınca, odadaki bütün generaller peruklarını aramaya koşmuşlardı. Greene'in tarih kitaplarından birine göre, yine bu odada Benedict Arnold diz çöküp sadakat yemini etmişti. Longfellow evinin tarihindeki bu son olayı aklından çıkararak salona gidince, kızı Edith'in 16. Louis döneminden kalma bir koltukta oturduğunu gördü. Koltuğu annesinin mermer büstünün yanına çekmişti. Edith annesine ne zaman ihtiyaç duysa, Fanny'nin krem rengi yüzüne bakardı. Longfellow da karısının büstüne ya da resimlerine her bakışında flört dönemlerinin başlangıcındaki heyecanı ve hazzı hissederdi. Fanny sağlığında yanından ne zaman ayrılsa, Longfellow hayat ışığını yitirdiği hissine kapılırdı.

Edith yüzünü gizlemek için boynunu kuğu gibi eğdi. "Biriciğim bu sabah nasılmış bakayım?" dedi Longfellow gülümseyerek.

"Size kulak misafiri olduğum için özür dilerim baba. Sana bir şey sormaya gelmiştim o kadar. O şiir," diye babasının ağzını aradı çekingen bir edayla, "çok hüzünlüydü."

"Evet. Bazen ilham perileri insana öyle şeyler yazdırır. Şairin görevi üzüntülerimizi de sevinçlerimiz kadar açık yüreklilikle anlatmaktır Edie. Çünkü bazen ışığa ancak zifiri karanlıktan geçerek ulaşılır. Dante de buna inanıyordu."

"Şiirdeki o adamla kadın birbirlerini sevmişler. Niye cezalandırılıyorlar ki?" Gök mavisi gözleri yaşardı.

Longfellow koltuğun kenarına oturup kızını dizine yatırdı ve onu kollarıyla sardı. "O şiiri yazan adamın vaftiz adı Durante'ydi. Sonra çocukça bir hevese kapılarak adını Dante olarak değiştirdi. Altı yüz yıl önce yaşamıştı. O da âşık olmuştu... bu yüzden öyle şeyler yazdı. Çalışma odamdaki aynanın üstündeki heykeli fark ettin mi?"

Edith başıyla onayladı.

"İşte o Senyor Dante."

"O adam mı? Sanki tüm dünyanın cefasını çeker gibi görünüyor."

"Evet." Longfellow gülümsedi. "Çok eskiden tanıştığı bir kıza delice âşık olmuştu. Kız o zamanlar senden çok küçüktü tatlım. Panzie'nin yaşındaydı. Adı Beatrice Portinari'ydi. Dante onu Floransa'daki bir festivalde gördüğünde kız dokuz yaşındaydı."

"Beatrice," dedi Edith, sözcüğün yazılışını hayal ederek. Aklına henüz bir isim bulamadığı bez bebekleri geldi.

"Arkadaşları ona Bice derdi. Ama Dante bu lakabı asla kullanmadı. Ona sadece adıyla hitap ederdi. Beatrice yanından geçerken utancından başını kaldırıp bakamaz, selamını bile alamazdı. Bazen de kendini onunla konuşmaya hazır hissettiğinde kızdan yüz bulamazdı. Şehir halkının onun hakkında konuştuğunu, 'O bir insan değil, ilahi bir varlık,' dediklerini işitirdi."

"Onun hakkında böyle mi derlerdi?"

Longfellow hafifçe güldü. "En azından Dante böyle şeyler duyardı. Çünkü sırılsıklam âşıktı. İnsan âşık olunca sevdiği kişiye herkesin hayran olduğunu sanır."

"Dante kıza evlenme teklif etti mi?" diye sordu Edith umutla.

"Hayır. Kız onunla sadece bir kez konuştu, selam vermek için. Beatrice başka bir Floransalıyla evlendi. Sonra sıtmaya yakalanıp öldü. Dante başka bir kadınla evlendi. Ama aşkını hiç unutmadı. Hattâ kızına Beatrice adını verdi."

"Karısı buna kızmadı mı?" diye sordu küçük kız öfkeyle.

Longfellow eline Fanny'nin yumuşak toz fırçalarından birini alıp Edith'in saçında gezdirdi. "Donna Gemma hakkında pek bir şey bilmiyoruz. Ama şunu biliyoruz ki, Dante orta yaşlarda sıkıntıya düştüğünde rüyasında Beatrice'in ona cennetteki yuvasından bir kılavuz gönderdiğini gördü, onu karanlıktan geçirip kendisine ulaştırsın diye. Dante karanlıktan geçmeye korkunca kılavuzu ona şöyle dedi: 'Onun o güzel gözlerini tekrar görünce, hayat yolculuğun devam edecek.' Anlıyor musun tatlım?"

"Ama Beatrice'le hiç konuşmadıysa onu neden o kadar sevmiş ki?"

Longfellow fırçayı kızının saçına sürtmeyi sürdürdü. Bu sorunun zorluğu karşısında şaşırmıştı. "Bir keresinde Beatrice'in içinde tarifsiz hisler uyandırdığını söylemişti. Dante bir şairdi. Şiire dökemeyeceği bir histen daha çekici ne olabilirdi onun için?"

Sonra Dante'nin bir dörtlüğünü fısıldadı: "Sen, küçük kız, tüm türkülerden güzelsin/Şimdiye kadar söylenmiş olan;/Çünkü yaşayan bir şiirsin/Hepimiz ölüyken."

Edith gülümseyip babasını düşünceleriyle baş başa bıraktı. Longfellow krem rengi mermer büstün gölgesinde oturarak, Edith'in üst kattan gelen ayak seslerini dinledi. Kızının hüznü ona da bulaşmıştı.

"Ah, işte buradasın," dedi Greene salona girip kollarını açarak. "Bahçendeki bankta sızıp kalmışım. Neyse, önemi yok. Kantolarımıza dönmeye hazırım! Baksana, Lowell'la Fields nereye kayboldular?"

"Dolaşmaya çıktılar galiba." Lowell kabalaştığı için Fields'tan özür dilemişti. Sonra da birlikte hava almaya çıkmışlardı.

Longfellow epeydir orada oturmakta olduğunu fark etti. Koltuktan kalkarken eklemleri çatırdadı.

Yelek cebinden çıkardığı saate baktı. "Aslında onlar gideli epey oluyor."

Brattle Sokağı'nda Fields, Lowell'ın uzun adımlarına ayak uydurmaya çalışıyordu.

"Artık geri dönsek mi Lowell?"

Lowell ansızın durunca Fields sevindi. Ama şair gözlerini ileri dikmiş, dehşetle bakmaktaydı. Birden Fields'ı bir kara ağacın arkasına çekti. Ona ileriye bakmasını fısıldadı. Fields yolun karşı tarafındaki melon şapkalı ve ekose yelekli, uzun boylu bir adamın köşeyi saptığını gördü.

"Sakin ol Lowell! Kim ki o?" diye sordu Fields.

"Harvard'ın bahçesinde beni izleyen adam! Bachi'yle buluşan, Edward Sheldon'la konuşan adam!"

"Senin hayalet mi?"

Lowell muzaffer bir edayla onayladı.

Gizlice adamın peşine düştüler. Lowell yayıncısına fazla yaklaşmamaları gerektiğini söyledi. Adam bir yan sokağa saptı.

"Havva'nın kızı adına! Senin evine gidiyor!" dedi Fields. Yabancı Elmwood konağının beyaz çitlerle çevrili bahçesine girmişti. "Lowell, gidip onunla konuşmalıyız."

"Ona koz mu verelim? Hayır, o serseri için daha iyi bir planım var," dedi Lowell. Fields'ı ahırın yanından geçirerek arka kapıdan Elmwood konağına soktu. Oda hizmetçisine ön kapının zilini çalmak üzere olan ziyaretçiyi içeri almasını ve konağın üçüncü katındaki bir odaya götürüp, çıkarken kapıyı kapamasını söyledi. Sonra kütüphaneden av tüfeğini alıp kontrol etti ve ardından Fields'ı arkadaki dar hizmetçi merdiveninden yukarı çıkardı.

"James! Tanrı aşkına, ne yapacaksın?"

"Bu kez o hayaletin kaçıp gitmesine izin vermeyeceğim... en azından ondan istediğim her şeyi öğrenene kadar," dedi Lowell.

"Çıldırdın mı sen? En iyisi Rey'i çağırtalım."

Lowell'ın kahverengi, parlak gözleri öfkeden griye dönmüştü. "Jennison dostumdu. Burada yemek yerdi... şarabımı içer, peçetelerimle ağzını silerdi. Ama biri onu doğradı! Artık gerçekleri inkar etmeyeceğim Fields!"

Merdivenin hemen üstündeki oda (Lowell'ın çocukluğunun

yatak odası), kullanılmayan ve ısıtılmayan bir yerdi. Buranın penceresinden Boston'un bir bölümü görülüyordu. Fields dışarı bakınca uzun, yılankavi, tanıdık Charles nehrini ve Elmwood'la Cambridge arasındaki engin arazileri gördü. Nehrin ardındaki düz bataklıklar parlak karla kaplıydı.

"Lowell, o tüfekle birini öldürebilirsin! Yayıncın olarak onu hemen elinden bırakmanı emrediyorum!"

Lowell eliyle Fields'ın ağzını kapayıp başıyla kapalı kapıyı gösterdi. İki alim bir kanepenin ardına saklanıp dakikalarca sessizce beklediler. Nihayet hizmetçiyle ziyaretçinin ön merdiveni çıktığını duydular. Hizmetçi talimatlara uyup, ziyaretçiyi odaya sokar sokmaz kapıyı arkasından kapadı.

"Kimse var mı?" diye seslendi adam, o boş ve soğuk odada. "Bu ne biçim salon? Neler oluyor?"

Lowell ayağa kalkıp tüfeğini adamın ekose yeleğine doğrulttu.

Adam hafif bir hayret nidası atarak, ceket cebinden bir tabanca çıkarıp Lowell'ın tüfeğinin namlusuna doğru tuttu.

Şairin kılı bile kıpırdamadı.

Yabancının sağ eli zangır zangır titriyordu. Şık bir deri eldivenle kaplı elinin parmağı, tabancasının tetiğini okşuyordu.

Lowell tüfeğini pos bıyığının üstüne kadar kaldırmıştı. O loş ışıkta bıyığı kara bir leke gibi görünüyordu. Bir gözünü kapamış, diğeriyle nişan alıyordu. Gergin bir sesle "İstersen şansını dene," dedi. "Ama her halükarda sen kaybedersin. Ya bizi cennete gönderirsin," diye ekledi tüfeğinin horozunu çekerken, "ya da biz seni cehenneme postalarız."

XIII

———— ✳ ————

Yabancı tabancasını bir an daha elinde tuttuktan sonra halıya attı. "Bu iş böyle saçma sapan şeylere değmez!"

"Tabancasını al Fields," dedi Lowell yayıncısına, sanki bu onlar için gündelik bir şeymişçesine. "Şimdi, kim olduğunu ve buraya neden geldiğini söyle bakalım serseri. Pietro Bachi'yle olan ilgini ve Bay Sheldon'un neden sana sokakta emirler verdiğini de anlat. Hem evimde ne işin var senin?"

Fields tabancayı yerden aldı.

"Silahını indirmezsen tek kelime etmem profesör," dedi adam.

"Lütfen sözünü dinle Lowell," diye fısıldadı Fields. Bunu duymak adamın hoşuna gitti.

Lowell tüfeğini indirdi. "Pekala. Ama bize yalan söylemesen iyi olur." Rehineye bir sandalye çekti. Adam bütün bunların "saçmalık" olduğunu söyleyip duruyordu.

"Kafama tüfeğini dayamadan önce tanışma fırsatı bulduğumuzu sanmıyorum," dedi ziyaretçi. "Adım Simon Camp. Pinkerton Accentesi'nde çalışan bir dedektifim. Harvard Üniversitesi'nden Dr. Augustus Manning tarafından kiralandım."

"Dr. Manning mi!" diye haykırdı Lowell. "Neden?"

"Dante denilen adam hakkında verilen dersleri incelememi istiyordu, öğrenciler üstünde 'habis bir etkisi' olur mu diye. İncelememi tamamladıktan sonra ona bir rapor verecektim."

"Ne buldun peki?"

"Pinkerton'un Boston'daki tüm işleriyle ben ilgilenirim. Bu önemsiz mesele benim için öncelikli değildi profesör. Ama yine de çok çalıştım. Eski öğretmenlerden biriyle, Bay Bakee'yle kampüste buluştum," dedi Camp. "Bir sürü öğrenciyle de görüştüm. Sheldon denen o küstah delikanlı bana emir filan vermiyordu profesör. Sorularımı ne yapabileceğimi söylüyordu, hem de böyle kadife ceketli kibar beylerin arasında tekrarlayamayacağım bir üslupla."

"Diğerleri ne dedi peki?" diye sordu Lowell.

Camp kaşlarını çattı. "İşlerim gizlidir profesör. Ama sizinle yüz yüze konuşup bu Dante denen adam hakkındaki şahsi fikrinizi öğrenme vaktinin geldiğini düşündüm. Bugün evinize gelmemin sebebi *buydu*. Beni ne güzel ağırladınız!"

Fields şaşkınlıkla gözlerini kıstı. "Lowell'la konuşmanı Manning mi söyledi?"

"Ben onun *uşağı* değilim. Bu *benim* davam. Kararları ben veririm," diye yanıtladı Camp mağrurca. "Tetiği çekmediğim için şanslısın Profesör Lowell."

"Manning'in canına okuyacağım!" Lowell bir sıçrayışta Simon Camp'in yanına gidip üstüne eğildi. "Buraya ne diyeceğimi duymaya gelmiştin, değil mi? Bu cadı avını hemen keseceksin! İşte dediğim bu!"

"Umurumda değil profesör!" Camp kahkahayı bastı. "Bana bir iş verildi ve işimi yapmama kimse engel olamaz. Ne o Harvardlı züppe, ne de senin gibi huysuz bir moruk! İstersen beni vur, ama aldığım işleri bitirmeden bırakmam!" Duraksadıktan sonra ekledi: "Ben profesyonelim."

Camp son cümlesini söylerken sesini alçaltınca, Fields adamın aslında neden geldiğini anlar gibi oldu. "Belki anlaşabiliriz," dedi yayıncı, cüzdanından altın paralar çıkararak. "Bu davayla ilgilenmeyi kesmek için ne kadar istersin Camp?"

Fields, Camp'in açık avcuna birkaç altın para koydu. Dedektif sabırla bekleyince, Fields iki tane daha bıraktı. Bunun üzerine Camp gülümseyerek "Ya silahım?" diye sordu.

Fields tabancayı geri verdi.

"Baylar, bazı davalar herkesin lehine sonuçlanır." Simon Camp eğilerek selam verdikten sonra ön merdivene yürüdü.

"Böyle bir adama para vermek zorunda kalmak berbat bir şey!" dedi Lowell. "Para istediğini nereden anladın Fields?"

"Bill Ticknor'ın bir lafı vardı," dedi Fields. "İnsanlar altın tutmayı sever, derdi."

Lowell yüzünü pencereye dayayarak Simon Camp'in bahçe kapısına doğru yürümesini dinmeyen bir öfkeyle izledi. Camp avcundaki altın paralarla mutlu mutlu oynuyor, Elmwood'u kaplayan karı ayak izleriyle lekeliyordu.

O gece kendini çok bitkin hisseden Lowell müzik odasında heykel gibi kımıldamadan oturdu. Odaya girmeden önce bir an duraksamıştı, sanki oranın gerçek sahibinin şöminenin karşısındaki koltuğunda oturduğunu görmeyi beklermiş gibi.

Mabel içeri başını uzattı. "Baba. Bir sorunun var. Benimle paylaşmanı istiyorum."

Yavru Ternöv köpeği Bess içeri girip Lowell'ın elini yaladı. Lowell gülümsedi, ama eski Ternövleri Argus'un kendisini miskin miskin karşılamasını anımsayınca dayanılmaz bir hüzne kapıldı. Argus civardaki bir çiftlikte zehirlenerek ölmüştü.

Mabel anın ciddiyetini korumak için Bess'i çekerek uzaklaştırdı. "Baba," dedi. "Son zamanlarda birlikte öyle az vakit geçiriyoruz ki. Biliyorum..." Sözünü yarıda kesti.

"Neyi biliyorsun Mab?" diye sordu Lowell.

"Canını sıkan bir şey olduğunu, huzursuz olduğunu biliyorum."

Lowell, Mabel'in elini sevgiyle tutlu. "Yoruldum Hopkinsim." Lowell ona hep Hopkins derdi. "Biraz uyursam kendimi toplarım. Sen çok iyi bir kızsın tatlım. Hadi şimdi babana iyi geceler dile."

Mabel yanağına âdet yerini bulsun diye bir öpücük kondurdu.

Lowell üst kattaki yatak odasına çıkınca yatağa yatıp karısına bakmadan yüzünü nilüfer yaprağı şeklindeki yastığına gömdü. Ama biraz sonra başını Fanny Lowell'ın kucağına yaslayıp neredeyse yarım saat hiç durmadan ağladı. Hayatı boyunca hissettiği her duyguyu yaşıyordu. Zihninde Holmes'un Köşebaşı'nda perişan bir halde yerde yatarkenki hali canlanıyordu. Doğranmış Phineas Jennison'ın kendisine onu kurtarması, Dante'den kurtarması için haykırdığını görüyordu.

Fanny kocasının ona derdini açmayacağını bildiğinden, elini onun ılık kumral saçında gezdirmekle yetindi ve hıçkırarak uykuya dalmasını bekledi.

"*Lowell. Lowell. Lütfen uyan Lowell. Uyan.*"

Lowell gözlerini aralayıp gün ışığı görünce şaşırdı. "Ne var? Ne oldu Fields?"

Fields yatağın kenarında oturuyordu. Elinde katlanmış bir gazete vardı.

"Sen iyi misin Fields?"

"Çok kötüyüm. Öğlen oldu Jamey. Fanny bütün gün uyuduğunu söyledi. Yatakta topaç gibi dönüp durmuşsun. Hasta mısın?"

"Kendimi çok daha iyi hissediyorum aslında." Lowell, Fields'ın sanki kendisinden saklamaya çalıştığı nesneye odaklandı.

"Bir şey oldu, değil mi?"

"Her şeyle başa çıkabileceğimi sanırdım," dedi Fields moralsiz bir sesle. "Ama artık yaşlandım Lowell. Şu halime bak. Öyle şişmanladım ki, çok eskiden iş yaptığım insanlar beni görseler tanıyamazlar."

"Yapma Fields..."

"Benden güçlü olmana ihtiyacım var Lowell. Longfellow için..."

"Yeni bir cinayet mi?"

Fields ona gazeteyi uzattı. "Henüz hayır. Lucifer tutuklanmış."

*

Merkez Karakol'un hücresi bir metre eninde ve iki metre boyundaydı. İç kapısı demirdendi. Dıştaki kapısıysa meşeydi. Bu ikinci kapı kapandığında, hücre bir zindana dönüşürdü. İçeriye zifiri karanlık çökerdi. Tutuklular bazen burada günlerce tutulurdu. Sonunda karanlığa dayanamaz, ne söylenirse yaparlardı.

Boston'un Langdon W. Peaslee'den sonraki en iyi kasa hırsızı Willard Burndy, meşe kapının kilidinin açıldığını işitti. Sonra bir gaz lambasının ışığı gözlerini kamaştırdı. "İsterseniz beni burada on yıl tutun! İşlemediğim cinayetleri itiraf ettiremezsiniz!"

"Kes sesini Burndy," diye homurdandı gardiyan.

"Şerefim üstüne yemin ederim ki..."

"*Neyin* üstüne?" diye güldü muhafız.

"Şerefim üstüne!"

Willard Burndy ellerinde kelepçeyle koridordan geçirildi. Diğer hücrelerden onu izleyen kişiler, Burndy'yi daha önce görmeseler de adını duymuşlardı. Kuzeyin savaş sonrasında yükselen refah düzeyinden faydalanmak için New York'a göç etmiş bir Güneyliydi. New York'da uzun süre kaldıktan sonra Boston'a taşınmıştı. Yeraltı dünyasında zengin aristokratların dul eşlerini soymakla tanındığını zamanla öğrenmişti. Oysa böyle bir alışkanlığı olduğunu fark etmemişti bile. Yaşlı kadınlara dadanan biri olarak tanınmak istemiyordu. Kendini asla alçak biri olarak görmemişti. Çaldığı aile yadigarlarına ve mücevherlere ödül koyulursa, genellikle en azından bir kısmını bir miktar para karşılığında açık görüşlü bir dedektife teslim ederdi.

Bir gardiyan kolunu tutup bükerek Burndy'yi bir odaya sokup ite kaka bir sandalyeye oturttu. Kırmızı suratlı, dağınık saçlı bir adamdı. Yüzü öyle kırışıklıydı ki, bir Thomas Nast karikatürüne benziyordu.

"Adın ne?" diye sordu Burndy karşısında oturan adama. "Elimi uzatırdım ama görüyorsun ki kelepçeliyim. Bir saniye... gazetelerde senden bahsedildiğini okumuştum. İlk zenci polis. Bir savaş kahramanı. O serseri pencereden atladığında sen de oradaydın!" Burndy intihar eden adamı anımsayınca kahkahayı bastı.

"Savcı asılmanı istiyor," dedi Rey usulca. Burndy'nin kahkahası yarıda kesildi. "Ok yaydan çıktı. Burada ne işin var biliyorsan söyle bana."

"Benim işim kasa açmaktır. Boston'da bu işi benden iyi yapan yoktur. O Langdon Peaslee denen it elime su dökemez! Ama kimseyi öldürmedim ben! New York'tan Bay Howe'u çağırdım. Mahkemede aklanacağım göreceksin!"

"Niye buradasın Burndy?" diye sordu Rey.

"O düzenbaz dedektifler her yere sahte kanıtlar bırakmış!"

Rey bunun doğru olabileceğini biliyordu. "Talbot'un evinin

soyulduğu gece, öldürülmesinden bir gün önce, rabihin evine baktığını gören iki tanık var. Dedektif Henshaw seni bu yüzden seçti. Suçu üstüne atmaları için biçilmiş kaftansın."

Burndy itiraz edecekken duraksadı. "Bir zenciye niye güveneyim ki?"

"Görmeni istediğim bir şey var," dedi Rey, ona dikkatle bakarak. "İşine yarayabilir, anlayabilirsen." Masanın üstünden kapalı bir zarf uzattı.

Burndy kelepçeli olmasına karşın zarfı ve içindeki üçe katlanmış kaliteli mektup kağıdını dişleriyle açmayı başardı. Sayfayı birkaç saniye okuduktan sonra öfkeyle yırttı. Tekmeler savurmaya, başını duvara ve masaya vurmaya başladı.

Oliver Wendell Holmes gazete küpürünün kenarlarının kıvrılmasını, sonra da yavaşça tutuşmasını izledi.

...Massachusetts yargıtay yargıcının cesedi soyulmuş ve böceklerle k..."

Doktor ateşe yeni bir küpür attı. Alevler hevesle yükseldi.

Lowell'ın sözlerini düşündü. Holmes'un on beş yıl önce Profesör Webster'a körü körüne inanması konusunda haklı sayılmazdı. Evet, Bostonlular o gözden düşmüş tıp profesörüne olan inançlarını giderek yitirmişlerdi, ama Holmes'un ona inanmak için sebepleri vardı. George Parkman'in ortadan kayboluşundan sonraki gün Webster'la görüşmüş ve ona bu esrarengiz durumdan bahsetmişti. Webster'ın samimi yüzünde en ufak bir hilekarlık belirtisi görememişti. Ayrıca Webster'ın daha sonra söyledikleri gerçeklerle tamamen örtüşüyordu: Parkman epey yüklü bir alacağını almaya gelmiş, Webster da ona ödeme yapmıştı. Parkman borç senedini yırtıp gitmişti. Holmes, Webster'ın avukatlarının ücretlerinin ödenmesine katkıda bulunmak için Bayan Webster'a para ve avutucu mektuplar göndermişti. Ayrıca mahkemede tanıklık yaparak, Webster'ın kusursuz bir insan olduğunu, böyle bir suç işleyemeyeceğini söylemişti. Jüriye Webster'ın odasında bulunan insan kalıntılarının Dr. Parkman'e ait olup olmadığının bilinemeyeceğini de söylemişti... evet, ona ait olabilirlerdi, ama *olmayabilirlerdi* de.

Holmes Parkmanlere sempati duymuyor değildi. Sonuçta George Tıp Okulu'nun en büyük hamisiydi. North Grove Sokağı'ndaki binalarını yaptırmış, hattâ Dr. Holmes'un çalıştığı Parkman Anatomi ve Fizyoloji Bölümü'nü bile finanse etmişti. Holmes, Parkman'in cenaze töreninde bir konuşma bile yapmıştı. Ama Parkman delirip uzaklara gitmiş de olabilirdi. Hâlâ yaşıyor olabilirdi. Oysa kendilerinden biri, saçma sapan kanıtlar yüzünden asılacaktı! Zavallı Webster tarafından kumar oynarken yakalanan odacı, işini kaybetme korkusuyla Tıp Okulu'nun deposunda bol miktarda bulunan kemik parçalarından alıp Webster'ın odasına gizlemiş olamaz mıydı?

Holmes gibi Webster da Harvard Üniversitesi'ne gelmeden önce rahat koşullarda büyümüştü. O iki tıp adamı pek samimiyet kurmamışlardı. Ama Webster tutuklandığı günden itibaren, hele o zavallı adamın ailesini utandırdığı için zehirle intihar etmeye kalkmasından sonra, Dr. Holmes'un kendini en yakın hissettiği insan haline gelmişti. Aynı şey kendisinin de başına gelemez miydi? Dış görünüşleri bile benziyordu. İkisi de kısa boylu, uzun favorili, yüzleri traşlı profesörlerdi. Holmes meslektaşının mutlaka beraat edeceğinden ve kendisinin bunda küçük ama önemli bir rol oynayacağından emindi.

Ama sonra kendilerini darağacında bulmuşlardı. Aylar süren duruşmalar sırasında o gün öyle uzak, öyle imkansız, öyle kaçınılabilir gelmişti ki oysa. Kibar Bostonluların çoğu evlerinde kalmışlardı. Komşuları adına utanıyorlardı. Arabacılar, hamallar, fabrika işçileri ve çamaşırcılarsa o saygın adamın küçük düşmesini ve ölmesini görmeye gelmişlerdi.

J. T. Fields seyircilerin arasından kan ter içinde geçerek Holmes'un yanına gelmişti.

"Sürücüm bekliyor Wendell," demişti Fields. "Gel seni evine götüreyim. Amelia'yla çocuklarının yanına git."

"Fields, iş nereye vardı görmüyor musun?"

"Wendell," demişti Fields, ellerini yazarın omuzlarına koyarak. "Kanıtlar var."

Polis bölgeyi kordon altına almaya çalışmıştı, ama yanlarında yeterince halat yoktu. Leverett Sokağı'ndaki hapisanenin avlusuna bakan tüm çatılara ve pencerelere insanlar doluşmuştu. Holmes o anda sadece izlemekten fazlasını yapma dürtüsüne kapılmıştı. Güruha hitap edecekti. Evet, şehrin yaptığı bu en büyük hata üstüne doğaçlama bir şiir okuyacaktı. Sonuçta Wendell Holmes, Boston'un en ünlü ziyafet reisi değil miydi? Zihninde Dr. Werbster'ın erdemlerini öven dizeler belirmeye başlamıştı bile. Bir yandan da parmak uçlarında yükselip Fields'ın arkasındaki araba yoluna bakıyordu, özel af belgelerinin ya da güya öldürülmüş olan George Parkman'ın gelişini ilk gören kişi olmak için.

"Webster bugün ölecekse," demişti Holmes yayıncısına, "en azından övülerek ölecek." Kalabalığı ite kaka yararak darağacına doğru yürümüştü. Ama idam ilmiğini tutunca fenalaşmış, boğulacak gibi olmuş, inlemişti. O korkunç halkayı çocukluğundan beri ilk kez görüyordu. Küçükken kardeşi John'u gizlice Cambridge'deki Darağacı Tepesi'ne götürmüştü. Oraya vardıklarında, suçlu bulunmuş adam can çekişmekteydi. Holmes hem doktor, hem de şair olmasını bu manzaraya borçlu olduğuna inanmıştı hep.

Kalabalığa sessizlik çökmüştü. Holmes bir gardiyan tarafından kolundan sıkıca tutulmuş, titrek adımlarla platforma çıkan Webster'la göz göze gelmişti.

Holmes bir adım gerilerken, Webster'ın kızlarından biri karşısına çıkmıştı. Göğsüne bir zarf bastırıyordu.

"Ah, Marianne!" demişti Holmes. O küçük meleğe sımsıkı sarılmıştı. "Vali mi gönderdi?"

Marianne Webster geri çekilerek zarfı uzatmıştı. "Babam bunu kendisi ölmeden önce okumanızı istiyor Dr. Holmes."

Holmes darağacına sırtını dönmüştü. Webster'ın başı kara bir başlıkla örtülüyordu. Holmes zarfı açmıştı.

Sevgili Holmes,

Yaptığın her şey için sana sadece kelimelerle nasıl teşekkür edebilirim? Bana tüm kalbinle inandın, destek oldun. Polisin beni evimden almasından sonra, bana inanan bir tek sen vardın. Diğer herkes beni birer birer terketti. Birlikte oturup yemek yediğin, kilisede dua ettiğin insanların sana dehşetle bakmaları nasıl bir şeydir, hayal edebiliyor musun? Kendi kızlarım, canlarım bile zavallı babalarının yalan söylediğinden şüphelendiklerini ağızlarından kaçırdılar.

Bütün bunlar yüzünden, sana şunu söylemek boynumun borcudur Holmes. Ben yaptım. Parkman'i ben öldürdüm. Öldürüp cesedini parçaladım. Sonra da laboratuvarımın fırınında yaktım. Ben tek çocuktum, bu yüzden şımarık yetiştim. Genç yaşta nefsimi kontrol etmeyi öğrenmem gerekirdi, ama asla başaramadım. Bu yüzden de... işte bunlar oldu! Yargılanmam, suçlu bulunmam ve bu hükmün gereği asılarak öldürülmem tamamen münasiptir. Herkes haklı, ben haksızım. Bu sabah çeşitli gazetelere ve rezilce suçladığım cesur odacıma ayrıntılı bir itirafname gönderdim. Canımı vermem işlediğim suçu biraz olsun affettirecekse, en azından bir teselli olur.

Bu mektubu tekrar okumadan hemen yırt. Huzur içinde ölmemi izlemeye geldin. Ellerim titreyerek yazdığım şeylerle fazla oyalanma, çünkü hayatım bir yalandı.

Mektup Holmes'un ellerinden kayıp düşerken, kara başlıklı adamın altındaki metal platform açılıvermiş ve darağacına gürültüyle çarpmıştı. O anda önemli olan Holmes'un artık Webster'ın suçsuzluğuna inanmaması değildi. Aynı koşullarda herkesin o suçu işleyebileceğini anlamasıydı. Holmes o zamandan beri bir doktor olarak insanoğlunun yapısının ne kadar kusurlu olduğuna dikkat etmekten hiç vazgeçmemişti.

Hem günah sayılmayacak bir suç olamaz mıydı?

Amelia elbisesini düzelterek odaya girdi. Kocasına seslendi. "Wendell Holmes! Sana diyorum. Son zamanlarda neyin var anlamıyorum."

"Küçükken kafama neler sokulmuştu biliyor musun Melia?" dedi Holmes, Longfellow'un Dante Kulübü toplantılarından aldığı provaları ateşe atarken.

Kulüple ilgili tüm dökümanları bir kutuda saklamıştı... Longfellow'un provalarını, kendi ek açıklamalarını, Longfellow'un ona çarşamba akşamları gelmesini hatırlatan notlarını. Holmes günün birinde toplantılarını anlatan bir anı kitabı yazabileceğini düşünmüştü. Bir keresinde laf arasında bundan Fields'a bahsetmişti. Fields hemen Holmes'u övecek birilerini düşünmeye koyulmuştu. İnsan bir kere yayıncı oldu mu, hep öyle kalıyordu. Holmes ateşe yeni sayfalar attı. "Köylü mutfak hizmetçilerimiz bana evimizin iblislerle ve kara şeytanlarla dolu olduğunu söylerdi. Genç bir çoban da adımı kendi kanımla yazarsam, şeytanın kendisinin değilse bile yardımcısının onu cebine atacağını ve o günden sonra şeytanın uşağı olacağımı söylemişti." Holmes keyifsizce güldü. "Bir insanı ne kadar eğitirsen eğit, batıl inançlarından kurtaramazsın. O Fransız kadının hayaletler hakkında söylediği laf neydi: *Je n'y crois pas, mais je les crains...* yani, onlara inanmıyorum ama yine de onlardan korkarım."

"İnsanların kişisel inançlarıyla damgalandıklarını söylemiştin... tıpkı Güney Pasifik adaları yerlilerinin dövmeleri gibi."

"Öyle mi demiştim Melia?" diye sordu Holmes. Sonra kendi kendine yineledi. "Oldukça görsel bir ifade. Herhalde ben demişimdir. Bir kadının söyleyeceği laf değil."

"Wendell." Kocasının karşısında duran Ameila ayağını halıya vurdu. Şimdi kocası şapkasız ve çizmesiz olduğundan, boyları neredeyse eşitti. "Derdin ne söylesene. Sana yardım edebilirim. Lütfen söyle Wendell'im."

Holmes rahatsız olmuştu. Yanıt vermedi.

"Yeni şiirler yazdın mı peki? Geceleri yeni şiirlerini okumayı bekliyorum biliyorsun."

"Kütüphanemiz kitap dolu," diye karşılık verdi Holmes. "Milton var, Donne var, Keats var. Niye benim yazmamı bekliyorsun ki Melia?"

Amelia ona eğilip gülümsedi. "Ölü değil yaşayan şairleri seviyorum Wendell." Elini tuttu. "Şimdi bana derdini anlatacak mısın? Lütfen."

"Rahatsız ettiğim için kusura bakmayın madam." Holmes'un kızıl saçlı hizmetçisi kapıda belirmişti. Dr. Holmes'un bir ziyaretçisi olduğunu söyledi. Holmes kararsızca başını salladı. Hizmetçi kadın çıkıp konuğu getirdi.

"Bütün gün ininden çıkmadı. Neyse, artık size emanet bayım!" Amelia Holmes kollarını kaldırarak odadan çıkıp kapıyı arkasından kapadı.

"Profesör Lowell."

"Dr. Holmes." James Russell Lowell şapkasını çıkardı. "Fazla kalamayacağım. Bize yaptığın tüm yardımlar için teşekkür etmek istemiştim o kadar. Sana bağırdığım için özür dilerim Holmes. Yere düştüğünde de kalkmana yardım etmediğim için. Ve sana söylediğim..."

"Gerek yok, gerek yok." Doktor Holmes tekrar provaları ateşe atmaya başladı.

Lowell, Dante çevirilerinin alevlerin arasında dans edişini, ateşin kıvılcımlar saçarak kelimeleri yakışını izledi.

Holmes, Lowell'ın bu manzarayı görünce bağırmasını beklemişti, ama böyle bir şey olmadı. "Bildiğim bir şey varsa Wendell," dedi Lowell ateşin karşısında başını eğerek, "sahip olduğum azıcık eğitimi *Komedya'*ya borçlu olduğumdur. Dante tamamen kendi materyallerinden yola çıkarak şiir yazmayı akıl eden ilk şairdi. Sadece kahramanların değil sıradan insanların, *herhangi bir insanın* öyküsünün de epik olabileceğini ve cennete giden yolun dünyanın dışından değil *içinden* geçtiğini düşünen ilk şairdi. Wendell, Longfellow'a yardım etmeye başladığımızdan beri söylemek istediğim bir şey var."

Holmes gür kaşlarını kaldırdı.

"Seninle yıllar önce tanıştığımda, sanırım aklıma gelen ilk düşünce bana Dante'yi anımsattığın olmuştu."

"*Ben mi?*" diye sordu Holmes alaycı bir alçakgönüllülükle. "Ben ve Dante ha?" Ama Lowell'ın çok ciddi olduğunu gördü.

"Evet Wendell. Dante çağının tüm bilim dallarında eğitimliydi. Astronomi, felsefe, hukuk, ilahiyat ve şiir uzmanıydı. Bilirsin, tıp okuluna gittiği ve insan bedeninin çekebileceği acıları öylesine iyi tasvir edebilmesinin sebebinin bu olduğu söylenir. Senin gibi o da her şeyi iyi yapardı. Hattâ başkalarına göre fazlasıyla iyi yapardı."

"Ben de hayatın entelektüellik piyangosunda en az beş dolarlık bir ödül kazandığımı düşünmüşümdür hep." Holmes şömineye sırtını dönüp elinde kalan çeviri provalarını kutusunun içine koydu. Lowell'ın yapmaya çalıştığı şeyin ne kadar zor olduğunu hissediyordu. "Bak James, ben tembel, vurdumduymaz ve ürkek biri olabilirim, ama kesinlikle hain değilim... sadece şu anda hiçbir şeyi engelleyemeyeceğimize inanıyorum o kadar."

"Patlatılan bir şampanya şişesinin sesi ilk başta insanın hayal gücünü nasıl da fişekler," dedi Lowell. Düşünceli bir edayla güldü. "Bu işle uğraşırken birkaç saatliğine mutlu oldum galiba. Profesör olduğumu unutup, kendimi *gerçek* bir şeymişim gibi hissettim. Hani 'Gökyüzü çökse de sen doğru bildiğini yap' derler ya... kulağa çok hoş geliyor, gökyüzü sahiden çökene dek. Şüpheye düşmek nedir bilirim can dostum. Ama senin Dante'den vazgeçmen, hepimizin vazgeçmesi demek."

"Phineas Jennison gözümün önünden gitmiyor... bir bilsen... o parçalanmış hali... bu işi başaramazsak sonuçları..."

"Bence korkmamızdan büyük felaket olamaz Wendell," dedi Lowell. Çalışma odasının kapısına yürüdü. "Neyse, teşekkür etmeye gelmiştim o kadar. Fields da ısrar etti tabii. Ne kadar asabi bir yapıya sahip olsam da, gerçek bir dostumu yitirmediğimi bilmek güzel." Lowell kapıya ulaşınca durup döndü. "Hem şiirlerini seviyorum. Bunu biliyorsun Holmes."

"Sahi mi? Sağol. Ama bana biraz fazla hafif gibi geliyorlar. Sanırım benim doğamda bütün bilgi meyvelerini toplayıp birer kez ısırdıktan sonra domuzlara atmak var. Sallanma payı çok az olan bir sarkacım ben." Holmes arkadaşının iri gözlerine baktı. "Bu günlerde nasılsın Lowell?"

Lowell hafifçe omuz silkti.

Holmes sorusunun geçiştirilmesine izin vermedi. "Sana 'Cesur ol,' demeyeceğim, çünkü fikir adamları kazalardan yılmaz."

"Hepimiz Tanrı'nın etrafında dar ya da geniş yörüngelerde dönüyoruz galiba Wendell. Bazen bir yanımız aydınlanıyor, bazense diğer yanımız. Sen yüreğimi açabildiğim nadir insanlardan... şey..." Şair boğazını temizleyip sesini alçalttı. "Craigie Kalesi'nde önemli bir konferansa katılmam gerekiyor."

"Ya? Peki ya Willard Burndy'ye ne oldu? Tutuklanmıştı?" diye sordu Holmes ihtiyatla, Lowell'ın çıkmasına fırsat vermeden, ilgilenmiyormuş gibi yaparak.

"Devriye Rey hemen öğrenmeye gitti. Sence onu sırf şov olsun diye mi tutukladılar?"

"Kesinlikle!" dedi Holmes. "Ama gazetelerin dediğine göre savcı asılmasını talep edecekmiş."

Lowell kabarık saçını ipek şapkasının altına tıkıştırdı. "Öyleyse kurtarmamız gereken bir günahkar daha var."

Lowell'ın merdivenlerden gelen ayak sesleri duyulmaz olduktan çok sonra bile Holmes kucağında Dante kutusuyla oturup ateşe sayfalar atmayı sürdürdü. Bu acı verici işi bitirmekte kararlıydı, ama sayfaları ateşe atmadan önce üstlerinde yazılı Dante'ye ait sözcükleri okumaktan alamıyordu kendini. Başlangıçta prova okurcasına kayıtsızdı. Ayrıntılara dikkat ediyor, ama hislenmiyordu. Sonra pasajları hızla ve açgözlülükle okumaya başladı, ateşte kararıp yok olurlarken. Profesör Ticknor'ın Dante'nin yolculuğunun günün birinde Amerika'da uyandıracağı etki üstüne kahince konuşmasını ilk dinleyişinde içinde kabaran heyecanı anımsadı.

Dante ile Virgil'in yanına Malebrahche iblisleri gelir... Dante şöyle der: "Böylece heybetli askerlerin onca düşmanla çevrili olduklarını görünce Caprona'dan çıkıp teslim olmalarına şahit oldum."

Dante Pisanlılara karşı yapılan ve kendisinin de katıldığı Caprona savaşını hatırlıyordu. Holmes, Lowell'ın Dante'nin yeteneklerini sayarken ihmal ettiği bir noktayı düşündü: Dante bir askerdi. *Senin gibi o da her şeyi iyi yapardı.* Aslında hiç de benim gibi değil, diye düşündü Holmes. Bir asker attığı her adımda çabalamadan suçluluk hissi uyandırmalıydı. Dante'nin arkadaşlarının Floransa'nın ruhu uğruna anlamsız bir Guelf sancağı altında can vermelerini görmesi, onu daha iyi bir şair kılmış mıydı acaba? Küçük Wendell, Harvard'da okumaya başladığında sınıfının şairi oluvermişti (pek çok kişi bunu babasına bağlamıştı). Ama savaştan sonra, artık hâlâ şiire ilgi duyuyor muydu? Küçük Wendell savaşta Dante'nin görmediği bir şeyler görmüştü... içindeki şiir sevgisini (ve şairi) kovan, bunları sadece Dr. Holmes'a bırakan bir şeyler.

Holmes bir saat boyunca provaları karıştırıp okudu. *Cehennem*'in ikinci kantosunu aradı; Virgil'in Dante'yi hac yolculuğuna devam etmeye ikna ettiği, ama Dante'nin kendi güvenliğine ilişkin kaygılarının depreştiği bölümü. Başkalarının ölümleriyle yüzleşmek ve her birinin neler hissettiğini sakin kafayla düşünebilmek büyük cesaret gerektirirdi. Ama Holmes Longfellow'un o kanto için yazdığı provayı yakmıştı bile. *Komedya*'nın İtalyanca baskısını bulup oradan okudu: *"La giorno se n'andava"* – "Gün bitiyordu..." Dante cehenneme ilk kez girmeden önce kararsızlık çekiyor: *"...e io sol uno"* – "ve sadece ben..." – kendini nasıl da yapayalnız hissediyordu! Bunu üç kez söylüyor! *Io, sol, uno... "m'apparecchiava a sostener la guerra, si del cammino e si de la pietate."* Holmes Longfellow'un bu mısrayı nasıl çevirdiğini anımsayamadığından, şömineye yaslanıp kendisi çevirdi; Lowell, Greene, Fields ve Longfellow'un yorumlarının yanışını dinlerken. Onu teşvik ediyorlardı sanki.

"Ve sadece ben, sadece ben" (Holmes çeviriyi ancak yüksek sesle yapabildiğini fark etti) "kendimi çarpışmaya..." Hayır, *gu-*

erra. "...*savaşa* hazırladım... hem yolla, hem de merhametle."
Holmes rahat koltuğundan fırlayıp koşarak üçüncü kata çıktı. "Sadece ben, sadece ben," diye tekrarladı çıkarken.

Küçük Wendell William James, John Gray ve Minny Temple ile birlikte cin ve puro içerek metafiziğin faydaları üstüne tartışıyordu. James'in sözlerini dinlerken babasının üst kattan gelen ayak seslerini (ilk başta hafifçe) duydu. Babası bugünlerde kendisi dışında bir şeylerle meşgul oluyor gibiydi... muhtemelen ciddi bir şeylerle. James Russell'ın hukuk fakültesine pek uğramamasının sebebi de aynı olsa gerekti. Küçük Wendell önce babasının Lowell'a ondan uzak durmasını emrettiğini sanmıştı, ama Lowell'ın babasını dinlemeyeceğini biliyordu. Hem babası da Lowell'a emir verecek kadar kızmış olamazdı.

Lowell'la olan arkadaşlığını babasına söylemekle hata etmişti. Lowell'ın Dr. Holmes hakkında sık sık yaptığı can sıkıcı övgülerden bahsetmemişti tabii. "Küçük Wendell, o sadece *Atlantic Monthly* dergisinin adını bulmakla kalmadı," demişti Lowell bir keresinde, "*Otokrat*'ı yazarak tanınmasını da sağladı." Babasının isim bulma yeteneği şaşırtıcı değildi... ne de olsa yüzeysel nitelikleri kategorize etmekte uzmandı. Babasının misafirlere *anesteziyi* keşfeden doktora bu ismi kendisinin önerdiğini anlatışını kaç kere dinlemek zorunda kalmıştı kimbilir. Ama bütün bunlara karşın Küçük Wendell'e niye daha güzel bir isim bulamamıştı acaba?

Dr. Holmes formalite icabı kapıyı tıklattıktan sonra gözlerinde çılgınca bir ifadeyle içeri daldı.

"Baba. Meşgulüz."

Küçük Wendell arkadaşlarının aşırı saygılı selamlarına karşın istifini bozmamıştı.

"Wendy!" diye haykırdı Holmes. "Hemen söyle, kurtçuklar

hakkında bir şey biliyor musun?" Öyle hızlı konuşmuştu ki, vızıldayan bir arı gibiydi.

Küçük Wendell purosundan bir nefes çekti. Babasına asla alışamayacak mıydı? Biraz düşündükten sonra kahkahayı bastı. Arkadaşları da ona katıldılar. "*Kurtçuklar* mı demiştin baba?"

"Ya Lucifer'imiz o hücrede oturmuş salak rolü oynuyorsa?" diye sordu Fields kaygıyla.

"İtalyanca'yı anlamadı... gözlerinden okudum," dedi Nicholas Rey. "Buna sinirlendi." Craigie Konağı'ndaki çalışma odasında oturuyorlardı. Tüm ikindi boyunca çeviriye yardım etmiş olan Greene geceyi geçirmek üzere kızının Boston'daki evine gitmişti.

Rey'in Willard Burndy'ye gösterdiği nottaki kısa mesaj, yani "*a te convien tenere altro viaggio se vuo' campar d'esto loco selvaggio*" kabaca şöyle çevrilebilirdi: "Bu vahşi yerden kurtulmak istiyorsan başka bir yoldan gitmelisin." Virgil'in karanlık kırda kaybolmuş ve hayvanların tehdidi altındaki Dante'ye söylediği sözdü bu.

"Bu mesaj sadece emin olmak içindi," dedi Lowell purosunu Longfellow'un penceresinden dışarı atarken. "Geçmişi katilimizin profiliyle hiç örtüşmüyor. Burndy cahilin teki. Ayrıca araştırmalarımız sırasında diğer kurbanlarla arasında herhangi bir bağ bulamadık."

"Gazeteler aleyhinde bir sürü kanıt bulunmuş izlenimi veriyorlar," dedi Fields.

Rey başıyla onayladı. "Rahip Talbot'un öldürülmesinden önceki gece, yani kasasından bin dolar çalındığı gece, Burndy'nin onun evinin etrafında gezindiğini görmüş tanıklar var. Bu tanıklar dürüst devriyeler tarafından sorgulandı. Burndy bana pek bir şey söylemedi. Ama dedektifler genellikle tesadüfi bir gerçekten yola çıkarak yanlış varsayımlarda bulunurlar. Onları Langdon Peaslee'nin yönlendirdiğine eminim. Hem Boston'daki en büyük rakibinden kurtulacak, hem de dedektiflerden ödül parasının büyük bir kısmını alacak. Ödüller açıklandığında bana da böyle bir anlaşma teklif etmişti."

"Ya gözden kaçırdığımız bir şeyler varsa?" dedi Fields kederle.

"Cinayetleri Burndy'nin işlediğine inanıyor musun?" diye sordu Longfellow.

Fields biçimli dudaklarını buruşturup başını hayır anlamında salladı. "Aslında tek istediğim bazı yanıtlar bulmak galiba. Böylece hepimiz hayatlarımıza geri dönebiliriz."

Longfellow'un uşağı kapıya Cambridge'den Edward Sheldon diye birinin, Profesör Lowell'ı aramaya geldiğini söyledi.

Lowell hemen ön hole gidip Sheldon'u Longfellow'un kütüphanesine aldı.

Sheldon şapkasını başına sıkıca geçirmişti. "Sizi burada rahatsız ettiğim için özür dilerim profesör. Ama notunuz acil gibiydi. Elmwood'dakiler burada olabileceğinizi söylediler. Söyler misiniz, tekrar Dante derslerine başlamaya hazır mıyız?" diye sordu gülümsemeye çalışarak.

"O notu göndereli bir hafta oldu!" diye bağırdı Lowell.

"Ah, şey, ama... ancak bugün elime geçti." Sheldon başını eğdi.

"Tabii, tabii! Bu arada bir beyefendinin evindeyken şapkanı çıkaracaksın Sheldon!" Lowell, Sheldon'un şapkasını bir vuruşta düşürdü. Sheldon'un bir gözü morarmış, çenesi de şişmişti.

Lowell hemen pişman oldu. "Bu ne hal Sheldon?"

"Bir kavgaya karıştım da efendim. Babamın beni dinlenmem için Salem'deki akrabalarımın yanına gönderdiğini söyleyecektim. Belki de *yaptıklarımdan dolayı* cezalandırmak içindi aynı zamanda," dedi Sheldon çekingenlikle gülümseyerek. "Notunuzu bu yüzden alamadım." Sheldon şapkasını almak için öne çıkınca Lowell'ın dehşete kapılmış olduğunu fark etti. "Önemli bir şey değil profesör. Gözümün ağrısı geçti sayılır."

Lowell oturdu. "Bu nasıl oldu Sheldon? Anlat bakalım."

Sheldon yere baktı. "İstemeden oldu! Ortalıkta dolanan o korkunç Simon Camp'i bilirsiniz. Beni sokakta durdurdu. Harvard fakültesi tarafından, sizin Dante derslerinizin öğrenciler üstünde olumsuz etkileri olup olmayacağı üstüne bir anket yapmakla görevlendirildiğini söyledi. Öyle sinirlendim ki, herife az daha girişecektim."

"Seni bu hale Camp mi soktu?" diye sordu Lowell, babacan bir öfkeyle tir tir titreyerek.

"Hayır, hayır. Sindi ve kaçtı. Ertesi sabah Pliny Mead'e rastladım. Hain herif!"

"Nasıl yani?"

"Camp'e Dante'nin ne kadar 'korkunç ve kin dolu' biri olduğunu söylemiş. Bir de karşıma geçmiş ballandıra ballandıra anlatıyor. Profesör Lowell, bir skandal kopmasından ve derslerinizin zarar görmesinden korkuyorum. Şirket hâlâ pes etmemiş belli ki. Mead'e Camp'i arayıp sözlerini geri almasını söyledim. Ama reddedip bana küfretti. Daha doğrusu size küfretti profesör. Bir anda gözüm döndü! Eski mezarlıkta kavga ettik."

Lowell gururla gülümsedi."Sen mi başlattın Lowell?"

"Ben başlattım efendim," dedi Sheldon. Kaşlarını çatarak çenesini ovuşturdu. "Ama o bitirdi."

Lowell, Sheldon'a Dante derslerinin yakında tekrar başlayacağını söyleyerek onu yolcu ettikten sonra hemen çalışma odasına geri döndü, ama kapı hafifçe tekrar çalındı.

"Öff Sheldon! Dersler yakında başlayacak dedim ya!" Lowell öfkeyle kapıyı açtı.

Karşısında Dr. Holmes duruyordu. Çok heyecanlı gibiydi.

"Holmes?" Lowell öyle şen bir kahkaha attı ki, Longfellow koşarak geldi. "Kulübe geri döndün Wendell! Seni nasıl özlemiştik!" Lowell çalışma odasındakilere seslendi. "Holmes döndü!"

"Sadece dönmekle kalmadım dostlar," dedi Holmes içeri girerken. "Sanırım katilin yerini de biliyorum."

XIV

✳

Longfellow'un dikdörtgen kütüphanesi, General Washington için ideal bir karargah ve daha sonraki yıllarda Bayan Craigie için hoş bir balo salonu olmuştu. Şimdiyse Longfellow, Lowell, Fields ve Nicholas Rey cilalı masanın etrafına oturmuş, çevrelerinde turlayan Holmes'u dinliyorlardı.

"Kafam çok hızlı işlediğinden dağınık konuşacağım. Sizden tek istediğim kararınızı vermeden önce beni sonuna kadar dinlemeniz. (Bunu özellikle Lowell'a söylediğini Lowell dışında herkes anlamıştı.) Dante'nin bize en başından beri gerçekleri söylediğine inanıyorum. Cehenneme girmeden hemen önceki hislerini anlatır ya. Korkudan titremektedir. 'E io sol,' filan der. Sen nasıl çevirmiştim Longfellow?"

"Kendimi yapayalnız savaşa hazırlamıştım./Hem yolla, hem de acıyla savaşmaya./Şaşmaz hafızam şimdi izimi sürecek."

"Evet!" dedi Holmes gururla, kendi çevirisinin de buna benzer olduğunu anımsayarak. Şimdi yetenekleriyle böbürlenmesinin sırası değildi, ama Longfellow'un çevirisini nasıl bulacağını merak etti. "Şair için iki cepheli bir savaş (bir *guerra*) bu. Birincisi cehenneme inmenin fiziksel zorluklarıyla karşılacak. Ayrıca sonradan deneyimlerini hatırlayıp şiire dökmesi gerekecek. Zihnim Dante'nin imgeleriyle dolu."

Dikkatle dinleyen Nicholas Rey not defterini açtı.

"Dante savaşın fiziksel yönüne yabancı değildi memur bey," dedi Lowell. "Yirmi beşindeyken (yani mavili askerlerimizin çoğuyla yaşıtken) Campaldino'da Guelflerin safında savaşmıştı. Yine aynı sene Caprona'da savaştı. Dante Cehennem'de oradaki korkunç işkenceleri tasvir etmek için savaş deneyimlerinden yararlanır. Dante rakibi Ghibellineler tarafından değil, Guelfler arasındaki bir hiziplik yüzünden sürgün edilmişti."

"Floransa'nın iç savaşlar sonrasındaki hali, Dante'nin cehennem imgesine ve bağışlanma arayışına ilham kaynaklığı etmiştir," dedi Holmes. "Lucifer'in, en yüce meleğin Tanrı'ya başkaldırdığını ve Adem'den itibaren tüm kötülüklerin kaynağı haline geldiğini de unutmayın. Lucifer'in dünyaya fiziksel olarak düşmesiyle açılan çukur, Dante'nin keşfettiği cehennemdir. Yani Şeytan'ı savaş *yaratmıştır*. Cehennemi *guerra*, yani savaş *yaratmıştır*. Dante kullandığı sözcükleri asla öylesine seçmez. Bence elimizdeki kanıtlar tek bir hipoteze meydan veriyor: Aradığımız katil bir savaş gazisi."

"Bir asker! Yüce divan başkanı, nüfuzlu bir Üniteryan vaiz, zengin bir tacir," dedi Lowell. "Yenilmiş bir Konfederasyon askeri Yanki sistemimizden öç almak istiyor! Tabii ya! Ne aptalız!"

"Dante politik yaftalardan hep uzak durmuştur," dedi Longfellow. "Belki de en çok kızdığı insanlarsa, onunla aynı görüşleri paylaşan ama sorumluluklarını yerine getirmemiş kişiler, hainlerdir... bir Kuzeyli asker de böyle düşünebilir. Unutmayın ki Lucifer'imiz işlediği her cinayette Boston'u avcunun içi gibi bildiğini sergiledi."

"Evet," dedi Holmes sabırsızca. "Bu yüzden sıradan bir asker değil, Billy Yank gibi biri olduğunu düşünüyorum. Sokaklarda, çarşıda pazarda hâlâ ordu üniformalarını giyen askerlerimizi düşünün. Onları görünce genellikle şaşırırım. Evine dönmüş, ama

335

hâlâ asker kıyafeti giyiyor. Neden? Şimdi kimin için savaşıyor?"

"Ama bu teorin cinayete dair bulgularımızla örtüşüyor mu Wendell?" diye sordu Fields.

"Bence tamamen örtüşüyor. Jennison'ın öldürülüşüyle başlayalım. Bu açıdan baktığımda, cinayet aletinin ne olduğunu hemen tahmin edebiliyorum."

Rey başıyla onayladı. "Bir süvari kılıcı."

"Evet!" dedi Holmes. "Tam o yaraları açacak türden bir kılıç. Şimdi, bu kılıcı kullanmayı kimler öğrenir? Askerler. Ayrıca cinayet mahalline bakalım. Warren Kalesi. Orada kalmış, belki de eğitim görmüş bir asker orayı avcunun içi gibi bilir! Dahası da var. Profesör Agassiz'in dediğine göre, Yargıç Healey'i yiyen *hominivorax* kurtçukları Massachusetts dışından gelmişler... sıcak ve bataklık bir yerden. Belki de Güney bataklıklarına giden bir asker tarafından, hatıra olsun diye getirilmişlerdi. Küçük Wendell de savaş meydanlarından sinek ve kurtçuk eksik olmadığını, bir gün ya da gece boyu yatan binlerce yaralının başına üşüştüklerini söyledi."

"Kurtçuklar bazı yaralılara zarar vermezmiş," dedi Rey. "Bazılarınıysa öldürür, cerrahları aciz bırakırlarmış."

"İşte onlar *hominivorax*. Gerçi ordu cerrahları onları arı sanır. Bu kurtçukların yaralılar üstündeki etkisini bilen biri onları Güney'den getirip Healey'nin üstünde kullandı," diye devam etti Holmes. "Lucifer'imizin iri yarı Yargıç Healey'i ta nehir kıyısına kadar taşıyabilmesine şaşmıştık. Ama bir asker savaşta yaralı arkadaşlarını kaç kez taşımıştır kimbilir, hem de hiç düşünmeden! Lucifer'in Rahip Talbot'u kolayca yendiğini ve koca Jennison'ı hiç zorlanmadan doğradığını da biliyoruz."

"Olayı çözdün galiba Holmes!" diye haykırdı Lowell. "Açıl susam açıl!"

Holmes devam etti: "Bütün cinayetler kuşatmalara katılmış, tuzak kurmayı ve öldürmeyi bilen... savaş yaralarını ve acılarını bilen biri tarafından işlendi."

"Ama niye bir Kuzeyli kendi halkını hedef alsın ki? Niye Boston'u hedef alsın?" diye sordu Fields. Birilerinin şeytanın avukatı rolünü oynaması gerektiğini hissetmişti. "Biz kazandık. Kazananlar her zaman haklıdır."

"O savaş psikolojik açıdan devrimden sonra yapılan en karmaşık savaştı," dedi Nicholas Rey.

"Kızılderililerle ve Meksikalılarla yaptığımız savaşlar gibi değildi," diye ekledi Longfellow. "Onların fetihten pek farkı yoktu. Niye savaştıklarını merak eden askerlere Kuzey'in onuru için, köle bir halkı özgürleştirmek için, evrene adil bir düzen getirmek için savaştıkları söylendi. Ama o askerler evlerine dönünce ne gördüler? Onlara adi tüfekler ve üniformalar satan tacirlerin şimdi sokaklarımızda otomobillerle gezdiğini ve Beacon Tepesi'ndeki bahçesi meşeli konaklarda refah içinde yaşadıklarını."

"Yurdundan sürgün edilmiş olan Dante," dedi Lowell, "cehennemi kendi şehrinin halkıyla doldurdu. Hattâ oraya akrabalarını bile koydu. Savaştan sonra geride onları şevklendirmek için okuduğumuz şiirlerden ve kanlı üniformalarından başka hiçbir şeyi olmayan bir sürü asker kaldı. Bunlar tıpkı Dante gibi eski hayatlarından koparılmış, sürgüne gönderilmişlerdi. Yalnızdılar. Bir düşünün, bu cinayetler savaştan hemen sonra başlamadı mı? Savaş biteli henüz birkaç ay oldu! Evet, durum netleşiyor galiba beyler. Savaşın gerekçesi soyut bir ahlaki sebepti. Oysa askerler oldukça somut cephelerde savaştılar... alaylara, bölüklere, taburlara ayrılarak. Dante'nin şiiri de akıcı ve nettir. Neredeyse bir savaş şiiridir." Ayağa kalkıp Holmes'a sarıldı. "Bu ilham Tanrı'dan geldi azizim Wendell."

337

Odadaki herkes zafer hissine kapılmıştı. Herkes Longfellow'un başıyla onaylamasını bekliyordu. Longfellow bunu hafifçe gülümsemekle yaptı.

"Holmes'u alkışlayalım!" diye haykırdı Lowell.

"İyi alkışlayın ha," dedi Holmes, şakacıktan kibirli bir ifade takınarak.

Augustus Manning sekreterinin masasının üstüne oturmuş, parmaklarıyla masanın kenarına vuruyordu. "Simon Camp görüşme talebime hâlâ cevap vermedi mi?"

Manning'in sekreteri başını salladı. "Hayır efendim. Marlboro Oteli'nden de ayrılmış. Adres bırakmadan."

Manning öfkeden deliye döndü. O Pinkerton dedektifine pek güvenmese de dolandırıcı çıkacağını tahmin etmemişti. "Bir polisin gelip Lowell hakkında sorular sorması, sonra da Dante hakkında araştırma yapsın diye para verdiğim Pinkerton dedektifinin ansızın benimle teması kesmesi tuhaf değil mi sence de?"

Sekreter yanıt vermedi. Ama yanıt beklendiğini görünce kaygıyla kafasını sallayıp onayladı.

Manning dönüp Harvard'ın koridorunu gösteren pencereye baktı. "Lowell'ın bu işte parmağı var bence. Lowell'ın Dante sınıfına kimler yazılmıştı Crisp? Bir daha saysana. Edward Sheldon'la... Pliny Mead, değil mi?"

Sekreter yanıtı bulmak için bir kağıt yığınını karıştırdı. "Edward Sheldon'la Pliny Mead, kesinlikle."

"Pliny Mead. İyi bir öğrenci," dedi Manning sert sakalını düzelterek.

"Öyleydi efendim. Ama son sıralamada düştü."

Manning dönüp ilgiyle ona baktı.

"Evet, sınıfta yirmi puan geriledi," diye açıkladı sekreter. Bunu kanıtlayan belgeleri bulup gururla sergiledi. "Birdenbire düşüverdi Dr. Manning! Görünüşe bakılırsa en büyük sebebi Profesör Lowell'ın ona geçen dönemki Fransızca dersinden verdiği not."

Manning belgeleri sekreterinin elinden alıp okudu. "Bay Mead çok ayıp etmiş," dedi kendi kendine gülümseyerek. "Çok, çok ayıp etmiş."

Boston'da akşamüstü, J. T. Fields, John Codman Ropes'un avukatlık bürosunu aradı. Kardeşi isyan savaşında ölmüş olan Ropes, bu savaşı uzmanlık dalı haline getirmişti. Gerçek bir uzman olduğundan, Fields'ın sorularını yanıtlamakta zorlanmadı. Askerlere hizmet veren çok sayıda yardım kuruluşunun ismini saydı. Bunlardan bazıları kiliselerde, bazılarıysa terkedilmiş binalarda ve depolarda fakir ya da gündelik hayata dönmekte zorlanan gazilere yardım ediyordu. Sorunlu askerleri bulmak için ideal yerlerdi.

"Ne yazık ki isimlerinin doğru dürüst kaydı tutulmaz," dedi Ropes görüşmenin sonunda. "O zavallılar kendileri istemedikçe bulunamazlar Bay Fields."

Fields hızlı adımlarla Tremont Sokağı'nda, Köşebaşı'na doğru yürüdü. Haftalardır işini ihmal ediyordu. Dümenden biraz daha uzak kalırsa geminin karaya oturacağından korkmaya başlamıştı.

"Bay Fields?"

"Kim o?" Fields durup gerileyerek dar bir ara sokağın girişine döndü. "Bana mı seslendiniz?"

Sokağın loşluğu yüzünden konuşanın yüzünü göremiyordu. Yavaşça sokağa girdi. Burnuna lağım kokusu geldi.

"Evet Bay Fields." İri yarı adam gölgelerin arasından çıkıp koca kafasındaki şapkayı çıkardı. Simon Camp'ti... Pinkerton dedektifi. Sırıtıyordu. "Bu sefer yanında eli tüfekli profesör arkadaşın yok ha?"

"Camp! Bu ne cüret. Sana gitmen için fazlasıyla para verdim. Defol."

"Evet, verdin sahiden. Açıkçası bu davayı pek önemsemiyordum. Ama sen ve arkadaşın beni meraklandırdınız. Profesör Lowell'ın edebiyat dersi hakkında araştırma yapmayayım diye altın verdiğinize göre, sizin için epey önemli bir mesele olsa gerek? Ama ne? Profesör Lowell'ın beni sanki Lincoln'u vuran benmişim gibi sorguya çekmesinin sebebi ne olabilir diye merak ettim."

"Senin gibi biri edebiyatçıların neye değer verdiğini asla anlayamaz," dedi Fields huzursuzca. "Bu bizim işimiz."

"Ama anlıyorum. Artık anlıyorum. Dr. Manning denen o cüceyle ilgili bir şey hatırladım. Bir polisin kendisine Profesör Lowell'ın Dante dersleriyle ilgili sorular sorduğunu söylemişti. Çok heyecanlıydı. Sonra düşündüm, Boston polisi son zamanlarda neyle uğraşıyor diye. Tabii ki cinayetlerle."

Fields paniğini belli etmemeye çalıştı. "Gitmem gereken randevularım var Bay Camp."

Camp tatlı tatlı gülümsedi. "Sonra Pliny Mead denen o çocuğun Dante'nin şiiri hakkında söylediklerini anımsayıverdim. Korkunç, iğrenç cezalardan bahsettiğini söyleyip durmuştu. Birden her şey gözümde netleşmeye başladı. Sizin Bay Mead'i arayıp bazı sorular sordum Bay Fields," dedi sevinçle öne eğilerek. "Sırrınızı biliyorum."

"Saçmalıyorsun Camp. Ne diyorsun anlamıyorum," diye bağırdı Fields.

"Dante Kulübü'nün sırrını biliyorum Fields. O cinayetlerin

sırrını bildiğinizi biliyorum. Toz olmam için bana para vermenizin sebebi buydu."

"Alçakça, pis bir iftira bu!" Fields ara sokaktan çıkmaya başladı.

"Öyleyse ben de polise giderim," dedi Camp istifini bozmadan. "Sonra da gazetecilere. Bu arada yolda Harvard'a uğrayıp Dr. Manning'le de görüşürüm. Zaten son zamanlarda beni çağırıp duruyor. Bakalım bütün bunlara ne diyecekler."

Fields dönüp Camp'e dik dik baktı. "Bildiğini söylediğin şeyleri cidden biliyorsan, cinayetleri bizim işlemediğimizi ve seni de öldürmeyeceğimizi nereden biliyorsun Camp?"

Camp gülümsedi. "İyi bir blöf Fields. Ama sizler kalem adamlarısınız. Dünyanın doğası değişene kadar da öyle kalacaksınız."

Fields durup yutkundu. Etrafa bakındı, tanık bulunmadığından emin olmak için. "Bizi rahat bırakmak için ne istiyorsun Camp?"

"Başlangıç olarak üç bin dolar... tam on beş gün sonra," dedi Camp.

"Asla!"

"Bilgi verenlere vaat edilen asıl ödüller çok daha yüksek Bay Fields. Belki Burndy'nin bütün bunlarla bir ilgisi yoktu. O adamları kim öldürdü bilmiyorum. Bilmek de istemiyorum. Ama size gelip Dante hakkında sorular sorduğumda bana gitmem için para verdiğinizi ve tuzağa düşürüp üstüme silah doğrulttuğunuzu öğrenen jüri üyeleri neler düşünür acaba?"

Fields ansızın Camp'in bunu Lowell'ın tüfeği karşısındaki korkaklığının acısını çıkarmak için yaptığını fark etti. "Küçük, pis bir böceksin sen," dedi kendini tutamayarak.

Camp buna aldırmamış gibiydi. "Ama güvenilir bir böceğim.

Pazarlığımıza sadık kaldığınız sürece. Böceklerin bile ödemesi gereken borçlar olabilir Bay Fields."

Fields iki hafta sonra Camp ile aynı yerde buluşmayı kabul etti.

Bu haberi arkadaşlarına verdi. Dante Kulübü üyeleri ilk şoku atlattıktan sonra Camp'in niyetini değiştiremeyeceklerine karar verdiler.

"Boşuna uğraşmayalım," dedi Holmes. "Ona on altın verdiniz bile. Bu çok kötü oldu. Artık sürekli para ister."

"Fields herifin açgözlülük damarını kabarttı," dedi Lowell. Herhangi bir meblağın sırlarını koruyacağına emin olamazlardı. Hem Longfellow, Dante'yi ya da kendilerini korumak için rüşvet vermelerine asla razı olmazdı. Dante de para ödeyerek sürgünden kurtulabilecekken reddetmişti. Onca yüzyıldan sonra hâlâ öfkesini muhafaza eden bir mektup yazmıştı. Camp'i unutmaya karar verdiler. Ellerindeki vakayla ilgili araştırmalarını sürdürmeli, eski askerleri araştırmalıydılar. O gece Rey'in ordu emeklilik fonundan ödünç aldığı kayıtları inceleyip askerlere yardım eden pek çok hayır kurumunu ziyaret ettiler.

Fields o gece eve ancak birde dönebildi. Annie Fields çok kaygılanmıştı. Fields ön hole girerken, her gün evine gönderdiği çiçeklerin hol sehpasında, vazosuz bir halde durduğunu gördü. Buketlerden en güzelini seçip aldı. Annie'yi misafir odasında buldu. Mavi kadife kanepede oturmuş, *Edebi Olaylar ve İlginç İnsanlara Dair İzlenimler Dergisi*'ne yazı yazıyordu.

"Seni ne kadar az görüyorum tatlım." Annie başını kaldırıp bakmadı. Güzel ağzını büzmüş somurtuyordu. Sümbül renkli saçını kulaklarının arkasına atmıştı.

"Böyle gitmeyecek. Söz veriyorum. Bu yaz hiç çalışmayacağım. Her akşam Manchester'a gideceğiz. Osgood ortağım olacak kıvama geldi sayılır. O gün bayram ederiz!"

Annie başını diğer tarafa çevirip gözlerini gri kilime dikti. "Sorumlulukların var biliyorum. Ama kendimi ev işleriyle tüketiyorum. Ama karşılığında seni göremiyorum bile. Ders çalışmaya ya da okumaya bile doğru dürüst zaman ayıramaz oldum. Catherine yine hastalandı. Bu yüzden çamaşırcı kadın yukarıda üst kat hizmetçisiyle birlikte aynı yatakta..."

"Eve döndüm tatlım," dedi Fields.

"Hayır, dönmedin." Alt kat hizmetçisinden Fields'ın ceketini ve şapkasını aldı ve Fields'a uzattı.

"Tatlım?" Fields'ın suratı asıldı.

Annie sabahlığına sıkıca sarılıp üst kat merdivenine yöneldi. "Bir saat önce Köşebaşı'ndan bir çocuk geldi. Çok telaşlıydı. Seni sordu."

"Gecenin bu vaktinde mi?"

"Hemen oraya gitmeliymişsin. Polisten önce gelmeni istiyorlar."

Fields, Annie'nin peşinden üst kata çıkmak istiyordu. Ama hemen Tremont Sokağı'ndaki işyerine gitti. Başkatibi J. R. Osgood arka odadaydı. Sekreter Cecilia Emory rahat bir koltuğa oturmuş hıçkıra hıçkıra ağlıyor ve yüzünü gizliyordu. Gece hademesi Dan Teal odada sessizce oturmuş, kanlı dudağına bir bez bastırıyordu.

"Neler oluyor? Bayan Emory'ye ne oldu?" diye sordu Fields.

Osgood, Fields'i isterikleşmiş kızdan uzaklaştırdı. "Samuel Ticknor." Osgood uygun sözcükleri bulmak için duraksadı. "Ticknor, Bayan Emory'yi masanın arkasında öpmek istedi. Bayan Emory karşı koydu. Bağırarak durmasını söyledi. Bay Teal müdahele etti. Korkarım Bay Ticknor'ı kaba kuvvetle durdurmak zorunda kaldı."

Fields bir sandalye çekip müşfik bir sesle Cecilia Emory'yi sorguladı. "Rahatça konuşabilirsin güzelim," diye söz verdi.

Bayan Emory ağlamayı kesmeye çalıştı. "Çok üzgünüm Bay Fields. Bu işe ihtiyacım var. Bana dedi ki... söylediğini yapmazsam... şey, o William Ticknor'ın oğlu. Onu yakında ortak yapacağınızı..." Elini dudaklarına bastırdı, ağzından çıkacak korkunç kelimeleri engellemek istercesine.

"Onu... ittin mi?" diye sordu Fields usulca.

Cecilia başıyla onayladı. "Çok güçlü bir adam. Bay Teal... Tanrı'ya şükür o vardı."

"Bay Ticknor ne zamandır size böyle davranıyor Bayan Emory?" diye sordu Fields.

"Üç aydır," dedi Cecilia hıçkırarak. Neredeyse işe alındığı zamandan beriydi. "Ama Tanrı şahidimdir ki asla yapmak istemedim Bay Fields! İnanın ki istemedim!"

Fields kızın eline pat pat vurup babacan bir edayla "Sevgili Bayan Emory, beni dinleyin," dedi. "Kimsesiz olduğunuz için bunu görmezden gelecek ve işinizde kalmanıza göz yumacağım."

Cecilia başıyla teşekkür ederek Fields'ın boynuna sarıldı.

Fields ayağa kalktı. "Nerede o?" diye sordu Osgood'a. Öfkeden köpürüyordu. Bir insanın güveni ancak bu kadar istismar edilebilirdi.

"Yan odada sizi bekliyor Bay Fields. Bayan Emory'nin söylediklerini inkar ediyor."

"İnsan doğasını biraz olsun tanıyorsam, bu kız tamamen masum Osgood," dedi Fields. "Bay Teal, gördüklerine dayanarak Bayan Emory'nin gerçeği anlattığını söyleyebilir misin?"

Teal her zamanki gibi ağır ağır konuştu. "Çıkmaya hazırlanıyordum efendim. Bayan Emory'nin Bay Ticknor'la boğuştuğunu gördüm. Kendisini bırakmasını söylüyordu. Bu yüzden Bay

Ticknor'a vurdum, onu bıraktırana kadar."

"İyi yapmışsın Teal," dedi Fields. "Yardımını unutmayacağım."

Teal ne diyeceğini bilemedi. "Sabahleyin diğer işimde olmalıyım efendim. Gündüzleri kolejde hademelik yapıyorum."

"Ya?" dedi Fields.

"Bu iş benim için çok önemli," diye ekledi Teal hemen. "Yapmamı istediğiniz başka şeyler varsa lütfen söyleyin efendim."

"Çıkmadan önce burada gördüğün ve yaptığın her şeyi yazmanı istiyorum Teal. İşe polis karışırsa elimizde bir belge olsun," dedi Fields. Osgood'a dönüp Teal'a kağıt kalem vermesini işaret etti. "Bayan Emory sakinleşince o da yazsın," diye talimat verdi Fields başkatibine. Teal birkaç harf yazmaya çabaladı. Fields çocuğun doğru dürüst okuma-yazma bilmediğini fark etti. Her gece kitapların arasında çalışıp da böylesine temel bir yetiye sahip olmamak tuhaf olsa gerekti. "Bay Teal," dedi. "Siz söyleyin, Bay Osgood yazar."

Teal buna çok sevinerek kağıdı geri verdi.

Fields'ın Samuel Ticknor'ın ağzından gerçeği alması beş saat sürdü. Ticknor'ın sinmiş haline şaşırmıştı. Hademe adamın yüzünü yara bere içinde bırakmıştı. Burnu kaymış gibiydi. Ticknor'ın verdiği yanıtlar kibirle sığlık arasında gidip geliyordu. Nihayet Cecilia Emory ile zina yaptığını itiraf etti ve Köşebaşı'ndaki bir başka kadın sekreterle de ilişki kurduğunu söyledi.

"Hemen Ticknor & Fields'dan defol. Bir daha da buraya adımını bile atma!" dedi Fields.

"Pöh! Bu şirketi babam kurdu! Seni evine aldığında dilenciden farksızdın! Babam olmasa konağın da olmazdı, Anne Fields gibi bir karın da! Ben burada senden bile daha önemliyim Fields!"

345

"Sen iki kadının hayatını mahvettin Samuel!" dedi Fields. "Zavallı karınla ananın mutluluklarını da yıktın. Baban sağ olsa benden de fazla utanırdı!"

Samuel Ticknor ağlamak üzereydi. Çıkarken "Yine görüşeceğiz Fields!" diye haykırdı. "Tanrı'nın huzurunda yemin ediyorum! Beni elimden tutup sosyal çevrene soksaydın..." Bir an düşündükten sonra devam etti: "Herkes zeki bir genç olduğumu söylüyor!"

Bir hafta boyunca ilerleme kaydedemediler. Dante uzmanı olabilecek bir asker bulamadılar. Oscar Houghton, Fields'a gönderdiği yanıtta kayıp provaları olmadığını söyledi. Umutlar giderek sönüyordu. Nicholas Rey karakolda giderek daha dikkatle izlendiğini hissediyordu. Ama William Burndy ile bir kez daha konuşmayı denedi. Duruşmalar kasa hırsızını epey yıpratmıştı. Ne kımıldıyor, ne konuşuyordu. Cansız gibiydi.

"Yardıma ihtiyacın var," dedi Rey. "Suçlu değilsin biliyorum, ama Talbot'un kasasının soyulduğu akşam evinin civarında görüldüğünü de biliyorum. Bana sebebini söyle, yoksa darağacını boylarsın."

Burndy, Rey'i süzdü. Sonra başıyla hafifçe onayladı. "Talbot'un kasasını soydum. Aslında hayır. İnanmazsın ki. Ben bile inanmıyorum! Bak, herifin teki bana belirli bir kasayı açmayı öğretirsem iki yüz papel vereceğini söyledi. Kolay iş olacağını düşündüm. Hem yakalanma ihtimalim sıfırdı! Yemin ederim ki oranın rahibin evi olduğunu bilmiyordum! Onu soymadım! Soysam parasını geri vermezdim!"

"Niye Talbot'un evine gittin?"

"İncelemek için. O herif Talbot'un evde olmadığını söylemişti. Bu yüzden civarı kolaçan etmek istedim. Sonra kasaya göz atmak için içeri girdim." Burndy salakça bir gülümsemeyle empati dilendi. "Bunda bir kötülük yoktu, değil mi? Basit bir kasaydı. Adama kasayı açmayı öğretmem beş dakika sürdü. Bir meyhanede, bir peçetenin üstüne çizip gösterdim. O herifin kafadan çatlak olduğunu anlamalıydım. Bana sadece bin dolar istediğini söyledi. Düşünebiliyor musun? Bak zenci, vaizi soyduğumu sakın söyleme, yoksa beni asarlar! Bana kasayı açtıran kişi... asıl deli o! Talbot'u, Healey'i ve Phineas Jennison'ı öldüren o!"

"Öyleyse kim olduğunu söyle," dedi Rey sakince. "Yoksa asılacaksın Burndy."

"Onunla gece görüştüm. Ayrıca çakırkeyiftim. Stackpole meyhanesinde biraz içmiştim. Şimdi rüya gibi geliyor. Sanki rüyaymış da, sonradan gerçek olmuş gibi. Yüzünü hiç hatırlamıyorum."

"Görmedin mi, hatırlamıyor musun Burndy?"

Burndy dudağını kemirdi. Gönülsüzce konuştu: "Bir şey hatırlıyorum. Sizden biriydi."

Rey bekledi. "Zenci mi?"

Burndy'nin pembe gözleri öfkeyle parladı. "Hayır! Bir gazi!" Sakinleşmeye çalıştı. "Asker üniforması giymişti, sanki Gettysburg'da sancak sallıyormuş gibi!"

Boston'daki askerlere yönelik yardım kuruluşları yerel bir idari yapıya sahip, gayri resmi, tanıtımı ancak oralara giden gaziler tarafından ağızdan ağıza yapılan yerlerdi. Çoğu haftada iki üç kez askerlere sepet sepet yiyecek dağıtıyordu. Savaş biteli altı ay olmuştu. Belediye bu kuruluşları desteklemeye giderek daha gönülsüz oluyordu. İyi durumda olanları (bunlar genellikle bir kilisenin içindeydi) eski askerleri beslemek için canla başla çalışıyorlardı. Yiyecek ve giysi yardımının yanı sıra, vaaz ve öğüt de veriyorlardı.

Holmes'la Lowell şehrin güney çeyreğini taradılar. Önce arabacı Pike'ı kiraladılar. Pike yardım kuruluşlarının önünde elinde bir havuçla bekliyordu. Havucu bir ısırıyor, bir atlarından birine veriyordu. Sonra tekrar ısırıyor, ortalama uzunlukta bir havucun kaç insan ve at ısırığıyla biteceğini hesaplamaya çalışıyordu. Bu sıkıcı iş aldığı paraya değmezdi. Hem Pike neden yardım kuruluşlarını gezdiklerini sorduğunda yalan söylediklerini anlamış (atlarla birlikte yaşamaktan kaynaklanan bir kurnazlığı vardı) ve rahatsız olmuştu. Bu yüzden Holmes'la Lowell tek atlı bir araba kiraladılar. Arabanın her duruşunda arabacı da, atı da uyukluyorlardı.

Ziyaret ettikleri son yardım kuruluşu iyi durumda olanlardan biri gibiydi. Protestanlıkla yapılan uzun savaşın bir kurbanı olan boş bir Üniteryan Kilisesi'nde kurulmuştu. Civardaki askerler burada haftada en az dört gece sıcak yemek yiyebiliyorlardı. Lowell'la Holmes geldiklerinde akşam yemeği yeni bitmişti. Askerler asıl kiliseye giriyorlardı.

"Çok kalabalık," dedi Lowell, eğilip mavi üniformalılarla dolu kilise sıralarına baktıktan sonra. "Biz de girip oturalım. En azından biraz dinleniriz."

"Jamey, bence burada bir şey bulamayacağız. Bir sonrakine gidelim."

"Bir sonraki *bu* işte. Ropes'un listesine göre diğeri sadece çarşambaları ve pazarları açık."

Holmes tekerlekli bir sandalyede oturan tek bacaklı bir askerin bir başka asker tarafından itilerek avluya girdiğini gördü. Sandalyesini iten asker neredeyse çocuktu. Dişleri dökülmüş, ağzı içeri göçmüştü. Bu savaşın öyle bir yüzüydü ki, subay raporlarından ya da muhabirlerin yazılarından öğrenilemezdi. "Niye boşuna uğraşıyoruz ki Lowell? Biz askerlerinin kuyudan su içmesini izleyen Gideon gibi değiliz. Sadece bakmakla hiçbir şey öğrenemeyiz. Hamlet'le Faust'u, doğruyla yanlışı, insanların cesaretini albumin testi yaparak veya mikroskopta lifler inceleyerek anlayamayız. Yeni bir yol denemeliyiz gibime geliyor."

"Pike gibisin," dedi Lowell kederle başını sallayarak. "Ama birlikte doğru yolu bulacağız. Şu anda sadece tek bir şeye karar verelim Holmes: Burada mı kalalım, yoksa arabaya binip başka bir yardım kuruluşuna mı gidelim?"

"Sizler yenisiniz," diye araya girdi tek gözlü bir asker. Derisi gergin ve deliklerle kaplıydı. Ağzında siyah bir kil pipo vardı. Holmes'la Lowell şaşırmışlardı. Ne diyeceklerini bilemediklerinden, birbirlerinin konuşmasını beklediler nazikçe. Adamın üstünde görünüşe bakılırsa savaştan beri yıkanmamış bir üniforma vardı.

Asker kiliseye doğru yöneldi. Bir an durup dönerek saldırgan bir edayla "Pardon," dedi. "Dante için geldiniz sanmıştım."

Lowell'la Holmes bir an donup kaldılar. İkisi de yanlış duyduklarını sanmışlardı.

"Hey sen, dur!" diye bağırdı Lowell. Heyecandan doğru dürüst konuşamıyordu.

İki şair kiliseye daldılar. İçerisi loştu. Karşılarına çıkan üniforma denizinde kimliği belirsiz o Dante hayranını seçemediler.

"Oturun!" diye bağırdı biri öfkeyle, ellerini ağzının etrafında boru şeklinde birleştirerek.

Holmes'la Lowell el yordamıyla sıralar arasında gezinerek kalabalıktaki yüzleri incelediler. Holmes asker kaçmaya kalkabilir düşüncesiyle kapıya döndü. Lowell'ın gözleri kiliseyi dolduran karanlık bakışları ve boş ifadeleri taradı. Nihayet az önce kendileriyle konuşan kişinin delikli tenini ve tek, parlak gözünü gördü.

"Buldum onu," diye fısıldadı Lowell. "Başardım Wendell. Buldum onu! Lucifer'imizi buldum!"

Holmes heyecanla ona döndü. "Onu göremiyorum Jamey!"

Birkaç asker susmaları için öfkeyle seslendi.

"İşte!" diye fısıldadı Lowell sinirlenerek. "Önden bir, iki... dördüncü sırada!"

"Nerede?"

"Orada!"

"Beni tekrar davet ettiğiniz için sağolun dostlar," diye sözlerini kesti kürsüden gelen titrek bir ses. "Şimdi Dante'nin *Cehennem*'inin cezaları devam edecek..."

Lowell'la Holmes aynı anda başlarını o karanlık, kalabalık kilisenin ön tarafına çevirdiler. Dostları yaşlı George Washington Greene'in kürsüde durduğunu, hafifçe öksürerek kollarını iki yana sarkıttığını gördüler. Cemaati hevesli ve sadıktı. Büyülenmiş gibi, cehennemlerinin kapısından tekrar girmeyi heyecanla bekliyorlardı.

III.

KANTO

XV

*

"Ey hacılar: Dante'nin insanoğlunu tüm acılarından kurtarmak için yerin altında yaptığı dolambaçlı yolculukta keşfetmek zorunda kaldığı bu karanlık hapisanenin son çemberine girin!" George Washington Greene kollarını dar göğsünün hizasına kadar yükselen küçük kürsünün çok üstüne kaldırdı. "Çünkü Dante'nin istediği budur. Başına gelecekler onun için ikinci derecede önem taşır. Yolculuğunda insanoğlunu kurtaracaktır. *Bizler* de kol kola girerek onun izinden gideceğiz. Cehennemin kapılarından cennete giderken, on dokuzuncu yüzyılı günahlarından arındıracağız!

"Ah, Verona'daki kulesinde ne büyük bir görev bekliyor Dante'yi. Damağında sürgünlüğün tuzlu tadı var. Bu narin dille evrenin dibinin taslağını nasıl çizeceğim? diye düşünüyor. Mucizevi şarkımı nasıl söyleyeceğim? diye düşünüyor. Ama şehrini, ulusunu, geleceği kurtarmak zorunda olduğunu biliyor olmalı. *Bizler,* diriltilmiş bu kilisede Dante'nin görkemli sesini yeni bir dünyada canlandırmak için toplanmış olan bizler de kurtarılabiliriz! Dante her nesilden gerçeği görüp anlayabilen şanslı azınlıkların çıkacağını biliyor. Onun kalemi ateşten. Mürekkebiyse sadece yüreğinin kanı. Ey ışık saçan Dante! Ne mutlu şarkılarını sonsuza dek tekrarlayacak olan dağlara ve çamlara!"

Greene derin bir soluk aldıktan sonra Dante'nin cehennemin son çemberine inişini aktarmaya başladı: Donmuş bir buz gölü olan Cocytus cam gibi kaygan. Yüzeyindeki buz tabakası kış ortasında Charles nehrinde oluşandan bile kalın. Dante bu buzlu tundradan öfkeli bir sesin yükseldiğini işitiyor. "Adımlarına dikkat et!" diyor ses. "Bizleri, bu yorgun ve sefil kardeşlerini çiğneme!"

"İyi niyetli Dante'nin kulaklarını çınlatan bu suçlayıcı sözler nereden geldi? Şair başını eğip bakınca gölün yüzeyindeki buz tabakasına sıkışmış kafalar görüyor. Bir ölü gölgeler cemaati... binlerce mor baş. Adem'in oğulları tarafından tanınmış en aşağılık günahkarlar. Cehennemin bu donmuş ovasına gönderilmek için ne kusur işlemişler? Tabii ki hıyanet! Yüreklerinin soğukluğu için çektikleri ceza, *contrapassoları* ne peki? Boyunlarından itibaren tamamen buza gömülmek... gözleri işledikleri günahlar yüzünden çektikleri korkunç cezayı sonsuza dek görebilsin diye."

Holmes'la Lowell çok etkilenmişlerdi. Greene Dante'nin günahkarı azarlayıp adını sormasını, saçlarını zalimce köklerinden koparmasını şevkle anlatırken Lowell başını eğmiş dinliyordu. *Beni kel bıraksan da adımı söylemem!* Diğer günahkarlardan biri gölge yoldaşına durumu bilmeden adıyla seslenince Dante çok sevinir. Artık o günahkarın adını kaydedip gelecek nesillere aktarabilecektir.

Greene bir sonraki vaazında canavar Lucifer'i (o en korkunç hain ve günahkarı; hem cezalandırıcı, hem de cezalanan olan o üç kafalı hayvanı) anlatacağına söz verdi. Yaşlı rahibin enerjisi vaazı biter bitmez sönmüştü. Geride sadece yanaklarındaki allık kalmıştı.

Lowell karanlık kilisede asker kalabalığının arasından ite kaka geçmeye başladı. Holmes onu takip etti.

"Dostlarım!" dedi Greene neşeyle, Lowell ile Holmes'u görür görmez. Greene'i kilisenin arka tarafındaki küçük bir odaya soktular. Holmes kapıyı kilitledi. Greene yanan bir ocağın yanına oturup ellerini uzattı. "Have ne berbat," dedi. "Bir de üşütmüşüm. Eğer..."

"Bize her şeyi açıkça anlat Greene!" diye kükredi Lowell.

"Neden bahsettiğini anlamıyorum Lowell," dedi Greene usulca. Holmes'a baktı.

"Sevgili Greene, Lowell'ın demek istediği..." Ama Dr. Holmes da sakinliğini koruyamadı. "Kahretsin, burada ne işin var Greene?"

Greene alınmış gibiydi. "Her fırsatta şehir civarındaki ve Doğu Greenwich'teki kiliselerde vaaz verdiğimi biliyorsun Holmes. Hasta döşeğinde yatmak sıkıcı oluyor. Hele son bir yıldır ağrılarım ve kaygılarım da iyice arttı. Bu yüzden böyle tekliflere balıklama atlıyorum."

Lowell sözünü kesti. "Kiliselerde vaazlar verdiğini biliyoruz. Ama demin *Dante*'den bahsediyordun!"

"Ha, o mu? Zararsız bir eğlence, o kadar. O yıkılmış askerlere vaaz vermek daha önce hiç yaşamadığım, yepyeni ve zor bir deneyimdi. Savaştan sonraki ilk birkaç hafta, özellikle de Lincoln'un haince öldürülmesinden sonra, askerlerin çoğunun kendi geleceklerinden ve öbür dünyadan kaygılandıklarını gördüm. Yaz sonuna doğru bir ikindi vakti, Longfellow'un çevirisine adadığı özenden etkilenerek, vaaz sırasında biraz Dante'den bahsettim. Askerlerin çok ilgilenmesi hoşuma gitti. Bu yüzden Dante'nin hayatını ve yolculuğunu anlatmaya başladım. Hattâ bazen kendimi Dante'yi anlatan bir öğretmen, o yiğit gençleri de öğrencilerim olarak hayal ettim. (Kusuru bakmayın, utançtan yanaklarım kıpkırmızı oldu.)"

"Longfellow'un bundan haberi yok muydu peki?" diye sordu Holmes.

"Bu küçük deneyimin sonuçlarını paylaşmak istedim, ama, şey..." Greene gözlerini ocaktaki ateşe dikti. Beti benzi atmıştı. "Sanırım Longfellow gibi bir adama Dante öğretmenliği yaptığımı itiraf etmekten biraz utandım arkadaşlar. Ama bunu ona söylemeyin lütfen. Kendini kötü hissetmesini istemiyorum. Bilirsiniz, başkalarından farklı olduğunu kabul etmek istemez..."

"Az önce verdiğin vaaz," diye sözünü kesti Lowell. "*Tamamen Dante'nin günahkarlarla yaptığı konuşmalardan ibaretti.*"

"Evet! Evet!" dedi Greene, bunu hatırlayınca birden şevklenerek. "Ne harika, değil mi Lowell? Askerlerin benim önemsiz fikirlerimden çok Dante'nin kantolarıyla ilgilendiklerini fark ettim. Hem böylece ertesi haftaki Dante derslerimize de hazırlanmış oluyordum." Greene büyüklerinin ummadığı bir başarı kazanmış bir çocuğun gururuyla utangaçca gülümsedi. "Dante Kulübü *Cehennem*'e başlayınca, ben de Dante vaazları vermeye başladım. Her toplantımızda çevireceğimiz kantoları bir hafta önceden kilisede okuyordum. Az önce okuduğum kantoya da iyice hazırlandım, yarınki toplantı için! Normalde perşembe ikindileri vaaz veririm, Rhode Adası'na dönmek üzere trene binmeden az önce."

"Her perşembe mi?" diye sordu Holmes.

"Bazen yataktan çıkamadığım oluyordu. Longfellow'un Dante toplantılarını iptal ettiği zaman da Dante okumak gelmedi içimden," dedi Greene. "Ama bu son hafta muhteşem geçti! Longfellow öyle hızlı ve şevkle çeviri yapıyor ki, Boston'da kaldım. Bir haftadır neredeyse her gece Dante vaazı veriyorum!"

Lowell öne atıldı. "Greene, burada yaşadığın her ânı hatırla! Askerler arasında Dante'yle özellikle ilgilenen biri var mıydı?"

Greene ayağa kalkıp şaşkınca etrafına bakındı. Sanki ansızın burada ne aradığını unutmuştu. "Bir düşüneyim. Her seansta yirmi otuz asker vardı. Ama hep aynı grup değildi. Yüzler konusunda hafızam zayıftır ne yazık ki. Vaazlarımı beğendiklerini söyleyen birkaç kişi çıktı. İnanın elimden gelse size yardım..."

"Greene, hemen hatır..." diye söze başladı Lowell boğuk bir sesle.

"Lowell, lütfen!" dedi Holmes, Fields'ın yokluğunda onun yatıştırıcı rolüne bürünerek.

Lowell derin bir soluk aldıktan sonra eliyle Holmes'a öne çıkmasını işaret etti.

Holmes konuşmaya başladı: "Sevgili Greene, bize yardım edeceksin, hem de çok edeceksin. Biliyorum. Şimdi çok hızlı düşünmelisin dostum. Bizim için. Longfellow için. Bu işe başladığından beri tanıştığın bütün askerleri hatırlamaya çalış."

"Tamam, bir saniye," dedi Greene gözlerini faltaşı gibi açarak. "Bir saniye. Evet, Dante'yi bizzat okumak istediğini söyleyen bir asker hatırlıyorum."

"Harika! Ne dedin peki?" diye sordu Holmes hevesle.

"Yabancı dil bilip bilmediğini sordum. Çocukluğundan beri kitaplara düşkün olduğunu, ama sadece İngilizce bildiğini söyledi. Ben de ona İtalyanca öğrenmesini tavsiye ettim. Longfellow'un Dante'nin ilk Amerikan baskısının çevirisini yapmasına yardım ettiğimi söyledim. Küçük bir kulübümüz olduğundan, Longfellow'un evinde toplandığımızdan bahsettim. Çok ilgilendiğini görünce, gelecek yılın başında kitapçılara gidip Ticknor & Fields yayınevinin yeni kitaplarını sormasını tavsiye ettim," dedi Greene bir dedikodu yazarının hevesiyle.

Holmes duraksayıp umutla Lowell'a baktı. Lowell başıyla onayladı. "Bu asker," dedi Holmes ağır ağır. "Sana ismini verdi mi?" Greene hayır anlamında kafa salladı. "Görünüşünü hatırlıyor musun Greene?"

"Hayır, hayır. Çok üzgünüm."

"İnan hayal bile edemeyeceğin kadar önemli," diye yalvardı Lowell.

"O konuşmayı çok hayal meyal hatırlıyorum zaten," dedi Greene. Gözlerini kapadı. "Uzun boyluydu galiba. Saman rengi bir palabıyığı vardı. Bir de yürürken topallıyordu sanırım. Ama çoğu topal zaten. Aradan aylar geçti. Hem adam pek dikkatimi çekmemişti. Dedim ya, yüzler konusunda hafızam zayıftır. Kurgu yazmamamın sebebi de bu ya. Kurgu tamamen yüzlerle ilgilidir." Greene güldü. Bu son sözü hoşuna gitmişti. Ama arkadaşlarının suratları asıldı. "Beyler? Bir *kusurum* olduysa lütfen söyleyin."

İhtiyatla dışarı çıkıp gazi gruplarının arasından geçtiler. Lowell, Greene'in at arabasına binmesine yardım etti. Holmes sürücüyle atı uyandırmak zorunda kaldı. Sürücü uyuşuk atının kafasını eski kiliseden öteye çevirdi.

Bu arada uzaklaşan araba, yardım kuruluşu binasındaki kirli bir pencerenin ardından, Dante Kulübü'nün Lucifer adını verdiği adamın gözcü gözleri tarafından izlenmekteydi.

George Washington Greene Köşebaşı'ndaki Yazarlar Odası'nda bir koltuğa oturtuldu. Nicholas Rey geldi. Greene'e sorular sorarak, Dante vaazları ve onları her hafta dinlemeye gelen gaziler hakkında bilgi toplamaya çalıştılar. Sonra Lowell Dante cinayetleriyle ilgili teorilerini açıklayınca, Greene'in ağzı açık kaldı.

Lowell ayrıntıları anlattıkça Greene Dante'yle arasındaki özel ilişkinin giderek elinden alındığını hissetti. Yardım kuruluşundaki alçak kürsünün karşısından ona büyülenmiş gibi bakan dinleyiciler; Rhode Adası'ndaki kütüphanesinin özel bir yerinde duran *İlahi Komedya*; Çarşamba geceleri Longfellow'un şöminesinin etrafında yapılan toplantılar... bütün bunlar Greene'e o yüce şaire olan bağlılığının kalıcı ve mükemmel kanıtları gibi görünmüştü. Oysa Greene'in hayatında haz aldığı her şey gibi, bunlar da hayal bile edemediği kadar çok şey içeriyordu aslında. Ondan habersiz öyle çok şey olmuştu ki.

"Sevgili Greene," dedi Longfellow usulca. "Bu iş çözülene dek bu odanın dışındaki hiç kimseyle Dante hakkında konuşmamalısın."

Greene başıyla onaylamayı başardı. Yüzünde işe yaramaz ve çökmüş bir adamın ifadesi vardı. İbreleri sökülmüş bir saat gibiydi. "Peki yarınki Dante Kulübü toplantımız?" diye sordu.

Longfellow kederle başını salladı.

Fields çan çalarak bir çocuk çağırıp Greene'i kız kardeşinin evine götürmesini söyledi. Longfellow, Greene'in paltosunu giymesine yardım etmeye kalktı.

"Bunu sakın yapma dostum," dedi Greene. "Gençlerin ihtiyacı yoktur. Yaşlılarsa istemez." Çocuğun koluna girip dışarı çıkarken, odadakilere dönüp bakmadan konuştu: "Bana olanları anlatabilirdiniz. Herhangi biriniz anlatabilirdi. Kafam çok iyi işlemese de... size yardım edebilirdim."

Greene'in koridordan gelen ayak seslerinin kaybolmasını beklediler.

"Keşke ona söyleseydik," dedi Longfellow. "Çevirimizle yarışıldığını sanmakla ne aptallık etmişim!"

"Hayır Longfellow!" dedi Fields. "Bildiklerimizi bir düşün: Greene vaazlarını perşembe ikindileri veriyordu, Rhode Adası'na dönmeden hemen önce. Senin bir sonraki çeviri seansı için belirlediğin iki üç kantodan birini seçiyordu. Kahrolası Lucifer üstünde çalışacağımız kantoları bizden altı gün *önce* öğreniyordu! Böylece kendi *contrapasso* cinayetini oturup planlamak ve bizim çevirisini yapmamızdan bir iki gün önce gerçekleştirmek için bol bol vakti oluyordu. Ama biz durumu bilmediğimizden, sanki biri bizimle yarışıyormuş, çevirilerimizin ayrıntılarını kullanarak bizimle alay ediyormuş gibi geldi doğal olarak."

"Peki ya Bay Longfellow'un penceresine kazınan uyarı?" diye sordu Rey.

"*La Mia Traduzione.*" Fields ellerini havaya kaldırdı. "Katilin işi olduğunu farzetmekte acele ettik. Manning'in üniversitedeki kahrolası çakalları da bizi korkutmak için böyle alçakça bir yönteme kalkışmış olabilir."

Holmes Rey'e döndü: "Devriye, Willard Burndy bize yardımcı olabilecek bir şeyler biliyor mu?"

"Burndy bir askerin kendisine Rahip Talbot'un kasasını açmayı öğretmesi için para verdiğini söyledi," dedi Rey. "Burndy az riskle çok para kazanacağını düşünerek Talbot'un evinin civarını kolaçan etmeye gitmiş. Orada da bir sürü kişi tarafından görülmüş. Talbot'un öldürülmesinden sonra dedektifler bu görgü tanıklarını buldular. Burndy'nin rakibi Langdon Peaslee'nin de yardımıyla, Burndy aleyhine kanıt topladılar. Burndy ayyaşın tekidir. Katil hakkında anımsayabildiği tek şey asker üniforması giydiği. Aslında katilin nereden bilgi aldığını keşfetmemiş olsanız, o söylediğine de inanmazdım."

"Burndy'yi boşverin! Hepsini boşverin!" diye haykırdı Lowell. "Anlamıyor musunuz? Onlara ihtiyacımız yok. Lucifer'e öyle yaklaştık ki, eninde sonunda Aşil topuğuna basacağız. Bir düşünün: Cinayetlerin düzenli aralarla işlenmemesinin bir sebebi vardı. Lucifer Dante uzmanı değildi. Cinayetlerini ancak Greene'in vaazlarında cezalardan bahsetmesini dinledikten sonra işleyebiliyordu. Mesela Greene bir hafta onbirinci kantoyu okudu. Orada Virgil'le Dante cehennemin pis kokusuna alışabilmek için bir duvarın üstüne oturup iki mühendis gibi sakin sakin cehennemin yapısını tartışırlar. Bu kantoda belirgin bir ceza yoktur. O yüzden cinayet de olmadı. Sonra ertesi hafta Greene hastalandı, kulübümüze gelmedi, vaaz vermedi. Yine cinayet olmadı."

"Evet, ayrıca Greene biz *Cehennem*'i çevirirken daha önce de bir kez hastalanmıştı." Longfellow notları arasında bir sayfa buldu. "Ondan önce de bir kez. O dönemlerde de cinayet işlenmedi."

Lowell devam etti: "Kulüp toplantılarımıza ara verdiğimizde, Holmes'un Talbot'un cesedini incelemesinden sonra bir araştırma yapmaya karar verdiğimizde de cinayetler kesildi... çünkü Greene vaaz vermez olmuştu! 'Dinlenmemiz' sırasında hiç cinayet işlenmedi. Bölücüleri çevirmeye karar verdiğimizdeyse Greene'i kürsüye, Phinny Jennison'ıysa ölümüne gönderdik!"

"Katilin Simoniac'ın başının altına para koymasının sebebi de anlaşılıyor," dedi Longfellow pişmanlıkla. "Bay Greene'in tercih ettiği yorumdu bu. Cinayetlerde onun yorumlarının rol oynadığını fark etmeliydim."

"Kendini suçlama Longfellow," dedi Dr. Holmes. "Cinayetlerin ayrıntıları ancak bir Dante uzmanının tanıyabileceği türdendi. Greene'in bilmeden onlara ilham kaynaklığı ettiğini tahmin etmek olanaksızdı."

"Tüm iyi niyetime karşın," diye karşılık verdi Longfellow, "korkarım büyük bir hata yaptık. Çeviri seanslarımızın arasını azalttık. Böylece hasmımız normalde Greene'den bir ayda dinleyeceği kantoları bir haftada öğrendi."

"Bence Greene'i o kiliseye geri gönderelim," dedi Lowell.

"Ama bu kez Dante vaazı vermesin. Seyircileri izleyip sinirlenen çıkacak mı diye bakalım. Böylece Lucifer'imizi bulabiliriz!"

"Greene için fazla tehlikeli bir oyun bu," dedi Fields. "Beceremez. Hem o yardım kuruluşunun kapanma saati geldi. Askerler çoktan şehre dağılmışlardır bile. Böyle bir planı uygulamaya vaktimiz yok. Lucifer her an harekete geçebilir. Delice mantığıyla, kendisine yanlış yaptığına inandığı herhangi birine saldırabilir!"

"Ama buna inanmasının bir sebebi olmalı Fields," diye karşılık verdi Holmes. "Delilik genellikle aşırı yüklenmiş keskin bir zihnin mantığıdır."

"Katilin vaazlardan sonra cinayet işlemeden en az iki gün hazırlık yaptığını biliyoruz," devriye Rey. "Bay Greene'in Dante'nin hangi yazılarını askerlerle paylaştığını bildiğinize göre, potansiyel hedefleri tahmin etme şansımız var mı?"

"Korkarım yok," dedi Lowell. "Birincisi, Lucifer ilk kez bu kadar çok vaazı bir arada dinledi. Tepkisi ne olacak bilmiyoruz. Herhalde en çok Greene'in son okuduğu o hainler kantosundan etkilenmiştir. Ama o zırdelinin kimleri hain olarak gördüğünü nereden bileceğiz ki?"

"Greene yanına gelip Dante okumak istediğini söyleyen o adamı daha iyi hatırlayabilse," dedi Holmes. "Üniformalıymış, saman rengi palabıyığı varmış ve topallıyormuş. Ama güçlü biri olduğunu ve her cinayette de çok hızlı hareket ettiğini biliyoruz. Hattâ bırakın insanları, hayvanlardan bile hızlı. Topal birinin bu kadar hızlı olabilmesi mümkün mü?"

Lowell ayağa kalkıp numaradan topallayarak Holmes'a doğru yürüdü. "Güçlü olduğunu gizlemek istesen topal numarası yapar mıydın Wendell?"

"Hayır. Katilin kendini gizlemek istediğine dair bir kanıt görmüş değiliz. Sadece bizler onu göremedik o kadar. Ama Greene o iblisin gözlerinin içine bakmış!"

"Veya belki de Dante'den etkilenmiş aklı başında bir adamdı gördüğü," dedi Longfellow.

"Askerler cidden Dante'ye bayılıyor gibiydiler," diye itiraf etti Lowell. "Dante okuyucuları öğrencilere dönüşür, öğrenciler de fanatiklere. Böylece bir zevk meselesi, bir din halini alır. O yersiz yurtsuz sürgün, binlerce minnettar kalbe yerleşir."

Kapı hafifçe çalındı. Koridordan biri usulca seslendi.

Fields öfkeyle başını salladı. "Osgood, sen ilgilenir misin!"

Kapının altından içeri katlı bir kağıt parçası sokuldu. "Sadece bir mesaj. Belki okumak istersiniz Bay Fields."

Fields notu açmadan önce tereddüt etti. "Houghton'un mührü. 'Benden istediğiniz şeyi göz önüne alarak, Bay Longfellow'un Dante çevirisinin provalarının sahiden de kaybolduğunu bilmek ilginizi çeker diye düşündüm. İmza: H. O. H."

Herkes sustu. Rey bunun ne demek olduğunu sordu.

Fields açıkladı: "Katilin bizimle yarıştığını sandığımız zaman, matbaacım Bay Houghton'a Bay Longfellow'un provalarının çalınıp çalınmadığını sormuştum, belki katil onlar sayesinde bir sonraki çevirimizin ne olacağını tahmin ediyordur diye."

"Tanrım, Fields!" dedi Lowell, Houghton'un notunu Fields'ın elinden kaparak. "Tam Greene'in vaazlarının her şeyi açıkladığını düşünürken şimdi başa döndük!"

Lowell, Fields ve Longfellow, Henry Oscar Houghton'un odasına girdiklerinde, matbaacı kendisine hatalı mal göndermiş bir levhacıya tehditkar bir mektup yazmaktaydı. Bir katip geldiklerini bildirdi.

"Bana arşiv odasında tek bir provanın bile eksik olmadığını

söylemiştin Houghton!" Fields şapkasını bile çıkarmadan bağırmaya başlamıştı.

Houghton katibi odadan gönderdi. "Çok haklısınız Bay Fields. O provalar hâlâ yerlerinde duruyor. Ama bakın, önemli levhalarla provaların birer kopyasını aşağıdaki sağlam bir kasada tutarım. Yangın ihtimaline karşı. Sudbury Sokağı yanıp kül olduğundan beri yaptığım bir şeydir bu. Şimdiye kadar adamlarımın oraya inmediklerini sanıyordum. İnmeleri için bir sebep yok çünkü. Provaları çalsalar kime satacaklar ki? Provaları okumak da istemezler, çünkü bilardo oynamayı yeğlerler. Hani bir laf vardır ya: 'Yazan kişi melek bile olsa, yazdıklarını yayınlayacak olanlar iblislerdir.' Bu lafı bir gün çerçeveletip duvara asacağım." Houghton elini ağzına götürüp kıkırdadı.

"Thomas Moore," dedi Lowell elinde olmadan.

"Houghton," dedi Fields. "O bahsettiğin kasayı gösterir misin lütfen?"

Houghton peşinde Fields, Lowell ve Longfellow'la birlikte dar bir merdivenden bodrum katına indi. Uzun bir koridorun sonundaki kasanın kapağını açtı. Şifresi basitti. Kasayı iflas etmiş bir bankadan satın almıştı. "Arşivi kontrol edip Bay Longfellow'un çeviri provalarının eksiksiz olduğunu gördükten sonra, bir de bu kasaya bakmak geldi aklıma. Ne göreyim? Bay Longfellow'un *Cehennem* çevirisinin bir sürü eski provaları uçmuş."

"Ne zamandır kayıplar?" diye sordu Fields.

Houghton omuz silkti. "Bu kasayı sık açmam. Günlerce, hattâ aylarca önce kaybolmuş olabilirler."

Longfellow isminin yazılı olduğu dosyayı buldu. Lowell *İlahi Komedya* provalarına bakmasına yardım etti. Pek çok *Cehennem* kantosu kayıptı.

"Rastgele çalınmış gibiler," diye fısıldadı Lowell. "Üçüncü

kantonun bazı bölümleri gitmiş, ama diğer kaybolanların cinayetlerle ilgisi yok."

Matbaacı yanlarına gelip boğazını temizledi.

"İsterseniz kasanın şifresini bilen herkesi toplayabilirim. Bu işi çözeceğim. Adamlarımdan birine paltomu verip asmasını söylediğimde, geri dönüp 'Astım,' demesini beklerim."

Matbaacının iblisleri Houghton'un çanını duyduklarında baskı makinelerini çalıştırmakla, harf kalıplarını kutularına koymakla ve yerlerden hiç eksik olmayan mürekkep gölcüklerini temizlemekle meşguldüler. Riverside Matbaası'nın kahve odasına doluştular.

Houghton onları susturmak için defalarca el çırptı. "Çocuklar. Lütfen çocuklar. Küçük bir sorun dikkatimi çekti. Misafirlerimizden birini tanırsınız. Cambridge'den Bay Longfellow. Eserleri, bastığımız edebi eserlerin ticari açıdan önemli bir bölümünü teşkil ediyor."

Sarı benizli, kızıl saçlı, yüzü mürekkep lekeleriyle dolu bir köylü çocuk kıpırdanmaya ve Longfellow'a kaygıyla bakmaya başladı. Longfellow bunu fark edip Lowell'la Fields'a gösterdi.

"Bodrumdaki kasamda bulunan bazı provalar... şey... kaybolmuş diyelim." Houghton devam etmek için ağzını açarken o sarı benizli iblisin yüzündeki ifadeyi fark etti. Lowell elini hafifçe kaygılı iblisin omzuna koydu. İblis dokunuşu hisseder hissetmez yanındaki meslektaşını yere itip kaçmaya başladı. Peşine düşen Lowell, köşeyi dönünce çocuğun arka merdivenlerden giderek uzaklaşan ayak seslerini işitti.

Şair ön ofise dalıp dik yan merdivenden indi. Dışarı fırlayıp, nehir kıyısı boyunca koşmakta olan çocuğun önünü kesti. Ona çelme takmaya çalıştı. Ama çocuk yana sapıp, donmuş nehir kıyısından aşağı kayarak Charles Nehri'ne düştü. Nehirde mızrakla yılan balığı avlayan çocuklar vardı. Küçük iblis nehrin üstündeki buz tabakasını parçalayarak suya gömüldü.

Lowell bir çocuğun elinden mızrağını kapıp kancalı ucunu şoka girmiş olan iblisin ıslak önlüğüne takarak, onu yosunlu ve fırlatılıp atılmış at nallarıyla dolu sudan çıkardı.

"Niye o provaları çaldın alçak?" diye haykırdı Lowell.

"Ne diyon sen be? Git işine!" dedi çocuk. Dişleri takırdıyordu.

"Gerçeği söyle!" dedi Lowell. Dudakları ve elleri en az tutsağınınki kadar titriyordu.

"Git başımdan göt!"

Lowell'ın yanakları kızardı. Çocuğu saçından tutup nehre fırlattı. Suya düşen iblis haykırmaya ve buz parçaları tükürmeye başladı. Bu arada Houghton, Longfellow, Fields ve yaşları on iki ila yirmi bir arasında değişen yarım düzine gürültücü matbaacı iblisi matbaanın ön kapılarından çıkmış, olanları izliyorlardı.

Longfellow, Lowell'ı sakinleştirmeye çalıştı.

"O kahrolası provaları sattım. Evet sattım!" diye haykırdı iblis, hava almaya çalışırken. Lowell onu ayağa kaldırdı. Bir eliyle kolunu sıkıca kavrarken, mızraklı diğer elini arkasında tutuyordu. Balıkçı çocuklar tutsağın yuvarlak gri kepini nehirden almış, kendi başlarında deniyorlardı. İblis nefes nefeseydi. Gözlerindeki buzlu sudan göz kırpıştırarak kurtulmaya çalışıyordu. "Özür dilerim Bay Houghton. Yokluklarını kimse fark etmez sanmıştım! Sadece yedek olduklarını biliyordum!"

Houghton'un yüzü domates kırmızısıydı. "Matbaaya! Herkes içeri dönsün!" diye haykırdı, dışarı çıkmış olan çocuklara. Çocuklar kös kös geri döndüler.

Fields babacan bir otoriteyle yaklaştı. "Kendini düşünüyorsan dürüst ol evlat. Açıkça söyle... o provaları kime sattın?"

"Kaçığın tekine. Şimdi mutlu musunuz? Bir gece iş yerinden çıkarken yolumu kesti. Bay Longfellow'un son çalışmalarından yirmi otuz sayfa çalmamı istediğini söyledi. Bulabildiğim kadarını getirmemi söyledi, ama yoklukları fark edilmeyecek kadar. 'Cüzdanıma fazladan birkaç kuruş gireceğini' söyleyip durdu."

"Kimdi peki söylesene?" diye sordu Lowell.

"Şık biriydi. Melon şapkalı, kara paltolu, pelerinli, sakallıydı. Evet deyince bana para verdi. Bir daha da suratını görmedim."

"Provaları nasıl verdin peki?" diye sordu Longfellow.

"Kendisine vermemi söylemedi ki. Bir adrese bırakmamı istedi. Onun evi olduğunu sanmıyorum... en azından söylediklerinden çıkardığım kadarıyla değildi. Sokağın numarasını hatırlamıyorum, ama buraya yakın sayılır. Bay Houghton'dan azar işitmeyeyim diye provaları geri vereceğini söyledi, ama vermedi."

"Houghton'un adını biliyor muydu?" diye sordu Fields.

"Dinle dostum," dedi Lowell. "O provaları nereye götürdüğünü öğrenmeliyiz."

"Söyledim ya," dedi titreyen iblis. "Numarayı hatırlamıyorum!"

"Bana o kadar aptal görünmüyorsun!" dedi Lowell.

"Değilim tabii! Orayı görsem hatırlarım."

Lowell gülümsedi. "Harika. Çünkü bizi oraya götüreceksin."

"Hayır, dünyada olmaz. Ama işten kovulmayacaksam..."

Houghton yanlarına geldi. "Kovuldun bile Colby! Başkalarının hasadını toplarsan eninde sonunda sıra seninkine gelir!"

Houghton'un ne demek istediğini pek anlamayan Lowell "Kodeste iş bulman zor olur," dedi. "Bize çaldığın provaları götürdüğün yeri göstereceksin Colby. Yoksa polise gösterirsin."

"Birkaç saat sonra buluşalım. Gece olunca," diye karşılık verdi mağrur iblis, biraz durup seçeneklerini tarttıktan sonra. Lowell, Colby'yi bırakınca çocuk koşarak Riverside Matbaası'nın ocağına gitti, ısınmak için.

Bu arada Nicholas Rey ile Dr. Holmes o ikindi vakti Greene'in vaaz verdiği yardım kuruluşuna geri dönmüşlerdi. Ama Greene'in tarifine uyan birine rastlayamadılar. Kilise olağan akşam yemeğine hazırlanmıyordu. Kalın bir mavi cekete sarınmış bir İrlandalı pencerelerin üstüne tahtalar çivilemekteydi. "Buranın bütün parası ocaklara gidiyor. Duyduğuma göre belediye yeni fonları onaylamamış. Burayı kapatacaklarmış, en azından kış boyu. Aramızda kalsın ama, bir daha açılacağını sanmıyorum. Bu hayır kurumları ve buralara gelen sakat insanlar, işlediğimiz kusurları fazlasıyla anımsatıyor bize."

Rey ile Holmes yardım kuruluşunun müdürüne gittiler. O eski kilise diyakozu, hademenin sözlerini doğruladı. Hava yüzünden olduğunu, burayı ısıtacak paraları kalmadığını açıkladı. Buradan faydalanan askerlerin listesini ya da kaydını tutmadıklarını söyledi. Her alaydan ve şehirden gelme düşkünlere açık, kamusal bir hayır kurumuydu burası. Aslında sadece fakir gaziler için değildi, kuruluş amaçlarından biri bu olsa da. Bazıları kendilerini anlayabilecek insanlar arasında bulunmak istiyordu o kadar. Diyakoz bazı askerlerin isimlerini, bunlardan da bazılarının alay numaralarını biliyordu.

"Aradığımız kişiyi tanıyor olabilirsiniz. Çok önemli." Rey, George Washington Greene'in yaptığı tasviri yineledi.

Müdür hayır anlamında başını salladı. "Ama tanıdığım askerlerin ismini yazabilirim isterseniz. Askerler bazen sanki bu ülkenin sahibiymişler gibi davranırlar. Birbirlerini bizden çok iyi tanırlar."

Diyakoz tüy kalemiyle ızdırap verici bir şekilde ağır ağır yazarken, Holmes sandalyesinde kımıldanıp durdu.

Lowell Fields'ın at arabasını Riverside Matbaası'nın kapısına doğru sürüyordu. Kızıl saçlı matbaa iblisi ise yaşlı, benekli kısrağının üstünde oturmaktaydı. Dar sokaklardan ve karanlık donmuş meralardan hızla geçerlerken Colby atını riske attıklarından, onu huysuzlaştıracaklarından yakınıyordu (sağlık bürosu yetkilileri ahırını inceledikten sonra bunun her an olabileceğini söylemişlerdi.) Yol öyle dolambaçlı ve karanlıktı ki, çocukluğundan beri Cambridge'i avcunun içi gibi bilen Lowell bile yönünü şaşırmıştı.

İblis birden atın yularını çekip arabayı geri döndürerek, sömürge döneminden kalma sıradan bir evin arka bahçesini gösterdi.

"İşte şu ev... provaları getirdiğim yer. Arka kapının altından içeri sokmam söylenmişti, öyle yaptım."

Lowell arabayı durdurdu. "Kimin evi burası?"

"Gerisi size kalmış!" diye homurdandı Colby. Sonra kısrağını topuklayıp donmuş toprakta sürerek uzaklaştı.

Fields elinde bir fenerle inerek, evin arka bahçesindeki verandaya doğru yürüdü. Lowell'la Longfellow onu takip ettiler.

"İçeride ışık yok," dedi Lowell, bir pencerenin üstündeki karı sildikten sonra.

"Ön tarafa gidelim, adresi alalım. Sonra Rey'i alıp döneriz," diye fısıldadı Fields. "Colby denen o serseri bize oyun oynamış olabilir. O bir hırsız Lowell! Belki de içeride arkadaşları pusu kurmuş, bizi soymayı bekliyordur."

Lowell kapıyı pirinç tokmağıyla defalarca çaldı. "Son zamanlarda işlerimiz öyle ters gidiyor ki, şimdi gidersek belki de sabah bir bakarız ev yok olmuş."

"Fields haklı. Tedbirli olmalıyız Lowell," diye fısıldadı Long-fellow.

"Hey!" diye bağırdı Lowell, kapıyı yumruklayarak. "İçeride kimse yok." Kapıyı tekmeledi. Açıldığını görünce şaşırdı. "Gördünüz mü? Bu gece şans bizden yana."

"Jamey, içeri giremeyiz! Ya burası Lucifer'e aitse? Hapsi boylayan biz oluruz!" dedi Fields.

"Öyleyse kendimizi tanıtalım," dedi Lowell, Fields'dan feneri alarak.

Longfellow gözcülük yapmak üzere dışarıda kaldı. Fields, Lowell'ın peşinden içeri girdi. O karanlık, soğuk koridorlarda yürürlerken çıkan her ses yayıncıyı ürpertiyordu. Açık arka kapıdan esen rüzgarın kımıldattığı perdeler hayaletleri andırıyordu. Bazı odalar döşeli, bazılarıysa bomboştu. Evde uzun süre kullanılmamaktan kaynaklanan yoğun bir karanlık vardı.

Lowell tavanı kiliseler gibi kubbeli olan oval şeklinde bir odaya girdi. Sonra Fields'ın tükürdüğünü ve yüzüyle sakalını kaşıdığını işitti. Dönüp elindeki feneri kaldırdı. "Örümcek ağları." Feneri kütüphanenin ortasındaki masaya koydu. "Burada epeydir kimse yaşamıyor."

"Veya yaşayan varsa da böceklere aldırmıyor."

Lowell durup bunu düşündü. "Etrafa iyice bak, o serseriye Longfellow'un kitaplarını *buraya* getirmesi için para verilmesinin sebebine dair bir ipucu var mı diye."

Fields tam karşılık verecekken boğuk bir haykırış ve ayak sesleri duyuldu. Lowell'la Fields dehşetle bakıştıktan sonra canlarını kurtarmak için kaçmaya başladılar.

"*Hırsız var!*" Kütüphanenin yan kapısı birden açıldı ve yün gecelikli kısa bir adam içeri daldı. "Hırsız var! Kimsiniz söyleyin, yoksa 'Hırsız var' diye bağıracağım!"

Adam iri fenerini öne uzattı. Sonra afallayarak donup kaldı. Karşısındakilerin yüzleri kadar kıyafetleri de şaşırtmıştı onu.

"Bay Lowell? Siz misiniz? Bay Fields?"

"Randridge?" diye haykırdı Fields. "Terzi Randridge?"

"Şey, evet," dedi Randridge çekingence, terlikli ayaklarını kımıldatarak.

İçeri koşmuş olan Longfellow, sesleri takip ederek kütüphaneye girdi.

"Bay Longfellow?" Randridge hemen kepini çıkardı.

"Sen *burada* mı oturuyorsun Randridge? O provalarla ne işin vardı?" diye sordu Lowell.

Randridge şaşırmıştı. "Burada oturmuyorum Bay Lowell. Yandan ikinci evde kalıyorum. Ama bir ses duyunca gelip bakayım dedim. Henüz bütün eşyalar taşınmadı. Gördüğünüz gibi daha kütüphaneyi götürmediler."

"Kim götürmedi?" diye sordu Lowell.

"Kim olacak? Akrabaları tabii."

Fields yana çekilip fenerini kitap raflarına tuttu. İncillerle dolu olduklarını görünce gözleri faltaşı gibi açıldı. En az otuz kırk tane vardı. En büyüğünü aldı.

"Eşyalarını götürmek için Maryland'den geldiler," dedi Randridge. "Zavallı yeğenleri böyle bir şeye hiç hazır değildi. Kim hazır olabilir ki zaten? Her neyse, dediğim gibi sesler duyunca hırsız girdi sandım. Mahalleye İrlandalılar taşındığından beri... şey, bazı şeyler kayboluyor."

Lowell, Randridge'in Cambridge'de nerede yaşadığını biliyordu. Zihninde mahallede Paul Revere gibi dört nala at koşturarak, her iki taraftaki ikinci eve bakıyordu. Duvarda yan yan duran portreler arasında tanıdık bir yüz var mı diye bakmak için karanlıkta gözlerini kıstı.

"Bugünlerde huzur diye bir şey kalmadı arkadaşlar," diye devam etti terzi kederle. "Ölülere bile rahat yok."

"Ölüler mi?" diye tekrarladı Lowell.

"*Ölüler*," diye fısıldadı Fields. Lowell'a elindeki İncil'i verdi. Kapağının iç tarafında düzgün bir elyazısıyla yazılmış bir aile şeceresi vardı. Yazan kişiyse bu evin müteveffa sahibi Rahip Elisha Talbot'tu.

XVI

Üniversite Binası, 8 Ekim 1865

Azizim Rahip Talbot,

Dizinin dili ve tarzı konusundaki kararı sizin vereceğinizi bir kez daha vurgulamak isterim. Bay _____, edebiyat dergisinde dört bölüm halinde yayınlamayı seve seve kabul etti. Dergisi kültürlü insanlar için Bay Fields'ın *Atlantic Monthly*'siyle boy ölçüşebilecek birkaç rakipten biridir. Ancak Şirketimizin belirlediği kolay hedeflere ulaşabilmek için aldığınız basit talimatları unutmamalısınız.

Birinci makalede böyle konulardaki uzmanlığınızı kullanarak, Dante Alighieri'nin şiirini dini ve ahlaki açılardan yermelisiniz. İkincisinde Dante gibi şarlatanların (ve bizlere giderek daha çok dayatılan onun gibi tüm yabancı edebiyatçı bozuntularının) saygın Amerikalıların kütüphane raflarında yeri olmadığını ve T&F gibi "uluslararası" yayınevlerinin (Bay F. sürekli bununla övünür) bu istiladan sorumlu tutularak en yüksek sosyal sorumluluk standartlarıyla yargılanmaları gerektiğini ikna edici bir dille anlatmalısınız. Son iki makalenizde ise, sevgili rahip, Henry Wadsworth Longfellow'un Dante çevirisini analiz etmeli ve şimdiye kadar "ulusal" olan o şairi, ahlaksızca ve din dışı bir kitabı Amerikan kütüphanelerine sokmaya çalıştığı için kınamalısınız. En müsbet etkiyi alabilmek için özenli bir planlama yapmak gerekiyor. İlk iki makale Longfellow'un çevirisinden birkaç ay önce yayınlanacak. Böylece halkı önceden kendi tarafımıza çekeceğiz. Üçüncü ve dördüncülerse çeviriyle birlikte çıkacak, satışını azaltmak için.

Yazılarınızda özellikle ahlak konusu üstünde durmanız gerektiğini belirtmeme gerek yok tabii. Gençliğinizde kurumumuzda geçirmiş olduğunuz öğrencilik yıllarının etkisini her gün bizler gibi siz de ruhunuzda hissediyorsanız (ki hissettiğinizi tahmin ediyorum), Dante'nin yabancı ve barbarca şiirini iki yüz yıldır Harvard Üniversitesi'nde başarıyla okutulan klasikler müfredat programıyla karşılaştırmanız yerinde olabilir. Azizim Rahip Talbot, gerçekleri haykıran kaleminizin Dante'yi İtalya'ya, orada bekleyen Papa'ya geri göndermeye ve *Christo et ecclesiae* adına zafer kazanmaya yeteceğine eminim.

Saygılarımla.

Augustus Manning

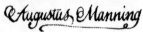

Üç edebi araştırmacı Craigie Konağı'na döndüklerinde ellerinde hepsi de Harvard mührü taşıyan böyle dört mektup ve çok sayıda Dante provası sayfası vardı... Riverside matbaasının kasasından çalınan sayfalar.

"Talbot onlar için ideal bir maşaydı," dedi Fields. "Bütün sofu Hıristiyanlar tarafından sayılan, Katolikleri eleştirmekle ünlenmiş, üstelik Harvard fakültesinin dışından biriydi. Böylece Üniversite'yi destekleyip bizi yererken tarafsız görünebilecekti."

"Talbot'un girdiği zahmete karşılık alacağı parayı tahmin etmek için Ann Sokağı'nda falcı olmaya gerek yok sanırım," dedi Holmes.

"Bin dolar," dedi Rey.

Longfellow başıyla onayladı. Onlara mektuplardan birindeki, Talbot'un ödeme miktarını belirttiği yeri gösterdi. "O parayı ellerimizde tuttuk. O dört makalenin yazılma 'maliyetini' karşılamak için bin dolar. O paranın Elisha Talbot'un hayatına maolduğunu artık rahatlıkla söyleyebiliriz."

"Öyleyse katil Talbot'un kasasından tam olarak ne kadar alması gerektiğini biliyordu," dedi Rey. "Bu anlaşmayı, bu mektubu biliyordu."

"Namussuzca elde ettiğin ganimeti iyi koru," diye alıntıladı Lowell. Sonra ekledi: "Dante'nin kellesine konan ödül bin dolardı."

Manning dört mektubundan ilkinde Talbot'u Şirket'in teklifini görüşmek üzere üniversiteye davet ediyordu. İkinci mektupta her makalenin içeriği özetleniyor ve yüz yüze görüşmede uzlaşılmış olan meblağ peşinen ödeniyordu. İkinci ve üçüncü mektup arasında Talbot, Manning'e Boston'daki hiçbir kitapçıda *İlahi Komedya*'nın İngilizce çevirisini bulamadığından yakınmış gibi görünüyordu... eleştirisini yazarken müteveffa rahip H. F. Cary'nin yaptığı İngilizce çeviriden faydalanmak istemişti anlaşılan. Manning üçüncü mektubundaysa (ki aslında bir nottu) Talbot'a Longfellow'un çevirisinden örnekler vereceğini vaat ediyordu.

Augustus Manning bu vaatte bulunurken Dante Kulübü'nün ona provaları asla vermeyeceğini biliyordu, çünkü bu kulübe açıkça savaş açmıştı. Demek ki ya kendisi ya da bir adamı rüşvetçi bir matbaa iblisi (yani Colby'yi) bulup ona Longfellow'un çalışmalarından sayfalar çalması için rüşvet vermişlerdi.

Manning'in planına dair doğan yeni soruların yanıtlarını nerede bulabilecekleri açıktı: Üniversite. Ama Lowell, Harvard Şirketi'nin dosyalarını gündüz vakti inceleyemezdi, çünkü çok kalabalık oluyordu. Gece vakti inceleme imkanıysa yoktu. Bazı öğrenci şakaları yüzünden tutanaklar karmaşık kilit sistemleri ve şifrelerle korunur olmuştu.

Oraya girmek imkansız gibi görünüyordu, ta ki Fields bunu yapabilecek birini akıl edene dek. "Teal!"

"Kim dedin Fields?" diye sordu Holmes.

"Geceleri çalışan hademe. Zavallı Bayan Emory'yi Sam Ticknor'ın elinden kurtaran oydu. Geceleri Köşebaşı'nda çalışmanın yanı sıra, gündüzleri üniversitede çalıştığını söylemişti."

Lowell, Fields'a hademenin yardım edeceğine inanıp inanmadığını sordu.

"Ticknor & Fields'a sadıktır herhalde?" diye karşılık verdi Fields.

Ticknor & Fields'a sadık olan adam o gece on bir civarında Köşebaşı'ndan çıktığında, kapının önünde J. T. Fields'ın beklediğini görünce şaşırdı. Birkaç dakika sonra yayıncının at arabasına oturmuş, oradaki diğer yolcuyla, yani Profesör James Russell Lowell'la tanıştırılıyordu! Kendini böyle büyük adamların arasında kaç kez hayal etmişti kimbilir. Teal bu nadir muameleye nasıl tepki vereceğini bilemedi. Ricalarını dikkatle dinledi.

Cambridge'e vardıklarında onları Harvard bahçesinden, gaz kürelerinin kınayıcı ışıklarının altından geçirdi. Defalarca yavaşlayıp arkasına baktı. Sanki peşindeki edebiyatçılar müfrezesinin her an kayboluvermesinden korkuyordu.

"Hadi. Yürüsene. Arkandayız!" diye ona güven verdi Lowell.

Lowell bıyığının uçlarını kıvırıyordu. Üniversiteden birinin onları kampüste görmesinden çok, Şirket dosyalarında keşfedebilecekleri şeylerden korkuyordu. Profesör olduğundan, o saatte çalışanlardan birine yakalanırsa ders notlarını unuttuğunu söyleyebilirdi. Fields'ın varlığı biraz daha tuhaf durabilirdi, ama

376

yapacak bir şey yoktu, çünkü yirmisinden büyük görünmeyen huzursuz hademeyi yönlendiren oydu. Dan Teal'ın sinekkaydı traşlı çocuksu yanakları, iri gözleri, sürekli kemirdiği biçimli, neredeyse kadınsı dudakları vardı.

"Hiç kaygılanma Teal," dedi Fields, üniversite binasındaki toplantı salonlarına ve sınıflara açılan geniş taş basamakları çıkarlarken onun koluna girerek. "Bazı kağıtlara bakacağız o kadar. Sonra her şeyi olduğu gibi bırakıp gideceğiz. İyi bir şey yapıyorsun."

"Tek istediğim bu," dedi Teal içtenlikle.

"Aferim sana." Fields gülümsedi.

Teal kendisine emanet edilmiş olan anahtarları kullanarak kilitleri açtı. İçeri girdiklerinde Lowell ile Fields yanlarında bir kutuda taşıdıkları mumları yakarak, Şirket defterlerini bir dolaptan çıkarıp uzun masaya taşıdılar.

Fields, Teal'ı yollamaya kalkınca, "Dur," dedi Lowell. "Bak incelememiz gereken kaç cilt var Fields. Üç kişi iki kişiden daha iyi çalışır."

Teal kaygılı görünse de, bu maceradan çok zevk alıyor gibiydi. "Elimden gelen her şeyi yaparım Bay Fields," dedi. Karmakarışık duran defterlere şaşkınlıkla baktı. "Ama ne aradığınızı söylemeniz gerekiyor."

Fields bunu yapacakken Teal'ın kargacık burgacık yazısını hatırlayınca, okumayı da pek iyi bilmediğine hükmetti. "Bize fazlasıyla yardım ettin zaten," dedi. "Git uyu biraz. Ama yine yardımına ihtiyacımız olursa seni çağırırız. Hepimiz sana teşekkür ediyoruz Teal. Bize güvendiğine pişman olmayacaksın."

Fields'la Lowell mum ışığında Şirket'in on beş günlük toplantılarının tüm ayrıntılarını okudular. Sıkıcı üniversite meseleleri arasında zaman zaman Lowell'ın Dante derslerinin kötülendiğine rastladılar. "Ama o Simon Camp denen serseriden hiç bahsedilmiyor," dedi Lowell. "Manning onu tek başına kiralamış olmalı." Bazı işler Harvard Şirketi için bile fazla karanlıktı.

Fields sayısız sayfayı karıştırdıktan sonra nihayet aradıkları şeyi buldu: Ekimde Şirket'in altı üyesinden dördü Rahip Elisha Talbot'un yapılmakta olan Dante çevirisini eleştiren makaleler yazması fikrini onaylamışlardı. "Harcanan zaman ve emeğin münasip bir şekilde telafisi" işiniyse Hazine Komitesi'ne... yani Augustus Manning'e bırakmışlardı.

Fields, Harvard Denetim Kurulu'nun tutanaklarını incelemeye başladı. Şirket'ten bir basamak yukarıda bulunan kurul, her yıl yasama meclisi tarafından seçilen yirmi bir üyeden oluşuyordu. Kayıtları hızla tararken, ölene kadar kurulun sadık bir üyesi olan Başyargıç Healey'den sık sık bahsedildiğini fark ettiler.

Harvard Denetim Kurulu zaman zaman çok önemli bulduğu ya da tartışmalı konularda "avukatlık" yapacak kişiler seçerdi. Seçilen bir üye tüm kurula savını elinden geldiğince savunur, daha sonraysa bir başka seçilmiş üye o savın tam tersine ikna etmeye çalışırdı. Seçilen avukat üyenin savunduğu sava gerçekten inanması şart değildi. Hattâ kurula hiç hislerini karıştırmadan, mantıklı ve adilce bir değerlendirme sunması beklenirdi.

Şirket'in üniversiteyle ilgili kişilerin Dante'yle alakalı çeşitli faaliyetlerine (yani James Russell Lowell'ın Dante sınıfıyla Henry Wadsworth Longfellow'un sözümona "Dante Kulübü"ne) karşı açtığı savaşta, üyeler her iki tarafın da adilce savunulabilmesi için avukatlar seçmeye karar vermişlerdi. Dante'yi savunacak kişi olarak, iyi bir araştırmacı ve analizci olan Başyargıç Artemus Prescott Healey seçilmişti. Healey edebiyat düşkünü olduğunu asla iddia etmediğinden, bu meseleyi tarafsızca ele alabilirdi.

Kurul yıllardır Healey'den avukatlık yapmasını istememişti.

Duruşma salonu dışındaki bir mahkemede taraf tutma fikri Başyargıç Healey'nin hoşuna gitmemişti. Bu yüzden teklifi reddetmişti. Buna çok şaşıran kurul, Dante Alighieri'nin kaderi üstüne bir karar vermeyi ertelemişti.

Şirket tutanaklarında Healey'nin yaptığı redden sadece iki satırda bahsediliyordu. Bu meselenin önemini kavrayan Lowell, önce konuştu:

"Longfellow haklıymış," diye fısıldadı. "Healey, Pontius Plate değildi."

Fields gözlüğünün altın çerçevesinin üstünden gözlerini kıstı.

"Dante'nin Büyük Retçi dediği Tarafsız," diye açıkladı Lowell. "Dante'nin cehennemin girişinden geçerken dikkat ettiği tek gölge. Onun Pontius Pilate olduğunu okumuştum. İsa'nın kaderini tayin etmeyi reddetmişti, tıpkı Healey'nin mahkemesine getirilen Thomas Sims'le diğer kaçak kölelerin kaderlerini tayin etmeyi reddedişi gibi. Ama Longfellow... hayır, Longfellow'la Greene, Büyük Retçi'nin Celestine olduğuna inandılar hep. Celestine bir kişiden çok bir mevkiyi reddetmişti. Katolik Kilisesi'nin kendisine en çok ihtiyaç duyduğu zamanda, kendisine verilen papalık ünvanını geri çevirmişti. Bu da Boniface'nin papa olmasına ve nihayetinde Dante'nin sürgün edilmesine yol açmıştı. Healey, Dante'yi savunmayı reddetmekle önemli bir mevkiyi reddetmiş oldu. Bu yüzden Dante tekrar sürgüne gönderildi."

"Kusura bakma Lowell, ama papalığı reddetmekle bir denetim kurulu toplantısında Dante'yi savunmayı reddetmek aynı şey değil," diye karşılık verdi Fields ilgisizce.

"Bizim için olmayabilir Fields. Ama katil için öyle."

Dışarıda ezilen buz tabakalarının çatırtılarını duydular. Sesler giderek yaklaşıyordu.

Lowell pencereye koştu. "Kahretsin! Bir öğretmen!"

"Emin misin?"

"Şey, hayır... net göremiyorum... iki kişiler..."

"Işığımızı görmüşler midir Jamey?"

"Bilmiyorum... bilmiyorum... çabuk çıkalım!"

Horatio Jennison'ın tiz, melodik sesi piyanosunun seslerini bastırdı.

"Korkma artık kaş çatmasından yücelerin!
Tiranlar vuramaz sana!
Giysilere, yiyeceklere de boşver aslında!
Sazmış, meşeymiş, hepsi bir senin için!"

Shakespeare'in şarkılarına yaptığı en iyi bestelerden biriydi bu. Birden kapısı çalındı. Bunu hiç beklemiyordu. Çünkü dört davetli misafiri de salonda oturmuş, onu öyle büyük bir hazla dinlemekteydiler. Sanki transa geçmişlerdi. Horatio Jennison iki gün önce James Russell Lowell'a bir not göndererek Phineas Jennison'ın günlüklerinin ve mektuplarının editörlüğünü yapmasını teklif etmişti. Çünkü Horatio edebi vasi ilan edilmişti ve piyasanın en iyisiyle çalışmak istiyordu. Lowell *The Atlantic Monthly*'nin kurucu üyesi ve şimdi *The North American Review*'ün editörüydü. Ayrıca amcasının yakın arkadaşıydı. Ama Horatio, Lowell'ın habersizce, hem de gece vakti çat kapı geleceğini tahmin etmemişti.

Horatio Jennison, Lowell'ın aldığı nottan etkilendiğini hemen anladı. Çünkü Lowell telaşla Jennison'ın son günlüklerini istedi, daha doğrusu talep etti. Hattâ yanında kitabın yayınlatılması konusundaki ciddiyetini belirtmek amacıyla James T. Fields'ı bile getirmişti.

"Bay Lowell? Bay Fields?" İki davetsiz misafir günlükleri alıp daha fazla konuşmadan kapıdan çıkıp giderek dışarıda bekleyen at arabasına binerlerken Horatio Jennison giriş merdivenine koştu. "Telif ücretini konuşuruz, değil mi?"

O saatlerde zaman durmuştu sanki. Craigie Konağı'ndaki edebiyatçılar Phineas Jennison'ın son günlüklerindeki neredeyse okunulmaz elyazısını çözmeye çalışıyorlardı. Dante Kulübü üyeleri, Healey ve Talbot'la ilgili keşiflerinden sonra, Jennison'ın Lucifer tarafından cezalandırılan "günahlarının" da Dante ile ilgili olduğuna inanmakta zorlanmadılar. Ama James Russel Lowell inanamadı (onca yıllık arkadaşının böyle bir şeyi yapabileceğine inanamadı), ta ki kanıtlar onu inandırana dek.

Phineas Jennison günlüğünün pek çok yerinde Harvard Yönetim Kurulu üyesi olmayı çılgınca istediğinden bahsediyordu. Böylece nihayet Harvard mezunu olmadığı ve Bostonlu bir aileden gelmediği için kendisinden eksik edilen saygıyı görebilecekti. O kurulun üyesi olması, hayatı boyunca uzak tutulduğu bir dünyaya girmesi demekti. Jennison Boston'un ticaretini olduğu gibi en parlak beyinlerini de kontrol etmek istiyordu!

Bazı arkadaşlıkların gerginleşmesi... ya da feda edilmesi gerekecekti.

Jennison son aylarında üniversiteye defalarca gitmişti (üniversiteye en yüklü bağışları yapanlardan biri olduğundan, orada sık sık işi çıkıyordu). Bu ziyaretleri sırasında kurul üyelerine gizlice, Profesör James Russell Lowell tarafından öğretilen ve yakında Henry Wadsworth Longfellow tarafından çevirisi yayınlanacak olan Dante'nin şiirleri gibi saçmalıkların öğretilmesini yasaklamalarını rica etmişti. Jennison yönetim kurulunun anahtar üyelerine, Yaşayan Diller Departmanı'nın yeniden düzenlenmesi kampanyasını mali açıdan tamamen destekleyeceğine söz vermişti. Lowell günlükleri okurken, Jennison'ın bir yandan da kendisini Şirket'in faaliyetlerini bastırmak için sergilediği giderek artan çabalarla savaşmaya teşvik ettiğini anımsadı acı acı.

Jennison'ın günlükleri, bir yıldan fazladır üniversite yönetim kurulundaki koltuklardan birini boşaltmayı planladığını ortaya koyuyordu. Üniversite yöneticileri arasında çıkan ihtilaflar zaiyatlara ve istifalara yol açacak; bu yerlerin de doldurulması gerekecekti. Yargıç Healey'nin ölümünden sonra Jennison, kendi servetinin miktarının yarısına ve zekasının çeyreğine sahip bir iş adamının ondan boşalan yere seçilmesi karşısında çileden çıkmıştı. O adam ortaokul mezunu olmasına karşın, sırf aristokrat bir aileden gelme diye seçilmişti. Phineas Jennison o dile getirilmez ilkenin en çok da bir kişi tarafından dayatıldığını biliyordu: Dr. Augustus Manning.

Jennison'ın Dr. Manning'in üniversiteyle Dante projeleri arasındaki bağı koparmaya kararlı olduğunu ne zaman fark ettiği tam olarak belli değildi, ama o anda nihayet eline yönetim kurulunda bir koltuk edinme fırsatı geçtiğini fark etmişti.

"Hiç tartışmazdık," dedi Lowell kederle.

"Jennison seni Şirket'le, Şirket'i de seninle kapışmaya teşvik etti. Bu savaş Manning'i yıpratacaktı. Sonucu ne olursa olsun, koltuklar boşalacaktı. Jennison ise üniversitenin safında yer aldığı için kahraman gibi görülecekti. En başından beri hedefi buydu," dedi Longfellow, Lowell'ı avutmaya, ona Jennison'ın dostluğunu yitirmesinde bir suçu olmadığını hissettirmeye çalışarak.

"Bir türlü inanamıyorum Longfellow," dedi Lowell.

"Seninle üniversitenin arasını açtı Lowell. Bu yüzden de yarıldı," dedi Holmes. "Onun *contrapassosu* buydu."

Holmes, Nicholas Rey'in Talbot ile Jennison'ın cesetlerinin yanında bulunan kağıt parçalarına beslediği ilgiyi paylaşıyordu. Birlikte saatlerce oturup muhtemel kombinasyonları denemişlerdi. Rey'deki kağıt parçalarındaki harfleri kopyalamış olan Holmes, şimdi çeşitli sözcükler oluşturmaya çalışıyordu. Başyargıç Healey'nin cesedinin yanına da bu kağıt parçalarından bırakılmıştı şüphesiz, ama cinayetle cesedin keşfi arasında geçen günlerde nehir rüzgarları tarafından savrulmuşlardı. Holmes o kayıp harflerin, katilin kendilerine vermek istediği mesajı tamamlayacağına emindi. Onlarsız elindekiler kırık bir mozaikten farksızdı. *Onsuz ölemeyiz çünkü üstündeyim...*

Longfellow tuttukları araştırma günlüğünde yeni bir sayfa açtı. Kalemini mürekkebe batırdı, ama oturup gözlerini ileri dikerek öyle uzun süre kımıldamadan durdu ki, kalemin ucu kurudu. Bütün bunlardan çıkan sonucu yazmaya eli varmıyordu: Lucifer o cezaları *onlar* adına vermişti... Dante Kulübü adına.

Boston belediye binasının bahçesinin girişi Beacon Tepesi'nin epey üst bir kısmındaydı. Binanın bakır kubbesi daha da yüksekteydi. Kısa, sivri kulesiyse Boston'a bir fener kulesi gibi bakıyordu. Şehrin belediye merkezini aralık ayazı tarafından çırılçıplak soyulup beyazlatılmış dev kara ağaçlar koruyordu.

Siyah ipek şapkasının altından siyah bukleleri çıkan Vali John Andrew, armut şeklinde gövdesinin elverdiği ölçüde mağrurca ayakta durarak politikacıları, önemli kişileri ve üniformalı askerleri ilgisiz bir politikacının gülümsemesiyle selamlıyordu. Valinin maddiyata düşkün olduğunu gösteren tek belirti, altın çerçeveli küçük gözlüğüydü.

"Vali bey." Belediye reisi Lincoln kolunda Bayan Lincoln'la

ön basamakları çıkarken hafifçe eğilerek selam verdi. "Şimdiye kadarki en güzel asker partisine benziyor."

"Sağolun Reis Lincoln. Bayan Lincoln. Hoşgeldiniz... buyrun." Vali Andrew içeri girmelerini işaret etti. "Konuklarımız her zamankinden de prestijli."

"Listede Longfellow'un bile yer aldığı söyleniyor," dedi Belediye Reisi Lincoln. Vali Andrew'ün omzuna pat pat vurarak onu övdü.

"Bu insanlar için güzel şeyler yapıyorsunuz Vali. Bizler (yani şehir halkı) sizi alkışlıyoruz." Bayan Lincoln fuayeye girerken eteğini bir kraliçe edasıyla, hafifçe hışırdatarak topladı. İçerideki alçak bir ayna, onun ve diğer hanımların giysilerinin arka taraflarını görmelerini, gerekirse üstlerini başlarını düzeltmelerini sağlıyordu. Kocaları bu konuda tamamen yararsızdı.

Konağın devasa salonunda beş farklı bölükten gelme yetmiş seksen asker vardı. Üniformaları ve pelerinleriyle heybetli görünüyorlardı. Ayrıca yirmi otuz konuk bulunmaktaydı. En şanlı aktif alayların çoğundan geriye sadece bir avuç kişi kalmıştı. Her ne kadar Vali Andrew'ün danışmanları ona toplantılara ancak en önde gelen asker temsilcilerini davet etmesini tavsiye etseler de (bazı askerlerin savaştan sonra *sorunlu* hale geldiklerini belirtmişlerdi), Andrew askerlerin sosyal statülerinden çok savaşta verdikleri hizmetlere göre seçilmelerinde diretmişti.

Vali Andrew kısa ve sert adımlarla uzun salonun ortasından geçti. Savaşta tanışma fırsatını bulduğu kişilerin yüzlerini gördükçe, isimlerini duydukça kendini önemli hissediyordu. O zor zamanlarda, Cumartesi Kulübü defalarca belediye binasına araba göndererek Andrew'ü ofisinden zorla aldırıp Parker'ın yerinde eğlenmeye yollamıştı. Boston'da tarih iki bölüme ayrılmıştı: Savaştan önce ve savaştan sonra. Andrew beyaz kravatlarla ipek şapkaların, subayların madalyalı ve altın dantelli üniformalarının, eski dostların sohbetlerinin ve övgülerinin arasına usulca karışırken, *Sağ kalmayı başardık,* diye düşündü.

Bay George Washington Greene birbirine yaslanmış duran üç mermer, parlak Bereket Tanrıçası heykelinin karşısına oturdu. Heykellerin yüzleri soğuk ve meleksi, gözleri sakin ve kayıtsızdı.

"Yardım kuruluşlarında Greene'in vaazlarını dinleyen bir asker, aynı zamanda Harvard'la aramızdaki gerginliği nereden bilebilir?"

Bu soru Craigie Konağı'nın çalışma odasında sorulmuştu. Yanıtlar önerilmişti. Doğru yanıtı bulmanın katili bulmak anlamına geleceğini biliyorlardı. Greene'in vaazlarından çok etkilenmiş bir genç adamın, Harvard Şirketi'nde ya da yönetim kurulunda babası ya da bir amcası olabilirdi. Belki de akrabası akşam yemeklerinde okulda yaşadıklarını anlatmıştı, bunun yanında oturan zırdelide nasıl bir etki uyandıracağından habersiz.

Üniversite'nin Dante aleyhine yaptığı ve Healey, Talbot ve Jennison'ın da katıldığı toplantılarda başka kimlerin bulduğunu saptamak zorundaydılar. Sonra bu listeyi yardım kuruluşlarından toplayabildikleri asker isimleri ve tasvirleriyle karşılaştıracaklardı. Şirket odasına girmek için tekrar Bay Teal'dan yardım isteyeceklerdi. Gece işçileri Köşebaşı'na gelir gelmez Fields hademesiyle plan yapacaktı.

Bu arada Fields, Osgood'a Ticknor & Fields'daki, savaşa katılmış tüm çalışanların listesini çıkarmasını emretti. Kaynak olarak İsyan Savaşı'nda Massachusetts Alayları Rehberi'ni kullanacaktı. O akşam Nicholas Rey ile diğerleri valinin Bostonlu askerlerin şerefine düzenlediği son resepsiyona gideceklerdi.

Longfellow, Lowell ve Holmes kalabalık resepsiyon salonundan geçtiler. Her biri Bay Greene'i dikkatle izliyor ve gazilerle konuşarak, Greene'in tarif ettiği askeri arıyorlardı.

"Burası belediye binasından çok bir meyhanenin arka odasına benziyor!" diye yakındı Lowell, sigara dumanlı havada elini sallayarak.

"Sen günde on puro içtiğini, sana ilham verdiğini söylemez miydin Lowell?" diye takıldı Holmes.

"Günahlarımızın kokusunu başkalarında almayı sevmeyiz Holmes. Ah, hadi bir iki kadeh bir şeyler içelim," dedi Lowell.

Dr. Holmes'un elleri hareli ipek yeleğinin ceplerine daldı. Ağır ağır konuştu: "Konuştuğum bütün askerler ya Greeene'in tarif ettiği adamı hiç görmemişler, ya da *tıpatıp* aynısı birini geçen gün görmüşler, ama adını ve nerede olduğunu bilmiyorlarmış. Belki Rey'in şansı daha yaver gitmiştir."

"Dante çok saygın bir adamdı Wendell. Saygınlığının sırlarından biri de asla acele etmemesiydi. Biz de onun gibi yapmalıyız."

Holmes alaycı bir kahkaha attı. "Sen öyle yapıyor musun ki?"

Lowell Bordo şarabından bir yudum aldıktan sonra düşünceli bir edayla konuştu: "Söylesene Holmes, senin de bir Beatrice'in oldu mu hiç?"

"Pardon Lowell?"

"Muazzam hayal gücünü fişekleyecek bir kadın."

"Amelia tabii ki!"

Lowell kahkahayı bastı. "Yapma Holmes! Hep böyle evcimen miydin? Karın *Beatrice'in* olamaz. Tavsiyeme güvenebilirsin; çünkü tıpkı Petrarch, Dante ve Byron gibi ben de daha on yaşıma varmadan sırılsıklam âşık olmuştum. Neler çektiğimi bir ben bilirim."

"Fanny duysa düşüp bayılırdı Lowell!"

"Pöh! Dante'nin Gemma'sı vardı. Çocuklarının anasıydı, ama ilham kaynağı değildi! Nasıl tanışmışlardı, biliyor musun? Longfellow inanmıyor ama, Gemma Donati, Dante'nin *Vita Nuova'sında* bahsedilen kadındır. Hani şu Dante Beatrice'i yitirince onu avutan kadın. Şu genç bayanı görüyor musun?"

Holmes dönüp bakınca genç, zayıf bir kadın gördü. Kuzguni saçı ışıl ışıl avizelerin altında parlıyordu.

"Hâlâ hatırlarım... 1839'da, Allston Galerisinde. Hayatımda gördüğüm en güzel yaratıktı. Şu köşede kocasının arkadaşlarını büyüleyen kadına benziyordu. Tam bir Yahudi yüzüne sahipti. Esmer tenliydi. Yüzünden, çayırların üstünden geçen bulut gölgeleri gibi beliren hisleri tamamen okunuyordu. Odada bulunduğum yerden bakınca, gözleri kaşlarının ve teninin koyuluğuna karışıyordu. Bu yüzden belirsiz ve gizemli bir görkeme sahipti. Gözleri öyle güzeldi ki! Neredeyse ürpertiyorlardı beni. O meleksi güzelliği bir kez görmek bile, şiir yazma ilhamı..."

"Zeki miydi?"

"Ne bileyim! Bana bakıp gözlerini kırpıştırınca tek kelime edemedim. Flörtçü kadın gördün mü kaçacaksın Wendell. Aradan yirmi beş yıl geçti ama onu hâlâ unutamadım. İnan hepimizin birer Beatrice'imiz var, ister etrafımızda olsun, isterse sadece zihnimizde."

Rey yaklaşınca Lowell sustu. "Talih bizden yana döndü memur bey. Yanımızda olduğunuz için şanslıyız."

"Bunu kızınıza borçlusunuz," dedi Rey.

"Mabel mi?" Lowell hayretle ona döndü.

"Benimle konuşmaya geldi. Sizlere yardım etmemi rica etti."

"Mabel sizinle gizlice mi konuştu? Holmes, senin bundan haberin var mı?" diye sordu Lowell.

Holmes başını salladı. "Kesinlikle hayır. Canına okuyalım!"

"Onu döverseniz sizi hapse atarım Profesör Lowell," diye uyardı Rey ciddi bir ifadeyle.

Lowell kahkahayı bastı. "Şaka yapıyoruz memur bey! Artık işimize bakalım."

Rey başıyla onayladıktan sonra etrafa bakınmayı sürdürdü.

"İnanabiliyor musun Wendell? Mabel arkamdan iş çeviriyormuş! Bize yardım etmeye çalışmış."

"Sonuçta o da bir Lowell dostum."

"Greene iyi görünüyor," dedi Longfellow, Lowell'la Holmes'un yanına gelerek. "Ama yine de kaygı..." Sözünü yarım bıraktı. "Ah, işte Bayan Lincoln'la Vali Andrew geliyor."

Lowell gözlerini devirdi. Saygınlıkları bu gece can sıkıcı olmuştu. Profesörlerle, rahiplerle, politikacılarla ve üniversite çalışanlarıyla el sıkışıp sohbet etmek dikkatlerini dağıtıyordu.

"Bay Longfellow."

Longfellow dönüp bakınca Beacon Tepesi sosyetesinden üç kadın gördü.

"İyi akşamlar bayanlar," dedi Longfellow.

"Şimdi sizden bahsediyordum," dedi aralarındaki kuzguni saçlı güzel kadın.

"Sahi mi?" diye sordu Longfellow.

"Evet. Bayan Mary Frere'yle konuştum. Sizi öve öve bitiremiyor. Mükemmel bir insan olduğunuzu söyledi. Geçen yaz Nahant'da sizinle ve ailenizle birlikte harika zaman geçirmiş. Şimdiyse size burada rastlıyorum. Ne güzel!"

"Ya? Şey, hakkımda söyledikleri güzelmiş sahiden." Longfellow gülümsedi, ama sonra hemen gözlerini kaçırdı. "Profesör Lowell nereye kaçtı? Onunla tanıştınız mı?"

Lowell biraz ötede küçük bir gruba yüksek sesle bir anektod

anlatıyordu. "Sonra Tennyson masanın kenarından homurdanmış: 'Evet, canları cehenneme. Bıçakla bağırsaklarını deşmek istiyorum!' diye. Kral Alfred gerçek bir şair olduğundan özlü konuşurdu. Mesela 'karın bölgesindeki iç organlar' demezdi!" Lowell'ın etrafındakiler gülüştüler.

Longfellow gözleri pembe pembe parlayan, ağızları açık üç kadına dönüp "Profesör Lowell, Lord Tennyson'a çok benzer," dedi.

Kuzguni saçlı güzel kadın Longfellow'a minnetle gülümsedi. Lowell'ın kabalığından sonra konuyu hemen değiştirmesi hoşuna gitmişti.

"Bu çok düşündürücü değil mi?" dedi.

Küçük Oliver Wendell Holmes babasından bir mesaj alıp da belediye binasındaki resmi asker ziyafetine Dr. Holmes'un da katılacağını öğrenince iç geçirdi, mesajı tekrar okudu ve ardından küfrü bastı. Babasının orada olmasından çok, kendisine onun hakkında sorular sorulacak olmasına bozulmuştu. *Babanız nasıl? Hâlâ şiir yazıyor mu? Dakikada ____ kelime yazabildiği doğru mu yüzbaşı?* Niye Dr. Holmes'un en sevdiği konuyla, yani Dr. Holmes'la ilgili bütün bu soruları yanıtlamakla uğraşmak zorundaydı ki?

Alayından diğer askerlerin arasında bulunan Küçük Wendell, delegasyon olarak gelmiş İskoçyalı adamlarla tanıştırıldı. Küçük Wendell'in soyadını duyanlar, ona her zamanki gibi babasıyla ilgili sorular sormaya başladılar.

"Oliver Wendell Holmes'un oğlu değil misiniz?" diye sordu gruba sonradan katılan, Küçük Wendell'in yaşlarında, kendini bir nevi mitolojist olarak tanıtan bir İskoçyalı.

"Evet."

"Kitaplarını hiç beğenmiyorum." Mitolojist gülümsedikten sonra uzaklaştı.

Küçük Wendell birden etrafına bir sessizlik çöktüğünü hissetti. Gevezelik eden insanların arasında tek başına dururken, birden babasının şöhretinden rahatsızlık duyup ona tekrar küfretti. İnsanın deminki o solucan gibiler tarafından yargılanacak kadar meşhur olması iyi bir şey miydi? Küçük Wendell dönünce Dr. Holmes'u bir grubun yanında gördü. Valiyle birlikte duruyordu. Grubun ortasındaysa James Lowell hararetle bir şeyler anlatmaktaydı. Dr. Holmes parmak uçlarında yükselmişti. Ağzı açıktı. Sohbete katılmak için fırsat kolluyordu. Küçük Wendell grubun etrafından dolanarak salonun diğer ucuna gitmeye çalıştı.

"Wendy? Sen misin?" Küçük Wendell duymamış gibi yaptı. Ama babası ona tekrar seslendi ve yanına gelmek için askerlerin arasından geçmeye başladı.

"Selam baba."

"Gelip Lowell'la Vali Andrew'a merhaba desene Andrew? Seni üniformanla görsünler de gurur duyayım! Bir saniye."

Küçük Wendell babasının gözlerinin başka tarafa çevrildiğini fark etti.

"Bak şuradakiler Andrew'ün bahsettiği İskoçlar olmalı Wendy. Bay Lang denen genç mitolojistle tanışıp, Orpheus'un Eurydice'i cehennemden kaçırma çabasıyla ilgili fikirlerini öğrenmek isterim. Kitaplarını okudun hiç Wendy?"

Dr. Holmes, Küçük Wendell'i kolundan tutup salonun diğer tarafına götürdü.

"Hayır." Küçük Wendell kolunu çekip kurtardı. Dr. Holmes incinmiş bir ifadeyle ona baktı. "Sadece alayımdakileri görmeye geldim baba. Jameslerin evinde Minny ile buluşmalıyım. Arkadaşlarınla tanışacak vaktim yok, kusura bakma."

"Bizi gördün mü? Bizler neşeli kardeşleriz Wendy. Yıllar geçtikçe bağlarımız güçleniyor. Gençliğinin tadını çıkar evlat, çünkü çabuk geçecek!"

"Baba," dedi Küçük Wendell, babasının biraz gerisinde sırıtan mitolojiste bakarak. "Lang denen o alçak herifin Boston'ı aşağıladığını duydum."

Holmes ciddileşti. "Ya? Öyleyse onunla hiç vakit harcamayalım evlat."

"Peki baba. Söylesene, hâlâ yeni romanın üstünde çalışıyor musun?"

Holmes tekrar gülümsedi. Küçük Wendell'in kitabıyla ilgilenmesi hoşuna gitmişti. "Evet! Son zamanlarda başka işlerim çıktığından fazla vakit ayıramadım, ama Fields yayınlanınca çok satacağını söylüyor. Yayınlanmazsa *Atlantic*'te yazmaya başlamam gerekecek... yani orijinal olanda, Fields'ın dergisinde değil."

"Eleştirmenlere sana yine saldırmaları için davetiye çıkarmış olacaksın," dedi Küçük Wendell. Duraksadı. Birden o mitolojist solucanı üniformasındaki kılıçla şişlemediğine pişman olmuştu. Lang'in kitaplarını okumaya karar verdi. Onları kötü bulmaktan hoşlanacaktı. "Belki yayınlanınca bu kitabını okuma fırsatı bulurum baba."

"Çok sevinirim evlat," diye fısıldadı Holmes, Küçük Wendell dönüp uzaklaşırken.

Rey yardım kuruluşu diyakozunun bahsettiği askerlerden birini bulmuştu. O tek kollu gazi, karısıyla dans etmeyi yeni bitirmişti.

"'Zenciler için savaşmam,' diyenler vardı," dedi asker Rey'e gururla. "Duyunca nasıl kızardım."

"Lütfen teğmen," dedi Rey. "Size tarif ettiğim bu adamı... yardım kuruluşunda görmüş olabilir misiniz hiç?"

"Kesinlikle, kesinlikle. Saman rengi palabıyıklı. Hep üniforma giyer. Adı Blight. Kesinlikle eminim. Yüzbaşı Dexter Blight. Zekidir. Hep okur. Gördüğüm en iyi subaylardan biridir."

"Söyler misiniz, Bay Greene'in vaazlarıyla ilgileniyor muydu?"

"Hoşlandığı kesindi. Hem o vaazlar cidden ilginçtir. Okuduğum her şeyden daha iyiler. Ama evet, Yüzbaşı onları herkesten çok seviyordu galiba!"

Rey sevincini belli etmemekte zorlandı. "Yüzbaşı Blight'ı nerede bulabilirim biliyor musunuz?"

Asker tek eliyle kesik kolunun ucunu tutarak düşündü. Sonra sağlam kolunu karısının beline doladı. "Biliyor musunuz polis bey, yavru kısrağım size şans getiriyor olmalı."

"Böyle konuşma," diye itiraz etti karısı.

"Onu nerede bulabileceğinizi biliyorum galiba," dedi gazi. "İşte şurada."

19. Massachusetts Alayı'ndan Yüzbaşı Dexter Bright ters U şeklinde, saman rengi bir bıyığa sahipti, tam Greene'in tarif ettiği gibi.

Rey onu üç saniye süren kaçamak, ama dikkatli bir bakışla süzdü. Adamın görünüşüyle ilgili her ayrıntıyı merak ediyordu. Buna şaşırmıştı.

"Devriye Nicholas Rey? Siz misiniz?" Vali Andrew, Rey'in dikkatli yüzüne bakarak elini uzattı. "Geleceğinizi bilmiyordum!"

"Gelmeyi planlamamıştım Vali. Korkarım izninizi istemek zorundayım."

Rey askerlerin arasına dalarken, kendisini Boston polisliğine atamış olan vali arkasında hayretten dona kaldı.

Blight resepsiyondaki diğerleri tarafından fark edilmeden aniden ortaya çıkıvermişti sanki. Dante Kulübü üyeleri onu teker teker fark ettikçe başka şey düşünemez oldular. Artık hepsi ona bakıyordu. Ölümlü ve sıradan görünüşlü bu adam, Phineas Jennison'ı yenip doğramış olabilir miydi gerçekten? Yüzü iri kemikli ve asıktı, ama diğer açılardan hiç dikkat çekici değildi. Siyah şapkalıydı. Üstünde günlük asker ceketi vardı. Aradıkları adam olabilir miydi sahiden? Dante'nin yazdıklarını *eyleme* döken, onları defalarca atlatan edebiyat uzmanı ve çevirmen olabilir miydi?

Holmes yanındaki hayranlarından izin isteyip Lowell'ın yanına koştu.

"Şu adam..." diye fısıldadı Holmes. Bir terslik olduğu hissine, korkuya kapılmıştı.

"Biliyorum," diye fısıldadı Lowell. "Rey de görmüş."

"Greene'e yanına gidip konuşmasını söylesek mi?" dedi Holmes. "Adamda bir tuhaflık var. Sanki..."

"Bak!" dedi Lowell.

Tam o sırada Yüzbaşı Blight ortalıkta tek başına gezinen George Washington Greene'i fark etti. Askerin iri burun kanatları ilgiyle kabardı. Resimlerle ve heykellerle ilgilenmekte olan Greene, sanki bir hafta sonu sergisindeymiş gibi etrafa bakınmayı sürdürüyordu. Blight bir an Greene'e baktıktan sonra ağır, düzensiz adımlarla ona yöneldi.

Rey de biraz yaklaştı. Greene'in bir kitap koleksiyoncusuyla sohbet ettiğini gördü. Blight, Greene'in yanından geçip kapıdan dışarı çıktı.

"Kahretsin," diye bağırdı Lowell. "Gidiyor!"

Hava bulutsuzdu. Kar yağmıyordu. Gökyüzündeki yarım ay yeni bilenmiş bir bıçakla tam ortasından kesilmişti sanki.

Rey fildişi bir bastonla yürüyerek uzaklaşan üniformalı bir asker gördü.

"Yüzbaşı!" diye seslendi Rey.

Dexter Blight dönüp gözlerini kısarak sert bir ifadeyle ona baktı.

"Yüzbaşı Blight?"

"Kimsin sen?" Sesi kalın ve otoriterdi.

"Nicholas Rey. Sizinle konuşmalıyım," dedi Rey, polis rozetini göstererek. "Sadece bir dakika."

Blight, Rey'i şaşırtan bir tezlikle bastonunu buza sapladı. "Söyleyecek hiçbir şeyim yok!"

Rey, Blight'ı kolundan kavradı.

"Beni tutuklamaya kalkarsan kahrolası bağırsaklarını deşip Kurbağalıdere'ye saçarım!" diye haykırdı Blight.

Rey korkunç bir hata yaptığından korktu. Bu dizginsiz öfke patlaması, bu kontrolsüz his gösterisi... aradıkları kişi gibi kaygısız değil, korkak birinin vereceği tepkiydi. Dönüp belediye binasına bakınca, ön basamaklardan koşarak, umutla inen Dante Kulübü üyelerini gördü. Aynı zamanda kendisini bu işe sokmuş olan çeşitli kişilerin de yüzlerini gördü: Şef Kurtz... her cinayetle birlikte, fazla hızlı büyümekte olan Boston şehrinin muhafızlığı sıfatını yitirmeye biraz daha yaklaşıyordu. Ednah Healey... ölüm döşeğinde yatıyor, solan gün ışığıyla birlikte yüzü kararırken kendini tırmıklıyor, tekrar bütünlüğüne kavuşmayı bekliyordu. Zangoç Gregg'le Grifone Lonza... onlar da iki kurbandı, ama katilin değil, cinayetlerin yol açtığı dayanılmaz korkunun kurbanları.

Blight'ı elinden kaçırmamaya çalışan Rey, Dr. Holmes'un faltaşı gibi açık, dikkatli gözlerinde de aynı şüpheyi gördü. Tanrı'ya dua etti, hâlâ zamanları olması için.

Nihayet. Augustus Manning çalınan kapıyı açarak konuğunu içeri alırken inledi. "Kütüphaneye gidelim mi?"

Pliny Mead kibirli bir edayla en rahat yere, kütüphanenin ortasındaki köstebek derisinden yapılma kanepeye kuruldu.

"Akşam vakti, üniversite dışında görüşmeyi kabul ettiğiniz için teşekkürler Bay Mead," dedi Manning.

"Geciktiğim için üzgünüm. Sekreteriniz gönderdiği mesajda görüşmenin Profesör Lowell'la ilgili olduğunu söyledi. Dante dersleriyle mi?"

Manning elini başının kel tepesinde gezdirdi. "Evet Bay Mead. Bay Camp'le Dante dersleri hakkında konuştunuz mu?"

"Sanırım," dedi Mead. "Birkaç saat. Dante hakkında bildiğim her şeyi öğrenmek istiyordu. Soruları sizin adınıza sorduğunu söyledi."

"Evet. Ama o zamandan beri benimle konuşmak istemiyor. Sebebini merak ediyorum."

Mead burun kıvırdı. "Nereden bileyim?"

"Bilemezsin tabii evlat. Ama yine de bana yardım edebilirsin diye düşündüm. Bilgilerimizi birleştirirsek, niye davranışlarının ansızın değiştiğini bulabiliriz."

Mead'in suratı asılmıştı. Bu görüşmenin kendisi için pek kârlı ya da eğlenceli geçmediğini görünce hayal kırıklığına uğramıştı. Şömine rafında bir pipo kutusu vardı. Bir Harvard mensubunun şöminesinin yanında pipo içme fikri hoşuna gitti. "Tütünüz birinci sınıfa benziyor Dr. Manning."

Manning hoşnut bir edayla, başıyla onayladı. Konuğuna bir pipo hazırladı. "Kampüste pipo içemezdik, ama burada rahatça içebiliriz. Rahatça konuşabiliriz de. Sözler ağzımızdan duman gibi kolayca çıkabilir. Son zamanlarda başka tuhaf şeyler de oluyor Mead. Çözmek istediğim şeyler. Bir polis gelip Dante dersleriniz hakkında sorular sordu. Sonra tam bana önemli bir şey söyleyecekken kendini tuttu."

Mead gözlerini kapatıp dışarı duman verdi.

August Manning yeterince sabretmişti. "Notlarının son günlerde ne kadar düştüğünü fark ettin mi Mead?"

Mead birden dikeldi. Yüzünde dayak yemeye hazır küçük bir gramer öğrencisinin korkulu ifadesi belirdi. "Dr. Manning, inanın bunun tek sebebi..."

Manning sözünü kesti. "Biliyorum evladım. Durumunu anlıyorum. Not ortalaman geçen dönem Profesör Lowell'ın verdiği notlar yüzünden düştü. Oysa ağabeylerin sınıflarında birinci oldular, değil mi?"

Öğrenci öfkeye kapılmış ve küçük düşmüştü. Gözlerini kaçırdı.

"Notlarını ailenin onuruna uygun bir seviyeye yükseltmek için bir şeyler yapabiliriz belki."

Mead'in zümrüt yeşili gözleri canlandı. "Sahi mi?"

"Belki *artık* ben de bir pipo içebilirim," diye sırıttı Manning. Koltuğundan kalkıp güzel pipolarını inceledi.

Pliny Mead, Manning'i böyle bir teklif yapmaya iten sebebi düşündü. Simon Camp'le yaşadıklarını an be an anımsamaya başladı. O Pinkerton dedektifi, müfredat programını değiştirmek isteyen Dr. Manning ile Şirket adına Dante'yi kötüleyecek bilgiler topluyordu. Mead ikinci görüşmelerinde Camp'in aşırı hevesli olduğunu hatırladı. Ama o özel dedektifin aklından geçenleri bilmiyordu. Boston polislerinin Dante hakkında sorular sorması da mantıklı gelmiyordu. Mead son zamanların politik olaylarını, şehirlerini sarsan cinayetleri ve yol açtıkları korkuyu düşündü. Mead çeşitli cezaları sayıp dökerken, Camp özellikle Simoniaclara verilenlerle ilgilenmişti. Mead, Elisha Talbot'un ölümü hakkında duyduğu söylentileri düşündü. Her ne kadar ayrıntılar değişse de, çoğunun ortak noktası rahibin ayaklarının yanmış olduğuydu. *Rahibin* ayakları. Zavallı Yargıç Healey de bulunduğunda çırılçıplak ve...

Tabii ya! Olabilir miydi? Ve eğer Lowell biliyorsa, Dante derslerini doğru dürüst bir gerekçe göstermeden iptal edivermesinin sebebi bu olamaz mıydı? Mead istemeden Simon Camp'in her şeyi anlamasına yardım etmiş olabilir miydi? Lowell bildiklerini üniversiteden, şehirden gizlemiş miydi? Eğer öyleyse mahvolabilirdi. *Topunun canı cehenneme!*

Mead ayağa fırladı. "Dr. Manning, Dr. Manning!"

Manning bir kibrit yakmayı başarmıştı. Ama hemen söndürdü. "Antreden bir ses mi geldi?" diye fısıldadı.

Mead kulak kabarttıktan sonra başını salladı. "Bayan Manning olmasın?"

Manning uzun, çarpık parmağını ağzına götürdü. Salondan koridora doğru usulca yürüdü.

Bir dakika sonra konuğunun yanına döndü. "Kimse yok," dedi, Mead'in gözlerine bakarak. "Bizi kimsenin dinlemediğinden emin olmak istiyorum o kadar. Bu gece önemli bir şey söyleyeceğini hissediyorum Mead."

"*Olabilir,* Dr. Manning.," dedi Mead alayla. Manning salondan çıkınca durup kafasını toplamaya vakit bulmuştu. *Dante kahrolası bir katil Dr. Manning. Evet, söyleyeceğim önemli bir şeyler olabilir cidden.* "Önce not ortalamamdan bahsedelim," dedi Mead. "Sonra Dante'ye geçeriz. Bu arada, söyleyeceklerimin çok ilginizi çekeceğini düşünüyorum Dr. Manning."

Manning sevindi. "Pipolarımızın yanında bir şeyler içelim mi?"

"Şeri alayım."

Manning istenilen şarabı getirdi. Mead kadehini bir dikişte boşalttı. "Bir tane daha verir misin Augustuscuğum? Bu gece kafaları çekelim."

Eğilerek yeni bir kadeh hazırlamaya başlayan Augustus Manning, *Umarım söyleyecekleri cidden önemlidir, yoksa çok fena yaparım onu,* diye düşündü. Bir gürültü duydu. Daha dönüp bakmadan ne olduğunu anladı: Çocuk değerli bir eşyayı kırmıştı. Manning sinirle kafasını geriye çevirdi. Pliny Mead kanepede kendinden geçmiş yatıyordu. Kolları gevşekti.

Manning dönerken elindeki sürahiyi yere düşürdü. Karşısında üniformalı bir asker duruyordu, üniversite koridorlarında hemen her gün gördüğü bir asker. Asker gözlerini ona dikmişti. Ağzını kımıldatıp duruyordu. Dudaklarında beyaz noktalar geziniyordu. Tükürünce noktalardan biri halının üstüne düştü. Manning elinde olmadan baktı. O ıslak kağıt parçasının üstünde iki harf var gibiydi: *L* ve *I*.

Manning odanın köşesine, duvarda süs niyetine asılı duran av tüfeğine koştu. Tüfeğe ulaşmak için bir sandalyeye çıktı. Ama sonra kekeleyerek "Hayır, hayır," dedi.

Dan Teal silahı Manning'in titreyen ellerinden kapıp dipçiğini adamın suratına indiriverdi. Sonra durup izledi... kalbinin merkezine kadar soğuyan o hainin yere düşmesini izledi.

XVII

---*---

Dr. Holmes Yazarlar Odası'nın önüne açılan uzun merdiveni koşarak çıktı. "Polis Rey dönmedi mi?" diye sordu soluk soluğa. Lowell'ın çatık kaşları, can sıkıntısını ifade ediyordu.

"Şey, belki Blight..." diye söze başladı Holmes. "Belki bir şeyler biliyordur da Rey iyi haberler getirir. Peki üniversite arşivine yapacağınız ikinci ziyaret ne oldu?"

"Korkarım ikincisi olmayabilir," dedi Fields iç geçirerek.

"Neden?" diye sordu Holmes.

Fields yanıt vermedi.

"Bay Teal bu akşam gelmedi," diye açıkladı Longfellow. "Belki de hastalanmıştır," diye ekledi hemen.

"Sanmam," dedi Fields moral bozukluğuyla. "Kayıtlara göre Teal dört aydır tek bir vardiya bile kaçırmamış. Zavallı çocuğun başını belaya soktum Holmes. Hem de o kadar sadık birini!"

"Saçmalama..." diye söze başladı Holmes.

"Ne saçmalaması? Onu hiç bulaştırmamalıydım! Manning Teal'ın arşive girmemize yardım ettiğini öğrenmiş ve onu tutuklatmış olabilir. Veya o kahrolası Samuel Ticknor, Bayan Emory'ye tecavüz etmesini engellediği için Teal'dan intikam almış olabilir. Bu arada savaşa katılmış olan tüm adamlarımla konuştuk. Hepsi de askerlere yardım kuruluşlarına hiç gitmediklerini söylüyor. Onlardan hiçbir şey öğrenemedik."

Lowell ileri geri yürüyerek buz tutmuş pencerenin ardındaki karlı nehir kıyısına baktı. "Rey Yüzbaşı Blight'ın Greene'in vaazlarını seven masum bir asker olduğuna inanıyor. Blight sakinleştikten sonra bile o vaazları seven başka askerlerin adını vermeyebilir. Hattâ başka askerler hakkında hiçbir şey bilmiyor da olabilir! Teal olmazsa Şirket Odası'na da giremeyiz. Bir kez de şansımız yaver gitse ne olur sanki!"

Kapı çalındı. İçeri giren Osgood kafeteryada iki gazi çalışanın daha Fields'ı beklediğini söyledi. Başkatip Ticknor & Fields'da çalışan tüm eski askerlerin listesini çıkarıp Fields'a vermişti. On iki kişi vardı: Heath, Miller, Wilson, Collins, Holden, Sylvester, Rapp, Van Doren, Drayton, Flagg, King ve Kellar. Samuel Ticknor da askere alınmış, ama iki hafta üniforma giydikten sonra üç yüz dolar ödeyerek ordudan ayrılmıştı.

Tahmin ettiğim gibi, diye düşündü Lowell. "Fields, Teal'in adresini versene gidip bakayım," dedi. "Nasılsa Rey gelene kadar bir şey yapamayız. Holmes, benimle gelir misin?"

Fields, J. R. Osgood'a ofisinde kalmasını söyledi. Osgood iç geçirerek kendini rahat bir koltuğa attı. Vakit geçirmek için en yakındaki raftan bir Harriet Beecher Stowe kitabı seçti. Kitabı açtığında, Stowe'un Fields için attığı imzanın bulunduğu kapak sayfasından kar tanesi büyüklüğünde kâğıt parçalarının yırtılmış olduğunu gördü. Osgood kitabı karıştırınca, aynı saygısızlığın diğer sayfalara da yapılmış olduğunu fark etti. "Ne garip!"

Lowell'la Holmes aşağıdaki ahıra girip de Fields'ın kısrağının yerde kıvrandığını görünce dehşete kapıldılar. Diğer at kederli görünüyor, yaklaşmaya cesaret eden herkese çifte savuruyordu. Atları kullanamayacaklarını anlayınca yola yürüyerek çıkmak zorunda kaldılar.

Dan Teal'ın iş başvurusu formuna özenle yazdığı numara,

şehrin güney tarafındaki sıradan görünüşlü bir evin üstünde yer alıyordu.

"Bayan Teal?" Lowell kapıda beliren yıpranmış kadına şapkasını çıkararak selam verdi. "Adım Lowell. İzninizle sizi Dr. Holmes'la tanıştırayım."

"Bayan *Galvin*," dedi kadın, elini göğsüne götürerek.

Lowell elindeki kağıda bakıp kapı numarasını tekrar kontrol etti. "Burada Teal adında biri kalıyor mu?"

Kadın onlara kederli gözlerle baktı. "Ben Harriet Galvin." Bunu ağır ağır tekrarladı, sanki karşısında çocuk ya da salak varmış gibi. "Burada kocamla benden başka kimse kalmıyor. Bay *Teal* diye birini ömrümde duymadım."

"Buraya yeni mi taşındınız peki?" diye sordu Dr. Holmes.

"Beş yıl oluyor."

"Yine duvara çarptık," diye mırıldandı Lowell.

"Bayan," dedi Holmes. "Birkaç dakikalığına içeri girmemize izin verir misiniz?"

Kadın onları içeri soktu. Lowell'ın dikkati hemen duvardaki bir portre fotoğrafına yöneldi.

"Bir bardak su rica edebilir miyim?" diye sordu Lowell.

Kadın gider gitmez hemen fotoğrafı incelemeye başladı. Kendisine büyük gelen yıpranmış bir üniforma giymiş bir askerin portresiydi. "Phoebus'ın kızı adına! Bu o Wendell! Dan Teal'ın ta kendisi!"

Sahiden de oydu. "Askerlik mi yapmış?" diye sordu Holmes. "Osgood'un listesinde yoktu!"

"İşte sebebi: 'Asteğmen Benjamin Galvin.'" Holmes fotoğrafın altındaki yazıyı okumuştu. "Teal sahte ismiymiş. Çabuk, kadın gelmeden..." Holmes yan odaya daldı. İçerisi ordu eşyalarıyla tıka basa dolu, ama düzenliydi. Duvarda asılı bir süvari kılıcı he-

401

men dikkatini çekti. Ürpererek Lowell'a seslendi. Şair geldi. Kılıç onu da ürpertti.

Holmes etrafında dolanan bir sineği kovaladı, ama böcek ısrarcıydı.

Lowell "Ne uğraşıyorsun?" diyerek böceği eziverdi.

Holmes duvardaki silahı özenle aldı. "Tam asker silahı... bu kılıçlar subaylarımız tarafından savaşların daha uygarca yapıldığı zamanların hatırası olarak kullanılırdı. Küçük Wendell'de bir tane var. O resepsiyonda bebek gibi sallayarak taşıyordu... Phienas Jennison'ı öldüren kılıç bu olabilir."

"Hayır. Üstünde leke yok," dedi Lowell, o parlak alete ihtiyatla yaklaşarak.

Holmes parmağını çeliğin üstünde gezdirdi. "Çıplak gözle anlayamayız. Aradan sadece birkaç gün geçti. Tüm izler silinmiş olamaz." Sonra gözü duvardaki kan lekesine ilişti... sinekten kalma artığa.

Bayan Galvin elinde iki bardak suyla gelip de Dr. Holmes'un kılıcı tuttuğunu görünce, onu elinden bırakmasını emretti. Holmes ona aldırmadan antreye girip ön kapıdan dışarı çıktı. Kadın bağırarak hırsızlık yaptıklarını, polis çağıracağını söylemeye başladı.

Lowell kadının önüne geçip onu engelledi. Holmes kapının önündeki kaldırımda durdu. Kadının içeriden gelen sesini işitiyordu. Ağır kılıcı havaya kaldırdı. Küçük bir sinek kılıca kondu, mıknatısa çekilen bir demir parçası gibi. Bir an sonra bir sinek daha geldi. Sonra iki tane daha. Sonra üç tane birden geldi. Birkaç saniye sonra kan lekeli kılıcın üstü sineklerle kaplandı.

Bunu gören Lowell'ın ağzı açık kaldı.

"Hemen diğerlerini çağır!" diye seslendi Holmes.

Hemen kocasını görmek istediklerini söylemeleri Harriet

Galvin'i telaşlandırdı. Holmes'la Lowell'ın sırayla yaptıkları açıklamalar ve el kol hareketleri karşısında şaşkınca bir sessizliğe gömüldü. Nihayet kapı çalınınca sustular. İçeri giren J. T. Fields kendini tanıttı. Ama Harriet'in gözleri o tombul ve kaygılı adamın arkasındaki aslana benzeyen, zayıf adama yöneldi. Ardındaki gümüşi ve boş gökyüzüyle birlikte, adam son derece huzurlu bir tablo çiziyordu. Harriet titreyen elini adamın sakalına dokunacakmış gibi kaldırdı. Sahiden de, Longfellow, Fields'ın peşinden girerken Harriet parmaklarını şairin buklelerine sürttü. Longfellow bir adım geriledi. Harriet içeri gelmesi için yalvardı.

Lowell'la Holmes bakıştılar. "Belki de bizi daha tanımadı," diye fısıldadı Holmes. Lowell hemfikirdi.

Harriet heyecanını elinden geldiğince açıklamaya çalıştı. Uyumadan önce Longfellow'un şiirlerini okuduğunu, kocası savaşta yaralanıp yatağa düştüğünde ona *Evangeline*'i yüksek sesle okuduğunu; o derin ama kusurlu aşklar efsanesinin huzur verici vezninin kocasını hâlâ uykusunda bile yatıştırdığını kederle söyledi. "Hayat İlahisi"ni ezbere biliyordu. Kocasına da okutmuştu. Kocası ne zaman evden uzaklaşsa, Harriet içindeki korkuyu ancak o dizelerle bastırabiliyordu. Ama açıklaması boyunca bir soruyu yineleyip durdu: *"Neden, Bay Longfellow..."* diye sordu tekrar tekrar. Sonunda hıçkıra hıçkıra ağlamaya başladı.

"Bayan Galvin," dedi Longfellow usulca. "Bize ancak siz yardım edebilirsiniz. Kocanızı bulmalıyız."

"Bu adamlar ona zarar vermek istiyor gibiler," dedi Harriet, Lowell'la Holmes'u kastederek. "Anlamıyorum. Neden sizin... Benjamin'i nereden tanıyorsunuz Bay Longfellow?"

"Korkarım yeterli açıklama yapmaya vaktimiz yok," dedi Longfellow.

Harriet ilk kez bakışlarını şairden kaçırdı. "Kocam nerede

bilmiyorum. Ne yazık ki. Artık eve pek uğramıyor. Geldiğinde de hiç konuşmuyor. Bazen günlerce uğramadığı oluyor."

"Onu en son ne zaman gördünüz?" diye sordu Fields.

"Bugün kısa süreliğine uğradı. Sizden birkaç saat önce."

Fields saatini çıkardı. "Nereye gitti?"

"Eskiden bana bakardı. Artık hayaletten farksızım onun için."

"Bayan Galvin, bu konu..." diye söze başladı Fields

Yine kapı çalındı. Harriet mendiliyle gözlerini silerek giysisini düzeltti. "Yine bir alacaklı gelmiştir."

Koridora gidince gruptakiler birbirlerine eğilip fısıldaşmaya başladılar.

"Birkaç saat önce çıkmış, duydunuz mu?" dedi Lowell. "Köşebaşı'nda olmadığını da biliyoruz. Onu bulamazsak ne yapacağı belli!"

"Ama şehrin herhangi bir yerinde olabilir Jamey!" diye karşılık verdi Holmes. "Hem Köşebaşı'na dönüp Rey'i beklemeliyiz. Tek başımıza ne yapabiliriz ki?"

"Bir şeyler yapmalıyız! Longfellow?" dedi Lowell.

"Artık atımız bile yok..." diye yakındı Fields.

Lowell ön holden gelen bir ses duyunca dikkat kesildi.

Longfellow onu inceledi. "Lowell?"

"Lowell, dinliyor musun?" diye sordu Fields.

Ön kapıdan gelen konuşma sesleri duydular.

"Şu ses," dedi Lowell hayretle. "Şu ses! *Dinleyin!*"

"Teal mı?" diye sordu Fields. "Kadın ona kaçmasını söylüyor olabilir Lowell! Onu asla bulamayabiliriz!"

Lowell harekete geçti. Hole dalıp ön kapıya koştu. Kapıda bitkin görünüşlü, gözleri kırmızı bir adam duruyordu. Şair haykırarak adamın üstüne atıldı.

XVIII

—————*—————

Lowell adamı tutup evin içine çekti. "Yakaladım onu!" diye haykırdı. "Yakaladım!"

"Ne yapıyorsun?" diye bağırdı Pietro Bachi.

"Bachi! Burada ne işin var?" dedi Longfellow.

"Beni nasıl bulabildiniz? Köpeğine söyle ellerini üstümden çeksin Senyor Longfellow, yoksa gününü gösteririm!" dedi Bachi öfkeyle, kuvvetli Lowell'ı acizce dirseklemeye çalışarak.

"Lowell," dedi Longfellow. "Senyor Bachi'yle özel konuşalım." Onu başka bir odaya soktular. Lowell, Bachi'ye burada ne aradığını sordu.

"Sizinle ilgisi yok," dedi Bachi. "Çıkıp kadınla konuşacağım."

"Lütfen Senyor Bachi," dedi Longfellow başını sallayarak. "Dr. Holmes'la Bay Fields ona bazı sorular soruyorlar."

Lowell devam etti: "Teal'la nasıl bir plan kurdunuz ha? O nerede? Benimle oyun oynama. Nerede bela varsa oradasın."

Bachi surat astı. "Teal da kim? Açıklama yapılması gereken biri varsa o benim! Bana böyle davranmaya ne hakkınız var?"

"Sorularıma hemen yanıt vermezse doğru polise götüreceğim. Onlara her şeyi anlatırsın!" dedi Lowell. "Bize yalan söylediğini en başından beri söylememiş miydim Longfellow?"

"Polis ha!" dedi Bachi. "Çağırın tabii! Alacağımı almama yardım edebilirler. Niye geldiğimi mi sormuştunuz? Dışarıdaki o cadalozdan paramı almaya geldim." Bu halinden utanç duyduğu, iri adem elmasının oynamasından belliydi. "Evet, bu öğretmenlik işinden bezmeye başladığım belli oluyordur herhalde."

"Öğretmenlik mi? Ona ders mi veriyordun? İtalyanca mı?" diye sordu Lowell.

"Kocasına," dedi Bachi. "Sadece üç seans, birkaç hafta önce... bedava sanıyor galiba."

"Ama sen İtalya'ya dönmüştün!" dedi Lowell.

Bachi kederle güldü. "Keşke dönebilseydim senyor! Kardeşim Guiseppe'yi gönderebildim o kadar. Benim dönüşümse bazı, nasıl desem, düşmanlarım tarafından günlerdir engelleniyor."

"Kardeşini göndermişmiş!" diye bağırdı Lowell. "O buharlı gemiye giden tekneye atlamak için koşturuyordun! Yanında da bir çanta dolusu sahte para vardı! Gözlerimizle gördük!"

"Bir saniye!" dedi Bachi sinirlenerek. "O gün nerede olduğumu nereden biliyorsunuz ki?"

"Bana cevap ver!"

Bachi işaret parmağını Lowell'a uzattı, ama sonra titrediğini görünce başının döndüğünü, epey sarhoş olduğunu fark etti.

Kusacak gibi oldu. Kendini tuttu. Sonra geğirdi. Tekrar konuşabildiğinde nefesi berbat kokuyordu. Ama sakinleşmişti. "Buharlı gemiye gittim, evet. Ama sahte ya da gerçek paralarla değil. Keşke kafama bir çanta dolusu para düşse *professore*. Ne güzel olurdu. O gün elyazmamı kardeşim Giuseppe Bachi'ye vermeye gittim, İtalya'ya götürsün diye."

"Elyazman mı?" diye sordu Longfellow.

"Dante'nin *Cehennem*'inin İngilizce çevirisi. Çeviri yaptığınızı duydum Senyor Longfellow. Dante Kulübü'nüzü de biliyorum. Çok komiksiniz! Bu Yanki Atinasında ulusal sesinizi yaratmaktan bahsedebiliyorsunuz. Yurttaşlarınıza kütüphanelerinizi İngi-

406

liz hakimiyetinden kurtarmaları için yalvarıyorsunuz. Peki benim size katkıda bulunabileceğim hiç aklınıza gelmedi mi? Bir İtalyan çocuğu olarak; İtalya'nın tarihini, uzlaşmazlıklarını, Kilise'ye karşı verdiği mücadeleleri bilen biri olarak, Dante'nin özgürlük aşkını benden çok kim paylaşabilir ki?" Bachi duraksadı. "Hayır, hayır. Beni hiç Craigie Konağı'na davet etmediniz. Ayyaş olduğum için mi? Üniversiteden kovulduğum için mi? Burası da ne özgürlükler ülkesiymiş ama. Bizi fabrikalarınıza, savaşlarınıza göndermekten gocunmuyorsunuz. Kültürlerimizin ayaklar altında çiğnenmesine göz yumuyor, anadillerimizin boğulmasını izliyorsunuz. Sizler gibi giyiniyoruz. Bu da yetmiyor, sırıtarak kütüphanelerimizden edebi eserlerimizi çalıyorsunuz. Korsanlar. Hepiniz korsansınız."

"Dante'nin yüreğini hayal bile edemeyeceğin kadar iyi tanıdık biz," diye karşılık verdi Lowell. "Onu sürgüne gönderen senin halkın, senin ülkendi unutma!"

Longfellow, Lowell'ı bir el hareketiyle susturdu. Sonra "Senyor Bachi," dedi. "Sizi limanda gördük. Lütfen söyleyin. Bu çeviriyi niye İtalya'ya gönderiyordunuz?"

"Floransa'nın bu yılki Dante Festivali'nde sizin *Cehennem* versiyonunuzu onurlandıracağını, ama çevirinizin henüz tamamlanmadığını ve yetişememe tehlikesinin bulunduğunu işittim. Yıllarca çalışma odamda Dante çevirdim. Eski arkadaşlar da bazen yardım ediyordu... mesela Senyor Lonza, sağlığı elverdikçe. Dante'nin İngilizce'de de İtalyanca'daki kadar etkileyici olabildiğini kanıtlarsak, Amerika'da tutunabileceğimizi düşünüyorduk. Çevirimin yayınlanacağını hiç düşünmemiştim. Ama zavallı Lonza yabancıların elindeyken ölünce, eserimizin tamamlanması gerektiğini düşündüm. Kardeşim çevirimi yayınlatmanın yolunu bulursam onu Roma'daki tanınmış bir ciltçiye götürmeye, ardından da bizzat komiteye sunmaya söz verdi. Guiseppe'nin yola çıkmasından bir iki hafta önce burada kumar ilanları filan basan bir matbaacı buldum. Çevirimi çok ucuza bastı. Ama o salak herif ancak son anda bitirebildi. Sahte paralarıma ihtiyacı olmasa hiç bitirmezdi herhalde. O serserinin bastığı sahte paralar civardaki kumarhanelerde kullanılmış, bu yüzden de başı belaya girmiş galiba. Hemen işyerine kilit vurup kaçması gerekiyordu.

"Limana vardığımda bir tekneciye beni *Anonimo*'ya götürmesi için yalvarmak zorunda kaldım. Çeviriyi kardeşime teslim ettikten sonra hemen karaya geri döndüm. Ama hiçbir şey olmadı. Buna sevinirsiniz. Komite 'Festivalimiz için artık başvuru kabul etmiyoruz,' demiş." Bachi yenilgisini hatırlayınca sırıttı.

"Komite bu yüzden sana Dante'nin küllerini gönderdi!" dedi Lowell, Longfellow'a dönerek. "Festivalde çevirinin kullanılacağından emin ol diye!"

Longfellow bir an düşündükten sonra konuştu: "Dante çevirmek öyle zor ki, ilgili okuyucular iki üç farklı çeviriyi okumak isterler mutlaka senyor."

Bachi yumuşadı. "Lütfen beni anlayın. Beni üniversiteye aldırmakla bana göstermiş olduğunuz güveni hep takdir ettim. Şiirlerinizin değerini de sorgulamıyorum. Konumum itibariyle utanç duyacağım bir şeyler yaptıysam..." Bir an duraksadıktan sonra devam etti: "İnsan sürgündeyken umutları çok azalır. Belki de çevirimle Yeni Dünya'ya Dante'yi tanıtabilirim diye düşünmüştüm. Bunu başarabilsem, İtalya'dakilerin bana bakışı tamamen değişecekti!"

"Sen," diye suçladı ansızın Lowell. "Longfellow çeviriyi bıraksın diye penceresine o tehdidi kazıyan *sendin*!"

Bachi sindi. Anlamamış gibi yaptı. Ceketinden kara bir şişe

çıkardı ve kafasına dikti. Sanki boğazı çok uzaklarda bir yere açılan bir huniydi. Şişeyi bitirince titredi. "Ayyaş olduğumu sanmayın *professori*. Durmasını bilirim, en azından dost meclisinde değilken. Yaptığım o şeye gelince... insan New England kışında yapayalnız kalınca ne fesatlıklar yapmaz ki?" Kaşlarını çattı. "Şimdi. Bitti mi? Yoksa hayal kırıklıklarımı öğrenmekten sıkılmadınız mı hâlâ?"

"Senyor," dedi Longfellow. "Bay Galvin'e ne öğrettiğinizi öğrenmeliyiz. Artık İtalyanca okuyup yazabiliyor mu?"

Bachi kahkahayı bastı. "Yahu adam İngilizce bile okuyamaz ki, yanında Noah Webster dursa bile! Sarı düğmeli mavi Amerikan askeri üniformasını üstünden hiç çıkarmaz. Dante, Dante, Dante deyip duruyordu. Önce dili öğrenmesi gerektiğini aklına bile gelmiyordu. *Che stranezza!*"

"Çevirinizi ona ödünç verdiniz mi?" diye sordu Longfellow.

Bachi başını salladı. "Çevirimi tamamen gizli tutmak istiyordum. Bay Fields'ın yazarlarına rakip çıkanlarla nasıl uğraştığını hepimiz biliriz eminim. Her neyse, Senyor Galvin'in tuhaf isteklerini karşılamaya çalıştım. İtalyanca'yı, birlikte *Komedya*'yı satır satır okuyarak öğretmeyi teklif ettim. Ama salak bir hayvana ders vermek gibiydi bu. Sonra Dante'nin *Cehennem*'i hakkında bir *vaaz* vermemi istedi. Ama prensip gereği reddettim. Öğretmeni olmamı istiyorsa, İtalyanca öğrenmeliydi."

"Dersleri keseceğini mi söyledin?" diye sordu Lowell.

"Bunu seve seve söyleyecektim *professore*. Ama durup dururken bana gelmeyi kesti. O zamandan beridir de bulamıyorum. Paramı hâlâ alamadım."

"Senyor," dedi Longfellow. "Bu çok önemli. Bay Galvin Dante'den bahsederken zamanımızdan ve şehrimizden insanların adını verdi mi hiç? Lütfen düşünün, herhangi birinden bahsetti mi? Belki de üniversiteyle ilişkili, Dante'yi kötüleyen insanlardan bahsetmiştir."

Bachi başını salladı. "Pek konuşmazdı Senyor Longfellow. Salak bir öküz gibiydi. Bunların üniversitenin çevirinize karşı açtığı savaşla bir ilgisi var mı?"

Lowell birden dikkat kesildi. "Bu konuda ne biliyorsun?"

"Beni görmeye geldiğinizde sizi uyarmıştım senyor," dedi Bachi. "Dante derslerinize sahip çıkmanız gerektiğini söylemiştim, değil mi? Ondan birkaç hafta önce beni üniversite bahçesinde gördüğünüzü hatırlıyor musunuz? Beni biriyle özel bir görüşme yapmaya davet eden bir mesaj almıştım. Ah, Harvard üyelerinin bana eski işimi geri vermek istediklerinden öylesine emindim ki! Ne aptalmışım! O alçak herif Dante'nin öğrenciler üstündeki *kötü etkilerini* kanıtlamakla görevliymiş ve kendisine yardım etmemi istiyormuş meğer."

"Simon Camp," dedi Lowell dişlerini gıcırdatarak.

"Az kalsın suratına yumruğu çakıyordum," dedi Bachi.

"Keşke çaksaydınız Senyor Bachi," dedi Lowell. Birbirlerine gülümsediler. "Hâlâ Dante'yi mahvedebilir. Ona ne dediniz?"

"Ne mi dedim? 'Cehenneme kadar yolun var' demekten başka bir şey gelmedi aklıma. Ben yıllarca üniversitede çalıştıktan sonra yiyecek ekmek zor buluyorum. Yönetim kurulundan biriyse o serseriyi kiralamış. Kim acaba?"

Lowell acı acı güldü. "Kim olacak? Dr. Man..." Birden susup Longfellow'a döndü. "Dr. Manning."

Caroline Manning kırık camları süpürdü. "Jane... toz bezi!" diye seslendi hizmetçisine ikinci kez. Kocasının kütüphanesinin halısındaki büyük şeri lekesi canını sıkmıştı.

Bayan Manning odadan çıkarken kapı çalındı. Kapının per-

410

desini biraz aralayınca, Henry Wadsworth Longfellow'u gördü. Bu saatte nereden geliyordu acaba? O zavallı adamı son yıllarda Cambridge civarında birkaç kez görmüştü. Her seferinde de yüzüne bakmakta zorlanmıştı. Onca acıya nasıl katlanabiliyordu acaba? Yenilmez gibiydi. Kendisi ise elindeki faraşla tam bir temizlikçi gibi görünmekteydi.

Bayan Manning özür diledi. Dr. Manning evde yoktu. Az önce bir konuk beklediğini, bu yüzden yalnız kalmak istediğini açıkladı. Konuğuyla birlikte yürüyüşe çıkmış olmalıydı. Gerçi hava çok kötüydü. Ayrıca kütüphanede kırık cam parçaları vardı. "Ama erkekler içince bazen sapıtır, bilirsiniz," diye ekledi.

"Arabayla gitmiş olabilirler mi?" diye sordu Longfellow.

Bayan Manning hayır dedi. Atları son zamanlarda biraz huysuzdu. Dr. Manning atların kısa süreliğine bile ahırdan çıkarılmasını kesinlikle yasaklamıştı. Ama Bayan Manning, Longfellow'u ahıra götürmeyi kabul etti.

"Ulu Tanrım," dedi ahırda Dr. Manning'in arabasını da, atlarını da göremeyince. "Bir terslik var, değil mi Bay Longfellow? Ulu Tanrım," diye tekrarladı.

Longfellow yanıt vermedi.

"Ona bir şey mi oldu? Hemen söyleyin!"

Longfellow ağır ağır konuştu. "Evinizde kalıp beklemelisiniz. O sağ salim geri dönecek Bayan Manning. Söz veriyorum." Cambridge rüzgarları iyice sertleşmiş, acı verici olmaya başlamıştı.

"Dr. Manning," dedi Fields yirmi dakika sonra, Longfellow'un kilimine bakarak. Galvinlerin evinden çıktıktan sonra Nicholas Rey'i bulmuşlardı. Rey onları bir polis arabasıyla Craigie Konağı'na getirmişti. "En başından beri en büyük düşmanımızdı. Niye Teal onu daha önce haklamadı ki?"

411

Holmes ayakta durmuş Longfellow'un masasına yaslanıyordu. "Çünkü en büyük düşmanımızdı Fields. Cehennem derinleştikçe ve daraldıkça, günahkarlar iğrençleşir. Yukarıdakilere göre yaptıklarından daha az pişmanlık duyarlar. Nihayet en dipte her kötülüğün başı olan Lucifer vardır. İlk cezalandırılan Healey inkarının pek farkında değildi. 'Günahının' doğası buydu. 'Hafif bir günah' işlemişti."

Devriye Rey çalışma odasının ortasında duruyordu. "Beyler, Bay Greene'in geçen hafta verdiği vaazları incelemelisiniz. Böylece Teal'ın Manning'i nereye götürdüğünü bulabiliriz."

"Greene ilk vaazında İkiyüzlülerden bahsetmişti," diye açıkladı Lowell. "Sonra Sahtekarlara geçti, ki bunlara Kalpazanlar da dahil. Son olarak da, Fields'la benim de dinlediğimiz vaazda Hainleri anlattı."

"Manning İkiyüzlü değildi," dedi Holmes. "Dante'ye karşı olduğunu gizlemiyordu. Ailesine ihanet de etmedi."

"Öyleyse geriye Sahtekarlarla Vatan Hainleri kalıyor," dedi Longfellow.

"Manning ciddi hilelere başvurmadı," dedi Lowell. "Gerçek faaliyetlerini bizden gizledi, ama onun ana saldırı yöntemi değildi bu. Dante'nin Cehennem'indeki gölgelerin çoğu bir sürü günah işlemiştir, ama cehennemdeki kaderlerini belirleyen şey eylemlerinde belirleyici olan günahlarıdır. Sahtekarlar contrapassolarını çekerken şekilden şekle girerler... örneğin Truvalıları kandırarak tahta atı şehirlerine almaya ikna eden Yunan Sinon gibi."

"Vatan Hainleri halklarına kötülük eder," dedi Longfellow. "Onlar dokuzuncu çemberde bulunur... en alttakinde."

"Yani bu durumda, Dante projelerine karşı savaşanlar," dedi Fields.

Holmes düşündü. "Evet, öyle değil mi? Teal'ın Dante moduna geçtiğinde, yani Dante çalışırken ya da cinayetlerine hazırlanırken, üniformasını giydiğini biliyoruz. Kafadan çatlak olduğundan, Kuzey hükümetini korumanın yerini Dante'yi korumak almış onda."

"Teal üniversitede hademelik yaparken Manning'in kumpaslarını öğrenmiş olmalı," dedi Longfellow. "Teal şimdi sürdürdüğü savaşta Manning'i en büyük hainlerden biri olarak görüyor. Teal Manning'i en sona bıraktı."

Nicholas Rey "Nasıl cezalandıracak?" diye sordu.

Hepsi Longfellow'un yanıt vermesini beklediler. "Hainler buz tutmuş bir göle boyunlarına kadar gömülür. Göl öyle donmuştur ki, cama benzer."

Holmes homurdandı. "Son iki haftadır New England'daki bütün göller buz tuttu. Manning herhangi bir yerde olabilir. Onu aramak içinse elimizde sadece yorgun bir at var!"

Rey başını salladı. "Sizler burada, Cambridge'de kalıp Teal'la Manning'i arayın. Ben yardım bulmak için Boston'a gideceğim."

"Teal'ı bulursak ne yapalım?" diye sordu Holmes.

"Bunu kullanın." Rey onlara polis düdüğünü verdi.

Dört edebiyat uzmanı Charles Nehri'nin, Beaver Deresi'nin, Elmwood civarının ve Fresh Gölü'nün ıssız kıyılarını gezmeye başladılar. Gaz lambalarının zayıf ışıkları yardımıyla etrafa bakınırken öyle dikkatliydiler ki, gecenin geçip gittiğini fark etmediler. Kat kat palto giymişlerdi. Sakallarının buz tuttuğunun farkında değildiler (Doktor Holmes'un kirpikleri ve favorileri de buz tutmuştu). Dünya öyle tuhaf ve sessiz görünüyordu ki. At sesi bile duyulmuyordu. Kuzeye doğru uzanan bu sessizliği ancak arada sırada uzaklardan geçen yük trenlerinin düdüğü bozuyordu.

Her biri Devriye Rey'in *o anda* Boston'da Dan Teal'ı aradığını, onu bulup tutukladığını, Teal'ın öfkeyle kendini savunduğunu, ama direnmeden teslim olduğunu, tıpkı Iago gibi bir daha asla eylemlerinden bahsetmeyeceğini hayal ediyorlardı. Buz üstünde yürürken birbirlerini defalarca şevklendirdiler.

Konuşmaya başladılar. İlk konuşan Dr. Holmes oldu tabii. Ama fısıldaşmak diğerlerini de rahatlattı. Şiir yazmaktan, yeni kitaplardan, son zamanların pek dikkat edemedikleri siyasi gelişmelerinden bahsettiler. Holmes ilk doktorluk yıllarından bahsetti. Muayenehanesinin önüne astığı tabelayı (EN UFAK SOĞUK ALGINLIĞI BİLE MİNNETLE TEDAVİ EDİLİR) sarhoşlar pencere camını kırınca kaldırmıştı.

"Çok konuştum, değil mi?" dedi Holmes başını sallayarak. "Longfellow, sen kendinden çok az bahsediyorsun."

"Aslında hiç bahsetmiyorum," dedi Longfelow düşünceli bir edayla.

"Biliyorum! Ama bir keresinde bahsetmiştin." Holmes duraksadı. "Fanny ile tanıştığında."

"Hayır, sanmıyorum."

Dans edercesine defalarca partner değiştirdiler. Çeşitli konularda sohbet ettiler. Bazen, hep birlikte yürüdüklerinde, sanki ağırlıkları buzu kıracakmış gibi oluyordu. Hep kol kola gidiyor, birbirlerine tutunuyorlardı.

En azından gökyüzü açıktı. Yıldızlar kusursuz bir düzen içinde sabit duruyorlardı. Nicholas Rey'i taşıyan atın yaklaştığını duydular. Hayvanın buharlı nefesi Rey'i sarıyordu. Her biri o yaklaşan genç adamın yüzünde sevinç görmeyi umuyordu. Ama yüzü asıktı. Teal'ın da, Augustus Manning'in de izine rastlayamadığını söyledi. Charles Nehri'nde arama yapmak için yarım düzine devriye toplamıştı, ama sadece dört at bulabilmişlerdi.

Rey şömine şairlerine dikkatli olmalarını tembih ettikten sonra, sabahleyin aramaya devam edeceğine söz verdi.

Üç buçukta Lowell'ın evinde dinlenmelerini teklif eden hangisiydi? İkisi müzik odasına, ikisi de yandaki çalışma odasına uzandılar. Odaların şekli birbirinin aynısıydı. Şömineleri de sırt sırtaydı. Köpeğin kaygılı havlamaları yüzünden aşağı inen Fanny Lowell onlara çay yaptı. Ama Lowell ona hiçbir şey açıklamadı. Sadece sinirlerinin çok bozuk olduğunu mırıldandı. Fanny onun yokluğundan çok kaygılanmıştı. O zaman saatin ne kadar geç olduğunu nihayet fark ettiler. Lowell uşağı William'la diğerlerinin evlerine mesaj gönderdi. Elmwood'da sadece yarım saat dinleneceklerdi. Ama iki şöminenin başında uyuyakaldılar.

Dünyanın o dingin saatinde, ateşin sıcaklığı Holmes'un yüzüne vuruyordu. Vücudu öyle bitkindi ki, ayağa kaldırılıp dışarı çıkarıldığını ve alçak bir çit boyunca yürütüldüğünü doğru dürüst fark etmedi bile. Ansızın yükselen hava sıcaklığıyla birlikte yerdeki buzlar erimeye başlamış, derecikler halinde akıyorlardı. Yokuş çıkıyorlardı. Holmes bir tepeye çıkar gibi iki büklüm olmuştu. Cambridge Adliyesi'ne baktı. Devrim Savaşı'ndan kalma toplardan dumanlar çıkıyordu. Devasa Washington Kara Ağacının binlerce dalıysa her yöne uzanıyordu. Holmes arkasına dönünce Longfellow'un ağır ağır peşinden geldiğini gördü. Ona acele etmesini işaret etti. Longfellow'un uzun süre yalnız kalmasını istemiyordu. Ama bir gürleme dikkatini çekti.

Pembe benekli, beyaz toynaklı iki at ona doğru koşuyordu. İkisi de sallanan yük arabaları çekiyorlardı. Holmes diz çöküp ayak bileklerini tuttu. Başını kaldırınca atlardan birini Fanny Longfellow'un (kızıl saçı havada titreşiyordu), diğeriniyse Küçük Wendell'in sürdüğünü gördü (sanki doğuştan sürücüydü). Atlar iki yanından geçip gittiklerinde, ufak tefek doktor bayıldı.

415

* * *

Holmes koltuktan kalktı. Yanan şöminenin başındaydı. Başını kaldırdı. Tepedeki avize sallanıyordu. "Saat kaç?" diye sorunca, rüyadan uyandığını fark etti. Lowell'ın saatine göre altıya çeyrek vardı. Rahat koltuğunda mahmurca kımıldanan Lowell, bir sorun olup olmadığını sordu. Ağzında acı bir tat vardı.

"Lowell, Lowell," dedi Holmes bütün perdeleri açarak. "Bir çift at."

"Ne?"

"Dışarıdan bir çift atın sesleri geldi sanki. Hayır, eminim. Birkaç saniye önce yanındaki pencerenin ardından hızla geçip gittiler. Kesinlikle iki at vardı. Devriye Rey'in elinde sadece bir at var. Longfellow, Teal'ın Manning'ten iki at çaldığını söylemişti."

"Uyuyakalmışız," dedi Lowell kaygıyla, gözlerini kırpıştırıp kendine gelerek. Pencerelerden şafağın sökmeye başladığını gördü.

Lowell, Longfellow'la Fields'ı uyandırdı. Sonra dürbününü alıp tüfeğini omzuna astı. Kapıya doğru yürürlerken Lowell, Mabel'in ön hole girdiğini gördü. Üstünde sabahlığı vardı. Lowell durup azar işitmeyi bekledi. Ama Mabel dalgınca bir ifadeyle öylece duruyordu. Lowell dönüp ona sıkıca sarıldı. "Sağol," diye fısıldarken, Mabel aynı şeyi söylemişti bile.

"Kendine dikkat et baba. Annem için. Benim için."

Sıcak havadan dışarının soğuğuna çıkmak Holmes'un astımını azdırdı. Lowell koşarak taze toynak izlerini takip ederken, diğer üçü çıplak dalları göğe yükselen kara ağaçların arasından ihtiyatla dolandılar.

"Longfellow, azizim Longfellow..." diyordu Holmes.

"Holmes?" diye karşılık verdi şair sevgiyle.

Holmes rüyasının bazı sahnelerini hâlâ anımsıyordu, arkadaşına bakmaya korkuyordu. *Fanny'nin bizim için geldiğini gördüm!* demeye korkuyordu. "Polis düdüğünü evinde unuttuk, değil mi?"

Fields elini ufak tefek doktorun omzuna koydu, onu rahatlatmak için. "Şimdi biraz cesaret bir kralın fidyesine bedel Wendell."

Lowell yukarıda diz çöktü. Dürbünüyle ilerideki gölü taradı. Korkudan dudakları titriyordu. İlk başta balık avlayan çocuklar gördüğünü sanmıştı. Ama sonra dürbünle bakınca öğrencisi Pliny Mead'in solgun yüzünü gördü... sadece yüzünü.

Mead'in kafası gölü kaplayan buz tabakasındaki ufak bir delikten çıkmıştı. Çıplak vücudunun geri kalanıysa soğuk suyun içindeydi. Ayakları bağlıydı. Dişleri zangır zangır takırdıyordu. Dili ağzının içinde ters dönmüştü. Çıplak kolları buzun üstünde açık duruyordu. Bileklerine bağlanmış ipler, Dr. Manning'in biraz ötedeki arabasına uzanıyordu. Bu ipler olmasa yarı baygın haldeki Mead deliğin içine düşüp ölürdü. Parlak asker üniformasını giymiş olan Dan Teal, park edilmiş at arabasının arka tarafından bir başka çıplak kişiyi çıkarıp sırtlayarak kaygan buz üstünde yürümeye başladı. Taşıdığı beyaz, yumuşak beden Augustus Manning'e aitti. Sakalı kılsız göğsünün üstünde tuhaf bir şekilde duruyordu. Bacakları bileklerinden ve butlarından bağlıydı. Tir tir titriyordu.

Manning'in burnu kararmıştı. Altında kalın bir kurumuş kan tabakası oluşmuştu. Teal Manning'i buzdaki, Mead'in otuz santim kadar yanındaki bir başka delikten içeri ayaklarından daldırdı. Buz gibi su Manning'i kendine getirdi. Çırpınmaya başladı. Teal, Pliny Mead'in kollarını çözdü. Şimdi o iki çıplak adamın suya gömülmelerini engelleyen tek şey el ele tutuşmalarıy-

417

dı. Bunu aynı anda içgüdüsel olarak kavrayıp birbirlerine ellerini uzattılar.

Teal onları izlemek için nehir kıyısına çıktı. Sonra bir silah sesi duyuldu. Katilin arkasında ağacın gövdesine bir mermi saplandı.

Lowell elinde tüfeğiyle kaygan buzda koşmaya başladı. "Teal!" diye haykırdı. Tüfeği ikinci bir atışa hazırdı. Longfellow, Holmes ve Fields peşinden geliyorlardı.

Fields "Teal, bunu durdurmalısın!" diye seslendi.

Lowell gözlerine inanamadı. Teal hiç kımıldamadan durmaktaydı.

"Ateş et Lowell, ateş et!" diye haykırdı Fields.

Lowell av gezilerinde nişan almayı, ama ateş etmemeyi severdi. Güneş yükselerek gölün engin buz tabakasını aydınlattı.

Yansımalar bir an hepsinin gözlerini kamaştırdı. Tekrar görebilmeye başladıklarında Teal ortadan kaybolmuştu. Ormanda hafifleyen ayak sesleri duyuluyordu. Lowell çalıların arasına ateş etti.

Zangır zangır titreyen Pliny Mead birden gevşedi. Başı buza düştü ve gövdesi ölümcül suyun içine kaymaya başladı. Manning delikanlının kaygan kollarını, bileklerini, parmaklarını tutmaya çalıştı, ama delikanlı çok ağırdı. Mead suya gömüldü. Dr. Holmes göle atılıp buzun üstünde kayarak iki elini birden deliğe soktu. Mead'i saçından ve kulaklarından yakaladı. Sonra göğsünden kavrayıp çekti, nihayet tamamen yukarı çıkarıp buzun üstüne yatırana dek. Fields'la Longfellow da Manning'i kollarından tutup çektiler. Bacaklarını ve ayaklarını çözdüler..

Holmes bir kırbaç sesi duyunca başını kaldırdı. Lowell at arabasına binmiş, atları ormana doğru sürüyordu. Holmes ayağa fırlayıp ona doğru koştu. "Jamey, hayır!" diye haykırdı. "Onları hemen sıcak bir yere götürmeliyiz, yoksa ölecekler!"

"Teal kaçıyor Holmes!" Lowell atları durdurup Augustus Manning'in buzun üstünde sudan yeni çıkarılmış bir balık gibi çırpınan zavallı bedenine baktı. Dr. Manning'in can çekiştiği bu anda, Lowell ona ancak acıyabiliyordu. Buz ağırlıklarının altında çatırdıyordu. Yürürlerken açılan yeni deliklerden su çıkıyordu. Longfellow'un çizmelerinden biri zayıf bir buz tabakasını çatlatınca Lowell arabadan eğilip onu tuttu.

Dr. Holmes eldivenlerini ve şapkasını, ardından da paltosuyla ceketini çıkarıp Pliny Mead'in üstüne örttü. "Bulabildiğiniz her şeyle sarın onları! Başlarını ve boyunlarını örtün!" Kravatını çıkarıp delikanlının boynuna sardı. Sonra çizmelerini ve çoraplarını çıkarıp Mead'in ayaklarına geçirdi. Diğerleri Holmes'un tez parmaklarını dikkatle izleyerek, onu taklit ettiler.

Manning konuşmaya çalıştı, ama ağzından ancak bir inilti çıktı. Sanki bir şarkı mırıldanıyordu. Başını buzdan kaldırmaya çalışınca Lowell başının altına bir şapka koydu. Manning şaşkın görünüyordu.

"Sakın uyutmayın!" diye bağırdı Dr. Holmes. "Uyurlarsa ölürler!"

Kaskatı gövdeleri güçlükle arabaya taşıdılar. Gömlekle kalmış olan Lowell sürücü koltuğuna geri döndü. Longfellow'la Fields, Holmes'un sözüne uyarak kurbanların kan dolaşımını hızlandırmak için boyunlarına ve omuzlarına masaj yapıp ayaklarını kaldırdılar.

"Çabuk Lowell, çabuk!" diye seslendi Holmes.

"Bundan hızlı gidemeyiz Wendell!"

Holmes, Mead'in daha kötü durumda olduğunu hemen anlamıştı. Mead sadece donmak üzere değildi, kafasının arkasında, muhtemelen Teal tarafından açılmış derin bir yara vardı. Şehre yaptıkları o kısa yolculukta Holmes çocuğa sürekli masaj yaptı. Öğrencilerine hastalara nasıl davranmaları gerektiğini anlatmak için yazdığı bir şiiri hatırladı ister istemez.

Zavallı hastaya indirecekseniz çekici
Örs sanmayın sızlayan gövdesini.
(Bu civardaki bazı doktorlar
Odun niyetine göğüs kırarlar.)
Sorulara gelince:
Hastanın canını sıkmayın kesinlikle.
O tabağında kıvranan bir yumuşakça değil.
Sen Agassiz değilsin, o da balık değil.

Mead'in gövdesi öyle soğuktu ki, ona dokunmak acı veriyordu.

*

"Fresh Gölü'ne vardığımızda çocuk için çok geçti artık. Onu kurtarmak imkansızdı. Buna inanmalısın Holmes."

Dr. Holmes, Fields'a kulak asmadan Tennyson'ın Longfellow'a armağan ettiği mürekkep hokkasını parmaklarının arasında sallıyordu. Parmakuçlarına mürekkep bulaşıyordu.

"Augustus Manning de canını sana borçlu," dedi Lowell. "Ayrıca bana ve şapkama," diye ekledi. "Şaka bir yana, sen olmasan ölecekti Wendell. Anlamıyor musun? Lucifer'i yendik. İblis'in pençesinden bir insan kurtardık. Bu kez *kazandık,* çünkü sen kendini tamamen verdin Wendell."

Longfellow'un üç kızı çalışma odasının kapısını çaldılar. Dışarda oynamak için güzelce giyinmişlerdi.

İlk içeri giren Alice oldu. "Baba, Trudy ile diğerleri tepede kızak kayıyor. Gidebilir miyiz?"

Longfellow odanın çeşitli yerlerindeki koltuklarda oturan arkadaşlarına baktı. Fields omuz silkti.

"Yanınızda başka çocuklar da olacak mı?" diye sordu Longfellow.

"Bütün Cambridge orada!" dedi Edith.

"Tamam öyleyse," dedi Longfellow. Ama sonra çocukları tereddütle süzdü. "Annie Allegra, belki sen burada, Bayan Davie'nin yanında kalsan daha iyi olur."

"Yapma baba! Yeni ayakkabılarımı giyeceğim!" Annie ayakkabılarını göstermek için tepindi.

"Tatlı Panziem," dedi Longfellow gülümseyerek. "Sadece bu seferlik. Söz." Diğer iki çocuk koşarak gittiler. Annie de dadısını bulmak için hole girdi.

Nicholas Rey geldi. Üstünde tam takım bir ordu üniforması vardı. Mavi ceket ve tünik giymişti. Hiçbir şey bulunamadığını söyledi. Ama Komiser Muavini Stoneweather bir sürü adamı Benjamin Galvin'i aramakla görevlendirmişti. "Sağlık bürosu salgının geçmeye başladığını, pek çok atın karantinadan çıkarıldığını bildirdi."

"Harika! Öyleyse bir ekip kurup aramaya başlayalım," dedi Lowell.

"Profesör, baylar," dedi Rey otururken. "Katilin kimliğini buldunuz. Bir can kurtardınız, belki başkalarının canını da."

"Ama zaten bizim yüzümüzden hayatları tehlikeye girdi," dedi Longfellow iç geçirerek.

"Hayır Bay Longfellow. Benjamin Galvin Dante'de bulduğu şeyi hayatındaki başka herhangi bir şeyde de bulabilirdi. O korkunç cinayetlerin hiçbiri sizlerin suçu değil. Ama başarılarınız yadsınamaz. Yine de bütün bu olanlardan zarar görmemeniz büyük bir şans. Şimdiden sonrasını polise bırakın. Böylesi herkes için daha iyi."

Holmes Rey'e neden ordu üniforması giydiğini sordu.

"Vali Andrew bugün belediye binasında askerler için bir başka resepsiyon düzenleyecek. Galvin'in kendini hâlâ orduya bağlı olarak gördüğü belli. Belki de oraya gelir."

"Son cinayetinin engellenmesine nasıl bir tepki verecek bilmiyoruz," dedi Fields. "Ya Manning'i cezalandırmak için geri dönerse?"

"Tüm Harvard Şirketi yönetim kurulu üyelerinin evleri adamlarımız tarafından korunuyor. Manning'inki de. Ayrıca bütün otellerde Simon Camp'i arıyoruz, Galvin onu da Dante'ye ihanet etmiş biri olarak görüyor olabilir diye. Galvin'in mahallesinde bir sürü adamımız var. Evini yakından gözlüyoruz."

Lowell pencereye gidip Longfellow'un sokağına baktı. Kalın mavi paltolu bir adamın bahçe kapısının önünden geçtikten sonra ters döndüğünü gördü. "Burada da bir adamınız mı var?" diye sordu.

Rey başıyla onayladı. "Her birinizin evinde var. Galvin'in kurban seçimlerine bakılırsa, kendini sizin koruyucunuz olarak görüyor. Bu yüzden size fikir danışmaya gelebilir. Gelirse tutuklayacağız."

Lowell purosunu ateşe attı. Bu zaafı birden tiksindirmişti onu. "Ama bütün gün bu odada hiçbir şey yapmadan oturamayız ki memur bey!"

"Öyle yapın demiyorum Profesör Lowell," diye karşılık verdi Rey. "Evlerinize dönün. Ailelerinizle zaman geçirin. Bu şehri koruma görevi bana ait beyler. Ama size ihtiyaç duyan başkaları var. Artık hayatınız normale dönmeye başlamalı profesör."

Lowell şaşkınlıkla başını kaldırdı. "Ama..."

Longfellow gülümsedi. "Hayatta mutlu olmanın en büyük sırlarından biri savaşmamaktır azizim Lowell. Savaştan kaçmaktır. Ustaca bir geri çekilme de bir bakıma zaferdir."

"Bu akşam hepimiz burada toplanalım," dedi Rey. "Şansımız yaver giderse size iyi haberlerle gelirim. Tamam mı?"

Diğerlerinin yüzlerinden hem pişmanlık, hem de büyük bir rahatlama okunuyordu.

Devriye Rey o günün ikindisinde adam toplamayı sürdürdü. Geçmişte çoğu Rey'den uzak durmuştu. Ama o hepsini tanıyordu. Kimin kendisini bir zenci olarak değil de bir insan olarak gördüğünü hemen anlardı. Gözlerinin içine bakması yeterliydi.

Dr. Manning'in evinin ön kapısına bir devriye koydu. Rey bir akça ağacın altında devriyeyle konuşurken, Augustus Manning yan kapıdan dışarı fırladı.

"Teslim olun!" diye haykırdı tüfeğini doğrultarak.

Rey döndü. "Biz polisiz... polisiz, Dr. Manning."

Manning sanki hâlâ buzda sıkışmış gibi titredi. "Ordu üniformanızı görünce sizi o deli sandım..."

"Korkmanıza gerek yok," dedi Rey.

"Beni... beni koruyacak mısınız?" diye sordu Manning.

"Gerek kalmayana dek," dedi Rey. "Bu görevli evinizi gözetleyecek. Kendisi silahlıdır."

Diğer devriye ceketini açıp tabancasını gösterdi.

Manning hafifçe başını sallayıp onayladıktan sonra tereddütle elini uzatarak zenci polisin kendisini içeri götürmesine izin verdi.

Rey daha sonra arabasına binip Cambridge Köprüsü'ne gitti. Bir at arabasının yolu kapattığını gördü. Tekerleklerden birinin yanına iki adam eğilmişti. Rey arabasını yolun kenarına çekip indi. Yardım etmek için adamlara doğru yürüdü. Ama yanlarına gidince adamlar birden doğruldular. Rey arkasına dönüp bakınca, ikinci bir arabanın kendisininkinin ardında durduğunu gördü. Arabadan iki paltolu adam çıktı. Dört adam zenci polisin etrafını çevirip neredeyse iki dakika kımıldamadan durdular.

"Dedektifler. Yardımcı olabilir miyim?" diye sordu Rey.

"Seninle karakolda konuşmak istiyoruz Rey," dedi biri.

"Korkarım şimdi vaktim yok," dedi Rey.

"İzinsiz birtakım işlerle uğraşıyormuşsun," dedi bir başkası, öne çıkarak.

"Buranın sizin bölgeniz olduğunu sanmıyorum Dedektif Henshaw," dedi Rey duraksadıktan sonra.

Dedektif iki parmağını birbirine sürttü. Bir başka dedektif tehditkar bir edayla Rey'e yaklaştı.

Rey ona doğru döndü. "Ben bir polis memuruyum. Bana vurmak cumhuriyetimize vurmak demektir."

Dedektif Rey'in önce karnına, sonra da çenesine vurdu. Rey iki büklüm oldu. Onu arabalarının arka tarafına taşırlarken, Rey'in ağzından kan dökülüyordu.

Dr. Holmes, sallanan büyük deri koltuğunda oturmuş, Longfellow'la görüşme vaktinin gelmesini bekliyordu. Aralık bir panjurdan giren donuk, ilahi bir ışık hüzmesi masaya vuruyordu. Küçük Wendell koşarak üst kata çıkıyordu.

"Wendy, evladım," diye seslendi Holmes peşinden. "Nereye gidiyorsun?"

Küçük Wendell merdivende yavaşça döndü. "Nasılsın baba? Seni görmedim de."

"Bir iki dakika oturamaz mısın?"

Küçük Wendell yeşil bir sallanan koltuğun kenarına kuruldu. Dr. Holmes hukuk fakültesi hakkında sorular sordu. Küçük Wendell baştan savma bir yanıt verdi. Babasının her zamanki gibi onu iğnelemesini bekliyordu, ama yanılmıştı. Dr. Holmes kolejden sonra hukuk okumayı denemiş, ama bir türlü ısınamamıştı. İkinci baskının birincisinden daha iyi olduğunu düşündü. Saatin ibresi, sessiz geçen uzun saniyeleri sayıyordu.

"Hiç korktuğun oldu mu Wendell?" diye sordu Dr. Holmes. "Savaşta yani?"

Küçük Wendell kara kaşlarının altından bakıp sıcak bir gülümsemeyle "Her çatışmadan ya da herhangi bir ölüm tehlikesinden korkulur baba," dedi. "Savaş hiç şiirsel değildir."

Dr. Holmes oğluna gidebileceğini söyledi. Küçük Wendell başını onaylarcasına sallayarak yukarı çıktı.

Holmes diğerleriyle buluşmak için yola çıkmalıydı. Yanına dedesinin asker tabancasını almaya karar verdi. Bu tabanca en son Devrim Savaşı'nda kullanılmıştı. Holmes'un evde tuttuğu tek silahtı. Onu bodrumunda, bir antika olarak saklıyordu.

Kiralık at arabaları hâlâ çalışmıyordu. Sürücüler ve biletçiler arabaları bizzat çekmeye çalışmış, ama başaramamışlardı. Metropolitan Demiryolu Şirketi de vagonlarını öküzlerle çekmeyi denemişti. Ama hayvanlar raylarda yürüyemiyordu. Bu yüzden Holmes Beacon Tepesi'nin kalabalık sokaklarında yürümeye başladı. Oysa birkaç saniye daha beklese, Fields'ın arabasının kendisini almaya geldiğini görecekti. Doktor West Köprüsü'nü kullanarak kısmen donmuş Charles Nehri'nin üstünden geçerek Gallows Tepesi'ne doğru yürüdü. Hava öyle soğuktu ki insanlar elleriyle kulaklarını kapamış, omuzlarını kaldırarak koşuyorlardı. Holmes'un astımı yolculuğunu iki misli uzatıyordu. Rahip Abiel Holmes'un eski Cambridge kilisesinin önünden geçerken içeri girip bir sıraya oturdu. Sıralar her zamanki gibi dikdörtgendi. Önlerinde dua kitaplarının konulacağı yerler vardı. İçeride ayrıca büyük bir org vardı ki, Rahip Holmes'un asla izin vermeyeceği bir şeydi.

Holmes'un babası, Üniteryan rahiplerinin arada sırada kiliselerine konuk olup vaaz vermelerini isteyen cemaat üyeleriyle zıtlaşınca kilisesini yitirmişti. Rahip bunu reddederek, elinde kalan kendisine sadık bir avuç adamla birlikte yeni bir kiliseye taşınmıştı. Üniteryan Kilisesi o zamanlar çok gözdeydi; çünkü o "yeni din", Rahip Holmes gibilerinin savunduğu, insanoğlunun günahkar doğması ve acizliği gibi kavramlardan kaçmak isteyenler için bir sığınaktı. Dr. Holmes da o kiliselerden birinde babasının inanışlarını terkedip bir başka sığınak bulmuştu... Tanrı korkusundan çok mantığa dayanan bir din.

Döşeme tahtalarının altında da bir sığınak olduğunu düşündü. En azından duyduğu kadarıyla, Başyargıç Healey, Kaçak Köle Kanunu'nu yürürlüğe koyup kaçak zenci köleleri saklanmak zorunda bırakınca, kölelik karşıtları onları gizlemek için çoğu Üniteryan Kilisesi'nin altına tüneller kazmışlardı. Rahip Abiel Holmes buna ne derdi acaba...

Harvard, diploma törenlerini babasının eski kilisesinde yaptığından, Holmes her yaz oraya giderdi. Küçük Wendell mezun olduğu sene sınıf şairiydi. Bayan Holmes, Dr. Holmes'u uyarmış, Küçük Wendell'in şiirini eleştirerek ya da tavsiyeler vererek canını sıkmamasını istemişti. Küçük Wendell şiirini okumak üzere yerine geçerken, Dr. Holmes babasının elinden alınmış olan kilisede oturarak onu hafif bir gülümsemeyle izlemişti. Bütün gözler üstündeydi. Yakında savaşa gidecek olan oğlunun yazdığı şiire göstereceği tepkiyi herkes merak ediyordu. *Cedat armis toga*, diye düşünmüştü Holmes... edebiyatçı cüppesi yerini asker silahlarına bıraksın. Oliver Wendell Holmes kaygıyla oğlunu izlerken, kilisenin altında olduğu rivayet edilen o tünellere dalmayı istemişti. Seceshli hainlere kölelik kanunlarıyla ne yapabilecekleri süngülerle ve Enfield tüfekleriyle gösterileceğine göre, o tavşan delikleri başka bir işe yarasındı bari.

Holmes birden dikkat kesildi. Tabii ya, tüneller! Lucifer polisin tüm aramalarına karşın gizli kalmayı böyle başarabilmişti işte! O fahişe de bu yüzden siste Teal'ı bir kilisenin yanında gözden kaybetmişti! Talbot'un kilisesindeki zangoç da bu yüzden katilin gelip gidişini görememişti! Dr. Holmes birden canlandı. *Lucifer Boston'u cehenneme çevirirken ne yürür, ne de arabaya biner,* diye haykırdı içinden. *Yeraltından geçer!*

*

Craigie Konağı'ndaki randevuya yetişmek için Elmwood'dan telaşla ayrılan Lowell, Longfellow'la selamlaşan ilk kişi oldu. Yolda Elmwood'la Craigie Konağı'nı koruyan polislerin ortadan kaybolduğunu fark etmedi. Longfellow, Annie Allegra'ya bir öykü okumayı yeni bitirmekteydi. Onu dadısının yanına gönderdi.

Biraz sonra Fields geldi.

Ama yirmi dakika beklemelerine karşın, Oliver Wendell Holmes'la Nicholas Rey gelmediler.

"Rey'in yanından ayrılmamalıydık," diye mırıldandı Lowell.

"Wendell'in çoktan gelmiş olması gerekirdi," dedi Fields kaygıyla. "Yolda evine uğradım. Bayan Holmes yola çıktığını söyledi."

"Fazla olmadı," dedi Longfellow, ama gözlerini saatten ayırmıyordu.

Lowell elleriyle yüzünü örttü. Parmaklarının arasından baktığında, on dakika daha geçmişti. Gözlerini tekrar kapadığında

427

birden aklına korkunç bir düşünce geldi. Pencereye koştu. "Wendell'i hemen bulmalıyız!"

"Ne oldu?" diye sordu Fields. Lowell'ın yüzündeki korkuyu görünce telaşlanmıştı.

"Wendell," dedi Lowell. "Köşebaşı'nda ona hain demiştim!"

Fields gülümsedi. "O mesele kapandı artık Lowell."

Lowell düşmemek için yayıncısının ceketinin yenine tutundu. "Anlamıyor musun? Jennison'ın cesedinin bulunduğu gün, Holmes'un projemizi bıraktığı gün onunla Köşebaşı'nda tartışmıştım. Teal, yani Galvin, koridordan geliyordu. Bizi sürekli dinliyordu herhalde, tıpkı Harvard yönetim kurulu toplantılarını dinlediği gibi! Yazarlar Odası'ndan koridora çıkıp Holmes'un peşinden koştum. Ona bağırdım. *Ne dediğimi hatırlamıyor musun? Hâlâ kulaklarında çınlamıyor mu? Holmes'a Dante Kulübü'ne ihanet ettiğini söyledim.* Bir hain olduğunu söyledim!"

"Lütfen sakin ol," dedi Fields.

"Greene, Teal'a vaaz verdi. Teal da cinayetler işledi. Wendell'ı hainlikle suçladım. Teal o kısa vaazımı can kulağıyla dinledi!" diye haykırdı Lowell. "Ah, dostumu öldürdüm ben. Wendell'i öldürdüm!"

Lowell ceketini bulmak için ön hole koştu.

"Her an gelebilir," dedi Longfellow. "Lütfen Lowell. En azından Rey'i bekleyelim.

"Hayır, hemen Wendell'i bulmaya gidiyorum!"

"Ama nerede bulacaksın? Hem yalnız gidemezsin," dedi Longfellow. "Biz de geliyoruz."

"Ben Lowell'la giderim," dedi Fields, Rey'in bıraktığı polis düdüğünü alarak. "Eminim her şey yolundadır Longfellow. Burada kalıp Wendell'i bekler misin? Devriye polisine söyleriz, Rey'i hemen çağırır."

Longfellow başıyla onayladı.

"Hadi gel Fields! Çabuk!" diye gürledi Lowell. Ağlamak üzereydi.

Fields ön kapıdan fırlayıp Brattle Sokağı'na koşan Lowell'a ayak uydurmaya çalıştı. Ortalıkta kimseler yoktu.

"O polis nerede?" diye sordu Fields. "Sokak bomboş görünüyor..."

Longfellow'un yüksek çitinin arkasındaki ağaçlardan bir hışırtı geldi. Lowell parmağını dudaklarına götürüp Fields'a sessiz olmasını işaret ettikten sonra, usulca sesin kaynağına yaklaşıp kaygıyla beklemeye başladı.

Ayaklarının dibine ansızın fırlayan bir kedi koşarak karanlığa karıştı. Lowell tam iç geçirirken, çitin üstünden atlayan bir adam Lowell'ın kafasına sert bir darbe indirdi. Lowell yere yığılıverdi. Yüzü kımıltısızken öyle farklıydı ki, Fields onu neredeyse tanıyamayacaktı.

Yayıncı geriledi. Başını kaldırınca Dan Teal'ın yüzünü gördü. Birlikte dans edercesine yürümeye başladılar. Teal ilerliyor, Fields ise gerliyordu.

"Bay Teal, lütfen." Fields'ın dizleri büküldü.

Teal kayıtsızca bakıyordu.

Yayıncı düşmüş bir dal parçasına takılıp sendeledi. Sonra dönüp kaçmaya başladı. Brattle Sokağı'nda oflaya puflaya, düşe kalka koşarken haykırmaya, yardım çağırmaya çalışıyor, ama ağzından sadece boğuk bir inilti çıkıyordu. O da kulaklarında çığlıklar atan azgın rüzgarın sesine karışıp kayboluyordu. Dönüp arkasına baktı. Sonra cebinden polis düdüğünü çıkardı. Takipçisi ortalıkta yoktu artık. Fields dönüp diğer tarafa bakacakken kolundan tutulup savrulduğunu hissetti. Gövdesi sokağa düşerken, düdük kuş sesi gibi hafif bir çınlamayla çalıların içine yuvarlandı.

Vücudu kaskatı kesilmiş olan Fields başını güçlükle Craigie Konağı'na çevirdi. Longfellow'un çalışma odasının pencereleri gaz lambasının ışığıyla aydınlanıyordu. Fields birden katilin asıl niyetini anladı.

"Longfellow'u incitme Teal. Bugün Massachussets'ten ayrıldı. Göreceksin. Şerefim üstüne yemin ederim." Fields çocuk gibi saçmalıyordu.

"Görevimi hep yapmadım mı?" Asker elindeki sopayı başının üstüne kaldırdıktan sonra vurdu.

*

Dr. Oliver Wendell Holmes bir elinde antika tabancası, diğer elindeyse bir rehinciden aldığı gaz lambasıyla kilisenin bodrumuna gizlice girerken; Rahip Elisha Talbot'un yerini dolduran kişi, İkinci Cambridge Üniteryan Kilisesi'nin diyakozlarıyla yaptığı bazı görüşmeleri tamamlamıştı. Holmes teorisini diğerleriyle paylaşıp paylaşmamakta kararsız kalmış, ama önce doğruluğunu bizzat sınamaya karar vermişti. Talbot'un bodrumu cidden terkedilmiş bir kaçak köle tüneline açılıyorsa, bu tünel polisi dosdoğru katile götürebilirdi. Lucifer'in buraya önceden girip Talbot'u öldürdükten sonra kimseye görünmeden kaçabilmesini de açıklardı. Dr. Holmes'un sezgileri Dante Kulübü'nü cinayetleri araştırmaya itmişti, her ne kadar araştırmanın sürmesini Lowell sağlamış olsa da. Öyleyse niye kendisi sonuca ulaşan kişi olmasındı ki?

Holmes bodruma inip mezarlığın duvarlarını yoklayarak bir tünelin ya da odanın girişini bulmaya çalıştı. Elleriyle olmasa da bir ayağıyla bulmayı başardı. Çizmesinin ucu tesadüfen bir deliğe girmişti. Holmes eğilip deliğe bakınca, oradan geçebileceğini fark etti. Bunu yaptıktan sonra feneri yanına aldı. Tünelde bir süre emeklediyse de, bir süre sonra rahatça yürüyebilmeye başladı. Hemen yukarı çıkmaya karar verdi. Diğerleri keşfini öğrenince nasıl da gülümseyeceklerdi. Düşmanlarını nasıl da yeniverecekları! Ama doktor labirentte yolunu şaşırdı. Kendini güvende hissetmek için bir eliyle ceket cebindeki tabancanın kabzasını tuttu. Tam sakinleşmeye başlamıştı ki, bir sesle dağıldı.

"Dr. Holmes," dedi Teal.

XIX

— ✳ —

Benjamin Galvin savaşta Massachusetts'ten orduya katılan ilk askerlerden biriydi. Henüz yirmi dört yaşında olmasına karşın epey tecrübeli bir askerdi. Savaş resmi olarak başlamadan önce yıllarca kölelerin şehrin altındaki sığınaklara ve tünellere kaçırılmasına yardım etmişti. Ayrıca kölelik karşıtı konuşmacılara Faneuil Hill gibi liselerde gönüllü korumalık yapmış; onlara gövdesini siper ederek, fırlatılan taşlara ve tuğlalara karşı korumuştu. Galvin diğer gençler gibi politikayla ilgilenmiyordu. Büyük afişlerdeki ya da gazetelerdeki, hangi dolandırıcıya oy verilmesine ya da hangi partinin ya da parlamentonun ayrılma veya uzlaşma çığlıkları attığına dair yazıları okuyamıyordu. Ama köleleştirilmiş bir ırkın hür kılınmasını ve suçluların cezalandırılmasını savunan konuşmacıları anlayabiliyordu. Benjamin Galvin evine, yeni karısına geri dönemeyebileceğini de anlıyordu. Yıldızlı ve şeritli sancağı taşıyarak geri dönmezse, ona sarılı halde döneceği açıklanmıştı. Galvin'in daha önce hiç fotoğrafı çekilmemişti. Orduya yazılırken çekilen fotoğrafı onu hayal kırıklığına uğrattı. Kepi ve pantolonu üstüne uymuyordu. Gözlerinde nedense korku vardı.

10. Alay C Bölüğü Boston'dan Springfield'daki Brightwood Kampı'na gönderildiğinde hava sıcak ve kuruydu. Askerlerin yepyeni mavi üniformaları öyle toz toprak içinde kalmıştı ki,

düşmanlarınınki gibi grileşmişti. Albay, Benjamin Galvin'e bölüğün emir subayı olup zayiat listelerini tutmasını önerdi. Galvin kendi adını yazabilse de doğru dürüst okuma-yazma bilmediğini söyledi. Okuma-yazma öğrenmeyi defalarca denemişti, ama harflerle noktalama işaretlerini hep karıştırıyordu. Albay şaşırdı. Askerlerin çoğu cahildi, ama Er Galvin gibi sürekli derin düşüncelere dalmış gibi görünen, o iri gözleriyle her şeyi sessizce izleyen (bu yüzden ona Opossum diyorlardı) birinin okuma-yazma bilmemesi hayret vericiydi.

Virginia'da kamp yaptıklarında, ilk heyecan verici olay aralarından bir askerin ormanda kafasından vurulmuş ve süngülenmiş halde bulunmasıydı. Başının içi kurtçuklarla dolmuş, ağzına arılar yuva yapmıştı. Asilerin zevk için bir Yanki öldürmek üzere bir zenciyi gönderdikleri söyleniyordu. Ölü askerin arkadaşı olan Yüzbaşı Kingsley, askerlere Seceshlerle çarpışma günü geldiğinde merhamet göstermeyeceklerine yemin ettirdi. Hepsi de o günün gelmesini bekliyorlardı, ama zaman geçmek bilmiyordu.

Galvin hayatı boyunca açık havada çalışmış olsa da, ülkenin bu yöresindeki böcekleri ilk kez görüyordu. Bölüğün emir subayı (her sabah kalk borusundan bir saat önce uyanıp gür saçını tarar ve hastalarla ölülerin listesini çıkarırdı) o yaratıkları kimsenin öldürmesine izin vermezdi. Sanki çocuklarıymış gibi üstlerine titrerdi. Oysa Galvin bir başka bölükten dört adamın yaralarındaki beyaz kurtçuklar yüzünden öldüklerini gözleriyle görmüştü. C Bölüğü bir sonraki kampa doğru giderken olmuştu bu... faal bir savaş meydanına daha yakın olduğu rivayet edilen bir kampa.

Galvin çevresindeki insanların böylesine çabucak ölebileceklerini hiç düşünmemişti. Fair Oaks'da bir top güllesi gözlerinin önünde altı kişiyi öldürüvermişti. Gözleri açık kalmıştı. Sanki geri kalanlara ne olacağını merak ediyorlardı. Galvin o gün ölenlerden çok sağ kalanların sayısına şaşırmıştı. Çünkü olup bitenlerden sonra tek bir kişinin sağ kalması bile bir mucizeydi. İnanılmayacak kadar çok sayıdaki ceset ve at leşi bir araya toplanıp yakıldı. O günden sonra Galvin ne zaman uyumak için gözlerini kapasa dönüp duran başının içinde çığlıklar ve patlamalar duyuyordu. Ayrıca burnundan parçalanmış et kokusu gitmiyordu.

Bir akşamüstü karnını doyurmak için çadırına döndüğünde, torbasındaki peksimetin bir kısmının kaybolmuş olduğunu gördü. Çadır arkadaşlarından biri bölük rahibinin aldığını söyledi. Galvin buna inanamadı, çünkü hepsi aynı açlığın pençesindeydiler. Bölük yağmurda veya yakıcı güneş altında yürürken, dağıtılan azıklar giderek azalıyordu. Artık sadece kurtlu krakerler verilmeye başlanmıştı, ki bunlar da karınlarını doyurmaya yetmiyordu. En kötüsü de geceleri böceklerin rahat vermemesiydi. Bu işlerden anlar gibi görünen emir eri, böceklerin hareketsiz durdukları zaman üstlerine çıktığını, bu yüzden sürekli yürümeleri gerektiğini söylemişti.

İçme suyunda da böcekler vardı. Bazen askerlerin nehirlere at leşi ve çürük et atmalarının sonucuydu bu. Sıtmadan dizanteriye bütün hastalıklara kamp humması deniyordu. Doktor artık hastalarla sahtekarları birbirinden ayıramadığından, hepsinin sahtekar olduğunu farzetmeye başlamıştı. Galvin bir gün sekiz kere kusmuştu. Sonuncusunda kan gelmişti. Doktordan kinin ve afyon almak için derme çatma hastaneye her gidişinde, pencereden dışarı kollar ve bacaklar fırlatıldığını görüyordu.

Kamp yaptıklarında mutlaka salgınlar baş gösteriyordu. Ama en azından kitap okunabiliyordu. Doktorun asistanı gönderilen kitapları çadırında tutuyor ve kütüphanecilik yapıyordu. Bazı kitaplardaki illüstrasyonlar Galvin'in hoşuna gidiyordu. Bazen de emir eri ya da Galvin'in çadır arkadaşlarından biri yüksek sesle öykü ya da şiir okuyordu. Galvin asistanın kütüphanesinde Longfellow'un parlak mavi ve altın sarısı ciltli bir şiir kitabını bulmuştu. Galvin kapaktaki ismi okuyamasa da, kapak sayfasındaki portreyi tanıdı. Aynısını karısının kitaplarından birinde de görmüştü çünkü. Harriet Galvin, Longfellow'un tüm kitaplarındaki karakterlerin, umutsuz durumlara düşseler bile bir şekilde ışığa ve mutluluğa kavuştuklarını söylerdi hep. Örneğin Evangeline'le sevgilisi gittikleri yeni yörede birbirlerinden ayrılmak zorunda kalsalar da, Evangeline hemşireyken ve sevgilisi hummadan can çekişirken tekrar karşılaşıyorlardı. Galvin kendisiyle Harriet'ı o karakterlerle özdeşleştirdi. Çevresindeki insanların ölmelerini izlerken içini rahatlatıyordu bu.

Benjamin Galvin gezgin bir lise nutukçusunu dinledikten sonra halasının çiftliğinden çıkıp kölelik karşıtlarına yardım etmek için Boston'a ilk gittiğinde, kölelik karşıtlarının mitingini dağıtmaya çalışan iki İrlandalı tarafından bayıltıldı. Organizatörlerden biri Galvin'i ayıltmak için evine götürdü. Kızı Harriet, o zavallı çocuğa âşık oldu. Babasının arkadaşları arasında bile, hiçbir politik kaygı gütmeden doğruyla yanlışın ne olduğundan böylesine emin olabilen birini hiç görmemişti. Flört ederlerken Harriet bir keresinde "Bazen misyonunu diğer insanlardan daha çok sevdiğini düşünüyorum," demişti, ama Galvin yaptığı şeyin bir misyon olduğunu düşünmüyordu.

Harriet, Galvin'in ebeveynlerinin o daha çocukken kara hummadan öldüklerini duyunca çok üzülmüştü. Galvin'e alfabeyi öğretmişti. Adını yazmayı zaten biliyordu. Galvin'in savaşa gitmek için orduya gönüllü yazılmaya karar verdiği gün evlendiler. Harriet ona savaştan dönünce kitap okuyabileceği kadar okuma-yazma öğretmeye söz vermişti. İşte *bu yüzden* sağ salim dönmesi gerekiyordu. Galvin tahta yatağında, üstüne battaniyesini çekip yatarken Harriet'ın melodik sesini düşünüyordu.

Top atışları başladığında, adamlardan bazıları topları ateşlerken, fişekleri dişleriyle açarken baruttan kararmış yüzleriyle kahkahalar ya da çığlıklar atıyorlardı. Bazılarıysa nişan almadan ateş ediyordu. Galvin böylelerinin cidden zırdeli olduğunu düşünüyordu. Gülleler havada öyle sağır edici bir sesle uçuyordu ki, tavşanlar yuvalarından fırlayıp kan içindeki cesetlerin arasından sıçrayarak kaçışıyorlardı.

Sağ kalanların genellikle yoldaşlarını gömecek halleri bile kalmadığından, koca koca araziler topraktan fırlamış dizlerle, kollarla ve başlarla kaplanıyordu. İlk yağmurda tüm cesetler açığa çıkıyordu. Galvin çadır arkadaşlarının katıldıkları savaşlardan bahseden mektuplar yazmalarını izlerken; gördüklerini, duyduklarını ve hissettiklerini nasıl kağıda dökebildiklerini merak ediyordu. Bir askerin dediğine göre, bölüğün neredeyse üçte birinin ölmesine yol açan son çarpışmada, gelmesi gereken destek kuvvetleri General Burnside'a düşman bir başka general tarafından engellenmişti.

"Bu doğru olabilir mi?" diye sordu Er Galvin, bir başka bölükten bir çavuşa.

"İki katır ve bir asker daha öldürülmüş." Çavuş LeRoy yüzü hâlâ bembeyaz olan ere kıkırdadı.

Okumuş bir adam olan emir eri, Benjamin Galvin'e o savaşın neredeyse Napolyon'un Rusya seferi kadar kanlı geçtiğini söylemişti.

Galvin diğer okuma-yazma bilmeyenlerden bazılarının aksine, mektuplarını başkalarına yazdırmaktan hoşlanmıyordu. Bu yüzden düşman cesetlerinde mektuplar bulduğunda onları Boston'daki Harriet'a gönderiyordu, savaşta olanları öğrensin diye. Mektupların kimden geldiğini anlaması için de altlarına imza atıyor ve zarfa o yöreye ait bir çiçek ya da yaprak koyuyordu. Yazmayı seven insanlara bile zahmet vermek istemiyordu. Sürekli öyle yorgundular ki. Herkes öyle yorgundu ki. Galvin çatışmalardan önce genellikle insanların yüzlerine bakarak, kimlerin öleceğini tahmin edebiliyordu. Hâlâ uykuda gibi görünenler çoğunlukla ölüyordu.

Bir subayın "Evime bir dönebilsem... Birliğin canı cehenneme," dediğini duymuştu.

Verilen yiyeceklerin giderek azalması çoğu insanı kızdırsa da, Galvin pek fark etmiyordu, çünkü artık tat ve koku duyusu körelmişti. Ayrıca kendi sesini bile duyamıyordu. Ağzında bir şeyler olsun diye çakıl taşları ya da doktor asistanının giderek ufalan gezgin kütüphanesindeki kitaplardan ve düşman mektuplarından yırttığı kâğıt parçalarını çiğnemeye başladı. Elindekileri idareli kullanmak için kâğıt parçalarını giderek ufaltıyordu.

Bacağından yaralı olduğu için kampta bırakılan bir asker iki gün sonra getirildi. Cüzdanı için öldürülmüştü. Galvin herkese bu savaşın Napolyon'un Rusya seferinden bile korkunç olduğunu söylemeye başladı. Aldığı morfinle ishale karşı kullandığı kunduz yağı onu uyuşturuyor, doktorun verdiği tozlarsa başının dönmesine ve içinin sıkılmasına yol açıyordu. Sadece bir külodu kalmıştı. Gezgin satıcılar 30 sentlik külodu 2.5 dolara satıyorlardı. Satıcı Galvin'e indirim yapmayacağını, hattâ biraz daha beklerse fiyatı yükselteceğini söyledi. Galvin herifin kafasını kırmak istedi, ama yapmadı. Emir erine Harriet Galvin'e bir mektup yazarak kendisine iki adet kalın yün don göndermesini söylemesini istedi. Savaş boyunca başkasına yazdırdığı tek mektup buydu.

Donmuş toprağa yapışmış cesetleri kazımak için kazmalar

gerekiyordu. Hava tekrar ısındığında, C Bölüğündekiler kara cesetlerle dolu bir kır gördüler. Galvin mavi üniformalı bu kadar zenci olmasına şaşırdı. Ama sonra durumu anladı. Cesetler ağustos sıcağında bir gün boyunca kalınca güneşten kararmışlardı. Üstleri böceklerle kaplıydı. İnsanlar akla gelebilecek her pozisyonda ölmüşlerdi. At leşlerinin çoğu diz çökmüş haldeydi. Sanki bir çocuğun sırtlarına binmesini bekliyorlardı.

Galvin kısa süre sonra bazı generallerin kaçak köleleri sahiplerine geri verdiğini ve kölecilerle sohbet ettiklerini işitti. *Bu doğru olabilir mi?* Bu savaş köleler için yapılmıyorsa tamamen anlamsızdı. Galvin bir yürüyüş sırasında kaçmaya çalıştığı için kulaklarından bir ağaca çivilenmiş bir zencinin cesedini gördü. Sahibi onu çırılçıplak soymuş, aç sivrisineklerle sineklerin insafına bırakmıştı.

Galvin Kuzeyli askerlerin Massachusetts'te bir zenci alayı kurulmasına itiraz etmesine anlam veremedi. Karşılaştıkları bir Illinois bölüğündekiler, Lincoln bir köleyi daha serbest bırakırsa ordudan kaçacaklarını söylediler.

Galvin savaşın ilk aylarında gördüğü bir zenci moral toplantısında, şehirden geçen askerler için edilen bir duayı dinledi: "Ulu Tanrım, bu üzgün adamları alıp cehennemin üstünde salla, ama bırakma."

İlahi de söylediler:

"Şeytan sinirli, ne iyi... Tanrı'ya hamdolsun!
Kendinin sandığı bir ruhu kaybetti... Tanrı'ya hamdolsun!"

"Zenciler bize yardım ettiler. Bizim için casusluk yaptılar. Biz de onlara yardım etmeliyiz," dedi Galvin.

"Kuzey zencilerin eline geçeceğine yıkılsın daha iyi!" diye bağırdı Galvin'in bölüğünden bir subay onun suratına.

Galvin sahiplerinden kaçan köle kadınların askerler tarafından yakalanıp tezahüratlar eşliğinde ormana götürüldüğüne defalarca şahit oldu.

Cephelerin her iki tarafında da yiyecek bitti. Bir sabah, kampları civarındaki ormanda avlanan üç düşman askerini yakaladılar. Adamlar açlıktan ölmek üzere gibiydi. Çeneleri sarkıyordu. Yanlarında Galvin'in bölüğünden bir asker kaçağı vardı. Yüzbaşı Kingsley, Er Galvin'e asker kaçağını vurmasını emretti. Galvin konuşursa kan kusacakmış gibi hissetti kendini. "Formalitelere uymadan mı Yüzbaşı?" diyebildi sonunda.

"Savaşa gidiyoruz asker. Duruşma yapıp onu asmaya vaktimiz yok. Onu buracıkta vuracaksın! Nişan al... ateş!"

Galvin böyle bir emre karşı çıkan bir erin idam edildiğini görmüştü. Bir deri bir kemik haldeki asker kaçağı da kaygılı görünmüyordu pek. "Hadi vur beni."

"Ateş et!" diye emretti Yüzbaşı. "Onlarla birlikte cezalandırılmak mı istiyorsun?"

Galvin adamı vurdu. Diğerleri cesedi süngünleriyle on kez kadar deldiler. Yüzbaşı gözlerinde donuk bir parıltıyla geri çekilip, Galvin'e üç düşman askerini de oracıkta vurmasını emretti. Galvin tereddüt edince Yüzbaşı Kingsley onu kolundan tutup çekti.

"Gözlerin hep fıldır fıldır değil mi Opossum? Herkesi izleyip duruyorsun. Kendini bir şey sanıyorsun. Ama şimdi ben ne dersem onu yapacaksın. Yapacaksın." Konuşurken tüm dişlerini sergilemişti.

Üç düşman askeri sıraya dizildi. Galvin Enfield tüfeğiyle onları sırayla kafalarından vurdu. Bunu yaparken pek bir şey hissetmemişti. Kokulara, tatlara ve seslere dikkat etmişti daha çok.

Galvin aynı hafta içinde, ikisi kendi bölüğünden olmak üzere dört Kuzeyli askerin civardaki bir kasabadan aldıkları iki genç kızı taciz ettiklerini gördü. Galvin bunu üstlerine anlatınca, o dört adam diğerlerine örnek olsun diye bir top tekerine bağlanıp sırtlarından kırbaçlandılar. Galvin onları ihbar eden kişi olarak kırbacı kullanmak zorunda kaldı.

Bir sonraki çarpışmada Galvin artık hangi taraf için savaştığını umursamıyordu. Savaşıyordu o kadar. Bütün dünya savaşıyordu. Sesler hiç kesilmiyordu. Zaten Kuzeyliler'le Güneyliler'i ayırt etmekte de zorlanıyordu. Dün zehirli bir yaprağa sürtündüğünden geceleyin gözleri neredeyse tamamen kapanmıştı. Askerler buna güldüler, çünkü başkaları gözlerinden vurulurken ve kafaları kırılırken, Benjamin Galvin kaplan gibi dövüşüp bir sıyrık bile almamıştı. İleride tımarhaneye tıkılacak olan bir asker, tüfeğini Galvin'in göğsüne doğrultarak, o kahrolası kağıtları çiğnemeyi kesmezse kendisini oracıkta vuracağını söyledi.

Galvin ilk savaş yarasını alınca, göğsüne bir mermi saplanınca iyileşmesi için Boston Limanı civarındaki Warren Kalesi'ne gönderildi. Orada düşman askerleri tutuluyordu. Orada paralı mahkumlar suçlarına bakılmadan daha güzel odalara ve yemeklere sahip oluyorlardı.

Harriet Benjamin'e savaşa geri dönmemesi için yalvardı. Ama Galvin ona ihtiyaçları olduğunu biliyordu. Virginia'daki C Bölüğü'ne geri döndüğünde, ölümler ve firarlar yüzünden öyle çok mevki boşalmıştı ki, onu asteğmen yaptılar.

Yeni gelen askerlerden, zengin çocuklarının üç yüz dolar vererek savaşa gitmekten kurtulduklarını öğrendi. Hiddete kapıldı. Kendini çok bitkin hissediyordu. Geceleri gözüne birkaç dakikadan fazla uyku girmiyordu. Ama ilerlemeliydi. Hareket etmeyi sürdürmeliydi. Bir sonraki çarpışma sırasında cesetlerin arasına yatıp o zengin çocuklarını düşünerek uykuya daldı. O gece cesetleri kontrol eden düşman askerleri onu buldular ve Richmond'daki Libby Hapisanesi'ne gönderdiler. Erleri serbest bırakıyorlardı, çünkü onlar önemli değildi. Ama Galvin asteğmen olduğundan Libby'de dört ay kaldı. Galvin'in savaş esirliği döneminden aklında kalan sadece bulanık imgeler ve bazı seslerdi. Sanki bütün o süre boyunca uyuyup rüya görmeye devam etmişti.

Benjamin Galvin serbest bırakılıp Boston'a gönderildiğinde, belediye binasının ön basamaklarında, alayının geri kalanıyla birlikte büyük bir törenle karşılandı. Yırtık alay bayrakları katlanıp valiye verildi. Bin kişiden geriye sadece iki yüz kişi kalmıştı. Galvin savaşın nasıl bitmiş kabul edildiğini anlayamıyordu. Hedeflerine ulaşamamışlardı. Köleler serbest bırakılmıştı, ama düşmanları aynı kalmış, cezalandırılmamışlardı. Galvin siyasetle ilgilenmezdi, ama kölelik olsa da olmasa da zencilerin Güney'de rahat yüzü görmeyeceklerini biliyordu. Savaşı ancak onu yaşayanların bilebileceğini, düşmanın sürekli çevrelerinde bulunduğunu ve kesinlikle teslim olmadığını da biliyordu. Üstelik tek düşman Güneyliler değildi asla.

Galvin artık kentlilerin anlayamadığı farklı bir dil konuştuğu hissine kapılmıştı. Onu duyamıyorlardı bile. Sadece top gülleriyle yaralanmış askerler duyabiliyordu onu. Boston'da onlarla birlikte dolaşmaya başladı. Bitkin ve perişan görünüyorlardı, tıpkı ormanlarda gördükleri adamlar gibi. Ama bu gazilerin çoğu para, güzel kızlar, ayyaşlık ve kavga peşindeydi. Çoğu işlerini ve ailelerini kaybetmişti. "Keşke savaşta ölseydim. En azından karıma aylık bağlanırdı," diyorlardı. Artık düşmana karşı tetikte olmayı unutmuşlardı. Diğerleri kadar kördüler.

Galvin sokaklarda yürürken sık sık yakından takip edildiği

hissine kapılıyordu. Ansızın durup gözlerini korkuyla faltaşı gibi açarak dönüp arkasına bakıyordu. Ama düşman bir köşenin ardına ya da kalabalığa saklanmış oluyordu. *"Şeytan sinirli, ne iyi..."*

Çoğu geceler yastığının altında baltayla yatıyordu. Bir fırtına sırasında uyanıp Harriet'ı tüfekle tehdit etti. Düşman casusu olmakla suçladı onu. Aynı gece üniformasını giyip bahçeye çıkarak yağmurda nöbet tuttu. Bazen Harriet'ı bir odaya kilitleyip başında bekçilik yapıyordu. Birilerinin onu öldürmek istediğini söylüyordu. Harriet borçlarını ödemek için bir çamaşırhanede çalışmak zorunda olduğundan, Galvin'i doktora gitmeye ikna etti. Doktor onda "asker kalbi" olduğunu söyledi. Katıldığı çarpışmalar yüzünden çarpıntı sahibi olmuştu. Harriet Galvin'i bir askerlere yardım kuruluşuna gitmeye de ikna etmeyi başardı. Arkadaşlarından orada sorunlu askerlere yardım edildiğini duymuştu. Benjamin Galvin, böyle bir kuruluşta George Washington Greene'in vaaz verdiğini duyunca, uzun süredir ilk kez içinde bir kıpırtı hissetti.

Greene çok uzaklarda yaşamış, Dante Alighieri adlı bilge bir kişiden bahsetti. O adam da askerlik yapmıştı. Şehrindeki partiler arası büyük bir savaşın kurbanı olmuştu. Tüm insanlığı kurtarmak için ölümden sonrasına yolculuk etmesi emredilmişti ona. Orada yaşam da ölüm de inanılmaz bir düzene konmuştu! Cehennemde asla tesadüfen kan dökülmüyordu. Herkes Tanrı tarafından verilen, hak ettiği cezayı çekiyordu. Rahip Greene'in tabiriyle *contrapassolar*, yani her kadınla erkeğin işlediği tüm günahların karşılığı olan kusursuz cezalar kıyamet gününe kadar sürecekti.

Galvin Dante'nin ister dost, ister düşman olsun tüm hemşerilerinin hayatın sadece maddi ve fiziksel yönlerine, hazza ve paraya değer vermelerine; hızla yaklaşan hüküm gününü hiç düşünmemelerine kızmasını anlayabiliyordu. Benjamin Galvin, Rahip Greene'in her hafta verdiği vaazları dikkatle dinliyordu. Duyduklarını aklından çıkaramıyordu. O kiliseden her ayrılışında boyu yarım metre uzamış oluyordu sanki.

Diğer askerler de vaazlardan hoşlanıyor gibiydiler, ama Galvin kendisi kadar anlamadıklarını seziyordu. Bir ikindi vakti vaazdan sonra kilisede kalıp Rahip Greene'e bakarken, bir askerle yaptığı konuşmaya kulak misafiri oldu.

"Bay Greene, izninizle bugünkü vaazınızı çok beğendiğimi söylemek istiyorum," dedi Yüzbaşı Dexter Blight. Saman rengi bir palabıyığı vardı. Bir ayağı da sakattı. "Size bir sorum olacak. Dante'nin yolculuklarıyla ilgili daha fazla şeyler okumam mümkün mü? Geceleri pek uyuyamadığımdan, bol bol vaktim var."

Yaşlı rahip askere İtalyanca bilip bilmediğini sordu. Hayır cevabı alınca, "Şey, yakında Dante'nin yolculuklarının İngilizce'si, tüm ayrıntılarıyla çıkacak evladım!" dedi. "Cambridgeli Bay Longfellow bir çeviri yapıyor... daha doğrusu metin dönüştürmesi. Çeviri için bir kulüp kurdu: Dante Kulübü. Ben de üyeyim. Her hafta toplanıyoruz. Gelecek sene kitapçılara bak dostum. Ticknor & Fields yayınevinin yeni çıkan kitaplarını sor!"

Longfellow. Longfellow, Dante'yle ilgileniyordu demek. Onun bütün şiirlerini Harriet'tan dinlemiş olan Galvin'i hiç şaşırtmadı bu durum. Şehirdeki bir polise "Ticknor & Fields" deyince, Tremont'la Hamilton sokaklarının köşesindeki muazzam bir konağa gönderildi. İçeride yirmi beş metre uzunluğunda bir galeri vardı. Döşemesi cilalı tahtadandı. Oymalı sütunlara, köknar raflara ve dev avizelere sahipti. Galerinin diğer ucundaki oymalı bir kemerin altında, Ticknor & Fields'ın yayınladığı en kaliteli kitaplar sergileniyordu. Mavi, altın sarısı ve çikolata kahverengisi ciltleri vardı. Kemerin ardındaysa yayınevinin çıkardığı dergilerin son sayıları bulunmaktaydı. Galvin galeriye adım atarken orada Dante'yi bulacağını umuyordu az da olsa. Şapkasını çıkarıp gözlerini kapatarak, saygıyla içeri girdi.

Yayınevi bu yeni binayı henüz birkaç gündür kullanıyordu. "Gazete ilanı için mi geldiniz?" Yanıt yok. "Güzel, güzel. Lütfen şunu doldurun. J. T. Fields bu piyasada bir numaradır. O bir dâhidir. Bütün yazarların koruyucu meleğidir." Konuşan kişi kendini Spencer Clark olarak tanıttı. Şirketin muhasebecisi olduğunu söyledi.

Galvin uzatılan kağıtla kalemi alıp boş boş bakarken, ağzından hiç çıkarmadığı kağıt parçasını çiğniyordu.

"Seni aramak için adını bilmeliyiz evlat," dedi Clark. "Hadi ama. Adını vermeyeceksen git."

Clark başvuru formundaki bir satırı gösterdi. Galvin oraya "D-A-N-T-E-A-L" yazdı. Duraksadı. *Alighieri* nasıl yazılıyordu ki? *Ala* diye mi? *Ali* diye mi? Galvin öyle uzun düşündü ki, kalemi kurudu. Başka biriyle konuşmaya dalmış olan Clark geri döndü. Boğazını temizleyerek formu kaptı.

"Utanma canım. Bakalım kimmişsin?" Gözlerini kıstı. "Dan Teal. Aferin sana." Clark iç geçirdi. Hayal kırıklığına uğramıştı. Çocuğun yazısından, muhasebecilik yapamayacağını anlamıştı. Ama bu dev Köşebaşı konağına henüz yeni taşınmışlardı. Bir sürü adama ihtiyaçları vardı. "Daniel, adresini söylersen burada haftada dört gece kapıcılık yapmaya başlayabilirsin. Hemen bu gece. Başkatip Osgood sana işini anlatır. Bu arada tebrikler Teal. Ticknor & Fields'ta yeni bir hayata başlıyorsun!"

"Dan Teal," dedi yeni hademe. Yeni adını defalarca tekrarladı.

Teal bir sabah birazdan gelecek olan muhasebecilere verilecek sayfaları el arabasıyla bir odadan diğerine taşırken, ikinci kattaki Yazarlar Odası'nın önünden geçtiği sırada içeride Dante'den bahsedildiğini işitince çok heyecanlandı. Kulak misafiri olduğu sözler Rahip Greene'in vaazlarına hiç benzemiyordu. Rahip Greene Dante'nin yolculuklarındaki ilginç şeylerden bahsederdi. Oysa Teal, Köşebaşı'nda Dante'den bahsedildiğini pek az işitmişti. Bay Longfellow, Bay Fields ve Dante Kulübü nadiren toplanıyorlardı. Yine de buradaki, Ticknor & Fields'daki insanlar bir şekilde Dante için çalışıyorlardı. Onu nasıl koruyabileceklerini konuşuyorlardı.

Başı dönen Teal, sokağa fırlayıp pazar yerinde kustu. Dante'nin korunmaya ihtiyacı vardı! Teal, Bay Fields, Longfellow, Lowell ve Dr. Holmes'un yaptığı konuşmadan; Harvard Üniversitesi'nin Dante'ye saldırdığı sonucunu çıkarmıştı. Dan Teal, Harvard'ın da yeni işçiler aradığını duymuştu. Çünkü çalışanlarının çoğu savaşta ölmüş ya da yaralanmıştı. Teal üniversitede bir gündüz işi buldu. Bir hafta çalıştıktan sonra bahçıvanlıktan Üniversite Binası'nda gündüz hademeliğine terfi etmeyi başardı. Teal diğer işçilere sorular sorarak, yönetim kurulu kararlarının orada alındığını öğrenmişti.

Yardım kuruluşunda, Rahip Greene Dante'yle ilgili genel bilgilerden çok, o hacının yolculuğunun daha belirgin ayrıntılarını vermeye başlamıştı. Cehennemin halkalarından geçiyordu. Her halka, tüm kötülüklerin başı olan Lucifer'in cezasına biraz daha yaklaştırıyordu onu. Greene, Teal'ı cehennemin girişinden geçirerek, Tarafsızlar diyarına götürdü. Oranın en büyük günahkârı Büyük Retçi denen bir papazdı. Teal adamın adını ilk kez duyuyordu. Ama milyonlarca insana adalet dağıtabilmesini sağlayacak, hem de çok yüce bir makamı reddetmiş olmasına çok sinirlendi. Üniversite binasının duvarlarından, Başyargıç Healey'nin de önemli bir konumu, Dante'yi savunmasını sağlayacak bir konumu reddettiğini öğrendi.

Teal C Bölüğü'ndeki kitap kurdu emir erinin bataklık eyaletlerden geçerlerken binlerce böcek topladığını ve onları özel yapılmış sandıklarla Boston'a gönderdiğini biliyordu. Teal ondan bir sandık dolusu et sineği ve kurtçuğu, ayrıca arı dolu bir kovan satın aldı. Adliye sarayına gidip, başyargıcın çıkmasını bekledi. Onu Wide Oaks'a kadar takip etti. Ailesiyle vedalaştığını gördü.

Ertesi sabah eve arka kapıdan girip tabancasının kabzasıyla Healey'nin kafasını yardı. Yargıcı soyup giysilerini düzgünce katlayarak bir kenara koydu, çünkü o korkak bu giysileri hak etmiyordu. Teal daha sonra Healey'i taşıyarak arka kapıdan dışarı çıkarıp, kafasındaki yaraya kurtçukları ve böcekleri döktü. Teal ayrıca civardaki kumlu araziye boş bir bayrak dikti. Çünkü Dante bu işaret sayesinde Tarafsızları bulabilmişti. Teal Dante'ye katıldığını, yitik insanların arasındaki uzun ve tehlikeli kurtuluş yolculuğuna çıktığını hissetti birden.

Greene'in hastalanıp bir hafta vaaz verememesine çok üzüldü. Ama sonra geri dönen Greene, vaazında Simoniaclardan bahsetti. Teal, Harvard Şirketi'nin Rahip Talbot'la yaptığı anlaşmayı biliyordu. Üniversite binasında bu konuda defalarca konuşulduğuna şahit olmuştu. Bu yüzden de neredeyse panikteydi. Bir rahip nasıl bin dolar için kendini satabilir, Dante'yi halka kötülemeye razı olabilirdi? Ama Teal onu nasıl cezalandıracağını öğrenmeden hiçbir şey yapamazdı.

Teal eskiden arka sokaklardaki meyhanelerde geçirdiği gecelerden birinde William Burndy adlı bir kasa hırsızıyla tanışmıştı. Teal, Burndy'yi o meyhanelerden birinde bulmakta zorlanmadı. Adamın sarhoşluğu sinirini bozsa da, ona para vererek kendisine Rahip Elisha Talbot'un kasasını açmayı öğretmesini istedi. Hem Langdon Peaslee'nin bütün iyi işleri kendisinden çaldı-

ğından yakınan o değil miydi? Bir başkasına basit bir kasayı aç-
mayı öğretmesinin ne zararı olurdu ki?

Teal İkinci Üniteryan Kilisesi'ne girmek için kaçak köle tü-
nellerini kullandı. Rahip Talbot'un her ikindi vakti yeraltındaki
bodruma inmesini izledi. Merdivenlere kaç adımda gittiğini say-
dı... *bir, iki, üç.* Talbot'un boyunu hesaplayıp duvara işaretledi.
Sonra bir çukur kazdı, Talbot tepetaklak içine konduğunda
ayakları dışarıda kalacak şekilde. Talbot'un kirli parasını çuku-
run dibine gömdü. Nihayet bir pazar ikindisinde Talbot'u yaka-
layıp ayaklarına gazyağı döktü. Dan Teal, Rahip Talbot'u ceza-
landırdığında, Dante Kulübü'nün kendisiyle gurur duyacağına
emindi. Rahip Greene'in bahsettiği, Bay Longfellow'un evinde
yapılan o haftalık toplantıların gününü merak etti. Herhalde pa-
zarlanıydı... dinlenme günü.

Teal Cambridge'de sora sora kolonileşme döneminden kalma
o büyük, yeşil binayı buldu. Ama bir yan penceresinden içeri
bakınca, herhangi bir toplantı belirtisi göremedi. Biraz sonra içe-
riden bağrışmalar gelmeye başladı. Ayışığı üniformasının düğ-
melerini parlatıyordu. Dante Kulübü cidden toplantıdaysa Teal
onları rahatsız etmemeliydi. Dante'nin koruyucularını iş başında
rahatsız etmek istemiyordu.

Greene'in bir vaaz daha kaçırması çok canını sıktı. Üstelik ra-
hip bu sefer hastalığı da bahane etmemişti! Teal halk kütüpha-
nesinde İtalyanca dersleri alıp alamayacağını sordu. Çünkü Gre-
ene'in o diğer askere verdiği ilk tavsiye, Dante'yi İtalyanca'sından
okuması olmuştu. Kütüphaneci Bay Pietro Bachi diye birinin ga-
zete ilanını buldu. Teal derslere başlamak üzere Bachi'ye gitti.
Öğretmeni Teal'a bir sürü gramer ve egzersiz kitabı aldırdı. Ço-
ğunu kendisi yazmıştı. Bu kitapların Dante'yle hiç ilgisi yoktu.

Bachi bir ara Teal'a *Divina Commedia*'nın çok eski bir Venedik baskısını satmayı önerdi. Teal kalın deri ciltli o kitabı eline aldı. Ama Bachi'nin övgülerine karşın, kitaba ilgi duymadı. Bu da Dante değildi. Neyse ki Greene kısa süre sonra tekrar yardım kuruluşunun kilise kürsüsüne çıktı. Dante'nin Bölücüler diyarına girişinin muhteşem öyküsünü anlattı.

Kader Dan Teal'a top gümbürtüsü kadar yüksek sesle konuşmuştu. Teal bu ölümcül günahı (gruplara nifak tohumları atıp bölmeyi) işleyen birini tanıyordu: Phineas Jennison. Teal onun Ticknor & Fields'tayken Dante'yi *korumaktan* bahsettiğini (ve Dante Kulübü'nü Harvard'la kapışmaya teşvik ettiğini); ama Harvard Şirketi'nin ofislerindeyse tam tersine Dante'yi *kötülediğini,* şirketi Longfellow, Lowell ve Fields'la savaşmaya kışkırttığını işitmişti. Teal, Jennison'ı kılıcıyla esir alarak kaçak köle tünellerinden geçirip Boston limanına götürdü. Jennison ağladı, yalvardı, Teal'a para teklif etti. Teal ise adalet vaat ederek, onu parça parça etti. Yaralarını özenle sardı. Yaptıklarını asla cinayet olarak görmüyordu, çünkü ceza demek bir müddet çekilen acı, hislerin hapsedilmesi demekti. Dante'nin en sevdiği yanı buydu. Onun anlattığı cezalardan hiçbiri yeni değildi. Teal Boston'da ve savaşta hepsini görmüştü.

Teal Dante Kulübü'nün, düşmanlarının yenilgisine çok sevindiğini anladı. Çünkü Rahip Greene birdenbire neşeli vaazlar verir olurmuştu. Dante günahkarlarla dolu donmuş bir göle geldi. En büyük günahkarlar arasında sayılan Hainlerdi onlar. Böylece bir sabah Augustus Manning'le Pliny Mead'i buza hapsedip onları seyretti, üstünde asteğmen üniformasıyla. Tarafsız Artemus Healey'nin böceklerle kaplı halde kıvranmasını, Simoniac Elisha Talbot'un yanan ayaklarını sallamasını (lanetli parası artık başının altında yastıktı) ve Phineas Jennison'ın parçalanmış vücudunun titremesini izlediği gibi.

Ama sonra Lowell, Fields ve Holmes geldiler... hem de onu ödüllendirmeye değil! Lowell, Teal'a ateş etti. Bay Fields, Lowell'a ateş etmesini söyledi. Bunlar Teal'ın kalbini kırdı. Harriet Galvin'in hayran olduğu Longfellow'un ve Köşebaşı'nda toplanan diğer koruyucuların Dante'ye *sadık* olduklarını sanmıştı. Ama Dante Kulübü'nün neler yapması gerektiğini bilmedikleri artık anlaşılıyordu. Boston'u düzeltmek için yapılması gereken öyle çok şey, açılması gereken öyle çok çember vardı ki. Teal, Dr. Holmes'un Köşebaşı'nda kendisine yanlışlıkla çarpışını düşündü. Yazarlar Odası'ndan fırlayan Lowell, Dr. Holmes'a şöyle haykırmıştı: "Dante Kulübü'ne ihanet ettin! Dante Kulübü'ne ihanet ettin!"

"Doktor," dedi Teal ona, köle tünellerinde karşılaştıklarında. "Dönün Dr. Holmes. Ben de sizi görmeye geliyordum."

Holmes üniformalı askere sırtını döndü. Fenerinin titrek ışığı, ileride uzanan kaya tüneli aydınlattı.

"Sizin beni bulmanız kaderin işi herhalde," dedi Teal. Sonra doktora yürümesini emretti.

"Aman Tanrım," dedi Holmes titrek bir sesle. "Nereye gidiyoruz?"

"Longfellow'a."

XX

---✳︎---

Holmes yürüdü. Arkasındaki adam çok kısa konuşsa da, Holmes onun Köşebaşı'ndan Teal olduğunu anlamıştı... Fields'ın "gece yaratıklarından" biri. Aradıkları Lucifer. Dönüp bakınca adamın boynunun bir boksörünkü gibi kalın olduğunu fark etti. Ama donuk yeşil gözleriyle neredeyse kadınsı ağzı ona çocukça bir ifade veriyordu. Bacakları da (askerde çok yürümekten olacak) bir ergeninkiler gibi dimdik duruyordu. Düşmanları ve zıtları Teal'di.. bu çocuktu. Dan Teal. *Dan Teal!* Ah, Oliver Wendell Holmes gibi bir yazar bu detayı nasıl gözden kaçırmıştı? DANTEAL... DANTE AL...! O koridorda katile çarptığında, Lowell nasıl da arkasından bağırmıştı, "Holmes, Dante Kulübü'ne ihanet ettin!" diye.

Holmes şimdi nihai cezasını çekecekse, bu işe Longfellow'la diğerlerini karıştırmayacaktı. Tünel aşağı doğru kıvrılınca durdu.

"Daha fazla yürümeyeceğim!" dedi, cesur görünmeye çalışarak. "Ne istersen yaparım, ama Longfellow'u karıştırma!"

Teal bir süre sustu. Anlayışlı görünüyordu. "Arkadaşlarınızdan ikisi cezalandırılmalı. Bunu Longfellow'a *siz* açıklamalısınız Dr. Holmes."

Holmes, Teal'ın kendisini bir Hain olarak görmediğini ve cezalandırmayacağını fark etti. Teal, Dante Kulübü'nün kendi tarafında olmadığına, davaya ihanet ettiğine karar vermişti. Eğer Holmes cidden Lowell'ın dediği gibi Dante Kulübü'ne ihanet etmişse, demek ki Holmes *gerçek* Dante Kulübü'nün tarafındaydı... Teal'ın zihninde yarattığı Dante Kulübü'nün, Dante'nin cezalarının Boston'da uygulanması için kurulmuş kulübün.

Holmes mendilini çıkarıp alnını sildi.

Tam o sırada Teal, Holmes'un dirseğini kavradı.

Holmes kendisinden hiç ummadığı bir şekilde, tamamen plansızca Teal'ı var gücüyle itti. Teal mağaranın kaya duvarına çarptı. Doktor fenerini iki eliyle sımsıkı tutarak kaçmaya başladı.

O karanlık, yılankavi tünellerde oflaya puflaya koşarken, dönüp dönüp arkasına bakıyordu. Bir sürü ses duyuyordu, ama hangisinin kafasıyla göğsünden, hangisininse dışarıdan geldiğini ayırt edemiyordu. Sanki o bir hayaletti... astımıysa ayağına bağlanmış ve onu geri çeken bir zincir. Bir tür yeraltı mağarasına girdi. İçeride ordu malı bir kürklü uyku tulumuyla sert bir şeyin ufak parçaları vardı. Bunlardan birini dişleriyle kırdı. Bayat ekmek... askerlerin savaşta yemek zorunda kaldığı türden. Burası Teal'ın eviydi. Dallardan yapılma bir şöminesi vardı. Tabaklar, bir tava, teneke bir fincan ve bir cezve. Holmes tam çıkıp kaçacakken, bir hışırtı duyunca irkildi. Fenerini kaldırınca Lowell'la Fields'ın yerde oturduklarını gördü. Elleri ayakları bağlanmış, ağızları tıkanmıştı. Lowell'ın sakalı göğsüne düşmüştü. Hiç kımıldamıyordu.

Holmes arkadaşlarının ağızlarındaki bezleri çıkardı. Ellerini çözmeye çalıştı, ama başaramadı.

"Yaralı mısınız?" diye sordu. "Lowell!" Lowell'ı omuzlarından tutup sarstı.

"Bizi bayıltıp buraya getirdi," dedi Fields. "Bizi bağlarken Lowell, Teal'a küfretmeye başladı. Ona kahrolası çenesini kapamasını söyledim ama dinlemedi! Teal onu tekrar bayılttı. Sadece baygın," diye ekledi yalvarırcasına. "Değil mi?"

"Teal sizden ne istedi?" diye sordu Holmes.

"Hiçbir şey! Niye hâlâ hayattayız bilmiyorum. Teal ne yapmak istiyor, onu da bilmiyorum."

"O canavar Longfellow için bir şeyler planlamış!"

"Geldiğini duyuyorum!" diye bağırdı Fields. "Çabuk ol Holmes!"

Holmes'un elleri titriyordu ve ter içindeydi. Düğümler de fazla sıkıydı. Ayrıca doğru dürüst göremiyordu.

"Hayır, git. *Hemen* git!" dedi Fields.

"Ama bir saniye..." Parmakları tekrar Fields'ın bileğinden kaydı.

"Çok geç olur Wendell," dedi Fields. "O gelmek üzere. Bizi çözecek zamanın yok. Hem zaten Lowell'ı bu halde bir yere götüremeyiz. Craigie Konağı'na git! Şimdilik bizi unut. Longfellow'u kurtarmalısın!"

"Tek başıma yapamam! Rey nerede?" diye haykırdı Holmes.

Fields başını salladı. "Gelmedi. Evlerimize konan bekçiler de gitmiş! Longfellow yapayalnız! Git!"

Holmes odadan dışarı fırladı. Hayatında ilk kez bu kadar hızlı koşuyordu. Tünellerin ucunda gümüşi bir ışık görene kadar koştu. Sonra Fields'ın emrini duymaya başladı: GIT GIT GIT.

Bir dedektif Merkez Karakolun Mezarlığına açılan ıslak merdiveni ağır ağır indi. Koridorlardan inlemeler ve küfürler duyuluyordu.

Nicholas Rey içinde bulunduğu hücrenin sert zemininden ayağa fırladı. "Bunu yapamazsınız! Tanrı aşkına, masum insanların hayatı tehlikede!"

Dedektif omuz silkti. "Uydurduğun her şeye cidden inanıyorsun değil mi zenci?"

452

"Isterseniz beni burada tutun. Ama o devriyeleri evlere geri gönderin, lütfen. Yalvarıyorum. Dışarıda bir katil var. Burndy'nin Healey ile diğerlerini öldürmediğini sen de biliyorsun! Katil hâlâ serbest ve tekrar cinayet işlemeyi deneyecek! Onu sen durdurabilirsin!"

Dedektif kendisini iknaya çalışan Rey'e ilgiyle baktı. Başını yana eğip düşündü. "William Burndy'nin hırsız ve yalancı olduğunu biliyorum. Hakkında bildiklerim bunlar."

"Lütfen beni dinle."

Dedektif iki demir parmaklığı kavrayıp öfkeyle Rey'e baktı. "Peaslee bizi uyardı. Yolumuza çıkacağını, seni ayak altından çekmemiz gerektiğini söyledi. Böyle aciz kalmaktan, hiçbir şey yapamamaktan nefret ediyorsundur eminim."

Anahtarlarını çıkarıp gülümseyerek salladı. "Bugün sana bir ders olsun. Olur, değil mi zenci?"

Çalışma odasındaki yazı masasında oturan Henry Wadsworth Longfellow birkaç kez hafifçe iç geçirdi.

Annie Allegra ona bir sürü oyun oynamayı teklif etmişti. Ama Longfellow'un yapabildiği tek şey zihnini meşgul etmek için Dante kantoları çevirmekti. O katedralin kapısından girmekti. Orada dünyanın sesleri hafifliyor, sözcüklerse sonsuz bir hayata kavuşuyordu. O loş katedralde çevirmen, şairi sıraların arasında görüp ona doğru yürüdü. Şair sessiz ve vakarlı. Uzun bir cüppe giymiş. Başında kep, ayaklarında sandaletler var. Ölülerin seslerine, mezardan mezara yankılanan haykırışlara, yeraltından gelen sızlanmalara karşın, Longfellow şairi kendisine çeken kadının sesini işitti. Kadın ikisinin de karşısında, erişilemeyecek kadar uzakta duruyordu. Peçesi kar beyazı, giysileri alev kırmızısıydı. Bir görüntü, bir yansımaydı. Longfellow şairin buz tutmuş kalbinin dağ zirvelerindeki karlar gibi eridiğini hissetti... mutlak huzuru ve bağışlanmayı arayan şairin.

Annie Allegra çalışma odasında, bez bebeklerinden birinin doğumgününü kutlamak için ihtiyaç duyduğu bir karton kutuyu arıyordu. Auburn, New York'taki Mary Frere'den gelmiş ve yeni açılmış bir mektup buldu. Mektubun kimden geldiğini sordu.

"Bayan Frere'den mi?" dedi Annie. "Harika! Bu yaz da Nahant'a gelecek miymiş? O çok tatlı bir kadın baba."

"Geleceğini sanmıyorum." Longfellow gülümsemeye çalıştı.

Annie hayal kırıklığına uğramıştı. "Kutu salondaki dolapta galiba," diyerek, dadısından yardım istemeye gitti.

Ön kapı öyle sert çalındı ki Longfellow donup kaldı. Sonra daha da sert çalındı. "Holmes," diye fısıldadı Longfellow.

Canı sıkılan Annie Allegra dadısının yanından ayrılarak kapıya doğru koştu. Bir yandan da kapıyı kendisinin açacağını haykırıyordu. Kapıyı açtığında, soğuk bir rüzgar içeri daldı.

Annie bir şeyler söyledi. Çalışma odasındaki Longfellow kızının sesinden korktuğunu anladı. Bir mırıltı duydu. Tanıdık değildi. Hole çıkınca üniformalı bir asker gördü.

"Kızı gönderin Bay Longfellow," dedi Teal usulca.

Longfellow Annie'yi yanına çekip diz çöktü. "Panzie, hani *Sır*'a bir makale yazacaktın. Gidip onu bitirsene."

"Ne makalesi baba? Röportajı mı di..."

"Evet. O kısmı bitirsene Panzie. Ben de bu beyefendiyle ilgileneyim."

Kızının annesininkine benzeyen gözlerine bakarak, anlamasını sağlamaya çalıştı. Gözlerini iri iri açarak "Git!" işareti yaptı. Annie başını onaylarcasına yavaşça salladı ve koşarak evin arka tarafına gitti.

"Size ihtiyacım var Bay Longfellow. Size ihtiyacım var." Teal

454

durmadan kağıt çiğniyordu. İki parçayı Longfellow'un halısına tükürdü. Çiğnemeyi sürdürdü. Ağzı kağıt parçalarıyla dolu gibiydi.

Longfellow dönüp ona baktı.

Teal tekrar konuştu: "Bay Lowell'la Bay Fields... size ihanet ettiler. Dante'ye ihanet ettiler. Siz de oradaydınız. Manning'in ölmesi gerekiyordu. Ama bana yardım etmek için kılınızı bile kıpırdatmadınız. Onları siz cezalandıracaksınız."

Teal, Longfellow'un eline bir ordu tabancası tutuşturdu. O soğuk çelik, şairin yıllar önce yaralanmış olan avuçlarını acıttı. Longfellow yıllar önce çocukken, ağabeyinden kızılgerdan vurmayı öğrenip sonra ağlayarak eve döndüğünden beri eline tabanca almamıştı.

Fanny tabancalardan ve savaştan nefret ederdi. Neyse ki en azından oğulları Charley'nin savaşa gittiğini ve omzunda bir kurşun yarasıyla döndüğünü görmemişti. "İnsanlar şık üniformalardan etkilenir, ama altlarındaki cinayet aletlerini unuturlar," derdi hep.

"Evet, nihayet sessizce, adam gibi oturmayı öğreneceksin kaçak," dedi dedektif gözlerinde alaycı bir parıltıyla.

"Sen niye hâlâ buradasın peki?" Rey sırtını parmaklıklara dönmüştü.

Dedektif utanmıştı. "Dersini iyice öğren diye. Yoksa dişlerini elini veririm, anladın mı?"

Rey yavaşça ona döndü. "Ders neydi?"

Dedektifin yüzü kızardı. Kaşlarını çatarak parmaklıklara yaslandı. "Hayatında bir kez olsun sessizce oturacak ve her işi erbabına bırakacaksın zenci!"

Rey sarı benekli gözlerini kederle aşağı çevirdi. Sonra vücudunun geri kalanının niyetini ele vermesine izin vermeden, birden kolunu uzatıp dedektifi boğazından kavrayarak çekip alnını parmaklıklara vurdu. Diğer eliyle dedektifin elinden anahtarları aldı. Sonra adamı bıraktı. Dedektif boğazını tutarak soluk almaya çabalarken Rey hücrenin kapısını açtı. Sonra dedektifin cebinden tabancasını aldı. Diğer hücrelerdeki tutuklular tezahürata başladılar.

Rey koşarak yukarıya, lobiye çıktı.

"Sen burada mıydın Rey?" dedi Komiser Muavini Stoneweather. "Neler oluyor? Söylediğin gibi nöbet tutuyordum. Ama dedektifler gelip herkesi geri çağırdığını söylediler! Nerelerdeydin?"

"Beni Mezarlığa attılar Stoneweather! Hemen Cambridge'e gitmeliyim!" dedi Rey. Sonra küçük bir kız gördü. Dadısı lobinin diğer ucundaydı. Koşarak gidip, girişle polis ofisleri arasındaki demir kapıyı açtı.

"N'olur," deyip duruyordu Annie Allegra Longfellow, dadısı şaşkın bir polise bir şeyler anlatmaya çalışırken. "N'olur."

"Bayan Longfellow," dedi Rey kızın yanında diz çökerek. "Sorun ne?"

"Babamın yardımınıza ihtiyacı var!" diye haykırdı kız.

Lobiye bir sürü dedektif daldı. "İşte orada!" diye bağırdı biri. Rey'i kolundan tutup bir duvara savurdu.

Stoneweather "Dur orospu çocuğu!" diye haykırarak copuyla dedektifin sırtına vurdu.

Stoneweather'ın seslenmesiyle başka polisler koşarak geldi. Ama üç dedektif Nicholas Rey'i kollarından tutup sürüklemeye başladılar.

"Hayır! Babamın sana ihtiyacı var Rey!" diye haykırdı Annie.

"Rey!" diye bağırdı Stoneweather. Ama üstüne bir sandalye fırlatıldı ve böğrüne bir yumruk indirildi.

Şef John Kurtz koşarak içeri girdi. Yüzü mosmordu. Bir hamal üç valizini taşıyordu. "Hayatımda yaptığım en berbat tren yol..." diye söze başladı. "Neler oluyor!" diye bağırdı lobideki karmaşayı görünce. "Stoneweather?"

"Rey'i Mezarlığa tıkmışlar şef!" dedi Stoneweather. İri burnundan kan sızıyordu.

"Şef, hemen Cambridge'e gitmeliyim!" dedi Rey.

"Devriye Rey..." dedi Şef Kurtz. "Senin yapman gereken..."

"Hemen şef! Hemen gitmeliyim!"

"Bırakın onu!" diye bağırdı Kurtz dedektiflere. Dedektifler Rey'den uzaklaştılar. "Şimdi hepinizi ofisimde görmek istiyorum! Hemen!"

Oliver Wendell Holmes sürekli arkasına bakıyordu, Teal peşinde mi diye. Yol açıktı. Peşinde de kimse yoktu. "Longfellow... Longfellow," deyip durdu Cambridge'den geçerken.

Sonra karşısında Longfellow'u ve peşinden gelen Teal'ı, kaldırımda yürürlerken gördü. Şair erimeye başlamış karlarda dikkatle yürüyordu.

Holmes o an öyle korktu ki, düşüp bayılmamak için yapabileceği tek bir şey vardı. Hiç tereddütsüz harekete geçmesi gerekiyordu. Avazı çıktığı kadar haykırdı: "Teal!" Bütün mahalleyi ayağa kaldırabilecek bir çığlıktı bu.

Teal döndü. Tamamen tetikteydi.

Holmes cebinden tabancayı çıkarıp titreyen ellerle nişan aldı.

Teal silahı fark etmemiş gibiydi. Ayaklarının dibindeki beyaz battaniyeye ıslak bir alfabe yetimi tükürdü: F. "Bay Longfellow, önce doktoru cezalandıracaksınız," dedi. "Yaptıklarınızın cezasını ilk çeken o olacak. Dünyaya göstereceğimiz ilk örnek olacak."

Teal, Longfellow'un tabancalı elini kaldırıp Holmes'a doğrulttu.

Holmes da tabancasının namlusunu Teal'e çevirip tutarak yaklaştı. "Olduğun yerde kal Teal! Yoksa ateş ederim! Longfellow'u bırak, beni al."

"Bu bir ceza Dr. Holmes. Sizler, Tanrı'nın yolunu terkedenler... hepiniz cezanızı çekmelisiniz. Bay Longfellow, ben emredince ateş edin. Dikkat... nişan al..."

Holmes hiç tereddütsüz ilerleyip tabancasını Teal'ın boynunun hizasına kaldırdı. Adamın yüzünde korkudan eser yoktu. Hep bir asker olarak kalacaktı. Sadece bir asker olarak. Artık seçme şansı yoktu. Zaman zaman insanoğlunu genellikle çok kısa süreliğine zapt eden doğru olanı yapma güdüsü, o karşı konulmaz his onu ele geçirmişti. Holmes ürperdi. Dan Teal'ı kendi kaderinden, kendine inşa ettiği o hücreden kurtarabilecek kadar güçlü olup olmadığını bilmiyordu.

"Ateş edin Bay Longfellow," dedi Teal. "Hemen ateş edin!" Elini Longfellow'unkinin üstüne koydu.

Holmes yutkunarak tabancasını Longfellow'a doğrulttu.

Longfellow başını salladı. Teal kararsızca geriledi. Tutsağı onunla birlikte geldi.

Holmes başını salladı. "Onu vuracağım Teal," dedi.

"Hayır." Teal paniğe kapılmış gibiydi.

"Evet vuracağım Teal! O zaman da cezasını çekmemiş olacak! Ölmüş olacak!" diye haykırdı Holmes, tabancayı daha da kaldırıp Longfellow'un kafasına nişan alarak.

"Hayır, yapamazsın! Öbürlerini de yanında götürmeli! Bu iş daha bitmedi!"

Holmes gözlerini korkuyla yummuş olan Longfellow'a baktı. Teal kafa sallayıp duruyordu. Bir an haykıracak gibi oldu. Sonra arkasına dönüverdi, orada biri varmışçasına. Ardından sola ve sağa baktıktan sonra nihayet kaçmaya başladı. Göz açıp kapayıncaya dek uzaklaştı. Ama sokakta koşarken bir silah sesi duyuldu. Sonra bir tane daha. Bir ölüm feryadı.

Longfellow'la Holmes kendi ellerindeki silahlara baktılar. Son sesin geldiği tarafa gittiler. Teal karlar üstünde yatıyordu. Bedeninden akan sıcak kan, beyaz karda kızıl bir derecik oluşturuyordu. Ordu gömleğinde iki kırmızı delik vardı. Holmes eğilip adamın sağ olup olmadığını yokladı.

Longfellow yaklaştı. "Holmes?"

Holmes'un elleri durdu.

Teal'ın cesedinin başında Augustus Manning duruyordu. Gözlerinde delice bir ifade vardı. Zangır zangır sarsılıyordu. Dişleri takırdıyor, parmakları titriyordu. Manning'in tüfeği elinden kayıp ayaklarının dibindeki kara düştü. Manning dönüp evini gösterdi.

Kafasını toplamaya çalıştı. Anlamlı konuşabilmesi dakikalar aldı. "Evimi koruyan devriye birkaç saat önce gitti! Sonra demin bağrışmalar duyunca penceremden baktım," dedi. "*Onu gördüm. Üniformasını gördüm. Her şeyi hatırladım. Beni soymuştu Bay Longfellow... sonra da... bağlayıp... çırılçıplak...*"

Longfellow, Manning'e elini uzatıp onu rahatlatmaya çalıştı. Manning şairin omzuna başını dayayıp hıçkıra hıçkıra ağladı. O sırada evlerinden karısı koşarak çıktı.

Cesedin etrafında oluşturdukları küçük halkanın yanında bir polis arabası durdu. Nicholas Rey elinde tabancasıyla dışarı fırladı. Bir araba daha geldi. Bunda Komiser Muavini Stoneweather'la iki polis daha vardı.

Longfellow, Rey'in kolunu tuttu. Gözleri parlak ve sorgulayıcıydı.

"Kızınız iyi," dedi Rey şairin sormasına fırsat vermeden. "Onunla dadısının başlarına bir devriye diktim."

Longfellow minnetle başını salladı. Holmes Manning'in bahçesinin çitine tutunmuş, nefesini toplamaya çalışıyordu.

"Holmes, belki de içeride biraz dinlensen iyi olur," dedi Longfellow korkuyla. "Başardın Holmes! Ama nasıl..."

"Azizim Longfellow, fener ışığında görünmeyenleri gün ışığı sergileyecektir eminim," dedi Holmes. Polisleri kiliseye, yeraltı tünellerine götürdü, Lowell'la Fields'ı kurtarmak için.

XXI

---*---

"Bir saniye, bir saniye," dedi Yahudi İspanyol, kurnaz akıl hocasına. "Bu durumda Boston Beşlisinden geriye bir tek *sen* mi kalıyorsun?"

"Burndy bizden değildi ki," diye karşılık verdi Langdon Peaslee bilgiççe. "Bak sana diğerlerini sayayım. Umarım öldüklerinde ruhları cehennemde şad olur. Randall kodeste yatıyor. Dodge bunalıma girip emekli olarak Batı'ya göçtü. Turner iki buçuk yıllık karısı tarafından öldürüldü. Bak evlenmeden önce iyi düşün ha. Sevgili Simonds ise bir çocuğun kafasını kırdığı için limandaki hapisanede yatıyor."

"Zavallı adam," dedi Peaslee'yi dinleyen dört adamdan biri.

"Ne-dedin?" Peaslee tek kaşını paylarcasına kaldırdı.

"Asılacak olması ne kötü," dedi şaşı hırsız. "Onunla hiç tanışmadım.. Ama duyduğuma göre Boston'daki gelmiş geçmiş en iyi kasa hırsızıymış! Kuş tüyüyle bile kasa açabilirmiş!"

Diğer üç dinleyici sustular. Bir masada oturmak yerine ayakta duruyor olsalardı, Langdon W. Peaslee'ye söylenen bu söz karşısında çizmelerini yere huzursuzca sürtebilir ya da yavaşça oradan uzaklaşabilirlerdi. Ama o koşullar altında sessizce içkilerini yudumlayıp Peaslee'nin dağıtmış olduğu puroları içtiler.

Meyhanenin kapısı açıldı. İçerinin dumanlı havasına giren bir sinek, vızıldayarak Peaslee'nin masasına geldi. Sineğin erkek ve kız kardeşlerinin az bir kısmı kışı sağ salim atlatmayı başarmıştı. Daha da az bir kısmıysa Massachuesetts'in korularının ve ormanlarının bazı bölümlerine yerleşmişlerdi ve oralarda kalmayı sürdüreceklerdi. Gerçi Harvard Profesörü Louis Agassiz bunu duysa saçma derdi. Peaslee yan gözle o tuhaf kırmızı gözlere ve iri, mavimtrak gövdeye baktı. Sineği eliyle kovaladı. Barın diğer ucundaki bazı adamlar böceği kovalayarak eğlenmeye başladılar.

Langdon Peasley elini sert punçuna uzattı. Stackpole Meyhanesi'nin spesiyal içkisiydi bu. Peaslee sol elini içkisine uzatırken sert kereste sandalyesinden kalkmak zorunda kalmadı, her ne kadar karşısında yarım daire şeklinde dizili olan adamlarına yeterince hitap edebilmek için sandalyeyi masadan epey geriye itmiş olsa da. Peaslee örümceğimsi kolları sayesinde, hayattaki pek çok şeyi yerinden kımıldamadan alabiliyordu.

"Bakın dostlarım, Bay Burndy..." (Peaslee bu ismi dişlerinin arasındaki geniş boşluklardan tısladı) "..bu şehirdeki gelmiş geçmiş en *geveze* kasa hırsızıydı o kadar."

Dinleyiciler bu aşağılayıcı espriye kadehlerini kaldırarak ve abartılı kahkahalar atarak karşılık verdiler. Peaslee'nin ağzı kulaklarına vardı. Kahkahalar atan Yahudi, kadehinin üstünden bakarken birden donup kaldı.

"Ne oldu Yahudi?" Peaslee başını çevirip bakınca, arkasında bir adam durduğunu gördü. Peaslee'nin etrafındaki adi hırsızlar ve cepçiler sessizce kalkıp barın dört bir yanına dağıldılar, geride sadece penceresiz barın boğucu havasında salınan puro dumanları bırakarak. Yalnızca şaşı hırsız yerinden kımıldamamıştı.

"Defol!" dedi Peaslee öfkeyle. Sonuncu hırsız da kalabalığa karıştı.

"Vay vay," dedi Peaslee, ziyaretçisini tepeden tırnağa süzerek.

Boynu açık giysili bayan barmeni tutup kendine çekti. "İçki ister misin?" dedi sırıtarak.

Nicholas Rey elini usulca sallayıp kadını kovarak Peaslee'nin karşısına geçip oturdu.

"Hadi ama devriye. Bari puro iç."

Rey kendisine uzatılan uzun puroyu reddetti.

"Hayrola? Yüzünden düşen bin parça?" Peaslee tekrar sırıttı. "Baksana, arkadaşlarla arkaya geçip biraz kağıt oynamayı düşünüyoruz. İki gecede bir oynarız. Aramıza katılmana bir şey demezler herhalde. Ama paran yoksa bilemem tabii."

"Teşekkürler Bay Peaslee. İstemiyorum," dedi Rey.

"Tamam." Peaslee parmağını dudağına götürerek, bir sır verecekmişçesine öne eğildi. "Takip edilmediğini sanma devriye," diye söze başladı. "O geyik suratlı Manning'i öldürmeye çalışan salağın peşine düştüğünü biliyoruz. Onun Burndy'nin cinayetleriyle ilgisi olduğuna inanıyormuşsun."

"Evet," dedi Rey.

"Ne şanslısın ki böyle bir şey yok," dedi Peaslee. "Biliyorsun ki Lincoln cinayetinden beri ilk kez bu kadar büyük ödüller konuluyor. Burndy asılınca zengin olacağım dostum. Hâlâ takipteyiz."

"Burndy'yi haksız yere hapse attırdın, ama beni takip ettirmene gerek yok Peaslee. Elimde Burndy'yi kurtaracak kanıt olsa zaten kullanırdım, sonuçlarına aldırmadan. Sen de ödülün kalanını alamazdın."

Peaslee punç kadehini düşünceli bir edayla kaldırdı. "O avukatlar güzel hikayeler anlatıyorlar. Burndy, Yargıç Healey'i Kaçak Köle Yasası'ndan önce bir sürü köleyi serbest bıraktığı için öldürmüş. Talbot'la Jennison'ı da onu dolandırdıkları için katletmiş. Evet, durumu pek parlak değil. Dans ederek ölebilir." İçkisinden bir yudum alınca sertleşti. "Karakolda çıkardığın kavga yüzünden vali dedektiflik bürosunun kapanmasını istemiş. Belediye meclisi de ihtiyar Kurtz'ün yerine başka birini geçirip, seni de polislikten alacakmış. Fırsatın varken kaç buralardan kar tanem. Son günlerde epey düşman edindin."

"Bazı dostlar.da edindim Peaslee," dedi Rey biraz duraksadıktan sonra. "Dediğim gibi, benim için kafanı yorma. Ama başka biri var ki, buraya onun için geldim."

Peasle gür kaşlarını kaldırdı.

Rey sandalyesinde dönüp, bardaki bir taburede oturan uzun boylu bir adama baktı. "Şu adam Boston'da millete sorular sorup duruyor. Cinayetlerin sizin iddia ettiğinizden farklı bir açıklaması olduğuna inanıyor. Willard Burndy'nin onlarla bir ilgisi olmadığına inanıyor. Onun soruları sana ödülden alacağın payı kaybettirebilir. Her sentini."

"Bu çok kötü olur. Peki, bu konuda ne yapmamı önerirsin?" diye sordu Peaslee.

Rey düşündü. "Yerinde olsam ne mi yapardım? Onu uzun süreliğine Boston'dan ayrılmaya ikna ederdim."

Boston şehrine gönderilmiş olan Pinkerton dedektifi Simon Camp, Stackpole barında oturmuş, Devriye Nicholas Rey tarafından kendisine gönderilmiş olan ve o saatte orada önemli bir görüşme için beklemesini söyleyen imzasız notu ikinci kez okuyordu. Sonra giderek artan bir öfke ve sıkıntıyla etrafa, ucuz orospularla dans eden hırsızlara baktı. On dakika sonra bara birkaç bozuk para bırakıp, paltosunu almak üzere ayağa kalktı.

"Daha erken. Nereye gidiyorsun?" dedi Yahudi İspanyol, elini sıkıp sallayarak.

"Ne?" diye sordu Camp, elini çekip kurtararak. "Sen de kimsin be? Çekil kenara, kafamı bozma."

"Sevgili yabancı." Langdon Peaslee yoldaşlarının arasından Kızıl Denizi yararcasına geçerek yaklaşıp Pinkerton dedektifinin karşısında durarak sırıttı. "Gelin arka odada bizimle kağıt oynayın. Şehrimize gelen turistlerin yalnızlık çekmelerini istemeyiz."

Günler sonra, J. T. Fields Boston'un bir ara sokağında, Simon Camp'in söylediği saatte dolanıyordu. Güderi çantasındaki paraları saydı. Camp'e susması için vereceği meblağ oradaydı. Cep saatine tekrar bakarken, arkadan birinin yaklaştığını işitti. Yayıncı bir an nefesini tutarak kendisine güçlü olması gerektiğini anımsattıktan sonra, çantasını kollarıyla göğsüne bastırarak dönüp sokağın girişine baktı.

"Lowell?" dedi.

James Russell Lowell'ın kafasına siyah bir bandaj sarılıydı. "Fields?... Şey... Burada ne..."

"Şey, ben sadece..." diye kekeledi Fields.

"Camp'e para vermemeyi kararlaştırmıştık! Elinden geleni ardına koymasın demiştik!" dedi Lowell, Fields'ın çantasını fark edince.

"Niye geldin peki?" diye sordu Fields.

"Ona para vermeye gelmedim!" dedi Lowell. "Şey, zaten o kadar param yok biliyorsun. Bilmiyorum. Onunla konuşmaya geldim galiba. O şeytanın Dante'yi yenmesine hiç karşı koymadan razı olamazdık. Yani..."

"Evet," dedi Fields. "Ama Longfellow'a hiç bahsetmesek..."

Lowell başıyla onayladı. "Hayır, hayır, Longfellow'a hiç bahsetmeyelim."

Birlikte beklemeye başladılar. Yirmi dakika geçti. Belediye işçilerinin lambaları yakmaya başladıklarını gördüler. "Bu hafta başın nasıl Lowell?"

"Sanki ikiye bölünmüş de gelişigüzel yapıştırılmış gibi," dedi Lowell. Güldü. "Ama Holmes ağrıların bir iki haftada geçeceğini söylüyor. Seninki nasıl?"

"İyi, çok daha iyi. Sam Ticknor ne yapıyor duydun mu?"

"N'apıyormuş o eşşek?"

"Adi kardeşlerinden biriyle ortak yayınevi açıyor... New York'ta! Bana mektup yazdı. Bizi Broadway'den silecekmiş. Bill Ticknor öz evlatlarının kendi adını taşıyan yayınevini batırmaya çalışacaklarını hiç aklına getirir miydi acaba?"

"Aşağılık herifler! Denesinler bakalım! Sana bu yılki en iyi şiirimi yazacağım Fields. Sırf bu konuda."

Biraz daha beklediler. "Baksana," dedi Fields. "Bir çift eldivenine bahse girerim ki Camp'in aklı başına geldi. Oynadığı küçük oyundan vazgeçti. Bence böylesine muhteşem bir ay ve sessiz yıldızlar, günahları cehenneme geri yollamaya yeter."

Fields çantasını kaldırdı. Ağırlığını hissedince güldü. "Madem öyle, niye bu paranın birazıyla Parker's'ta akşam yemeği yemiyoruz?"

"Senin paranla mı? Ne duruyoruz!" Lowell yürümeye başladı. Fields ona durmasını söyledi. Lowell durmadı.

"Dursana obur! Yazarlarım beni hiç beklemiyor," diye homurdandı Fields. "Ben tombul biriyim. İnsan biraz saygılı olur!"

"Zayıflamak mı istiyorsun Fields?" diye seslendi Lowell başını çevirerek. "Yazarlarına yüzde on daha ver. Bak yağların nasıl azalacak!"

Daha sonraki aylarda piyasada yeni türemiş olan, J. T. Fields'ın halkı kötü etkilediklerini düşünüp nefret ettiği, suç haberleri veren ucuz dergilerde alt düzey bir Pinkerton dedektifi olan Simon Camp'in öyküsü çıktı. Langdon W. Peaslee ile yaptığı uzun bir görüşmenin ardından Boston'dan kaçan Camp, başsavcı tarafından çeşitli üst düzey hükümet yetkililerine savaş sırları üstüne şantaj yapmaya teşebbüs etmekten suçlu bulunmuştu. Camp suçlu bulunmadan önceki üç yıl boyunca şantaj yoluyla binlerce dolar kazanmıştı. Alan Pinkerton, Camp ile çalışmış tüm müşterilerinin parasını geri ödedi. Ülkenin bir numaralı özel dedektiflik şirketi, sadece Harvardlı Dr. Augustus Manning'in yerini bulamadı.

Augustus Manning Harvard Şirketi'nden istifa edip ailesiyle birlikte Boston'dan taşındı. Karısı bazen aylarca konuşmadığını söylemişti. İngiltere'ye ya da bilinmeyen bir denizdeki bir adaya gittiğini söyleyenler oldu. Harvard Denetim Kurulu'nda yapılan bir seçimle, yeni üye beklenmedik bir şekilde Ralph Waldo Emerson oldu. Bu fikri filozofa yayıncısı J. T. Fields vermiş ve Başkan Hill desteklemişti. Böylece Bay Emerson'ın yirmi yıl süren Harvard sürgünü sona erdi. Cambridge ve Boston şairleri aralarından birinin kolej idaresine girmesine memnun oldular.

Henry Wadsworth Longfellow'un *Cehennem* çevirisinin özel bir basımının 1865 sonlarına doğru yayınlanması, Dante'nin altı yüzüncü doğumgünü kutlamalarını düzenleyen Floransa Komitesi tarafından minnetle karşılandı. Berlin, Londra ve Paris'teki en saygın edebiyatçılar tarafından "çok iyi" olarak tanımlanan Longfellow'un çevirisine duyulan merak arttı. Longfellow çevirinin birer kopyasını Dante Kulübü'nün tüm üyelerine ve arkadaşlarına gönderdi. Bundan pek bahsetmese de bir kopyayı Auburn, New Yorklu genç bir bayan olan Mary Frere'nin nişanlısına yakın olmak için taşındığı Londra'ya düğün hediyesi olarak yolladı. Longfellow kızlarıyla ve yazmakta olduğu uzun bir şiiriyle fazlasıyla meşgul olduğundan, daha iyi bir hediye düşünememişti.

Nahant'taki yokluğunuz, bir ev yıkıldığında sokakta kalan boşluk gibi hissedilecek. Longfellow Dante gibi yazmaya başladığını fark etmişti.

Charles Eliot Norton'la William Dean Howells Avrupa'dan dönerek Longfellow'un çevirisinin tamamının notlarının yazılmasına yardım ettiler. Hâlâ yabancı diyarlarda yaşadıkları maceraların heyecanı içinde olduklarından, arkadaşlarına Nuskin, Carlyle, Tennyson ve Browning'le ilgili öyküler anlatmaya söz verdiler. Bazılarının yazıdan çok sözle anlatılması daha iyiydi.

Lowell kahkaha atarak sözlerini kesti.

"Yani sana hiç ilginç gelmiyor mu?" diye sordu Charles Eliot Norton.

"Ama Norton," dedi Holmes. "Ama Howells. Okyanusu geçmemiş olsak da, hiçbir ölümlünün yazamayacağı bir yolculuk yapmış olan bizleriz." Sonra Norton'la Howells'a anlatacaklarını asla kimseye söylemeyeceklerine yemin ettirdi.

Dante Kulübü toplantılarına son vermek zorunda kaldığında, işleri bittiğinde, Holmes, Longfellow'un üzgün olabileceğini düşündü. Bu yüzden Norton'un Shady Hill'deki evinde cumartesi akşamları buluşmalarını teklif etti. Orada Norton'un yaptığı, Dante'nin Beatrice'e olan aşkını anlattığı *La Vita Nuova*'sının (Yeni Hayat) çevirisini tartışabilirlerdi. Kimi geceler küçük gruplarına Edward Sheldon da katıldı. İtalya'da bir iki yıl okumayı planlayan Sheldon, Dante'nin şiirlerini ve yazılarını topluyordu.

Lowell da yakın zamanda kızı Mabel'in altı aylık bir İtalya turuna çıkmasına izin vermişti. Yayınevinin idaresinin J. R. Osgood'a devrini kutlamak için yılbaşında gemiyle oraya gidecek olan Fieldslar ona eşlik edeceklerdi.

Bu arada Fields, Longfellow'un Dante Alighieri'nin *İlahi Komedya* çevirisini yayınlamaya başlamadan önce Boston'un ünlü

Union Kulübü'nde bir ziyafet düzenledi. Üç ciltlik çeviri kitapçılara ulaştığında mevsimin edebi sansasyonu olacaktı.

Ziyafet günü Oliver Wendell Holmes öğle sonrasını Craigie Konağı'nda geçirdi. George Washington Greene de Rhode Adası'ndan gelmişti.

"Evet, evet," dedi Holmes, Greene'e, yazarın ikinci romanının çok satması hakkında konuşurlarken. "En önemlisi bireysel okuyuculardır, çünkü asıl eleştirmenler onlardır. Yazmak en güçlülerin sağ kalması değil, geriye kalanların sağ kalabilmesidir. Eleştirmen dediğin nedir ki? Beni kötülemek için ellerinden geleni yapıyorlar. Buna katlanamazsam her şeyi hak ediyorum demektir."

"Bugünlerde Lowell gibi konuşmaya başladın," dedi Greene gülerek.

"Galiba haklısın."

Greene buruşuk boynunu saran beyaz kravatını titrek parmağıyla gevşetti. "Biraz hava almam gerek," dedi öksürerek.

"İstersen seni muayene edeyim Greene." Holmes, Longfellow'un yola çıkmaya hazır olup olmadığına bakmak için yanına gidecek oldu.

"Hayır, hayır, yapma," diye fısıldadı Greene. "O işini biterene kadar dışarıda bekleyelim."

Ön bahçenin yolunun yarısındalarken Holmes "İnanır mısın Greene, Dante'nin *Komedya*'sını ikinci kez okumaya başladım," dedi. "Peki, bütün o yaşadıklarımız sırasında yaptığın işin değerinden kuşkuya düştüğün oldu mu hiç? O süreçte bir şeylerin yittiğini hiç düşünmedin mi?"

Greene kısık gözlerini kapadı. "Sizler hep Dante'nin öyküsünün gelmiş geçmiş en büyük kurgu eser olduğuna inandınız Holmes. Oysa ben... ben Dante'nin o yolculuğu cidden yaptığına inandım. Tanrı'nın ona ve şiire bu armağanı verdiğine inandım."

"Hâlâ da inanıyorsun değil mi?" dedi Holmes.

"Her zamankinden de fazla Dr. Holmes." Gülümsedi. Dönüp Longfellow'un çalışma odasının penceresine baktı. "Her zamankinden de fazla."

Craigie Konağı'nın lambaları kısıldı. Longfellow merdiveni çıktı. Giotto'nun yaptığı Dante portresinin yanından geçti. Portrenin zarar görmüş tek gözü, etkileyiciliğini azaltmıyordu. Longfellow o gözün belki de gelecek olduğunu düşündü. Ama diğer gözde, Dante'yi harekete geçirmiş olan Beatrice'in güzelliğinin gizemi kalacaktı. Longfellow kızlarının dualarını dinledi. Sonra Alice Mary'nin nezle olmuş iki küçük kız kardeşi Edith ve Annie Allegra ile bez bebeklerini yatırmasını izledi.

"Ne zaman eve döneceksin baba?"

"Bu gece geç dönerim Edith. Sen uyumuş olursun."

"Konuşma yapmanı isteyecekler mi? Başka kimler olacak?" diye sordu Annie Allegra. "Söylesene."

Longfellow sakalını sıvazladı. "Kimleri saydım tatlım?"

"Çok az kişiyi baba!" Yorganının altından not defterini çıkardı. "Bay Lowell, Bay Fields, Dr. Holmes, Bay Norton, Bay Howells..." Annie Allegra Küçük Bir İnsanın Büyük İnsanlara Dair Anıları adlı bir kitap yazmaktaydı. Ticknor & Fields'tan yayınlatmaya karar verdiği kitaba Dante ziyafetiyle başlamaya karar vermişti.

"Tamam," diye sözünü kesti Longfellow. "Şunları da ekle: Bay Greene, dostun Bay Sheldon ve tabii ki Fields'ın dergisinde yazan ünlü eleştirmen Bay Edwin Whipple."

Annie Allegra imla hatası yapmadan yazmaya çalıştı.

"Sizi seviyorum canım kızlarım," dedi Longfellow, her birini alnından öperken. "Sizi seviyorum, çünkü kızlarımsınız. Annenizin de kızlarısınız, çünkü o da sizi seviyordu. Hâlâ da seviyor."

Kızlar parlak yorganlarını aynı anda üstlerine çektiler. Longfellow onları sessiz ve güvenli gecede bırakarak gitti. Pencereden dışarıya, ahıra baktı. Ahırın önünde Fields'ın yeni arabası beklemekteydi (durmadan araba alıyordu sanki). Fields'ın yeni aldığı yaşlı savaş atı bir su birikintisinden su içmekteydi.

Yağmur başlamıştı, gece yağmuru. Çiseleyen bir Hıristiyan yağmuru. J. T. Fields için Boston'dan Cambridge'e, sonra tekrar Boston'a arabasıyla gitmek epey zahmetli olsa gerekti. Ama çok ısrar etmişti.

Fields'la Lowell'ın karşısında oturan Holmes'la Greene aralarında Longfellow'a epey yer açmışlardı. Longfellow arabaya binerken ziyafette konuklara bir konuşma yapmasının istenmeyeceğini umdu. Ama eğer istenirse, dostlarına onu getirdikleri için teşekkür edecekti.

TARİHSEL NOT

———— ❋ ————

Uluslararası ün kazanmış ilk Amerikan şairi olan Henry Wadsworth Longfellow 1865'te Cambridge, Massachusetts'teki evinde bir Dante çeviri kulübü kurdu. Şair James Russell Lowell'la Dr. Oliver Holmes, tarihçi George Washington Greene ve yayıncı James T. Fields, Longfellow'la el ele vererek, Dante'nin *İlahi Komedya*'sının ilk eksiksiz Amerikan çevirisini yapmaya giriştiler. Hem akademik çevrelerde Yunan ve Latin egemenliğinin sürmesini arzulayan tutucu edebiyatçılarla, hem de Amerikan edebiyatının yerel yazarlarla sınırlı kalmasını savunan yerel kültür akımıyla mücadele ettiler. Bu akımı Longfellow'un arkadaşı Ralph Waldo Emerson başlatmıştı, her zaman savunucusu olmasa da. 1881'de Longfellow'un "Dante Kulübü" Amerikan Dante Derneği adıyla resmileşti. Longfellow, Lowell ve Charles Eliot derneğin ilk üç başkanı oldular.

Her ne kadar bu akımdan önce, *Komedya*'nın İngiliz basımlarını okuyan bazı Amerikalı entelektüeller Dante'den etkilenmiş olsalar da, halk Dante'nin şiirinden habersizdi. *Komedya*'nın Amerika'daki ilk İtalyanca baskısının ancak 1867'de, Longfellow'un çevirisinin basıldığı sene yayınlanmış olması, Dante'ye duyulan ilginin artma sebebi konusunda bir fikir verebilir. Bu romanda Dante yorumlanırken, karakterler hakkındaki popüler kanılardan çok tarihsel gerçeklere sadık kalınmaya çalışılmıştır.

Dante Kulübü romanının bazı kısımlarındaki tasvir ve diyaloglarda; Dante Kulübü üyelerinin ve çevresindekilerin şiirlerinden, makalelerinden, romanlarından, günlüklerinden ve mektuplarından alıntılar yapılmıştır. 1865'in Boston, Cambridge ve Harvard Üniversitesi'ni canlandırabilmek için Dante Kulübü üyelerinin evlerini ve mahallelerini bizzat gezdim ve ayrıca şehrin tarihçelerini okudum, haritalarını inceledim. O dönemde yaşamış kişilerin anlatıları, özellikle de Annie Fields ile William Dean Howells'ın yazıları; o gruptakilerin gündelik hayatlarına doğrudan açılan vazgeçilmez birer pencere oldular. Yan karakterleri bile mümkün olduğunca tarihsel kişilerden, anlatılan olaylarda yer alması mümkün insanlardan seçmeye çalıştım. Harvard'dan kovulan İtalyanca öğretmeni Pietro Bachi, aslında Bachi ile yine Boston'da İtalyanca öğretmenliği yapan Antonio Gallenga'nın bir karışımıdır. Dante Kulübü'nün iki üyesinin, Howells ile Norton'un yazıları, grup hakkında çok önemli bilgiler edinmemi sağladı; her ne kadar anlattığım öyküde fazla yer almasalar da.

Dante'den ilham alınarak işlenen cinayetlerin tarihte bir benzeri olmasa da, polis ve belediye kayıtları İç Savaş'tan sonra New England'da işlenen cinayetlerin ve ayrıca yolsuzluklarla dedektifler ve profesyonel suçlular arasındaki yasadışı bağlantıların arttığını sergilemektedir. Nicholas Rey kurgusal bir karakterdir, ama on dokuzuncu yüzyıldaki ilk Afrika-Amerikalı polislerin karşılaştığı son derece gerçek güçlüklerle yüzleşir. Bu polislerden çoğu iç savaş gazisi melezlerdi. Yaşadıklarına dair genel bilgiler W. Marvin Dulaney'in *Amerika'daki Zenci Polisler* adlı kitabında bulunabilir. Benjamin Galvin'in savaş deneyimleri 10. ve 13. Massachusetts alaylarının tarihçelerinden ve başka askerlerle ve gazetecilerle yapılan birebir görüşmelerden alınmıştır. Galvin'in psikolojisini keşfetmemde özellikle Eric Dean'ın yakın zamanda yayınlanan çalışması *Cehennemin Tepesinde Sarsılmak* etkili oldu. Bu çalışmada İç Savaş gazilerinde görülen ve travma sonrası stresten kaynaklanan sorunlar irdelenir.

Romandaki karakterlerin yaşadığı gizemli macera her ne kadar tamamen kurgusal olsa da, şair James Russell Lowell'ın ilk biyografilerinden birindeki bir anektottan bahsetmek isterim: Bir çarşamba akşamı Fanny Lowell, Longfellow'un Dante Kulübü toplantısına gitmek üzere evinden çıkan kocasının yanına av tüfeği almasında ısrar etmiş. Sebep olarak da Cambridge'de giderek artan suç oranını göstermiş.

TEŞEKKÜR

——— ✳ ———

Bu proje büyük bir şans eseri Lino Pertile, Nick Lolordo ve Harvard İngiliz ve Amerikan Edebiyatı Bölümü tarafından yönetilen akademik bir araştırmaya dayanıyor. Tom Teicholz bana edebiyat tarihindeki bu eşsiz ânı daha da fazla keşfederek kurgusal bir anlatı yazmamı öneren ilk kişi oldu.

Dante Kulübü'nün taslaktan roman haline gelişindeki en büyük etken, iki yetenekli ve destekleyici profesyoneldir: Muhteşem çalışkanlığı, yaklaşımı ve dostluğuyla kısa sürede kitapla içindeki karakterler kadar bütünleşen menajerim Suzanne Gluck ile kendini bu romanı sabırla, yardımseverce ve saygıyla düzeltip yönlendirmeye adayan editörüm Jon Karp.

Kitabın başlangıç ve bitiş tarihleri arasında ona katkıda bulunan ve teşekkürü hak eden çok sayıda kişi oldu. Yazdıklarımı okudukları ve tavsiyeler verdikleri için teşekkür etmek istediğim insanlar var: Julia Green'e, her yeni fikirde ve engelde hep yanımda olduğu için; Scott Weinger'a; ebeveynlerim Susan ve Warren Pearl ile kardeşim Ian'a, benden hiçbir konuda zamanlarını ve enerjilerini esirgemedikleri için teşekkür ederim. Teşekkürü borç bildiğim diğer kişilerse: Yazdıklarımı okuyan Toby Ast, Peter Hawkins, Richard Hurowitz, Gene Koo, Julie Park, Cynthia Posillico, Lino ve Tom; çeşitli konularda danışmanlık yapan Lincoln Caplan, Lislie Falk, Micah Green, David Korzenik ve Keith Poliakoff. Ann Godoff'a beni hep desteklediği için teşekkürler. Ayrıca Random House yayınevinden Janet Cooke, Todd Doughty, Janelle Duryea, Jake Greenberg, Ivan Held, Carole Lowenstein, Maria Massey, Libby McGuire, Tom Perry, Allison Saltzman, Carol Schneider, Evan Stone ve Veronica Windholz'a; Modern Kütüphane'den David Ebershoff'a; ICM'den Richard Abate, Ron Berstein, Margaret Halton, Karen Kenyon, Betsy Robbins ve Caroline Sparrow'a; William Morris'ten Karen Gerwin ile Emily Nurkin'e; ayrıca projeye azmiyle ve yaratıcı bakış açısıyla katkıda bulunan Courtney Hodell'a teşekkür etmek istiyorum.

Araştırmalarıma Harvard ve Yale kütüphaneleri, Joan Nordell, J. Chesley Mathews, Jim Shea ve evlerini (eski adıyla Elmwood'u) Kim Tseko'nun rehberliğinde incelememe izin veren Neil ve Angelica Rudenstein katkıda bulundu. Adli entomoloji konusundaki muazzam yardımlarından dolayı Rob Hall, Neal Haskell, Boris Kondratieff, Daniel Maiello, Morten Starkeby, Jeffrey Wells ve Ralph Williams'a, ayrıca özellikle verdiği bilgiler ve yaratıcılığı için Mark Benecke'ye teşekkür etmek istiyorum.

Longfellow'un evinin bakımını yapan kişilere özellikle teşekkürlerimi sunuyorum. O ev ki, içinde bir zamanlar Dante Kulübü'yle onun mirasını ve ruhunu devralan Amerikan Dante Kulübü'nün toplantıları yapılmıştı.